天才们，请注意
Woody Allen
伍迪·艾伦
作品集

中央公园西路

THREE
ONE-ACT
PLAYS

伍迪·艾伦 ——— 著

宁一中 ——— 译

上海译文出版社

Woody Allen

THREE ONE-ACT PLAYS

"Riverside Drive" and "Old Saybrook" copyright © 2003 by Woody Allen as an unpublished work,
copyright © 2004 by Woody Allen
"Central Park West" copyright © 1996 by Woody Allen

图字: 09 - 2006 - 354 号

GETTING EVEN

Copyright © 1966,1967,1968,1969,1970,1971 by Woody Allen

图字: 09 - 2010 - 420 号

WITHOUT FEATHERS

Copyright © 1972,1973,1974,1975 by Woody Allen

图字: 09 - 2010 - 420 号

SIDE EFFECTS

Copyright © 1975,1976,1977,1979,1980 by Woody Allen

图字: 09 - 2010 - 420 号

MERE ANARCHY

Copyright © 2007 by Woody Allen

图字: 09 - 2008 - 454 号

This translation published by arrangement with Random House, an imprint and division of Penguin Random house LLC
Simplified Chinese edition copyright © 2021 by Shanghai Translation Publishing House

图书在版编目(CIP)数据

　　天才们,请注意:伍迪·艾伦作品集/(美)伍迪·
艾伦(Woody Allen)著;宁一中,李伯宏译.—上
海:上海译文出版社,2021.3
　　ISBN　978 - 7 - 5327 - 8619 - 0

　　Ⅰ.①天… Ⅱ.①伍… ②宁… ③李… Ⅲ.①文学—
作品综合集—美国—现代　Ⅳ.①I712.15

　　中国版本图书馆 CIP 数据核字(2021)第 016382 号

天才们，请注意	Woody Allen	出版统筹 赵武平	封面插画 李 媛
	伍迪·艾伦 著	策划编辑 陈飞雪	
伍迪·艾伦作品集	李伯宏 宁一中 译	责任编辑 邹 滢	装帧设计 尚燕平

上海译文出版社股份有限公司出版、发行
网址:www.yiwen.com.cn
200001　上海市福建中路 193 号
上海信老印刷厂印刷

开本 890×1240　印张 24.25　插页 10　字数 310,000
2021 年 8 月第 1 版　　2021 年 8 月第 1 次印刷

ISBN 978 - 7 - 5327 - 8619 - 0/I·5318
定价:268.00 元

目录

文思枯竭

滨河大道

幕启。纽约。天色灰蒙蒙一片。有轻雾。场景暗示着,这里是哈德逊河边的一个偏僻处,人们可以凭栏观看河上船只穿梭,眺望新泽西的海岸线。可能是西七十或八十大街的什么地方。

吉姆·斯温,作家,约四十到五十岁间,在焦急地等着,不断地看着表,走来走去,在手机上拨了个号,没有回音。显然他在等着见某个人。

他搓搓手,看着细雨飘飘,感觉有些湿雾,紧了紧夹克。

一会儿,一个与吉姆年龄相仿的流浪汉走了过来,他身材高大,胡须拉碴,乜斜地瞧着吉姆。此人名弗雷德。

弗雷德拖拖拉拉地走着,终于靠近吉姆。吉姆也越来越感到了他的存在。吉姆尽管说不上怕他,但意识到在这荒凉之地,与这么个讨厌的大个子在一起不是滋味。况且,他也不愿意有人知道他在与谁约会。最后,弗雷德还是缠上了他。

弗雷德　下雨了。

（吉姆点点头,表示回应,但并没有继续说下去的意思。）

毛毛雨,啊。

(吉姆点点头,勉强笑了笑。)

我该说雾雨才对——有雾又有雨。

吉　姆　嗯。

弗雷德　(顿了顿)瞧,水流得多快!你把帽子扔下去,二十分钟的
　　　　工夫就流到大洋里去了。

吉　姆　(心中不快,但还是保持礼貌)嗯,嗯……

弗雷德　(顿了顿)哈德逊河发源于阿迪朗达克山脉,全长三百十
　　　　五英里,最后流入浩瀚的大西洋。

吉　姆　有意思。

弗雷德　我可觉得没意思。我一直在想,如果河水倒流的话,会是
　　　　什么后果。

吉　姆　我倒没想过。

弗雷德　乱套了——那世界就乱了套了。你把帽子扔到河里,就
　　　　流到波基普西去了,而不是大西洋了!

吉　姆　嗯,也是……

弗雷德　到过那里吗?

吉　姆　什么?

弗雷德　你去过波基普西吗?

吉　姆　我?

弗雷德　(环顾左右,只有他们两人)还有谁呢?

吉　姆　为什么问这个问题?

弗雷德　问题很简单嘛。

吉　姆　问我是否到过波基普西?

弗雷德　去过吗?

吉　姆　(想了想这个问题,决定回答)没有。怎么?

弗雷德 就算没去过,也没必要那么愧疚呀!

吉 姆 唉,我有点儿事。

弗雷德 你不常来这里,是吧?

吉 姆 怎么啦?

弗雷德 有趣呗。

吉 姆 你是什么意思?是不是要我帮忙?得,给你一块钱吧。

弗雷德 我只是问你是不是常来这里,没别的。

吉 姆 (开始不耐烦起来)没来过。我正要见一个人。我脑子很乱。

弗雷德 你可选的好日子!

吉 姆 没想到这天会这么讨厌。

弗雷德 你在电视上看了天气预报没有?我的天,好像他们谈的都是糟糕的天气。如果阿巴拉契亚山谷有大风的话,你真喜欢走在滨河大道上?天啊,饶了我吧!

吉 姆 喔,跟你说话真有味。

弗雷德 瞧,你几乎看不到新泽西,雾太大了。

吉 姆 没问题,这倒是赐福了。

弗雷德 是啊。我不会比你更喜欢了。

吉 姆 我是在开玩笑呢——我这会儿——

弗雷德 有些轻浮?……有些轻率吧?

吉 姆 稍有点儿讥讽。

弗雷德 可以理解。

吉 姆 真的?

弗雷德 你知道我对蒙特克莱的感觉。

吉 姆 我怎么知道你是怎么看蒙特克莱的?

弗雷德　我甚至不想说起它。

吉　姆　啊——嗯——我刚才想什么来着。

（看表。）

弗雷德　你约她几时来?

吉　姆　你说什么?让我安静一会儿。

弗雷德　这是个自由国度。如果我愿意,我可以待在这儿眺望新
　　　　　泽西。

吉　姆　说得对。不过别跟我说话。

弗雷德　你别回答呀。

吉　姆　(掏出手机)喂,你要不要我叫警察呀?

弗雷德　跟他们说什么呢?

吉　姆　就说你骚扰我——说你进行攻击性乞讨。

弗雷德　想想看,如果我把你那手机扔到河里去,会怎么样?二十
　　　　　分钟后,它就会流到大西洋里。当然啦,如果河水倒流的话,就
　　　　　会流向波基普西。我是说波基普西还是说纽约的塔里敦来着?

吉　姆　(既害怕又愤怒)我去过塔里敦,就是怕你会问我关于塔
　　　　　里敦的事。

弗雷德　你当时待在什么地方?

吉　姆　波坎蒂克山区。我过去常住那儿。这个回答你满意
　　　　　了吧?

弗雷德　现在大家叫"睡谷"了——对游客来说这个名字更有吸
　　　　　引力。

吉　姆　嗯。

弗雷德　这都是在利用伊卡伯德·克莱恩和瑞普·凡·温克尔的
　　　　　那些个故事。是在打包推销呢。

吉　姆　瞧,我刚才在想着——

6

弗雷德　嗨,我们正谈文学来着。你不是个作家吗?

吉　姆　你怎么知道的?

弗雷德　哼——凭我自己呗。

吉　姆　你是不是凭我的装束来判断我的身份的?

弗雷德　你的装束?

吉　姆　就是这呢子衣和灯笼裤呗。

弗雷德　让·保罗·萨特曾经说,男人一过三十,就要对自己的颜面负责。

吉　姆　这话是加缪说的。

弗雷德　萨特说的。

吉　姆　加缪说的。萨特说的是,一个人干什么行当,就会显示出什么特征——侍者走路像侍者——银行职员举手投足像银行职员——这都是因为他们想成为相关的事物。

弗雷德　但你不是一件物品呀!

吉　姆　我努力不做一件物品。

弗雷德　人想成为物,是因为成了物就安全了——因为物是不会消失的。比如说《墙》①里的故事——那些被处决的人就想成为他们所面对的那堵墙——消失在石砾之中——变得坚硬,能够永久,能经风雨。换句话说,就是能继续活下去。

吉　姆　(想了想他的话,然后说)我想改日与你探讨这个话题。

弗雷德　好啊!你说什么时候?

吉　姆　这会儿我有点儿忙……

---

① *The Wall*,法国存在主义哲学家让-保罗·萨特(Jean-Paul Sartre,1905—1980)所著短篇小说。

7

弗雷德 那么什么时候好呢？如果请我吃中饭的话，我倒是整个
      星期都有空。

吉　姆 我还没想好。

弗雷德 我以欧文的故事为本，写了点有趣的东西。

吉　姆 哪个欧文？

弗雷德 华盛顿·欧文——记得吗？我们不刚谈到伊卡伯德·克
      莱恩吗？

吉　姆 我还不清楚谈到了这个话题。

弗雷德 那位无头骑士是注定要在胳肢窝里夹着脑袋行走在乡下
      的。他是一位在战争中丧生的德国士兵。

吉　姆 是个黑森人。

弗雷德 他就这么骑着马直奔一家通宵杂货店。那颗头说——我
      头疼得厉害——店主说，拿着这两颗超强力止疼药吧——身
      子把钱付了，帮助头服下两颗药。然后我们把画面切换到午
      夜时分，他们骑马过桥。头说，我感觉好极了——头不疼
      了——我好像换了一个人——而这时身子开始感到伤悲，认
      为自己很不走运。因为如果腰疼，会找不到缓解的办法，因为
      头和身子没有连在一起——

吉　姆 身体怎么会思考呢？

弗雷德 没人会问这个问题。

吉　姆 怎么不会呢？这个问题很明显呀！

弗雷德 这就是原因所在。这就是为什么你擅长谋篇布局和对话
      却缺乏灵感，因此你得靠着我。尽管这么做很糟糕。

吉　姆 做什么事？你在说些什么？

弗雷德 我在谈钱，一点薪酬和某种该属于我的名分。

吉　姆 得，我在等人。

弗雷德　我知道。我知道。她迟到了。

吉　姆　你不知道,你别管闲事。

弗雷德　行了,你在等一个女人——你想一个人待着?那我们把这事儿说清楚,然后我立马就走。

吉　姆　什么事?

弗雷德　你马上就会跟我说整个事儿都是卡夫卡式的荒诞不经。

吉　姆　比那还糟。

弗雷德　当真?是后现代?

吉　姆　你想要什么?

弗雷德　你电影所得的一部分收入和该属于我的一点名分。我知道,电影已经发行,想在名单中加上我已经有点晚了。但我想要点稿费,后面的版本中得加上我的名字。至于钱嘛,不想五五分成但至少得公平。

吉　姆　你疯了吧?凭什么我得给你这些?

弗雷德　因为我给了你点子。

吉　姆　你给了我?

弗雷德　嗯,你从我这儿偷走的点子。

吉　姆　我偷了你的点子?

弗雷德　然后写进你的第一个电影剧本卖了。这电影好像还挺受欢迎,所以我得要回我应得的份儿。

吉　姆　我没偷你的点子。

弗雷德　吉姆,咱俩别玩游戏了。

吉　姆　你别玩游戏了。你也别叫我吉姆。

弗雷德　好吧,詹姆士。"剧作者:詹姆士·L. 斯温",但大家不都叫你吉姆吗?

吉　姆　你怎么知道大伙怎么称呼我?

弗雷德 我看到了,我听到了。

吉　姆 在哪儿看到的听到的?你都在说些什么?

弗雷德 吉姆·斯温,中央公园西路七十八号——宝马车——车牌号是 JIMBO① 1——我说的是虚荣心车牌号……吉米·康纳斯②是 JIMBO 1,不是你——我看见过你打网球的样子,你别想骗我。

吉　姆 你一直在跟踪我吗?

弗雷德 那个鼠眉鼠眼的深肤色女人——她是洛拉吧?

吉　姆 我妻子一点也不鼠眉鼠眼!

弗雷德 好吧,"鼠眉鼠眼"形容不当——她——确切地说,她不属于"啮齿动物"类……

吉　姆 她是个漂亮女人。

弗雷德 这纯属你的主观看法。

吉　姆 你他妈的,你以为你是谁?

弗雷德 这话我不会当她面说。

吉　姆 我是她丈夫,我爱她。

弗雷德 那你为何对她不忠?

吉　姆 什么?

弗雷德 我想我应该知道另一位长相如何。她长得有些低俗,对不?

吉　姆 没有另一位。

弗雷德 那你在等谁?

---

① 上文"吉姆"(Jim)和下文"吉米"(Jimmy)的昵称,这里一语双关。"JIMBO 1"是一种特殊的车牌号,价格昂贵。

② Jimmy Connors(1952—),美国职业网球运动员,共夺得一百零九个职业男子网球协会(ATP)巡回赛单打冠军,为公开赛年代以来最多。

吉　姆　　不关你他妈的事！你再不走,我叫警察了！

弗雷德　　如果你想有个私密约会,那可是你最不愿做的事了。

吉　姆　　你怎么知道我妻子叫洛拉?

弗雷德　　我听你这么叫她了。

吉　姆　　你一直在暗中跟踪我吗?

弗雷德　　我像这种人吗?

吉　姆　　像。

弗雷德　　我是个作家,至少数年前我还是,直到我没法控制自己的
　　　　　想象力。

吉　姆　　嗯,你的想象力对我而言是过了。

弗雷德　　我知道,那就是为何你把我给撇开了。

吉　姆　　我没偷你的点子。

弗雷德　　不仅仅是我的点子。那故事是自传性质的,因此在某种
　　　　　程度上来讲,你把我的生活都给偷走了。

吉　姆　　我向你保证,如果我的电影和你的生活有任何相似,纯属
　　　　　巧合。

弗雷德　　我不是那种爱打官司的人。有些人爱打官司。(带点威
　　　　　胁的口气)我喜欢私下里解决。

吉　姆　　我怎么偷了你的点子?

弗雷德　　你偷听了我的故事情节。

吉　姆　　你讲给谁听的? 在哪儿?

弗雷德　　中央公园。

吉　姆　　我在中央公园听到你讲那个故事了?

弗雷德　　对。

吉　姆　　讲给谁听的? 什么时候?

弗雷德　　约翰。

吉　姆　谁？

弗雷德　约翰。

吉　姆　哪个约翰？

弗雷德　大约翰。

吉　姆　谁？

弗雷德　大约翰。

吉　姆　谁他妈的是大约翰？

弗雷德　我不认识，他是个流浪汉。我听说他在一个避身处让人割破了喉咙。

吉　姆　你给一个流浪汉讲了个故事，你就说我偷听了你的故事？

弗雷德　并利用了它。

吉　姆　我这辈子都没见过你。

弗雷德　老天啊，我跟踪你好几个月了。

吉　姆　跟踪我？

弗雷德　你的事儿我什么都知道，但你从来都没注意到我。我不是个小个子，我是个大家伙。我可以用一只手把你的脖子拧成两截。

吉　姆　（紧张）得，不管你是谁，我答应……

弗雷德　我名叫弗雷德，弗雷德·萨维奇。当作家这可是个好名字，不是吗？最佳原创剧本奖——请给我信封——获奖者弗雷德里克·R. 萨维奇和詹姆士·L. 斯温，作品《旅行》。

吉　姆　我写的《旅行》，是我的点子。

弗雷德　吉姆，你偷听了我对约翰·凯利讲这个故事。可怜的约翰，他当时正走在约克大道上，有几个人正往上吊升一架钢琴，绳子松了——上帝啊，太可怕了……

吉　姆　你刚才说他是在一个避身处被人割了喉咙。

弗雷德　令人讨厌的小人物身上的愚蠢都一样。[①]

吉　姆　瞧,弗雷德——我从未窃取过任何人的点子。首先,我有我自己的想法,我不需要;其次,就算我文思枯竭,我也不会,明白吗?

弗雷德　但事实都在那儿呢。我崩溃了,那拘束衣[②],我最后一分钟的恐慌——我牙齿间的橡胶套,然后是那电击——上帝啊——当然,我很暴力——

吉　姆　你有暴力倾向?

弗雷德　时不时。

吉　姆　嗯,我开始有点害怕了。

弗雷德　别担心,她会来的。

吉　姆　害怕你,不是她。好吧——如果你认为你是个作家——

弗雷德　我说过数年前——在我崩溃之前——在所有不快发生之前——我为一家公司写作。

吉　姆　不快?

弗雷德　是因病而起的,我不想再提。

吉　姆　什么公司?

弗雷德　一家广告公司。我写商业片。比如那个超强力止头疼药。但它不受欢迎;我们把它吹上天了,但它就是不成功。太笛卡尔了。

吉　姆　然后你就——精神错乱了?

---

①　此句出自美国散文作家、超验主义文学运动领袖爱默生(Ralph Waldo Emerson, 1803—1882)的作品《论自助》(*Self-Reliance*)。

②　straitjacket,一种似茄克衫的长袖外衣,能把人的胳膊紧紧拴在身体上,用来限制疯狂的病人或狂人。

弗雷德　不是因为那个。我才不在乎他们不采纳我的点子呢。那些穿灰法兰绒的俗气的家伙。不是，我的问题是其他原因所致。

吉　姆　比如?

弗雷德　比如一群人联合起来形成一个阴谋团伙——那团伙一心想毁灭我，羞辱我，从心理和生理上击败我。那个团伙关系网庞大而复杂，到目前为止，他们雇的从事间谍活动的人来自各个组织，从中央情报局到古巴地下党。他们的势力歹毒嚣张，以致我丢了工作，丢了老婆以及我银行账户里那点极少的票子。他们跟踪我，追踪我的电话，从帝国大厦的顶部发射电信号与我的精神病医师用密码沟通，这信号穿过我的内耳，直接传到他在马撒葡萄园的橡皮筏子上。所以，你别告诉我你那该死的伤感故事，把我当作一个体面人士对待!

吉　姆　坦白说，弗雷德——我害怕了。我想公平地对待你——

弗雷德　那好啊。不要怕。我刚吃完药，还没失控——至少我认为我还不会——

吉　姆　你吃什么药?

弗雷德　一些安定混合剂。

吉　姆　鸡尾酒。

弗雷德　除了我不是从高脚杯里喝这点外，是的。

吉　姆　但是你离不开那些东西——

弗雷德　我没事，我没事，别像那些家伙一样开始谴责我。

吉　姆　不，不会——

弗雷德　那我们好好谈谈吧。

吉　姆　我本想很有逻辑地向你证明我不可能偷了你的点子——

弗雷德　我的生活,我的生活——你偷了我的生活。

吉　姆　你的生活——你的自传,随你怎么说。我想我知道怎样
　　　一步一步向你说清楚——

弗雷德　逻辑是有欺骗性的。你偷了我的生活,你偷了我的灵魂。

吉　姆　我不需要你的生活。我自己有蛮不错的日子。

弗雷德　你以为你是谁,在这儿说不需要我的生活?

吉　姆　我并不是想侮辱你。

弗雷德　得了,我知道你有个人压力。

吉　姆　是的,我有。

弗雷德　她迟到好久了——这是可个坏兆头。

吉　姆　我很吃惊。她通常都很准时。

弗雷德　她一定是感觉到了什么不对劲。如果我是你,我会警惕
　　　起来。

吉　姆　我是很警惕的。我只是想向你说明我的电影——

弗雷德　我们的电影——

吉　姆　那部电影——我说那部电影,还不行吗? 那部电影是关
　　　于我碰巧在新泽西了解到的一家精神病院的种种罪恶的。

弗雷德　原来你去了那儿,拍了这电影。

吉　姆　当然,肯定有好多人有相似的经历。这也很容易成为他
　　　们的故事。

弗雷德　不——不——你是听我讲了这个故事。我甚至还对大约
　　　翰·凯利说过这个故事能变成一部精彩的电影——尤其是关
　　　于主人公点火的那段。

吉　姆　你生活中也发生过这件事吗?

弗雷德　你知道细节。

吉　姆　我发誓我不知道。

弗雷德　是有人指使我去烧那几栋房子的。

吉　姆　指使？谁让去的？

弗雷德　无线电波。

吉　姆　你从无线电波里听到了声音？

弗雷德　我是不是从你的声音里听到了赤裸裸的怀疑？

吉　姆　不——

弗雷德　我并不总是——随他们用什么字眼——

吉　姆　妄想型精神分裂？

弗雷德　你说什么？

吉　姆　我只是想帮你找个字眼。

弗雷德　每个人都他妈的如此专业。那都是语义学上的东西。这个病过去叫早发性痴呆——事实上，这个说法好听多了。现在的叫法比语义学还糟，是化妆术。假设一个女孩把她的未婚夫带回家见她的父母，她对他们说，老爸老妈，这是马克斯，他是躁狂抑郁症患者。你可以想象她的父母会如何接受这件事。想象他们可爱的孩子嫁给这样一个家伙，这家伙周一企图从克莱斯勒大楼跳下来，周二又想把布鲁敏达尔店里所有的商品都买回家——啊哈，但是如果换一种说法：这位是马克斯——他有两极倾向。这听起来像一个人的优点——像个探险家——有两极情绪，像海军少将伯德①。

不，吉姆——他们诊断我，用的是更直接的字眼。不古怪，也不会把人从摇椅上吓得摔下来——我们在这儿可没谈什么杂耍——他们说弗雷德·萨维奇是个有杀人嗜好的，无

---

①　Richard Evelyn Byrd（1888—1957），美国海军少将，二十世纪航空先驱者和极地探险家，尤以南极探险而著名。

法预测的精神病患者。

吉　姆　有杀人嗜好？

弗雷德　你不是爱给人贴上标签吗？

吉　姆　嗯——你瞧，弗雷德，意识到你有幻想症后，你明白为什么我认为你的理论，你关于我偷了你点子的理论，是没有现实基础的吧。

弗雷德　谁来判断是真是假？我们是粒子还是射线？每一样东西都是在扩张或是在收缩吗？如果我们进入一个黑洞且物理学法则不管用，我还需要下体弹力护身①吗？

吉　姆　弗雷德，很明显，你是一个受过良好教育的人——

弗雷德　Phi Beta Kappa。② 布朗大学。懂梵语。文学博士。博士论文是关于歌德、叔本华以及叔本华的母亲三者之间紧张关系之积极后果研究。所以你问我，我在一家广告公司干什么？经历了紧张的崩溃——不仅仅是因为那帮蠢货看不出我的超强力止头疼药创意中的才智，也因为他们对我一般想法中的原创性毫无知觉。再举个广告创意的例子：八个妓女围坐在妓院里，一个叫约翰的人进到了这家妓院，把她们上上下下打量了一番。最终，他径直走过她们，挑上了角落里挂雨伞的架子。他怀里搂着那雨伞架走过大厅，带着那架子上了床，和它有了热烈而激情的性交。画面再切换到他开着一辆大众甲壳虫离开，同时我们在屏幕上打上："大众汽车——专为那些有特殊品味的男人。"上帝啊，他们多么憎恨这广告。

①　athletic supporter，一种用于男性生殖器的有弹性的保护物，尤指在运动中或其他剧烈活动中所穿的。

②　拉丁字母转写的希腊语，ΦBK 联谊会会员。ΦBK 联谊会是美国大学优秀生和毕业生的荣誉组织，成立于一七七六年，是美国最有声望的文理科荣誉学会。弗雷德以此表明自己是优秀毕业生。

到目前为止,我像有季票一般时不时进进出出精神病院。我丢了工作后,我的女朋友亨里埃塔甩了我。我猜她受得了我只是因为她自己也有严重的精神紊乱,她那病可以被仁慈地称作"高热原子核反应的性受虐狂"。

是的,吉姆——我很难过。我哭了。咸咸的泪水顺着红润的双颊而下——为了让她回心转意,我开始寻找合适的礼物以期能平息她新近产生的对我的厌恶感。我知道她喜欢那些有年头的珠宝,我猜一个老式别针或维多利亚时期的胸针也许就能起点作用。我已经在第三大道的一个古董店挑了一个合适的。我碰巧还在那儿看到一个上世纪四十年代十分流行的收音机,放在我家厨房真是再好不过了。那收音机是红色塑料的——飞歌牌的。我到家后把它拧开了试听,真是吃惊,我听到收音机里传出播音员给我的命令,他让我烧掉我曾工作过的那栋广告公司的大楼。这是我遇到的最有趣的事了。我把你给说糊涂了吗?

吉　姆　这是个很悲伤的故事。

弗雷德　我爱过那女孩,亨里埃塔。当她的注意力缺乏紊乱症到了使咱俩之间的对话连四十秒都持续不了时,我们关系中的某个东西提起了我的兴致。这也是我同情你那可怜的感情生活的原因。

吉　姆　我的感情生活很好。

弗雷德　吉姆——你是在和你的写作搭档说话。

吉　姆　不是我的写作搭档。

弗雷德　你需要一个人与你合作。

吉　姆　我这辈子没跟人合作过。

弗雷德　你对付细节性的还行——但你需要一个有灵感的人。我就是个点子很多的人。当然,有些人对弗朗特·坡奇夫妇来说,太前卫了。

吉　姆　我有自己的创意。

弗雷德　要是你真有,你就不会偷我的啦。

吉　姆　我没偷。

弗雷德　天才在染色体里就孕育了。你知道我的 DNA 能在暗处发光吗?

吉　姆　你凭什么认为我这人缺乏创意?

弗雷德　我认为你挺……职业的。这点没错,你看你做了那么多改编,虽然不是原创性的;而我,我是真正的原创,像斯特拉文斯基①,或者像番茄酱。这就是为啥我说我的点子才是你那点东西里真正有价值的。它有味,有亮点。

吉　姆　我洗澡的时候想出的那个故事。

弗雷德　(猛地转向他)别跟我花言巧语!把我那半给我!

吉　姆　看在上帝分上,冷静点。

弗雷德　也别在我面前说你的爱情生活很好。要真这样,你背着洛拉偷偷摸摸在干什么?

吉　姆　那不关你的事。

弗雷德　是,是你自己的事。

吉　姆　我没搞婚外恋。

弗雷德　洛拉有什么毛病?

吉　姆　没有。

弗雷德　除了有点——我的意思是——那叫狐臭吗?

---

①　Igor Fyodorovich Stravinsky(1882—1971),俄裔芭蕾舞作曲家,作品有芭蕾舞剧《春之祭》和长篇歌剧《浪子的历程》等,被认为是二十世纪最有创造性的作曲家之一。

吉　姆　闭嘴。你在说我爱的女人。

弗雷德　你俩到底怎么了？

吉　姆　没什么。

弗雷德　吉姆。

吉　姆　没什么。

弗雷德　吉姆，说出来。

吉　姆　双胞胎出生前，一切都很好。

弗雷德　不错——两个一模一样的家伙——兆头不好。

吉　姆　两个招人爱的男孩。

弗雷德　男孩。要是两个双胞胎女孩，你还可以把她们打扮得漂漂亮亮的。

吉　姆　他们很可爱，让人想抱他们，他们……

弗雷德　完全一模一样吗？

吉　姆　怎么，不对劲吗？

弗雷德　他俩的面相还像洛拉的鼠脸？

吉　姆　没生他们之前，我们的婚姻生活很不错。

弗雷德　谁说的？

吉　姆　我说的，那时候还不错。

弗雷德　不错？不是很好？

吉　姆　我们有共同的爱好。

弗雷德　举个例子。

吉　姆　我们在康涅狄格过周末，我们都爱吃使人长寿的食物。

弗雷德　我这儿听得要睡着了。

吉　姆　我俩都喜欢戴自携式水下呼吸器潜水，还喜欢一起讨论那些好书。

弗雷德　你们在水底讨论书？

吉　姆　她弹钢琴,我吹上低音萨克斯。

弗雷德　谢天谢地,你俩这爱好没调个儿。

吉　姆　继续,继续取笑我。

弗雷德　你俩的性生活怎么样?

吉　姆　这不关你的事。

弗雷德　她那两颗大门牙,把你弄疼了吧?

吉　姆　你为什么非得当个粗俗的聪明蛋?

弗雷德　我在试着理解你的处境。你俩多久干一次那事儿?

吉　姆　经常。直到生了那两个双胞胎。

弗雷德　我想说你基本上采用男上女下式体位,对吗?

吉　姆　(恼火了)我俩有试验性举动。

弗雷德　你把什么样的叫"试验性"?

吉　姆　你干吗得知道?

弗雷德　我们是一伙的啊。

吉　姆　(恼火)那是。(稍微停顿了一下)我们曾经三人试过一
　　　　次,行了吧?

弗雷德　另外那个女人是谁?

吉　姆　那人是个男的。

弗雷德　你是双性恋吗?

吉　姆　我一下都没碰他。

弗雷德　三人一起,谁的主意?

吉　姆　她的。

弗雷德　我纳闷为啥她会有这想法。

吉　姆　我们有一天晚上在色情频道上看到过。

弗雷德　你们常看那个吗?

吉　姆　当然很少看。但有时候能从那儿学些东西。

21

弗雷德 啊哈,你确实利用别人的主意咯。

吉　姆 我俩还有一次在她父母家,感恩节晚餐期间做了一次。

弗雷德 其他客人从火鸡上抬起头看你们了吗?

吉　姆 我俩在卫生间做的!

弗雷德 那可有点冲动。

吉　姆 我不明白为什么在你眼里我那么没男人气?

弗雷德 洛拉有过性高潮吗?

吉　姆 为了尊严,我认为我没必要回答这个问题。

弗雷德 你知道,女人都喜欢假装达到高潮。

吉　姆 她干吗要假装呢?

弗雷德 为了助长你的信心呗。她不想让你知道你不能满足她。

吉　姆 我对自己的性能力有十足把握。

弗雷德 你知道别人说什么吗?

吉　姆 说什么?

弗雷德 狗看不见自己的尾巴。

吉　姆 那他妈的什么意思?

弗雷德 也许你自认为自己很厉害。

吉　姆 我没那么想。

弗雷德 那洛拉为什么要假装高潮呢?

吉　姆 是你说她假装。

弗雷德 那是我得到的信息。

吉　姆 什么信息?

弗雷德 从帝国大厦顶部。我感觉到了那些射线——那些电波从帝国大厦顶部的大天线发射过来,所有那些光子也都在说——洛拉假装高潮。

吉　姆 听着,我在跟你有理性地——

弗雷德　然后双胞胎就出生了，大卫和塞思。

吉　姆　卡森和迪央戈。

弗雷德　真的吗？

吉　姆　洛拉是卡森·麦卡勒斯①的大粉丝——

弗雷德　你演奏爵士乐，所以——

吉　姆　所以，那不是两个寻常的名字。

弗雷德　你爱他们。

吉　姆　我爱他们，但洛拉太爱他俩了。突然一切都变样了——所有的事情都围绕着这俩双胞胎——我俩之间的时间再也没有了，给我的时间再也没有了。

弗雷德　也没再在水下讨论普鲁斯特了。

吉　姆　很自然地，性生活就减少了。

弗雷德　所以你就开始背叛了。

吉　姆　是——是的——

弗雷德　嗯……那倒很能说明问题。得，听我的吧。和你的情人分手，否则最终只会让你心碎。

吉　姆　我不需要你的建议。我今天就是想来解决这件事的。她一来，我就告诉她。

弗雷德　也许她感觉到你想结束你们的关系，所以她不来了。

吉　姆　她一点儿也不知道。她会很吃惊。

弗雷德　太好了。我就在附近待着，等着瞧戏。

吉　姆　我他妈的搞婚外恋干了什么？六个月龌龊的日子在这些鬼地方度过了：昏暗的餐馆，邋遢的酒吧，还有那些便宜旅店。还甭提那些偷偷摸摸的电话，心里那份紧张、不安还有自我

---

①　Carson McCullers（1917—1967），二十世纪美国最重要的女作家之一。

痛恨。

弗雷德　你的精神病医生怎么说？

吉　　姆　他让我别再这样继续下去了。

弗雷德　你自己——

吉　　姆　我——我没再继续看医生了。

弗雷德　那也对，那些医生大部分都会偷偷录音。

吉　　姆　昨夜，我回到家，看到洛拉蜷坐在沙发上，那样子像——像——

弗雷德　像只小天竺鼠？

吉　　姆　我没打算那么形容。她像一个可爱的女人，像个做了我这辈子最亲近的朋友的体面女人。

弗雷德　你骗过那个女人吗？向她允诺过什么，告诉她你爱她，或者你会跟自己的妻子离婚之类？

吉　　姆　绝对没有——决没有——从来没有。

弗雷德　不知为啥，我觉得你说过类似的话。

吉　　姆　胡说八道。

弗雷德　唔，我不知道……

吉　　姆　她想让我和她一起去加勒比海——去五天。我当时正准备跟洛拉撒谎说我得去那儿出差。

弗雷德　你答应那个女的了？

吉　　姆　没完全答应——我说我得考虑考虑。那是我最软弱的时候，当时我俩都光溜溜的一丝不挂，我还喝了三杯玛格丽塔酒。杯子的边沿有那么多盐，而我正在进行无盐饮食……因此，突然，我特想吃点盐。

弗雷德　（在吉姆面前把手掌向下勾起来，模仿洛拉当时蜷着的样子）但当你回家看到你心爱的老婆时……

吉　姆　确实如此——那时我正要开口撒谎,但我突然意识到尽管我们之间有了点问题,我仍然爱她。我意识到我是个傻瓜。

弗雷德　现在这事儿可能会不好收场。

吉　姆　没什么不好收场的。她是个成年人,我也是个成年人。

弗雷德　你说过她很任性。

吉　姆　我从没这么说。

弗雷德　我听到有个声音这么说了。我以为是你的声音。

吉　姆　得了,这种事每天都有。搞婚外恋的每天都有分手的,不是吗?

弗雷德　所以你就挑了这么一个偏僻地——你估计她会又哭又闹。

吉　姆　嗨,真是,我怎么在这儿跟你谈起女人了? 你这人看问题又不准。

弗雷德　我结过婚。

吉　姆　你结过婚?

弗雷德　这事儿我记不太多了——那穿过我脑子的,交直流两用的东西严重破坏人的记忆,但我确实记得她好像总是在拨911。

吉　姆　你知道吗? 我是这么想的——

弗雷德　请讲①。

吉　姆　我觉得你应该离开这儿,回去吃点药。我可不是开玩笑的,如果有可能,吃大剂量的药。她来的时候我可不希望你在这儿,我自己能处理好这件事。

---

　　① come in,(无线电通讯中)互通信息时的用语,此处指弗雷德正试图接收无线电波信号给他的指示。下文多次重复。

弗雷德 行,把我俩的事解决了,我就从你眼前消失。

吉　姆 什么事?我俩没任何干系。我没偷你的点子。

弗雷德 也许下一个剧本,你能补偿补偿,付给我合适的酬劳,在演员表上的头牌署上我的名字。

吉　姆 没有下一个。我不跟人合作。我单独创作。我——哦——(注意到芭芭拉正走过来)哦……哦……你快走开……走啊,走……

弗雷德 你脸色苍白。

吉　姆 她来了。

弗雷德 没关系,别惊慌失措的。

吉　姆 你搅得我心烦意乱的。

弗雷德 我只是说你有麻烦了。

吉　姆 你为什么这么说?

弗雷德 帝国大厦①。

吉　姆 不,没事的。我在浴室里练习过好多遍跟她分手的话了。我在那儿练了一个半小时。我很清楚我应该说什么。滚开!

　　(芭芭拉现在到那儿了。)

芭芭拉 抱歉我迟到了。他是谁?

吉　姆 呃,我不认识……

　　(吉姆用头示意弗雷德离开。)

芭芭拉 你脖子痉挛了吗?

吉　姆 (递给弗雷德钱)喏,这是你想要的钱,伙计,去美美吃他一顿。祝你好运,朋友……哈哈……

弗雷德 弗雷德,弗雷德·萨维奇。吉姆的朋友。

---

① 弗雷德指他从帝国大厦的无线电波信号接到信息说吉姆有麻烦了。

芭芭拉　你从来没跟我说过——

吉　姆　他在开玩笑。

弗雷德　我是他的写作伙伴。

芭芭拉　写作伙伴?

弗雷德　我们一起写了《旅行》,那是我的点子,他写了电影剧本部
　　　　分。(注意力转移)请讲。

芭芭拉　什么? 究竟怎么回事?

弗雷德　吉姆,告诉她。

芭芭拉　告诉我什么?

吉　姆　弗雷德,让我俩单独待着。

弗雷德　我怕你不表态。

芭芭拉　吉姆,出了什么事?

弗雷德　最好的方式就是直接一点。

吉　姆　弗雷德,你走!

弗雷德　芭芭拉,吉姆有事要告诉你。

芭芭拉　关于什么的? 这是怎么回事?

弗雷德　关于你们的婚外恋。

吉　姆　弗雷德疯了,他是个街头的大疯子。

弗雷德　吉姆,告诉她,否则我来告诉她。

芭芭拉　你俩在说什么?

吉　姆　这不关你的事。

芭芭拉　我不知道你还有个合伙人。

吉　姆　我没有。

弗雷德　我是个有想法的人。吉姆处理篇章和对话,虽然我的对
　　　　话也不差。我曾给一家日本空调公司写过不错的广告词——

吉　姆　弗雷德——

27

弗雷德 "它们雅致,它们没噪音,它们会把你的屁股冻掉。"公司不愿采用。

吉　姆 我们去别处吧,这样我俩可以单独在一起。

弗雷德 他没法去加勒比海,芭芭拉——他太依恋他老婆了。

芭芭拉 吉姆——

弗雷德 他想告诉洛拉,但当他面对她的时候,他没了那决心。

芭芭拉 我不信。

吉　姆 芭芭拉,试着理解吧。

芭芭拉 是真的吗? 一切都结束了?

吉　姆 我没法那么做,芭芭拉,我已经做决定。

芭芭拉 前一分钟,你还在讨好我,制定计划,吹牛——

吉　姆 那是你的主意,我从未想过要离开。

芭芭拉 那么,你利用我利用完了,现在要回到洛拉身边了。

吉　姆 我没利用过你。我俩走的每一步我们心里都清楚。

芭芭拉 你以为你可以像控制你剧本里的那些人物一样控制我吗?

吉　姆 我觉得我俩处得热过头了,对我来说压力很大,所以在没法收场以前——

芭芭拉 吉姆,对不起,已经没法收场了。我要跟洛拉谈谈。

吉　姆 跟洛拉谈?

芭芭拉 是的。我想她一旦听我说了,她就会明白这一切。

（停了一下,很无助地四下看看。）

弗雷德 （注意力转移）请讲。

芭芭拉 我相信你更爱我。我要见她,跟她把这事说清楚。

吉　姆 （对弗雷德）快说话,你是我的合伙人!

弗雷德 我只是出点子的人,你做对话。

吉　姆 我需要一个新想法。

弗雷德 瞧,芭芭拉——我可以叫你芭芭拉吗?

芭芭拉 我不管你是谁,但请你离开这儿。

弗雷德 我叫弗雷德里克·R. 萨维奇。虽然我的名字没出现在屏幕上,也没出现在作品中,但我和吉姆合作创作了他的第一部电影剧本。我还是无绳电话和速溶咖啡的发明者。

吉　姆 弗雷德,看在耶稣分上!

弗雷德 (注意力转移)嗯?请讲。

芭芭拉 你曾对我山盟海誓。

吉　姆 从来没过,恰恰相反,我从未在你面前发过什么誓。

弗雷德 芭芭拉,试着同情他吧,他有人性的弱点,他经历了一次家庭危机,性生活几乎没有,突然他遇到一个像你这么迷人的女子,这可怜的孩子当然就昏头了,他有幻想,他迷失了;但有一天晚上,当他看到自己的家人,他被潮水般的记忆征服了,罪恶感浸透了他身上的每一个毛孔;也是在那天晚上,来自织女星的太空飞船给他的大脑发射进了电磁波——

吉　姆 弗雷德,你根本不是在帮我。

芭芭拉 吉姆,很遗憾,那些个我俩缠绵多情的晚上,你脑子里想的可不是洛拉。

吉　姆 你看错了当时的情景,或者是我看错了。我犯了一个大错,现在我想改过来。

芭芭拉 我脑子很乱,我得重新考虑我的计划。不过有一点是肯定的,我可不是个面团,就这么滚到一边,不做声了。怎么说你得补偿我。

吉　姆 什么意思?

芭芭拉 我需要时间想想——不过,你不可能就这么像没事人一样走掉。你知道大伙怎么说:如果得不到爱,那就得钱。

吉　姆　简直是敲诈。

芭芭拉　我俩第一次去廉价旅馆开房时,你就应该想到了。这事
　　　　我说了算。我会再给你信的。

　　　　(芭芭拉退场。)

弗雷德　我知道你现在想什么:在浴室练习时,一切都挺管用的。

吉　姆　弗雷德,弗雷德,我该怎么办?

弗雷德　有一点毋庸置疑,你决不能给她钱。

吉　姆　不给?

弗雷德　如果你给了,你就没法摆脱她了。她会一次一次找你,每
　　　　次都要更多的钱。她会把你榨干的,你的孩子可能就不得不
　　　　去上公立学校了。

吉　姆　我得告诉洛拉,我必须告诉她,这是唯一的出路了。

弗雷德　是吗?

吉　姆　由我来告诉她总比一个恶毒的陌生人告诉她好。

弗雷德　真的吗?

吉　姆　而且,这样她就没法敲诈我了。

弗雷德　你没法告诉洛拉你搞婚外恋已经半年了。

吉　姆　为什么不行,如果我给她买点鲜花——

弗雷德　植物园里所有的鲜花加起来都不够。

吉　姆　总有人有婚外恋然后又意识到他们犯错了。

弗雷德　你太理性了。洛拉最忍受不了的就是不忠,那是她童年
　　　　不幸的祸根。

吉　姆　你怎么知道?

弗雷德　我的狗告诉我的。

吉　姆　我会告诉她这没什么大不了的,只是一点点性冲动。

弗雷德 很好。妻子们都爱听那个。她会冲你莞尔一笑,然后把离婚协议书摆到你面前。

吉　姆 要是我不承认呢?我的话总比某个歇斯底里的陌生人的话更可信。洛拉会信谁的话呢?

弗雷德 请讲!

吉　姆 我完蛋了,一切都完了。这事没法解决。我罪大恶极,我该去地狱。

弗雷德 等等,我开始接收无线电信号……我感到射线正进入我的大脑。

吉　姆 我不需要射线,我需要一个有创意的点子。主啊,我俩还都是作家呢——

弗雷德 这么多该死的静电噪音……

吉　姆 除非我付清她要的钱。

弗雷德 这鬼天气不利于信号传送。

吉　姆 我做了什么?父辈造的孽要子辈还。

弗雷德 真令人讨厌。

吉　姆 我们可以搬家,搬到一辆房车上去,四处旅行,她永远也不会找到我们。

弗雷德 肯定有人在用微波炉做饭。

吉　姆 不,那不行——不管我做什么,我都死定了。

弗雷德 等等,等等——收到了!收到了!

吉　姆 收到什么了,弗雷德?

弗雷德 你问题的解决方案已经在我大脑皮层伽马频道 2000 上登记了。

吉　姆 好极了,我的脑子可收不到电报。

弗雷德 你得除掉她。

吉　姆　呃——哈,那就是你的见识?

弗雷德　不,我的意思是你得决定性地除掉她。

吉　姆　你什么意思?

弗雷德　我那个声音说,永久性消灭。

吉　姆　好,但是怎么做呢?除了杀掉她,我想不出还有什么别的
　　　　方法……我……(意识到那正是弗雷德的意思)弗雷德,我在
　　　　很认真地跟你讨论这个问题。

弗雷德　我很认真。

吉　姆　当真?杀了她?

弗雷德　这是唯一能保全你家庭的做法。

吉　姆　你该吃药了。

弗雷德　我正在接收一个绿色信号,这信号鼓励这么做。

吉　姆　弗雷德,我不会杀她。

弗雷德　不杀她?

吉　姆　这太神经了——你是个精神病人。

弗雷德　而你正好有点神经质——所以我可以教你很多东西。我
　　　　级别比你高。

吉　姆　这不是解决办法,即便是解决办法,我也干不了;即便我
　　　　干得了,我也不会干。

弗雷德　为啥不?这可是有创意的天才的灵感闪现。

吉　姆　从心理上,道德上,智力上讲,这么做都是错的。简直是
　　　　疯狂。

弗雷德　这是向不可思议的一跃。

吉　姆　那就还是让这个问题处于未被思考状态吧。

弗雷德　问题是如何做最漂亮。

吉　姆　那不是我考虑的问题。

弗雷德 我不想让你被抓起来。纽约现在有死刑了。如果你坐到那儿,接受死刑注射,那可不是帮你解决了问题。

吉　姆 不,我也不想那样。弗雷德——

弗雷德 我们得快点行动。这女人是个外星人——她也许已经被电脑控制了。

吉　姆 我不想讨论这事。

弗雷德 如果你不满足她的要求,她就会把每一个细节都讲给洛拉听。洛拉爱你,信任你,她有点产后只关注孩子的症状,但我肯定这毛病会过去,你们又能恢复到从前,每个感恩节都做爱。

吉　姆 那太极端了——你太极端了。

弗雷德 你太理性了。瞧,当所有的通道都没有出路时,我就来它个一跳。

吉　姆 是——你跳一下,我就被注射致死。

弗雷德 你不会被抓的,我们来个完美的计划。

吉　姆 不管会不会被抓,我都不想那样干。这么做错了。"你不能杀生。"①

弗雷德 你说什么,从你那雅皮书上学到的礼仪?

吉　姆 我要回家了。

弗雷德 过了明天,你就没家了。

吉　姆 我怎么没看出来她会来这一手。

弗雷德 因为你是一只羔羊——一只没什么想象力的,温顺的中产阶级羔羊。

吉　姆 我背叛了我妻子。

---

① 典出《圣经》。

弗雷德 正确。还甭提离婚会带给两个无辜的孩子的影响。还是双胞胎,就好像两个孩子长得完全一样给他们的人生带来的麻烦还不够多似的。

吉　姆 但杀了她是不可能的。

弗雷德 那你还能怎么阻止她告诉洛拉呢?还有什么别的方法?

吉　姆 我不知道,我有点偏头痛。

弗雷德 试试针灸吧。但别让他们把针扎得离脑髓太近,他们对我就这么干了。

吉　姆 弗雷德,求你了。

弗雷德 她住哪儿?

吉　姆 哥伦比亚旁。弗雷德——

弗雷德 是公寓房?有认识你的守门人吗?

吉　姆 是,有。

弗雷德 哪一层?

吉　姆 十一层。

弗雷德 开电梯的人呢?

吉　姆 没有,只有守门人。

弗雷德 二十四小时值班吗?不可能——

吉　姆 守门人时不时离开,喝点咖啡休息一会儿。

弗雷德 如果你从后面的楼道走……

吉　姆 他一般只离开十分钟。这些时间不够爬十一层楼梯,杀个人,然后再下楼的。

弗雷德 她跟别人讲过你俩的事吗?比如某个朋友?

吉　姆 据我所知,这仅是我俩之间的秘密。

弗雷德 你中途得停下来买双手套。

吉　姆 那是自然。我可不想弄得到处都是我的手印——我——

弗雷德，我们在这儿说些什么？我可不杀她。

弗雷德 老朋友，你必须这么做。要么干掉她，要么跟洛拉和你的孩子拜拜。

吉　姆 但这太残忍了。什么！我潜入她的住处？

弗雷德 是的。

吉　姆 摁响门铃。

弗雷德 她会在等你，你得先打个电话。

吉　姆 然后呢，扼死她？

弗雷德 你想怎么做，你自己选：扼死她，让她窒息而死，或者用厨房的刀……

吉　姆 用电话线缠她的脖子？

弗雷德 如果你愿意这么做也成。

吉　姆 或者用塑料袋套在她头上。

弗雷德 使那样子看起来像自杀或者抢劫。

吉　姆 对，我可以假造一张遗言条或者最好是用什么计策让她自己写一个。她最近在一家杂志社丢了工作。一个女人独自一人，那么消沉。

弗雷德 你知道我在想什么吗——如果你能弄到一些和她的血型一样的血，你买把枪和一些子弹，你用钳子把其中一颗子弹的弹芯取出来，把她的血冻到那颗子弹里，然后把那颗子弹塞进弹药筒。你进到她的公寓，对着她胸膛开一枪，她被有冻血的那颗子弹打死了，那血在她身体融化，同样的血型，警察发现她死了，但却找不着子弹。她的身体上有个洞，却没有子弹出口的伤痕。（转移注意力）请讲。

吉　姆 我可以在街上扔下点什么，让陌生人捡到，把那个人的手印留在上面。然后我带她去旅馆，以萨姆和费利西蒂·阿博

35

加斯特的名字登记,在房间杀了她,留下那件东西,然后顺着防火梯爬下来。

弗雷德 我不喜欢费利西蒂这个名字,太离奇。

吉　姆 叫简·阿博加斯特写起来更方便。

弗雷德 你会留下签名的痕迹,他们有鉴别书写的专家。

吉　姆 我登记的时候用左手签名。

弗雷德 等等——等等——不,这行不通。

吉　姆 什么?

弗雷德 我在想你把她锁进壁橱里,用一根橡皮管从锁眼那儿把里面的空气抽光。

吉　姆 我读过这么个故事,说一个人用羊腿把另一个人打死,然后吃了那谋杀工具。那是个有趣的故事。(笑)他吃了那凶器。

弗雷德 吉姆,这不是在开玩笑。你得除掉那女的,而且得快。

吉　姆 弗雷德,我不会干的。我干不出来。

弗雷德 也许最后最好的方法是电话约她出来喝一杯,在一条黑暗的街道上杀了她,抢了她的东西,使整个事件看起来像出哑剧。

吉　姆 我不干。

弗雷德 这么说,也许你真希望你婚姻破灭。

吉　姆 你胡说什么?

弗雷德 是的——摆脱掉你身边长得鼠眉鼠眼的老婆,还有那两个像得让人不舒服的孩子。同时,你还可以坚持说你并没有抛弃他们,而是因为事情没法收场了——那个嫉妒心极强的女人毁了你的家。

吉　姆 饶了我吧,别在我面前发表那些伪弗洛伊德的见识。

弗雷德 当然,你成了一个自由人。一个离异者,开始了新生活,

36

女演员,模特,迪厅服务员。

吉　姆　够了。

弗雷德　我说中了吗?

吉　姆　得了,我没说我不是身处困境,我没说我将够幸运如果芭芭拉——如果她——

弗雷德　你可以说。

吉　姆　死了。但她是个人。

弗雷德　你说这事就好像这是件好事。

吉　姆　不是吗?

弗雷德　我不知道。你曾参加过合作公寓的租客会议吗?

吉　姆　也许无意中我骗了她。有这可能。我可能比我自己意识到的应该负更多的责任。

弗雷德　但是你的表现却糟糕而愚蠢。你渴望在家里得到一点点注意力,一点点激情,因此你就搞婚外恋,纵容自己,得到了些不正当的性满足。终于,你醒悟了但为时已晚。一个诡计多端的女人是不会轻易放过你的。你很可怜。没事,大部分人都很可怜。瞧,另一方面,现在的我很可悲。

吉　姆　我可怜,你可悲?

弗雷德　哦,是。我有伟大的一面。如果重来一遍,我很可能成了莎士比亚或弥尔顿。

吉　姆　你开玩笑吧? 就你那八个妓女和大众汽车的创意?

弗雷德　如果你能防止那个报复心强的女人毁掉你的家庭,你就有机会挽回不利的局面。这女人没有得到自己想要的,愤怒最后就会演变成敲诈。

吉　姆　从道德上来讲,这是无法接受的。

弗雷德　你所做的从道德上来讲也已经令人无法接受了。你对妻子不忠,你撒谎,你没有遵守婚姻盟誓。

吉　　姆　是,是不对,但这些不是谋杀。

弗雷德　你说到谋杀就好像它是终极行动。对于一个像我这样更
有创意的头脑来说,它只是另一种选择。

吉　　姆　弗雷德,这就是咱俩的差别所在。你有伟大的幻想,而我
更实际些。我不从帝国大厦或盘旋的太空船发射的信号接收
指令。

弗雷德　这可以变——我认识一个脑外科医生,他能给脑部装一
个碟形卫星天线。

吉　　姆　我接受犹太教与基督教所共有的道德规范。

弗雷德　你从卡特尔接收指令?

吉　　姆　你把精神失常和创造性混为一谈。

弗雷德　嘿,别不信我的话——读读这些年关于你的评论。当评
论家们很委婉地说你是一个"不错的作家"时,你以为他们是
什么意思呢?

吉　　姆　我是一个固定的职业作家,而你只是一个无组织的疯子。

弗雷德　所以我们可以很好的合作啊。

吉　　姆　不,我不想跟人合作。

弗雷德　你害怕了。

吉　　姆　也许吧。但这是我的选择并且我绝对不干谋杀这种事。
我知道可能会有很严重的后果,但我自己应该对此负责;而且
即使芭芭拉硬是要像条毒蛇一样缠着我,要了她的命也绝对
是令人无法接受的。

弗雷德　孩子,我们讨论的是解决你问题的关键所在。你却不能
走出这关键一步。

（芭芭拉现在又出现在场景中。）

芭芭拉　我想跟你谈谈。

吉　姆　芭芭拉——我以为——

芭芭拉　很高兴你还在这儿。

弗雷德　芭芭拉,你对杀虫剂或蟑螂药过敏吗?

吉　姆　弗雷德!

芭芭拉　我想单独跟他谈谈。

弗雷德　单独?那怎么可能呢?

芭芭拉　你不在旁边就行。

弗雷德　但我们是一伙的。

吉　姆　行了,弗雷德,给我一点空间,我们又不是连体人。

弗雷德　但我们的合作——

吉　姆　求你了,我需要点时间单独和芭芭拉在一起。你去跟你的太空船聊聊去。

弗雷德　好,你们想怎样就怎样吧。我走了。(低声对吉姆说)你看到那炽热的红光环绕着她了吗?我以前唯一看到的那次是绕着尼克松的。

(弗雷德退出。)

吉　姆　芭芭拉,对这一切我很抱歉。

芭芭拉　我需要几分钟让我的脑子清醒清醒。

吉　姆　你那时候累极了。

芭芭拉　这一切都让我吃惊。

吉　姆　我为此道歉。要结束一段恋情不容易。

芭芭拉　我知道我陷进去了。

吉　姆　我从没骗过你。我们都是成年人了。

芭芭拉　我最近精神有点紧张。丢了工作——饮酒有些过量。

吉　姆　我理解。我那时正经历婚姻中很糟糕的一段日子。婚姻也许永远也不会顺,但婚外恋也不是好办法。如果我能为你做点什么——

芭芭拉 我想要三十万。

吉　姆 尽管说。

芭芭拉 先付三十万,其余二十万年底给我。

吉　姆 你再说一遍?

芭芭拉 你的剧本赚了些钱了,我想你应该付得起五十万。

吉　姆 芭芭拉,想想你都在做什么——

芭芭拉 你想去吧。我可以让你过得一团糟,但是我没有。那总该有点报酬吧。

吉　姆 五十万——

芭芭拉 你还想讨价还价? 我马上去找洛拉。

吉　姆 我掏不出那么多钱呀!

芭芭拉 你的意思是你不愿意。

吉　姆 是的,我不愿意。给得起也不给。因为你不会就此停手的。明年你还会找我要,后年你还会向我要。

芭芭拉 吉姆,你没有资格定规矩。

吉　姆 我要把这团乱麻理清楚一下,别陷得更深。这么做只会让我们永远也扯不清。只消几年你就会把我榨干,我永远也别想摆脱你了。

芭芭拉 明天前我就要——我的意思是第一笔钱。你有二十四小时。

吉　姆 我不需要二十四小时。

芭芭拉 如果明天下午之前我没有你的消息,我就应该认为你愿意让我向洛拉和盘托出。你自己挑。睡个好觉。

(她离开时,吉姆都不知道往哪儿走,随后他拿出手机。)

吉　姆　（大声说）不，你没机会告什么密了，因为我会。我会自己告诉洛拉。我会向她坦白一切。我会请求她理解。我会卑躬屈膝地，我会哭着讲这一切。洛拉是个体面人。也许她在心里会想法原谅我……唉，这很不容易尝试……但是我不能让旁人一时的冲动毁了我的家，我没法带着这种威胁活着……每一次她要的钱都会比上次的多……要付给她的钱越来越多……要钱的次数也越来越频繁。这一切我将如何解释呢？不，洛拉，这公寓我们供不起了，但我没法跟你解释原因……度假取消了，孩子们得出去干点活挣点钱，干点小双胞胎能干的活……

（弗雷德不声不响地进来了，但只是观察吉姆；吉姆没看见弗雷德，对着手机说话。）

吉　姆　洛拉，你好。是吉姆。吉姆·斯温……你的——你的老公……老吉姆·斯温，詹姆士·斯温，哈，哈……你好吗？好——生活还好吧？哈，哈——什么？不——我没喝酒。我只想聊聊。你知道我爱你……哈，哈……洛拉——我有事要告诉你——

（弗雷德一把抢过手机扔到了地上。）

弗雷德　你干吗呢？

吉　姆　你能怎么办呢？

弗雷德　你不是想把事情原原本本都告诉洛拉吧？

吉　姆　是，我正这么打算——你知道吗，你说芭芭拉头上有红光环，你真说对了——我敢肯定我也看到了——她想要五十万——一开口就要那么多——你敢相信吗？三十万明天就必须给她，余下的年底得给。我不会给的——一个子儿也不给——一分钱也不给。

弗雷德　别担心。二十分钟后芭芭拉就该到大西洋了——或者到波基普西,如果河水往上游流的话。

吉　姆　你没明白,我——弗雷德——你不会——

弗雷德　我看她看得没错,吉姆,她从另一个星系接受命令。

吉　姆　弗雷德,告诉我事情还不到如此——

弗雷德　别担心,你跟这事儿一点干系也没有。

吉　姆　哦,我的老天啊!

弗雷德　你很聪明。她耳朵里装了一个电脑芯片。她是奴役布朗克斯计划的一部分。

吉　姆　我得离开这儿。

弗雷德　如果她在一望无际的大西洋里某个地方被人找到,看起来只会像自杀,他们永远弄不清是怎么回事。你自己说过,一个女人,孤身一人,最近又刚刚丢了工作。

吉　姆　你把她扔到哈德逊河里了?

弗雷德　所有那些周密细致的计划——写得太糟糕了。最好的情节往往是最简单的。我坐在一条长凳上,她走了过来,我俩旁边都没人。那一刻就像灵感突现。那也是咱俩的区别,你总会分析又分析,想了又想。这不对,这不合逻辑。对我而言,跟着感觉走准没错。

吉　姆　我有点恶心了。

弗雷德　算了吧,电影稿费我不要了——也别再提咱俩合作的事——事实上,我并不想当作家——我那时忘了当作家是多乏味的事——这活儿太孤独,吉姆——有人邀请我参加下一个阿波罗队——他们正计划一项载人飞船探索半人马座阿尔法星①的任务。你继续干你的工作——你是个不错的职业作家——但我还是想建议你最后还是找个人跟你合作吧——这又不是什么丢脸的事——仅仅是你缺那么一点儿。

吉　姆　我太吃惊了。

弗雷德　吉姆，你注意那些星星。许多星星上都有生命，那对我们来说并不是好事。阿波罗任务的目的就是探索宇宙中的动荡地区以及处理那些不测之事。总统对此很了解，我们详细讨论过了，那儿并不总是鲜花遍地啊……

（手机响，吉姆接电话。）

吉　姆　（对着手机）喂？洛拉，是……我不知道刚才怎么回事……断线了……啊，不……我刚才是想说……我打电话因为我想你了，我去你那接你吧，我们可以一起走回家……我爱你……我爱你……我——哦，洛拉——

（吉姆退出，这时弗雷德大声说话。）

弗雷德　其实，我可以在海王星上开几条运河出来——他们很可能是圈套——我们干了什么使他们如此生我们的气？你说什么也没干？再想想……你不是那种搞婚外恋的人——心怀感激吧——代价太高了——向洛拉致爱……请讲！

灯光渐暗

---

① 　Alpha Centauri，人马座中的聚星，其三个组成部分是星座中最亮的部分，距地球四点四光年。

文思枯竭

塞布鲁克古镇

幕启，康涅狄格州的乡村小屋内。美式古董，现代家具——可能还有一个大石壁炉——楼梯通向二楼。希拉和诺曼就住在这幢小屋里。这会儿，他们在屋后的院子里烤肉待客。一块儿野餐的还有希拉的妹妹珍妮和她的丈夫大卫。远处传来嘎嘎的天鹅叫声。

　　珍妮、希拉和诺曼边闲聊边准备喝的饮料，盛完饮料，回到后院烹调食物。

希　拉　（望向窗外，若有所思）瞧，诺曼，那些鹅又游回来了。

诺　曼　听你这口气，就像是俄罗斯悲剧里的女主人公。

珍　妮　我讨厌俄罗斯戏剧。没有大起大落，票价还跟音乐剧一样贵。

希　拉　想想，每年这些天鹅南迁时都会在我们的小池塘里待上几天。

诺　曼　我告诉过你，塞布鲁克古镇的好日子就要来了。

大　卫　这些嘎嘎叫的鹅想告诉我们什么？大自然奇伟而又神秘莫测？

希　拉　什么？

大　卫　总有一天，我们都会变老，朽掉。这就是大自然要传达的全部信息。

珍　妮　他说起来倒容易,他是整容医生,这句话就印在他的名片上。

希　拉　大卫,你太太可把你的底给揭□。

大　卫　(举杯)为天鹅干杯。

珍　妮　别为这些天鹅干啊,为诺曼和希拉干杯,祝第七个结婚纪念日快乐!

诺　曼　这些年是我生命中最为幸福的日子。或许有两年真的很快乐。开个玩笑。

希　拉　弗洛伊德说过,人无戏言。

诺　曼　(举杯)为弗洛伊德干杯,这位阳物崇拜的诗人。

大　卫　哦,抱歉了诸位,我现在要去书房看泰格·伍兹打球了。牛排烤熟了再叫我。

(离开,去书房。)

珍　妮　(同希拉一块退场)我再去弄些冰,我在烹饪学校就学会了这几手活儿。

大　卫　(回来)开心果放哪儿了?

希　拉　我不知道……

大　卫　看高尔夫球比赛的时候,可少不了开心果啊。

希　拉　大卫。

大　卫　得有一些红红的,带盐味儿的开心果。

希　拉　(走进厨房)这儿有些腰果……

大　卫　看篮球才吃腰果,看高尔夫球得开心果。

诺　曼　大卫,去看球吧。

(大卫离开,进书房。)

我知道那些天鹅象征着什么了。它们象征着大祸即将临头。这些嘎嘎的叫声是交配的呼唤,而这种呼唤常常表示麻烦要来了。

(铃响。)

诺　曼　希拉,你有客人要来么?

希　拉　(回到客厅)没有啊。

(他们打开门,门口站着一对夫妻模样的人,哈尔·马克斯维尔和珊迪·马克斯维尔。)

哈　尔　您好,希望没有打扰你们。

珊　迪　(有些尴尬)哈尔,这样不好吧。

哈　尔　我是哈尔·马克斯维尔。这是我太太,珊迪。我们刚好路过此地,冒昧打扰了。不过,我们是这个屋子以前的主人。

希　拉　是么?

珊　迪　是的。我们在这儿住了九年,后来把房子卖给了一位叫克罗里恩的先生。

哈　尔　麦克斯·克罗里恩,他是个有名的作家。

诺　曼　哦,嗯。我们在这儿住了三年了。我是诺曼·波拉克,我太太,希拉。请进!

珊　迪　不想添麻烦了。我们现在住在新泽西,今天碰巧到这附近买些古董,离这儿很近。

希　拉　请进吧! 到处看看,悉由尊便吧。

诺　曼　呃,你们以前住这儿?

希　拉　想喝点什么?

哈　尔　好啊,我要来一杯。

珊　迪　你还得开车。

(他们走进屋内,四处瞧瞧。)

希　拉　这房子现在看起来怎么样?

哈　尔　勾起很多回忆啊。

诺	曼	你们想喝些什么？

诺　曼　你们想喝些什么？

哈　尔　我倒是想来一杯纯麦威士忌，不过喝什么都行。

诺　曼　你呢？

珊　迪　哦，如果可以的话，给我来点白葡萄酒好了。

诺　曼　我们没有白葡萄酒，不过我们的马提尼倒是无色的。

（珊迪被诺曼的笑话逗乐了。）

哈　尔　（站在窗前）是谁的主意，居然在这里弄了一个泳池？

诺　曼　我们弄的。

哈　尔　泳池什么形状？

诺　曼　阿米巴——变形虫式的……

哈　尔　那些个小细菌……

珊　迪　哈尔——

（珍妮走进来。）

希　拉　噢，珍妮，这是——

哈　尔　马克斯维尔夫妇。

希　拉　他们是这里以前的房东。

珊　迪　我们只想再看看这个地方——这是我们当初喜结连理的
　　　　地方。

珍　妮　噢，太浪漫了。

哈　尔　我们是在院子里那棵枫树下结婚的。现在枫树没了，有
　　　　了一个泳池。

希　拉　你们饿了么？

珊　迪　不饿——

哈　尔　你干吗说不饿，我们都快饿死了。

诺　曼　哦，这样吧，我们正在烤牛排，你们也来尝点。

珊　迪　谢谢，但是不用了。

哈　尔　呃,五分熟就好了。

大　卫　(正好从书房里走出来)谁来了?泰格正好在推杆,就听到门铃在响,估计是这阵铃声吵得他球都打偏了。

珍　妮　这是我丈夫——大卫。大卫,这是——

哈　尔　哈尔·马克斯维尔和珊迪·马克斯维尔,我们以前住这里。

大　卫　真的?你们把开心果藏哪儿了?

珍　妮　大卫,他们是在这个房子里结婚的。

大　卫　哦,太好了。你打高尔夫么?

哈　尔　不打。

大　卫　哦,太棒了。哪天我们得出去打一场。

珍　妮　冬季谈的是纽约尼克斯篮球队,夏季是高尔夫球,还真是弗洛伊德,就喜欢看年轻人往洞里捅球。

(她走开了。)

哈　尔　嘿,这里原来铺的那些个漂亮的地板呢,怎么都不见了?

诺　曼　噢,呃,我们重新铺过了。

哈　尔　你们把原来不规则铺设的地板都换掉了?为什么?

诺　曼　我们想让地板更光滑一点。

珊　迪　(向她丈夫投去一瞥)这样很漂亮——

哈　尔　这是我们第一次做爱的地方——

珊　迪　哈尔——

哈　尔　就在这儿,现在放咖啡桌的地板上。对我们而言,那些地板已经够光滑的了。

珊　迪　哈尔——

希　拉　呃,听起来很浪漫。

哈　尔　我也这么觉得。珊迪害羞了。真是值得回忆的时刻,尤其是我们当时各自都有家室。

珊　迪　哈尔!

希　拉　哦,我的天哪。

哈　尔　别想歪了。我们当时都喝高了,屋子里就我俩,当晚正碰
　　　　上暴风雨,四下里的灯全黑了——突来一个闪电,把屋子点亮
　　　　了。然后,我看到了珊迪,她双唇丰盈,凌乱的头发在潮湿的
　　　　空气中纠结——她让我去她身边,每一声召唤都像是在邀请
　　　　我共赴云雨,而且一次比一次更强烈。

希　拉　马克斯维尔先生,您从事什么职业?

哈　尔　叫我哈尔吧。我是一个会计。瞧,她的脸色都沉下来了。

希　拉　什么?

哈　尔　你可能以为我是诗人,对吧? 我看起来并不像那种在一
　　　　个公司里终日跟数字打交道的人——对吧?

希　拉　我不知道——会计师也可以非常诗意。我们有一些纳税
　　　　申报单,你真该看看。

哈　尔　我觉得自己有那种潜质,只是我缺少勇气。

珊　迪　哈尔希望能够写出一本伟大的美国小说。

哈　尔　戏剧,珊迪,是戏剧——不是小说。虽然我写过几首有关
　　　　胆固醇危害的诗,十四行诗。

珊　迪　你们认识克罗里恩先生么,就是以前的住户?

诺　曼　只听过他的名字。

哈　尔　我在进行房屋交易的时候见过他一次。我试着跟他聊
　　　　天——这个男人很难打交道——但他是一个技巧十分娴熟的
　　　　小说家。

诺　曼　抱歉,我想我最好去给她妹妹珍妮搭把手——每次烧烤,
　　　　只要珍妮负责烧炭火,最终的结果都会上六点新闻。

（离开。）

珊　迪　您丈夫是干哪行的,呃……太太?

希　拉　叫我希拉吧。他是个牙医。

哈　尔　嘿,他的职业跟我的一样糟糕——噢——咳,我的意思是——呃——你妹妹是干什么的? 是模特么?

希　拉　珍妮在曼哈顿开了一家女用内衣店,她丈夫干些尾部修理的活,我不是指汽车工业。他是一名整容医生。

（珊迪被希拉的玩笑逗乐了。）

珊　迪　（望向窗外）那个鸟窝还在。

哈　尔　那个鸟窝是我设计制作的。

珊　迪　是仿照古根海姆博物馆设计的。

哈　尔　嘿——你知道那个暗格么?

希　拉　不知道。

哈　尔　这就对了。如果不是这个房子的老房东华纳先生告诉我们的话,我们也不会知道。这个房子就是他自己建的。他在壁炉的后面做了一个暗格。

希　拉　不会吧。

哈　尔　没错——他确实这么干了——

珊　迪　指给她看。

哈　尔　在这儿,就在这个后面。但是你得先找到暗闩。

（拨弄插销。）

珊　迪　是顶上那个,把销子拨开……

哈　尔　在这儿——我找到了——开了……

希　拉　（看着暗格被打开）天哪,真是每天都有惊喜等着你——

哈　尔　真不敢相信,你居然不知道这个暗格。

希　拉　完全不知道! 我总是靠在壁炉架旁——我做梦都想不

53

到——一个暗格——这是什么?

珊　迪　那是什么?

希　拉　(打开旧记事本,念起来)"我希望能够珍藏我生命中最为激动人心的时刻。"(抬头)哼,这是什么?(快速翻阅,念)"她的乳房在我的掌中颤抖,我俩呼吸急促——"

哈　尔　你拿的是什么?

希　拉　(读)"与希拉妹妹珍妮的风月情,诺曼·波拉克著。"

　　　　(希拉抬起头。)

哈　尔　诺曼·波拉克,那是她丈夫!

珊　迪　咳,认识你们很高兴……

希　拉　诺曼,你能到客厅来一下么?

珊　迪　我们走了……

诺　曼　(回到客厅)你说什么,亲爱的?

希　拉　你这个可悲的骗子,狗娘养的!

诺　曼　你说什么?

　　　　(发现她手里拿着什么。)

珊　迪　你们把这个地方弄得很漂亮——

希　拉　这是你的。

诺　曼　你到底在说什么?

哈　尔　她找到了你的日记。你现在麻烦大了。

诺　曼　我的什么?别开玩笑了!

希　拉　上面有你的名字。

诺　曼　噢,上帝,希拉,电话本上指不定有一百多个叫诺曼·波拉克的家伙。

希　拉　这是你的笔迹。

诺　曼　很多人在写字母"i"的时候那一点画成一个圆圈。

希　拉　这里有张你和珍妮的快照,你的手还放在她的胸上。

诺　曼　这是你仅有的实物证据。

希　拉　(念日记):"我再也无法隐瞒对希拉妹妹炙热的情感。和珍妮做爱让我感受到前所未有的销魂。"

珊　迪　如果你们去过纳特利……

诺　曼　你怎么找到的?

哈　尔　我们买房子的时候就知道有这么一个暗格。

珊　迪　哈尔,你闭嘴。

诺　曼　是你告诉她的?

哈　尔　我怎么知道你跟珍妮还有这么一档子事?

诺　曼　事到如今,希拉,在你做任何结论之前……

哈　尔　诺曼,你没搞清楚状况——现在是证据确凿。

珊　迪　你能够闭嘴么,哈尔?

希　拉　(读日记)"月下,我们四个人坐在坦格林的草坪上,我悄悄地把手探到她的裙下。有那么一会儿,希拉似乎察觉到了什么——"

哈　尔　日记里还写了些什么?

诺　曼　你能不能别掺和了!?

希　拉　"今天珍妮扮成了一个小女孩,我抽了她小屁屁,她觉得非常刺激,然后我们做了爱。"

哈　尔　我能够看一眼那本日记么……

珊　迪　哈尔,别掺和了!

珍　妮　(走进屋)诺曼,我不小心把炭火弄灭了。

希　拉　喔,"我不小心把炭火弄灭了"?好啦,你真是一个坏小孩。诺曼又要打你的小屁屁了。

珍　妮　(一头雾水)什么?

诺　曼　她发现了我的日记。

珍　妮　你的什么?

希　拉　(读)"今天我跟珍妮在她家约会,在她与大卫共枕的床上,我们做爱了。"

珍　妮　你记了一本日记?

诺　曼　直到他告诉她那个暗格之前,这个日记都藏得好好的。

哈　尔　我怎么知道你跟他有一腿?我是在不知情的情况下告诉她那个暗格的。

珍　妮　见鬼了,你干吗记日记?

哈　尔　对于交税而言,记日记是很有用的。

珊　迪　咳,我肯定你们能够解决这些问题,现在,如果你们不介意的话——

希　拉　休想离开,你们得待在这儿,你们是证人。

哈　尔　证人?是不是有什么要发生了,所以你需要证人?

希　拉　你俩这样在一起多久了?

诺　曼　我们只是偶尔幽会几次。

希　拉　(查看日记)根据这本日记,光总统日那天你们就发生过四次关系。

诺　曼　呃,是的,那是因为华盛顿和林肯的生日都在同一天庆祝。

哈　尔　我不认为这个问题有多严重。住郊区的人没有不偷情的。

珊　迪　是么?

希　拉　(读日记)你怎么会这么多体位?

珍　妮　普拉提。

哈　尔　(被珍妮的玩笑逗得哈哈大笑)你听到没——

珊	迪	我听到了,我听到了。我们也曾经住在郊区,确切地说,
		就住在这块儿,我希望你没有对我不忠,至少我没有这么干。
哈	尔	我当然不会。
珊	迪	那为什么你会那么说?
哈	尔	我是指通常情况下。
珊	迪	你跟霍莉也没有什么?
哈	尔	霍莉·福克斯?拜托,就因为她是一个女演员?
珊	迪	对呀!就因为你一直强调她并不漂亮,但是你说梦话的
		时候,有几次都在喊她的名字。
哈	尔	你这是无中生有。你会这么说,是因为你一直对他哥哥
		有意思。
珊	迪	相信我,如果我想要肯·福克斯,我不会有任何问题。
哈	尔	你什么意思?
珊	迪	我想说,曾经有整整一年的时间,他每个礼拜都会找我搭
		讪调情,但我没搭理他。
哈	尔	咳,我还是第一次听说这个。
希	拉	你们这种狂恋持续多久了?
诺	曼	(与珍妮同时开口)没多久。
珍	妮	三年。
诺	曼	六个月。
珍	妮	一年。
诺	曼	外加半年。
珍	妮	没多久。
诺	曼	这期间真正在一起的时候不多。
希	拉	你怎么能够做这种事情!你是我妹妹啊!
珍	妮	我能说什么呢,我们坠入了情网。

诺　曼　那不是爱情,纯粹是性。

珍　妮　你对我说你爱我。

诺　曼　事实上,我从没用过那个词——我说过我很"在意"你——我"想"你——我"需要"你——我"不能没有你"——但我从来没有说过爱你。

希　拉　这些日子以来,你一边跟我睡一张床,一边跟珍妮乱搞?

诺　曼　是她引诱我的,我有什么办法?

珍　妮　我引诱你了?

诺　曼　三年前,我去她内衣店——想给你买件礼物——当时我挑了件内衣,看起来不错——我问她是否合适你穿——她说她跟你身材差不多,可以试穿一下——我可以看看——我们同时进了试衣间——她钻了进去——

哈　尔　钻进什么?

诺　曼　丁字裤——她当时穿着一条丁字裤。

珊　迪　(对着哈尔)你能不能别插嘴。

哈　尔　我在试图跟进故事。

珊　迪　你觉得她很有魅力,对不对?

希　拉　你也这么觉得?

哈　尔　什么?

珊　迪　你刚问希拉她妹妹是不是模特,而且你一直迫不及待地想拿到那本日记。

哈　尔　我有什么办法,我只是不小心闯入了一出凡夫俗子的闹剧。

希　拉　(把日记递给他)给你——你懂文学——

哈　尔　我并不是——

　　　　(接过日记,马上被吸引住了。)

珊　迪　哦,哈尔,别装了。我可以肯定关于她性生活的那些个细节会让你大饱眼福。

哈　尔　(翻阅日记)咳,可能对于,噢,噢——

珊　迪　对于任何九十岁以下的男士。

哈　尔　哇,珊迪,你要有她一半那么勇于尝试就好了。

珊　迪　想都别想。

哈　尔　我不是在说我们的性生活。

珊　迪　如果我让你失望了的话,我很抱歉。

哈　尔　你瞧,我们都不好过……我只想说,如果你愿意偶尔尝试一下……

珊　迪　如果你所谓的尝试,是指邀上霍莉·福克斯,来场三人大战的话。

哈　尔　咳,那你想怎么尝试?

珊　迪　我没想过要尝试,我们是在做爱,而不是在做科学试验。

希　拉　你经常读那种故事,讲变态牙医在给患者清洗牙槽的时候,跟这些意识不清醒的患者做爱。

诺　曼　我不是一个变态牙医。我是一个变形牙齿矫正师——你总是分不清楚。好吧,这事我负全部责任。如果你要怪,就怪我吧。

希　拉　那你认为我究竟应该怪谁?

大　卫　(从书房走出来)泰格·伍兹刚打了一个波忌①。

哈　尔　诺曼也如此。

大　卫　真是刺激!

希　拉　大卫,过来,我们有些东西要给你看。

---

① bogey,高尔夫术语,超过标准杆数的一击。

大　卫　不能等会儿么?

希　拉　不好说,但是它很劲爆。

珍　妮　不要这么刻薄。

希　拉　大卫,过来,到我身边来坐一会儿。

哈　尔　快,珊迪——你带了摄像机么?

珊　迪　放在汽车上了。

希　拉　读一下这本日记,大卫——看看你认不认得其中的主角?

大　卫　(接过日记)这是什么? 泰格·伍兹就要破纪录了。

诺　曼　让这个男人去看他的球赛吧。这跟他都没关系。

哈　尔　哦,诺曼,这事跟他有点儿关系。

　　　　(大卫读日记。)

希　拉　你怎么看,大卫——认出这里面的主角了么?

哈　尔　他肯定认出来了。

大　卫　主角么?

希　拉　是的,里面那个已婚妇女叫珍妮,还有一个牙医。

大　卫　已婚妇女珍妮? 我从哪儿认识这么一个人啊?

希　拉　想想吃早餐的时候。

大　卫　这是什么? 蹩脚的色情小说? 为什么让我读这种东西,
　　　　我这会儿正在看美国公开赛呢!

希　拉　你娶了美国公开赛得了。

诺　曼　珍妮——

希　拉　诺曼!

诺　曼　希拉。

大　卫　什么? 我错过了什么?

哈　尔　我能够给他一点提示么?

珊　迪　你能不能不插手。

哈　尔　我真不敢相信,他居然还不明白。

希　拉　这里面的男人叫诺曼,而女人叫珍妮,难道你觉得这是巧合?

大　卫　不知道——怎么了?

希　拉　你的妻子叫珍妮,我的丈夫叫诺曼。

大　卫　所以呢?

珊　迪　这男人真的是医生?

希　拉　那你认不认识照片里的两个人?

诺　曼　希拉——

哈　尔　我听到有人想否认——

大　卫　认识啊,是你的丈夫和另外一个女人。

希　拉　阿哈——你看到诺曼的舌头了么?

大　卫　当然。

希　拉　在哪儿?

大　卫　在他嘴里。

希　拉　舌头的另一端呢?

大　卫　贴在这个女人的耳朵上。

希　拉　那么他的手呢?

大　卫　(研究照片)呃——诺曼,这是什么,新的牙科手术?

希　拉　你难道没有认出来这个女人?

大　卫　她看起来相当眼熟。

希　拉　要不要来点提示?

珍　妮　我再也受不了了。

希　拉　记得两年前在一个晚宴上,你遇到了一个年轻女人,你们彼此很合得来,然后开始交往。

大　卫　是的——我们都喜欢托尔斯泰、法国电影,还有航海——

后来我娶了她——珍妮——你到底想说什么？你想说这个日记里的女人——照片里的女人——跟珍妮很像？那个女人跟珍妮很像？那个女人很像珍妮？你想说那个女人——那个女人就是珍妮——她就是珍妮——我明白了——我明白了。

哈　尔　我永远也不会让这个人给我做整容手术的。

珍　妮　希拉，你太残忍了。

大　卫　（被震住了）这才是你——你就是她——她就是你——她才是真正的你——

珍　妮　大卫，希望你能理解——除了性那部分，其他都是柏拉图式的。

哈　尔　这到底有什么问题？如果除了讨论托尔斯泰和外国电影以外，她还可以做这些，你等于中了头彩了。

珊　迪　你对她有意思——我当时就察觉出来了。

哈　尔　我的意思是，除了做一个贤妻良母，如果晚上在床上你还能疯狂点，那就更好了。

珊　迪　我不敢相信你会这么说。

大　卫　我太震惊了——我彻底晕了。我居然都不知道——这个男人是谁？

希　拉　诺曼，诺曼，就在这儿。

诺　曼　哦，别闹了，希拉。我是跟珍妮有婚外情。

大　卫　珍妮——一个跟我妻子同名的女人？

希　拉　这个打击对他而言太大了。

大　卫　婚外情？

哈　尔　这个人简直要把我逼疯了——除了婚外情还能是什么？

大　卫　但是，这就意味着诺曼和珍妮两人睡到一起了。

珍　妮　是的，大卫，我们是睡到了一起——但是我们总是没有前戏。这样说能让你好受一点吗?

希　拉　这点听起来倒像是诺曼的作风。

大　卫　但是,他是我内兄,而她是我的妻子啊。再说了,照片里
的人是谁?

希　拉　他彻底糊涂了。

大　卫　请原谅。

(离场。)

哈　尔　如果他这会儿还跑去看泰格·伍兹打球,那他真的是一
个彻头彻尾的球迷了。

希　拉　这肯定意味着离婚了。

珍　妮　希拉,也许我身体上背叛了你,但是在心灵上,我一直是
一个忠诚的妹妹。

希　拉　妹妹? 你还敢提? 你再也不是我妹妹了。从这一刻起,
你对我而言最多就是一个侄女。

诺　曼　希拉,希拉……我要怎样才能补偿你?

希　拉　里夫金和阿布拉莫维茨公司会告诉你要怎么补偿我的。

大　卫　(端着来复枪进来)至于现在——准备去死吧。

珍　妮　大卫!

诺　曼　好吧,别闹了,那枪里可是上了子弹的。

大　卫　退后,诺曼! 退后! 房子里所有的人都要去死,等你们都
死了,我会把枪筒塞到自己嘴里,然后扣动扳机。

哈　尔　(看表)噢,已经六点了? 我们还要去看电影《妈妈咪
呀!》的。

大　卫　别忙,我说了,每个人。

哈　尔　我们只是路过,参观一下房子而已。

珍　妮　大卫,你的眼神很吓人!

大　卫　首先是你和诺曼,然后是希拉。

希　拉　为什么是我?我到底做错了什么?我跟你一样,也被人耍了。

大　卫　是你找到了那本日记。

希　拉　是他告诉了我藏日记的地方。

大　卫　相信我,他也逃不掉。

珊　迪　我们只是无辜的路人。

大　卫　这样的新闻才完美,不是么?奸夫淫妇,被带了绿帽子的妻子和老公——外加两个毫无关系的路人。

哈　尔　你疯了。

大　卫　他们就是这么形容"山姆之子"①的。

哈　尔　确实——而且——他们确实说对了。

珍　妮　他已经疯了。

哈　尔　但是你不能杀我们啊——我们什么都没干,我从来没有出过轨,我原本可以的。相信我,我确实有这么想过。

珊　迪　你想过?

哈　尔　咳,认了吧,珊迪,你有时非常冷淡。

珊　迪　我?

哈　尔　是的——她跟珍妮正好相反——从来不愿意尝试任何新东西。

珊　迪　咳,如果你偶尔对我浪漫一点,而不是每次都速战速决的话。

哈　尔　我只想在头疼之前把一切都结束掉。

---

　　①　Son of Sam,连环杀手,原名大卫·柏克威兹(David Berkowitz, 1953—　　),一九七六年开始在纽约频频作案,次年被捕。

大　卫　闭嘴！谁让他们进来的?!很抱歉,你们不小心闯了进来,但这就是人生——充满了讽刺——有些让人愉悦,有些却十分肮脏——我从来不认为人生是一件礼物——它是包袱——是判决——是残酷而又特殊的惩罚,人人都在祷告——

（大卫的手指扣上扳机,其他人抱作一团。突然,他们听到一阵嘈杂声,一个男人从楼梯上下来。这个男人身上绑着绳子,嘴巴也让人给堵上了,很明显他刚从椅子上挣脱出来。他手臂上还缠着绳子,嘴里发出呜呜的声音。）

大　卫　（发现了他）噢,不——

希　拉　噢,上帝。

诺　曼　我以为——

希　拉　哦,老兄。

珍　妮　救命！救命！

（哈尔和珊迪,其中一人或两人同时跑向这个男人,拿下塞在他嘴里的东西。）

大　卫　别那么做——别——噢——

麦克斯　好了,派对结束了。

珊　迪　你是谁?

珍　妮　是谁把他捆起来的?

大　卫　是诺曼干的。

希　拉　这可把我们弄糊涂了。

哈　尔　你不是克罗里恩先生么?我是哈尔·马克斯维尔。几年前就是我把这房子转手给你的。珊迪,这是麦克斯·克罗里恩——

麦克斯　（指着绳子）把这个从我身上弄掉。

哈　尔　（解开绳子）这到底是怎么回事？

麦克斯　这些畜生,我创造了他们,而他们却造我的反。

大　卫　唷,是你无能。

麦克斯　他们是我写出来的。

珊　迪　什么意思？

珍　妮　游戏结束了。你为什么不把真相告诉他们？

哈　尔　什么？

诺　曼　他曾经想写一个剧本,而且他也确实动笔了。

希　拉　是他创造了我们。

大　卫　从他丰富的想象中。

希　拉　但他只写了一半。

麦克斯　没错,因为我不知道要怎么写下去了,没有灵感了。

大　卫　他当时是文思枯竭。

麦克斯　有时,一个主意看起来非常棒,但一旦付诸实践,就发现
　　　　行不通了。

希　拉　但那时已经太迟了,我们已经诞生了。

大　卫　已经被虚构出来了。

麦克斯　是创造出来了。不过我只写了一半。

哈　尔　你天资聪颖,创造出来的人物栩栩如生,对白精彩,情节
　　　　迷人。

诺　曼　后来呢？

珍　妮　他放弃了。

诺　曼　他把写了一半的剧本扔到了抽屉里。

大　卫　阴暗的抽屉里。

麦克斯　我还能做什么？我当时不知道要怎么结尾。

大　卫　我讨厌那个该死的抽屉。

希　拉　我是说,想象一下,你跟你妻子被关在抽屉里。

珍　妮　在抽屉里无事可干。

诺　曼　糟糕透了。

希　拉　当时珍妮出了一个主意,于是我们撞开抽屉,逃到现实世界中。

麦克斯　我想我听到了抽屉被打开的声音——当我转过身来的时候,他们已经在我身边了。

珊　迪　你们有没有想过逃出来以后要干什么?

希　拉　我们希望能够想出一个办法,把第三幕完成。

诺　曼　如此一来,我们就可以天天晚上在剧院演出了——直到永远。

珍　妮　除此之外,我们还能怎样? 一个未完成的剧本,锁在阴暗的抽屉里?

大　卫　我再也不回抽屉里了! 我再也不回抽屉里了! 我再也不——

（诺曼扇了大卫一巴掌。）

麦克斯　我一想再想,但我不知道这个故事要怎么继续——

哈　尔　咳,让我们来分析一下现在的情况,她发现她妹妹跟她丈夫偷情。

麦克斯　你是谁?

哈　尔　哈尔·马克斯维尔,我卖给你——

麦克斯　那个会计师?

哈　尔　我一直想写一个剧本。

麦克斯　每个人都这么想。

哈　尔　为什么他们会偷情? 他们的婚姻出了什么问题?

诺　曼　我已经厌倦了希拉。

希　拉　为什么？

诺　曼　我也不知道。

麦克斯　别问我。我可不在场。

哈　尔　为什么丈夫们会对妻子感到厌倦？因为时间久了，彼此知根知底。激情退去——房前屋后，他们总形影不离——他们看到对方赤身裸体——再无任何神秘感可言——于是对他而言，他的秘书或者隔壁邻居都变得更加性感。

珍　妮　那不是真实的。

哈　尔　你知道什么？他都没有好好地写你。这非常真实，而且常常上演，我敢保证。

珊　迪　是么？

哈　尔　我是说，婚姻中的新鲜感需要用心经营——否则，夫妻生活中就不再有音乐，而音乐是一切。

珊　迪　如果做丈夫的曾经很浪漫，但是他逐渐视妻子为理所当然，那又会怎样？一段婚姻曾经让你充满遐想，惊喜不断，而现在整天都是跟数字打交道，只有性生活，而不再做爱。

哈　尔　我不相信存在那样的矛盾。

珊　迪　我认为很多女人都有同感。

哈　尔　太扯了。

希　拉　我觉得是这么回事。

珍　妮　非常接近事实。

珊　迪　非常。

大　卫　即使他们曾经相爱？你认为它有没有可能不了了之？

麦克斯　这就是生存的悲哀所在。在这世上，没什么是永恒的。即便是伟大的莎士比亚创作的人物，过了数万年，也会不复存在——当宇宙走到了尽头，一切都回归到黑暗。

大　卫　我的天,我想我还是回去继续看泰格·伍兹打球好了。让一切都见鬼去吧。

诺　曼　好吧。如果说宇宙终将分崩离析,一切都会烟消云散,那这一切有什么意义呢?

珍　妮　所以啊,及时行乐才重要啊——跟懂得及时行乐的人一块儿。

希　拉　别想试图用存在主义那一套来为你们偷情这个事儿开脱。

哈　尔　如果你跟大卫也有暧昧关系,那又会怎么样呢?

麦克斯　我也想过,但这样一来剧本就变得有些无聊了。

珍　妮　但是如果生活是什么的话,那就是无聊。

大　卫　说得对。哲学家们称其为荒诞,但他们真正的意思是无聊。

麦克斯　问题是,这就意味着人人都会出轨,但事实并非如此啊。

哈　尔　但如果有趣的话,对不对有什么要紧呢。艺术毕竟不同于生活。

麦克斯　艺术是生活的镜子。

哈　尔　说到镜子,我一直都希望在床顶的天花板上装一面镜子,但她就是不同意。

珊　迪　这是我听过的最愚蠢的提议。

哈　尔　但是这很性感啊。

珊　迪　这很幼稚。我想做爱,而不是看着两具肉体性交——从那个角度,我只能看到你的后背上上下下。

哈　尔　为什么你总要嘲笑我的需要?嘲笑完以后,你居然还问我为什么坐在那儿,幻想着霍莉·福克斯?

珊　迪　千万别跟她提镜子的事,她会笑破肚皮的。

哈　尔　假如你一定要知道的话,我们在镜子前做过一次。

珊　迪　在你的白日梦里。

哈　尔　在你的浴室里。

珊　迪　什么?

大　卫　哈哈!这个故事可比我们的有料多了。

哈　尔　并不是因为我爱她,也不存在外遇这回事,我们只干过一次。

珊　迪　你和霍莉·福克斯?

哈　尔　你干吗表现得这么吃惊?你为这事指责了我两年,也笑了两年。

珊　迪　我只是在开玩笑。

哈　尔　人无戏言,弗洛伊德说过的。

希　拉　那是我的台词。

珊　迪　而且,你也一直发誓,说你对她没感觉。

哈　尔　没错。我是发誓了——还举起了我的右手——但我是一个不可知论者。

诺　曼　珊迪,你得理智点。没有哪个丈夫会承认跟另一个女人发生了关系。

珊　迪　他刚刚就承认了。

麦克斯　我妻子也是因为这事离开了我。这也是为什么我买下了你的房子,打算一个人过,不再沾染感情这些个麻烦事。我当时跟我的岳母有一段旧情。

诺　曼　我的上帝——为什么不把这个写进我们的故事里——这太棒了。

麦克斯　因为没人会相信。我岳父是个有名的影星——咳,我没有必要告诉你们这些——他跟我妻子的生母离婚后娶了寄居

70

在他家的互惠生——所以,我的妻子有一个小她十岁的母亲。

珍 妮 是继母。

麦克斯 措辞问题——当时,我却正跟她继母打情骂俏。

大 卫 也就是说,你给你岳父戴了绿帽子。

麦克斯 没什么大不了的。他有恋鞋癖,只有在普拉达打折的时候才会有性趣。

希 拉 这确实让人难以置信。

麦克斯 我的岳母也记日记。记得很有画面感。包括我们的亲密举动——做爱。十分翔实生动,还具名了。她觉得这样很浪漫。某天晚上,我妻子对她说,我第二天要去汉普顿——需要借本书,在海边待着的时候好打发时间。我岳母拿给她一本皮革封面的书,以为那是亨利·詹姆斯的小说,结果却错把那本同是皮革封面的日记本给了她。当我妻子读到那本日记的时候,我正好跟她一块儿躺在沙滩上。当时,她整个人都发生了变化——是那种物理性变化——就好像在狼人电影里,满月在天时的情形。

哈 尔 原来你的灵感是这么来的。

诺 曼 你当时怎么办?

麦克斯 我能怎样?当然是矢口否认。

诺 曼 她有什么反应?

麦克斯 她冲进海里,试图自杀,到头来却被水母蜇了一下,这让她整个嘴唇都肿了起来。一瞬间,她看起来性感极了。我当即又爱上了她。当然,当嘴唇的红肿消退后,我又觉得她烦人了。

哈 尔 咳,我那只是一夜情——谈不上搞外遇,就是我们除夕派对那次。每个人都在楼下喝酒,狂欢——我碰巧路过楼上的浴室,而霍莉正好在里面。她问我有没有棉签,于是我走进去帮她找棉签,关上门,然后跟她发生了关系。

大　卫　她为什么要棉签?

珍　妮　这有什么区别?

诺　曼　谁会对讨厌的棉签感兴趣?

珊　迪　他们已经眉目传情好些个月了。

哈　尔　这纯粹是猜测。你对她哥哥倒是真的有意思。

珊　迪　如果你观察力敏锐一点,你就会发现,我对肯·福克斯完全没兴趣。

哈　尔　没兴趣?

珊　迪　没有。如果我要搞外遇的话,那么对象绝对会是霍华德·纳德曼。

哈　尔　纳德曼?那个房地产经纪人?

珊　迪　霍华德·纳德曼知道怎样挑起一个女人的性欲。

哈　尔　什么意思?

珊　迪　没什么意思。

哈　尔　你跟霍华德·纳德曼发生了一夜情?

珊　迪　不。

哈　尔　谢天谢地。

珊　迪　我们有一段旧情。

哈　尔　你跟霍华德·纳德曼有一段旧情?

珊　迪　是的。

哈　尔　不要否认。

珊　迪　既然要彼此坦白,我不妨也实话实说。

哈　尔　刚刚你还说,"如果我要出轨的话",这就表示你从来没有干过。

珊　迪　我再也不能生活在谎言当中了。我并不想让你难受,但我跟霍华德·纳德曼确实发生了性关系。

大　卫　妙极了,纳德曼。

哈　尔　你太可笑了。

珊　迪　我一直爱你,哈尔——你是知道的。但是浪漫终究会退去,我们又有什么办法呢?——激情淡去,你仍然爱着对方,也关心着对方——这时,你会背叛他。

诺　曼　我刚刚一直想向希拉说明的就是这个。

哈　尔　你跟霍华德约过几次会?

珊　迪　难道数字真的能说明任何问题?

哈　尔　是的,我是会计师。

珊　迪　那我这么说吧——我没有去看过心理医生。

哈　尔　你是说,所有的星期三、星期四和星期五——

珊　迪　也没有范格拉斯医生这么一个人。

哈　尔　但是我觉得你的抑郁症减轻了啊。

珊　迪　确实如此。

哈　尔　那一百六十块一个小时又是怎么回事?

珊　迪　付旅店的房费。

哈　尔　我这一整年以来一周三次地给你跟霍华德·纳德曼开房付费?

珊　迪　你难道不觉得奇怪么,只有我的心理医生八月份也不休假?

大　卫　原来我们的生活还算不上闹剧,他们的才是。

希　拉　闹剧,或者说悲剧?

诺　曼　为什么说是悲剧?

希　拉　这是一个可悲的情节——两个曾经相爱、至今仍然爱着对方的人——但他们婚姻中原来的激情已经枯竭了……

珍　妮　但没有人能够始终维持最初那种激情。

大　卫　你说得没错——一切安定下来后——情欲被其他东西所取代——比方说彼此共同的经历啊,成群的小孩啊,甚至人兽相亲。

哈　尔　你跟纳德曼至今还有往来么?

珊　迪　没有了,记得么,几个月前他突发了脑震荡。

哈　尔　是的——他并没有彻底恢复过来——为什么会这样?

珊　迪　床顶天花板的镜子掉了下来,砸到了他。

哈　尔　哦,上帝啊!居然是他而不是我!

大　卫　我可以告诉你为什么他们这种情况叫闹剧——因为他们很可怜。他们够不上悲剧人物。他算什么,一个会计师?而她只是一个家庭主妇。这既不是《哈姆雷特》也不是《美狄亚》。

哈　尔　哦,拜托——不是只有王子才会遭罪——外面有数百万的人,受的罪跟哈姆雷特一模一样,他们是服了"百忧解"的哈姆雷特。

珊　迪　她们易妒如美狄亚。

麦克斯　所以啊,让我怎么结尾呢?每个人都有不可告人的秘密,有自己的渴求、欲望,以及难以启齿的需要。所以,日子要过下去,人们就要学会宽恕。

诺　曼　我们的剧本就应该这样结尾。所以啊,我只是一时对你妹妹产生了好感——多大的事儿呢——也许你得这么写,希拉和大卫曾度过了激情一夜——这样一来,我们都知道对方其情可悯的缺点,然后宽恕对方。

珍　妮　的确。观众会被我们逗得哈哈大笑,暂时逃离他们各自惨淡的生活,然后我们相互亲吻,重归于好。

麦克斯 宽恕,让这出情感闹剧具有深度和精神。

希　拉 你说得没错。我有什么资格评判他人呢。就因为我身为牙医的丈夫在我妹妹身上练手艺,我就可以抛开这么多年的亲密关系和深厚感情?

珍　妮 我们会改的——我们会赎罪的。只要生活继续,就会有希望。

珊　迪 但是,跟把所有问题一股脑扫到地毯下相比,宽恕又有什么不同呢?

麦克斯 宽恕更加高尚——只有大度的人才能做到——宽恕是超凡的。

珍　妮 也许本就是同一件事,不过宽恕听起来更堂皇。

麦克斯 我喜欢这个剧本。它有趣,伤感,最棒的是,它有商业潜质。走,去我书房,趁着一切都还新鲜,我可以完成第三幕——我觉得正在突破自己的创作瓶颈。核心思想是商业潜质——哦,对不起,"宽恕"——核心思想是"宽恕"。

(他们都上楼了,剩下马克斯维尔夫妇面面相觑。)

哈　尔 我不认为我能原谅你,珊迪。

珊　迪 是的,我也不认为我能原谅你。

哈　尔 我不知道为什么。我知道麦克斯·克罗里恩说得有道理,他是一个有深度的剧作家。

珊　迪 在虚构世界中,宽恕要来得容易得多——作家可以捏造事实。就好像你说的,克罗里恩精于此道。

哈　尔 我不敢相信,你居然跟霍华德·纳德曼有一段旧情——他这么做估计是为了审计的事情在报复我。

珊　迪 这跟你没有关系——不是什么事情都跟你有关的。

哈　尔　难道我真的这么没有情趣?

珊　迪　只能说,日子久了,你就疲劳了。

哈　尔　我死心了,你也越来越不把我当回事了。

珊　迪　这些虚构的角色还可以重新塑造——抹掉一切,重新来
　　　　过——但是我们说过、做过的事情却永远也没有办法抹掉。

哈　尔　悲剧部分就在于,我还爱着你。

珊　迪　我也爱你,是很可悲,但不是悲剧。

哈　尔　如果我操起那杆来复枪,让不忠都随着你我生命的消逝
　　　　而远去,也不失为悲壮之举。

珊　迪　你不是这种人,哈尔。会计师是不会自杀的,也不会通过
　　　　自杀来寻求救赎——他们通常嗖地消失了,然后噌地蹿到开
　　　　曼群岛上去。

哈　尔　你想做什么?

珊　迪　我们能做什么? 要么,将婚姻中的不痛快都扫到毯子底
　　　　下,美其名曰宽恕,要么,离婚。

哈　尔　珊迪——这是我们第一次做爱的地方。难道我们不能重
　　　　新开始么?

珊　迪　重新开始这种事情比较适合虚构世界。

哈　尔　但是,生活不都需要一点点虚构么——如果都是赤裸裸
　　　　的现实,该多难受啊。

珊　迪　也许当一切都大白于天下,那么……是什么在嘎嘎地叫?

哈　尔　(到窗前)瞧,一群天鹅。

珊　迪　天啊,我们住这儿的时候可从来没有过天鹅呀!

哈　尔　这是征兆。

珊　迪　什么征兆?

哈　尔　重新开始啊——这从来没有鹅的地方都蹦出一群鹅

76

了。今天这一天充满了各种征兆——到处都是写作、演员,还有文学。这颗跳动在会计胸中的诗人之心再也按捺不住了。我帮助了麦克斯·克罗里恩完成了一部暖人心脾的戏剧——但你我却还困在这个局里,迷惑而不知所往——我们一直在找寻某种征兆——通过某种方式重温婚姻中的音乐,然后——就听到嘎嘎的鹅叫声——

珊　迪　于是你把它当作一种征兆。

哈　尔　你还不明白吗,珊迪?你难道没看出来它们想告诉我们什么?告诉我们一个很简单的道理,你不知道么?它们一旦结为夫妻,终身厮守。

珊　迪　天鹅会搞外遇么?

哈　尔　如果搞外遇,它们也会想办法解决的——全都在大自然的计划中。

珊　迪　难道我身为注册会计师的丈夫内心真的驻扎了一个诗人的灵魂?

(嘎嘎的天鹅叫声,乐起。)

接吻。

灯光渐暗

中央公园西路

　　　　菲莉丝和萨姆·里格斯位于中央公园西路的公寓。
屋内宽敞明亮,深颜色的木料家具,很多书。这里既是菲
莉丝和丈夫萨姆的住所,也是她的心理诊所。房间的布
局让病人可以很隐蔽地进入前厅等候,然后很私密地进
入密室就诊。舞台主要布景是一间很大的客厅和正门,
另几扇门通往其他房间。

　　　　时间是十一月某个星期六的下午大约六点。门铃响
了,台上还没人。见没人来开门,外面的人改为用手敲
门。敲门声持续着,听到下面对话。

卡萝尔　(幕后)菲莉丝?菲莉丝?

　　(菲莉丝衣着整齐,从舞台右侧上,在靠舞台右侧的沙发一端
　　坐下。)

　　菲莉丝!我是卡萝尔。

菲莉丝　我就来了。

卡萝尔　你没事吧?

菲莉丝　我全身都是湿的,我在洗澡呢。

　　(菲莉丝穿过舞台后部,来到吧台。倒了杯酒,一饮而尽。外
　　面,卡萝尔仍在使劲地摁门铃、敲门。)

好了。我穿好衣服了。

（菲莉丝穿过舞台后部，来到前门。门开了，卡萝尔走了进来。）

卡萝尔　你没事吧？

菲莉丝　请不要刨根问底了。

卡萝尔　刨根问底什么？

菲莉丝　我说，我们别谈那个了。

卡萝尔　大家都好吧？

菲莉丝　大家？也包括第三世界国家吗？

卡萝尔　第三世界国家？

菲莉丝　比如津巴布韦？

卡萝尔　非洲发生了什么事情吗？

菲莉丝　天啊。你太没想象力了。你这种人可真没劲。跟你逗乐真是白费劲——我的诙谐和风趣简直就是对牛弹琴。

卡萝尔　出什么事啦？

菲莉丝　第三世界国家的提法只不过是句玩笑话。人类总是希望它能够或多或少地减轻悲剧带来的痛苦。

卡萝尔　什么悲剧？

菲莉丝　求你别问了——也算不上什么悲剧。

卡萝尔　你喝了多长时间的酒啊？

菲莉丝　很长时间了，足以让我喝过去——这么说吧——烂醉如泥，不省人事。有些事情不必要弄得那么明白，好不？

卡萝尔　菲莉丝——

菲莉丝　赖斯，一个病人。我从她那里学来的。别指望去剖析它，卡萝尔——这个问题太抽象，你这样的脑子无法去领会——这就叫幽默。

卡萝尔　我想冲杯咖啡。

菲莉丝　悉听尊便。我还是喝我的干马提尼酒——纯杜松子的，
　　　　我喜欢叫它味美思酒。

卡萝尔　出什么事了嘛？

菲莉丝　你急着想让我告诉你什么？

卡萝尔　那个要紧事是什么？

菲莉丝　什么要紧事啊？

卡萝尔　电话留言里说的事。

菲莉丝　(注意到了卡萝尔身上的衣服)你在哪个店买的？

卡萝尔　买的什么？

菲莉丝　不是它们,瞧你的眼力,宝贝——是你的衣服。

卡萝尔　这件？

菲莉丝　你总算明白了。

卡萝尔　这件衣服,你都见我穿过很多次了呀。

菲莉丝　是吗？

卡萝尔　昨天我还穿了。

菲莉丝　我的一位病人穿过这种裘皮衣——行了吧？由许多张毛
　　　　皮缝制成的。

卡萝尔　那件要紧事到底是什么？

菲莉丝　一伙满脸粉刺的狂徒在第五大街与她贸然搭讪。这
　　　　些人到处袭击皮货商。他们开始是跟她搭讪,转而开始骚
　　　　扰她。接下来,有些反活体动物解剖主义者或什么的变得
　　　　非常野蛮,他们扒掉了她的外衣。她里面竟然什么也
　　　　没穿。

卡萝尔　为什么这样？

菲莉丝　因为她是个妓女。她是一个高级妓女。我一直在给她做

心理治疗,这也是针对我的专著的一个研究项目。她当时是应召前往,而那个家伙点明了要一个外面穿裘皮上衣,里面一丝不挂的妓女。于是,她穿着裘皮衣,来到了第五大道五十七街的人行道上。她的身体裸露在纽约大街的光天化日之下——被一群好色之徒看了个够。哦,我们刚才说到哪儿了?

卡萝尔　萨姆好吗?

菲莉丝　请别再问了。

卡萝尔　他——?

菲莉丝　他很好。萨姆长到五十多岁,身体无大碍,最大的毛病就是嘴唇干裂。

卡萝尔　那孩子们呢?

菲莉丝　走啦——到南区的棉花地里去了——

卡萝尔　他们在学校念书都还行吧?

菲莉丝　他们不喜欢上学——学校老师也不喜欢他们。天啊,不知怎么啦,我口很干。

（她斟了杯酒。）

卡萝尔　你怎么了?——这么心烦意乱的。

菲莉丝　心烦意乱?我还没咋的呢——这还不算啥——明白?这不算啥——没什么——没事——你在哪里买的那件衣服?

卡萝尔　布鲁明戴尔百货店。去年买的。

菲莉丝　你经常穿?

卡萝尔　总是穿着的呀。

菲莉丝　什么皮的?

卡萝尔　是件布料衣服。我说,你疯啦?给我留那样的信息。

菲莉丝　我不想提它了。

卡萝尔　你不想提它？给我留这么疯狂和绝望的信息——出事了,要死人啦——救命。我都给你打了这么多电话。

菲莉丝　那些电话都是你打的？

卡萝尔　你想还会是谁。

菲莉丝　通常我可以听出你的电话。总是紧张兮兮、犹豫不决的。

卡萝尔　萨姆哩？出啥事了？

菲莉丝　我不想告诉你。

卡萝尔　那你为啥叫我来？

菲莉丝　我想找个人说说话。

卡萝尔　那你就说吧。

菲莉丝　我们能不能不谈这件事？

卡萝尔　菲莉丝——

菲莉丝　你难道不明白我一直在回避这个话题吗？

卡萝尔　你为什么呀？

菲莉丝　请原谅,今日多有叨扰。

卡萝尔　没什么。

菲莉丝　你和霍华德有事要做吧？

卡萝尔　没有。我去了索斯比拍卖行。

菲莉丝　买啥了？

卡萝尔　啥也没买。他们在拍卖棒球卡。霍华德想去看看。今天是最后一天了。

菲莉丝　你看,你俩还是有事要做吧。

卡萝尔　没有。霍华德去不了啦,他今天要开车送他父亲去韦斯特切斯特。他要把父亲安置在那儿的养老院里。

菲莉丝　真凄惨。

卡萝尔　老人九十三岁了——这辈子还算过得好的——或者也许

过得很糟吧——但是,寿命很长啊。他从来没有什么伤风感冒,或者他们是这样想的吧。他们不知道他很长时间一直患轻微的中风,之后他就开始丢三落四,然后喜欢听音乐,最后他还想再应征入伍呢。

菲莉丝 霍华德肯定要崩溃了。

卡萝尔 (看了下手表)我跟霍华德约好让他到这里来接我。喂,到底出啥事了?

菲莉丝 你瞧。她有多难缠。

卡萝尔 还说嘞。是你叫我来的。

菲莉丝 但是,你总是问个不停——你时刻都在刺探别人的隐私。

卡萝尔 我怎么刺探隐私了?是你给我打电话说有什么生死攸关的事啦。我——

菲莉丝 (轻声地)卡萝尔,我没脸跟你提这件事。

卡萝尔 (第一次注意到了那个破碎了的小塑像)喂——你那个育种的小塑像打破了——小命根子没了。

菲莉丝 没关系——把它送修理匠那儿接上就行了。

卡萝尔 真的,这里咋乱七八糟的。

菲莉丝 你不是观察的行家嘛。

卡萝尔 你们做啥了,遭打劫了?

菲莉丝 喂,我到过布鲁明戴尔百货店好多次,就是没能看见那件顶漂亮的衣服。那件衣服什么颜色的?紫褐色?

卡萝尔 浅黄色。

菲莉丝 是紫褐色。

卡萝尔 就依你。紫褐色。

菲莉丝 你不应该穿紫褐色衣服。它跟你的红褐色眼睛不相配。

卡萝尔 我眼睛不是红褐色的。

菲莉丝 有一只眼睛是的——看上去怪怪的那只——

卡萝尔 别烦人了,菲莉丝。你跟萨姆打架啦?

菲莉丝 准确说,没有——

卡萝尔 啥意思? 天啊,让你把事情说个清楚可真难①。

菲莉丝 你牙蛮好的。那些个牙套还是物有所值的啊。

卡萝尔 (冷淡地)谢谢。

菲莉丝 这不,看你嘴噘得……

卡萝尔 你没有跟萨姆打架?

菲莉丝 我跟他打了。

卡萝尔 你不是说,准确点说没有——

菲莉丝 没有什么?

卡萝尔 没有打架——我问你是不是跟萨姆打架了,你说——

菲莉丝 我打了,他没打。

卡萝尔 那你打萨姆时他有什么反应呢?

菲莉丝 他看着我打。

卡萝尔 然后呢?

菲莉丝 然后,他弯腰躲闪——

卡萝尔 你打着他了吗?

菲莉丝 没打着——我抓起那个小塑像使劲地向他砸过去。砸死了也罢,我做寡妇好了。

卡萝尔 我的天——

菲莉丝 再喝杯咖啡?

卡萝尔 结果呢?

菲莉丝 哦,卡萝尔——卡萝尔——卡萝尔——卡萝尔——我亲

---

① 原文使用了英语成语"pull sb's teeth",字面意思为"拔掉某人的牙齿",故有下文一说。

爱的卡萝尔。

卡萝尔　我想,恐怕我也要来点马提尼酒了。

菲莉丝　他不要我了。

卡萝尔　不要你了?

菲莉丝　是的。

卡萝尔　你怎么知道?

菲莉丝　我怎么知道?我怎么知道他不要我了?因为他带上东西走啦。他要跟我离婚。

卡萝尔　我得坐会儿——腿都站酸了。

菲莉丝　你腿酸了?

卡萝尔　他说了为什么吗?

菲莉丝　他不爱我了——他不想跟我在一起了——他说,他同我做爱毫无快感,一想起就要作呕。他含含糊糊地给了这么些理由,但我想他只是在搪塞我。要说的话,他真正不喜欢我的应该是我的厨艺。

卡萝尔　那么突然。

菲莉丝　嗯。我想也是。但我的感觉不够敏锐——我只是一名精神分析师。

卡萝尔　他没有说些啥——或暗示什么?

菲莉丝　他什么也没说——但也许是因为我们从不交谈。

卡萝尔　嗯,菲莉丝——

菲莉丝　我的意思是,我们也说话,不只是"把盐递给我"之类的,虽然这句话我们偶尔也会说。

卡萝尔　你们交谈时,他肯定跟你暗示过什么——

菲莉丝　我跟你这么说吧——我们两个都说话,但总是同时说。我的意思是,我们两个都只长了嘴巴,没长耳朵。

卡萝尔　　缺少交流。

菲莉丝　　天哪,卡萝尔。你真的是一语中的。

卡萝尔　　我说,你还是应该了解到一些东西的。

菲莉丝　　是的。

卡萝尔　　那么,是什么呢?

菲莉丝　　不知道。我只顾着自己说了。

卡萝尔　　性生活质量开始下降了吧。

菲莉丝　　你怎么知道?

卡萝尔　　不。我只是这么猜想。

菲莉丝　　唔,别猜了。有些夫妇没有了语言交流后,性生活质量却
　　　　　仍然很高呀。

卡萝尔　　对啊——性爱是很美妙的。

菲莉丝　　美妙?何止美妙——他都要作呕了。

卡萝尔　　有时夫妻的亲热劲儿会慢慢冷却——但那也只是因为有
　　　　　某些更深层的东西已经悄然逝去。或者还有别的什么原因?
　　　　　如果性爱没了,其他的一切会黯然失色。问题是——一切皆
　　　　　非永恒。

菲莉丝　　是这样吗,卡萝尔?

卡萝尔　　哦——我不知道——你问错对象了。

菲莉丝　　我问了吗?

卡萝尔　　这么说,除了要离开之外他啥都没说?

菲莉丝　　你指什么?

卡萝尔　　一点都没说?

菲莉丝　　哦,他说他会继续支付《星期日时报》的投递费——尽管
　　　　　婚前协约上没有包括这条。

卡萝尔　　可是,他没有说他要到哪里去吗?

菲莉丝　（突然想起什么）我现在要开始反抗了。

卡萝尔　菲莉丝，你可一直没有消停啊——

菲莉丝　不——如果把他所有的文件，所有他有用的东西，像这样把它们——那才解恨。（撕文件）这叫反抗。我可不是恶人——我不是报复心重。我宽宏大量，我通情达理。

卡萝尔　冷静点！

（菲莉丝起身拿起萨姆放在茶几上的公文包，把里面的东西一股脑儿地抖出来，然后把包抛至一边。）

菲莉丝　（一边把散落的文件撕成碎片一边说）我们正好在讨论阿默甘西特镇的房屋翻修的事。我说我们自买下它至今还没有动过——我说叫保罗和辛迪的建筑师把它全部翻修一遍——他说，菲莉丝，我有话跟你说——我说，房屋的位置多好啊，刚好在海湾边上，我们在那里过得多开心啊——他说，菲莉丝，我不知道如何开口，我要走了——我没听见他说什么——这正是我们的谈话方式，谁都不听对方说——我说，我们一直都喜欢彩绘窗子和宽大的浴室——他说，菲莉丝，我要离开你——我说，再配上那种淋浴器，有很多的龙头对着你全方位地喷洒——他抓住我说，菲莉丝，我已经不爱你了——我想过一种新的生活，我要走了，我要走了，我要离开这里了！——我问，客厅墙壁刷什么颜色好？

卡萝尔　他说啥？

菲莉丝　他什么也没说，他开始抓着我的脖子摇晃我。大约摇了三分钟之后，我才意识到他有话跟我说。

卡萝尔　他到底说了啥？

菲莉丝　他说，我爱上了别的女人。

（卡萝尔咳了起来，差点被酒呛着。）

菲莉丝 你没事吧？要不我给你用一下海姆立克急救法^①?

卡萝尔 他说那女的是谁了吗？

菲莉丝 我有个病人,她在贝尔纳丹餐厅用餐时被鱼刺卡住了喉咙,不知是谁在她身后给她实施了海姆立克急救法,竟使她亢奋起来。以后无论在哪里吃饭,她的喉咙总会卡住。

卡萝尔 他说过他要离开你是为了哪个女的吗？

菲莉丝 你怎么看上去很不自在呀？

卡萝尔 没有——只是略有醉意罢了。

菲莉丝 开始我以为是安妮·德瑞弗丝。

卡萝尔 安妮·德瑞弗丝？那个装潢师？

菲利丝 萨姆喜欢什么她也喜欢什么——划船、狩猎、滑雪——

卡萝尔 萨姆是绝对不会喜欢安妮·德瑞弗丝的。

菲利丝 你怎么知道？

卡萝尔 啥意思？我怎么知道？我也了解萨姆呀。

菲利丝 总不至于像我那样了解他吧。

卡萝尔 我没那么说呀。我的意思是,大家都这么多年的朋友了。

菲利丝 几年啦？

卡萝尔 五年——都快六年了——那又有什么关系呢？我想萨姆不会跟安妮·德瑞弗丝在一起。她唠叨个没完——性格很不讨人喜欢,而且说得直白一点,又不性感。

菲莉丝 我也想过,有可能是诺妮——律师事务所里的那个女孩。他俩现在是搭档……

卡萝尔 我不认识诺妮——她长得啥样？

---

① Heimlich maneuver,一种取出喉咙异物的急诊措施,于一九七〇年代初由美国外科医师亨·杰·海姆立克(Henry Jay Heimlich, 1920—2016)设计。

菲莉丝 丰满、漂亮。长着一颗蛮性感的虎牙。应该不是诺妮。

卡萝尔 问题是你显然不知道跟他私奔的是谁。

菲莉丝 问题是我知道。或者至少我想我已经猜出来了。

卡萝尔 你看,我真的感到有点不舒服了。

菲莉丝 嘿,你脸色好白哟——不是发白就是发紫的那种。

卡萝尔 我不能喝酒,头有点晕。

菲莉丝 你可能患晕动症了——总是坐立不安。

卡萝尔 我恶心。

菲莉丝 你恶心?

卡萝尔 我想吐。

菲莉丝 (起身去拿康帕嗪栓剂)我可能还有些康帕嗪栓剂,但不知道是不是超大号的哟。

卡萝尔 (一个人悄悄地拿起话筒拨打电话)喂?B18——有消息吗? ……对……霍华德……什么时间? ……好的。还有其他消息吗?(紧张又专注)嗯?他说回拨什么号码了吗?什么时间?好,好的……

(挂上电话。)

菲莉丝 (从舞台后部的左侧进来)我找到了这个波道夫的包,如果你突然呕吐,就可以吐到熟悉的环境里了。你给谁打电话了?

卡萝尔 电话?

菲莉丝 是啊。我前脚没出屋你就拿起了电话。那迫不及待的样子就像赶着去跟加利·格兰特①亲热似的。

---

① Cary Grant (1904—1986),英国出生的美国电影演员,曾两次获奥斯卡奖,并于一九七〇年获奥斯卡特别奖。在美国电影协会一九九九年评定的一百名最佳电影明星中,格兰特名列第二。

卡萝尔　噢,我想查查我的电话留言,今天可难为霍华德了……

菲莉丝　我们回到刚才的话题好吗?我丈夫到底是为了哪个女人
　　　　才要离开我的呢?

卡萝尔　先让我喝点咖啡吧。

菲莉丝　我猜出那个人是谁了。

卡萝尔　不关我的事。

菲莉丝　当然跟你——

卡萝尔　不——很遗憾发生了这样的事——我脑子晕乎乎的。

菲莉丝　想知道是谁吗?

卡萝尔　你说,菲莉丝。

菲莉丝　是你,你这个坏女人。

卡萝尔　噢——你简直是疑神疑鬼。

菲莉丝　别这么说,宝贝儿——他跟你做爱的时间可能比我想象
　　　　的还要早吧。

卡萝尔　你疯了——清醒一点吧。

菲莉丝　你无论如何都得给我个交代——是不是要跟萨姆私奔。
　　　　这对霍华德而言是一个不小的刺激吧——先是老父亲进了疯
　　　　人院,然后是老婆写给他的绝交信。

卡萝尔　你看,我被冤枉成啥样了,简直是百口莫辩了。

菲莉丝　你没有跟萨姆上床?

卡萝尔　没有。

菲莉丝　你就说了吧。

卡萝尔　没有。

菲莉丝　我只想听真话。

卡萝尔　我没有——你这个恶妇。

菲莉丝　我猜就是你,婊子。你俩一直在电话联系,秘密约会,一

起出游——

卡萝尔　我可不想坐在这里挨你的骂——

（她站起身，脑子一阵晕眩，又坐下了。）

菲莉丝　现在——在出了这事以后——我回想起来了，有许多事其实早已是明摆着的——在餐桌上眉来眼去——去诺曼底途中又双双不见了踪影。我和霍华德足足找了两个小时——有一次你来我家吃饭，萨姆到楼下送你打车——结果他是步行送你回家，而我却独守空床达一个半小时之久——你知道，到我眼下说话的当儿已经三年过去了——该死的三年前——你和萨姆在纽约待了一个星期。当时霍华德在洛杉矶，我在费城开会——那是在三年前。你们在一起鬼混的时间是不是比那还要早？

卡萝尔　不是我！

菲莉丝　我找到了他的备忘录，上面记的全是你！

卡萝尔　（站起身，又喊又叫）你要把我怎么样？我们相爱了！你这个泼妇！

菲莉丝　我的天哪！

卡萝尔　泼妇！悍妇！我们相爱了——不知不觉地——没有成心要伤害别人。

菲莉丝　我知道——在汉普顿家碰上你们夫妇的那个晚上开始。我说过，她肯定不是个安分守己的女人——是祸水——臭毛病一大堆——她身上已经显现出了神经官能症的症状——

卡萝尔　这桩事给我们身心带来的只有痛苦。

菲莉丝　就不想说说你们之间的快活事？

卡萝尔　别说得那么难听——不是你想的那样。

菲莉丝　我说呢，第一次碰到你们的那个晚上，我们开车回家

时——他好像心情不错——有点陶醉却也不至失态——可她
那样子快不行了,像吃肉的看到一块肉。

卡萝尔 你别这样乱下结论——你的工作性质也会告诉你的,这
类事情常有发生——这是很自然的——就像闪电那样——两
个人相遇——迸发出火花,然后一发不可收拾。

菲莉丝 你在描写弗兰肯斯坦式的人物吧。

卡萝尔 菲莉丝,我不是开玩笑。

菲莉丝 这件事持续多久了?三年?更久?四年?五年?

卡萝尔 三年还不到。

菲莉丝 那么,两年?两年来,你们两个一直在东躲西藏,暗地里
鬼混,像两只发情的狗?

卡萝尔 我们没有东躲西藏——我们有一处公寓。

菲莉丝 一处公寓?在哪里?

卡萝尔 东五十街——

菲莉丝 房子有多大?

卡萝尔 小——

菲莉丝 嗯?

卡萝尔 三居室。

菲莉丝 是租的?

卡萝尔 别狗眼看人低——我们只是在一起交流——

菲莉丝 那要三间房干什么?开派对吗?

卡萝尔 没有。没有。我发誓。我们只是想有个去处,可以单独
地——放松心情——说——说说话。

菲莉丝 说话——交流思想。是交流体液吧。

卡萝尔 菲莉丝,我们相爱——噢,天啊——我从来没想过会说起
这事——它是——是最重要的——是的,它是肉欲的,但不止

如此——我们是两情相悦，情投意合。

菲莉丝　我为什么让你进入我的生活——我从不怀疑，你可以贱到人畜交媾的程度。

卡萝尔　菲莉丝，你要我怎么说呢？他多年前就不爱你了。我不知道为什么。当然不是因为我的缘故。我俩还没相好之前他心里就已经没有你了。

菲莉丝　他是怎么开始的？

卡萝尔　开始做什么？

菲莉丝　什么时候？哪个晚上？

卡萝尔　那重要吗？

菲莉丝　那么是你勾引他？——回答我。

卡萝尔　除夕夜，在露·斯坦家的聚会上。

菲莉丝　噢，天啊——那还是一九九〇年吧。

卡萝尔　九一年——哦，对了，是九〇年——

菲莉丝　发生了什么？谁先找的谁？

卡萝尔　不是那样的。他走到我身旁——当时我在看烟花——在我耳边轻声说——下周能跟我一起吃午餐吗？你不要跟菲莉丝声张。唔，你想象得出我有多惊讶。

菲莉丝　我清楚。很可能是你先勾引他。

卡萝尔　我问，为什么？他说，我有事需要你帮忙。

菲莉丝　你们在那边勾勾搭搭的时候我在哪里？

卡萝尔　当时气温低，只有五度，很多人愿意待在室内，而你却执意要带着一群人到台阶上去看烟花。霍华德在厨房照着斯坦的菜谱学做茄子芝麻酱。

菲莉丝　是的——我记起来了——你丈夫刚报名参加烹饪学习班，我们还都对他赞不绝口。

卡萝尔 我问,帮哪方面的忙?做什么?萨姆说,菲莉丝的生日快到了,我让你帮我为她选件礼物,但礼物一定要别致。

菲莉丝 是有这事,伙计。

卡萝尔 于是,星期四我们在俱乐部吃午餐时,反复地商量买礼物的事。吃完饭后我们就去商店了——我记得我们去了波道夫服装店和蒂芙尼首饰店,还去了詹姆斯·罗宾逊专卖店。最后,在第一大街的一家很小的老古董店,我们发现了一副极漂亮的耳环——耳坠上镶着红宝石——

菲莉丝 我知道那副耳环。它一直戴在你的耳朵上。

卡萝尔 嗯,我着实吓了一大跳。买下那副耳环后,我们来到街上,他突然把盒子交给我说,给你,我很喜欢你。

菲莉丝 你怎么说的?

卡萝尔 我说,别——等等——我们得为菲莉丝买件生日礼物——至少要为菲莉丝挑一件像样的东西,我才肯接受这副耳环。

菲莉丝 感激不尽啊,你真大方。于是,你们就给我选了那些糟透了的银质烛台。

卡萝尔 那些东西也价格不菲哦。

菲莉丝 是老太太用的那种——给老哈维沙姆太太正合适!当然,你没有想过要跟萨姆说——菲莉丝是你的妻子,我跟她是朋友——

卡萝尔 你让我告诉你为什么没说吗?

菲莉丝 我知道你为啥没说,小贱人——因为自打你第一次见到他,你就向他抛媚眼。

卡萝尔 不是这样的——

菲莉丝 别净说些没用的——你一看见他就两手发痒,垂涎三尺。

因为他是一家时装公司的法律代理，而且人高马大。跟你那
蔫蔫的，似阉割了的，猥猥亵亵的男人比起来，萨姆不正好就
是你这种邋遢女人所朝思暮想的吗！

卡萝尔　他再也受不了跟你过这样的婚姻生活。他是吃午餐时告
诉我的——是他主动追的我——他渴慕着我——他直视着
我，眼里噙着泪——他说，我一点也不幸福——

菲莉丝　萨姆流眼泪了？他的下体弹力护身绷得太紧了吧？

卡萝尔　我和霍华德最初遇到你同萨姆的那一刻起我就知道萨姆
很惨。这个女人不能给他幸福——那个晚上我就这么跟霍华
德说起你——

菲莉丝　我可以想象你们在家的情景——你刷着门牙——霍华德
在穿戴睡衣和睡帽——然后，你们在背后对那些比你们强的
人品头论足——梦想着如何发迹——

卡萝尔　她也许是位出色的精神科医生，每次谈话她都出尽风头，
话题总会转到诸如她是多么优秀之类的——可是作为女人她
是不够的——她不懂嘘寒问暖——咖啡也不会给他端上
一杯——

菲莉丝　帮我把那个呕吐袋递过来好吗？

卡萝尔　萨姆有很强的抵抗情绪——这你现在已经知道了。

菲莉丝　只要一想起你跟萨姆每次快活够了之后，一边喝着鸡尾
酒或叼着万宝路，一边在背后贬损我，我就——

卡萝尔　我们有几次想中断这种关系，但总是欲罢不能。

菲莉丝　我知道你们想过要这么做。但是，我了解萨姆——这老
东西只要一有勃起，就会给你打电话——"快过来吧，宝贝。
我想干那事，然后再跟你发发我老婆的怨气。"

卡萝尔　不是那样的——我们多数时候是在交谈而不是做爱。

菲莉丝 谈什么？天啊！他到底能同你谈些什么呢？他是大男子主义者——你和他除了议论我还能谈些啥呢？你的肥腿？你的眼部和脸部整容？购物？你的健美教练？你的营养师？或者你趴在他的肩上，嘲笑这位可笑的精神科医生，说她能够认识其他所有人的问题，可唯独不清楚自己的问题？

卡萝尔 我没做错事。你丈夫认识我之前，就已经不爱你了。

菲莉丝 一派胡言！

卡萝尔 我们的朋友都清楚呀——

菲莉丝 不是我们的朋友——而是我的朋友。我把你带入圈子——真是傻里傻气——你结识他们不都是通过我——

卡萝尔 他们都在背后笑你和萨姆，说你们夫妻根本就不相配——

菲莉丝 胡说。

卡萝尔 相信我，不是我勾引萨姆。在我出现之前，他就经常跟别人乱搞了。

菲莉丝 才不信呢！

卡萝尔 你就正视现实吧！

菲莉丝 我对你的疯话根本没兴趣。

卡萝尔 你去问伊迪丝·莫斯和史蒂夫·波拉克的秘书——

菲莉丝 骗子！淫妇！你这个千人骑万人跨的婊子！他们应该把你的子宫帽放在史密森尼博物馆里。

卡萝尔 不要把责任都推在我身上！我可没让你老公去乱搞——

菲莉丝 淫妇，破鞋，妓女——

卡萝尔 你真虚伪——装出副婚姻美满的样子——都让别人笑掉大牙啦——

菲莉丝 我爱萨姆。我是个顶好的妻子。

卡萝尔 我们是偶然相爱了——但是,在我之前,他就一直在跟你的几位最要好的、有身份的朋友勾勾搭搭——包括玛德琳·科恩,她也是一个精神科医生,也许她比我更能够深入地剖析你的心理。

菲莉丝 玛德琳·科恩是一个弗洛伊德学说的忠实信徒,就连胡须她都继承下来了!

(门铃响了。菲莉丝打开门。霍华德进来。)

霍华德 今天可真够受的——喔,老兄——给我杯喝的。

菲莉丝 霍华德,你猜出啥事了?

卡萝尔 住嘴。

霍华德 (给自己倒了杯酒)你们要是见到养老院的那些人就会明白,最终人人都不过如此——那样——就那样。天哪——如果到头来都会是那样子,一切也就无所谓了——

菲莉丝 卡萝尔有消息告诉你,也许你听了会高兴起来的。

卡萝尔 你闭嘴——她喝醉了,霍华德。

霍华德 我正想今晚喝他个一醉方休。天哪,卡萝尔——瞧我父亲现在——他年轻时身体健壮,性格刚强——常带我去打球。

菲莉丝 告诉他吧,卡萝尔——他需要振作。

霍华德 那个可怜的老太太,都九十一岁了,过去是歌手——坐在钢琴前——大家正在唱《你是我咖啡里的奶酪》——她太老了——气喘吁吁地只想加入到合唱中来——其他人个个眼鼓鼓的——掌声稀稀落落——这些行将就木的老人昏昏沉沉地守着一台电视机,他们的衣服脏兮兮的,上面全是嘴角流出的口水和饭菜汤汁的污渍……

菲莉丝 但愿你为我们大家也预订这么个地方——

霍华德 我受不了啦!简直无法承受!

卡萝尔　喝你的酒吧——

霍华德　两个人一起变老——像我父母亲一样——我们开始衰老——一个先行崩溃——另一个守候着——相濡以沫若干年后——突然地,就只剩下你孤身一人——

菲莉丝　霍华德,对你来说,事情是不会那样发生了——

霍华德　不会……(自言自语)也许不会吧。

菲莉丝　卡萝尔,告诉他吧——

霍华德　告诉我什么? 发生了什么事? 你怎么就喝醉了? 这一切到底是怎么啦?

　　　　(才开始注意到房子里很凌乱。)

卡萝尔　霍华德,我们要谈点事情——

霍华德　什么事?

卡萝尔　我想,这里不是谈话的地方。

菲莉丝　霍华德,卡萝尔要离开你啦。

卡萝尔　你不要管我们好吗?

霍华德　我听不懂。

菲莉丝　她不要你了——要跟别的男人走了。

霍华德　什么意思?

菲莉丝　意思是你出局了——老婆没了——她跟我丈夫鬼混已经有三年了。他们要私奔了。

卡萝尔　(对菲莉丝)你太可恶了。

菲莉丝　我说的不是实话? 你先让我说,霍华德。

霍华德　卡萝尔,这是真的吗?

卡萝尔　我和萨姆是两情相悦——我们不是有意要伤害任何人。

霍华德　(慢慢坐下)不——不会的——我相信你没有……

菲莉丝　天啊,你不会是要疯了吧?

霍华德　有什么用呢？那也是于事无补——

菲莉丝　该理智就理智，该疯狂就疯狂——我厨房里有切牛排的刀。

霍华德　（没听明白）你可从来没有说过萨姆一句好话。

菲莉丝　霍华德，她一直在欺骗你。

卡萝尔　你闭嘴！你缠住我不放，又恶语相加——还嫌事情不够糟。

霍华德　（坦率地）菲莉丝，她一直都很嫉妒你——

菲莉丝　当然啦。所以她才这么报复我。

霍华德　萨姆是我的朋友——

卡萝尔　你为什么说我嫉妒她？我怎么嫉妒她了？

霍华德　比嫉妒更有甚。你被她迷住了。

卡萝尔　霍华德，你在说梦话吧。

霍华德　我是个作家，卡萝尔——我懂得啥叫痴迷——

卡萝尔　霍华德，你是个不成功的作家——看你，都塑造了一些什么样的人物，你就不该干写作这一行。你只能干些肤浅的事。

霍华德　我说，每件事情——只要是跟菲莉丝有关——你都痴迷。

卡萝尔　该死的！我没有。

菲莉丝　伙计们，我们别吵了。

霍华德　天哪，卡萝尔，你把她当成了艺术家。还想回学校去研修精神病学。

菲莉丝　你瞧，真相大白了吧——英雄崇拜。

卡萝尔　霍华德，别喝了。你醉得比我还厉害。

霍华德　我能喝——你才是好出洋相的那种——她过去总是学你的打扮——还记得吗？你想要剪发——

菲莉丝　显然，这是病态的。

卡萝尔　我一直对心理学感兴趣。大学时就选修它。

霍华德　你选修的是历史。

菲莉丝　是艺术吧。

卡萝尔　我是艺术史专业的。

霍华德　她常说她找不到自我。

菲莉丝　她有没有在爬行动物的窝里找一找？

卡萝尔　（合理地解释说）有过那么一段时间，我很欣赏你。

霍华德　她谈起过要当精神科医生。

菲莉丝　好在现在颁布了售酒法——

霍华德　她打算把精神治疗同瑜伽结合起来——东方宗教精神疗法。一种东方宗教性质的整体疗法——禅定催眠疗法。

菲莉丝　你打算怎么治疗你的病人，让他们全都像印度教圣徒那样在恒河里沐浴净身？

卡萝尔　继续说——你们就这样嘲笑我吧。

霍华德　有一段时间，她学你打扮——她订购的全都是那些简朴的裙子和上衣——我记得你不止一次地把整套整套的服装丢弃，你说菲莉丝·里格斯绝不会穿这类衣服。

卡萝尔　他瞎编。霍华德，你多要死了，别把气撒在我身上呀。

霍华德　卡萝尔总是受身份问题的困扰。她弄不清自己是谁。或者说，她知道自己是谁，却一心想去做别人——谁又能怪她呢？

卡萝尔　行了，镇静点。我想你是病入膏肓了。霍华德的状态越来越糟，情绪很不稳定。他还不想让别人知道。

霍华德　别转换话题。

卡萝尔　这就是这些年来我一直承受的，他疯疯癫癫，喜怒无常。前不久，他还想参加海姆洛克安乐死社团，但他们没有吸纳他。

菲莉丝 被海姆洛克社团拒之门外？要是我，干脆死了算了。

卡萝尔 别那么说——你还没见过他面色苍白、惊慌失措地盯着食橱里塑料袋的样子。

霍华德 我跟你说，我可不打算将来去那样的养老院。

卡罗尔 然后他又突然高兴起来——高兴得什么似的。只是来得快去得快。

霍华德 闭嘴吧，卡萝尔。

卡萝尔 天啊，说我喜欢购物——霍华德兴致上来了——他会到购物中心去，花大笔的钱——香槟和鱼子酱，还有那些他一辈子都不会穿一次的东西——大手大脚的——唯一能使他正常的只有电流。这家伙需要电压就像我们需要胶原蛋白一样。他求我替他隐瞒。

霍华德 至少我明白自己的身份。我是霍华德，患有躁狂抑郁症。卡萝尔却要做一个你，可是你已经——

菲莉丝 所以他偷了我丈夫。

霍华德 不只是你——卡萝尔还仿效其他很多人。

卡萝尔 我没有勾引你丈夫——是他主动的。

霍华德 她真正的身份危机是在大学阶段，她仿效她的艺术课教授。

卡萝尔 别再谈这个话题了。我们回家吧。

霍华德 回家？我们再也没有家了。

菲莉丝 她的大学教授怎么样？

卡萝尔 霍华德，我警告你——

霍华德 我们索性就坦诚相待吧，告诉你也无妨。我们刚开始认识的那段时间，卡萝尔满脑子都是这位教授——一位非常有才华的女性——虽说没有你那么体面,却也是出类拔萃……

卡萝尔 霍华德,你再编故事的话我就要走了。

霍华德 卡萝尔渐渐崇拜上了这位教授并开始模仿她。

卡萝尔 别讲了!别讲了!

霍华德 (摇晃着卡萝尔)你给我闭嘴!

卡萝尔 你敢打我!

菲莉丝 霍华德,你没脾气吗?给他自己的金鱼起名多萝西,谁不会想到这样一个男人是什么样的呢?

霍华德 她模仿卡宁教授就像模仿你一样——完全像她那样衣着打扮——梳她那样的辫子,学她的言谈举止——学她的品味——卡宁教授有一个很小的孩子,于是卡萝尔也想要做一个母亲。

卡萝尔 我不在意,随你说吧。关于这一点,我没啥愧疚的。

霍华德 于是,她求我让她怀上孩子——我照做了——

卡萝尔 没少费力吧,亲爱的——别漏掉了一到关键时候你就阳痿的细节。谈谈你往停车计时收费器里塞牡蛎的事。

霍华德 我不想要孩子——其实卡萝尔内心也不想要孩子。

卡萝尔 你从来都不理解我的内心感受。

霍华德 可是,舍此她就不能变成卡宁教授——她心中的偶像。

卡萝尔 是你没用,我才怀不上孩子——你要讲讲这个故事吗?这才是问题的关键。

霍华德 她看了生育科专家门诊——于是,每隔几天她就逼着我对着试管手淫——

菲莉丝 我的天哪,你们的目标多么明确啊。

霍华德 她拿着试管打的去医院。一路上,鲜活的精子在试管中蠕动——

卡萝尔 霍华德,你的精子不是蠕动,而是漫无目的地游荡——

霍华德 还是长话短说吧——科学施展了它的魔法,卡萝尔怀孕了。她的梦想就要实现了。九个月后,她就会像卡宁教授那样做妈妈了——穿戴着罗兰爱思衬衫和阿兹特克首饰——艺术专业,母亲,职业——她再也不是那个普普通通的卡萝尔了。

菲莉丝 我能猜出后来发生的事——卡萝尔退缩了——让一个整日醉醺醺的非法堕胎者为她堕胎,他竟然在她脸部做起了手术。就这一失误使她变成了现在这副德性。

霍华德 她确实退缩了,可那是在她怀孕八个月后。她突然不想做妈妈了。

卡萝尔 (轻声地)是的——我不想。

霍华德 她又回归现实了。她想,嘿,有身份幻想是一回事——可是我毕竟不是卡宁教授,我不想生孩子。

卡萝尔 你这么说我是什么用意呢?

霍华德 长话短说,她生了一个八磅重的男婴,他很逗人喜爱,因为他很像那位叫布罗德里克·克劳福德的电影演员——只是,你知道,他们看上去都像老头儿。我指的是,他们都是秃头——最初几天我忙于照应——可是,如果她不舍弃婴儿我就惨了。她执意要把婴儿送出去让别人领养——

菲莉丝 你置身事外,让她去做这件事情——也许你很正当,很体面噢。

霍华德 我记得很清楚——把他送走的那天,我还在想——嘿,如果我拿一个三明治保鲜袋套在头上,心里岂不要好受一些。

菲莉丝 你瞧,你们是多么可爱的一对。如果有一个特别奖项要颁发给有缺陷的人,我会投票给你们。听着——我要到洗手间去了,回来时我不希望再在这里看见你们。

（菲莉丝从舞台左侧退出。）

霍华德　我想我们的婚姻关系结束了。这些年总算是过去了。

卡萝尔　它本来就不该开始。

霍华德　为什么要这么说呢,卡萝尔? 开始当然很正常呀——最
　　　　初的日子过得很不错哦。

卡萝尔　不是这样子的——这都是我的错。如果你娶了那个——
　　　　哦,她叫什么——艾——艾达——

霍华德　罗恩迪里诺——

卡萝尔　对,罗恩迪里诺。我不应该把你从她身边抢走——可是
　　　　我就想嫁给想象力丰富的人——一位作家——

霍华德　你没有从艾达身边把我夺走。是我看上了你,追求你。

卡萝尔　那是你的想法——可在我们约会和我决定要嫁给你的那
　　　　个晚上,你就跑不出我的手掌心了。

霍华德　可怜的艾达。

卡萝尔　艾达是个乏味的女人,可是她比我更适合你。我们彼此
　　　　间有太多的不愉快。

霍华德　在你和萨姆鬼混之前,你还有什么瞒着我?

卡萝尔　没——有,只一次。跟我的牙医。

霍华德　哦,卡萝尔——

卡萝尔　你知道吗? 他要我支付一颗额外补牙的费用。

霍华德　还有谁吗?

卡萝尔　没有——哦,还有杰伊·罗兰。

霍华德　我的合作作者?

卡萝尔　哦,霍华德,他是一个蹩脚的作家——可他梳着马尾辫,
　　　　看上去很性感。

107

霍华德 你竟然跟我的搭档上床？

卡萝尔 就一次。当时，你在医院接受中风治疗。我们两个非常
牵挂你，但都不知道怎样表达这种心情。

霍华德 还有谁？

卡萝尔 没有了——就这些——就这些了。这些年——十五年
了，枯燥乏味——没有勇气摆脱——下错了赌注，本以为情绪
不稳定是文学天才们的通性，结果却发现你不过是一个十足
的精神错乱者。

霍华德 你今后要到哪里去生活？

卡萝尔 萨姆说过我们要去伦敦。

霍华德 卡萝尔，你不要离开我。

卡萝尔 不离开怎么行啊，霍华德？我遇上了一个男人，他对我非
常重要——真的——有感觉——有激情。

霍华德 卡萝尔，我离不开你。

卡萝尔 你会应付过去的——霍华德，你替我想想。我都快五十
了——这样的机会我还能有很多吗？你别挽留我，这样我会
好受些。

霍华德 可是我害怕——

卡萝尔 我知道这件事给你打击很大——加上父亲又托付给了养
老院。我们为什么不给卡尔医生打个电话呢——也许现在去
找他治治你的头痛正是时候。

（她看到霍华德从口袋里掏出一支手枪。）

霍华德——你在干什么！？

霍华德 我觉得生活全完了。

卡萝尔 哦，天啊！霍华德——不要！

霍华德 我受不了啦！我不想活了。

卡萝尔　你的枪哪儿来的?

霍华德　我父亲的——他参加过世界大战——我指的是第一次世界大战——那场要终止所有战争的战争——当然,目标没能实现,人类依然故我——

卡萝尔　把枪放下!

霍华德　这世界太龌龊,太无聊了!

卡萝尔　救命!菲莉丝!菲莉丝!

霍华德　闭嘴!我头好疼啊。

卡萝尔　自杀不是解决问题的方法!

霍华德　一切归于零——全是虚无,正如养老院一样。

卡萝尔　悲观的情绪过去吧!是时候了——菲莉丝!该死的!自杀解决不了问题。

霍华德　我怕!

卡萝尔　哦,天啊。我不要看!

霍华德　你大可不必看。我要先杀了你——再杀我自己。

卡萝尔　杀我?霍华德,你在开玩笑!

霍华德　先杀你,然后我自己!

卡萝尔　救命!救命!菲莉丝!

霍华德　你闭嘴!

（他拉开枪机。）

卡萝尔　霍华德,不要!不要!

霍华德　你能给我一个我俩活下去的理由吗?

卡萝尔　霍华德,我们都是人啊——可能犯错,又经常犯傻,但不坏——真的不——只是可悲——愚蠢——绝望——

霍华德　人在这个宇宙中太孤单了!

卡萝尔　霍华德——这里不是宇宙——这儿是中央公园西路!

霍华德　不！没用的！我不想活了！

（霍华德举起枪，对着自己的头扣动扳机，可是枪哑火了。他把枪对着卡萝尔再次扣动扳机，枪还是没响。）

他妈的！一支旧家伙——老掉牙了——哑火了！一支德国造的卢格尔——怎么不像梅赛德斯！

（卡萝尔从霍华德手里夺过枪。）

卡萝尔　把枪给我！你这个蠢货！你脑子出毛病了吧？我的身体像叶子那样瑟瑟发抖！浑身颤动着，就要晕过去了！给我一片安定——

（菲莉丝走了进来。对所发生的事毫不知情。）

菲莉丝　吵什么——我不是说过了，你们给我滚。

卡萝尔　（战栗着）霍华德要杀我们——我俩——先杀我，然后他自己——他父亲的手枪——纪念物——但是——但是——但——它哑火了——他扣动了扳机——但——这东西没响——

（菲莉丝把枪捡起，摆弄了一下。）

菲莉丝　霍华德，这枪没问题。你忘记打开保险栓了。

卡萝尔　我快要吐了！

（卡萝尔出去了。菲莉丝跟霍华德坐在沙发上。）

菲莉丝　霍华德，事实上，你患上了临床抑郁症。你抑郁，这就对了。就是破钟每天也难免会走对一两回字。你瞧，发生了那么多令人沮丧的事。先是不得不把最亲近的父亲送到二流的养老院——

霍华德　不是二流的。

菲莉丝　我们得承认，霍华德，最好的养老院又能好到哪里去。何况，你得考虑自己的支付能力后，再理性地选择——你会明白的——只能是便宜的处所。顺便说一句，你跟父亲分开后，内心更清醒地意识到了自己生活的惨淡前景——妻子背弃你全是因为你的那位好朋友——一个雄性激素更旺盛的成功男士——你妻子显然背着你同他勾搭有两年之久。因此,你患抑郁是正常的。如果不那样,你就是白痴了。我说的对不?

霍华德　我想我儿子……

菲莉丝　我料定整个事情不会超出六个月。

霍华德　萨姆和卡萝尔?他们可能要去伦敦。

菲莉丝　管它是伦敦还是火地岛,就六个月。他们两个都有严重的机能障碍。

霍华德　我知道萨姆跟别人还有过奸情。

菲莉丝　你知道?

霍华德　这谁不知道喽?

菲莉丝　我想,就只有我不知道了。

霍华德　我想也只有你了,菲莉丝——我从"21"俱乐部的一个杂役那里听到过关于他的风流韵事。

菲莉丝　杂役都知道?

霍华德　当然,他不知道我跟你和萨姆熟悉。我在吃午餐时,萨姆刚好进来。我看见那个杂役用肘碰了一下服务员,头冲着萨姆点了一下,然后指着一个非常性感的黑发女郎用俚语说,真不要脸——他跟那女孩有一腿,却还时常跟他妻子出双入对。我很诧异,因为那个杂役刚从波兰来美国,他竟然也懂俚语。

菲莉丝　这件事真够荒唐的,霍华德。服务员和波兰杂役都知道了,我竟然还蒙在鼓里。

　　(前门开了,萨姆走了进来。)

萨　姆　(冷冰冰、硬邦邦地)我回来拿剩下的文件——(见文件资料扔得满地都是)哦,我的天哪!你干啥啦?

菲莉丝　大名人,回答我几个问题好吗?

萨　姆　随你怎么骂。我这么做是有理由的。我可不想让疯子把脑壳敲碎——

霍华德　你跟我老婆在一起鬼混已经两年了。

萨　姆　我以后再跟你说,霍华德。我在这里先给你道个歉。

菲莉丝　道歉了就行了,是吗?

萨　姆　听着,我不想听你说。我是回来拿文件的——看看你做的啥事吧——

霍华德　我不会轻易接受你的道歉的。萨姆,我们本来是很要好的朋友。

萨　姆　(憋着一肚子气,从地板上拾起散落的文件)我手头有几个棘手的案子要办——

菲莉丝　这么说,你跟我的朋友全都有一腿。

萨　姆　最近这几年我真的很不容易,菲莉丝——工作一直不顺心。你为什么还要把它们都撕了?

菲莉丝　这么说,你跟我的朋友全都上过床了——

萨　姆　我没有跟你的朋友上床——

菲莉丝　骗子!我知道了——我全都知道了!

萨　姆　你全都知道了,还问我做什么?把你的脚从文件上挪开——把脚挪开——(用力搬开菲莉丝的脚)把脚挪开!

菲莉丝　哎呦——你这个家伙!

萨　姆　我给过你机会把话说个明白——我今天本就想跟你推心置腹——结果我落个什么下场?

菲莉丝　我那么相信你。怎么会想到你心怀不满,牢骚满腹?如果你对我坦诚相告,而不是让这种情绪发展成积怨以至跟我的那些朋友厮混,那该多好。

霍华德 （愤怒地站起）我很生气,萨姆——你让我戴绿帽子——

萨　姆 （把霍华德摁在沙发上）霍华德,你坐下。我们可以以后再谈。我给你道过歉了。

菲莉丝 我知道了,你跟伊迪丝和海伦上过床——波莉呢?

萨　姆 你疯了。好在我就要离开这儿了。

菲莉丝 亲爱的,你还没有走哦。

萨　姆 待我把这些文件收集好了,就要再见了。

霍华德 她知道了"21"俱乐部里黑发女的事了——那个嘴唇丰满,额前留着刘海的那个女人。

萨　姆 霍华德,就我和卡萝尔的事,我向你道歉——说实话,我以为你们不会知道的。

菲莉丝 （跟萨姆嚷道）我妹妹呢?

萨　姆 什么?

菲莉丝 苏珊呢?

萨　姆 苏珊?

菲莉丝 你跟她也上床吗?

萨　姆 你脑子出现幻觉了。

菲莉丝 幻觉。记得你的备忘录被发现后,你否定跟卡萝尔有瓜葛时也是这么说的。

萨　姆 因为这事太荒唐了。

菲莉丝 怎么它就荒唐了?你能跟卡萝尔上床,跟苏珊为啥不能?现在我全都想起来了。你老是拿眼睛瞟她——她也总是到东汉普顿看你打垒球。

霍华德 瞧,你是个什么样的女人?所有那些似乎跟你很亲近的人都想背叛你。

菲莉丝 （话被打断后,又重新稳定情绪）霍华德,你该用休克疗法治一治了。你咋不把手指头弄湿然后再塞到电源插座里去呢？

萨　姆　我要收拾文件——就要离开这儿了。要走了——要走了——永远不回来了。

菲莉丝　（朝电话机走去）我这就给苏珊打电话——

萨　姆　把电话放下！

（抢过话筒，挂上电话。）

菲莉丝　你瞧，他鼻孔张大——他心虚了。

萨　姆　我心虚什么？我跟你再无瓜葛了。

菲莉丝　（又拿起电话）嘿，亲爱的，姐姐给妹妹打电话，总不会不允许吧？

萨　姆　你就丢人现眼吧。

菲莉丝　（一边拨打电话）我的前夫也好色，可他从不故作正经——愿他安息——在锡考克斯或他生活的任何地方——（电话通了）喂，唐纳德，叫苏珊接电话——

萨　姆　我不信她还能吃了我——

（给自己倒上一杯酒。）

霍华德　她真让人受不了，萨姆——可是，你干的事实在是太缺德了。

萨　姆　我什么也没做。

菲莉丝　（在打电话）苏珊——你跟萨姆做了什么见不得人的事没有？我问你是否跟萨姆发生过关系？……你住在这里时……嗯，我不信，苏珊！……我知道你做过——那是你处事的方式，哪怕是对待你的姐姐……

霍华德　哪怕什么？你跟苏珊的丈夫上过床吗？

菲莉丝　（跟霍华德嚷道）我当然没有跟苏珊的丈夫上过床。（对着电话)什么？——不，我没有跟唐纳德发生过关系！我会跟一个哈西德派的珠宝匠上床吗？可是你跟萨姆肯定有过！因为你是个吉卜赛人——是个幽灵——我宽宏大量，收留了你，你却对我心存怨恨。你就是这样报答我的！

(愤怒地挂断电话。)

萨　姆　好哇——你现在可真够丢人现眼的了。因为，小布娃娃——

菲莉丝　不要叫我布娃娃——

萨　姆　因为，怪兽，对苏珊，我可一根指头都没碰过。

霍华德　在"21"俱乐部的那位黑发少女是谁？

萨　姆　霍华德，你一边待着去吧。

(卡萝尔走了进来，看到萨姆，她吃了一惊。)

卡萝尔　萨姆。

萨　姆　你好，卡萝尔。

卡萝尔　菲莉丝和霍华德什么都知道了。已经闹了一个晚上了。

霍华德　就像一个脓包被切开，脓液正从里面往外流。

卡萝尔　萨姆，我们可以走了吗？你给我一个小时回家收拾行装。

萨　姆　去哪里？

卡萝尔　去我们的公寓，或去亚马贡瑟特酒店。如果你愿意，直接去伦敦——我已经无所顾忌了。

萨　姆　我没听明白——我们到哪里去？

卡萝尔　离开这里呀——听我说，我们显然都需要开始新的生活——不仅是我和萨姆——还有霍华德和菲莉丝——让我们把今夜看做是一个起点——我们没必要灰心丧气。我知道——我大可以这么说，因为我和萨姆已经两情相悦了——但是，我们大家都可以表现得温文尔雅，互相帮助，熬过难关。

115

萨　姆　等等——我们不打算离开——

卡萝尔　嗯,你说了去伦敦的——我嘛,只要离开这里就好。

萨　姆　卡萝尔,我想你是误会了吧。

卡萝尔　什么?

萨　姆　我遇到一个人,爱上她了。

卡萝尔　你什么意思?

萨　姆　我认识了一个女的并爱上她了。

卡萝尔　我听不懂——你爱的是我。

萨　姆　不——我们只是在逢场作戏——我们从来就没有爱过
　　　对方。

卡萝尔　我可不这样。

萨　姆　噢,可是——我从来没——你以为我是为了你才离开菲
　　　莉丝?

卡萝尔　萨姆——

菲莉丝　有时候老天爷还真是开眼啊。

萨　姆　卡萝尔——在这一点上我是分得非常清楚的——至少我
　　　认为如此。

卡萝尔　(身体摇晃着)腿啊——我的腿——我要晕倒了——天旋
　　　地转——

霍华德　去弄些嗅盐来。(大笑)哈,哈,哈……

菲莉丝　(对卡萝尔)宝贝,你都想了些什么?

卡萝尔　萨姆——萨姆——那些个下午——我们一起畅谈——

萨　姆　可是,关键就在这里——我们都只不过是逢场作戏。

卡萝尔　开始时是这样的——

萨　姆　后来也从未改变过。

卡萝尔　当然改变了。

116

萨　姆　当然没有改变过。

霍华德　（旁观，很开心）真是滑稽。

卡萝尔　但是，所有关于未来的畅想——还有伦敦——

萨　姆　那只不过是想法罢了——不是真的筹划——

卡萝尔　是真的——

萨　姆　不可能的——我们的关系没有发展到那个地步。

卡萝尔　当然我们已经——

萨　姆　我们根本就没有爱过对方——至少我没有。

卡萝尔　你跟我说过你爱——

萨　姆　当然不会——你是在做梦——

卡萝尔　你说，"我一定要解除这个婚姻——我都快闷死了——快
　　　　被淹没了——只有跟你在一起的时候，我才是真正活着
　　　　的——"

萨　姆　我们之间只是一种非法性关系——记得第一天，我就把
　　　　游戏规则告诉你了。

卡萝尔　是——但——它——它——好像改变了——关系深
　　　　了——你不是还问过我想不想到伦敦去吗？

萨　姆　卡萝尔，你曲解了我的话——

卡萝尔　（全明白了）你这个下流无耻的家伙——你要我。

菲莉丝　（恼怒地）我怎么就让你闷死了？为什么你就快被淹没
　　　　了？哼？你这个小丑。

霍华德　（幸灾乐祸地）他是小丑——这里是马戏团，他是小
　　　　丑——我们都是有怪癖的人。

卡萝尔　你骗我——拿谎话骗我——

菲莉丝　你是罪有应得，你这个淫妇。

卡萝尔　"我想跟你在一起，卡萝尔——跟你在一起我才觉得幸

福——跟你在一起我才是真的不枉此生——把我从那个自我中心的纳粹党徒手里解救出来吧,她毁灭了我所有的希望——"

菲莉丝 纳粹?你跟她说我是个纳粹党徒?

萨　姆 (无辜地)我可没说过你真的是个纳粹党徒。

卡萝尔 我不信!如果没有爱的感觉,你是不可能那样子做爱的。

菲莉丝 一个滥交的畜生哪有什么感觉。

卡萝尔 (心碎)此话不假——说得好——

萨　姆 (跟卡萝尔嚷道)你是在痴心妄想,不关我的事!我完全是光明正大的。

卡萝尔 不对——

菲莉丝 一个想入非非的女人……

卡萝尔 你才是想入非非。男人在外面偷情你竟然蒙在鼓里,还美滋滋地自以为婚姻美满。

萨　姆 够了,卡萝尔。

卡萝尔 就在你睡的那张床上,他跟南希·赖斯——

菲莉丝 伦理学协会的南希·赖斯!

萨　姆 (对卡萝尔)你这么搬弄是非对你有什么好处?

菲莉丝 南希·赖斯是医院伦理学协会的主席——她是专门研究道德选择的。

萨　姆 我承认,你在丹佛时我跟南希·赖斯是有过一段短暂的婚外情,但是她先挑逗我的。至于我跟你嘛,已经再也没有什么性生活可言了。

菲莉丝 现在我知道这是为什么了——这种事干得多了,男人总是会顾此失彼的。

萨　姆 这不是原因!

菲莉丝 不是？那原因是什么？

萨　姆 原因是什么？我们为啥要这么大声嚷嚷呢？

菲莉丝 是什么原因使得我们的性爱烟消云灭了呢？

萨　姆 你想知道原因吗？

菲莉丝 是——是的——原因。告诉我那该死的原因吧。

萨　姆 缺乏本能的冲动。

菲莉丝 你以为跟你说话的是傻子？我不是她。

（指卡萝尔。）

霍华德 卡萝尔才不傻。她有学习障碍。可那是另一码事。

卡萝尔 霍华德，你闭嘴。

霍华德 嘿——走开——我在跟他们解释为什么你样子傻可实际
　　　　不傻。

卡萝尔 他不要你，是因为你在性生活方面没有满足他的需求。
　　　　我说的对不，萨姆？你不是用了一个术语——"裸体精神分裂
　　　　症"吗？

萨　姆 不关你的事。

霍华德 我想，问题出在菲莉丝身上。她可能有阉割倾向。

萨　姆 你给我滚开。

霍华德 这都是你跟我说的呀，萨姆。你午餐时一喝醉了就唠叨
　　　　个没完——"过去的时光哪儿去了？我所有的那些希望呢？
　　　　我还像菲莉丝·里格斯的老公吗？"

菲莉丝 这是什么愚蠢行为？人人都要来惩罚我。就因为我是成
　　　　功人士？妹妹，朋友，丈夫——

霍华德 人们总是喜欢你弱——不喜欢你强。

卡萝尔 萨姆，你骗了我——你说过你爱我。

萨　姆 我没有说过——从来没有——

卡萝尔 你说过——

萨　姆 我从来都是谨小慎微地不去使用那个词。

菲莉丝 不要占律师的便宜。他们那些狗屁术语会把你弄得云里雾里。

霍华德 我们放点音乐好吗?

卡萝尔 天哪! 又要开始放摇滚乐了。

霍华德 我墙球能打赢萨姆。

萨　姆 你当然能啦,霍华德。

霍华德 (放音乐)真把他气晕了——他很有力,但身体的协调性不好!

萨　姆 嗯嗯。

卡萝尔 萨姆,我一切都安排好了——你不是打算离开菲莉丝吗。

霍华德 他已经做了,卡萝尔。你没注意吗?

卡萝尔 闭嘴,神经病!

霍华德 大家情绪都很低落——

　　(他把音乐声放大。)

卡萝尔 把它关掉!

霍华德 什么?

卡萝尔 把它关掉! 关掉! 别闹了!

　　(萨姆关掉音乐。)

霍华德 都在想啥呢——像开追悼会似的。

萨　姆 霍华德,你静一静吧。

霍华德 你们样子都怪怪的——也许是饿的——我去弄点吃的来?

卡萝尔 白痴!

霍华德 什么?

卡萝尔 白痴！蠢货！

霍华德 茄子芝麻酱！太棒了！

（霍华德从舞台右侧离开到厨房去了。）

卡萝尔 我很在乎你,萨姆——我爱你——真的爱你——

萨　姆 我不想骗你——我很谨慎的——不希望给任何人造成伤害。

（门铃响了——卡萝尔离门最近,她打开门,一个年轻漂亮而又性感的女孩走了进来。她是朱丽叶·鲍威尔。）

朱丽叶 （对萨姆嚷道）我在楼下等你。看你没下来,我很担心——我知道,在这之前你的头差点就被人砸扁了,我——看你没下来——

菲莉丝 不——不——不。

卡萝尔 是她?

朱丽叶 我还考虑要不要跟你一起上楼来,可你说只消五分钟——

萨　姆 她来了——她——朱丽叶·鲍威尔——这是卡萝尔——这是菲莉丝——哦,里格斯医生就不需要介绍了。

菲莉丝 不用介绍了。只消开车送我到贝尔维尤酒店入住就行了。

卡萝尔 你们认识?

萨　姆 唔——我们实话实说吧,不要遮遮掩掩的啦。朱丽叶是——准确地说,过去是——菲莉丝的一位病人,是吧?

菲莉丝 你们什么时候——

萨　姆 （跟卡萝尔说）那是很久以前,有一次我碰巧看见她在候诊室——我有我的私人通道,但是难得有这么一回,我瞥见菲莉丝的一个病人进进出出,要么哭着要么就坐在那儿读她的

121

《城镇和国家》。我记得当时我就寻思，我的天哪——多可爱的人儿啊——又年轻又水灵——她这个年纪，会有什么毛病呢？后来，也许是缘分，几个星期以前，我离开公寓时，朱丽叶正好从电梯出来，她是来接受菲莉丝的心理诊治的。我跟她搭讪——就是简短的打招呼——可我却了解到五十分钟后她会从楼上下来——我买了份报纸，在对街公园的长凳上坐下——果然，五十二分钟后，她来到了楼下。我跟她又打了声招呼——真想不到啊——这不，我跟她就要结婚了。

菲莉丝 （跟朱丽叶说）我不打算做精神科医生了，干脆我也加入海姆洛克社团算了。

朱丽叶 （率直地）就是因为这样我才中止了治疗。我想，再跟你继续做精神分析很不现实，我都……

菲莉丝 跟我丈夫勾搭上了？谢谢你，"美国妙龄小姐"。

卡萝尔 萨姆，他都可以做你女儿了。

萨　姆 可是她不是。她是莫顿·鲍威尔夫妇的女儿。你们在小地方是无缘结识鲍威尔夫妇的，除非是在《华尔街日报》上面读到有关他们的事。

卡萝尔 可是，她跟你能有什么共同之处呢？

萨　姆 你想不到吧。她迷人，有教养，又只有二十五岁年纪——

朱丽叶 是二十一岁——

萨　姆 嗯，马卜不就二十五了吗——四年不是很快就过去了——

卡萝尔 鲍威尔小姐，你是做什么的？

朱丽叶 做？

卡萝尔 你的——工作……

朱丽叶 电影编辑。我是说，我毕业后要做那个。

122

卡萝尔　你打算去参加班级舞会吗？

朱丽叶　我本来应该是毕业了的，只是休学了一年。

菲莉丝　鲍威尔小姐有严重的情感障碍。

朱丽叶　是的，嗯——

菲莉丝　一年前她来我这里接受治疗——自我封闭，头脑混乱，还
　　　　有神经性厌食——见到男性就惊恐。我的目标是解除她内心
　　　　的封闭，让她做回真正的女人。

朱丽叶　是的，你做到了。

菲莉丝　对，我也意识到了。

朱丽叶　我很害怕。一方面，我不想失去你这位精神分析师。可
　　　　另一方面，你却总是引导我按照自己的兴趣行事。

菲莉丝　你认为我那五十岁的丈夫正好迎合了你的兴趣？

朱丽叶　唔，开始时我做过一些不好的梦——又梦见了蜘蛛——
　　　　只是这一次梦见你是一个黑衣寡妇，我母亲是蝎子，还有——
　　　　卡萝尔是一只大蜘蛛。

卡萝尔　我们根本就不认识啊。

朱丽叶　萨姆跟我谈过你，他把你形容成——

卡萝尔　毒蜘蛛——

朱丽叶　我潜意识里有一个蜘蛛的意象，又可怕又贪婪。

卡萝尔　我可怕、贪婪？

朱丽叶　但你既然问了——是的——我还有所保留呢——萨姆还
　　　　跟我谈起过他那早已名存实亡的婚姻。我好像没有妨碍
　　　　谁——在我之前，他跟卡萝尔和巴克斯鲍姆夫人早就鬼混在
　　　　一起了。

菲莉丝　你说谁？

朱丽叶　你问的是巴克斯鲍姆夫人吗？那位拄着双拐的女士？

菲莉丝 哦,萨姆——她可是个瘸子呀!

萨　姆 那又能怎么样呢?看在上帝分上,菲莉丝——我知道我骗人是不光彩,可这跟她的个子高矮没啥关系。

菲莉丝 你跟她是怎么亲热的?把她摆到箱子上?

卡萝尔 (跟萨姆嚷道)为什么把我说得又可怕又贪婪?我怎么贪婪了?我把自己都搭上了——付出了又付出——听从你的调遣——为了迎合和迁就你,我失约、说谎、变更日程安排,我一无所求——你怎么能跟她说我是只毒蜘蛛?

萨　姆 是她梦见你那样的,为啥要怪我?

卡萝尔 你知道要跟你结婚的男人是个什么样的人了吗?

朱丽叶 唔,结婚实际上是萨姆的主意——我倒觉得就现在这样挺好的,不要太在意结果。

萨　姆 不——我要你保证——我需要承诺——不能再这样下去了——我需要稳定——我的生活必须要有理性了。朱丽叶,你是我的一切,是我梦寐以求的全部。

卡萝尔 一个二十岁的神经性厌食症患者?!

萨　姆 二十一岁——电影编辑。

菲莉丝 要是在六个月以前,她只要跟男人正眼相对,就会浑身起鸡皮疙瘩。

萨　姆 唔,我知道你们都在想什么,可这是真的。不管你俩怎么说——我要告别唐璜式的生活。性乱不是解决问题的方法。你们难道认为空洞、愚蠢和卑贱的性乱行为会使人幸福吗?

卡萝尔 谢谢你,萨姆。这番话对我也是有意义的。

萨　姆 (跟朱丽叶说)我想说的是我找到了你,我们要永远在一起。

菲莉丝 等她到了我的年纪会怎么样呢?看来,你们得靠医疗保

124

险过活了。

卡萝尔 我知道,我老了,不漂亮了,可我就是无法接受——这不是我能控制的。

霍华德 (突然出现)我决定做意大利方饺——你们也只有这东西了——

卡萝尔 我的生活真是糟透了——

霍华德 太糟了,这里没有松子青酱——可是,我能够做奶油沙司。我要做色拉,拌上鱼酱和香脂醋——嗯,你是谁?

朱丽叶 (跟霍华德握手)我是朱丽叶·鲍威尔。

霍华德 我是霍华德。

朱丽叶 瞧,六个月前我是不会把自己介绍给别人的。

萨　姆 告诉我,你不会在结婚这个问题上动摇。我想再证实一下。

朱丽叶 只要我们双方心里有数就行了。我们可以继续约会呀,至于结果嘛,走到哪儿算哪儿,这样不好吗?

萨　姆 你说话不算数。我想我们应该定下来了。昨晚你的态度还是很明确的呀。

霍华德 (跟朱丽叶说)你为啥要结婚?你还是个孩子。

萨　姆 霍华德——

霍华德 走开,我可不是开玩笑——她还是个小姑娘,你是个大男人——大男人,我的意思不是说你年纪大了,而是说你太老了,跟她在一起不合适。

萨　姆 那是我们自己的事。

霍华德 而且你还会带给她没完没了的精神包袱——创痛和辛酸——无法摆脱的困境。

萨　姆 霍华德,我没觉着辛酸,我只是想让我的生活从头再来过。

霍华德　唉,谁人不想?（跟朱丽叶说）婚姻对每个人来说都不同
　　　　儿戏。因此,要慎重考虑——更不用说,像你这样的小姑娘和
　　　　一个糟糕透了的卡萨诺瓦①式的中年男子在一起了。

朱丽叶　我跟他说过很多次,我们不急着要马上结婚。

萨　姆　我爱你。

霍华德　他很紧张。他知道你年轻,你还会遇上别的男人。

萨　姆　别管闲事——很明显,这个男的有神经病。

霍华德　不要这么急嘛。我听得出来,这位小姐在说——你把她
　　　　逼得太急了。（跟朱丽叶说）你要结婚做什么?不要把自己捆
　　　　绑在一个男人身上——你应该自由地享受生活——你还只是
　　　　一个小姑娘。

朱丽叶　事实上,我刚刚从原来的自我封闭中走出来。这还得谢
　　　　谢菲莉丝。

菲莉丝　如果这就叫谢我,我还是快点报名参加休克疗法去吧。
　　　　不要叫我菲莉丝——我还是里格斯医生。

卡萝尔　（跑向萨姆,打他）我是蜘蛛?!我是恶毒、贪婪的蜘蛛?!

萨　姆　卡萝尔,少来缠着我。

霍华德　我说,她根本就不该考虑结婚,尤其是跟你。朱丽叶,记
　　　　住——婚姻是爱情的坟墓。

朱丽叶　爱情的坟墓——这说法多么富有诗意啊。

霍华德　说实话,敝人就是一位作家。

萨　姆　（跟霍华德说）对你们而言,婚姻是爱情的坟墓——对我
　　　　们来说,它是美好未来的开始。

---

　　①　Giovanni Giacomo Casanova(1725—1798),意大利教士、作家、士兵、间谍和外交官。
以意大利冒险家和"浪荡公子"而知名。

朱丽叶　他提出来的结婚——我很迷茫。

霍华德　朱丽叶,我可以叫你朱丽叶吗？——如果这家伙要跟你
　　　　山盟海誓,趁早离开他,去寻找属于你自己的生活——你还年
　　　　轻——总之,你这么漂亮迷人——甜美水灵——

菲莉丝　天哪,霍华德。听起来好像你要把她煮了似的。

萨　姆　你怎么还相信他？他是个小丑。

朱丽叶　我跟你说,萨姆,我以前还从没有谈情说爱过——

霍华德　很多男人都会为你倾倒——你太漂亮了——这不,我一
　　　　见到你就被你迷住了。

萨　姆　他跟我较劲——简直无法相信——他跟我争。

霍华德　你打算如何安排你的生活？

朱丽叶　我想做电影编辑。

霍华德　嘿——太好了! 这不,我写了很多电影剧本。

萨　姆　一本都卖不出——哦,对了,还写了一本小说。

朱丽叶　(饶有兴趣地)你写过一本小说？太棒了。

萨　姆　(有点失算了)是滞销书,削价出售。一部有点煞有介事
　　　　的小说,讲的是一位前大学运动员跟他妻子的故事。妻子与
　　　　他非常般配,是一家医院的部门头目,她还写书,走到哪儿都
　　　　是别人关注的目标。只是她嘴上不积德,从未意识到丈夫的
　　　　弱点,无意间挫伤了这个可怜的家伙,于是他开始没完没了地
　　　　乱交。

菲莉丝　跟那些生理和心理有缺陷的人。

霍华德　朱丽叶,我在太平洋海岸是很有发展前途的——确切地
　　　　说,明天,派拉蒙电影公司就会给我来电话。

萨　姆　他是骗子,朱丽叶——他一无所有——他什么都不是。

朱丽叶　我的偏头痛又要发作了——

萨　姆　真是难以置信。小疏忽铸成了大错。我爱你,朱丽叶。我们发过誓的,要天长地久——那好,我们离开这里吧。

霍华德　不要逼得这么紧,萨姆。我看,我和朱丽叶倒蛮有缘分。

萨　姆　他是个疯子——一个情绪激动的蠢货。十分钟后,我们就该从窗台边把他往里拉了。

霍华德　跟我去加利福尼亚如何?我只消跟米高梅电影公司的某个大人物点下头就可以了。

朱丽叶　你不是说派拉蒙电影公司吗?

霍华德　(滔滔不绝)我对一部电影有很多奇思妙想,可你一旦成功,他们就会追着你签拍三部曲。我有一些很高明的主意——我想执导一部电影。他们一直有意让我做导演,可每次我都拒绝了。然而,我还是可以考虑的——只要他们肯增加筹码。你可以负责编辑。我将给我在贝弗利希尔斯的房产经纪人打电话。我们要租一套房,开始就买房是不明智的——你搞不清在一个地方会待多久——当然,房子要宽敞——也许可以在贝莱尔租房——我喜欢大大的游泳池——将来,孩子们会喜欢——准确地说,我在报上了解到沃伦·贝蒂可能要卖房产。沃伦是我的好朋友。这不是因为我们相识了很久,而是因为我们的政治立场一致——(看了看手表)为什么不给他打个电话呢——我们看看,那里要早三个小时——

萨　姆　(忍无可忍——他抓住朱丽叶)快点,我们离开这儿吧。

霍华德　(拦住他)嘿——别那么急嘛。

萨　姆　霍华德,你给我少管闲事。

霍华德　别,萨姆——你不能老是想怎样就怎样。

萨　姆　你听着,别拦我们。

朱丽叶　噢,等等——我很担心——

萨　姆　我等不及了——我们到车上去谈吧。

霍华德　放开她。

萨　姆　霍华德……

霍华德　我是当真的,萨姆。我不会让这位姑娘任人摆布。我打算下半辈子就跟她过了。

萨　姆　我让你别管闲事!

（萨姆推了霍华德一把,两人开始扭打起来。扭打愈来愈激烈,在场的人都开始惊惶失措。）

菲莉丝　好了——别打了——我们不是在莽林里——我们在中央公园西路。

朱丽叶　别打了。你松开他!

霍华德　你要掐死我了——

菲莉丝　别打了——

朱丽叶　求你了——我受不了了!住手! ——别打了! ——别打了!

（舞台场面哗然,大家都在竭力反对并制止萨姆。朱丽叶从桌上拿起枪,朝萨姆开了一枪。一阵尖叫声。）

萨　姆　哦,我的天哪!

菲莉丝　萨姆!

朱丽叶　出什么事了!? 枪走火啦!

萨　姆　我的屁股好痛啊。

菲莉丝　快叫救护车——

朱丽叶　我不是故意的——

菲莉丝　（对卡萝尔）快叫救护车啊!

朱丽叶　大伙都发疯了——

卡萝尔　她只是一个小姑娘,可是她知道如何打开保险栓。干得好。

菲莉丝　快离开这里——趁警察没来——悄悄走出门,然后径直回家吧。

朱丽叶　真对不起,萨姆。

萨　姆　这把德国造的卢格尔枪怎么跑到我客厅的桌子上了?

霍华德　你们觉得意大利方饺如何?有谁要色拉吗?

菲莉丝　(对朱丽叶)走吧——警察就要来了——要是在现场看到了华尔街著名的银行老板的漂亮女儿,他们准会迫不及待地给报社打电话的——

朱丽叶　我不是故意的——这是个意外。

菲莉丝　宝贝,他们眼里可没有什么意外。还需要我跟你解释吗?马上回家吧,不要出来。星期一我们见面再说。(对卡萝尔)把枪给我!

卡萝尔　把衣服拿上,霍华德。我们回家。电影频道就要播放《亡魂岛》了,我想看看我们的名字会不会在银幕上打出来。

霍华德　我们在扎巴氏食品店停一下吧——顺便买些肉豆蔻籽。

卡萝尔　你买了那么多,够吃一辈子的了。

朱丽叶　再见,里格斯医生。咱们星期一老时间见。

萨　姆　朱丽叶——朱丽叶——你别走——我爱你——

（舞台灯光渐渐变暗。）

菲莉丝　别天真了,萨姆——她打中了你的屁股——你跟她之间已经没戏了!

修订附言

如果你喜欢电影，或者在一般意义上对文艺感兴趣，就一定知道伍迪·艾伦这个名字。他因幽默机智的天赋早早成名，演艺生涯中兼导演、编剧、演员于一身，是美国文艺界乃至世界文艺界之翘楚。

艾伦拍摄电影的速度惊人，因此电影作品数量惊人，艺术效果也往往惊人，每每令观众或击节叫好，或瞠目结舌。他的剧本主要写纽约的知识分子群体，关于他们的爱情、婚姻、社交、文化生活。有对丑恶的揭露，也有对生活的机智呈现。作品表现出浓郁的地方特色和阶层特色，如果对纽约和纽约的知识分子群体不了解，初看会"难解其中味"。当然，阅读、观看他的作品，也是了解这个群体生活的好途径。

在中国，他的剧作也很受欢迎，不断被排演，相关论文及研究亦有不少。

蒙上海译文出版社告知欲再版此书，给译者以修订的机会。此次修订，译者再次从头至尾对照原文和译文做了如下工作：

改正了个别误译之处，使译文更加准确。

从文体的角度考虑，把戏剧人物的一些比较书面的语言改成了更加口语化的表达，根据人物身份的不同，将合适的语言塞入合适的人物口中。犹如曹雪芹让《红楼梦》中的不同女性写出不同的诗来，让人物的语言更加个性化，更符合其真实身份。

剧中人物多为知识分子，因此他们的对话中引用了很多文学和历史典故。为了让读者更好地理解对话含义，修订了译注。

此次修订工作得到了深圳大学的大力支持。深大外语学院不仅让译者从其他研究中抽出时间打磨译文，而且从物质上提供了种种帮助，使译者能按时如愿完成修订工作。对此，谨致深深谢忱！

宁一中
二〇二〇年八月十二日
深圳大学南山区留仙大道朗麓家园十四栋墨砚斋

天才们，请注意
Woody Allen
伍迪·艾伦
作品集

扯平

GETTING
EVEN

伍迪·艾伦———— 著

李伯宏———— 译

上海译文出版社

目录

梅特林的洗衣单

人们盼望已久的梅特林送洗衣服清单的第一卷，终于由维纳尔父子出版公司出版了(《汉斯·梅特林送洗衣服清单》第一卷，共四百三十七页，前附三十二页导言，后附索引，售价十八美元七十五美分)，书中还有研究梅特林的著名学者冈瑟·艾森巴德旁征博引的评论。出版公司决定不等这套四卷巨著完成，单独出版这第一卷，既明智，又广受欢迎，因为这部十分老派却又妙趣横生的著作一出版，人们就再也不会恶意传言说，维纳尔父子出版公司用梅特林的小说、戏剧、笔记、日记和书信已经赚了大钱，现在还是拿同样的东西得益。这些传言真是大错特错了！梅特林的第一份清单，就清清楚楚、几近完整地把这位人称"布拉格怪人"的躁动天才展现在读者面前。

第一份清单如下：

六条短裤

四条内裤

六双蓝袜子

四件蓝衬衫

两件白衬衫

六条手帕

不上浆

　　这份清单是梅特林创作《恶毒奶酪忏悔录》时随手写的。《忏悔录》是一部惊人的哲学大作，其中不仅证明康德的宇宙观点是错的，还证明他从未领过支票。梅特林厌恶上浆，这在当时很普遍。当送洗的衣服都上了浆，变得硬挺挺时，梅特林的情绪就忽上忽下，容易低沉。他的女房东维泽夫人跟朋友说："梅特林先生多少天不出屋，就因为衬衣上浆，哭个不停。"当然，布鲁已经指出过，内衣上浆同梅特林常常觉得自己被那些爱嚼舌的人说来说去这之间有一定关系（《梅特林：压抑心理与早年送洗的衣服》，蔡斯出版社）。梅特林唯一一部剧作《气管炎》中，就写了这种不遵从吩咐的主题，其中，尼德曼错把带着霉运的网球给了瓦哈拉。

　　第二份清单如下：

　　七条短裤

五条内裤

　　七双黑袜子

　　六件蓝衬衫

　　六条手帕

　　不上浆

　　这份清单上令人不解的是那七双黑袜子。人们早已知晓，梅特林特别喜欢蓝色。确实，多年来，若是提到任何其他颜色，他都会大发雷霆。有一次，里尔克说喜欢褐色眼睛的女人，梅特林就把他推进了蜂蜜罐里。安娜·弗洛伊德表示(《梅特林的袜子作为崇拜男性的母亲的表象》，《精神分析学刊》，一九三五年十一月)，梅特林忽然转向深颜色的袜子的肇因，是他对"拜罗伊特事件"感到不快。因此，在《特里斯坦与伊索尔德》第一幕中，他打了个喷嚏，把一位极为富有的歌剧赞助人的假发给吹掉了，惹得观众大笑不止。不过，瓦格纳为他辩护说："谁都会打喷嚏。"这句话现已成为经典。柯西玛·瓦格纳为此哭了起来，指责梅特林破坏她丈夫的歌剧。

　　确确实实，梅特林对柯西玛有所图谋。我们都知道，在莱比锡，他拉了她的手；四年后在鲁尔峡谷，他又拉住她的手。在但泽，一次赶上暴雨，他转弯抹角地提到她的小腿骨。她觉得最好不要再见他了。梅特林回家时已经筋疲力尽，写下了《一只鸡的思想》，并把原稿献给了瓦格纳夫妇。这夫妇俩用书来垫厨房餐

3

桌的桌腿，梅特林就心绪阴沉，转穿黑袜子了。他的家佣求他还穿蓝袜子，至少换成褐色的，但梅特林对她大骂："泼妇！你为什么不说花格袜子呢？"

第三份清单如下：

六条手帕

五件内衣

八双袜子

三条床单

两个枕套

清单里第一次提到床上用品。梅特林极为喜欢床上用品，尤其是枕套。小时候，梅特林和姐姐常把枕套套在头上，装神弄鬼，直到有一天，他掉进了采石场。梅特林喜欢睡在新换洗的床单上，他小说里的人物也都如此。《鲱鱼》中性无能的铁匠，就因为换床单而杀人。《牧羊人的手指》中的杰妮愿意跟克莱曼（她恨他把黄油抹在她母亲身上）上床，"如果这意味着躺在柔软的床单上。"洗衣店洗的床单从未让梅特林高兴过，实乃悲剧；但是，若像法尔兹宣称的那样，梅特林因此怒气冲天，未能写完《笨伯，汝去何方》，也实属荒谬。梅特林把送洗床单当作一种奢侈来享受，不过，他并不是非此不可。

4

梅特林未能完成酝酿已久的诗集，其原因是一次谈情说爱败北。这在其四海扬名的第四份清单中显露出来。

第四份清单如下：

　　七条短裤

　　六条手帕

　　六件内衣

　　七双黑袜子

　　不上浆

　　当日取活

一八八四年，梅特林遇上露·安德烈-莎乐美。我们后来得知，他突然要求每天都要送洗衣服。实际上，他们俩是通过尼采介绍认识的。尼采告诉露，梅特林要么是个天才，要么是个傻瓜，要看她自己能否猜出是哪个。当时，欧洲大陆上开始流行当日洗衣服务，这在知识分子当中尤其流行。梅特林推崇这种新方法，因为这种服务快捷准时，梅特林正是看中这一点。他和人约见时总是很准时，有时提前几天就到了，只能被安置在客房。露也喜欢洗衣店每天送来新洗的衣服，像个孩子一样欣喜若狂，常拉上梅特林到林子里去散步，在树丛中打开包衣服的包裹。她喜欢他的内衣和手帕，但她最崇拜他的短裤。她写信给尼采说，在她所遇见的事物中，包括《查拉图斯特拉如是说》，梅特林的短裤是最庄重崇高的。对此，尼采的态度恰如君子，可他却总是嫉妒梅特林的内衣，跟好友说这些内衣是"极端的黑格尔风格"。一八八六年大饥荒之后，露·莎乐美和梅特林分手。梅特林已经不再计较了，可莎乐美却总是说"他的脑子像医院里的旮旯一样肮脏"。

第五份清单如下：

> 六件内衣
>
> 六条短裤
>
> 六条手帕

这份清单一直让学者们迷惑不解，主要原因是其中根本没有袜子。(的确，托马斯·曼多年后写道，他对此着了迷，专门写了一部剧本，叫做《摩西的袜子》，但不巧掉进了下水道。)这位文坛巨人每周送洗清单上为何忽然没了袜子？一些学者称，这正是他行将陷入疯狂的迹象；可虽然他已经有了某些怪异的举动，但还未至如此。有一点，他觉得自己要么是在被人跟踪，要么是在跟踪别人。他告诉好友说，政府企图偷走他的下巴；一次在耶拿休假，整整四天里，他只会说"茄子"，其他什么话也说不出来。不过，这些都不多见，也说明不了袜子为何失踪。他也并非出于内疚才模仿卡夫卡。因为卡夫卡有一段时间不穿袜子。不过，艾森巴德给我们讲明，梅特林仍然穿袜子。他只是不再把袜子送到洗衣店了！为什么？因为，他在这段时间聘请了一位家佣，米尔娜夫人。米尔娜同意用手洗他的袜子，这让梅特林十分感动，便把全部家产都留给了这位女佣：一顶黑帽子和一些烟草。她还以希尔达的形象出现在他的寓言喜剧《母亲的灵液》中。

显然，到了一八九四年，梅特林的性格开始分裂，从他第六份清单中也许能看出些苗头。

第六份清单如下：

二十五条手帕

一件内衣

五条短裤

一只袜子

此时，他开始让弗洛伊德为他做精神分析，这一点也不令人吃惊。数年前，他在维也纳见过弗洛伊德，当时，他俩一同担任《俄狄浦斯》的监制。其间，弗洛伊德出了一身冷汗，只得让人给抬出去。我们要是相信弗洛伊德的笔记的话，他给梅特林进行精神分析的过程一点也不平静，而且梅特林还充满敌意。有一次，他甚至威胁要给弗洛伊德的胡子上浆，还常说，弗洛伊德让他想起洗衣人。慢慢地，梅特林讲出了他同父亲之间不同寻常的关系。（研究梅特林的学者对其父亲已经很熟悉了。他是一位小官吏，常常嘲笑梅特林，将其比作侏儒。)弗洛伊德写下了梅特林曾向他讲过的一个重要的梦：

> 我正同几位朋友聚餐，忽然走进来一个人，端着一碗汤，还拿链子拴着。他痛斥我的内衣叛国。一位女士为我辩护，可前额掉了下来。我在梦里觉得这事好有意思，大笑起来。很快，每个人都笑了起来，只有洗衣人除外。他板着脸坐在那里，往耳朵里灌汤。我父亲进来，捡起女士的前额，跑了。他跑到广场上，喊着："可有了，可有了！我自己的前额！再也不必依靠我那傻儿子了。"我在梦里听了挺压抑，真想亲吻镇长换洗的衣服。(此时，患者开始哭泣，忘了后面的梦。)

弗洛伊德从这个梦探明了真相，帮了梅特林一把。撇开精神分析，两个人成了好朋友，虽然弗洛伊德从不让梅特林走在自己身后。

出版社宣布，在第二卷，艾森巴德将负责汇编第七份至第二十五份清单，包括梅特林"私人洗衣妇"那些年的秘事，还有他同街角那个中国人之间可悲的误解。

黑手党初探

在美国，有组织犯罪每年有四百亿美元的收入，这已不是秘密。这可是一大笔进项，当你考虑到黑手党的办公花费很少时，就更是如此了。据可靠消息来源称，去年，黑手党最多花了六千美元购买个人文具，买钉书钉的费用就更少了。而且，他们只用一位秘书，把所有打字的事全给了这位秘书；总部只有三个小屋，还与弗莱德·波斯基舞蹈学校合用。

去年，有组织犯罪直接参与了一百多起凶杀案。黑手党间接参与了数百起凶杀案，或是给杀手出车资，或是帮杀手拿大衣。黑手党从事的其他活动还包括赌博、贩毒、卖淫、绑架、放高利贷，以及从一个州向另一个州跨界运输白蛙鱼，用于不道德的勾当。黑手党甚至把触角伸到了政府部门。仅仅几个月前，受到联邦指控的两伙黑帮竟在白宫过夜，总统只得睡到沙发上。

美国黑手党史

一九二一年，托马斯·卡维罗(屠夫)和希罗·桑图西(裁缝)企图把地下社会各种各样的族裔集团纠集起来，掌控芝加哥。但艾伯特·科瑞罗(逻辑实证理论家)暗杀了里普斯基，把局给搅了。艾伯特把里普斯基锁在壁橱里，用一支吸管吸光了里面的空气。里普斯基的兄弟(又名：门迪·路易斯，又名：门迪·拉森，又名：门迪·又名)为了报复，绑架了桑图西的兄弟盖塔诺(人称小托尼，或亨利·萨普斯坦拉比)，几周之后，又把他分盛在二十七个大玻璃罐中送了回来。

多米尼克·米昂尼(爬虫学家)在芝加哥一家酒吧外枪击"幸运儿"罗伦佐(他帽子里曾发生炸弹爆炸，却没把他炸死，所以人送外号"幸运儿")。接着，科瑞罗及其同伙追踪到纽瓦克，把他的头变成了一件管乐器。到了此时，朱塞佩·维塔勒(真名叫昆西·贝德克)的帮派有所举动，要把哈莱姆卖私酒的行当从爱尔兰人拉里·多尔手中夺过来。多尔这个诈骗犯疑心很重，绝不让纽约的任何人走在他身后，走在街上时总是踮着脚尖转来转去的。多尔后来被人弄死了，因为斯兰特建筑公司决定在他鼻梁上建造新的办公楼。多尔的副手小彼迪·罗斯(大彼迪·罗斯)接掌了大权。他坚持抵抗维塔勒接管自己的行当，谎称举办化装舞会，将维塔勒哄骗到中城一个空停车场。维塔勒毫无怀疑，扮成一只大老鼠，进了停车场，立时全身被机枪子弹打穿了。为表示对亡故老板的忠诚，维塔勒手下的人立即投靠罗斯。维塔勒的未婚妻贝·摩雷蒂也归顺过来。她是个演艺明星，主演百老汇当红音乐剧《犹太祷词》，最后嫁给了罗斯，虽然她后来把他告上法庭，要求离婚，理由是他曾把一种令人讨厌的脂膏涂在她身上。

"黄油烤面包大王"文森·科伦拉罗怕联邦政府干预，呼吁停战。(科伦拉罗对进出新泽西州的黄油烤面包控制极严，他只要一句话，就能搅坏全国三分之二家庭的早餐。)地下社会所有成员都被召集到新泽西州珀斯安博伊的餐会上，科伦拉罗在餐会上告诉他们，必须停止内讧，而且以后衣着要体面讲究，不得贼头鼠脑的。以前写完信，总是用黑乎乎的脏手签名，以后写信落款时要加上"此致"。所有的地盘要平均分配，新泽西州归科伦拉罗的母亲。黑手党就此诞生。两天后，科伦拉罗躺进热乎乎的浴缸里洗澡，从此失踪了四十六年。

黑手党内部结构

黑手党的结构如同任何政府或大型公司一样，当然也像帮派一样。最上面是大老板，即所有老板的老板。会议在大老板家里召开，他要准备好酱肉和冰块。否则后果就是当即处死。(说来也巧，死亡是黑手党党徒遇到的最坏的一件事情了，他们许多人都情愿缴罚款了事。)大老板下面是各位副手；每位副手都依仗他的"家庭"，掌管一个城区。黑手党的家庭里没有总想去马戏团或去野餐的妻子和孩子，而是一群群相当严肃的男人。这些男人活着的主要乐趣是，看某些人在东河水下能待多长时间才从嘴里冒泡。

加入黑手党的手续很复杂。提出申请后，要被蒙住眼睛，带到一间黑屋子。在他口袋里放上小块哈密瓜，他要用一只脚跳来跳去，还要同时大喊："回见！回见！"接着，委员会各位委员要把他的下嘴唇拉出来，再弹回去。有些委员还想再拉一次。随后，在他头上放些麦粒。他要是不高兴，就无资格加入。不过他要是说"好，我喜欢头上放麦粒"，那他就入伙了，人们亲他的脸颊，同他握手。从那时起，他就不得吃酸辣酱，不得模仿母鸡的样子逗朋友，或是杀死任何名叫维托的人。

结　　论

有组织犯罪是我们国家的病害。许多年轻的美国人被吸引进去，满以为会过上无忧无虑的生活，可实际上，大多数犯罪分子都起早摸黑，常在没有空调的建筑物里干活。我们每个人都要能够识别出犯罪分子。通常，这些人的标记是大袖扣，而且即使坐在身旁的人被落下的铁砧砸着了，他也会继续吃东西。打击有组织犯罪的最佳办法是：

1. 跟犯罪分子说你不在家。

2. 只要有过多自称"西西里洗衣公司"的人在你家门厅唱歌，就立即报警。

3. 窃听电话。

不能随意窃听电话，但是，其效果却显而易见，纽约地区两个帮派老板之间的对话让联邦调查局窃听到了，下面就是窃听的记录：

安东尼　喂，里克？

里　克　喂？

安东尼　里克？

里　克　喂。

安东尼　里克？

里　克　我听不见。

安东尼　是你吗，里克？我听不见。

里　克　什么？

安东尼　听得见我说话吗？

里　克　喂？

安东尼　里克？

里　克　线路不好。

安东尼　听得见我说话吗？

里　克　喂？

安东尼　里克？

里　克　喂？

安东尼　接线员，我们线路不清楚。

接线员 挂上电话，再重拨，先生。

里　克 喂？

　　因为有这份证据，安东尼·罗诺(大鱼)和里克·帕兹尼因非法拥有本森社区，被判刑十五年，现正在辛辛监狱服刑。

施密特回忆录

有关第三帝国的文献似乎层出不穷，这不，弗里德里希·施密特的回忆录很快就要出版了。施密特，德国战时最佳理发师，为希特勒、许多政府高官及军队将领剃头理发。在纽伦堡审判期间，人们注意到，施密特不仅仅总是该在哪里出现，就在哪里出现，该什么时候出现，就什么时候出现；而且还保存了"超乎全部的记忆"，因此，正适合写回忆录，揭示纳粹德国最高层的秘密。以下是回忆录节选：

一九四〇年春，一辆大型奔驰停在科尼大街一二七号我的理发店门前，希特勒走进理发店。"我只要稍微剪一剪，"他说，"头顶不要剪太多。"我对他解释说，要稍等一会儿，因为冯·里宾特洛甫排在他前面。希特勒说有急事，问里宾特洛甫能否挪到他后面。里宾特洛甫不同意，非说如果把他挤到后面，他的外交部长就当得太没面子了。希特勒马上打了个电话，里宾特洛甫当即被调到了非洲军团。希特勒理了发。这类争斗总是不断。有一次，戈林罗织罪名，让警察把海德里希抓走了，为的是自己能坐到靠窗户的椅子上。戈林是个浪荡鬼，总要坐在木马上剪发。纳粹最高统帅部对此感到十分尴尬。一天，赫斯冲着他说："今天我要坐木马，元帅先生。"

"不可能，我已经预订好了，"戈林反驳说。

"我有元首的直接命令，上面说我可以坐木马理发。"赫斯拿出一份希特勒的信用以证明，戈林当即脸色铁青。他永远不能原谅赫斯。他还说，以后他要让夫人在家里拿一只碗扣在他头上，给他理发。希特勒听到这些，大笑起来。但是戈林可是动真格的，要不是军械部长拒绝了他领取理发剪刀的申请，他真的要回家理发了。

人们问我，是否知道我的工作牵扯道义上的问题。我在纽伦堡法庭上说，我不知道希特勒是个纳粹分子。多年来我一直以为他为电话公司做事。等我终于发现他是个大恶魔时，为时已晚，我已经为家具付了头款。有一次，战争快结束时，我确实想过把元帅脖子上的围布放松一点，让碎头发掉进他后背，可到了最后一刻，我壮不起胆。

一天，在贝希特斯加登，希特勒转过身对我说："我要是留大鬓角怎么样？"施佩尔笑了起来。希特勒不高兴了。"我说真的，施佩尔先生。"希特勒说："我想，我留大鬓角可能好看。"戈林这个善于巴结的小丑马上顺着说："元首留大鬓角，太妙了!"施佩尔还是不同意。实际上，只他一人尚有良知，告诉元帅何时需要理发。施佩尔说道："太招摇了。大鬓角纯粹是丘吉尔那类人的事情。"希特勒冒火了。他想知道，丘吉尔是否在考虑留大鬓角;如果在考虑，要留一边还是两边，何时开始留? 希姆莱是负责情报工作的，于是他立即被召来了。戈林对施佩尔的态度很气恼，他悄声说："你为什么烫成鬈发，啊? 他想要大鬓角，就让他留大鬓角。"施佩尔通常都过于老练，这次却称戈林是个伪君子，是"德国军人中的一块软豆腐"。戈林发誓要报复。后来听说，他让党卫军把施佩尔的床锯成了无数细条。

希姆莱慌慌张张赶来了。他接到电话时，正在学踢踏舞。他怕自己被召来是因为那一车皮的派对帽出岔了，那是几千顶聚会时戴的尖顶小圆帽，本来是答应给隆美尔的冬季攻势用的。(希姆莱不习惯应邀参加贝希特斯加登的餐会。他视力差，希特勒不愿看他把叉子凑到眼前，再把叉子上的食物抹在脸上。)希姆莱知道有什么事情出错了，因为希特勒唤他"矬子"。希特勒只有在冒火时才这么叫他。突然，元首转身朝他喊道："丘吉尔是要留大鬓角吗?"

希姆莱满脸发红。

"是吗?"

希姆莱说，有传闻讲丘吉尔是在考虑留大鬓角，但这都不是

17

正式的消息。关于大鬓角的长短和留几边的问题，他解释说，大概是两边都留，长短适中，但是人们都不想没有把握就说话。希特勒吼叫起来，握着拳头砸桌子。（这意味着戈林战胜施佩尔。）希特勒展开一幅地图，告诉我们他要切断英国热毛巾的供应。邓尼茨封锁达达尼尔海峡，就可以使毛巾不被运到英国海岸，敷在急切等待的英国人的脸上。可是，根本的问题依然是：希特勒能否击败丘吉尔，留起大鬓角？希姆莱说，丘吉尔已经开始了，所以很难赶上他。戈林这个头脑空空的乐观派说，如果全德国同心协力，元首的大鬓角可以长得更快。冯·伦德施泰特在总参谋部的一次会议上说，在两面同时留大鬓角，可能不妥，因此建议集中精力先在一面留个好看的鬓角。希特勒说，他可以在两边同时进行。隆美尔同意冯·伦德施泰特的建议。"元首，两边同时留，是长不齐的，"他说，"要是着急，就长不齐。"希特勒很是恼怒，说这要由他自己和理发师来决定。施佩尔保证，剃须膏的生产在秋季能增加两倍。希特勒听了高兴起来。到了一九四二年冬，俄国发起反攻，鬓角一事便搁置一旁。希特勒感到垂头丧气，生怕丘吉尔很快就长出鬓角，神气活现的，而自己的面目却仍然"普普通通"。不过，我们不久之后得到的消息说，丘吉尔觉得留鬓角花费太大，便放弃了。事实再次证明元首是英明正确的。

盟军入侵后，希特勒的头发变得乱蓬蓬的，失去了水分。一部分原因是盟军的胜利，另一部分原因是施佩尔建议他每天洗头。古德里安将军听说之后，马上从俄国前线赶回来，告诉元首，每周用洗发香波不得超过三次。先前的两次战争中，总参谋部的人员都遵循这一做法，很管用。希特勒再次驳回了将军们的提议，坚持每天洗头。鲍曼帮希特勒洗掉头上的香波，好像还总是备好一把梳子。最后，希特勒离不开鲍曼了，在自己照镜子之前，先让鲍曼照一照。随着盟军向东推进，希特勒的头发又干又乱，变得更糟了，他常常几个小时不停地发脾气，说是德国打胜仗后，要好好刮个脸理个发，甚至还要焗油。我现在才明白，他从来不想做这些事情。

有一天，赫斯拿走了元首的洗发香波，乘一架飞机去了英国。德国最高指挥部大为光火，以为赫斯是要把香波送给盟军，好赦免自己。希特勒知道后，尤其恼火，因为他刚刚冲完澡，正要洗头发。（赫斯后来在纽伦堡法庭上解释说，他计划给丘吉尔做一次头皮护理，以结束战争。他已经把丘吉尔按在一个水盆边上了，但却被捕了。）

一九四四年底，戈林在上唇留起了胡子，引起人们纷纷猜测，以为他很快要取代希特勒。希特勒也发了火，斥责戈林要谋反。"帝国领导人中只能有一人留胡子，那就是我！"他叫喊着。戈林争辩说，因为战事不妙，两人留小胡子可能让德国人民对战争保有更大的希望。希特勒却不这样想。一九四五年一月，几位将军谋划要在希特勒睡觉时剃掉他的小胡子，然后宣布邓尼茨为新领导。但冯·施陶芬贝格在希特勒黑洞洞的卧室里，错把希特勒的眉毛剃掉了。结果，计划败北，宣布进入紧急状态。施佩尔突然闯进我的理发店，颤抖着声音说："有人图谋剃掉元首的胡须，但他们失败了。"施佩尔要我到电台向德国人民发表讲话。我去了电台，几乎没有讲稿。我向德国人民宣布："元首安然无恙。他的胡须依然留着。重复一遍：元首的胡须还在。企图剃掉元首胡须的阴谋破产了。"

快到最后时，我来到希特勒的地堡。盟军正在逼近柏林。希特勒觉得，如果俄国人先开进柏林，他就需要彻底理一次发。如果美国人先到，他稍微剪一下就可以了。人们都争吵不休。争吵中，鲍曼要刮脸。我答应他我要按照一些规划来做。希特勒心事重重，更加孤僻。他说要把头发前后分开，然后宣称开发电动剃须刀将有助于德国赢得战争。"我们仅用几秒钟就能刮好胡子，对吗，施密特？"他嘟囔着。他还提到其他匪夷所思的想法，说总有一天他的头发不仅要剪理，还要造型。他通常沉湎于宏大气派，发誓最终要留大背头。"整个世界都将颤抖，需要用一名仪仗队员来梳理。"说完，我们握了手，我最后一次给他理发。他给了我一个芬尼的小费。"我本想多给点，"他说，"可自从盟军占了欧洲，我手头就有点拮据。"

我的哲学

　　我的哲学是这样形成的：我太太请我品尝她有史以来第一次做的蛋奶酥，不巧，有一勺掉在我脚上，砸断了几块小骨头。于是，大夫来给我照了 X 光，做了检查，然后要我卧床一个月。在疗养期间，我拿出了西方社会最杰出的思想家的一些著作。这摞书我一直放在身旁，就是等着在这样的情况下读。我打破时间顺序，从克尔恺郭尔和萨特开始，很快转到斯宾诺莎、休谟、卡夫卡和加缪。我曾怕这些书会读来枯燥无味，结果正相反，我迷上了这些伟大思想家，迷上了他们的敏捷思维，对风俗、艺术、道德、生命和死亡的穷追不舍。我还记得读到克尔恺郭尔一句名言时的反应："此种关系涉及自身与其本身(也即自我)，一定构成了自身，抑或由其他构成。"这一概念让我泪水盈盈。我想，我的文字要能如此聪慧，该多好！(我写《动物园一日》的作文时，连几句意义连贯的句子都写不出。)的确，这句名言我全然不懂，但只要克尔恺郭尔自己开心，又有何妨？我忽然有了自信，我生来就该研究形而上学。于是，我拿起笔，马上记下了自己的第一缕思想。工作进展迅速，只用两个下午，就完成了一部哲学著作；期间还打了个盹，又一边玩，一边把两枚塑料子弹射进玩具小熊的眼睛。希望这部著作在我去世后，或在公元三千年时（哪个先到都行），不会湮没无闻。我还比较有把握地相信，它将令我在历史上最有分量的思想家行列中占有一席之地。在此略录这部思想宝库中的一小部分，留给后人传读，或是留给来打扫房间的女工。

一　纯粹无聊批判

在任何哲学思想成型时，首先要考虑的必定是：我们能认识什么？也即，我们确信能认识什么，或是确信认识到我们认识什么么，如果确是可认识的话。或者，我们是否干脆都忘记了，不好意思说出来？笛卡儿曾暗示过这一问题。他写道："我的头脑虽然同我的双腿十分友好，却绝不认识我的身体。"碰巧，关于"可认识的"，我并非是指通过感觉可以认识的事物，或通过头脑可以掌握的事物，而是已被认识，或拥有认知或可知性的事物；或者，至少是你可以同朋友说起的事物。

我们真能"认识"宇宙吗？老天爷，在唐人街认路都够呛。然而，问题在于：宇宙间是否存在任何事物？为什么？非要这么大的噪声吗？最后，毫无疑问的是，"现实"的一个特征是，它缺少本质。这不是说它没有本质，而仅仅是缺少本质。(我谈到的现实同霍布斯论述的一样，但略小一点。)因此，笛卡儿的箴言"我思故我在"也可以用更好的方式来表达："嘿，艾娜带着萨克斯管来了！"就是说，要认识一种物质，或是一种想法，我们必须怀疑它，在怀疑过程中，逐渐认清在其有限状态下所具备的品质，这些品质确确实实"正在其中"，或是"从属其中"，或者从属他者，或者从属虚空。这一点弄清楚了，就可以暂时把认知论抛在一旁。

二　末世论辩证法作为防治疱疹的手段

我们可以说，宇宙是由一种物质组成的。我们把这种物质称作"原子"，或是称作"单子"。德谟克利特称其为原子。莱布尼茨称其为单子。幸运的是，这两位从未相遇，否则就要引起非常枯燥的争论。这些"粒子"由某种起因，或某种根本法则启动，进入运动状态；或许是某件东西掉落在某个地方。问题是，现在做任何事情都为时过晚，也许唯一的办法就是多吃些生鱼片。这当然无法解释灵魂不朽的原因；也说不清来世的事情，或是我叔叔森德觉得阿尔巴尼亚人总在跟踪他的事情。帕斯卡尔认为，第一法则(也即上帝，或一阵劲风)同关于存在(存在)的任何目的论概念之间的随意关系，"如此滑稽，乃至毫不可笑(可笑)。"叔本华称其为"意志"，但他的大夫诊断的结果是花粉过敏。晚年时，他为此深感苦恼，或许还因为他越来越怀疑自己不是莫扎特。

三　每日五元钱的宇宙

那么，什么是"美"？和谐与公正的结合？还是和谐与听起来跟"公正"同音的别的什么词相结合？大概，和谐应该与"公证"结合起来；这正是给我们带来麻烦的原因。的确，真即是美，或是"必要"。也即，善或是拥有"善"的品质的事物，便结成"真"。若非如此，可以打赌说，此事不美，哪怕它具有防水功能。我开始在想，当初我就是对的，一切均应同公证结合起来。噢，也罢。

两 则 寓 言

某人走近宫殿。唯一的入口处由彪悍的匈奴人把守，他们只准名叫朱利叶斯的人进入。此人欲贿赂守卫，说要给他们供应一年的上好鸡块。守卫既不嘲笑，也不接受，只是揪住他的鼻子，拧成花样螺丝的样子。这人说，他必须进入宫殿，因为他给皇帝带来了换洗的内衣。守卫仍旧不许，他就开始跳起查尔斯顿舞。守卫好像还挺爱看他跳舞，但很快就对联邦政府虐待纳瓦霍族人感到闷闷不乐。此人跳得喘不上气，倒地而死，至死也没见到皇帝，更因为在八月份租了一架钢琴，而欠了斯坦威钢琴行六十块钱。

我受命给一位将军送信。我骑马上路，但将军的司令部却仿佛越来越远。最后，一只巨大的黑豹跳将出来，吞吃了我的脑和心。这可把我的夜晚给破坏了。无论我多么卖力，都追不上将军。我眼见他穿着短裤在远处飞跑，还向敌人默念"肉豆蔻"。

格　　言

甭想客观地体验自己的死亡，同时还要唱歌不跑调。

宇宙仅仅是上帝头脑中一个转瞬即逝的念头——这想法着实令人不安，尤其是在你刚刚交了房贷头款以后。

永恒的空虚本无可厚非，倘若你穿衣就是为此目的。

狄奥尼索斯如果在世该多好！可他在何处进餐？

世上不仅没有上帝，而且一到周末，你给我找个水暖工试试。

是啊，可蒸汽机行吗

　　我的小猎犬约瑟夫·K每周二都要到公园大道一家诊所看心理医生，每次五十分钟，收费五十元。这是个信奉荣格的兽医，总是费尽心力地要约瑟夫相信，下巴颏长肉并不妨碍社交。我一边翻着杂志，一边等它。忽然，杂志某页下端的一句话，像欠款通知一样瞬时引起了我的注意。那无非是一则标题里带有"简明图表"或"你肯定不知道"之类字眼的样板文章，但是，其庞大的气势却如同贝多芬《第九交响曲》开头乐章那般有冲击力。其中写道："三明治是由三明治伯爵发明的。"我深感震惊，又读了一遍，情不自禁地浑身颤抖起来。我觉得天旋地转，脑子里开始浮现出第一个三明治发明过程中必不可少的宏伟梦想、希望与挫折。我两眼湿润了，看着窗外闪光的高楼大厦，体验到了永恒，对人在宇宙中那永不磨灭的地位惊叹不已。人，作为发明家的人！达·芬奇的笔记依稀呈现在我面前——真是人类崇高追求的大胆设想。我想到亚里士多德、但丁、莎士比亚、莎士比亚《第一对开本》、牛顿、亨德尔的《弥赛亚》、莫奈、印象主义、爱迪生、立体主义、斯特拉文斯基、爱因斯坦的能量定律……

我确信无疑，第一个三明治就陈列在大英博物馆里的玻璃展台里；我脑子一边这么想着，一边花了三个月的时间，编写了一部三明治发明者——三明治伯爵的小传。虽然我的历史知识有限，而且我将事实浪漫化的功夫要胜过麻木混沌之人，但我也希望至少能捕捉到这位被埋没的天才的真情，希望以下这些散记能激励真正的历史学家以此为起点，继续下去。

一七一八年：三明治伯爵出生在一户上层人家。其父被任命为国王陛下首席钉马掌师，为此高兴了若干年，直到有一天发现，自己不过是个铁匠，在恼怒之下辞职。母亲是家庭主妇，有德国血统，她做的饭菜毫无特色，大致是些猪油和麦片糊糊，但她也能调制些味道说得过去的乳酒冻，算是在烹调方面发挥点想象力。

一七二五年至一七三五年：上学，学习骑马和拉丁语。在学校第一次见到酱肉，对切成薄片的酱牛肉和火腿展现出非同寻常的兴趣。毕业时，这一兴趣已然成为一种癖好，虽然他的毕业论文《零食的分析和伴随而来的现象》引起了教师们的兴趣，但他的同学都视其为怪人。

一七三六年：奉父母之命，进入剑桥大学读书，研究修辞学和形而上学，但对这两门科目毫无兴致。他总是厌烦一切学术事物，人们指控他偷盗面包，做超乎常态的试验。因受到行为异端的指控，被学校开除。

一七三八年：他没了着落，便前往斯堪的纳维亚诸国，用三年时间认真研究奶酪。他见到了各种各样的沙丁鱼，深深为之着迷，在笔记中写道："我确信，各种食物的组合排列中存在一种不衰的现实，超出了人类所取得的任何成果。要简化，简化。"回到英国后，他遇见了一个菜农的女儿，名叫内尔·斯莫波尔，两人结了婚。她把有关生菜的一切知识都传授给了他。

一七四一年：他靠继承的一小笔财产在乡下生活，日夜不停地工作，为了省点钱，常常不吃饭。他第一部完成的作品是：一片面包，上面再叠一片面包；两片面包上放一片火鸡肉，结果遭遇惨败。他深为失望，返回工作室准备重新开始。

一七四五年：四年狂热工作之后，他深信成功在望。他在同行们面前展示了两片火鸡肉，中间夹一片面包。没有人认可他的成果，唯独大卫·休谟不然。休谟看出了一项伟大事业的苗头，给他以鼓励。哲学家的友情令其感动，他重整旗鼓，再度投入工作。

一七四七年：他贫困落魄，再也买不起酱牛肉或火鸡肉，而是改用较便宜的火腿。

一七五○年：春季，他展出了叠在一起的三片火腿，并当场演示；有人对此感兴趣，主要是在知识界，一般大众仍毫不为所动。他又把三片面包叠在一起，名气就更大了。虽然他的风格还尚待成熟，但伏尔泰把他请了去。

一七五一年：前往法国。戏剧家兼哲学家伏尔泰用面包夹沙拉酱，取得了颇有意思的成果。两人成为好友，开始通信；但因伏尔泰邮票告罄，两人的交往突然中断。

一七五八年：决策者们越来越认可他，女王授权他为宴请西班牙大使的午宴做点特色菜品。他夜以继日地忙碌，画了上百张蓝图，但又都撕掉了。最后，一七五八年四月二十七日凌晨四时十七分，他创造出一件杰作：几片火腿，夹在两片燕麦面包中间。接着，他又突发灵感，拿芥末酱做了些装饰。这当即造成轰动，于是他受到委托，这一年的每个周六都在宫中筹备午宴。

一七六〇年：成功接踵而至，他用酱牛肉、鸡块、口条，还有几乎所有能想得到的酱肉，创造了杰作。人们用其名字命名，称之为"三明治"。他并不满足于已有的成就，继续创新，想出了拼盘三明治，并为此荣获骑士勋章。

一七六九年：生活在乡下庄园，当时的几位伟大人物均来拜访，其中包括海顿、康德、卢梭与富兰克林。有的在他家里品尝他的杰作，有的则是打包带走。

一七七八年：虽然年老体弱，但他仍然追求新的配方，并在日记中写道："我常常工作到冰冷的深夜，为了取暖，把什么都烤一遍。"后来他的炉火烤酱牛肉三明治由于风格太过粗犷，引发了一些负面评价。

一七八三年：为庆祝自己六十五岁生日，他发明了汉堡包，亲自游遍世界各大首都名城，在音乐厅为大批前来欣赏他的观众做汉堡包。在德国，歌德建议用小圆面包，让三明治伯爵甚是高兴。谈到《浮士德》的作者时，他说："这个歌德，真是个人物。"此一评说令歌德欣然，但转年他俩便因为在全生、五分熟和全熟等概念上产生分歧而分道扬镳了。

一七九〇年：在伦敦举行他的作品回顾展。展览期间，他突然感到胸口痛，以为自己大限将至；但他恢复了健康，足能监督一群富有才华的追随者建造一个长条三明治。这个三明治在意大利揭幕时引起了骚乱；迄今为止，除少数美食家外，鲜有人对此作品给出正确解读。

一七九二年：他得了膝内翻，因未能及时治疗，最后在睡眠中故去。他被葬在西敏寺，成千上万的人前来吊唁。在葬礼上，德国诗人荷尔德林毫不掩饰对他的崇敬，这样总结了他的成就："他把人类从热午饭中解放出来，我们有多少口福要归功于他。"

死神驾到

（故事发生在纳特·艾克曼的卧室。这是一栋上下两层的房子，位于丘园区。屋里全铺着地毯，一张很大的双人床，一个很大的柜子。屋内装饰精致，挂着窗帘。墙上挂着一些绘画，还有一个不大好看的气压表。幕启时，传来轻柔的主题音乐。纳特·艾克曼正躺在床上，读转天的《每日新闻报》。他已经五十七岁了，头发已秃，大腹便便，是个服装商人。他穿着浴衣和拖鞋，借助夹在白色床头的一盏灯读报。时近午夜。突然传来声响。纳特坐起，朝窗户看去。）

纳　特　这是怎么回事？

（一个披着黑色斗篷的身影笨拙地爬进窗户。此人

31

戴着黑头套，一袭紧身黑衣。头套只遮住头部，没有遮
住脸。他中年模样，脸色苍白，有点像纳特。他气喘吁
吁地从窗棂上跌下来，滚进屋子。)

死　神　(也不可能是别人)我的老天，差点摔断脖子。

纳　特　(惊异地看着)你是谁?

死　神　死神。

纳　特　谁?

死　神　死神。我说，你能让我坐下吗? 我差点摔断了脖子，还
　　　　全身发抖。

纳　特　你到底是谁?

死　神　死神。你有水吗?

纳　特　死神? 你什么意思，死神?

死　神　你怎么回事? 没看见这黑黑的衣服和白白的脸吗?

纳　特　看见了。

死　神　现在是万圣节吗?

纳　特　不是。

死　神　那我就是死神。现在能给我来杯水吗? 橘子汽水也行。

纳　特　如果这是开玩笑——

死　神　开什么玩笑? 你五十七岁了吧? 名叫纳特·艾克曼? 太
　　　　平洋街一一八号? 除非我弄错了——哎，我那份名单呢? (他
　　　　在口袋里乱翻，终于找出一张卡片，上面写有地址。他在

查看。)

纳　特　你想在我这儿干什么?

死　神　我想干什么? 你以为我想干什么?

纳　特　你肯定是开玩笑。我身体好极了。

死　神　(根本不理睬)哼。(环顾四周)这地方不错。你自己装
　　　　修的?

纳　特　是找人装修的。我们也一起帮忙了。

死　神　(看着墙上的照片)我喜欢这些孩子,大眼睛多漂亮。

纳　特　我不想走。

死　神　你不想走? 可别这么说。我爬上来后就恶心。

纳　特　爬上来?

死　神　我是从排水管爬上来的,想来个潇洒亮相。我看见这个
　　　　大窗户,看见你在读报纸。我估摸着值得试一试。我要爬上
　　　　来,来个——你知道的……(打个响指)可我的鞋后跟被几根藤
　　　　蔓缠住了,排水管坏了,我就吊在半空。然后我的斗篷又被撕
　　　　破了。好了,咱们走吧。这个晚上可真不顺。

纳　特　你把排水管弄坏了?

死　神　嗯。也没弄坏,只是弯了点。你没听见什么响动? 我摔
　　　　在地上了。

纳　特　我当时在看报。

死　神　你读得太投入了。(拿起纳特看的报纸)"女大学生大麻
　　　　狂欢,被一网打尽。"我能借走吗?

纳　特　我还没看完呢。

死　神　哦，我不知道怎么跟你说，哥们……

纳　特　你为什么不在下面按门铃呢?

死　神　我跟你说吧，我可以按门铃，可那像什么样子? 我爬上来还显得潇洒一点，有点样子。你读过《浮士德》吗?

纳　特　什么?

死　神　你要是有客人怎么办? 你和一些重要人物坐在屋里。我是死神，在外面按门铃，然后在门口晃荡? 你想什么呢?

纳　特　你听着，先生，时间挺晚了。

死　神　是啊，那你想走吗?

纳　特　去哪儿?

死　神　去死。去那儿。头等大事。快活谷。(瞧自己的膝盖)你看，这摔得还不轻。我的第一份差事就这么倒霉，伤口可能要溃烂呢。

纳　特　等一等。我需要时间，还没准备好离开。

死　神　抱歉，我无能为力。我想帮你，可时辰已到。

纳　特　怎么会是时辰已到? 我刚和莫迪斯公司合并。

死　神　这有什么区别? 无非是多几块钱少几块钱的事。

纳　特　是啊，你是不会在乎的。大概你的花销都有人替你支付。

死　神　你想现在走吗?

纳　特　(仔细打量他)对不起，可我不相信你就是死神。

34

死　神　为什么？你想该是什么样？非得长得像洛克·哈德森①？

纳　特　不是这么回事。

死　神　我要是让你失望了，那只能说声抱歉。

纳　特　别不高兴。我也说不上来，可我总以为你会……呃……

　　再高一点。

死　神　我身高一米七。配我这样的体重，不高不矮。

纳　特　你有点像我。

死　神　要不我应该像谁？我是你的死神。

纳　特　再给我点时间吧，就一天。

死　神　不行。你让我说什么呢？

纳　特　就一天。二十四小时。

死　神　你多要一天有什么用？广播电台预报明天下雨。

纳　特　我们能不能商量商量？

死　神　商量什么？

纳　特　你下棋吗？

死　神　我不下。

纳　特　我看过你下棋的电影。

死　神　不会是我，因为我不下棋。金拉米②也许还会一点儿。

纳　特　你会玩金拉米吗？

---

① Rock Hudson（1925—1985），美国二十世纪五六十年代电影明星。
② Gin rummy，一种纸牌游戏。

死　神　我会玩金拉米吗？巴黎是在法国吗？

纳　特　看来你玩得不错是吧？

死　神　相当不错。

纳　特　我跟你说我想做什么——

死　神　别跟我讨价还价。

纳　特　我跟你玩金拉米。要是你赢了，我马上就走。要是我赢了，你就给我点时间，一点点，只要一天。

死　神　谁有时间玩金拉米？

纳　特　来吧，你要是玩得不错的话。

死　神　虽然我想玩……

纳　特　来吧，爽快点。我们玩半小时。

死　神　我真的不该玩。

纳　特　我这就有牌，别犹犹豫豫的。

死　神　好吧，来吧。我们玩一会儿，也能让我轻松一点。

纳　特　（拿出扑克牌、纸和笔）你不会后悔的。

死　神　别跟我花言巧语。把牌拿来，给我来瓶橘子汽水，再拿点别的。老天哪，一个生人来串门，你竟然没有炸薯片或椒盐卷饼。

纳　特　楼下有一碟巧克力豆。

死　神　巧克力豆。要是总统来了呢？你也只有巧克力豆？

纳　特　你又不是总统。

死　神　发牌。

（纳特发牌，是一张"5"。）

纳　特　你想玩得一分，赢一厘钱吗？这样好玩。

死　神　你觉得这还不够好玩？

纳　特　要是赌钱，我就玩得更好。

死　神　反正随你说，纽特。

纳　特　纳特。纳特·艾克曼。你不知道我名字？

死　神　纽特，纳特——真让我头疼。

纳　特　你要这张"5"吗？

死　神　不要。

纳　特　那就抓一张。

死　神　（抓牌时看着自己手里的牌）上帝啊，我什么好牌也
　　　没有。

纳　特　那事怎么样？

死　神　什么怎么样？

（以下他们一边说话，一边打牌。）

纳　特　死亡。

死　神　应该怎么样？你就躺在那儿呗。

纳　特　然后怎么样？

死　神　啊哈，你手里留了两张"2"。

纳　特　我在问你呢，然后怎么样？

死　神　（心不在焉地）到那儿你就看到了。

纳　特　噢，我真能看到什么吗？

死　神　啊，也许我不该这么说。出牌。

纳　特　从你嘴里掏出点话来真难。

死　神　我在玩牌。

纳　特　好吧，玩牌，玩牌。

死　神　我总是给你好牌。

纳　特　别看出过的牌。

死　神　我没看。我只是把牌顺好。什么牌可以摊牌？

纳　特　是"4"。你要摊牌了？

死　神　谁说我要摊牌？我只是问什么牌可以摊牌。

纳　特　我只是问我能指望到什么。

死　神　玩牌。

纳　特　你就不能告诉我点什么吗？我们要去哪儿？

死　神　我们？实话告诉你，你是要倒在地上一堆乱糟糟的东西里。

纳　特　噢，这太妙了！会痛吗？

死　神　一眨眼就完。

纳　特　太好了！（叹了口气）我就需要这个。一个人同莫迪斯公司合并……

死　神　四点怎么样？

纳　特　你要摊牌？

死　神　四点行吗？

纳　特　不行，我有两点。

死　神　你开玩笑。

纳　特　不是玩笑，你输了。

死　神　老天爷，我以为你手里是六点了。

纳　特　不是。轮到你发牌。二十分加两手奖励。发牌。（死神
　　　　发牌。）我一定要倒在地上？到时候能不能让我站在沙发旁？

死　神　不行。玩牌。

纳　特　为什么不行？

死　神　因为你要倒在地上！别吵，我在动脑子。

纳　特　为什么非要在地上？我只想问这个！到时候为什么不能
　　　　让我站在沙发旁？

死　神　我会尽我所能。现在我们玩牌好不好？

纳　特　我说的就是这个。你让我想起莫伊·莱夫科维茨。他也
　　　　这么固执。

死　神　我让他想起莫伊·莱夫科维茨。我是你能想象的最可怕
　　　　的人物之一。我还让他想起莫伊·莱夫科维茨。他是谁，是个
　　　　皮货商？

纳　特　你应该可以做个皮货商。他一年赚八万，衣服上都是金
　　　　线绣边，他还有自己的工厂。两点。

死　神　什么？

纳　特　两点。我叫牌。你有什么？

死　神　我手上的牌像是棒球赛的比分。

纳　特　是黑桃。

死　神　都是你话这么多。

（他们重新发牌，又玩起来。）

纳　特　你刚才说，这是你第一份差事。是什么意思？

死　神　听起来怎么样？

纳　特　你是想跟我说，以前没人走过？

死　神　有人走过，但不是我带走的。

纳　特　那是谁带走的？

死　神　是别人。

纳　特　还有别人？

死　神　当然。每个人都有自己走的方式。

纳　特　我可从来不知道。

死　神　你为什么要知道？你算老几？

纳　特　我算老几？你什么意思？我什么也不是？

死　神　不是什么也不是。你是个服装商。你从哪里知道永恒的
　　　　秘密？

纳　特　你在说什么？我生意兴隆，供两个孩子读大学直到毕
　　　　业。一个做广告，一个结了婚。我有自己的房子，开克莱斯勒

汽车。我太太要什么有什么：女佣、貂皮大衣、到各地度假。现在她在伊甸岩①，一天五十块，因为她要离姐姐近一点。我本来要下周到她那去。所以说你以为我是什么人——街上的流浪汉？

死　神　好啦，别这么刺头。

纳　特　谁刺头？

死　神　我要是一下子受到羞辱，你怎么想？

纳　特　我羞辱你了？

死　神　你说没说你看到我很失望？

纳　特　你想要怎么样？你要我为你在整条街上开个欢迎派对？

死　神　我没说这个，我是说我个人。我太矮了，我这个了，我那个了。

纳　特　我说你长得像我。就像镜子里的我。

死　神　行了行了，发牌。

　　（他们继续玩牌。音乐渐起，灯光变暗，最后舞台上一片漆黑。灯光复又渐明。已经过了一段时间，他们的牌局也完了。纳特在点数。）

纳　特　六十八……一百五十……好了，你输了。

---

① Eden Roc，法国南部海岸的一个地名。

死　神　（翻看扑克牌，有点沮丧）我就知道不该出那张牌。真
　　　倒霉。

纳　特　那我们就明天见。

死　神　你什么意思，明天见？

纳　特　我赢了一天。别烦我了。

死　神　你当真的？

纳　特　我们说好了。

死　神　是，可是——

纳　特　别跟我"可是"。我赢了二十四小时，你明天再来吧。

死　神　我不知道我们玩牌是为了赢时间。

纳　特　那是你的事。你应该多注意。

死　神　这二十四小时里我去哪儿？

纳　特　关我什么事？重要的是，我赢了一天的时间。

死　神　你想让我干吗？在街上晃荡？

纳　特　找一家旅店，看一场电影，或是洗个桑拿，随你的便。

死　神　再把分数算一遍。

纳　特　你还欠我二十八块钱。

死　神　什么？

纳特　没错，哥们。在这呢，看吧。

死　神　（翻自己口袋）我只有几张一块钱的，不够二十八块。

纳　特　支票也行。

死　神　哪来的账户？

纳　特　我这是在跟谁打交道。

死　神　去告我吧。我上哪儿搞支票账户去？

纳　特　好吧，有多少就给我多少。就这么结了。

死　神　你听着，我需要这钱。

纳　特　你要钱干什么用？

死　神　你什么意思？你要到那边去了。

纳　特　怎么样？

死　神　怎么样——你知道那有多远？

纳　特　那又怎样？

死　神　加油的钱呢？过路费的钱呢？

纳　特　原来我们是开车去！

死　神　到时候你就知道了。(焦虑地)好吧，我明天再来。你给
　　　　我个机会，让我把钱赢回来，不然我就麻烦大了。

纳　特　怎么都行。赌双倍或不赌钱我都可以。说不定我能赢一
　　　　个星期或一个月。看你玩牌那样子，我还可能赢上好几年。

死　神　可我是无处可去了。

纳　特　明天见。

死　神　(被推到门口)到哪儿找家好旅馆？我问旅馆有什么用，
　　　　我身上又没钱。只能去比口福餐馆坐一会儿。(他拿起报纸。)

纳　特　出去，出去。那是我的报纸。(他把报纸拿回来。)

死　神　(出门)我刚才为什么不拉上他一起走？还玩了牌。

纳　特　(在他身后喊)下楼小心点。有个台阶的地毯松了。

（果然听见一声巨响。纳特叹了口气，走到床头柜前，拨了电话。）

纳　特　喂，莫伊？是我。也不知道刚才是有人开玩笑还是怎么的，死神刚刚来过。我们玩了会儿牌……不是，我是说死神，他本人。或者冒充死神的什么人。不过，那家伙真是个笨蛋！

幕　落

春季招生简章

　　大学课程简章和成人教育广告没完没了地塞进我的信箱，我相信自己肯定是上了辍学者的特别名单了。我倒也不是抱怨，成人教育课程简章挺有意思的，竟让我生出浓厚的兴趣；而在以前，我只对错投给我的香港蜜月用品录才抱有这种兴趣。每次看到最新的成人教育课程简章，我都下定决心，要抛弃一切返回学校。（许多年前，我被学校开除，但罪名毫不属实，如同"黄小子威尔"①曾受的冤枉一样。）不过到目前为止，我仍是个未受过教育、没上过进修课程的成年人。我还养成了一个习惯，喜欢在想象中翻看印刷精美的课程简章，其内容颇具代表性：

夏　季　课　程

　　经济理论：系统运用经济理论的基本分析概念，并给予深入评价，重点讲钱，以及钱为什么是好东西。第一学期有固定系数生产函数、成本和供应曲线，以及非凸性经济的课程；第二学期侧重花钱、找零，以及保持钱包干净整洁。将分析联邦储备体系，进度快的学生将接受单独辅导，学习怎样正确填写存款单。其他课题包括：通货膨胀和经济萧条——遇到上述情况时该如何着装，以及贷款、利息和赖债逃债等。

欧洲文明史：自从在新泽西州东拉福德的锡顿小餐馆男洗手间发现始祖马化石以来，就有人提出怀疑，认为欧洲和美洲曾一度由一条陆地走廊相连，但后来沉没了，或变成了新泽西州的东拉福德，或是两者都曾发生。这给人们研究欧洲社会的形成带来了新的视角，使得历史学家能够推测，在一块本可以成为更好的亚洲的地方，为何出现了欧洲。课程中还将探讨为何决定在意大利进行文艺复兴。

心理学入门：人类行为理论。为何有人被称为"可爱的人"，为何有人你见了就想掐他。大脑与身体是否可以分开，如果可以，留哪个更好？讨论攻击行为和反叛行为。（对心理学此一方面特别感兴趣的学生，可选修以下冬季课程：敌意行为入门、敌意行为中等课程、仇恨行为高等课程、憎恨行为的理论基础等。）特别注重研究与无意识相对的有意识行为，并对如何保持有意识

---

① 美国历史上出名的骗子。

46

提供有益的忠告。

精神病理学：力求了解偏执狂和恐惧症，包括惧怕突然被劫持并被塞上一嘴蟹肉、打排球时不愿回球，以及在妇女面前说不出"麦基诺"① 这个词。还将分析非要寻找水獭做伴的冲动。

哲学第一讲：从柏拉图到加缪，阅读每一位哲学家的著作。涉猎的课题如下：

伦理学：无上命令，以及使其为你所用的六种方法。

美学：艺术究竟是生活的反映，还是什么？

形而上学：人死后灵魂会怎样？怎样存活？

认识论：知识是否可知？如果不可知，我们又何以得知其不可知？

荒诞：生存为何常常被视为是愚蠢的，尤其是对穿棕白两色鞋子的男子而言？探讨多重性和单一性与其他性之间的关联。（达到了单一性的学生，将升至二重性。）

哲学第二十九讲之二：上帝入门。通过讲座和实习，面对宇宙的造物主。

---

① Mackinaw，美国密歇根州一个市名。

新数学：新近发现，多年来人们一直把"5"反着写，所以，标准数学已经过时，人们重新评估从一至十的计数方法。学习布尔代数的高深概念。先前无解的方程式，现通过声言报复的方式进行求解。

基础天文学：详细研究宇宙及其清洁保养。由气体组成的太阳随时会爆炸，把我们整个太阳系抛向毁灭。将向学生讲解，如出现此情况，作为一名普通公民该如何行事。还教学生如何认识各种星座，如北斗星、天鹅座、人马座，还有组成裤子销售商的十二颗星。

现代生物学：身体如何发挥性能，哪里找得到尸体？分析血液，了解为何血液是在血管里流动的最好物质。学生解剖青蛙，比较青蛙的消化道和人的消化道；青蛙能够自己解释，但解释不了咖喱。

速读：这一课程要求每天把阅读速度提高一点，学期结束时，学生要达到在十五分钟内读完《卡拉马佐夫兄弟》的速度。速读的方法是浏览书页，剔除一切字词，视线之内只留代词。很快，代词也剔除掉。逐渐鼓励学生打瞌睡。解剖青蛙。春季到来，有人结婚，有人死去。平克顿不再回来。

乐理三段：竖笛。指导学生如何从一端吹奏笛子，演奏《扬基·杜德尔》，然后迅速转至《勃兰登堡协奏曲》。再缓缓回到《扬基·杜德尔》。

音乐欣赏：为能正确"聆听"一部伟大的音乐作品，必须：(1) 了解作曲家的出生地；(2) 能够区分回旋曲和谐谑曲，并以行动来证明。这其中态度十分重要。微笑是种很差的表现方式，除非作曲家特意让音乐显得滑稽，如同《梯尔·欧伦施皮格尔的恶作剧》，其中充满音乐玩笑(虽然长号部分最动听)。耳朵也必须经过培训，因为耳朵是最容易受骗的器官；立体声扬声器若没放对地方，耳朵就会跟鼻子没什么两样。其他课题还有：四小节休止符及其成为政治利器的潜力；格里高利咏叹：哪些僧人能跟上节拍。

剧本创作：一切戏剧均是冲突。人物性格发展很重要，人物对白也是一样。将向学生讲授，沉闷的长篇大论效果不佳，简洁"有趣"的台词则很受欢迎。探讨简明观众心理学：在戏院，看一出关于人称"老爷爷"的慈祥老人的戏，为何不如盯住某人后脑勺、力使其回头那样有趣？本课程还将探讨戏剧历史中有趣的一面。比如，在斜体字发明之前，表演说明部分常常给误认为是台词；大名鼎鼎的演员经常说些"约翰起身，走到舞台左侧"之类的台词。这自然令人尴尬，有时还引来恶评。课上将详细分析

这种现象，指导学生避免犯错。必读书目：舒尔特的《莎士比亚：他是四个女人吗?》

社会工作入门：专为辅导热心于"基层工作"的社会工作者。课题包括：如何把街头帮派转变成一支篮球队，反之亦然；如何利用公园内游乐场所防止青少年犯罪；如何诱导潜在的杀人凶手喜欢玩滑水梯；歧视现象；家庭破裂；如遭自行车铁链殴打，应该如何应付等。

叶芝与卫生学比较研究：在正确的牙齿护理背景下，对比分析叶芝的诗歌。（招生人数有限。）

哈西德教派小故事，及知名学者的解释

　　有个人长途跋涉来到海乌姆，向本·卡迪什拉比求教。本·卡迪什是九世纪最贤明的拉比，或许也是中世纪最大的刺头。

　　此人问道："拉比，哪里能找到内心的安宁？"

　　拉比上下打量了他一番，说："快，回头看！"

　　此人转过身，本·卡迪什拉比拿蜡烛台朝他脑后一击。"这够安宁了吧？"说罢，他正了正头顶上的小圆帽，咯咯笑了起来。

　　这个故事里问到的是一个毫无意义的问题。不仅问题毫无意义，远远奔赴海乌姆提问的人也毫无意义。倒不是他跑了多少路才到海乌姆，而是他为何不老实在家里待着？他为何要给本·卡迪什拉比添麻烦，难道拉比的麻烦还不够多吗？当时的实情是，拉比正被几个赌徒纠缠得焦头烂额，而且，某个海奇特夫人为确认其子的父亲身份而打的官司，也牵扯到他。不，这个故事的要

51

点是，此人闲极无聊，除了远远赶到海乌姆给人添麻烦外，就别无他事。所以拉比要敲他脑袋。据《摩西五经》称，这是表示关切的最细腻的方式之一。这个故事的另一版本中讲到，拉比盛怒之下将此人按倒在地，用铁针在其鼻子上刻下《路得记》的故事。

波兰的拉迪茨拉比，身材短，胡子长。据说，他的幽默感招致了多次对犹太人的大清洗。他的一位门徒曾问："上帝是更喜欢摩西，还是更喜欢亚伯拉罕？"

"亚伯拉罕，"拉比说。

"可摩西带领以色列人到了上帝应许之地？"门徒说。

"好吧，那就是摩西，"拉比回答。

"我懂了，拉比。我问的问题很蠢。"

"不仅问题蠢，你也蠢，你老婆也奇丑无比；还有，你要是还踩着我的脚不松开，我就把你逐出教门。"

故事中，门徒要拉比判断摩西和亚伯拉罕两者价值的高低。这并非易事，尤其对一个从未读过《圣经》还一直装作读过的人来说，就更不容易。而且，用"更喜欢"这个空洞的比较级是什么意思？拉比"更喜欢"的，其门徒不一定"更喜欢"。比方说，拉比喜欢面朝下趴着睡；其门徒也喜欢面朝下趴着睡：趴在拉比的身上睡。这里出现的问题很明显。还要指出的是，按照《摩西五经》的律法，踩到拉比的脚(如故事中这位门徒之所为)是原罪，形同于把玩逾越节薄饼，而又不吃。

某人家里有个女儿，长得很丑，嫁不出去，于是拜访克拉科夫的希梅尔拉比。他说："上帝给了我一个丑闺女，我的心情很沉重。"

"有多丑?"这位先知问。

"如果她和一条青鱼摆在同一个盘子里，你都分不清哪个是她，哪个是鱼。"

克拉科夫的先知拉比想了很长时间，终于问道："是哪种青鱼?"

该人被问得一愣，很快想了想说："呃，是没去皮的那种。"

拉比说："太糟了，如果是卤腌的，她还可能有点机会。"

这个故事讲的是易于变化的事物的悲剧性，比如美貌。那个女孩真的像条青鱼? 怎么不会? 你近来没见过走来走去的那些东西，尤其是在度假地点? 即便她像青鱼，在上帝眼里，所有造物难道不都很美吗? 也许吧。不过，倘若一个女孩子待在卤汁玻璃罐里比身穿晚礼服更自然，那她的问题就大了。奇怪的是，据说希梅尔拉比本人的太太长得像乌贼，但只是脸比较像，而且她不断地干咳，弥补了这一相貌上的缺陷，甚至弥补得有些过分——其中的含义我无法理解。

兹维·查姆·伊斯罗拉比是研究《摩西五经》的正统学者，把叫苦连天升华为一种西方从未听闻的艺术。希伯来兄弟们(占当时人口总数百分之一的十六分之一)恭称他为文艺复兴时期最有智慧的人。一次，正值犹太人纪念上帝背弃所有承诺的神圣节日，他前往犹太教堂。一位妇女在路上拦住他问道："拉比，我们为什么不能吃猪肉？"

"我们不能吃吗？糟糕！"拉比惊讶之际说道。

哈西德文献中有几个小故事提到希伯来律法，这就是其中之一。拉比知道自己不该吃猪肉，可他觉得无所谓，因为他喜欢猪肉。他不仅喜欢猪肉，而且还特别喜欢玩复活节彩蛋。总之，他对传统教义毫不在乎，把上帝同亚伯拉罕立下的契约看作是"无稽之谈"。希伯来律法为何禁食猪肉，至今尚不清楚；有些学者认为，《摩西五经》只是提议某些餐馆的猪肉不要吃。

维特布斯克的鲍梅尔拉比决定绝食抗议，因为法律禁止俄国犹太人在贫民区外穿平底皮便鞋。这位圣徒在一块粗硬的木板上，一躺就是十六个星期，两眼盯着天花板，拒绝任何食物。学生们都很担心他的性命。忽一日，一位女子来到他床边，凑近这位学者问道："拉比，以斯帖的头发是什么颜色？"拉比艰难地转过身，面朝她。"瞧她选了个什么问题！"他说。"你知道十六个星期水米未进是多么头痛的事情吗？"听到此话，拉比的学生们就把她送到外面的苏克棚之中。在棚屋里，她手捧羊角碗，大快朵颐，一直吃到她接到账单。

这个故事巧妙地谈及了自尊和自负两个问题，还似乎暗示，绝食是个大错误，特别是在肚子里空空如也的时候。人的不幸不是自酿的，是上帝的旨意，至于上帝为何这么喜欢让人受苦，我是一点儿也不懂。一些正统教派相信，受苦是人们赎罪的唯一途径。有学者也写过一个名为"虔诚"的教派，特意到处去撞墙。据摩西经文的后几部书称，上帝是仁慈的，虽然仍有许多话题他不愿多讲。

赞斯的伊克尔拉比曾拥有世界上最好的字典，直到一个异教徒偷走了他能发出共鸣的内衣。拉比连续三天晚上梦到，如能前往沃尔基，将会找到大量的宝藏。拉比告别妻小，约定十天之后返回，便上了路。两年后，人们见到他在乌拉尔山一带游荡，还同一只熊猫有了感情。拉比饥寒交迫，被人送回家中。家人给他端来热腾腾的汤和牛排，让他填饱了肚子。饭后，他讲述了自己的经历：离开赞斯三天后，他遭到一群野蛮游牧人的袭击。他们得知他是犹太人之后，就逼他修补他们的所有夹克，再把他们的裤子改小。这种羞辱似乎还不够，他们还给他耳朵里抹上酸奶，用蜡封死。拉比最后逃了出来，跑向最近的一个镇子，却误入乌拉尔山，因为他羞于张口问路。

拉比讲完便站起身，进卧室去睡觉，睁眼一瞧，原来他梦寐以求的宝藏就在他枕头底下。他欣喜若狂，跪下感谢上帝。三天后，他又到乌拉尔山游荡，这一次，他穿了一身兔子装。

　　这个短篇杰作充分说明神秘教义的荒诞不经。拉比连续三个晚上做梦。《十诫》减去《摩西五经》，便剩下五部经书。再减去雅各和以扫兄弟，则余下三部。正是这种推理方式致使伟大的犹太教神秘主义者以佐克·本·列维拉比在赛马场上连续五十二天赢了个翻番，却还是要靠领取救济过活。

戈西奇—瓦德扬往来书信

亲爱的瓦德扬：

　　我今天相当懊恼，因为早上查看信件时发现，我九月十六日的信因一点小差错给退了回来，信的内容是我的第二十二步棋（马走至 e5）。之所以被退回，是因为信封上未写你的姓名和地址（简直够心理分析师忙活一阵的了！），还忘了贴邮票。近来股票市场波动不定，着实令我心绪不安，这已经不是秘密；而且，就在九月十六日，市场长期螺旋下滑到了谷底，"反物质联合股"被永久性摘牌，把我的经纪人一下子逼到只能吃得起豆子的地步；虽然这样，我也不以此作为我巨大失误的借口。我出错了，请原谅。你未能注意到此信遗失，说明你也有些困窘不安，而我将其归于你的热情。苍天有眼，我们都会犯错。生活如此，象棋也如此。

　　好了，错误已经摆明，下面略加纠正。敬请把我的马移至

e5，这样，我们就可以更准确地继续我们的小棋局。公平而论，今早你信中宣布的将军，恐怕只是虚张声势；你若参照今天的情况，重读棋盘，就会发现要被将军的是你的王，它周边无子，毫无防卫，动弹不得，成了我两个凶猛的象的攻击目标。微型战争的攻防进退，多有讽刺意味！命运扮成死信办公室，变得全知全能；你看，一下子就逆转了棋局。再次对我的疏忽向你致以真心的歉意，急切等候你的下一步棋。

下面是我的第四十五步棋：我的马擒获你的后。

此致

戈西奇

戈西奇：

今早收到大函，其中你出了第四十五步棋（你的马吃我的后？），还长篇大论解释九月中旬我们之间通信的疏漏。看我对你的解释是否理解得正确无误：你的马几周之前便被我消灭了，现在你声言，因二十三步棋之前一封信的丢失，它要占据 e5 的位置。我不知晓曾发生此一不幸，只清楚记得你出了第二十二步，你的车移到 d3，后来在你开局让棋时被干掉了。

现在，e5 位置是我的车，而且你已经失去了马（把死信办公室撇在一边），我不明白你用什么吃我的后。你的大部分棋子都给堵住了，我觉得你的意思是要把你的王走到 c4（这是你唯一的选择）。这是我自行做的调整，并为此走出今天的一步，第四十六步：吃你的后，将你的王。这样，你的信就清楚多了。

我想，现在可以顺当明白地走完余下的几步了。

此致

瓦德扬

瓦德扬：

刚读完你新寄来的信，里面提出甚是怪异的第四十六步棋，要把我的后从棋盘上吃掉。可这十一天来，我的后根本就没在那个位置上。经过耐心计算，我想我摸清了你误解现实的根源。你说你的车占据 e5，这就如同说两片雪花完全相同一样，毫无可能。你如果回想一下开盘后第九步棋，就会明白，你的车早已束手就擒。也正是那次牺牲局部的大胆奔袭，我突破了你的中坚地带，废了你的两个车。现在，这两个棋子还在棋盘上干什么？

我给你叙述一下这次博弈，供你考虑：走到第二十二步时，攻防厮杀十分激烈，你有点找不着北了，你急于守住阵脚，却没注意到我通常的来信这次未能寄到，结果你连动了两个棋子，不大公平地占了一点便宜，是不是？但此事已经过去，一步一步倒回去复盘也很难，很乏味，甚至不可能。因此，我觉得把整个这件事纠正过来的最佳办法是，让我连走两步。说公平，就要公平。

首先，我用兵干掉你的象；这样，你的后就失去了遮拦，我就将其拿下。现在，我们可以顺利进入尾声了。

此致

戈西奇

又及：我随信附上一张棋盘图，显示各个棋子的确切位置，好引导你走完这盘棋。如你所见，你的王陷在中间，孤立无援。祝好。

戈

戈西奇：

今天收到你的信。信中语无伦次，我想我能看到你犯糊涂的原因所在。从你附来的棋盘图来看，显然在这六周时间里，我们俩下的是完全不同的棋局。我的棋局是根据我们之间的通信来走，你的棋局则是你不顾理智、不顾顺序、一厢情愿地随意而走。所谓遗失的信中提到的跳马，在第二十二步时本毫无可能，它已经是在棋盘底端了，若按你的走法，就会跳到棋盘外的桌子上。

至于准许你连走两步，弥补所谓遗失的信中错过的一步，你肯定是开玩笑，老人家。我允许你走第一步（你可以吃掉我的象），但不能让你走第二步。因为现在该我走了。我的车杀回来，吃掉你的后。你跟我说，我没有车了，事实上这毫无意义。我只要看一眼棋盘，就能看到我的两个车正在运筹帷幄，所向披靡。

最后，你编造的棋盘图表明，你是用艺人马克斯兄弟的方式在随意发挥；这虽然有趣，但也很难说明你掌握了《尼佐维奇论象棋》的真髓。那本书还是你从图书馆用毛衣顺出来的，别抵赖，我看见了。我建议你研究一下我附上的棋盘图，按此重摆你的棋盘。或许我们能比较精准地把棋下完。

此致

瓦德扬

瓦德扬：

我不想拖延这件早已混乱不堪的事情(我知道你最近患了病，本来强壮的身体垮了下来，致使你同现实世界产生了一定的隔阂)，可我必须借此机会理清我们这摊烂事，免得越陷越深，不可挽回，出现卡夫卡式的结局。

我若知晓你无此大度，允我走第二步来扯平，便不会在走第四十六步时用兵吃掉你的象。实际根据你画的图，这两个棋子所占的位置决定了这样一步根本行不通，因为我们下棋所遵循的是世界象棋联合会的章程，而非纽约州拳击委员会的章程。我并不怀疑，你打算拿掉我的后是出于良好动机，但听我一言：你擅自决定，独断专行，用说一套做一套和攻击他人的手法来掩饰棋术上的失误，只能招致灾难。可几个月前，你还在《萨德与非暴力》一文中斥责当今各国领导人身上的这个陋习。

不幸的是，棋局已经停不下来了，我也无法确切算出你应该把那个偷来的马放在哪里；所以我提议由我闭上眼，把棋子扔到棋盘上，让诸神来决定，落在哪里，就是哪里。这倒也会给我俩的对弈添加点趣味。我的第四十七步棋：我的车吃你的马。

此致

戈西奇

戈西奇：

你的前一封信真奇特！信中意图良好，简明扼要，包含了大致可归入某类参考的所有内容，算是有交流效应，但通篇充斥让-保罗·萨特所谓的"虚无"。读来马上能感受到一种深深的绝望，活生生地让人联想到注定失败的北极探险家遗留在极地的日记，或是德国士兵在斯大林格勒前线写的家信。当偶尔面对黑色真实时，人的思辨能力便丧失殆尽，慌乱不堪，非要证明幻影的存在，躲避所有可怕的现实；真有意思！

朋友，尽管如此，我还是花了大半个星期的时间，弄清楚你的来信、这堆乌烟瘴气的东西，做些调整，好下完这盘棋局。你的后已去，尽可与之吻别。你的两个车也已不在。一个象也别再想了，我把它吃掉了。另一个象远离棋局的主战场，毫无用途，无从指望了，否则你会伤心透顶的。

至于你已经失去但仍拒绝放手的马，我把它放在唯一可以放的位置，因此，算是给了你一种自波斯人发明这种小乐趣以来最难以置信的非分之想。它正位于 c7 位置，你要是能勉强打起一点精神来，好好看看棋盘的话，就会注意到你这颗不愿放手的棋子，现在又挡住了你的王逃脱我铁钳围攻的唯一出路。你的阴谋反让我占了上风，太精彩了！你的马乞求回到棋盘上来，却搅了你的大局！

我的下一步是：后至 b5。预计再下一步是将军。

此致

瓦德扬

瓦德扬：

显然，为这一系列毫无希望的布局做辩护而造成紧张感，使得你脆弱的神经器官变得迟钝，难以清晰地把握外部世界。你让我别无选择，只得迅速仁慈地了结这场棋局，给你减压，免得让你终身残疾。

马，是的，马进至 e6。将军。

戈西奇

戈西奇：

象至 e5。将军。

抱歉，这场战局令你难以承受；几名当地象棋高段看到我的棋艺后，都变得精神失常了，希望这能给你一些安慰。你要想再来一局，我提议玩拼字游戏，这是我最近迷上的游戏。也许，我不会太轻易地赢你。

瓦德扬

瓦德扬：

车至 g8。将军。

我不打算用我将军的细节折磨你，因为我认为你基本上还算诚实(总有一天，某种治疗结果会证明我的判断)。我诚意接受你的邀请。拿出你的拼字游戏套装。下象棋时你执白子，享有先走的优势(我若早知你能力有限，本会多让你几个棋子)，所以，这次由我先走。我刚刚摸出的七个字母是：O、A、E、J、N、R 和 Z。一堆无望的字母，连最有猜疑之心的人都会肯定，抽取字母时我是诚实无欺。然而，幸好我掌握的词汇丰富，加上喜好探索奥秘，能够把识字不多的人眼里的一团杂乱字母组成前后有序的单词。我的第一个词是"ZANJERO"①。到词典里查查看。现

---

① 农田里分配灌溉用水的水管。

在，我把此词横着摆放。"E"摆在图版的正中间。请仔细算一下，别漏过要给第一个拼词的记分加倍，七个字母都用上记五十分。于是，开局比分是一百一十六比零。

　　该你了。

戈西奇

胖子手记

(飞机上接连读了陀思妥耶夫斯基和《窈窕身材》杂志之后写就)

　　我是个胖子，胖得让人恶心。据我所知，没人比我更胖了。我全身别无其他，赘满了虚肉。我的手指头胖，我的手腕子胖，我的眼睛也胖。(你能想象眼睛胖吗?)我超重好几百磅，身上的赘肉像热乎乎的巧克力从圣代上流淌下来。我的腰身谁看了都不相信。毫无疑问，我是个真正的胖子。好了，读者可能会问，身材长得像个大圆球有何好处，有何弊端？我不想开玩笑，也不想闪烁其词；但我必须说，肥胖本身与资产阶级道德观无关，只是肥胖而已。当然，说肥胖本身也有价值，肥胖是个罪恶，或让人可怜，这都是笑话，都很荒唐！肥胖是什么？无非是肥肉的堆积。肥肉是什么？只不过是细胞的总和。一个细胞有道德含义吗？一个细胞属善还是属恶？管他呢，细胞太微小了。朋友，我们绝不应区分什么是善肉，什么是恶肉。我们必须努力习惯于在碰见胖子时，不做任何判断，不去想这个人是个一流的胖子，还是个下流的胖子。

比方说 K。这个家伙胖成了肥猪，若不用撬棍，平常连门洞都穿不过去。他不脱光了衣服、浑身涂满黄油，就根本甭想在一般住宅中从一个房间转到另一个房间。他一定受到过街上小混混的嘲讽，我也一样。他一定经常听人喊他"矮胖"或"邮筒"，并为此心惊胆战。在米迦勒节前夜，他家乡的省长当着众多贵宾的面朝他说："你这个大饭桶！"他一定伤心透了。

忽一日，他再也无法忍受了，就开始节食。是的，节食！先是断了甜食，然后是面包、美酒、淀粉、香肠，总之，他放弃了让他非得雇人帮忙才能系上鞋带的那些食品。渐渐地，他瘦了下来。一团团肉膘从胳膊、大腿上消失了。先前他滚圆滚圆的，现在他以正常体态出现在众人面前，甚至可说是很有魅力的身材。他看上去比谁都高兴。我说"看上去"，是因为十八年后，他临近死期，瘦弱得全身烧得发热；有人听他喊道："我的肥膘！给我拿回来！求求你们，我要肥膘！给我来点肥肉吧！我真傻，减掉了自己的肥膘！我一准儿中了邪魔！"我想，这个故事的含义太明显了。

好了，读者可能会想，你这么肥胖，为何不去马戏团？我可以告诉你，但我可是真的不好意思：因为我出不了家门。我出不了门，是因为我穿不上裤子。穿不上裤子，是因为我的腿太粗。我吃的腌牛肉比第二大道整条街上的腌牛肉都多。可以说，每条腿平均有一万两千个腌牛肉三明治。而且，牛肉也不都是瘦肉，虽然我要的是瘦肉。有一件事确定无疑：如果我的肥膘能讲话，大概要讲述一个人刻骨的孤独，或许还加上关于叠纸船的几点说明。我身上的每一磅肥膘都想讲话，我脸上重叠了十几层的下巴也想讲话。我的肥膘是很奇特的肥膘，它见过不少世面。我的小腿就曾历经沧桑。我的肥膘虽不快活，但不是假的，而是真的肥膘。假肥膘是最差劲的肥膘，虽然我不清楚商店里是否还卖。

　　不过，让我来讲讲自己长胖的事。我并非一直如此。让我变得肥胖的是教会。曾有一度，我也很瘦，相当的瘦。实际上，我如此之瘦，要是叫我胖子，一定是感知上出了差错。就这样，直到有一天，我想是我二十岁生日那天，我正和我叔叔在一家好餐馆喝茶，吃脆饼干；突然，我叔叔提出个问题："你信上帝吗?"他问道："你要是信的话，知道上帝有多重吗?"说罢，他舒舒服服地长吸了一口雪茄。而他刚摆出一副踌躇满志的样子，就突然大咳起来，我甚至以为他会吐血。

　　"我不信上帝，"我告诉他，"你说说，要是有上帝，为什么有人受穷，有人秃顶? 为什么有人一生都无疾无病，有人一头痛能痛上几个星期? 为什么我们的日子以数字计，而非以字母计? 叔叔，你倒是回答呀，还是你被我问住了?"

　　我知道这么说没问题，因为我叔叔从来没给什么事吓住过。他曾见过他象棋老师的母亲遭土耳其人强奸，如果不是时间太久，他甚至会觉得整个事情很有趣。

"好侄子，"他说，"不管你怎么想，上帝是有的。上帝无处不在。是的，无处不在！"

"无处不在？你都不清楚我们自己是否存在，就怎么说上帝存在呢？的确，我现在是摸着你的瘊子，但这是否也可能是场幻觉？难道所有生命不都是场幻觉吗？说实在的，东方不是有某些圣人相信，除了中央火车站的牡蛎海鲜小馆外，大脑之外任何事物都不存在？还不如说，我们孤独无助，毫无目的可言，注定要在冷漠的宇宙晃荡，没有希望得到救赎，没有前景，只有苦难、死亡以及永恒空虚这一现实，是不是？"

看得出，这番话给我叔叔留下了深刻印象，他对我说："你知道请你去玩的人为什么不多吗？天哪，你太变态了！"他责备我是虚无主义，然后用一个老者的神秘口吻说："并不是你想到哪里找上帝，上帝就在哪里。但是你放心，好侄子，他无处不在。比方说吧，他就在这脆饼干中。"说完，他就走了，给我留下了他的祝福，还留下了一张够买一艘航空母舰的账单。

我回到家，脑子还想着他那句很简单的话："他无处不在。比方说吧，他就在这脆饼干中。"当时，我有点晕，感到无力，就躺在床上小睡了一会儿。一睡下，我就做了个梦。这个梦将改变我的一生。我梦见自己在乡村漫步，忽然觉得饿了。或是说，我饿得要死。看到一个餐馆，我就进去了，点了一客牛肉三明治，还有一盘炸薯条。女招待长得像我的女房东（一个极为平庸的女人，让人立即想起毛烘烘的苔藓），想诱使我点不大新鲜的鸡肉沙拉。我同她讲话时，她变成了一套二十四件的银餐具。我狂笑起来，突然泪水纵横，又转为严重的耳膜感染。屋里光芒四射，我看见一个闪光的身影，骑着一匹白色骏马奔来。原来是我的脚病医生。我心怀内疚，倒在了地上。

这就是我的梦。醒来时，我感到身心舒畅。忽然间我乐观起来，一切都变得很清晰。我叔叔的话正触及我生命的内涵。我走进厨房，大吃起来。我看见什么吃什么，蛋糕、面包、麦片、肉、水果、美味的巧克力、蘸酱的蔬菜、酒、鱼、奶油加面条、糖皮点心，还有腊肠，总价值六万多美元。我的结论是，倘若上帝无处不在，那他一准在吃食里。因此说，我越吃就越像上帝。染上这种新的宗教热情后，我就狂吃猛吃。六个月里，我成了圣人之圣，心中专管做祷告，胃口只顾吃东西，撑得都跨过了州界。我最后一次看见自己的脚，是在一个星期四上午，地点是在维特布斯克，虽然就我所知，我的脚还在我的身下。我吃了又吃，胖了又胖。减少食量将是最大的失误，甚至是犯罪！因为，亲爱的读者(假设你不如我这么硕大的话)，减掉的二十磅，很可能是我们身上最好的二十磅！这样，可能失去含有我们天分、人情、爱情和忠诚的斤两。抑或就我认识的一位督察员而言，是在臀部周围不大雅观的赘肉。

至此，我知道你要说什么。你会说，这同我先前讲的一切都大相径庭。我忽然讲起了中性的肉，讲起了好处！是啊，这又怎样？难道生活不就是与此相同的矛盾吗？一个人对肥肉的看法可以如季节变换、头发变白、生活本身变动一样，发生变化。因为，生命即是变化，肥肉即是生命，肥肉亦是死亡。你不明白吗？肥肉是一切所在！当然，除非你胖得超重。

回忆二十年代

我第一次到芝加哥是在二十年代，为的是看场拳击比赛。我和欧内斯特·海明威在一起，我们俩住在杰克·邓普西①的训练场。海明威刚写完两篇关于职业拳击赛的短篇小说；格特鲁德·斯泰因和我都认为写得不错，但也觉得还需要进一步润色。我拿海明威即将脱稿的长篇小说开玩笑，我们俩笑个不停，甚是有趣。随后，我们戴上拳击手套，他就把我鼻子打破了。

那年冬天，爱丽丝·托克拉斯②、毕加索还有我在法国南部租了一栋乡间别墅。当时，我正在创作我觉得是部美国小说中的杰作，但是，因字体太小，没能完成。

格特鲁德和我常在下午到当地的店铺里淘古董。记得我有一次问她，我是否应该当个作家。她以我们都很着迷、神秘兮兮的特有口吻说："不应该。"我把这当成了肯定的意思，转天就乘船去了意大利。意大利令我不时想起芝加哥，尤其是威尼斯，因为，这两座城市都有运河，街上到处是文艺复兴时最伟大雕塑家创作的雕塑或大教堂。

那个月，我们去了毕加索在阿尔的画室。此前，那里曾叫鲁昂或苏黎世，直到一五八九年"含糊"路易统治时期，法国人将其重新命名。(路易是十六世纪的混账国王，对人十分恶毒。)当时，毕加索刚开始人们后来所称的"蓝色时期"，不过，格特鲁德和我跟他喝咖啡，致使这个时期的开始晚了十分钟。"蓝色时期"持续了四年，所以说，这十分钟倒也不算什么。

毕加索是五短身材，走路时很滑稽，把一只脚放在另一只脚的前面，他称作"迈步"。我们总是对他那些欢快的主意开怀大笑，但是，时近三十年代末，法西斯主义日渐崛起，就没有什么好笑的了。格特鲁德·斯泰因和我非常认真地看了毕加索的最新作品，格特鲁德·斯泰因的看法是："艺术，所有艺术，都仅仅是要表述某种事物。"毕加索不同意，说："别打扰我了，我吃饭了。"我自己的感觉是，毕加索说得对，他是在吃饭。

毕加索的画室同马蒂斯的不一样。毕加索的画室乱糟糟的，马蒂斯的则井然有序。而奇怪的是，实际情况确是相反。那年九月，马蒂斯受委托画一幅寓意画，但因妻子生病，未能完成，最后用墙纸给贴上了。这些事情我记得清清楚楚，因为都发生在冬

---

① Jack Dempsey(1895—1983)，美国二十年代著名拳击手。
② Alice Toklas(1877—1967)，格特鲁德·斯泰因的终身伴侣。

季之前，我们都住在瑞士北部那套简陋的公寓里；那里的天气偶尔会下雨，可又会突然停下来。西班牙立体主义画家胡安·格里斯请爱丽丝·托克拉斯为他的人体画做模特。他的画风是将物体抽象化，结果把爱丽丝的脸和身子的轮廓打乱，变成了最简单的几何形状，直到警察到来，把他拉走。格里斯是西班牙乡下人。格特鲁德·斯泰因常说，只有真正的西班牙人才会像他那样：讲西班牙语，不时回到在西班牙的家。这真让人觉得了不起。

我记得，一天下午，我们坐在法国南部一间同性恋酒吧，两脚舒舒服服地搭在法国北部的凳子上。格特鲁德忽然说："我有点恶心。"毕加索以为这挺滑稽，马蒂斯和我则把这当作前去非洲的暗示。七个星期之后，我们在肯尼亚碰见了海明威。他被晒得黑里透红，留起了胡子，开始形成他描述眼睛和嘴巴的那种熟悉的朴实文笔。在这个尚无人探索的黑色大陆，海明威忍受着嘴唇无数次的皲裂。

"怎么样，欧内斯特？"我问他。他大谈死亡和冒险，也只有他能谈这些。待我醒来时，他已经搭好了帐篷，坐在一个大火堆旁给我们大家烤美味的牛肉香肠。我拿他新蓄的胡子开起了玩笑。我们一边笑，一边呷着白兰地。然后，我们戴上拳击手套，他就把我鼻子打破了。

那一年，我第二次去巴黎，同一位消瘦而焦虑的欧洲作曲家交谈。侧看上去，他的脸部像只鹰，眼睛十分机敏。后来，他成了伊戈尔·斯特拉文斯基，再后来又成了他自己最要好的朋友。

我住在曼和斯亭·雷①的家里，萨尔瓦多·达利几次前来和我们共进晚餐。达利决定举办一次个人画展。画展取得了巨大成功，因为确实只有一个人前来参观。那是我们在法国度过的一个欢快美好的冬天。

我记得一天晚上，斯科特·菲茨杰拉德和夫人从新年晚会上回家。当时，已是四月。三个月来，他们不吃不喝，只饮香槟。前一个星期，他们身穿晚礼服，开着大轿车比谁胆子大，结果把车开下九十英尺深的悬崖，冲进了海里。菲茨杰拉德夫妇有些事情是确确实实的；他们的价值观很普通，他们也很谦逊，当格兰特·伍德要这夫妇俩为他的画作《美国哥特式》当模特时，我记得他们俩真是受宠若惊。泽尔达告诉我说，画画期间他们坐着，菲茨杰拉德总把耙子弄倒。

随后几年，我同斯科特越来越近。我们大多数朋友认为，斯科特最新小说的主人公就是以我为原型，而我的生活又以他的前一部小说为模版；最后，我被小说中的一个人物告上了法庭。

斯科特在自律方面很有问题。我们都仰慕泽尔达，但也都认为，她给他的创作带来了不好的影响，使他从一年一部小说减至偶尔写个海鲜菜谱，还有一堆逗号。

最后，一九二九年，我们一起去了西班牙。海明威介绍我们

---

① Man and Sting Ray，作者调侃性地将"Man Ray"（曼雷，1890—1976，美国超现实主义艺术家）与"Stingray"（"Music Man"乐器制造商生产的一款贝斯）视为同姓的一家人。

认识了敏感得像个女人似的马诺莱特①。

那年，我们在西班牙玩得很开心，我们旅行、写作；海明威带我去钓金枪鱼，我钓了四罐。我们大笑不已。爱丽丝·托克拉斯问我是否爱上了格特鲁德·斯泰因，因为我把一部诗集献给了她，虽然那是托·斯·艾略特的诗集。我说是，我爱上了她，但这绝不会有结果，因为对我来说她太聪明了。爱丽丝·托克拉斯表示同意。然后，我们就戴上拳击手套，格特鲁德·斯泰因把我鼻子打破了。

---

① Manolete(1917—1947)，西班牙著名斗牛士。

德拉库拉伯爵

　　在特兰西瓦尼亚某处，吸血鬼德拉库拉伯爵躺在棺材中，等待夜幕降临。棺材四壁挂着绸缎，镶嵌着银质的家族名称，他在其中安然无恙；他若是接触阳光，就会殒命。夜色降临时，这个恶魔凭着某种神奇的本能，从其藏身之处显现出来，化身为蝙蝠或恶狼，到乡间吸食受害者的血。最后，在其天敌射出第一缕光线，宣告新的一天到来之前，他便匆忙返回藏身的棺材睡下；每天就这样，周而复始。

　　此时，他开始翻身。他的眼皮在微微颤动，这是一种长年积累、无法解释的本能，是对太阳即将落山、他的时光行将到来的反应。今夜，他饿意尤深。他躺着，已经完全醒来，身上是镶着红边，后缀燕尾的长披风，以其神秘莫测的感知，等待黑夜降临的那一刻。在打开棺盖，现身人世之前，他要决定今晚谁将遭殃。该面包师和他老婆了，他心想。汁多可口，就住附近，也没有疑心。他一直煞费苦心，使这对毫无防范的夫妇对他建立了信任，一想到此，他的嗜血欲望让他备受煎熬。他恨不得马上从棺材中爬出，去寻找他的猎物。

突然，他感觉到太阳落山了。如同来自地狱的使者，他迅速起身，变作一只蝙蝠，匆匆飞向那满是诱惑的受害者的农屋。

"啊，伯爵，真是个惊喜，"面包师老婆说，打开门把他让进屋。（他重又化作人形，风度翩翩地掩饰了他的嗜血图谋。）

"什么风这么早把您刮来了？"面包师问。

"我们约好吃晚饭的，"伯爵回答说，"我希望没记错。你请我今晚来吃饭，对吗？"

"对，是今天晚上，可还有七个小时呢。"

"什么？"伯爵环顾四周，有点迷惑地问道。

"是来跟我们一起看日食的吧？"

"日食？"

"对，今天有日全食。"

"什么？"

"从中午开始，也就变黑一会儿，两分钟后就好。你看看外面。"

"噢，坏了，大事不好。"

"呃？"

"请原谅……"

"什么，德拉库拉伯爵？"

"我得走了，啊，天呐……"他急匆匆地摸找门把手。

"走？可您才刚来。"

"是，可是，我想我弄糟了……"

"德拉库拉伯爵，您脸色发白。"

"是吗？我得呼吸点新鲜空气。很高兴到这来。"

"来，请坐。我们喝一杯。"

"喝一杯？不行，我得走了。呃，你踩着我的披风了。"

"是啊，别着急。来点酒。"

"酒？不行，我戒酒了。你知道我肝不好。我真得颠儿了。我刚想起来，离开城堡时忘了关灯。电费太贵了……"

"别客气，"面包师说着，伸出胳膊，紧紧搂住伯爵的肩膀，那么诚心诚意。"您太客气了，根本没打扰我们。既来之则安之。"

"真的，我是不想走，但镇里面要召开罗马尼亚老伯爵大会，我负责采购酱肉。"

"真是忙，忙，忙。您不得心脏病才怪呢。"

"是啊，对，现在——"

"今晚做鸡丝炒饭，"面包师老婆插话说，"希望您喜欢。"

"太好了，太好了，"伯爵说。他笑着把她推到一堆要洗的衣服上。接着，他胡乱打开一扇壁橱门，钻了进去。"天哪，这鬼前门在哪儿？"

"哈，这个伯爵，可真是逗。"面包师老婆笑了起来。

"我知道你喜欢这样，"德拉库拉勉强笑了一下，"好了，别挡道。"说罢，他终于打开了前门，但是，他已经没时间了。

"嘿，孩子他妈，"面包师说，"你看，日食一定过去了。太阳又出来了。"

"说得对，"德拉库拉把前门使劲一关。"我不走了。快把窗帘拉下来。快点！别呆愣着！"

"什么窗帘？"面包师问。

"你们没有，对吧？你们这些人。这地方有地下室吗？"

"没有，"面包师老婆和善地说，"我总跟亚斯洛夫说，要有个地下室，可他从来不听。我丈夫啊，就这么一个人。"

"我喘不上气来了，壁橱在哪？"

"您刚进去过，德拉库拉伯爵。我和孩儿他妈还笑过您呢。"

"啊，这个伯爵，真有意思。"

"嘿，我到壁橱里去了。晚上七点半再敲门叫我。"话毕，伯爵钻进壁橱，使劲关上了门。

"嘻嘻，他真是逗，亚斯洛夫。"

"喂，伯爵，出来吧。别犯傻了。"

壁橱里传出伯爵闷闷的声音。"出不来，求求了。信我的话。就让我待在这吧。我没事，真的没事。"

"德拉库拉伯爵，别闹笑话了。我们笑得都快喘不上气了。"

"跟你们说吧，我喜欢这壁橱。"

"是啊，可是……"

"我知道，我知道……这有点怪，可我在这高兴极了。有一天我还跟赫斯夫人说过，给我来个好壁橱，我在里面能待上几个小时。赫斯夫人很可爱。有点胖，但可爱……好了，你们干别的事去吧，日落后再来找我。噢，拉梦娜，啦啦啦，啦啦啦，拉梦娜……"

这时，镇长和他的夫人卡蒂娅到了。他们是路过这里，决定进来看看面包师一家，因为他们是朋友。

"你好，亚斯洛夫。我和卡蒂娅没打扰你们吧？"

"当然没有，镇长先生。进来。德拉库拉伯爵，有客人了！"

"伯爵在这儿？"镇长惊讶地问。

"在这儿，可你绝猜不出他在哪儿，"面包师老婆说。

"这么早的时候很少见到他。我不记得曾在白天见过他。"

"好啊，他就在这儿。德拉库拉伯爵，出来吧！"

"他在哪儿？"卡蒂娅问道，也不知是该笑，还是不该笑。

"出来吧！别躲了！"面包师老婆有点不耐烦了。

"他在壁橱里，"面包师带着歉意说。

"真的？"镇长问。

"出来吧，"面包师说，敲着壁橱的门，"够了够了，镇长在这里。"

"出来吧，德拉库拉，"镇长大人喊着，"咱们喝一杯。"

"不了，你们先喝。我在这有点事。"

"在壁橱里？"

"是。我别打扰你们。我能听见你们说什么。我想说什么，也会告诉你们。"

几个人相互瞅瞅，耸了耸肩。酒倒好了，他们开始喝酒。

"今天的日食真可以，"镇长呷了一口酒。

"是啊，"面包师点头，"想不到。"

"对啊，够刺激，"壁橱里传出了声音。

"什么，德拉库拉?"

"没什么，没什么。别管了。"

就这样，时间慢慢流逝，镇长再也坐不住了，要强行打开壁橱门："出来吧，德拉库拉。我一直以为你很成熟呢。别再胡闹了。"

阳光直射进来。这个恶魔尖叫了一声，就在四个人眼前，慢慢变成一具骷髅，化作一堆斋粉。面包师老婆俯身去看壁橱地上的一堆白粉，大声说道："这是不是说，今晚的饭局取消了?"

请大点声

要知道，眼前跟你打交道的，可是在科尼岛上坐一趟过山车就把《芬尼根的守灵夜》一气看完的人；而且还在猛烈的颠簸甩掉我嘴里银质牙套的情况下，轻而易举地窥探到乔伊斯的奥秘。还有，我这个人属于极少数人之列，能从现代艺术博物馆里展出的被砸扁的别克轿车中，当即看出细致入微的色彩层次和色调的交相作用；当初，奥迪伦·雷东①若是丢掉模棱两可的纤细画笔，改用废车压床，说不定就能达到这一效果。另外，朋友们，是我用独到的见解首先准确诠释了《等待戈多》，令许多一头雾水的观众恍然大悟；不然的话，这些观众在中场休息时就只会蒙糟糟地转来转去，因买了票贩子的票，却听不见流行乐队，看不到满身光鲜的漂亮妞而气鼓鼓的。所以我说，我同经典艺术的关系很密切。除此之外，八家电台在市政厅同时采访，可把我累坏了。而且下班后，我还偶尔带上"飞歌"电台，到哈莱姆一间地下室播些晚间新闻和气象预报。有个寡言少语的农场黑人帮工叫杰西，一辈子从未念过书，有一天也充满激情地播报当天的道琼斯平均指数，那真是声情并茂。最后，关于我的才情，一言以蔽之，我是各类活动以及地下电影首映式上的常客，还是《电影与水影》的撰稿人。这是一份专讲电影理论和淡水钓鱼的高深季刊。倘若这些还不足以给我冠上才子美名的话，哥们儿，那我可没话说了。然而，尽管我浑身上下都闪现这些才能，近来发生的事却提醒了我：在文化素养上，我仍有阿喀琉斯之踵那样的致命弱点，从脚跟经过大腿，直达后脑勺。

这开始于去年一月的某一天。当时，我正站在百老汇麦金尼酒吧里，吞吃一大块世界上油脂最丰盛的奶酪蛋糕，心中甚感歉疚，幻想着胆固醇凝成一个大硬块，死死堵住了我的主动脉。我身边是一位令人神魂颠倒的金发女郎。她身穿一件无袖紧身黑衬衫，曲线起伏，足以诱使一位童子军变成色狼。一刻钟过去了，我和她之间的交往，仍仅仅以"请递一下调味瓶"为主题，尽管我几度试图搞出点行动来。她确确实实把调味瓶递了过来，我也只好往蛋糕上撒一点，证明我的要求是确有其事。

"好像鸡蛋的期货价格上去了。"我终于冒出了一句话，漫不经心，装出一副把公司兼并当作业余行当的样子。可我没注意到，她的搬运工男友恰在此时进来，就站在我身后，时机把握得

---

① Odilon Redon(1840—1916)，法国象征主义画家。

跟劳莱和哈台①一样好。我色眯眯地朝她看了一眼，记得开了两句关于克拉夫特·艾宾②的笑话，便失去了知觉。接下来，我只记着自己沿着大街飞跑，好似逃躲西西里大汉为捍卫女友的名声而朝我恶狠狠抢过来的大棒。我躲进一家黑洞洞、凉飕飕的新闻短片影院，里面正上映兔八哥的杰作，我又服了三颗利眠宁，才恢复了神志。正片开演，原来是讲新几内亚丛林的风光片。要说能引起我多少兴致，这种片子简直同《苔藓的形成》和《企鹅的一生》能有一比。片中的旁白低沉而单调："当今呈返祖现象者，与数百万年前的人毫无两样。他们猎杀野猪（野猪的生活水准似乎也没有显著提高），晚上则围坐在篝火旁，打着哑语手势，重述白天的经历。"哑语，对了，我顿时清醒过来。这正是我在素养上的薄弱之处，是唯一的弱点，自童年起就一直困扰着我。小时候曾看过一出用哑语演出的果戈理的《外套》，我全然不懂，还以为是十四个俄国人在跳健美体操。哑剧对我而言一直是个谜，因为曾让我出过丑，也就特意不去想它。但是，这个弱点现又冒了出来；令我懊恼的是，我还同以前一样的糊涂。我根本就看不懂大受众人吹捧的马歇·马叟③的小品哑剧，也就更看不懂片中新几内亚土著那满是激情的手势。银幕上，那位丛林土著手舞足蹈，逗引他的同伴，最后，他用厚实的手掌接过了部落首领

① Laurel and Hardy，美国一对搭档演出滑稽片的演员。
② Krafft-Ebing(1840—1902)，奥地利性学家。
③ Marcel Marceau(1923—2007)，法国哑剧演员。

发的钱票。整个过程中我如坐针毡，最终垂头丧气地溜出了电影院。

那天晚上回到家，我对自己的短处还念念不忘。事实很清楚，也很残酷：我对各门艺术领域都十分精通，可就这一个晚上，明明白白地把我归到了马克汉姆①笔下的农人之列——迟钝、麻木，简直就是老牛一样的大老粗。我开始干着急，生闷气，可腿肚子发紧，不得不坐下来。我琢磨着，还有什么比哑剧更基本的交流方式吗？这种普遍流行的艺术形式为何人人都懂，只有我除外？我又开始干着急，这一次，真的发出了声响。但我住的是个安静的街区，没出几分钟，十九警局的两条鲁莽汉子就赶来了，告诉我，干着急要罚款五百元，或是拘留六个月，或是两者并罚。我跟他们道了谢，径直钻进了被窝。我在床上辗转反侧，本想用睡觉来消除自己这一可恶的缺陷，结果却是彻夜未眠。连麦克白我都不忍心用这个来折磨他。

可刚过几个星期，我看哑剧时就又露了怯，令我周身寒彻。此前两周，我听无线电广播时，猜出了节目里是"燕希大妈"的歌喉，赢了两张免费戏票。那次猜奖的头奖是一辆宾利轿车，我兴奋极了。为了马上给节目主持人打电话，我一丝不挂从浴盆里蹿出来，一只湿手抓起电话，另一只湿手想把收音机关掉，结果，我冲上了天花板，又给弹了下来，周围好几里的电灯都灭

----

① Edwin Markman(1852—1940)，美国十九世纪诗人。

了，就好像莱普科①坐上电椅时一样。绕着屋顶大吊灯转第二圈时，我迎头撞上了路易十五式书桌上一个敞开的抽屉，嘴上立刻隆起一座亮晶晶的小丘，脸上也留下了鲜艳的印记，看上去如同让一个洛可可式华丽饼干压模印制过的模样，而且，头上还起了一个海鸟蛋那么大的包。我头晕目眩，只得屈居马祖斯基夫人之后，打消了宾利轿车的美梦，接受了两张外百老汇的免费戏票。票上印着一位国际知名哑剧艺术家的名字，这使我的热情一下子降到了极地冰冠的温度。不过我决定去看演出，希望这次能交上好运。仅剩六周时间了，可我仍找不到一位同去的女伴。干脆，我把多余的一张票打点给了为我擦窗户的拉斯。此人是个干粗活的瞌睡虫，他的感觉与柏林墙一样迟钝。起先，他以为这张橙黄色的小纸片能吃，我给他解释说，这是去看哑剧的戏票，他听了感激不尽；这是除了失火之外，他有可能看懂的少数几种场景之一。

演出那天晚上，我身披斗篷，拉斯手提水桶，我俩从一辆老式黑白格子出租车分头下来，沉着自信地走进戏院，大摇大摆地走到座位上落座。我仔细看了节目单，有点紧张地看到，开场短戏是个无声小品，题为《去野餐》。开演时，一个瘦成细条的人走上台，脸上涂得跟面粉一样白，身上穿着黑色紧身衣裤，这是标准的野餐装束；去年我去中央公园野餐时也是这身打扮，除了

① Louis "Lepke" Buchalter (1897—1944)，美国 20 世纪 30 年代黑帮头目，后被电刑处死。

几名恶少见此要磨平我的棱角外，根本无人理睬。台上的演员在摊开野餐台布，马上，我又开始迷惑了。他要么是在摊开台布，要么是给一头小山羊喂奶。接着，他动作夸张地脱了鞋，可我却弄不清楚那是不是他的鞋；因为他拿起一只来，从中喝水，又把另一只寄到了匹兹堡。我说的是"匹兹堡"，但实际上很难用哑剧手势表现出"匹兹堡"这一概念。现在回想起来，我觉得他的意思根本不是匹兹堡，而是一个人驾着高尔夫球车穿过一道旋转门，或许是两个人在拆卸一台印刷机。这和野餐有何相关，我一窍不通。随后，演员又开始整理一堆看不见的长方形物件，显然很沉重，像是一整套《大英百科全书》。我猜想，他在把这些物件从篮子里拿出来，不过，从他动作手势来看，还可以理解为是布达佩斯弦乐四重奏乐队，身上给捆绑着，嘴里还塞满了东西。

至此，我又同往常一样，不知不觉中在帮助演员介绍情景，大声猜测他的一举一动，让邻座的观众吃惊不小。"枕头……大枕头。坐垫？像是坐垫……"这种用意良好的参与，常常扰乱那些真正喜爱哑剧的观众。我注意到，遇到这种情形，我的邻座就有人借助各种方式表达不满，有的大声咳嗽，有的用熊掌般的大手朝我脑后拍过来。曼哈塞特镇家庭主妇的戏剧晚会上，一个人就曾给过我一巴掌。这一次，一个长得像是伊卡鲍德·克莱恩①的富婆，拿着马鞭似的长柄眼镜，敲着我的手指头教训我说：

---

① Ichabod Crane，华盛顿·欧文笔下的一个穷教师。

"小子，轻声点。"然后，她又跟我套近乎，把我当作被炮弹炸蒙了的大兵，一字一句耐心地给我解释说，现在的表演非常有趣，都是吃野餐的人们常遇到的各类事情：蚂蚁，下雨，还有总是没带上、又总能逗人笑的瓶起子。我暂时看明白了，对一个人只因忘记了瓶起子就烦恼不堪而开怀大笑，对哑剧的无穷无尽的表现力惊叹不已。

最后，演员表演吹玻璃。也许是吹玻璃，也许是给西北大学学生文身。看上去像是西北大学学生，但也有可能是男子合唱队，或是一台电热疗机，甚或是已经灭绝、成为化石、在遥远的北极发现的任何四足、两栖、食草大型动物的遗骸。到此，观众已经被台上的狂乱场面逗得大笑不止。连迟钝的拉斯也很开心，用清洁窗户的橡皮刷子擦眼泪。可我是没希望了。我越看越不懂。我垂头丧气，干脆把懒人鞋一甩，就此罢休。到了楼厅里，就听几个清洁女工喋喋不休地说着滑囊炎的长处和短处。我借助剧场里昏暗的灯光，定了定神，整了整领带，前往赖克斯酒吧。我点的汉堡包和麦芽巧克力含义十分明了，毫不费力就能理解。那天晚上我第一次释去了愧疚的负担。直到如今，我的文化素养仍有欠缺，但我正在力求弥补。你要是在哑剧剧场看到一位艺术鉴赏家，挤眉弄眼，坐立不安，还自言自语嘟囔什么，就过来打声招呼；不过，要趁演出刚开始时打招呼，因为我不喜欢睡着后被人吵醒。

亥姆霍兹对话录

《亥姆霍兹对话录》一书行将出版，下面摘选书中几个片断。

亥姆霍兹博士已年至耄耋，他与弗洛伊德同出一个时代，是精神分析的先驱，创立了以他名字命名的心理学学派。他最著名的成就或许便是行为实验，他在实验中证明了死亡是一种后天获得的秉性。

亥姆霍兹住在瑞士洛桑的乡间别墅，身边还有男仆霍洛夫及其德国猎犬霍洛夫。他仍然笔耕不辍，目前正在修订他的自传，好把自己补进去。《对话录》是亥姆霍兹同其学生怕斯·霍夫囊之间长达数月的谈话记录。亥姆霍兹对这位弟子的厌恶简直无法形容，但又能大度包容，因为这位学生给他带来果仁糖。他俩的谈话涉猎各种题目，从精神分析，到宗教，还有亥姆霍兹为何申请不到信用卡。霍夫囊称其为"大师"，认为他是个善解人意的热心人，情愿放弃一生的成就，来摆脱身上的皮疹。

四月一日：上午十点准时到达亥姆霍兹家。女佣说，博士正在自己屋中整理邮件。我心中着急，错听成博士在自己屋中整理"油煎"。结果是，我确实听对了，亥姆霍兹在整理吃食。他每只手里捧着一大把米粒，随意堆成一个个小堆。我为此向他提问，他说："噢，要是人们都整理吃食该多好。"他的回答令我困惑，但我觉得最好不再追问下去。他坐进皮椅后，我开始询问早期精神分析的事情。

　　"第一次见到弗洛伊德时，我已经在创立我的理论。弗洛伊德当时在一家面包店。他想买面包卷，可却怎么也说不出这个词。你大概知道，他是太害羞了，说不出'面包卷'一词。他指指点点地说：'我来点那种小点心。'面包师傅说：'教授，你是要买面包卷？'弗洛伊德一听，满脸通红，逃了出去，嘴里嘟囔着：'呃，没事，没事。'我毫不费力地买了面包卷，作为礼物送给弗洛伊德。我们成了好朋友。此后我一直想，有些人就是不好意思说出一些词来。是否也有字词让你不好意思？"

　　我向亥姆霍兹博士解释说，我在某些餐馆无法点"龙虾柿子"(即西红柿内放龙虾肉)这道菜。亥姆霍兹觉得这词很蠢，真想扇造出这词的那个人的脸。

　　谈话又回到弗洛伊德。亥姆霍兹的每种思想似乎都受弗洛伊德的支配，虽然这两个人因芹菜吵起来后，都恨对方。

　　"我记得弗洛伊德的一个病例，'埃德娜鼻子瘫痪'。在需要模仿兔子的时候，埃德娜偏偏无法做出那个动作，这使她见了朋友就心急火燎的。这些人都很冷酷：'来吧，亲爱的，给我们表演一下兔子吧。'说罢，他们都会随心所欲地抽抽鼻子，相互之间很开心的样子。"

"弗洛伊德把埃德娜叫到诊所，做了一系列分析。可是，其中出了差错，她没能移情到弗洛伊德身上，而是移到弗洛伊德屋里一件高高的木制衣架上。弗洛伊德有点惊慌失措，因为在那时，人们对精神分析仍心存疑惑。当埃德娜抱着衣架上了一艘游轮后，弗洛伊德发誓，再不行医。确确实实，他曾一度认真考虑过，要去当一名杂技演员。但费伦茨①提醒说，他从来就没学会翻跟斗，让弗洛伊德放弃了这个想法。"

说到此，我看亥姆霍兹有了睡意，从椅子上滑下来，钻到桌子底下睡着了。我不想再打扰他，轻轻地出来了。

四月五日：到亥姆霍兹家，他正在练习小提琴。(他是个杰出的业余小提琴手，但他不能读乐谱，而且只能拉一个音符。)他又谈起早期精神分析的一些问题。

"人人都奉承弗洛伊德。兰克嫉妒琼斯，琼斯嫉妒布里尔，布里尔讨厌阿德勒，甚至把阿德勒的礼帽藏了起来。有一次，弗洛伊德口袋装了些奶糖，给了荣格一块。兰克火了，跟我抱怨说，弗洛伊德偏向荣格。尤其是在分发糖果这方面。我没理会，

---

① Ferenczi(1873—1933)，匈牙利精神分析家，弗洛伊德精神分析理论的追随者。

尤其不在乎兰克，因为他最近说我的论文《蜗牛的欣喜》达到了'愚人思辨的顶峰'。"

"多年后，兰克和我在阿尔卑斯山驾车时，又提起此事。我跟他说，当时他真笨；他也承认受到了很大的压力，因为他的名字叫'奥特奥'，前后颠倒都一个样，这让他萎靡不振。"

亥姆霍兹请我吃饭。我们坐在一张大橡木桌子边，他说这是葛丽泰·嘉宝送给他的，虽然嘉宝不承认这事，也不承认认识亥姆霍兹。亥姆霍兹的一顿家常饭包括：一枚大葡萄干，大量肥肉，还有一罐鲑鱼。饭后有薄荷糖；亥姆霍兹拿出了他收集的蝴蝶标本，等他弄明白这些蝴蝶已经不能飞了，就发起了脾气。

之后，亥姆霍兹和我在客厅里舒舒服服地抽了几支雪茄。（亥姆霍兹忘了将雪茄点着，可他抽得很厉害，雪茄变得越来越短。）我们讨论了大师的几个最成功的治愈病例。

"有个人叫亚克西姆，四十多岁，只要屋子里摆着提琴他就不能进屋。更麻烦的是，如果进了摆有提琴的屋子，罗斯柴尔德不唤他，他就不出来。此外，亚克西姆还患口吃。但讲话时没事，只在写作时才发作。比方说，他写'但是'一词，纸上就出现'但、但、但、但是'。人们总拿这个毛病取笑他。为此，他钻到一大张煎饼里，想憋死自己。我用催眠疗法把他治好了，他也过上了正常人的健康生活，虽然到了晚年，他经常幻想遇见了一匹马，它劝他做个建筑设计师。"

亥姆霍兹谈起了臭名昭著的强奸犯 V，此人曾一度使整个伦敦陷入恐慌。

"最不寻常的变态案例。他时常出现性幻觉，觉得受到一群人类学家的羞辱，被迫拐着罗圈腿走路；他承认，这给他带来极大的性快感。他记起小时候就好色，亲吻过西洋菜，令家里品行不端的女管家也大吃一惊。少年时，他因为给弟弟的头上涂油，受到惩罚，但他父亲身为油漆匠，感到恼火的主要原因是，他只给弟弟涂了一层油。"

"他十八岁时第一次行奸，此后多年，每星期都强奸半打妇女。我给他用的最好的治疗方法，是把他的攻击型性情，换成一种社会上较能接受的习惯。后来，当他遇见毫无防范的妇女时就不会撒野，而是从衣服里拿出一条大比目鱼递给她看。有些妇女见此会大为惊慌，但不会受到暴力之害；还有些妇女甚至坦诚地说，这样的经历大大丰富了她们的生活。"

四月十二日：这次，亥姆霍兹身体欠佳。此前一天，他在一片草坪上走丢了，倒在一堆梨上。他只得卧床静养，但上身坐得笔直；当我告诉他我有个脓疮时，他还大笑起来。

我们讨论了他的逆反心理学理论，这是他在弗洛伊德去世后不久想到的。（厄内斯特·琼斯认为，弗洛伊德的去世造成了亥姆霍兹同弗洛伊德二人最后分道扬镳，此后，两人极少讲话。）

当时，亥姆霍兹发明了一个实验，他一敲铃，一队白鼠就护送亥姆霍兹夫人出门，把她送到便道上。他做了许多类似的行为实验，只是在一只接受训练、见到暗示就流口水的狗到了节假日不让他进屋时，他才停止实验。正巧，他仍旧是《北美驯鹿无缘无故地嬉笑》这篇经典论文的作者。

"是，我创立了逆反心理学学院，实际上也是机缘巧合。当时，我夫人和我都舒舒服服地躺在床上，我忽然想喝水。我懒得爬起来，就要夫人去拿水。她不愿去，说她举豆子举累了。我们争吵起来，都想让对方去。最后我说：'我反正不想喝水，其实我最不想做的就是喝水。'听我这么说，她站了起来，说道：'噢，你不想喝水啊？晚了。'说罢，她迅速下床，给我端来了水。我曾在柏林参加精神分析师郊游时，想同弗洛伊德讨论这事，但他和荣格参加了两人捆绑跑步比赛，两人捆在一起，不愿听我讲话。"

"多少年后，我才找到一种途径，用此办法治疗抑郁症。我治好了歌剧歌唱家杰的病态忧虑；否则，他总有一天会钻进野餐篮，了结一切。"

四月十八日：到亥姆霍兹家，发现他正在修剪玫瑰花。他喜欢花，对于花的美艳，他赞不绝口："花永远不会借钱。"

我们谈了当代精神分析。亥姆霍兹认为，当代精神分析只是个神话，全赖躺椅行业的吹捧才使其得以苟延残喘。

"这些现代分析师！他们收费太高了。在我那个时候，花五个马克，弗洛伊德就亲自给你分析。花十个马克，他不仅给你分析，还给你烫裤子。花十五个马克，弗洛伊德就让你分析他，还送两份蔬菜。现在，三十块钱！五十块钱！皇帝身为一国之首，也只得到十二块半！而且他还要走路去上班！还有分析疗程长得吓人！两年！五年！那时我们要是在六个月内治不好病人，就得退钱，带病人去看音乐剧，还得送他一个红木水果碗，或一套不锈钢刀具。我记得，荣格治不好的患者一眼就能看出来，因为荣格常给患者送大熊猫娃娃。"

我们在花园小径上漫步，亥姆霍兹转到了其他话题。他说起话来真是妙语连珠，我拿笔记下了其中几点。

关于人的存在："如果人长生不死，你知道他买肉要花多少钱？"

关于宗教："我不信来世，不过到时候我会带上换洗的内衣。"

关于文学："所有文学都是《浮士德》的注脚。这是什么意思，我也不清楚。"

我确信，亥姆霍兹是个伟人。

瓦尔加斯万岁

一位革命者的日记选摘

六月三日：瓦尔加斯万岁！今天，我们上山了。阿罗约腐败政权剥削我们这个小小的国家，令人怒火中烧，我们派遣胡里奥去递交一份请愿书。请愿书绝非仓促拟就，而且在我看来，也毫不过分。可结果是，阿罗约日程繁忙，不愿抽出时间一边让人扇着扇子，一边约见我们可爱的反叛信使。他把此事交给一位部长处理。这位部长说，他会充分考虑我们的请愿，但首先要看一看，胡里奥在脑袋被埋在火山熔岩下后，还能笑多久。

正因为许多事情都如此令人愤慨，我们终于集结在埃米利奥·莫利纳·瓦尔加斯鼓舞人心的领导下，决定自己掌握自己的命运。我们在街角呼喊，如果这是叛变，我们就叛变到底。

然而很不幸，当有人告诉我警察马上要来抓我，把我吊死时，我正躺在浴盆的热水里。我当然十分敏捷地跳出浴盆，不小心踩上了一块湿肥皂，一下子从前院冲了出去；好在靠牙齿止住了滑落，可我的牙却像小糖豆一样，满地乱滚。我赤身裸体，遍体鳞伤，但求生的本能告诉我，必须迅速行动。我跨上骏马，大喊一声造反口号！没想到骏马腾立，把我给摔到地上，摔断了几块小骨头。

好像这还不够糟糕似的，我还没跑出二十米，就想起了我的印刷机。我不想把这样重要的政治武器当证据留下来，急忙回转身去取。也许命该如此，这件东西看着轻，拿起来却死沉，根本不是体重百来斤的大学生的活儿，非启用一台起重机不可。警察到时，机器正在轰轰作响，把我的手给夹住了，还在我后背上印出了马克思的大段文章。别问我是怎样挣脱开来，跳出后窗逃走的。我真走运，躲过了警察，安然投奔瓦尔加斯的营地。

六月四日：山里多么宁静啊。生活在野外，满天星斗。一群富于献身精神的人，为了一个共同的目标走到一起。虽然我期待能参与实际的战斗计划，但瓦尔加斯认为，我当伙夫会更好地发挥作用。因为食物短缺，这可不是件容易干的活儿，但总得有人干，而且，如果把各种因素考虑在内，我做的第一顿饭还算受欢迎。的确，并非人人都喜欢毒蜥，可我们不能挑嘴；除了一些家伙对任何爬行动物都讨厌之外，这顿饭吃得平安无事。

今天，我听到瓦尔加斯的声音。他对我们的前途相当乐观，他觉得，我们大约在十二月攻占首都。可是，他的胞弟路易斯性情内向，认为我们迟早得饿死。瓦尔加斯兄弟时常因军事战略战术吵嘴，很难想象仅在几周之前，这两位伟大的反叛首领还是本地希尔顿酒店男用洗手间的服务员。与此同时，我们都在等待。

六月十日：一天都在操练。我们从一帮杂乱无章的游击队转变成了一支斗志旺盛的正规军，真是个奇迹。今天早上，我和赫尔南德斯练习使用大砍刀，那种砍甘蔗用的锋利的大刀。由于这位伙计过于激情迸发，我才知道我的血型是O型。最糟糕的是苦苦等待。阿图洛有把吉他，可只会弹《美丽的塞林托》。开始时人们还喜欢听，后来就没人再要听了。我试着用新的方法做毒蜥，我想人们会喜欢的，可我也注意到，有些人嚼得很辛苦，要使劲往后仰脖子才能咽下去。

今天，我又听到瓦尔加斯在讲话。他们兄弟俩在讨论我们夺取首都之后的计划。我想知道革命成功后，他们给我什么职位。我很确信，我的赤胆忠心恰如一只忠犬，定将获得回报。

七月一日：今天，我们最精干的一队人马袭击了一个村庄，去找吃的，正好有机会运用我们一直操练的各种战术。大多数反叛战士表现得尽职尽责，虽然这批人惨遭杀戮，但瓦尔加斯认为，我们在精神上取得了胜利。没有参加袭击的人都留在营地里，阿图洛又给我们弹了《美丽的塞林托》。尽管弹尽粮绝，时间过得很慢，但人们的士气仍很高昂。幸好，三十八摄氏度的高温分散了人们的注意力，我想，这也是造成许多滑稽的咯咯声响的原因。我们的时机定将到来。

七月十日：今天，大体是个好天，尽管我们遭到阿罗约部队伏击，伤亡惨重。造成这次伏击的部分原因在我，是我暴露了我方阵地；当时一只毒毛蜘蛛爬上我的腿，我无意中尖叫起来，把基督教三个圣名都喊到了。这只倔强的蜘蛛，钻到了我衣服里面，有好一会儿，我就是赶不走它，害得我全身狂乱扭动着，冲进一条小溪，在里面扑腾了可能有四十五分钟。接着，阿罗约的部队就朝我们开了火。我们勇敢战斗，不过，因突然遭到袭击，出现了小小的混乱。前十分钟里，我们自己人之间打成一团。一枚拉了弦的手榴弹落在瓦尔加斯脚下，他命令我扑上去，因为他觉得，只有他能领导我们的事业。我扑了上去。瓦尔加斯侥幸躲过一难。但苍天有眼，手榴弹没爆炸，我安然无恙，只是全身略有抽搐，夜里无法入眠，除非有人抓住我的手。

七月十五日：人们的士气似乎仍很高涨，尽管有一些小挫折。先是米盖尔偷来一些地对地导弹，但错当成地对空导弹；他想击落阿罗约部队的飞机，却把我们自己的卡车都炸毁了。当他想一笑了之时，何塞发怒了，两个人打了起来。后来，他们和好了，一起开起了小差。碰巧，开小差有可能成为大问题，虽然到了这时，乐观情绪和集体精神发挥作用，使得每四个人中，只有三个人开小差。当然，我仍然忠心耿耿做我的饭。可是人们好像并不理解这份任务有多么艰巨。事实上，我要是不做点毒蜥以外的什么饭食，性命都有危险。当兵的有时真不讲理。不过这几天，我或许会做点新的花样，给他们一个惊喜。与此同时，我们坐在营地边等待。瓦尔加斯在帐篷里来回踱步，阿图洛弹着他的《美丽的塞林托》。

八月一日：尽管许多事情令我们欣慰不已，但毫无疑问，叛军总部出现了紧张气氛。只有细心的人能看到，有些小事情表明，不安的情绪正在暗流涌动。比方说，吵架的越来越多，发生了好几起持刀捅人的事。而且，我们为了重新武装自己，袭击了军火库，但行动惨遭失败，因为豪尔赫兜里的信号弹提前走了火。所有的人都被追得四散，豪尔赫像个球一样，在二十几栋房子之间弹来弹去，结果给抓了起来。晚上回到营地，我又拿出毒蜥时，人们火了。几个人按住我，拉蒙用做饭的勺子敲打我。幸好一个响雷打来，救了我，也夺取了三条人命。最后，人们的沮丧之感再也压不住了，当阿图洛弹起《美丽的塞林托》时，乐感不大好的人就把他推到一块石头后面，强迫他把吉他吃了下去。

不过，也有好的一面。瓦尔加斯的外交使节历经多次挫折，终于设法同中央情报局达成了一笔有趣的交易：我们永远忠贞不渝，执行他们的政策，他们则供应我们五十只烤鸡。

瓦尔加斯现在觉得，他预测十二月大功告成兴许言之过早，他表示，要夺取最后胜利，可能需要更长的时间。奇怪的是，他不再看军用地图，而是改看星相和鸟的内脏。

八月十二日：局势每况愈下。好像命该如此，我为了丰富伙食细心采摘的蘑菇偏偏有毒；唯一令人不安的副作用是，多数人患了轻度抽风，但他们发的火似乎也太过分了。此外，中央情报局重新掂量了我们赢得革命的概率，之后，在迈阿密海滩的沃斐饭店为阿罗约及其内阁举行了一次餐会，以示和解。餐会后，又赠送了二十四架喷气轰炸机，对此，瓦尔加斯的解释是，中央情报局的立场出现了微妙的变化。

队伍的士气似乎仍比较高扬。开小差的多了，但也只限于那些能走路的。瓦尔加斯自己也显得有点低沉，留了些绳索备用。现在，他觉得，阿罗约统治下的生活可能还不太坏，因此考虑是否给留下的人重新指明方向，放弃革命理想，组成一支伦巴乐队。同时，大雨倾盆，造成山崩，胡亚雷斯兄弟在睡梦中便给冲下了峡谷。我们派出一人，向阿罗约递送修改过的请愿书。我们删掉了要阿罗约无条件投降的要求，改成要求得到一种获奖的牛油果酱制作菜谱。真不知结果会是如何。

八月十五日：我们攻占了首都！简直难以置信，详情如下：经过深入讨论之后，我们进行表决，决定开展一次自杀式攻击，做最后一搏。我们猜想，出其不意的袭击或许会抵消阿罗约部队的优势。我们走过丛林，向宫殿进军；但饥饿和疲劳渐渐削弱了我们的决心，快要接近目的地时，我们决定改变战术，看采用奴颜婢膝方式能否奏效。我们前去自首，宫殿卫兵用枪把我们押送到阿罗约面前。这个独裁者考虑到我们是自行投降，应该罪减一等，所以，虽然他仍然计划把瓦尔加斯开膛破肚，其他人则仅是活生生剥皮。得知这一新情况，我们都慌了，四散逃命。宫廷卫兵开枪射击。瓦尔加斯和我冲到楼上，寻找藏身之处，却闯进阿罗约夫人的闺房，撞见她同阿罗约弟弟在偷情。两个人慌乱起来，阿罗约弟弟拔出手枪，开了一枪。他哪里知道，这一枪等于向中央情报局的雇佣军发出信号。这些雇佣军本来是要到丛林中去帮助阿罗约消灭我们，以使阿罗约准许美国在此开设一个水果摊。可是，因美国外交政策摇摆不定，这些雇佣军自己先糊涂了，不知该效忠何方，混乱中攻击了宫殿。阿罗约及其手下突然怀疑中央情报局在搞两面三刀，便转而跟入侵者干上了。与此同时，若干毛派分子一直酝酿刺杀阿罗约，但他们藏在玉米馅饼中的炸弹提前爆炸，使整个计划泡汤；不过，炸弹炸毁了宫殿的左翼，把阿罗约夫人和弟弟从木梁中间崩了出去。

阿罗约抓起盛满瑞士银行存折的旅行箱，出后门，登上时刻待命的小型喷气机。飞行员在密集的弹雨中强行起飞，但因局势混乱，慌了手脚，扳错了机关，致使飞机一头俯冲下来，栽进雇佣军营地，消灭了不少人，迫使他们投降。

我们敬爱的领袖执行了一项静观等待的英明政策，始终一动不动，缩在壁炉里，装成一尊土著黑人塑像。待一切危险已过，他只打开宫殿冰箱，勉强做了一个辣味火腿三明治，便蹑手蹑脚地走进最高办公厅，开始执掌权力。

　　我们彻夜狂欢，人人喝了个烂醉。我跟瓦尔加斯谈了治理国家这等正经事。他相信，自由选举是任何民主国家所必需的，但要等人民受教育程度提高些再实施。在此之前，他依照君权神授的原则，临时凑成一套可行的政府制度。为奖励我的忠诚可靠，特允许我在进餐时坐在他的右侧。另外，我还负责把厕所打扫得干干净净。

仿冒墨迹的功用

　　没有证据表明，一九二一年前，西方任何地方出现过仿冒墨迹。不过人们都知道，拿破仑特别喜欢玩欢乐蜂鸣器。这种玩意是藏在手心，同人握手时，给人一种轻微的震颤。拿破仑常向外国贵宾伸出尊贵的手，表示盛情，让毫无防范的来客手掌突感震颤，满脸通红，傻乎乎地跳起来，逗得宫廷人员直乐，引得皇帝发出震耳的笑声。

　　欢乐蜂鸣器后来经过了多次改动，最有名的改动，是在圣安纳①推出口香糖(我相信，口香糖起先是他夫人的一道菜，但却怎么也咽不下去)，包装成薄荷香口香糖，其中还附送一个小巧老鼠夹之后的事了。哪个傻帽要是接过口香糖，可怜的手指头就会被弹起的铁条夹住。最初的反应是疼，继而是大笑不止，最后还得出了一点儿民间智慧。谁都知道，在阿拉莫②，清爽的口香糖使气氛轻松了许多；虽然无人幸存，但大多数观察家觉得，若没有这个小玩意，那里的情形会更加不可收拾。

内战爆发后，美国人越来越想躲避恐怖的战乱。于是，北方的将军喜欢上漏水的水杯，用来恶搞，而罗伯特·李将军在紧张关头，则偏好用暗藏了水的花来逗乐。战事初期，谁要是闻了李将军衣领上"可爱的康乃馨"，眼里都会被满满地喷上萨旺尼河的河水。不过，随着南方的战局急转直下，李将军放弃了这曾经风靡一时的玩意，只在厌烦某人时，在其椅子上放个钉子而已。

战争结束，直至二十世纪初，所谓的强盗贵族时代，逗乐的拿手好戏有：令人打喷嚏的辣椒粉，还有标着杏仁、但从中却弹出好几条大弹簧、让人一惊的小铁罐。据说，摩根喜欢辣椒粉，老洛克菲勒更偏好小铁罐。

到了一九二一年，一组生物学家在香港碰面采买服装时，发现了仿冒水墨画。很久以来，这一直是东方人的主要消遣。后来，几代王朝之所以能维系权力，靠的就是技艺娴熟地把墨迹弄得像污渍，而实际上则是水墨画。

据了解，首批水墨画很粗糙，幅宽有十几尺，谁也没能骗过。

然而，一位瑞士物理学家发现了物体缩小的理论，那就是，

---

① Santa Anna(1794—1876)，墨西哥总统、将军。热心收藏拿破仑纪念物，号称"西半球的拿破仑"。在美国—墨西哥战争中，指挥墨西哥军队。
② 阿拉莫之战。1836年，墨西哥军队在圣安纳指挥下，围攻美国得克萨斯的天主教会在阿拉莫的堡垒，几乎杀尽所有的人。

一个特定大小的物体，可以通过"使其变小"而缩小其体积，于是，仿冒水墨画的技术日臻成熟。

仿冒墨迹一直有其自身地位，直至一九三四年，弗兰克林·罗斯福将其略加改动，发挥了另类作用。罗斯福很精明地用它调解了宾夕法尼亚州的一次罢工。他调解的办法很有趣。劳资双方领导都被哄骗，以为自己打翻了一只墨水瓶，弄黑了某人昂贵的扶手沙发，为此很是发窘。想一想，当他们得知这一切只是开玩笑逗乐时，该怎样松了一口气。三天后，钢铁厂全部复工。

全知全能先生

我坐在办公室，清理我的点三八口径手枪，正愁下一个案子要上哪去找。我喜欢做私人侦探，虽然偶尔也被人用汽车千斤顶给我按摩牙床，不过，要是闻到钞票的美味，这一切还算值得。更何况还有美女呢，这是我的一个小小爱好，只比呼吸略胜一筹。所以，当办公室门一开，一位叫希思·巴斯的金发女郎大步跨入，说她是裸体模特，要我帮忙时，我满嘴的口水都快溢了出来。她穿着短裙和紧身毛衣，显出凹凸有致的身材，简直能让一头牦牛爆发心肌梗死。

"甘愿为你效劳，亲爱的。"

"我想要你找个人。"

"有人失踪？报警了吗？"

"倒也不是，卢波维茨先生。"

"叫我凯泽，亲爱的。好吧，要找什么人？"

"上帝。"

"上帝？"

"对，上帝。那个造物主，创造者，万物之主，全知全能。我要你给我找到他。"

我办公室里也曾来过甜妞，但是看到这等身材，你必须洗耳恭听。

"为什么？"

"你别管为什么，凯泽。你只管找到**他**。"

"抱歉，亲爱的，你找错人了。"

"怎么会？"

"除非你让我了解所有的事实，"我说着，站了起来。

"好吧，好吧。"她咬了咬下嘴唇说道。她拉了一下长筒袜的上端，好让我饱个眼福。可这次，我并不买账。

"你就实话实说吧，亲爱的。"

"呃，实情是，我不是裸体模特。"

"是吗？"

"不是。我也不叫希思·巴斯。我叫克莱尔·罗森维格，在瓦萨学院上学，主修哲学，上一些西方思想史之类的课程。我有份论文要在一月交。班上其他学生到时都会凑上一份论文，可我想得到真知真觉。格雷巴尼教授说，谁要是找到真知，谁就肯定通过。我爸爸也答应说，我要是都得满分，就送我一辆奔驰。"

我打开一盒福临牌香烟，叼上；又打开一包口香糖，嚼上。

她的故事有点吸引我。私立学校受宠的学生，智商高，身材好，让我特想深入了解。

"上帝长什么样?"

"从来没见过。"

"那，你怎么知道**他**存在呢?"

"所以要你找出答案。"

"噢，太棒了。你不知道他长什么样? 到哪儿去找?"

"不知道。我怀疑他无处不在。在空气中，在每一朵花中，在你，在我，在这椅子中。"

"呃，噢。"原来，她是个泛神论者。我在脑子里记了下来，告诉她我会试一试。每天收费一百元，外带其他费用，再加一次共进晚餐。她笑了笑，表示同意。我们一起乘电梯下楼。外面天色已晚。上帝或许存在，或许不存在，但这座城市里，肯定有不少人要阻止我去找到答案。

我找的第一条线索是一个犹太教堂的拉比，叫贤人伊扎克。我曾替他找到了在他帽子上涂猪油的肇事者，所以，他欠我点人情。我跟他一说，就知道大事不好，因为他显得很害怕，怕极了。

"你说的当然存在，但是，我不能直呼其名，否则**他**会让我死的。我真的不懂为什么有人对直呼其名那么挑剔。"

"你从没见过他?"

"我? 你开玩笑? 我能见我的孙子就算走大运了。"

"那你怎么知道**他**存在呢?"

"我怎么知道?这是什么问题?要是那边没有人,我怎能用十八块钱就买到这套衣服?看看这儿,摸摸这华达呢。你怎么会怀疑呢?"

"你再也没有别的证据了?"

"嘿,那《旧约》是什么?是炒杂碎?你以为摩西是怎么带领以色列人出的埃及?就笑一笑,跳个舞?信我吧,拿小店铺的破玩意儿可分不开红海的海水。这需要力量。"

"就是说,他很有力气,对吗?"

"对,很有力气。你是不是以为他这么成功,就应该显得温柔点儿?"

"你怎么懂这么多?"

"因为我们是他的选民。他照看我们所有这些子民。总有一天,我要跟**他**谈谈。"

"你做选民,要给他什么?"

"别问。"

情况就是这样了。犹太人把命运交给了上帝。这是一种古老的保护行业。付出一定的代价,换取一种保护。从贤人伊扎克谈话的样子看,他把犹太人熏染得够深了。我叫了一辆出租车,来到第十大道上的"丹尼弹球馆"。经理是个瘦小的家伙,不招人喜欢。

"芝加哥·菲尔在吗?"

"谁知道呢?"

我一把抓住他的衣领,顺带抠下一块皮来。

"说什么,你个废物?"

"在后面,"他立刻改变态度应道。

芝加哥·菲尔:行骗、抢银行、爱使用暴力,还是个无神论者。

"从来就没有过这个人,凯泽。这完全是大骗局,是场大炒作。根本没有什么全知全能先生。这是个黑手党,大多数是西西里来的,有国际背景,但没有一个实实在在的头目。也许,教皇不算在内。"

"我想见教皇。"

"可以安排,"他说,朝我眨眨眼。

"克莱尔·罗森维格这个名字熟悉吗?"

"不熟。"

"希思·巴斯呢?"

"噢,等一下,是啊。就是那个乳房丰满,白净妖媚,拉德克利夫学院的。"

"拉德克利夫学院?她跟我说是瓦萨学院的。"

"那是她骗你的。她是拉德克利夫学院的教师,跟一个哲学家扯上了。"

"是个泛神论者?"

"不是。据我所知,是经验论者。不是什么好人。完全抛弃了黑格尔和那些辩证法。"

"原来是那种人。"

"对。他以前是爵士乐队里的鼓手，后来迷上了逻辑实证论。后来发现这个不管用，他就尝试实用主义。我上次听说，他偷了一大笔钱，到哥伦比亚大学读叔本华。黑手党在找他，或是想要他的课本，他们好拿去二手卖掉。"

"谢了，菲尔。"

"听我的吧，凯泽。上界什么也没有，一片虚空。我哪怕看出一丁点真正全能的存在，就不会干诈骗钱财、扰乱社会的事了。整个宇宙只不过是种现象，没有永恒。一切毫无意义。"

"赛马场的第五轮谁赢了？"

"圣塔宝贝。"

我在奥卢客酒吧喝了杯啤酒，想把这一切都理清了，可根本没有个头绪。苏格拉底自杀了，人们这么说。基督被人杀死了。尼采疯了。要是上界有灵，**他**肯定也不想让人知道。克莱尔·罗森维格为何谎称自己是瓦萨学院的？难道笛卡儿说对了？宇宙是个二元天下？还是康德的假设一语中的：上帝是在道德的依据上存在的？

那天晚上，我同克莱尔共进晚餐。结账后十分钟，我们就上了床。噢，兄弟，你去研究西方思想吧。她的高难度动作真可以赢得体操冠军了。事后，她躺在我身边，长长的金发散在床上。我俩赤裸的身体仍缠绕在一起。我抽着烟，盯着天花板。

"克莱尔，要是克尔恺郭尔对了怎么办？"

"你是说？"

"人永远也不会真正地知道。人能有的只是信仰。"

"荒唐。"

"别这么理性。"

"没人理性，凯泽。"她点了一支烟。"别搞什么实体论。现在不行。我受不了你跟我来实体论。"

她不高兴了。我凑过去亲了她一下。电话响了，她拿起话筒。

"是找你的。"

电话里传来凶杀科里德警长的声音。

"你还在找上帝？"

"是。"

"那个全知全能的宇宙创造者、万物之主？"

"对。"

"有个人正好符合这些特点，现在停尸房。你最好马上就来。"

确实是**他**。从那个样子看，真是个行家里手。

"抬进来时就已经死了。"

"在哪儿发现的？"

"德兰西街上的一座仓库。"

"有线索吗？"

"是个存在主义者干的。这点我们可以肯定。"

"你怎么看出来?"

"毫无规律。好像没有任何预谋。一时冲动。"

"感情用事?"

"对。这也意味着你也有嫌疑,凯泽。"

"怎么是我?"

"总局里都知道你对雅斯贝尔斯[①]的看法。"

"那也不能说明我就是杀人犯。"

"的确不能肯定,只是说你有这个嫌疑。"

走到街上,我猛吸了一口空气,想清醒一下。我叫辆出租车到了纽瓦克,下了车,走过一个街口,进了乔迪诺意大利餐馆。教皇正坐在里面的一张桌子旁。和他同桌的还有两位我曾在警察局的一伙涉嫌人中见过的家伙。

"坐吧,"他说,从面条盘子上抬起头来。他伸出一根手指头给我。我咧开大嘴笑了,但没去吻他的手。他有点烦,我却很高兴,赢了一分。

"来点面条吗?"

"不了,谢谢陛下。请继续。"

"什么也不要? 连沙拉也不要?"

"我刚吃了。"

---

① Karl Jaspers(1883—1969),德国存在主义哲学家。

"请随便。他们做的羊奶酪酱可好吃了。在梵蒂冈就做不出这么好的饭。"

"我开门见山，大主教。我在寻找上帝。"

"你找对了人。"

"这么说，上帝是存在的?"他们都觉得这话逗人，笑了起来。坐我身边的那个无赖说:"噢，真有意思。这个聪明的孩子想知道上帝是不是存在。"

我挪了挪椅子，把一条腿压到他的小脚趾上。"抱歉。"但他已经火了。

"上帝当然存在，卢波维茨。可只有我能同**他**交流。**他**只通过我来讲话。"

"为何是你，哥们?"

"因为我有那身红袍子。"

"这身行头?"

"别这么刺头。每天早上我起来，穿上这套红袍子，就忽然感到自己是个大人物。一切都在这身袍子里。我是说，我要是穿一身运动衣裤走来走去的，就不会因宗教原因给抓起来。"

"那么说，这是个骗局。根本就没有上帝。"

"我不知道。但这又有什么区别呢? 钱总是好的。"

"你担心过洗衣店不会及时送还你的红衣，让你穿得和我们一样吗?"

"我用的是当天交活的特殊服务。多花点钱，会保险一点。"

"克莱尔·罗森维格这名字熟吗？"

"当然。她在布恩茂女子文学院理科系教书。"

"理科？是吗？谢谢。"

"谢什么？"

"谢谢你的回答。大主教。"我急忙拦了一辆出租车，冲过华盛顿大桥。我在途中去了趟办公室，很快查了一下资料。在去克莱尔家的路上，我把各种线索串了起来，结果，这些线索头一次这么吻合。我到时，她正穿着透明的长丝衣，显得有些不安的样子。

"上帝死了。警察刚来过。他们在找你。他们认为是存在主义者干的。"

"不是，亲爱的。是你。"

"什么？凯泽，别开玩笑。"

"是你杀的。"

"你说什么？"

"是你，宝贝。不是希思·巴斯，也不是克莱尔·罗森维格。是艾伦·舍德博士。"

"你怎么知道我的名字？"

"布恩茂女子文学院物理系教授，最年轻的系主任。在冬季舞会上你同一个爵士乐手缠上了，这个乐手迷上了哲学。他已经结婚，但这挡不住你。狂热了几个晚上后，就以为有了爱情。但是，你们两人之间隔着一层障碍。上帝。你瞧，亲爱的。他信上帝，或想要信上帝；可你，满脑子科学，非要有绝对的证据不可。"

"不对，凯泽。我发誓。"

"所以，你假装研究哲学，因为这样就有机会排除一些障碍。你很轻松地把苏格拉底打发了。但笛卡儿又来了。你用斯宾诺莎赶走了笛卡儿。可康德你过不去了，所以，也要打发掉。"

"你真是一派胡言。"

"你把莱布尼茨弄得粉碎，可这还不够，因为你知道，若是有人相信帕斯卡尔，你就死定了。于是，也要把帕斯卡尔处理掉。就在这个节骨眼上，你犯了个错误，因为你过于信任马丁·布伯①。可亲爱的，有一点你没想到。他性情柔弱，信奉上帝。所以，你要亲自干掉上帝。"

"凯泽，你疯了！"

"没有，宝贝。你佯装泛神论者，以便接近**他**——如果**他**存在的话。而**他**的的确确存在。**他**跟你去了谢尔比的聚会，你趁杰森没注意，就杀了**他**。"

"那个鬼谢尔比和杰森是谁？"

"这有什么区别？反正生活充满荒唐。"

"凯泽，"她忽然有些发抖，说，"你不会举报吧？"

"我会的，宝贝。最高的存在被杀掉了，总得有人承担

———————————

① Martin Buber(1878—1965)，奥地利哲学家。

责任。"

"噢，凯泽。我们可以一起消失，就我们俩。我们可以忘掉哲学，找个地方安顿下来，或许研究语义学。"

"抱歉，亲爱的。没门儿。"

听了这话，她哭成个泪人，开始宽衣解带。突然间，我面前站着一个裸体的维纳斯，那整个身子好像都在说："来吧，都是你的。"这个维纳斯的右手抚弄着我的头发，左手在我身后拿起一支点四五口径手枪。没等她动手，我扳动了我的点三八口径手枪，她的枪掉在地上。惊诧之中，她倒了下去。

"凯泽，你怎么忍心?"

她快不行了，我抓紧时间，念给她听。

"作为一个复杂概念的宇宙的表象，相对于在真实存在之内或之外，与任何现存或即将存在或永恒存在的抽象形式相应，不受有关非物质或无客观存在或主观相异的物理性或运动或思想法则规范，本身便是一种理论上的虚无或虚无性。"

这是一个很难捉摸的概念，不过我想，她死前是听懂了。

天才们，请注意
Woody Allen
伍迪·艾伦
作品集

无羽无毛

WITHOUT FEATHERS

伍迪·艾伦

——著

李伯宏

——译

上海译文出版社

目录

希望是有羽有毛的东西……

——艾米莉·狄金森

艾伦笔记选

以下选自伍迪·艾伦的私密笔记。笔记将在其身后出版，或在其死后出版，哪个在先按照哪个。

能睡上一觉熬过夜晚，是越来越难了。昨天晚上我忐忑不安，觉得有人要闯进屋子给我洗头。可这是为什么？我不断想象自己看到个影子，到了凌晨三点，我搭在椅子上的内衣颇像穿旱冰鞋的恺撒。待我终于睡着，又做起了噩梦，梦见一只土拨鼠冒领我抽奖得到的奖品。绝望。

我确信我的肺结核越来越严重，还有我的气喘病，一会儿呼哧气喘，一会儿又无影无踪。我越来越经常头晕眼花，还开始极度气闷、脑袋发昏。我的屋子潮湿不堪，我身上总是发冷，心悸不已。我还注意到我的纸巾用完了。这什么时候有个完？

一篇小说的构思：一个人醒来后发现，他的鹦鹉当上了农业部长。他大为妒忌，举枪自尽；可是真不幸，枪口射出的是一面小旗子，上写一字"砰"。小旗子把他眼睛捅瞎了，这个饱受风霜的人在有生之年，头一次享受到像种庄稼或坐在通气软管上面这种简单生活的乐趣。

思考：人为何要杀生？杀生是为了吃饭。不仅仅是吃，还必须要喝。

我是否要娶 W 女士？她要是不把自己名字里的其他字母告诉我，我就不娶。她的职业呢？怎么能让这么漂亮的女人放弃旱冰比赛？快做决定——

我又一次试着自杀。这一次是把鼻子弄湿捅进电插座里。真倒霉，电线短路，只把我从冰柜上弹了下来。可死亡的想法就是挥之不去，我常常陷入沉思，总想知道身后世界是否存在，如果存在，那里是否能够找开二十元的大票。

今天我在一个葬礼上撞见了我哥哥。我们俩十五年没见面了。但他还和从前一样，从口袋里掏出个猪尿泡朝我头上打来。时间久了，我更了解他了。我终于明白，他说我"是只讨厌的害虫，应该斩尽杀绝"，其实这不是气话，而是对我的关爱。咱们得面对现实：他从来就比我更聪明，更机敏，品味更高雅，受教育程度更高。可他仍在麦当劳干活，确实让人迷惑。

小说构思：几只水獭占据卡内基音乐厅演奏了歌剧《伍采克》①。（主题明确，可结构呢？）

老天，我为什么深感内疚？是因为我恨父亲？或许是那次帕尔马干酪小牛肉事件引起的。可小牛肉在他钱包里做什么？我要是听了他的，就会以打帽样营生。现在我还能听见他说："打帽样那才是真本事。"我仍记得我说要以写作为生，他是什么样的反应。"你能写的也就是同一只夜猫子搭伙罢了。"到现在我还不明白他是什么意思。多伤心的人！我第一部话剧《鲍朗的包囊》在吕克昂大戏院首演时，他穿燕尾服、戴防毒面罩出席。

今天，我望见了绚丽的日落，想到自己多么渺小！当然我昨天也是这么想的，可昨天是下雨。我自暴自弃，又想要自杀。这次是想凑近一个卖保险的经纪人，吸其废气自杀。

短篇小说：某人早上醒来发现自己变成了足弓垫。（这个创意可从不同程度发挥。从心理学上说，这是弗洛伊德弟子克鲁格

---

① *Wozzeck*，奥地利作曲家阿尔班·贝尔格第一部也是最出名的歌剧。

的精髓。他在咸肉中发现了性。）

艾米莉·狄金森可是错大了！希望不是"有羽有毛的东西"。有羽有毛的东西原来是我的侄子。我得带他去慕尼黑看专家门诊。

我决定跟 W 解除婚约。她不理解我的作品，她昨天晚上说，一读我的《形而上学现实批判》，就想起小说《航空港》。我俩吵了起来，她又提起孩子的事，但我说孩子们还太小，把她说服了。

我信神吗？妈妈出事前，我信。她给肉丸子绊倒后，肉丸子刺进了她的脾脏。她躺在床上，昏迷了好几个月，不能干别的却能哼唱《格拉纳达》，以为有条鲱鱼在听。这个女子正当壮年，可为何这么苦恼？是因为她年轻时胆敢打破陈规，头上戴着牛皮纸袋出嫁？而且，上星期我的舌头给夹在电动打字机的滚轴里，这让我怎么信神？我满肚子都是疑团。要是一切都是虚幻，一切都不存在，怎么办？要是这样的话，我买地毯的钱肯定付多了。上帝要是给我明确的表示该多好！比方说，用我的名字在一家瑞士银行存上一大笔存款。

今天和梅尔尼克喝咖啡。他给我讲他有个主意，要让政府所有官员都打扮成母鸡的模样。

剧本构思：以我父亲为原型塑造一个角色，但没有硕大的大脚趾。他被送到索邦大学去学口琴。剧终时，他死了，却从未实现自己的一个梦想——坐到齐腰深的肉卤里去。（我设想出极好的第二幕，两个侏儒在一堆排球中碰见一个人头。）

今天中午散步时，冒出来更多病态的想法。到底是什么让我同死亡纠缠不休？大概是时光。梅尔尼克说灵魂不朽，在肉身死去后还继续存在；可是，如果我的灵魂不附在我的肉身上，我相信，我所有的衣服都会太宽松了。噢……

不必同 W 散伙了，运气来了，她和马戏团一个专职小丑跑去了芬兰。这样最好，我觉得，虽然我的病又犯了，开始从耳朵里咳嗽。

昨夜，我把我所有的剧本和诗歌都烧了。可笑的是，在烧我的名著《黑企鹅》时屋子着火了。现在，我被叫平丘客和施勒塞尔的两个人给告了。克尔恺郭尔是说对了。

超自然现象分析

　　毫无疑问，是有一个看不见的世界存在。问题是，它离市中心有多远，营业到几点？人们解释不清的事情时常发生。有人看见了灵魂，有人听见了声音，还有人半夜醒来发现自己在普瑞克尼斯赛马锦标赛的场地上奔跑。我们当中许多人独自在家时，不是会忽然觉得有只冰凉的手搭在自己后脖子上？（谢天谢地，不是我，是别人。）这些经历背后是怎么回事？或者前面是怎么回事？有人能预见未来或同鬼魂对话，这是真的？人死后还能洗澡吗？

　　幸好，哥伦比亚大学知名通灵学家、研究灵的外质的教授奥斯古·马尔福·特韦尔格博士即将出版的《吓唬你!》一书解答了这些问题。特韦尔格博士编纂了一部相当完整的超自然现象史，包括有思维移位，还有兄弟两人天各一方、一人洗澡另一人忽然变干净等各种灵异现象。以下选了特韦尔格博士最著名的一些事例，并附有他的解释。

幽　魂

一八八二年三月十六日，J·C·杜布斯先生深更半夜醒来，看到十四年前就去世了的哥哥阿莫斯坐在床尾，正在抚弄小鸡。杜布斯问他来干什么，他哥哥说别担心，他已经死了，只是来度周末的。杜布斯问"那个世界"是什么样，他哥哥说，有点像克利夫兰。他说，他回来是给杜布斯带个信，告诉杜布斯深蓝套装和多色菱形花纹袜子根本不相配。

正说着，杜布斯的侍女进屋了，看到杜布斯在同"一股无形模糊的气团"说话。她说，这气团让她想起了阿莫斯，但其长相又比阿莫斯好看一点。最后，这个幽魂要杜布斯和他一起唱《浮士德》中的一段咏叹调。于是，兄弟俩尽情唱了起来。天亮了，幽魂穿墙而去，杜布斯想跟去，结果撞破了鼻子。

这似乎是幽魂显现的一个典型例子。要是杜布斯说的可信，那幽魂又出现过，让杜布斯夫人从椅子里升了起来，在饭桌上悬了二十分钟，然后掉进了肉汤里。有意思的是，幽魂鬼怪常常恶作剧。英国神秘主义者 A. F. 蔡尔德认为，这是因为幽魂知道自己已经死去，明显地感到自卑。意外死亡的人身上，常常显现出"幽魂"。比如说，阿莫斯就死得蹊跷：一个花农把他连同郁金香一起给种在地里了。

灵 魂 出 窍

艾伯特·塞克斯先生报告曾有以下经历:"我正在同几个朋友吃饼干,就觉得我的灵魂离开我去打电话了。也不知为什么,它打给了莫斯科人纤维玻璃公司。打完电话,我的灵魂又回来附体,待了大约二十分钟。当话题转到共同基金时,它又离开去城里闲逛。我肯定它去了自由女神像,还到无线电城音乐厅看了歌舞表演。看完表演,它进了本尼牛排馆,一顿吃了六十八块钱。之后,我的灵魂决定回到我这,可一辆出租车也找不到。最后,它走上第五大道,终于回到我身上,没错过晚间新闻。我能感觉到它回到了我身上,因为我忽然感到一股凉气,还听到一个声音说:'我回来了。给我来点葡萄干行吗?'

"后来,这事又发生了好几次。有一次,我的灵魂去了迈阿密度周末。还有一次,它在梅西百货公司拿了一条领带没付钱,给抓住了。第四次,实际上是我的身体离开了我的灵魂,虽然只是洗了个桑拿马上就回来了。"

一九一〇年前后,灵魂出窍很常见,那时有许多"灵魂"在印度来回游荡,寻找美国领事馆。这个现象很像是变体移位,也就是一个人突然非物质化,又在另一个地方成为物质实体。用这种方法旅行挺不错,虽然等行李常常要花半个小时。最奇异的变体移位是亚瑟·挪内爵士洗澡时,只听"啪"的一声,人不见了，突然出现在维也纳交响乐团的弦乐队里。他作为第一小提琴手在乐团里待了二十七年，虽然他只会拉《三只瞎老鼠》；一天演奏莫扎特的《丘比特交响曲》时，他忽然失踪，结果在温斯顿·丘吉尔的床上出现了。

预　　知

芬顿·阿伦图克先生讲了这个预知的梦："我半夜去睡觉，梦见我同一碟小葱在玩牌。忽然梦变了，我看见我爷爷在马路中间跟一个服装道具跳华尔兹，就要让一辆卡车撞上了。我想喊，可一张嘴却发出了编钟的声音，我爷爷就给车轧了过去。

"我醒来时满身大汗，跑到爷爷家，问他是不是要同一个服装道具跳华尔兹。他说当然不是，不过他想过装扮成牧羊人吓唬敌人。我听了就放心走回了家，可后来听说，老人踩到一个鸡肉三明治从克莱斯勒大楼上摔了下来。"

做梦预见什么事情很常见，不能说是纯属巧合。有人梦见一个亲戚死了，结果真的死了。而且，也不是人人都这么好运。缅因州肯纳邦克港的J·马丁内斯梦见自己赢了爱尔兰奖金独得的赛马赌博。他醒来时，发现床已经漂流出海。

催　　眠

怀疑论者休·斯威格爵士报告了以下这段有趣的降神会

经历：

我们来到知名的女巫雷诺夫人家。她让我们都围着一张桌子坐下，手拉着手。威克斯先生咻咻直笑，雷诺夫人就用扶乩板打他的脑袋。灯都关了，雷诺夫人使劲要同马普尔斯夫人故去的先生进行对话。马普尔斯先生是在歌剧院里胡子着火死去的。以下是对话的忠实记录：

马普尔斯夫人　你看见什么了？

女巫　我看见一个男的，蓝眼睛，头戴六片棒球帽。

马普尔斯夫人　那是我丈夫！

女巫　他的名字叫……罗伯特。不对，叫……理查德……

马普尔斯夫人　昆西。

女巫　昆西！对了，是昆西！

马普尔斯夫人　还有别的吗？

女巫　他秃顶，但常在头上放些树叶，好不让别人注意到。

马普尔斯夫人　对了，就是这样！

女巫　不知怎么，他身上有件东西……是块里脊肉。

马普尔斯夫人　那是我给他的结婚纪念礼物。你能让他说话吗？

女巫　讲话，幽灵，讲话。

昆西　克莱尔，我是昆西。

马普尔斯夫人　噢，昆西！昆西！

昆西 你炖鸡时要用多长时间？

马普尔斯夫人 是他，就是这声音！

女巫 大家都集中精力。

马普尔斯夫人 昆西，他们对你好吗？

昆西 还不错，就是洗的衣服得等四天才送回来。

马普尔斯夫人 昆西，你想我吗？

昆西 呃？呃，噢，是呵。当然，宝贝。我得走了……

女巫 我留不住他，他消失了……

这次降神会的一些事情是真的，这没的说。谁不记得西比尔·希莱斯基那次出名的事件？当时她的金鱼唱起了她刚去世侄女喜欢的格什温的《迷人的节奏》。但是，同死者对话是挺难的，因为大多数死者都不愿讲话，愿意讲话的又说得不着边际。作者曾见识过一个桌子升了起来。哈佛大学的乔舒亚·弗利格尔博士参加过一次降神会，不仅看到桌子升起了，还见它起身告辞到楼上睡觉了。

超 常 感 应

阿基利斯·朗德斯是知名的希腊通灵者，他身上发生过最惊人的超常感应事件。他十岁时发现自己拥有"超常能量"，能躺在床上，全神贯注，让父亲的假牙从嘴里掉出来。邻居家的丈夫失踪了三个星期，朗德斯告诉他们去炉子里找，结果人正在炉子里织毛衣。朗德斯可以盯着一个人的脸，硬是将其印在一卷普通柯达胶卷上。虽然他还不能迫使人笑起来。

一九六四年，警察要他协助抓获杜塞尔多夫杀人犯。这个杀人魔王总是在被害者胸前留下点热烤阿拉斯加。朗德斯只闻了一条手帕，就带着警察来到一所聋哑火鸡学校的工友西格弗里德·伦兹面前。此人承认，他就是凶手，但请求把手帕还给他。

许多人都拥有通灵能力，朗德斯只是其中一个。罗得岛新港镇的通灵者 C. N. 杰罗姆声称，他能猜出一只松鼠想到的任何一张牌。

预　　言

最后，我们见识一下十六世纪的阿里斯托尼蒂斯伯爵，他的预言至今仍然令最怀疑一切的人都心悦诚服。他的几个典型的预言如下：

"两个国家将开战，但战胜国只有一个。"

（专家们认为，这大概是指一九〇四年至一九〇五年的日俄战争。考虑到这一预言是一五四〇年做出的，实在令人震惊。）

"伊斯坦布尔的一个人要做帽样，却给弄坏了。"

（一八六〇年，奥斯曼帝国一勇士阿布·哈米德把帽子交给人去清洗，送回来时上面都是污点。）

"我看到一个了不起的人，将为人类发明一件衣装，用来在做饭时围在裤子外面，名字就叫'围衣'或是'围君'。"

（阿里斯托尼蒂斯说的当然是"围裙"。）

"法国将出现一位领袖，个子很矮，但造成的灾祸却很大。"

（这是指拿破仑，或是指十八世纪侏儒马塞·吕梅，图谋把蛋黄酱抹在伏尔泰身上。）

"新世界将有一个地方叫加利福尼亚，那里将有一个叫约瑟夫·考顿①的人出得大名。"

（此条不必解释。）

---

① Joseph Cotton（1905—1994），好莱坞著名男演员。

几段不太有名的芭蕾舞剧简介

《德米特里》

芭蕾舞剧以狂欢节开场。狂欢节上有吃的喝的，还有旋转木马。好多人身穿鲜艳的服装，随着笛子和木管乐器的旋律跳舞欢笑，长号的调子很低，预示着吃的喝的很快就没了，每个人都行将死去。

名叫娜塔莎的漂亮姑娘，在游乐场里转来转去。娜塔莎很伤心，因为她父亲被派到喀土穆去打仗，可那里并没有战事。随后上场的是个年轻学生，叫利奥尼德。他很害羞，不好意思和娜塔莎讲话，可每天晚上都在她家门前台阶上放一盘绿菜色拉。娜塔莎被礼物打动，想见到送礼的人，尤其是因为她不喜欢家常色拉调料，而是喜欢罗克福尔羊奶干酪。

利奥尼德正想给娜塔莎写情书，从摩天轮上掉了下来，娜塔莎把他扶起，于是，两个人正好巧遇。两人跳起双人舞，跳完舞，利奥尼德极力讨好娜塔莎，把眼睛直往上翻，直到给送到急救站。利奥尼德大表歉意，提议去第五号大棚看木偶戏。这份邀请证实了娜塔莎脑子里的想法：这是个蠢货。

不过，木偶戏倒是挺好看。一个名叫德米特里的有趣的大木偶爱上了娜塔莎。娜塔莎意识到，他虽然只是个木偶，但他有灵魂。当他提议以某某先生和某某夫人的名字到旅店开房时，娜塔莎兴奋起来。两人跳起双人舞，尽管她刚刚跳过双人舞，而且还汗流浃背。娜塔莎向德米特里表达了爱慕之情，发誓两人永不分离，即使提线的人要睡在客厅的简易床上。

利奥尼德见一个木偶夺爱，怒气大发，朝德米特里开枪。但德米特里没死，而是出现在商贸银行的屋顶上，拿着一瓶安悦嘉空气清香剂大喝起来。舞台上开始有点乱，当娜塔莎撞裂头骨时，人们欢腾雀跃。

《祭祀》

一段美妙的序曲叙述着人同大地的关系，以及人好像总还要埋回大地的原因。幕起，显出广阔原始的荒原，有点像新泽西的某个地方。男女分坐两边，随后开始跳舞。但人们不知为何跳舞，很快又坐了下来。一身强力壮的年轻男子上场，随着火之赞舞曲跳舞。突然，他发现自己身上起了火。火扑灭后，他滑步下场。舞台上漆黑一片，人向自然发起挑战，令人心惊。这期间，自然的臀部被什么咬了一口，结果此后六个月，气温从未高于十三度。

第二场开始，春天尚未来临，尽管已是八月下旬了。谁也不知道何时该把时钟调到夏令时。部落长者在一起商量，决定向自然献祭一名少女。一名处女被挑中。她被告知要在三个小时内到镇子外边，参加维也纳香肠烧烤活动。当晚，少女出现，问起肉肠在哪里。长者令其跳舞，要一直跳到死。少女哀求，告诉长者她不大会跳舞。村民们坚决要她跳。音乐渐强，少女疯狂地旋转，产生了巨大的离心力，补牙洞的银质填充物飞出去好远。人们欢欣鼓舞，但高兴得太早了，不仅春天没来，两位长者还被控用邮件诈骗，吃了传票。

《魔咒》

铜管乐奏起序曲，曲调欢快，但是两个低音贝斯好像在提醒人们："别听铜管乐的，铜管乐知道个屁？"幕布升起，舞台上是西格蒙德王子的宫殿，金碧辉煌而且租金受到管制。这是王子的二十一岁生日。他打开礼物，却愈发没兴致，因为大多数都是睡衣。他的老朋友一个个前来祝贺，有的面朝他，他就和他们握手；有的背朝他，他就拍拍他们后背。他和老友沃夫施密特叙旧，发誓只要一人变秃，另一人就要戴假发。众演员跳集体舞，引出打猎场景，直到西格蒙德问道："什么打猎？"谁也不清楚，但是欢闹的场面太大了，等账单送来时，令人震怒。

西格蒙德厌倦了生活，一路舞到湖畔，盯着水中自己完美的倒影足足看了四十分钟，因没带刮脸用具而十分恼火。忽然，他听见翅膀拍打的声音，一群野天鹅从月亮前飞过。天鹅右转弯飞向王子。西格蒙德吃惊地发现，领头的天鹅是一半天鹅一半女人；很不幸，是左右各一半。西格蒙德迷上了她，小心不开任何关于飞禽的玩笑。两人跳起双人舞，一直到西格蒙德跳伤了后背。天鹅女人伊薇特告诉西格蒙德，她受了一个叫冯·埃普斯的魔术师的魔咒；因为她的样子，她几乎无法申请银行贷款。她跳起难度很高的独舞，以舞蹈语言解释说，解除冯·埃普斯咒语的唯一办法是，让热恋她的人去一所秘书学校学习速记。西格蒙德觉得这真讨厌，但他起誓要去上学。突然，冯·埃普斯身穿昨天的脏衣服出场，把伊薇特带走了。第一幕剧终。

第二幕开始已是一周之后。王子就要同贾斯婷、一个他根本记不起来是谁的女子结婚。西格蒙德心情焦虑，因为他仍然爱着天鹅女人。可是，贾斯婷也很美，没有大的缺陷，像羽毛或长喙什么的。贾斯婷围着西格蒙德跳舞，极尽风情；可西格蒙德却在左思右想，不知是该结婚还是找到伊薇特，再让大夫们想点办法。铜钹震响，魔术师冯·埃普斯出场。可实际上没人请他参加婚礼，但他保证说不会吃太多。西格蒙德怒火中烧，拔出利剑，刺进冯·埃普斯的心脏。这使各位宾客大为扫兴，于是，西格蒙德的母亲命令厨师先等一会儿再把烤牛肉端出来。

与此同时，沃夫施密特为西格蒙德找到了伊薇特。他说，这很容易，"汉堡这块地方有几个半是女人半是天鹅的？"尽管贾斯婷殷切恳求，但西格蒙德还是奔向伊薇特。贾斯婷追过来亲吻他；此时，乐队奏起小和弦，我们才看出西格蒙德的舞蹈服穿反了。伊薇特哭泣说，解除魔咒的唯一办法，就是去死。于是出现了所有芭蕾舞剧中最感人、最壮美的一幕：她径直朝一堵墙撞去。西格蒙德看着她的身体从天鹅变作女人，才认识到生命的悲喜交织，尤其是对一只飞禽而言。他伤心至极，要随她而去。在一段纤美的舞蹈之后，他吞下了一个杠铃。

《捕食者》

这场著名的电子芭蕾舞，兴许是所有现代舞中情节最突出的一场。开场是当代声响组成的序曲：街头噪音、钟表的滴答声、小矮人在梳子和餐巾纸上演奏《霍拉舞曲》。大幕开启，舞台空荡无物。过了几分钟，毫无动静。幕布垂下，中场休息。

第二幕开始，台上鸦雀无声。几个年轻人跳上舞台，装扮成昆虫。领舞者是一只普通的苍蝇，其他演员则扮演各种园林害虫。他们随着乱糟糟的音乐，扭扭晃晃，找寻一只夹黄油的巨大软面包。这只面包缓缓地出现在背景上。他们正要去吃，但见一排雌虫抬着一大筒杀虫剂上场。雄虫惊慌失措要逃跑，但给关到铁笼子里。笼子里无书可读。雌虫围着笼子跳舞，舞姿放荡，她们准备一旦找到酱油就吃掉雄虫。雌虫正准备大餐时，一年轻雌虫注意到一只孤独的雄虫头上的须子耷拉下来。她贴近他，两个演员随着圆号缓缓起舞；他在她耳边轻声说："别吃我。"两者陷入爱河，精心谋划要逃出去结婚。但是，雌虫改变主意把雄虫吞吃了，同室友住到了一起。

《一头鹿的一天》

幕布拉起时，动听的音乐让人心醉。夏日午后的森林。一只小鹿在跳舞，缓缓吃着树叶。它懒散地在柔软的叶子中间穿行。接着，它开始咳嗽，倒地死去。

羊皮古卷

　　学者们会记得，几年前，一个牧羊人在亚喀巴湾游荡时撞见一个洞穴，里面有几个大陶罐，还有两张冰上表演的入场券。陶罐内有六卷羊皮纸，上面写着谁也看不懂的古文字。牧羊人愚昧无知，把羊皮卷卖给了博物馆，每张七十五万美元。两年后，这些陶罐出现在费城一家当铺，一年后，牧羊人也出现在费城一家当铺。但陶罐和牧羊人都无人赎买。

　　起先，考古学家把羊皮古卷的时间确定为公元前四千年，或是以色列人被其恩主屠杀之后。上面的文字混合了苏美尔文、阿拉姆文和巴比伦文，似乎是一个人化很长时间写成的，或是共穿一套衣服的几个人写就的。如今，羊皮古卷的真实性受到严重质疑，尤其是因为文字中几次出现"奥兹莫比尔汽车"的字样，最终译出的几段文字，是用相当可疑的方式写人们熟悉的宗教主题。不过，挖掘专家 A・H・鲍尔指出，虽然译出的几段文字好像全系伪作，但是，除去在耶路撒冷一座坟墓发现他的袖口链扣之外，这大概是历史上最伟大的考古发现。下文即是几段译文。

第一段　上帝同撒旦打赌，要试试约伯的忠诚度。上帝好像无任何理由就打约伯的头，又打他的耳朵，把他推进稠稠的酱中，使约伯身上又黏又脏。上帝杀死了约伯养的十分之一的牛。约伯喊道："汝为何杀吾牛？牛很难饲养。我现在牛少多了，我甚至不知牛是何物。"上帝拿出两块石板，夹住约伯鼻子。约伯妻子看到这，便哭了起来。上帝派出慈悲天使，用马球棒在她头上涂油，还送去了十种瘟疫中的前六种。约伯很是伤心。他妻子很气愤，把衣服租了出去，提高了租金，可又拒绝刷漆。

不久，约伯的草场也干枯了。他的舌头粘到了上颚，结果，若不大笑就说不出"乳香"一词。

一次，上帝正在大肆折磨他忠诚的仆人，可离得太近了，被约伯一把抓住脖子，说："哈，抓住了！汝为何如此折磨约伯？呃？说呀！"

上帝说："噢，你看，那是我脖子……能不能放开手？"

约伯毫不心慈手软，说："你来之前，我一直过得挺好。我有许多没药树和橄榄树，有一件花花绿绿的外衣、两条花花绿绿的裤子。现在你看。"

上帝开口说话，如雷声隆隆："我造天造地，还要为汝解释我的道术？汝造何物，敢质问于我？"

约伯说："这不是回答。对一个全知全能者，让我来告诉你说，我也不是无知。"说罢，约伯跪下，向上帝哭泣道："您是天国，是力量，是荣耀。您有份好工作。别搞丢了。"

第二段　亚伯拉罕半夜醒来，对独子以撒说："我做了个梦，梦见上帝说，我必须把独子献祭。所以你穿上裤子吧。"听此，以撒全身发抖着说："那你说了什么？我是问，在他提起这件事的时候。"

"我能说什么？"亚伯拉罕说，"凌晨两点钟，我只穿内衣站在造物主面前，我应该跟他顶嘴吗？"

"那他说没说为什么要把我献祭？"以撒问父亲。

但亚伯拉罕说："虔信的人不问为什么。咱们走吧，我明天还有好多活。"

撒拉听到亚伯拉罕的打算，生气起来，说："汝怎知那是上帝，还是喜欢恶作剧的汝友？上帝不喜欢恶作剧。谁要是恶作剧，上帝就把谁送到其仇敌那里，能不能付运费都无所谓。"亚伯拉罕回答道："因为我知道是上帝。是那种低沉浑厚的声音，抑扬顿挫；沙漠里没人有那种震人的声音。"

撒拉说："汝愿意做此无稽之举？"但亚伯拉罕跟她说："实话说，我愿意。因为质问上帝的话是极为糟糕的事，尤其是考虑到现在的经济情况。"

于是，他带着以撒到了一个地方，准备把他献祭，但到最后一刻，上帝拦住了亚伯拉罕的手，说："汝怎可以干出此事？"

亚伯拉罕说："可您说……"

"别管我说什么，"上帝说，"汝什么疯主意都听吗？"亚伯拉罕说："呃，不一定……不听。"

"我开玩笑，让汝把以撒献祭，汝马上就去做。"

亚伯拉罕跪下说："你瞧，我可从来不知道你何时开玩笑。"

上帝如震雷般地说："毫无幽默感。难以置信。"

"可这不是也证明我爱您吗？我愿意凭您一个怪念头就把独子献祭给您？"

上帝说："这证明，有些人什么愚蠢的命令都执行，只要是发自一个低沉浑厚的声音。"

说罢，上帝令亚伯拉罕去休息，转天再来。

第三段　话说有人卖衬衫，但生意清淡。手头的商品一件也卖不出去，他也未能发财。于是他祈祷道："主啊，汝为何让我如此受难？我的所有对手都能卖出东西，偏偏我不行。现在正赶上旺季。我的衬衫都是好衬衫。你看看这人造丝。我这有正式衬衫、尖领衬衫，但就卖不动。可我一直遵守戒律。我弟弟卖儿童成衣能赚钱，我为何就不能挣钱糊口？"

上帝听了说："说到汝之衬衫……"

"是，我主，"此人说着，跪了下来。

"在口袋上方缝上一条小鳄鱼。"

"抱歉，我主?"

"照我说的去做。保你不后悔。"

于是，此人在他所有衬衫上缝上了一条小鳄鱼标志。呼啦啦，他的衬衫销售一空。他甚是欢喜，而他的对手们则哭天抢地、咬牙切齿，有一位说："上帝仁慈。他让我躺在绿草地上。可问题是我起不来了。"

法 则 与 寓 言

做可恶之事，乃违法之举；尤其是在吃龙虾、戴围嘴时做可恶之事，更是违法。

狮子和小牛可躺在一起，但小牛会难以入眠。

躲过刀剑或饥荒者，定躲不过瘟疫，所以，为何还要费力刮脸?

心术不正者，大概明白些什么。

热爱智慧者，均为君子；与禽类为伍者，均属怪人。

上帝，我的上帝! 您最近做了些什么?

洛夫贝格的女人们

　　或许，没有哪位作家能像斯堪的纳维亚大剧作家约根·洛夫贝格那样，创造出那么迷人、那么复杂的女性。他的同时代人也称其约根·洛夫贝格。他同异性之间的关系令其大为伤神和苦恼，结果，他也给世界创造了形形色色的难忘角色，如《大群野鹅》中的珍妮·昂斯特伦，《母亲的牙床》中的斯皮林夫人。一八三六年，洛夫贝格(Lovborg)生于斯德哥尔摩，最初名叫落夫贝格(Lövborg)，后来他把名字上的两个点移到眉毛上去了，改叫洛夫贝格。他从十四岁时开始创作剧本。六十一岁时，他的剧第一次搬上舞台，名为《蠢蠢欲动》。剧评家对其褒贬不一，可剧中主题(爱抚奶酪)实在是无所忌讳，令保守的观众脸上发红。洛夫贝格的作品可分为三个时期：先是探讨苦恼、绝望、枯燥、恐惧和孤独的喜剧；后是关于社会变革的剧目，因为洛夫贝格大力促成了鳕鱼称重方法的改革；最后是一九〇二年创作的六部大悲剧，不久他便死于斯德哥尔摩。死因是他紧张过度造成鼻子脱落。

洛夫贝格创作的第一个杰出女性角色是《我喜欢又喊又唱》中的海德维格·莫尔道。这出剧讽刺了上层社会的文体。海德维格知道，格雷格·诺斯塔德在鸡房房顶上使用了低劣的灰浆。鸡房坍塌，砸到克拉瓦·阿克达尔，使其当晚眼睛变瞎头顶变秃，她悔恨交加。于是，引出以下场景：

海德维格　就是说，它倒了。

罗伦大夫（顿了很长时间）　是，砸在了阿克达尔的脸上。

海德维格（嘲讽地）　他在鸡房里干什么？

罗伦大夫　他喜欢母鸡，噢，不是所有母鸡。我向你保证。他只喜欢某一类母鸡。（意味深长地）他有自己的偏好。

海德维格　诺斯塔德呢？这……事故发生时，他在哪儿？

罗伦大夫　他把葱花抹在身上，跳进了水库。

海德维格（自言自语）　我永远也不嫁人。

罗伦大夫　说什么？

海德维格　没什么。大夫，该洗你的衬衣了……所有人的衬衣都该洗了……

作为第一代真正的"现代"女人，在罗伦大夫建议她跑上跑下直到诺斯塔德同意把帽子压好为止时，海德维格只能冷笑。她同洛夫贝格的姐姐希尔达极为相似。希尔达神经兮兮的，到处指手画脚，嫁给了一个火爆脾气的芬兰海员。他最后用鱼叉把她叉住了。洛夫贝格崇拜希尔达，正是在希尔达的劝说下，他才改掉跟自己拐杖讲话的习惯。

洛夫贝格剧作中第二大"女主角"，出现在关于性欲和妒忌的《我们三人大出血》中。凤尾鱼训练员莫尔特维克·多尔夫得知，父亲难以启齿的疾病被他哥哥艾厄乌夫继承了。多尔夫告上法庭，要求把疾病合法归到自己名下。但是，法官曼德斯维持了艾厄乌夫的所有权。长得漂亮而又目空一切的女演员内塔·霍姆奎斯特力劝多尔夫敲诈一下艾厄乌夫，就说要把艾厄乌夫以前在保险单上伪造企鹅签名的事告诉当局。接下来是第二幕第四场：

多尔夫　噢，内塔，都输了，输了！

内　塔　对一个弱者，也许是输了。可对于勇气十足的人……

多尔夫　勇气？

内　塔　去告诉帕森·斯马瑟斯，他永远别想再站起来走路，他这一辈子哪儿也不能去。

多尔夫　内塔，我说不出口！

内　塔　哈！你当然不行！我早该知道。

多尔夫　帕森·斯马瑟斯信任艾厄乌夫。他俩曾分吃过一块口香糖。是啊，是在还没生我的时候。噢，内塔……

内　塔　别哀叹了。银行绝不会给艾厄乌夫的椒盐脆饼提供贷款。再说，他已经吃了一半。

多尔夫　内塔，你的意思是？

内　塔　成千上万个老婆都想干的事：我的意思是把艾厄乌夫泡在盐水里。

多尔夫　把我的亲兄弟给腌了？

内　塔　怎么不行？你欠他什么？

多尔夫　可是这太过分了！内塔，为什么就不能让他保留爸爸那难以启齿的病呢？也许我们能让一步。也许他会让我拥有病症。

内　塔　让步，哈！你这中产阶级的脑瓜让人恶心！噢，莫尔特维克，我厌倦了这场婚姻！厌倦了你的想法、你的办法、你的谈话。还有你穿戴羽毛去赴宴的毛病。

多尔夫　噢，又提我的羽毛！

内　塔　(鄙视地)告诉你吧，只有我和你母亲知道这事，你是个侏儒。

多尔夫　什么？

内　塔　家里的一切都是按比例缩小的。你只有四十八英寸那么高。

多尔夫　别，别！又痛起来了！

内　塔　对了，莫尔特维克！

多尔夫　我的膝盖骨，在跳个不停！

内　塔　真是个胆小鬼。

多尔夫　内塔，内塔，开开窗户……

内　塔　我把窗户关上。

多尔夫　开灯！莫尔特维克要开灯……

　　就洛夫贝格而言，莫尔特维克代表着老朽、正在死去的欧洲，内塔则是新的、充满活力的、冷酷的达尔文式的自然力量，将在今后五十年横扫欧洲，莫里斯·谢瓦利埃①的歌曲就是其最深刻的代表。内塔与莫尔特维克之间的关系，恰是洛夫贝格与希里·布拉克曼之间婚姻的再现。布拉克曼是位演员。他俩长达八小时的婚姻，一直是洛夫贝格的灵感来源。之后，洛夫贝格又结婚好几次，但总是娶百货店里的服装模特。

　　显然，在洛夫贝格所有戏剧中，最丰满充实的女性角色是《成熟的梨子》中的桑塔德夫人。这是洛夫贝格最后一出自然派戏剧。（在《成熟的梨子》之后，他又尝试了一出表现主义戏剧，剧中所有人物都叫洛夫贝格。但该剧未获批准，在其生命最后三年，他从来没离开过大草篮，无论怎么哄劝也不行。）《成熟的梨子》为其最伟大的作品之一，桑塔德夫人与其儿媳之间的最后对话，如今听来更是中肯：

---

① Maurice Chevalier（1888—1972），法国歌手、喜剧演员。

伯　特　你就说你喜欢我们装饰的这房子！靠一个口技演员的薪
　　　水来装修，可真不容易。

桑塔德夫人　这房子，还能住人。

伯　特　什么？只是能住人？

桑塔德夫人　那种红缎子麋鹿图案，是谁的主意？

伯　特　你儿子的主意。亨利克天生就会装饰。

桑塔德夫人　（突然）亨利克是个傻瓜！

伯　特　不是！

桑塔德夫人　你知道吗，直到上周之前，他连下雪是什么都
　　　不懂？

伯　特　你说谎！

桑塔德夫人　我的宝贝儿子。是的，是亨利克，就是那个因为念
　　　错“diphthong”（双元音）这个词而进了监狱的人。

伯　特　不对！

桑塔德夫人　对。还跟一个爱斯基摩人关在一起！

伯　特　我不想听这事！

桑塔德夫人　你要听，我的小夜莺！亨利克不是这么叫你吗？

伯　特　（哭泣）他是叫我夜莺！有时叫画眉鸟，有时又叫大
　　　河马！

　　　（两个女人都大哭不已。）

桑塔德夫人　伯特，亲爱的伯特……亨利克的耳套不是他自己的！是一家公司的。

伯　特　我们得帮帮他。必须告诉他光靠扇动胳膊是飞不起来的。

桑塔德夫人　（突然大笑起来）亨利克什么都知道。你对他的鞋垫是什么感觉，我都告诉了他。

伯　特　是这样！你骗了我！

桑塔德夫人　你随便怎么说。现在他在奥斯陆。

伯　特　奥斯陆！

桑塔德夫人　同他的天竺葵在一起……

伯　特　我明白了。我……明白了。（她穿过客厅的法式玻璃门走上楼。）

桑塔德夫人　对了，我的小夜莺，他终于摆脱了你的束缚。下个月这个时候，他将实现终生的梦想：在帽子里塞满煤渣。你以为你能把他圈在这里！错了！亨利克是个野性子，心完全在外面！好似了不起的老鼠，或是跳蚤。（传来一声枪响。桑塔德夫人跑进隔壁房间。一声尖叫。她回到台上，面色苍白，浑身发抖。）死了……她运气好。我……必须坚持下去。是啊，夜色降临……迅速降临。来得这么快，可我还要把所有豆子重新摆好。

　　洛夫贝格创造桑塔德夫人这个角色，是为了报复自己母亲。

他母亲也是个横挑鼻子竖挑眼的人，起先在马戏团扮演空中飞人。他父亲则装扮成人体炮弹。两个人在空中相遇，落地之前便结了婚。婚姻慢慢变了味儿，洛夫贝格六岁时，他父母每天都开枪交火。家中这样的气氛给敏感年幼的约根带来了恶劣的影响。不久，他就开始出现那有名的"情绪"和"焦虑"，有好几年一看见烤鸡，他就要脱帽致意。后来，他告诉朋友说，在写《成熟的梨子》的整个过程中，他一直很紧张；有几次还觉得，他听见母亲在问他去斯塔腾岛该怎么走。

门萨的娼妓

身为一个私人侦探，要学会跟着感觉走。当一个名叫沃德·巴布科克的胖子颤悠悠走进我办公室，把名片放在办公桌上时，我本应相信从脊梁骨里蹿上来的那股凉气。

"凯泽?"他问，"凯泽·卢波维茨?"

"我营业执照上是这么写的，"我爽快地告诉他。

"你得帮帮我。有人敲诈我，帮我一把!"

他浑身摇摆，好似伦巴乐队的领唱歌手。我把一个玻璃杯从桌面上推过去，又给他一瓶威士忌。这是我放在办公室里的，以备与病痛无关的不时之需。"放松一下，跟我说说怎么回事。"

"你……你不会告诉我太太吧?"

"对我说实话，沃德。可我不能做任何承诺。"

他想倒一杯酒，可从街对面就能听见玻璃杯的叮当碰撞声，酒也大都倒进了他鞋里。

"我有工作，"他说，"机械维修工。我做的是欢乐蜂鸣器，就是人们握手时藏在手心的小震颤器，还管维修。"

"怎么样?"

"你们好多老总都喜欢。特别是华尔街的老总。"

"说你的事。"

"我常常出差。你知道路上的滋味——孤独。噢，不是你想的那种。你看，凯泽，我基本上是个知识分子。当然，一个男的什么样的花瓶都能要到。可是，真正有头脑的女人可不是想找就找得到。"

"接着说。"

"好吧，我听说了一个年轻女孩，十八岁，瓦萨学院的学生。你出个价，她就来和你讨论任何话题，普鲁斯特、叶芝、人类学等等。交流思想。你明白我说的吗?"

"不太明白。"

"我是说，我太太很好，别误解我的意思。但她不愿同我讨论庞德或是艾略特。结婚时我不知道这个。明白吗? 凯泽，我需要一个能活跃思维的女人。我愿意为此出钱。可我不想纠缠进去，只想得到一次好见好散的思想交流，完了就让女孩走人。凯泽，我可是个家庭幸福的有妇之夫。"

"这有多久了。"

"半年了。只要一有这种念头，我就给弗洛茜打电话。她是老鸨，有比较文学硕士学位。她给我送来的是知识分子，明白吗?"

就是说,他属于见了聪明女人就没魂儿的那种人。我真可怜这个傻帽。我估摸着,像他这个层次的,一定有不少人渴望与异性进行一点思想交流,不惜花上大钱。

"现在,她威胁要告诉我太太,"他说。

"谁在威胁?"

"弗洛茜。他们在旅馆房间里放了窃听器,录下了我讨论《荒原》和《激进意志的风格》的片段,有些问题的确谈得很深。他们要一万块钱,否则就告诉卡拉。凯泽,你得帮助我!卡拉要是知道她在这方面没法激起我的兴致,就活不下去了。"

老一套,应召女郎勒索。我听到传闻说,总局的伙计们在搞一个案子,涉及的都是受过教育的女人,但迄今为止不大顺利。

"替我给弗洛茜打个电话。"

"什么?"

"我受理你这个案子,沃德。不过,价钱是一天五十元,加上各种费用。恐怕你要修理好多你的欢乐蜂鸣器了。"

"总不会有一万元那么多,我肯定,"他苦笑了一下,拿起电话打通了一个号码。我接过电话,朝他眨眨眼。我开始觉得这个人还不错。

很快传来一个柔和的声音。我跟她讲了我的想法。"我估摸着你能帮我安排一小时温馨的聊天,"我说。

"当然,亲爱的。你有什么想法?"

"我想谈谈梅尔维尔。"

"谈《白鲸》还是谈中篇小说？"

"有什么区别？"

"价钱不同，就这区别。探讨象征主义还要加钱。"

"要多少？"

"五十。《白鲸》是一百。你要比较梅尔维尔和霍桑？可以安排，价钱一百。"

"价钱还可以，"我跟她说，把广场大饭店的一个房间号给了她。

"你要金发的，还是要浅黄发的？"

"给我来点惊喜，"我说完就挂了电话。

我刮好脸，泡上一杯黑咖啡，又翻了翻《学院教学大纲》。没到一小时，就有人敲门了。我打开房门，眼前站着一个红头发的年轻人，两条腿好似两支奶油冰激凌。

"嗨，我是雪儿。"

他们真懂行，知道如何撩起你的幻觉。笔直的长发、皮包、银耳环、不化妆。

"你穿这身走进饭店没人拦你，我太吃惊了，"我说，"看门的一般能看出谁是知识分子。"

"五块钱就打发了。"

"我们开始吗？"我示意她坐到沙发上。

她点上一支烟，直奔主题。"我想我们可以从《比利·巴德》

开始，梅尔维尔用其为上帝的制人之道找理由，n'est-ce pas①?"

"有意思，不过，以弥尔顿的方式解读不是这样。"我在吹牛。我想看她是否上钩。

"对。《失乐园》缺少悲观主义的下层结构。"她上钩了。

"是，是这样。天啊，你说得对，"我轻声轻语地说。

"我觉得梅尔维尔重申了天真无邪的美德，以一种天真却又复杂的方式，你同意吗?"

我让她接着说下去。她也就刚刚十九岁，但已经练就了一副伪知识分子的老脸。她口齿伶俐，喋喋不休，但都很机械。我提出一个观点，她就假装给予回应："噢，对啊，凯泽。是啊，宝贝，真是深刻。用柏拉图的眼光看基督教，以前我怎么没这样看?"

我们谈了约一小时，于是她说她该走了。她站起身，我递过去一张百元大票。

"谢了，亲爱的。"

"后面还有更多呢。"

"你是什么意思呢?"

我引起了她的好奇。她又坐了下来。

"假如说，我想……办个派对?"我说。

"什么样的派对?"

---

① 法文，不是吗。

"比如说，我想让两个女孩给我解释一下诺姆·乔姆斯基？"

"噢，了不起。"

"算了，你要是不想……"

"你得跟弗洛茜谈，"她说，"价钱不低。"

现在该收网了。我亮出私人侦探的徽章，告诉她这是一次侦破行动。

"什么？"

"我是侦探，甜妞。靠探讨梅尔维尔来赚钱，触犯了 802 条款，要蹲监狱的。"

"你这无耻小人。"

"你最好都说清楚，小宝贝。除非你想到阿尔弗雷德·卡赞①的办公室去讲。我认为，他不会高兴听你的故事。"

她哭了。"别告发我，凯泽，"她说，"我需要钱完成硕士学位。我申请补助金给驳回了两次。天啊。"

她都说了出来，一点不漏。中央公园西区长大。社会主义倾向的夏令营。布兰迪斯大学。她曾是那种在"艾尔琴"或"塔莉亚"等经典电影前排队等候的妇人，或是在论述康德的书页上写下"是这样，确头如此"字样的人。只是在人生道路的某　处，她拐错了地方。

"我需要现钱。一个女友说，她认识一个已婚男人，深爱布

---

① Alfred Kazin（1915—1998），美国作家、文学评论家。

莱克，可太太却不大思考。她应付不了。我说，没问题，他要出钱，我就能跟他谈布莱克。一开始，我有点紧张。好多事我装作很懂，他也不在意。我朋友说还有其他的人。噢，之前我也给逮过。有一次，在停在路边的车里，我念《评论》杂志时，给抓住了。还有一次，在坦格尔伍德给拦下了，还被搜查。要是再给抓住，我就三次失手了。"

"带我去见弗洛茜。"

她咬了咬嘴唇，说："她用亨特学院书店做掩护。"

"是吗？"

"就像用理发店做掩护的地下赌场一样。你一看就知道。"

我给总局打了个电话，很快就打完，跟她说："好吧，甜妞。你没事了，可你不能离开本市。"

她仰着脸望着我，很是感激。"我能给你弄到德怀特·麦克唐纳读书的照片，"她说。

"回头再说吧。"

我走进亨特学院书店。店员是个眼神很机敏的年轻人，走过来问："买点什么？"

"我找一本特别版的《自我宣传》。我知道作者为朋友印了几千本带烫金封面的。"

"我得查一查，"他说，"我们有直通梅勒家的电话。"

我瞅了他一眼。"雪儿让我来的，"我说。

"噢，这样的话，请到后面来，"他说完，按了一个按钮。排满书架的一面墙打开了，我如同一只羔羊，走进弗洛茜令人眼花缭乱的快活宫。

红色短绒墙纸和维多利亚式的装饰，说明了这里的氛围。面色苍白、有点紧张的女孩子，戴着黑边眼镜，理着短短的发型，一个个懒洋洋地倒在沙发上，摆出挑逗的姿势，翻着企鹅经典丛书。一个金发女郎笑得很甜，冲我眨眨眼，朝楼上的房间摆摆头，说："华莱士·史蒂文斯？"但是，这不仅仅是有知识深度的经历，她们还兜售情感经历。我了解到，花上五十元，你就能"谈得深，但不接近"。花上一百元，一位女郎就把自己的巴托克唱片借给你，与你一起吃饭，然后让她看她进入应激状态。拿一张五十元的票子，你能同姐妹俩一起听调频广播。拿三张票子，你就能享受全套服务：一位浅黄头发、瘦小的犹太女郎会假装到现代艺术博物馆同你会面，给你读她的硕士论文，还让你在伊澜餐馆同她大声争论弗洛伊德关于女人的看法，然后，假装自杀，自杀的方式由你来选。对有些人来说，这可是个绝好的夜晚。纽约，了不起的城市，蛮不错的生活。

"喜欢这些吗？"我身后一个声音说。我转过身，忽然发现自己面对着一支点三八口径手枪带眼的一头。我本来胆量不小，可这次却玩不转了。这是弗洛茜。好吧。声音还是没变，但弗洛茜是个男的。他的脸上戴着面具。

"你绝不会相信，"他说，"我连大学文凭都没有。我是因学习成绩差被赶走的。"

"所以你就戴面具？"

"我策划了一套复杂的方案，要接管《纽约书评》，但这意味着我要冒充朗奈尔·崔林①。我去墨西哥做整容手术。华雷斯城有个医生，专门能把人改换成崔林的长相。价钱不菲。可手术出岔子了。结果我成了奥登的模样，声音变得像玛丽·麦卡锡。此后，我就干起跟法律作对的事情了。"

说时迟那时快，他还没扣动扳机，我就冲上前去，抢起臂肘扫过他下巴，令其仰面倒地，还夺过了他的枪。他像是一堆砖头倒在地上。警察到时，他还在抽泣。

"干得漂亮，凯泽，"霍尔姆斯警官说，"等我们了结这个家伙的案子，联邦调查局要跟他谈谈。一点小事，牵涉到一些赌徒，还有一本带注释的但丁的《地狱篇》。小伙子们，把他带走。"

当天晚上，我找到了我的老相识，她叫格洛丽亚，有着金黄的头发。她是以优异成绩毕业的。但不同的是她主修体育。感觉真好。

---

① Lionel Trilling (1905—1975)，美国文学评论家、作家、教师。

死亡

剧本

大幕升起。凌晨两点。克莱曼正在床上熟睡。门外
有人大声敲门。他费了很大力气,才终于起身。

克莱曼　　嗯?

门外声音　开门!嗨,快点,我们知道你在家!开门!该走了,
　　开门……

克莱曼　　呃?什么事?

门外声音　该走了,开门!

克莱曼　　什么?等会儿!(打开灯)谁呀?

门外声音　快点,开门!该走了!

克莱曼　　是谁?

门外声音　该走了,克莱曼。快点。

克莱曼　　哈克,是哈克的声音。哈克?

门外声音　克莱曼,你开不开门?

克莱曼　　来了,来了。我正睡着呢。等会儿!(费了很大力气,
　　踉踉跄跄地。看了看钟表)天哪,两点半……来了,等会儿!

　　　(他打开门,一伙人进屋)

汉　克　　看在上帝的分上,克莱曼,你聋了?

克莱曼　　我正睡觉。现在是两点半。怎么回事?

阿　尔　　我们需要你。穿上衣服。

克莱曼 什么？

山　姆 走吧，克莱曼。我们可没工夫等。

克莱曼 怎么回事？

阿　尔 快点，别磨蹭。

克莱曼 去哪儿？哈克，这可是半夜。

哈　克 醒一下。

克莱曼 是什么事？

约　翰 别装不知道。

克莱曼 谁装不知道？我睡得正熟。你们以为我半夜两点半在干
　什么，跳舞？

哈　克 所有能来的人我们都需要。

克莱曼 要干什么？

维克多 你怎么啦，克莱曼？你去哪儿了，你不知道是怎么
　回事？

克莱曼 你们都在说些什么？

阿　尔 警戒。

克莱曼 什么？

阿　尔 警戒。

约　翰 这一次可是有计划的。

哈　克 而且计划周密。

山　姆 计划周全。

克莱曼 呃，你们谁能告诉我你们到这里来干什么的？我只穿内

衣太冷了。

哈　克　这么说吧，我们需要一切能得到的帮助。好吧，穿上
　　　　衣服。

维克多　（威胁地）快点。

克莱曼　好好好，我穿衣服……可能不能告诉我这是怎么回事？

（他小心翼翼地穿上裤子）

约　翰　杀人凶手找到了。是两个女的发现的。她们看他进了
　　　　公园。

克莱曼　什么凶手？

维克多　克莱曼，没时间嚼舌头。

克莱曼　谁嚼舌头？什么凶手？你们冲进来，我睡得正熟——

哈　克　杀理查森的凶手，杀杰贝尔的凶手。

阿　尔　杀玛丽·奎尔蒂的凶手。

山　姆　杀人狂。

汉　克　勒死人的凶手。

克莱曼　什么杀人狂？什么勒死人的凶手？

约　翰　就是杀死艾斯勒家男孩，用钢琴丝勒死詹森的凶手。

克莱曼　詹森？那个守夜的大个子？

哈　克　对了。是从后面勒死的。凶手悄悄凑近了，用钢琴丝绕
　　　　住他的脖子。人们发现时，他脸都变蓝了。嘴角流出的口水也

冻住了。

克莱曼　（扭头看看屋子）啊，好吧，瞧，我明天还得上班……

维克多　走吧，克莱曼。我们得抓住他，要不，他又要害人了。

克莱曼　我们？还有我？

哈　克　警察好像管不了。

克莱曼　那么，我们应该写信去申诉。明天早上第一件事我就先
　　　　写信。

哈　克　他们在尽力而为，克莱曼。他们是在徒劳。

克莱曼　每个人都是在徒劳。

阿　尔　别说你什么也没听到。

约　翰　没人相信。

克莱曼　好吧。实际情况是——现在正是旺季……我们很忙……
　　　　（人们不信他全然不知）甚至没有午饭时间——可我喜欢吃……
　　　　哈克知道，我喜欢吃。

哈　克　可是，这样的恐怖已经好长时间了。你就没听新闻？

克莱曼　我根本没时间。

哈　克　人人都担惊受怕。西蒙的姐妹在家里给杀死了，因为她
　　　　们没关门。脖子都给割破了。

克莱曼　可你说是个勒死人的凶手。

约　翰　克莱曼，别犯傻了。

克莱曼　既……既然你提起来，我这个门得换新锁了。

哈　克　太可怕了。谁也不知道他何时再下手。

克莱曼 这是什么时候开始的？我不知道为什么都没人告诉我？

哈　克 先是一具尸体，然后又一具，再一具。全市都慌了，所有人，只你除外。

克莱曼 好吧，你可以放心了。我现在也很慌。

哈　克 这是个疯子，案子很难侦破，因为找不到动机。没有任何线索。

克莱曼 没人遭抢劫、强奸，或是逗痒痒？

维克多 都是给勒死的。

克莱曼 甚至詹森……他力气可大了。

山　姆 他以前力气大。可现在，他的舌头都吐出来了，脸变蓝了。

克莱曼 蓝了……对四十岁的人来说，这可不是好看的颜色……没有线索？比如头发，或是指纹？

哈　克 有。发现了一根头发。

克莱曼 然后呢？如今一根头发就够了。拿显微镜一照，一、二、三，一切都清楚了。头发是什么颜色？

哈　克 就是你头发的颜色。

克莱曼 我的——别看我……我最近没掉头发。我……这样，咱们别太离谱……讲点逻辑。

哈　克 是啊。

克莱曼 有时受害者身上也有线索，比如都是护士，或都是秃顶……或秃顶护士……

约　翰　你是想告诉我们什么叫特征相似?

山　姆　对了。艾斯勒家的男孩、玛丽·奎尔蒂，还有詹森，还
　　　有杰贝尔……

克莱曼　我要是知道得更多就好了……

阿　尔　他要是知道得更多，就会知道根本没有相似的特征。唯
　　　一相同的是，他们以前都活着，现在都死了。

哈　克　他说得对。克莱曼，谁也不安全。你是不是这么想?

阿　尔　他大概想安慰自己。

约　翰　是。

山　姆　克莱曼，没有相似的情况。

维克多　并非光是护士。

阿　尔　谁也不保险。

克莱曼　我不是想安慰自己。我只是问一个简单的问题。

山　姆　别问这么多鬼问题。我们要干点事情。

维克多　我们都挺担心的。谁都可能给碰上。

克莱曼　你看，这些事我不行。搜捕人这事儿我能懂什么呢? 我
　　　只能添乱。我就捐点钱吧，算是我的贡献。我要认捐几块
　　　钱……

山　姆　(在柜子旁发现一根头发)这是什么?

克莱曼　什么?

山　姆　这个? 在你梳子里。是根头发。

克莱曼　那是因为我用梳子梳头。

山　姆　这根头发的颜色同警察发现的一样。

克莱曼　你疯了？这是黑头发。世界有上百万根黑头发。你为什么把它放进信封？那……这没什么特殊的。你看（他指约翰）他，他就是黑头发。

约　翰　（抓住克莱曼）你想控告我吗？呃，克莱曼？

克莱曼　谁控告谁？他把我头发放在了信封里。把头发还给我！

（抓住信封。但约翰把他拉开了）

约　翰　别碰他！

山　姆　我是在尽职尽责。

维克多　他说得对。警察要所有公民都来帮忙。

哈　克　是。我们现在制订了计划。

克莱曼　什么样的计划？

阿　尔　我们能指望你，对吧？

维克多　噢，能指望克莱曼。计划里也有他的份儿。

克莱曼　计划里有我？计划是什么？

约　翰　会告诉你的，别担心。

克莱曼　他需要信封里的头发？

山　姆　穿上衣服，到楼下见我们。快一点。我们这是在浪费时间。

克莱曼　好吧，但是这计划是什么，给我点提示也好？

哈　克　快点把，克莱曼，看在上帝的分上。这是性命攸关的事情。你最好穿暖和点。外面很冷。

克莱曼　好吧，好吧……就跟我说说这计划。我要是知道，就能想一想。

　　　　（但是，众人还是走了，留下克莱曼一个人紧张地穿衣服）

克莱曼　我那鬼鞋拔子在哪儿？真是荒唐……大半夜把人喊醒，还带来这么可怕的消息。我们花钱养警察干什么的？刚才还在暖烘烘的床上睡着，可现在参加了一个计划。一个杀人狂从你身后溜过来……

安　娜　（一个凶神恶煞的女人，端着蜡烛悄悄进来，吓了克莱曼一跳）克莱曼？

克莱曼　（转过身，吓得要死）谁？！

安　娜　什么？

克莱曼　天哪，别这样吓唬我！

安　娜　我听有人说话。

克莱曼　有人来过这。突然一下子，我参加了警戒委员会。

安　娜　现在？

克莱曼　显然有一个杀人凶手正在伺机作案，连早晨都等不及。他是个夜猫子。

安　娜　是个疯子。

克莱曼　你要是早知道，为什么不告诉我？

安　娜　因为我每次跟你说起，你都不想听。

克莱曼　谁不想听？

安　娜　你总是忙，忙工作，忙业余爱好。

克莱曼　现在正是工作吃紧的时候，行不行？

安　娜　我跟你说，有一起凶杀案还没侦破，有两起凶杀案没破，
　　　　有六起凶杀案没侦破。可你总说："回头再说，回头再说。"

克莱曼　那是因为你跟我说的时间不对。

安　娜　噢？

克莱曼　我生日晚会上。我正在高高兴兴的，刚打开生日礼物，
　　　　你凑了上来，拉长了脸说："你看报纸了吗？一个女孩的脖子
　　　　给人抹了。"你就不能找个更合适的时候？人家正在高兴，你
　　　　突然带来噩耗。

安　娜　除非是好事，不然什么时间都不合适。

克莱曼　好了，我的领带呢？

安　娜　你要领带干什么？你是去追捕杀人犯。

克莱曼　找一找可以吗？

安　娜　追捕人要穿正装？

克莱曼　我哪知道会碰见什么人？要是我上司也在怎么办？

安　娜　那我肯定他会穿便装。

克莱曼　瞧瞧为了追捕一个杀手，他们都找了什么人。我可是个

推销员。

安　娜　别让凶手溜到你身后去。

克莱曼　谢谢，安娜。我会告诉他，说你要他站到前面来。

安　娜　你别这么恶劣。凶手总会抓住的。

克莱曼　那就让警察去抓好了。我害怕出去。外面又黑又冷。

安　娜　你这辈子就像一回男子汉！

克莱曼　你说得容易，因为你说完就回去睡觉了。

安　娜　他要是找到这栋房子，从窗户进来怎么办？

克莱曼　那你就麻烦了。

安　娜　要是有人碰我，我就拿胡椒粉喷他。

克莱曼　拿什么？

安　娜　我睡觉时，床边总放着胡椒粉。他要是凑近我，我就喷
　　　　他的眼睛。

克莱曼　好主意，安娜。他要是进来，你和你的胡椒粉都会飞到
　　　　天花板上。信我吧。

安　娜　我把一切都上了两道锁。

克莱曼　嗯，也许我也得带点胡椒粉。

安　娜　带上这个。（她递给他一个护身符）

克莱曼　这是什么？

安　娜　这是驱魔的护身符。是从一个瘸腿乞丐那买的。

克莱曼　（看了看，但不觉得怎样）真好。给我胡椒粉就行了。

安　娜　噢，别担心。外面不会就你一个人。

克莱曼　这倒是。他们的计划很聪明。

安　娜　什么?

克莱曼　我也还不知道。

安　娜　那你怎么知道是个聪明计划?

克莱曼　因为他们是城里最聪明的人。他们知道怎么做,信我吧。

安　娜　我希望也是,为你着想。

克莱曼　好吧,把门锁好。谁来也别开门。连我来也别开门。除非我大喊:"开门!"那就赶快开门。

安　娜　祝你好运,克莱曼。

克莱曼　(看了一眼窗外的夜色)看看外面……漆黑一团……

安　娜　没有一个人。

克莱曼　我也什么人都没看见。你以为街上会有一大群人,手持火把或是什么的……

安　娜　也好,只要他们订了计划。

（停顿）

克莱曼　安娜……

安　娜　呵?

克莱曼　(望着夜色)你想过死吗?

安　娜　为什么想死?你想过吗?

克莱曼　不太会想，可我想到时，可不是被人勒死，或是给抹了
　　　脖子。

安　娜　希望不是这样。

克莱曼　我想以好一点的方式死。

安　娜　肯定的，有不少好得多的方法。

克莱曼　比如?

安　娜　比如? 你问我有什么舒服的方法去死?

克莱曼　是。

安　娜　我想想。

克莱曼　好。

安　娜　服毒。

克莱曼　服毒? 太可怕了。

安　娜　为什么?

克莱曼　你开玩笑吧? 你抽筋了。

安　娜　不一定。

克莱曼　你知道自己说什么吗?

安　娜　氰化钾。

克莱曼　噢……大专家。你别拿服毒吓我。你知道吃个臭蛤蛎是
　　　什么味?

安　娜　那不是服毒。那是食物中毒。

克莱曼　有谁想吞下那些东西?

安　娜　那你想怎么去死?

克莱曼　老死。要好多年以后。活够一辈子之后。躺在舒服的床上，周围都是家人，九十岁的时候。

安　娜　那是做梦。明摆着，你随时都可能被一个杀手把脖子拧断，或是把喉咙割开……不是九十岁，是现在。

克莱曼　安娜，跟你谈这些事真好。

安　娜　可是我担心你。看看外边。有个杀手在游荡，夜色下有好多地方可以躲藏，小巷、门洞、地道洞……黑暗中你绝对看不到他。可这个疯子就躲在黑暗中，手里拿着钢琴丝……

克莱曼　你说得对，我回去睡觉了！

（有人敲门，门外传来声音）

门外声音　快走吧，克莱曼！

克莱曼　来了，来了。（吻别安娜）回头见。

安　娜　走路小心。

（他走出去，和阿尔走到一起。阿尔是专门留下来等他的）

克莱曼　我不知道这为什么突然成了我的责任。

阿　尔　我们都在一起。

克莱曼　看我的运气吧。发现凶手的就该是我。噢，我忘了胡椒粉。

阿　尔　什么?

克莱曼　嘿,别人都哪去了?

阿　尔　他们都走了。计划要实现,就要掐好时间。

克莱曼　这个大计划到底是什么?

阿　尔　你会知道的。

克莱曼　你什么时候告诉我?等凶手给抓到后?

阿　尔　别心急。

克莱曼　你看,这么晚了,我冷,而且还紧张。

阿　尔　哈克和其他人必须先走,但他要我告诉你,你很快就知
　　道自己怎么进入计划。

克莱曼　哈克说的?

阿　尔　是。

克莱曼　可我已经出了被窝,离开了屋子,又该做什么?

阿　尔　等待。

克莱曼　等什么?

阿　尔　等口信。

克莱曼　什么口信?

阿　尔　你怎样进入计划的口信。

克莱曼　我回家了。

阿　尔　不行!你敢。此时走错一步,会危及我们大家的生命。
　　你以为我喜欢变成一具尸体?

克莱曼　那就把计划告诉我。

阿　尔　我不能告诉你。

克莱曼　为什么？

阿　尔　因为我不知道。

克莱曼　你瞧，夜里这么冷……

阿　尔　我们每个人只知道整个计划的一小部分，就是自己的那
一部分。谁也不能把自己的任务告诉别人。这是为了防止凶手
得知计划。如果每个人都妥善完成自己的任务，那整个计划就
会成功。与此同时，这一计划既不能随意透露，也不能在受到
胁迫或威胁时吐露出来。每人都只负责一小部分。这一小部分
即使让凶手得知，也毫无意义。聪明吧？

克莱曼　太聪明了。我不明白这是怎么回事，我要回家了。

阿　尔　我不能再多说了。假如说是你杀了这些人？

克莱曼　我？

阿　尔　我们当中任何人都可能是凶手。

克莱曼　可不是我。我不在工作最忙的时候到处去杀人。

阿　尔　抱歉，克莱曼。

克莱曼　那我做什么？我那一部分是什么？

阿　尔　我要是你，就尽力做点贡献，直到清楚自己的任务。

克莱曼　怎么做贡献？

阿　尔　很难具体说明。

克莱曼　能不能给我点暗示？我有点觉得像个傻瓜。

阿　尔　有些事看起来乱糟糟的，但实际上不是。

克莱曼　可风风火火地把我弄到这街上。现在我来了，准备好了，人又都走了。

阿　尔　我得走了。

克莱曼　急什么？走？什么意思？

阿　尔　我在这儿的事完了，该换个地方了。

克莱曼　就是说我要自己在这街上了。

阿　尔　也许吧。

克莱曼　也许没用。本来我们在一起，可你走了，那就剩我一个人了。这等于是二减一。

阿　尔　小心点。

克莱曼　噢，不行，我不能一个人在这儿！你净开玩笑！附近有个疯子在游荡！我跟疯子相处不来。我是个特别讲究理智的人。

阿　尔　计划不允许我们在一起。

克莱曼　好吧，咱们别弄出浪漫的事。我们不一定非要在一起。我和任何十二个壮汉子在一起都行。

阿　尔　我必须走了。

克莱曼　我不想独自一个在这。我是说真的。

阿　尔　小心点。

克莱曼　你看，我的手在发抖，你还没走呢，就这样了！你走吧，我全身都得抖起来。

阿　尔　克莱曼，人们的性命都靠你了。别让我们失望。

克莱曼　别指望我。我特别怕死！除了死，我几乎什么都愿意做！

阿　尔　祝你好运。

克莱曼　那个疯子呢？有没有新消息？又有人看见他了吗？

阿　尔　警察看到一个吓人的大个头，躲在制冷公司附近。可谁也不确定。

（下场。他的脚步声越来越小）

克莱曼　我是受够了！我得躲开制冷公司！（他独自一人，风声起）噢，真是的，没什么比半夜在街上晃更惨了。不知道我怎么就不能在家里等着派给我具体的任务。那是什么声音？是风声。风也不太让人高兴，可能刮倒路标砸在我身上。好吧，我得保持镇静……人们都指望我了……睁大双眼，要是看到什么可疑的事，就报告给别人……除非没有别人……我要记住，有机会多交朋友……我要走一两条街，或许能碰见几个人……他们能去哪呢？除非他们就想要这样。也许这就是计划的一部分。也许要是发生危险，哈克会让人照看我，都来帮助我……（紧张地大笑）肯定没把我丢下来，让我一个人在街上逛荡。他们要知道，我根本对付不了那个疯狂凶手。一个疯子的力气顶十个人，我的力气只是一个人的一半……除非他们把我当做诱饵……你觉得他们会这样吗？把我扔在这，像头羔羊？凶手朝我扑过来，他们再迅速冲出来抓住他；除非他们是慢慢冲出来……我的脖子从来就不结实。（一个黑影在后面迅速跑过）那是什么？也许我该回去了……我离刚才出来的地方太远了……他们要怎么找到我，给我发指示？不仅是这个，我现在还在走向自己不熟悉的街区……然后呢？是啊，也许我最好沿着我足迹走回去，要么就真的丢了……（他听到缓慢可怕的脚步声走近他）啊……那是脚步声，那个疯子大概有脚……噢，天哪，救救我吧……

大　夫　克莱曼，是你吗？

克莱曼　什么？是谁？

大　夫　是大夫。

克莱曼　你吓我一跳。告诉我，你听见哈克或是任何人说什么了？

大　夫　关于你参加的事？

克莱曼　是啊。时间都浪费了，我还像个傻瓜一样在游荡。我是说，我是睁大双眼在看，但是我要是知道我该做什么……

大　夫　哈克的确提到你了。

克莱曼　什么？

大　夫　我记不得了。

克莱曼　太棒了。我让人给遗忘了。

大　夫　我想我是听见他说了什么，可我不确定。

克莱曼　你瞧，我们为何不一起巡逻？以防出事。

大　夫　我只能跟你走一小段路。然后我还有其他事。

克莱曼　半夜里看见一位大夫，真逗……我知道你们大夫都不愿
　　　　意出诊。哈，哈，哈。(他实际没有笑)这夜里好冷……(没有
　　　　任何声响)你，呃，你觉得我们今晚能发现他吗？(没有任何声
　　　　响)我估摸着，你在计划里有重要作用？可我还不知道我干
　　　　什么。

大　夫　我的兴趣完全是科学上的。

克莱曼　这我肯定。

大　夫　现在正有机会了解凶手发疯的本质。他为什么这样？是
　　　　什么唆使他进行这种反社会的行为？他身上是否还有其他不同
　　　　寻常的品性？有时，促使一个疯子去杀人的冲动，也会带来很
　　　　有创造性的结果。这是一种非常复杂的现象。另外，我还想知
　　　　道，他是生来就疯了，还是因某种疾病或事故损坏了大脑，还
　　　　是恶劣的环境使他愈发紧张。有无穷无尽的事实要了解。例
　　　　如，为什么他要用凶杀来表达冲动？他是出于自愿，还是听到
　　　　了什么声音在促使他？你知道，人们曾有一度以为疯人是受到
　　　　神的激励。所有这些都值得分析记录下来。

克莱曼　是啊，但我们先得抓住他。

大　夫　对了，克莱曼，如果按我的办法，我将独自一人认真研
　　　　究这个人物，把他分解成最小的染色体。我要把他的每个细胞
　　　　都放在显微镜下。看看他是由什么组成的。分析他的体液。分
　　　　解他的血液，仔细探究他的大脑，直到我百分之百地精确了解

他的方方面面。

克莱曼　你能真的深知一个人？我是说，深知他，不是一般了解，是深知，我是说，深知他……能够深知他，我是说深知一个人……你知道我说深知是什么意思？深知。真的深知。去深知，深知，去深知。

大　夫　克莱曼，你是个蠢货。

克莱曼　你理解我说的是什么吗？

大　夫　你干你的，我干我的。

克莱曼　我不知道我要干什么。

大　夫　那就别挑剔别人。

克莱曼　谁挑剔？（传来一声尖叫。两人吓了一跳）那是什么？

大　夫　你听见我们身后有脚步声了吗？

克莱曼　我从八岁起就听见身后有脚步声。

（又传来尖叫声）

大　夫　有人来了。

克莱曼　可能他不喜欢谈分解他的那些话。

大　夫　你最好离开这，克莱曼。

克莱曼　十分高兴。

大　夫　快，这边走！

（有人走近，声音很大）

克莱曼 那是死胡同。

大　夫 我知道我怎么走！

克莱曼 是啊，我们都会给堵住，给杀死！

大　夫 你要跟我争论？我是大夫。

克莱曼 可我知道那个巷子，那是死胡同。根本出不去！

大　夫 再见，克莱曼。随你的便！

（他跑进死胡同）

克莱曼 （朝他喊）等等。抱歉！（有人走近的声音）我得冷静下
　　来！我是跑走还是躲起来？我得跑走躲起来！（他刚跑，就撞
　　上一个年轻女子）噢！

吉　娜 噢！

克莱曼 你是谁？

吉　娜 你是谁？

克莱曼 克莱曼。你听见尖叫声了？

吉　娜 听见了。我吓坏了。我不知道从哪里来的声音。

克莱曼 这不重要。要紧的是，那是声尖叫。尖叫声从来不是好
　　声音。

吉　娜 我害怕！

克莱曼　咱们得离开这!

吉　娜　我不能走太远。

克莱曼　你也在计划里?

吉　娜　你不在吗?

克莱曼　还没在。我好像还不知该做什么。你是不是碰巧听过关于我的事?

吉　娜　你是克莱曼。

克莱曼　正是。

吉　娜　我听说了关于克莱曼的什么事,可我不记得了。

克莱曼　你知道哈克在哪儿?

吉　娜　哈克给人杀了。

克莱曼　什么?

吉　娜　我想是哈克。

克莱曼　哈克死了?

吉　娜　我不敢肯定他们说的是哈克,还是别人。

克莱曼　谁都不敢肯定,什么都不能肯定!谁都不知道,什么事也都不知道!这可是个好计划!我们一倒就倒下一片!

吉　娜　也许不是哈克。

克莱曼　咱们得离开这了。我不该在这。他们大概正在找我。就我这样的运气,计划要是泡汤,他们准得拿我是问。

吉　娜　我记不得是谁死了。哈克,还是马克斯韦尔。

克莱曼　我告诉你吧,这事很难跟踪。你这样一位年轻女子在街上干什么？这是男人们干的。

吉　娜　我习惯夜里在街上了。

克莱曼　噢？

吉　娜　呵，我是妓女。

克莱曼　别开玩笑了。我还从来没见过……我觉得你应该更高
　　　一点。

吉　娜　我没让你不好意思吧？

克莱曼　说实话，我很粗俗。

吉　娜　是吗？

克莱曼　我，呃，我这个时候从来没下过床。从来没有。这可是
　　　深更半夜。除非生病，或是别的什么事，除非特别恶心，我睡
　　　觉就像个孩子。

吉　娜　是啊，可晴朗的夜里你出来了。

克莱曼　是啊。

吉　娜　你能看见好多星星。

克莱曼　我实际上非常紧张。我还是愿意躺在家里的床上。夜里
　　　这么奇怪。所有商店都关门了。没有车来人往。可以乱穿马
　　　路……没人拦你……

吉　娜　这挺好的，不是吗？

克莱曼　呃，这种感觉挺奇特。看不见文明……我可以把裤子脱
　　　下了，光着身子在大街上跑。

吉　娜　嗯。

克莱曼　我的意思是，我不会这样。但是我可以这样做。

吉　娜　对我来说，城里到了晚上就很冷，很黑，很空洞。外层空间也一定这个样子。

克莱曼　我从来没想过外层空间。

吉　娜　但你就在外层空间。我们只是一个这么圆圆的大球，在空间飘浮……谁也说不好哪边是上边。

克莱曼　你以为这是好事？我就想知道哪边是上，哪边是下，哪里是卫生间。

吉　娜　你觉得那亿万颗星星上会有生命吗？

克莱曼　我真不知道。我听说火星上可能有，可告诉我的那个人只是个裁缝。

吉　娜　而且，这一切都永远不会停止。

克莱曼　怎么可能永远不停止？或迟或早必须得停止。对吧？我是说，或迟或早都要完结。照理说，会有堵墙或是什么挡着。

吉　娜　你是说宇宙有限度？

克莱曼　我什么也没说。我不想纠缠这些。我想知道我应该做什么。

吉　娜　(指着天上)你看，你能看到双子星……双子星座……还有猎户座……

克莱曼　哪个是双子星？根本就不一样。

吉　娜　你看那边那颗小星星……独自一颗。勉强能看到。

克莱曼　你知道那有多远吗？我不想告诉你。

吉　娜　我们看到的是数百万年前离开恒星的光。这星光刚刚到达这里。

克莱曼　我知道你是什么意思。

吉　娜　你知道光速是每秒钟十八万六千英里吗？

克莱曼　你要是问我，我说这太快了。我喜欢享受一番。这么快就没有闲情逸致了。

吉　娜　我们所知道的就是，那颗恒星数百万年前就消失了，它的光以每秒钟十八万六千英里的速度穿行，经历数百万年之后才抵达这里。

克莱曼　你是说那颗星可能已经不在了？

吉　娜　对了。

克莱曼　即使我亲眼看到它？

吉　娜　是这样。

克莱曼　太吓人了。我要是亲眼看见什么，就以为它就在那里。我是说，如果是这样，那就有可能什么都是这个样子，都燃烧完了，但我们才刚刚知道这些。

吉　娜　克莱曼，谁知道哪些是真的呢？

克莱曼　能用手触摸到的，才是真的。

吉　娜　噢？（他亲吻她。她热情回应）六块钱，请吧。

克莱曼　为什么？

吉　娜　你小小地开心了一下，对吗？

克莱曼　小小地，是……

吉　娜　对了，我在工作。

克莱曼　哈，小小的一吻，六块钱。这六块钱我能买个汽车消音
　　　器了。

吉　娜　好吧，那就五块钱。

克莱曼　你就从来没有不要钱吻过别人？

吉　娜　克莱曼，这是买卖。为了开心，我只亲吻女人。

克莱曼　女人？真是巧了……我也一样。

吉　娜　我得走了。

克莱曼　我不是想羞辱你……

吉　娜　你没羞辱我。我得走了。

克莱曼　你没事吧？

吉　娜　我有我的任务要完成。祝你好运。希望你能知道自己该
　　　完成的任务。

克莱曼　（朝她身后喊）我不想像个动物一样……我确实是个好
　　　人，是我所认识的人中的一个大好人！（她的脚步声渐渐远去。
　　　他又独自一人）好了，这有点过分了。我回家了。就这样。明
　　　天他们会回来问我去哪里了。他们会说，计划有误，克莱曼，
　　　都是你的错。怎么会是我的错？这又有什么区别。他们会想出
　　　办法的。他们需要替罪羊。大概这就是我在计划中的角色。事
　　　情出岔子时，总是怨我。我（他听见痛苦呻吟声），什么？
　　　是谁？

大　夫　（爬上场，身受重伤）克莱曼……

克莱曼　大夫！

大　夫　我要死了。

克莱曼　我去叫大夫……

大　夫　我就是大夫。

克莱曼　对了，可你是快要死去的大夫。

大　夫　太晚了。他抓住了我……呃……没地方跑了。

克莱曼　救人哪！救人哪！快来人哪！

大　夫　别喊了，克莱曼……别让凶手发现你。

克莱曼　我不在乎了！救人哪！（转念一想，凶手可能发现他，
　　　他放低了声音）救人哪……他是谁？你看清楚了吗？

大　夫　没有，突然间，后背上给捅了一刀。

克莱曼　太糟了，他没从前面捅你。那样你就能看见他了。

大　夫　我快死了，克莱曼……

克莱曼　我不是有意得罪你。

大　夫　这可真是废话。

克莱曼　我能说什么呢？我只是想说点什么……

（一个男子跑上场）

男　子　怎么回事？有人喊救人？

克莱曼　大夫要死了……快找人来……等一等！你听人说到我
　　　了吗？

男　子　你是谁?

克莱曼　克莱曼。

男　子　克莱曼……克莱曼……有什么事,对了……他们在找
　　你……是重要事情……

克莱曼　谁?

男　子　和你的任务有关的事。

克莱曼　总算是了。

男　子　我去告诉他们我看见你了。

(跑下场)

大　夫　克莱曼,你信来世吗?

克莱曼　那是什么?

大　夫　来世,就是人下一辈子变成别的什么东西。

克莱曼　是什么呢?

大　夫　呃……呃……任何活物……

克莱曼　你是说,下一辈子可能是个青蛙?

大　夫　算了,克莱曼,我什么也没说。

克莱曼　什么都有可能,但是很难想象,某个人今生是个大公司
　　的老板,来世变成一只花栗鼠。

大　夫　夜色更深了。

克莱曼　我说,你不如把你在计划中的任务告诉我吧?你很快就

卸任了，我还可以接替你，因为到现在我还没明白我自己的任务。

大　夫　我的任务于你无益。也只有我能执行。

克莱曼　我的天哪，真说不好我们到底是组织得太好了，还是太不好了。

大　夫　克莱曼，别让我们失望。我们需要你。

（他死了）

克莱曼　大夫？大夫？噢，天啊……我该怎么办？见鬼去吧。我回家了！让他们像个疯子一样整夜跑来跑去吧。工作旺季。谁也不能指使我。我就不想让他们把什么都推到我身上。也是，他们为什么要责备我？他们来叫我，我就出来了。他们没给我任何活儿干。

（一个警察同刚才下去找人的男子上场）

男　子　这儿有个人要死了？

克莱曼　我要死了。

警　察　你？他呢？

克莱曼　他已经死了。

警　察　你是他朋友？

克莱曼　他帮我割的扁桃体。

（警察跪下检查尸体）

男　子　我也曾死过。

克莱曼　你是说?

男　子　死过。我曾死过，战争期间，受伤了。我躺在手术台
上。大夫们费力抢救我。他们差点没成。我的脉搏停了，都完
了。后来我听说，一位大夫灵机一动，给我心脏按摩。我的心
又跳了起来，我又活了。但有那么一刹那，正式来说，我是死
了……根据科学来说，也是死了。但那是很久以前的事了。所
以我看见一个人这样，就很有同感。

克莱曼　那感觉如何?

男　子　什么?

克莱曼　死的感觉。你看到什么了吗?

男　子　没有。只是……空空如也。

克莱曼　你不记得任何死后的事?

男　子　不记得。

克莱曼　没出现我的名字?

男　子　什么也没有。死后什么都没有，克莱曼。没有。

克莱曼　那我不想死。还不想。现在不想。我不想他身上发生的
事情也发生在我身上。堵在死胡同里……给捅死……其他人给

勒死……连哈克……都是这个恶魔干的。

男　子　哈克不是这个疯子杀的。

克莱曼　不是？

男　子　哈克是被算计他的人杀的。

克莱曼　算计他？

男　子　另一伙人。

克莱曼　什么另一伙人？

男　子　你了解另一伙人，对不对？

克莱曼　我什么也不知道！我在夜里走丢了。

男　子　有些人。谢泼德和威利斯。他们总是同哈克唱反调。

克莱曼　什么？

男　子　可是，哈克还没有真正收获。

克莱曼　警察也没有收获。

警　察　(站起身)我们会有的。要是倒霉的市民们别掺和的话。

克莱曼　我以为你们需要帮助。

警　察　是需要帮助。可不需要那么多的惊慌失措。不过，别担心。我们有了不少线索，正在电脑上处理数据。这些电脑是最好的电子大脑。不会出错。我们倒要看看他还能隐藏多长时间。

（跪下）

克莱曼　是谁杀死了哈克?

警　察　有一个帮派反对哈克。

克莱曼　谁? 谢泼德和威利斯?

警　察　好多人都跑到他们那一边去了。是真的,我甚至听说新的一伙人里面又分出一伙人来。

克莱曼　又一帮人?

警　察　还有些很好的想法,关于如何捉住这个恶魔。这正是我们需要的,对吗? 不同的想法。如果一个计划不成功,就拿出另一个计划。这很自然。还是你反对新想法?

克莱曼　我? 不反对……可他们杀了哈克……

男　子　因为他非要坚持。因为他非要以为只有他的愚蠢计划才是计划。尽管什么结果也没有。

克莱曼　就是说,现在有好几个计划,是吗?

男　子　对。希望你不会一辈子守着哈克的计划。虽然很多人仍在守着。

克莱曼　哈克的计划是什么我都不知道。

男　子　好。那你也许对我们有用。

克莱曼　我们是谁?

男　子　别装不知道。

克莱曼　谁装?

男　子　好啦。

克莱曼　不。我不知道这是怎么回事。

男　子　（拿出刀子对着克莱曼）是死是活就在眼前。你这个傻坏
　　　　蛋，快做决定。

克莱曼　啊……警察……警官……

警　察　现在你需要帮助了，但上个星期我们是笨蛋，因为我们
　　　　抓不住凶手。

克莱曼　我没批评你们。

男　子　快做决定。胆小鬼。

警　察　谁也不在乎我们日夜不停地辛苦，忙乎那些疯疯癫癫的
　　　　坦白悔过。一个疯子接着一个疯子，都自称是凶手，愿受
　　　　惩罚。

男　子　我真想把你的喉咙割了，你这样磨磨蹭蹭的。

克莱曼　我愿意参加，告诉我干什么就行。

男　子　你是跟哈克，还是跟我们?

克莱曼　哈克死了。

男　子　他还有追随者。或者，你也许更愿跟分出去的那伙人
　　　　走，呢?

克莱曼　谁能给我讲讲每一伙人都要干什么。你知道我的意思
　　　　吗？我从来就不知道哈克的计划……我不知道你的计划。我也
　　　　不知道分出去的那几伙人要干什么。

男　子　他是什么也不知道吗，杰克?

警　察　是啊。什么都知道，就是不知道干事。你真让我恶心。

（哈克一伙剩下的人上场）

汉　克　你在这儿，克莱曼。你到底跑哪儿去了？

克莱曼　我？你去哪儿了？

山　姆　你在我们需要你的时候溜走了。

克莱曼　没人跟我说一句话。

男　子　克莱曼现在和我们是一伙。

约　翰　这是真的，克莱曼？

克莱曼　什么是真的？我也不知道什么是真的了。

（又几个人上场。他们是另外一伙的）

比　尔　嘿，弗兰克。这些家伙在找你麻烦？

弗兰克　没有。他们想找也没门。

阿　尔　没门？

弗兰克　没门。

阿　尔　你们要是守在该守的地方，我们早就把他给堵住了。

弗兰克　我们不要听哈克的。他的计划不管用。

唐　是啊。我们能抓住凶手。交给我们来办。

约　翰　我们什么也不会交给你们。咱们走，克莱曼。

弗兰克　你不跟他们走吧？

克莱曼　我？我中立。谁有最好的计划就跟谁。

78

亨　利　克莱曼，没有中立的人。

男　子　要么跟我们，要么跟他们。

克莱曼　我连有什么选项都不知道，让我怎么选？一边是萝卜，一边是白菜，还是两边都是卷心菜？

弗兰克　现在就把他杀了吧。

山　姆　你不能再杀人了。

弗兰克　不能了？

山　姆　不能。等我们抓住这个疯子，要有人为哈克偿命的。

克莱曼　我们在这站着，争吵，那个疯子可能正在杀人。我们的目的是相互合作。

山　姆　你跟他们去说。

弗兰克　一切都看结果。

唐　　咱们现在就把这伙狗崽子干掉吧。要不他们会妨碍我们，把问题弄得更复杂。

阿　尔　你们试试。

比　尔　我们不仅要试试。

（他们拿出刀子棍棒，挥舞起来）

克莱曼　伙计们，小伙子们……

弗兰克　克莱曼，你站在哪边，该当机立断了！

亨　利　克莱曼，最好选对了。只有一边能赢。

克莱曼　我们相互厮杀，可那个疯子却到处游荡。你们都不明白？他们不明白。

　　　　（人们开始械斗。突然，都停住手，看过去。一个很庄重，有宗教色彩的队列上场，领头的是助理）

助　理　杀人凶手！我们找到了凶手！

　　　　（械斗停止。人们纷纷在问："这是什么？"传来乒乓的嘈杂声。走来一群人，其中，汉斯·斯皮罗边走，边闻边嗅）

警　察　是斯皮罗，他能通灵。我们叫他帮着侦破此案。他能透视。

克莱曼　是吗？他在赛马赌场一定干得不错。

警　察　他侦破过其他凶杀案。他只要闻一闻或是摸一摸就行。在总局他能看出我想什么。他知道我刚刚跟谁上过床。

克莱曼　你太太。

警　察　（狠狠地瞪了克莱曼一眼）小伙子们，瞧瞧，他生来就有特异功能。

助　理　斯皮罗先生神通广大，马上就能找出杀手。请让开。（斯皮罗挨个闻过来）斯皮罗先生想闻闻你。

克莱曼　我?

助　理　你。

克莱曼　为什么?

助　理　因为他想闻。

克莱曼　我不想让人闻。

弗兰克　你有什么要隐藏的?

（其他人当即表示同意）

克莱曼　没什么可隐藏的。可这让我不舒服。

警　察　你尽管闻。

（斯皮罗闻克莱曼。克莱曼很不舒服）

克莱曼　他在干什么? 我根本没什么要隐藏的。我的夹克可能有
　　樟脑味。对吗? 嘿,你闻够了吗? 我紧张。

阿　尔　紧张,克莱曼?

克莱曼　我从来不愿意让人闻。（斯皮罗闻得更用力了）怎么回
　　事? 你们都看什么? 什么? 噢,我知道了。我把沙拉调料滴在
　　裤子上了……所以有点味道,不太浓……那是威尔逊牛排馆自
　　制的沙拉调料……我喜欢牛排……不要太嫩……好吧,要嫩
　　的。我是说,不要生的……知道吧,你点嫩的,结果上来的都

是红的?

斯皮罗　这个人就是凶手。

克莱曼　什么?

警　察　克莱曼?

斯皮罗　是,克莱曼。

警　察　不对!

助　理　斯皮罗先生又破案了!

克莱曼　你乱说什么?你知道你在说什么吗?

斯皮罗　这就是罪犯。

克莱曼　你疯了。斯皮罗……这个家伙是个疯子!

亨　利　克莱曼,结果一直都是你。

弗兰克　(大喊)嗨,在这!这!抓住他了!

克莱曼　你干什么?

斯皮罗　毫无疑问。一切确凿。

比　尔　你为什么干这事?克莱曼。

克莱曼　干什么事?你信这个家伙?就因为闻闻我?

助　理　斯皮罗先生从未失误过。

克莱曼　这小子是个冒牌货。闻能闻出什么来?

山　姆　就是说克莱曼是凶手。

克莱曼　不是……伙计们……你们都了解我!

约　翰　你为什么干这事?克莱曼。

弗兰克　是啊。

阿　尔　因为他疯了。脑子里疯了。

克莱曼　我疯了？看看我的穿着打扮！

亨　利　别指望他说明白话。他失去理智了。

比　尔　疯子都这样。他们能逻辑地对待一切，只有一点除外——自己的弱点，自己的疯点。

山　姆　克莱曼总是那么讲逻辑。

亨　利　太讲逻辑了。

克莱曼　这是开玩笑，对吗？如果不是开玩笑，我就要大喊了。

斯皮罗　再次感谢上苍赐予我非凡的天赋。

约　翰　现在就把他捆起来。

（众人同意）

克莱曼　别碰我！我不喜欢绳子！

吉　娜　（妓女）他想非礼我。他突然抓住我！

克莱曼　我给了你六块钱！

（人们抓住克莱曼）

比　尔　我这儿有绳子！

克莱曼　你们干什么？

弗兰克　我们要让这座城市从此永远安全。

克莱曼　你们抓错人了。我连只苍蝇都不会打……好吧，苍蝇也许可以……

警　察　我们不能未经审判就把他吊死。

克莱曼　当然不能。我有我的权利。

阿　尔　那受害者的权利呢，呃?

克莱曼　什么受害者? 我要聘律师! 你们听见了! 我要聘律师! 我连个律师都没有!

警　察　你认不认罪?

克莱曼　不认。完全不认罪。我现在没杀人，以前也从来没杀过人。甚至当个业余爱好我也没兴趣。

亨　利　你为抓住凶手做了什么贡献?

克莱曼　你是说那个计划? 没人告诉我计划是什么。

约　翰　你就不觉得有责任自己去发现凶手?

克莱曼　怎么去? 我每次一问，就给我唱歌跳舞。

阿　尔　克莱曼，这是你的责任。

弗兰克　对呀。并非仅有一个计划。

比　尔　确实，我们还有备用计划。

唐　还有其他的计划。你本来可以帮点忙。

山　姆　是不是这就是你很难选择的原因? 因为你不想选择?

克莱曼　选择什么? 把计划告诉我。让我也能帮上忙。用上我。

警　察　有点太晚了。

亨　利　克莱曼，已经判定你有罪。要执行绞刑。你还有最后的要求吗?

克莱曼　有。别执行绞刑。

亨　利　对不起,克莱曼。我们也没有办法。

阿　贝　(极为慌张地跑上)快点,快来!

约　翰　怎么啦?

阿　贝　我们发现了凶手,就在仓库后面堵住的。

阿　尔　不可能。凶手是克莱曼。

阿　贝　不。凶手正要勒死伊迪丝·考克斯,正好给发现了。她指认了他。快点。人越多越好。

山　姆　凶手我们认识吗?

阿　贝　不认识。是个生人。他正要逃跑!

克莱曼　听见了!听见了!你们差点绞死无辜的人。

亨　利　原谅我们,克莱曼。

克莱曼　是啊。什么时候没主意了,就带着绳子过来串门。

斯皮罗　一定是哪出了错。

克莱曼　你?你应该找个用鼻子干活的工作!(众人跑下场)应该知道谁是你的朋友。我回家了!这跟我再也没关系了!我累了,我冷了……这个晚上……可我是在哪儿?好家伙,我的方向感,拿什么都不换……不对,这不对……我得歇一会儿……喘喘气……我有点怕……(有声响)噢,天哪……又怎么了?

疯　子　克莱曼?

克莱曼　你是谁?

疯　子　（长得像克莱曼）杀人凶手。能坐下吗？我累死了。

克莱曼　什么？

疯　子　人们都在追我……我一会儿跑胡同，一会儿穿门洞。我
　　　　到处偷偷摸摸的，他们以为我这样好玩。

克莱曼　你是……凶手？

疯　子　是啊。

克莱曼　我得走了！

疯　子　别激动。我拿着刀。

克莱曼　你……你要杀我？

疯　子　当然。这是我的专长。

克莱曼　你——你疯了。

疯　子　我当然疯了。你以为一个正常人会到处杀人？我甚至都
　　　　不抢劫。这是真的。我从来没从一个受害者那抢过一分钱。我
　　　　也从来没拿过人家口袋里的小梳子。

克莱曼　你为什么要这样？

疯　子　为什么？因为我疯了。

克莱曼　可你看着挺正常的。

疯　子　别以相貌取人。我是个疯子。

克莱曼　是啊。可我总觉得应该是个黑乎乎、吓人的大高个……

疯　子　这不是电影，克莱曼。我和你一样是个人。我应该满嘴
　　　　獠牙吗？

克莱曼　可你杀了那么多又高又壮的人……个头比你高一倍……

疯　子　是啊。因为我是从后面下手或是等他们睡了。你听着，我不是找麻烦。

克莱曼　可你为什么这么做？

疯　子　我是个怪人。你以为我知道？

克莱曼　你喜欢这个？

疯　子　不是喜欢不喜欢。我就这样做了。

克莱曼　可你看不出这有多荒唐？

疯　子　我要是看得出，我就清醒了。

克莱曼　你这个样子有多久了？

疯　子　从我记事起就这样。

克莱曼　没人能帮帮你？

疯　子　谁帮？

克莱曼　大夫……诊所……

疯　子　你觉得大夫什么都懂？我看过大夫。我验过血，照过 X 光。都没发现有发疯的迹象。X 光片上显示不出来。

克莱曼　心理治疗呢？精神科大夫？

疯　子　我糊弄他们。

克莱曼　呃？

疯　子　我装着举止正常。他们给我做墨迹测试……他们问我喜不喜欢女孩。我跟他们说当然。

克莱曼　这太可怕了。

疯　子　你有没有最后要求？

克莱曼 你不是当真吧！

疯　子 你要听我狂笑吗？

克莱曼 不听。你不能听从理智吗？（疯子夸张地亮出刀子）要是杀了我也没什么乐趣，那还杀我干什么？毫无逻辑。你可以把时间用在好的地方……打高尔夫，为高尔夫球发疯！

疯　子 再见了，克莱曼！

克莱曼 救命啊！救命啊！杀人啦！（他身上中刀。疯子跑下场）唉呀！唉呀！

（一群人围上来。人们说：他要死了。克莱曼要死了……他要死了……）

约　翰 克莱曼……他长什么样？

克莱曼 像我一样。

约　翰 什么意思，像你一样？

克莱曼 他长得像我。

约　翰 可詹森说他像詹森……高个子、黄头发，像瑞典人……

克莱曼 噢……你听詹森的，还是听我的？

约　翰 好吧，别生气……

克莱曼 好吧，别说不着边儿的话……他像我……

约　翰 除非他是伪装高手……

克莱曼 他肯定是个什么高手，你们最好机灵一点。

约　翰　给他来点水。

克莱曼　我要水干吗?

约　翰　我以为你渴了。

克莱曼　快死的时候人不会口渴。除非你是吃完鲱鱼才给人捅了。

约　翰　你怕死吗?

克莱曼　不是我怕不怕,我就是不想去那儿。

约　翰　(沉思着)早晚他会把我们都弄去。

克莱曼　(神志不清地)要合作……上帝是唯一的敌人。

约　翰　可怜的克莱曼。他神志不清了。

克莱曼　噢……噢……噢……

　　　　(死去)

约　翰　快点,我们得拿出更好的计划。

　　　　(众人下场)

克莱曼　(勉强抬起身)还有一事。如果死后还有来生,如果我们都归到一个地方,别来喊我,我喊你们。

　　　　(咽气)

男　子　（跑上场)杀人凶手在铁道的铁轨边被发现了！快点来！

　　　　（众人都去追赶）

　　　　（灯光转暗）

早期随笔

以下是伍迪·艾伦的几篇早期随笔。没有晚期随笔，因为他的见解枯竭了。或许，随着年龄的增长，艾伦将更加懂得生活，并将付诸笔墨，然后就退到卧室，再不出门。艾伦的随笔恰如培根的，简洁且充满实用智慧，但因篇幅有限，无法编入他最深刻的表述："看向光明的一面。"

论夏天看见一棵树

大自然所有奇景中，或许夏天里的一棵树最为突出，可能只有打着节拍唱着歌的麋鹿能超过它。看那树叶，多么翠绿，多么茂密（若非如此，必定有误）。看那树枝直刺天空，好似在说："我虽只是树枝一枝，但也愿领取社会福利。"而且树的种类是那样多！这是棵云杉，还是杨树？或是一棵巨大的红杉？都不是，恐怕是威严的榆树。于是，你又再次犯傻。当然，你若是大自然造就的啄木鸟，一分钟之后便能知晓所有树种，但那就太晚了，你的车永远也发动不起来。

可是，一棵树为何会比一条潺潺流过的小溪，或是任何嘀里嘟噜的东西，都更使人心旷神怡？因为它辉煌的存在，无声地印证了其比地球上任何事物，也定比现政府里任何人物，都有着更伟大的智慧。如诗人所述，"惟上帝方能造树"，这大概是因为，实在难以琢磨出如何把树皮贴上。

从前，一位樵夫要伐树，突然看到树上刻着一个心形图案，里面有两个名字。他把斧头放下，拿锯把树锯倒了。这个故事含义何在，我不理解，但六个月后，樵夫因教一个侏儒罗马数字而被罚款。

论年轻与年老

检验成熟的真正标准不是年纪，而是猛然发现自己只穿短裤站在闹市区时如何反应。年龄有何干系？尤其是你租住在房租受管制的公寓的话。有一点要铭记在心：人生每一阶段都有相应的馈赠，死后再找电灯开关，则甚为艰难。巧得很，关于死亡的主要问题是，人们害怕死后再无来世，令人气馁，那些费力刮脸修面的人更是气馁。另外，人们还害怕，虽然有来世，但无人知晓其在什么地方。看得开一点，世上只有几件事情躺下即可轻而易举完成，死亡便是其中之一。

请想一下：年老真的那么可怕？倘若你认真刷牙，就毫不可怕！年龄不可逆转地增加，为何没有一种缓冲？或者在印第安纳波利斯市中心来一家好旅店？噢，算了。

总之，最好的办法是按照自己的年龄相应行事。你若是十六岁或不足十六，那就别秃顶。反过来，你若八十岁开外，那最好的方式将是，抓着一个牛皮纸袋蹒跚上街，嘴里嘟哝着"恺撒要偷我的绳子"。切记：一切都是相对的，或者应该是相对的。否则，我们必须重新开始。

论　节　俭

人生在世，存些钱款极为重要。绝对不要把钱花在梨汁或纯金帽子这样的蠢事上。钱非万能，但要胜于仅有健康的身体。人们毕竟不能走进肉店，跟屠夫说："看看我给太阳晒得多健康，我还从来没感冒过。"然后就期望他递给你任何食品。(当然，除非屠夫是个白痴。)钱胜过贫困，即使仅从财务角度看，也是如此。钱买不到幸福。以蚂蚁和蚱蜢的例子来说：蚱蜢整个夏天都在玩，蚂蚁则一直干活储存粮食。冬天到了，蚱蜢一无所有，可蚂蚁也说胸口痛。昆虫的生活很艰苦，也不要以为老鼠的日子好过。问题的要点是，如俗话所说，鸡窝里总需要备有鸡蛋，但穿着一身好衣服时不能去掏。

最后要记住，花两块钱比存一块钱要容易。千万小心，投资时，要躲开合伙人中有叫"法国味"的证券代经纪公司。

论 爱 情

　　爱上他人好，还是被他人爱上好？你的胆固醇指数若是高过六百，就都不好。当然，论及爱情时，我是指浪漫爱情，即男女之间的爱，而非母子之间的爱，或是小孩与小狗之间的爱，或两个服务生领班之间的爱。

　　当人坠入爱河时，便有唱歌的冲动，这太美妙了。但必须尽全力遏制这一冲动，还要注意别让热情充沛的男子"念"歌词。被人爱上，自然不同于受人崇拜；因为你可以从远处崇拜某人，但要是爱上某人，就要与其同处一室，缩在窗帘后面。

　　若要诚心诚意地去爱人，就必须坚强，但又温柔。要多坚强？我觉着能举起五十磅就可以。还要记住，在情人眼里，对方永远是最美的，虽然在旁人眼里可能同鱼虾没什么区别。情人眼里出西施。情人的视力若有问题，也可以问身旁的人哪个女孩长得好看。（实际上，最漂亮的也几乎总是最乏味的。所以，有些人觉得世上没有上帝。）

　　"爱的美妙转瞬即逝，"游吟诗人唱道，"可是爱的痛苦却与世长存。"这首歌几乎流传开来，只是旋律太像《我是扬基爱国者》了。

论穿过树林采摘紫罗兰

　　这根本就毫无乐趣。几乎任何活动都比这要强。不妨探访患病的朋友。如果不行，那就看场表演，或是躺进暖洋洋的浴缸读上一本书。干什么都比一脸空洞呆板的笑容、钻进树林、摘花往花篮里堆要好。接下来，你就该玩跳绳了。紫罗兰采下后要派上什么用场？"怎么？放进花瓶里啊，"你说。回答得真蠢。如今，你只要给花店打个电话订购就行。让他到树林里去，他就是干这行的。这样的话，如果遭遇雷暴或是碰上蜂窝，要被送去西奈山医院的就是花匠了。

　　不过，不必顺带由此归结为，我不热心于享受自然，虽然我也得出了结论：要想玩个痛快，什么也比不上过节期间在 Foam Rubber City 家居用品店度过四十八小时。但这又是另外一回事了。

非暴力不合作小指南

发动一场革命需要两个条件：革命的对象以及挺身而出发动革命的人。衣装通常比较随便，双方可以灵活掌握时间和地点，但是，如有一方未能参加，整个革命大业便可能付之东流。在一六五〇年的中国革命中，双方均未露面，结果存款都给没收了。

反叛的对象被称作"压迫者"，他们很容易识别，因为一切乐趣都是他们享有。压迫者一般穿着正式服装，拥有土地，深夜听收音机也没人朝他们叫喊。他们要干的是维持"现状"，也即一切保持原样，虽然每两年也许要粉刷一遍。

当压迫者过于严酷时，即成警察国家，一切异见均遭禁止，如咯咯直笑、打上领结或是把市长叫做"肥仔"。在警察国家，公民自由极受约束，言论自由从未听闻，虽然也允许人对着录音机打手势。批评政府的看法，尤其是批评政府跳舞的看法，都绝不容许。新闻自由受到限制，执政党对新闻进行"管理"，只准公民听能够接受、不会造成动乱的政治见解和球赛比分。

发起反叛的一方称为"被压迫者"，他们通常都是成群结伙闲逛，嘟囔抱怨或喊头痛。（应该指出，压迫者从未反叛过，若想成为被压迫者，则要更换内衣。）

一些著名的革命如下：

法国革命，农民用武力夺取了政权，迅速更换了宫殿门上的锁头，防止贵族返回。然后他们举行了盛大晚会，大吃一通。贵族重新夺回宫殿后，只得大肆清扫，发现了许多污垢和烟头。

俄国革命，酝酿了许多年，当农奴们发现沙皇和莎皇是同一人时，便突然爆发。

应该指出的是，革命过后，被压迫者经常把一切接收过来，开始学做压迫者。当然，到那时已经很难让他们接电话了，斗争期间他们为抽烟和吃口香糖而借的钱，也都忘光了。

非暴力不合作的各种方法：

绝食。被压迫者不进食，直到要求得到满足。阴险狡猾的政客常常在顺手可取的地方放些饼干或是奶酪；但是，必须抵制这些食品。当政者若能使绝食者吃东西，那不会费多大力气就能把反抗压制下去。要是能让绝食者既吃东西又付钱，那就必胜无疑。巴基斯坦曾有一次绝食，政府烹制了极为精致的蓝带牛肉，众人都难以抵制那么诱人的美食。但是，这类美食极少出现。

绝食的问题是，几天后绝食者会相当饥饿，特别是听到租来的高音喇叭卡车在街上喊"噢，鸡味真香啊……噢，还有豌豆……"时，就更感饥饿。

政见不太激烈的人若要绝食，可以变通一下，不吃小葱即可。这一小小的姿态如运用得当，可极大地影响政府。众所周知，圣雄甘地执意只吃不拌开的沙拉，羞得英国政府只得做出许多让步。除了吃的以外，人们还可以放弃静默、笑容，以及单腿独立冒充仙鹤。

静坐。到一个指定地点，然后坐下，但要一坐到底。否则，就叫蹲着，这个姿势没有任何政治含义，除非政府也在蹲着。(这种情况很少，虽然政府偶尔会在天寒时缩成一团。)关键是一直坐下去，直至得到让步。不过，如同绝食一样，政府会动用伎俩，诱使人们起身。政府会说："好吧，都站起来，我们关门了。"或是，"你能站起来一下吗，我们想看看你的身高?"

示威游行。示威的关键之处是，必须展示自己让人看见。所以叫"示威"。如果某人在自己家里示威，严格来讲，这不算示威，而是"犯傻"，或"形同蠢驴"。

波士顿倾茶事件是一个示威范例。该事件中，愤怒的美国人装扮成印第安人，把英国茶叶倒入海港。过后，印第安人装扮成愤怒的美国人，把真正的英国人扔进海港。此后，英国人装扮成茶叶，相互把自己人扔进海港。最后，德国雇佣军身穿《特洛伊城妇女》的服装，毫无缘由地跳入海港。

举行示威时，可以举着标语牌表明立场。在此推荐几种标语：(1) 降低税收，(2) 提高税收，(3) 停止向波斯人傻笑。

非暴力不合作的各种方法：

站在市政厅前，高喊"布丁"，直至要求得到满足。

把一群羊赶到商业区堵塞交通。

给"当局"成员打电话，朝电话里高唱："贝丝，你是我的妻了。"

穿上警服跳绳。

装成洋蓟菜殴打行人。

福特警官的机智

社会名流被杀案

福特警官冲进书房。地上横着克利福德·惠尔的尸体。显然，死者是被人从背后用槌球球棍击倒的。尸体的姿态表明，死者是在给金鱼唱《索伦托》时被突袭。有证据显示，曾经发生激烈的争斗，而且还被两次电话打断，一次是有人打错号码，一次是询问死者是否要上舞蹈训练课。

惠尔死之前，把手指蘸进墨水瓶，涂写出："秋季大减价——清仓大甩卖！"

"到死都是个买卖人，"他的男佣艾夫斯谨慎地说。有意思的是，他脚上的厚底鞋反而使他矮了两寸。

通向阳台的门开着，脚印从阳台开始，通过前厅，进了抽屉。

"艾夫斯，事情发生时，你在哪儿？"

"在厨房。正在洗碗。"艾夫斯从钱包里取出点肥皂泡沫，作为证据。

"你听见什么了？"

"他和几个人在一起，争论谁个子最高。我想我听见惠尔先生开始又喊又唱，他的商业合伙人莫斯利在喊：'天哪，我秃顶了！'再后来，我听见竖琴滑奏，惠尔先生的头滚到了草坪上。我听见莫斯利先生在威胁他。他说，如果惠尔先生再动他的柚子，他就不在银行贷款上签名。我想是他杀的惠尔先生。"

"阳台的门是从里面开，还是从外面开？"福特警官问艾夫斯。

"是从外面开，怎么？"

"正如我怀疑的那样。现在我清楚了，是你杀的惠尔先生，而不是莫斯利。"

福特警官是怎么知道的？

因为房屋的格局，艾夫斯是无法从后面接近雇主的。他应该是悄悄从前面凑近惠尔先生，惠尔先生就停唱《索伦托》，用球棍打艾夫斯，这种打闹已经出现多少次了。

可 疑 的 谜 团

显然，沃克是自杀。安眠药吃多了。然而，福特警官还是觉得有些不对头。也许是尸体的位置：在电视机里，向外探望。地面上是一张神秘的自杀字条。"亲爱的埃德娜，羊毛衣服令我发痒，所以我决定了此一生。看好儿子，让他做完俯卧撑。我把所有财产都留给你，只有平顶卷边圆帽捐给天文馆。不必替我伤心，我喜欢做个死人，甚于支付房租。别了，亨利。再有，此时提起可能不妥，但我还是有各种理由相信，你哥哥正同一只康沃尔小母鸡来往。"

埃德娜·沃克紧张地咬着下嘴唇。"你怎么看，警官?"

福特警官瞧了瞧茶几上的安眠药瓶。"你丈夫患失眠症多久了?"

"有些年了。是心理上的。他总害怕一闭上眼，市里面就会在他身上画上斑马线。"

"明白了。他有敌人吗?"

"不会有。城边上开茶馆的一些吉卜赛人除外。有一次他羞辱了他们，在他们安息日礼拜时戴上耳套，跳来跳去。"

福特警官注意到桌上有杯牛奶只喝了一半。牛奶还有些温热。"沃克夫人，你儿子在学校吧?"

"恐怕不在。上星期因行为不检点，他给开除了。真让人吃惊。他们发现他把一个侏儒泡进鞑靼式沙拉酱里。这事儿在常春藤学校里绝不会被不允许。"

"我不允许的一件事是杀人。你儿子被捕了。"

福特警官为何怀疑沃克儿子为凶手?

沃克先生身上口袋里有现钱。一个人要想自杀,肯定要带上信用卡,在能签名的地方都签上名。

宝 石 被 盗

玻璃罩给打碎了,贝利尼蓝宝石不见了。博物馆里唯一的线索是一根金黄色头发,还有一打指印,全都是小拇指指印。警卫解释说,他值班时,一个黑衣人从身后凑过来,用一份讲话稿击中了他的头。就在他失去知觉之前,他觉得自己听到一个男子的声音说:"杰里,给妈妈打电话,"但他并不确定。盗贼显然是从天窗进入,脚蹬吸力鞋,顺着墙走下来的,像只苍蝇。博物馆警卫手头总是备有硕大的苍蝇拍,以防万一,可这一次,警卫们被愚弄了。

"谁会要贝利尼蓝宝石呢?"博物馆馆长问,"他们不知道这颗宝石受过诅咒吗?"

"这是怎么回事?"福特警官马上问道。

"这颗宝石原先是一位苏丹的。一次他在喝汤时,一只手从碗里伸出来把他掐死了。宝石的下一任主人是一位英国勋爵。一天,他夫人发现他倒栽进了窗台的花盆里。有一段时间,这颗宝石杳无音讯。数年后,又到了得克萨斯一个百万富翁手中。他刷牙时突然身上起火。我们只是上个月才买到这颗蓝宝石,但上面的诅咒好像仍起作用，因为我们刚买来不久，博物馆整个董事会就排成狂欢节队列，踩着舞步跳下了悬崖。"

"是这样，"福特警官说，"这宝石可能不太吉利，可却价值连城。你们若想要回来，可以去汉德尔曼熟食店，把伦纳德·汉德尔曼抓起来。蓝宝石就在他兜里。"

福特警官如何断定谁偷了宝石？

前一天，伦纳德·汉德尔曼曾讲："嘿，我要是有颗大蓝宝石，就不干饮食行业了。"

恐 怖 的 事 故

"我把我先生杀死了，"辛西娅·弗瑞站在雪地里一具壮汉尸体旁哭着说。

"是怎么回事？"福特警官直截了当地问。

"我们在一起打猎。昆西喜欢打猎，我也喜欢。我们一时走岔了。树丛很密实。我以为看到的是一只土拨鼠，就开了枪。太晚了。剥皮时我才发现，我们其实是夫妻。"

"嗯，"福特警官想，看了看雪地上的脚印，"你枪法一定很好。正中眉心。"

"噢，不好。是碰运气。这种事我真的是个生手。"

"明白了。"福特警官查看了死者的遗物。口袋里有些绳子，一只一九〇四年的苹果，还有关于醒来后发现身旁有个亚美尼亚人时该如何行事的说明书。

"弗瑞夫人，这是你先生第一次打猎时出事?"

"是，是他第一次致命的事故。虽然有一次在加拿大落基山，一只老鹰叼走了他的出生证。"

"你先生总戴假发吗?"

"不总戴。通常他都带在身边，与人争论不休时才拿出来。怎么了?"

"他好像有点怪。"

"他就是怪。"

"所以你就杀了他?"

福特警官何以知道这不是事故?

昆西·弗瑞这样老到的猎手绝不会只穿内裤去打猎。实情是，弗瑞夫人在家里乘他玩饭勺时，用棍子把他打死，随后把尸体拖到树林里，还在附近丢下一本《田野与溪流》杂志，装成一次打猎事故。但她急匆匆地忘了给他穿上衣服。他为何只穿内裤玩饭勺，这仍然是个谜。

奇特的绑架案

克米特·克罗尔饿得半死，晃进他父母家的起居室。他父母正和福特警官一起在那儿焦急地等他。

"我说，谢谢付了赎金，"克米特说，"我真没想到能活着出来。"

"跟我讲讲，"警官说。

"我正在去市中心做帽样的路上，突然一辆轿车停在身边，两个人问我要不要去看一匹马背诵林肯的《葛底斯堡演说》。我说要去，就上了车。一上车我就给弄昏了，醒来时发现眼上蒙了布，给绑在椅子上。"

福特警官仔细查看索要赎金的纸条。"亲爱的妈妈爸爸，纸袋里放上五万块钱，放在迪凯特街的桥下。要是没有桥，就请建一座。我受到的待遇还不错，有住处，有好吃的。虽然昨晚的培根蒸蛤蜊做得过火了。快点把钱送过来，他们要是在几天内听不到消息，给我铺床的那个人就要把我勒死。此致，科米。另：这不是开玩笑。我附上一个笑话，好让你们看到其中的区别。"

"你被押在什么地方的，有没有一点点线索？"

"没有，我只是一直听到窗户外边有怪怪的噪音。"

"怪怪的？"

"是。你知道，就是那种你一对鲱鱼撒谎，它就发出的那种声音？"

"嗯，"福特警官想了想，"你最后怎么逃出来的？"

"我跟他们说，我想去看橄榄球比赛，可我只有一张票。他们说行，只要我别把蒙眼布拿下来，而且答应在午夜前回去。我同意了，可在比赛第三节时，熊队大比分领先，我就离开了，回到了这里。"

"有意思，"福特警官说，"现在我知道了，这一绑架案是一起合谋。我确信你也参与其中，分摊赎金。"

福特警官何以知晓？

克米特·克罗尔虽然仍同父母住在一起，但他已是六十岁的人，父母更有八十岁了。真正的绑匪绝不会绑架一个六十岁的儿子，因为这毫无意义。

爱尔兰天才诗人

维斯库父子公司宣布出版爱尔兰伟大诗人肖恩·奥肖恩的《肖恩·奥肖恩诗集注释本》。许多人认为，他是那个时代最不可理解、因而也是最好的诗人。诗中提到大量个人经历，所以，若要读懂他的诗作，就要熟悉他的生活，但学者们又都认为，他根本没有生活。

下面摘录这本诗集中的一首诗。

超　　逸

让我们扬起风帆。

带上福格蒂的下颌向亚历山大启程远航；

比米什兄弟为自己的牙床而自豪，

也匆忙赶赴那座高塔，咯咯傻笑。

阿伽门农曾讲，

"谁需要那么大的木马？不要开门。"

这以后，千年长逝。

这中间，有何关联？

唯有那位肖内西，死神将至，

他却拒绝点开胃菜，

虽然他有权这样。

勇敢的比克斯比，酷似一只啄木鸟，

可不执票据，就无法从苏格拉底那里拿回衣裳。

帕内尔熟知问题的答案，

但是，无人向他把问题呈上。

唯独老妇人拉弗蒂发问，

而她青金石般罕见的恶作剧，

迷得整整一代人去学桑巴舞，如痴如狂。

确实，荷马双目已盲，

这也正道出他追求那些女人的原因。

爱神埃恩格斯和德鲁伊特们，

无言地证实，人们想不花钱改动服装。

布莱克也曾怀有这一梦想，

奥伊金斯的衣装给人偷了，

可他当时是穿在身上的。

文明的形状恰似圆圈，

往复循环；

而奥利里山头的形状，则好似梯形。

欢乐啊，欢乐！

请不时打电话给母亲，问候周详。

让我们扬起风帆。奥肖恩喜欢航海，可他从未出过海。小时候，他梦想成为一个船长，但在知道了鲨鱼是什么后，就放弃了这个梦想。不过，他兄长詹姆斯的确出海参加了英国海军，后因向水手长出售凉拌卷心菜而被勒令退伍。

福格蒂的下颌。无疑是指乔治·福格蒂，是他说服奥肖恩成为诗人，还向他保证，即使他是诗人，今后也仍邀请他参加晚会。福格蒂出版了一份杂志，专登新诗人的诗作。杂志的读者只有其母亲，但其影响力却遍及全球。

福格蒂是个性情欢快、面色红润的爱尔兰人。他对欢快时光的理解是，躺在大广场上模仿一把镊子。最后，他精神崩溃，因在耶稣受难日吃一条裤子而被捕。

福格蒂的下颌被人大为耻笑，因为它小到了不存在的地步。在为吉姆·凯利守灵时，他告诉奥肖恩，"要能有个大下巴颏，我拿什么换都行。要是不能很快找到，我就可能鲁莽行事了。"福格蒂碰巧是萧伯纳的朋友，曾有一次得到准许，摸一摸萧伯纳的胡子，但条件是他要避开。

亚历山大。奥肖恩的作品中时常提到中东。他有一首诗第一行是，"带着泡沫前往伯利恒……"诗中讽刺地描述了一个木乃伊眼里的旅馆行业。

比米什兄弟。两个半疯半傻的兄弟，想通过邮寄彼此的方法，从贝尔法斯特前往苏格兰。

利亚姆·比米什同奥肖恩一起上耶稣会学校，但因穿衣像个水獭而被赶出学校。昆西·比米什更为内向，脑袋上一直顶着一个家具垫，直到四十一岁。

比米什兄弟常欺负奥肖恩，抢吃他的午饭。但奥肖恩写到他们时仍很欢欣，在他最好的十四行诗《我的爱人是头大大的牦牛》中，这兄弟俩以茶几的形象出现。

高塔。奥肖恩搬出父母家后，住在都柏林以南的一座塔里。塔很低，大约六英尺高，比奥肖恩矮两英寸。他同哈利·奥康纳住在一起。这位朋友怀有文学志向，其诗剧《麝香牛》因演员中毒而突然中止演出。

奥康纳极大地影响了奥肖恩的风格，并最终促使他相信，并非每一首诗都要以"红红的玫瑰，蓝蓝的紫罗兰"开头。

为自己的牙床而自豪。比米什兄弟的牙床极好。利亚姆·比米什可以摘掉假牙，嚼生硬的花生。十六年来他天天如此，直到有人告诉他，世上没有这样一种职业。

阿伽门农。奥肖恩对特洛伊战争特别着迷。他不相信一支军队能够愚蠢到如此程度，竟在战争期间接受敌方的礼物。尤其当他们凑近木马时，还能听到里面咭咭的笑声。这段历史好像让年轻的奥肖恩痛苦不已，此后一生中，每收到礼物，他都小心查看，甚至当收到的生日礼物中有一双鞋，他也要打开手电筒，照照里面，喊一声："里面有人吗？快出来！"

肖内西。迈克·肖内西是位神秘学作家兼神秘论者。他使奥肖恩相信，那些留存绳子的人死后还有来生。

肖内西还相信月亮会影响人的行为，在月全食时理发会造成不育。奥肖恩迷上了肖内西，大部分时间都用来进行神秘学研究，但他从未实现自己的最终目标：从锁眼里钻进屋子。

月亮在奥肖恩晚期的诗中多次出现。他告诉詹姆斯·乔伊斯，他最大的乐趣之一是，在月光明媚之夜，把胳膊蘸进蛋羹里。

诗中提到肖内西拒绝点开胃菜，大概是指两人在因尼斯弗里一起进餐的事情。一个肥妇不同意肖内西关于尸体防腐的看法，于是他就用吸管朝她吹鹰嘴豆。

比克斯比。埃蒙·比克斯比，一个政治狂人，倡导用口技医治世上的苦难。他是苏格拉底的大弟子，但与这位希腊哲人关于"美好生活"的看法不尽相同。他认为这实无可能，除非每个人的体重都一模一样。

帕内尔熟知问题的答案。奥肖恩所指的答案是"锡"，提出的问题是"玻利维亚的主要出口品是什么？"没人向帕内尔提出这个问题，这可以理解；不过一次有人挑战他，让他说出体型最大的、身上长毛、有四只蹄爪的动物，他说是"鸡"，结果遭到严厉批评。

拉弗蒂。约翰·米林顿·辛格的专治脚病的医生。这个人物十分吸引人，同莫莉·布卢姆产生了激情，直至发现她是《尤利西斯》中的虚构人物。

拉弗蒂喜欢恶作剧，曾经把玉米面和鸡蛋涂在辛格的鞋垫上，结果，辛格走路变得怪兮兮的。他的追随者纷纷效仿，希望模仿他走路的姿态，也能写出上好的剧本。所以有诗云："迷得整整一代人去学桑巴舞，如痴如狂。"

荷马双目已盲。对托·斯·艾略特而言，荷马是个象征，而奥肖恩则把艾略特视为一个"视野开阔但广度狭窄"的诗人。

两人在伦敦排演《大教堂凶杀案》（当时称《百万美元的大腿》)时相识。奥肖恩说服艾略特刮去了他的鬓角，也别再想着成为西班牙舞蹈演员。两位作家都起草了一份宣言，宣明"新诗"的目标，其中一个是少写关于兔子的诗歌。

爱神埃恩格斯和德鲁伊特们。奥肖恩受凯尔特神话的影响，有一首诗开篇是"贝尔的老妇人，老妇人，老妇人……"①，讲的是古代爱尔兰神话中的诸神把两个情人变成了一套《不列颠百科全书》。

不花钱改动服装。大概是指奥肖恩希望"改变人类"，因为他觉得人类堕落了，特别是赛马骑手。奥肖恩绝对是个悲观主义

---

① Clooth na bare, W. B. 叶芝对爱尔兰神话人物 Cailleach Bhéirre 的变形，其名字意为"贝尔的老妇人"，叶芝在《不知疲倦者》中写道她在全世界寻找能深埋她仙女生活的湖。

者，他认为人类不会有什么好事，除非愿意把体温从不合理的三十六度降下来。

布莱克。奥肖恩相信鬼神，也同布莱克一样相信无形之力。他兄弟本在舔邮票时被闪电击中，因此他更信了。闪电未夺取本的性命，奥肖恩将其归因于神助。可是他兄弟用了十七年才把舌头缩回嘴里。

奥伊金斯。帕特里克·奥伊金斯把奥肖恩介绍给波利·弗莱厄蒂，经过十年谈情说爱，波利才嫁给奥肖恩。这十年里，两人无非就是秘密约会，相互喘喘气而已。波利从未认识到丈夫天分十足，反而告诉好朋友说，后人不会记住他的诗歌，只会记住他吃苹果之前都要尖声叫喊的毛病。

奥利里山头。在奥利里山头，奥肖恩向波利求婚，接着她就滚下了山。奥肖恩到医院探访，赋诗一首《论肉体的分解》，赢得了她的芳心。

请不时打电话给母亲，问候周详。奥肖恩母亲布里奇特死前曾请求儿子别再写诗，去推销吸尘器。奥肖恩没有答应，一生都为焦虑和内疚所累，虽然在日内瓦国际诗歌大会上，他卖给 W. H. 奥登和华莱士·史蒂文斯每人一台"胡佛"牌吸尘器。

帝本
上剧

场景： 雅典。约公元前五○○年。两个心烦意乱的希腊人站在空旷的巨大圆形剧场中心。日落时分。其中一人是演员，另一人是作家。两人都在思考，心不在焉。这两个角色应由两位肩宽体阔的滑稽演员扮演。

演　员　空的……都是空的……

作　家　什么？

演　员　没意思。都是空的。

作　家　是结尾。

演　员　当然了。我们讨论的是什么？我们讨论的正是结尾。

作　家　我们总在讨论结尾。

演　员　因为这根本没希望。

作　家　我承认，这不尽人意。

演　员　不尽人意？简直难以置信。写剧本的诀窍在于，从结尾开始写。把结尾写好，再往回写。

作　家　我试过。我写了一个没有开头的剧本。

演　员　真荒唐。

作　家　荒唐？

演　员　每一场戏都要有开头、中间和结尾。

作　家　为什么？

演　员　（自信地）因为大自然的一切都有开头、中间和结尾。

作　家　那圆圈呢？

演　员　（思考）好吧……圆圈没有开头、中间或结尾——但也没什么乐趣。

作　家　迪亚比蒂斯①，想个结尾。还有三天就开演了。

演　员　我不想。我不参加这种烂戏的演出。我是个有名望的演员，我有我的观众……我的观众希望我扮演适合我的角色。

作　家　我来提醒你一下。你没有工作，饿得够呛，是我慷慨大度，同意让你参演我的戏，帮助你重振声誉。

演　员　饿得够呛，是的……没有工作，也许是……希望重振声

—————————

① Diabetes，糖尿病，此处用作人名。

誉，可能……但是一个酒鬼？

作　家　我从未说过你是酒鬼。

演　员　是的，但我是个酒鬼。

作　家　（突然来了灵感）你扮演的人物从袍子里抽出一把匕首，在狂乱无奈之中挖出自己的双眼，把自己弄瞎了，怎么样？

演　员　真是个好主意。你今天吃什么了？

作　家　怎么啦？

演　员　这太压抑了。观众只瞅上一眼，就……

作　家　我知道，嘴里发出那种可笑的声音。

演　员　那叫嘘声。

作　家　我就这次想赢得比赛！就一次，趁我还活着。我想获得头等奖。我在乎的不是那箱免费茴香酒，我要的是荣誉。

演　员　（突然受到启发）国王突然改变主意怎么样？有一个好主意。

作　家　他绝不会。

演　员　如果王后说服他呢？

作　家　她不会。她是个泼妇。

演　员　可是，如果特洛伊军队投降呢……

作　家　他们将战斗到死。

演　员　阿伽门农要是说话不算数，就不会战斗到死。

作　家　他本性不这样。

演　员　但是，我可以突然拿起武器，准备战斗。

作　家　这不符合你的本性。你是个懦夫，是个毫不起眼、让人可怜的奴隶，智商如同一条蠕虫。你以为我为什么要你来演？

演　员　我刚刚给了你六个结尾！

作　家　一个比一个拙劣。

演　员　拙劣的是这个剧本。

作　家　人不会这样行事，这不符合人的本性。

演　员　人的本性是什么意思？我们翻来倒去扯个没完的是一个毫无希望的结尾。

作　家　只要人还是个理性动物，我作为一名剧作家，就不能让剧中人物在舞台上做任何不切实际的事情。

演　员　我提醒你，我们在实际生活中并不存在。

作　家　你什么意思？

演　员　我们现在是百老汇一家剧场里正上演的戏中的角色，你清楚吗？别跟我发火，不是我写的剧本。

作　家　我们是一出戏中的人物，很快我们就要观看我的戏……一出戏套着一出戏。他们在看我们。

演　员　对了。这太抽象了，是吗？

作　家　不仅抽象，还愚蠢！

演　员　你愿意做观众吗？

作　家　（看着观众）绝不愿意。你看他们的样子。

演　员　那就将就一下吧。

作　家　（嘀咕着）他们是花钱进来的。

演　员　赫帕迪蒂斯①，我在跟你说话！

作　家　我知道，问题是结尾。

演　员　问题总是结尾。

作　家　（突然面对观众）你们各位有建议吗？

演　员　别跟观众讲话！很抱歉我提起了观众。

作　家　真奇怪，是吧？我们是雅典的两个古希腊人。我们要去看一场我写的戏，你在里面扮演角色，他们来自昆斯区或是什么破地方，他们在看我们演另外一个人的戏。要是他们也是戏中的人物怎么办？也有人在看他们？要是什么都不存在，我们都是在某个人的梦里，怎么办？更糟糕的是，要是只有第三排那个胖家伙真正存在怎么办？

演　员　我就是这个意思。要是宇宙毫无理性，人们也不太确定怎么办？那么，我们就得改变结尾，也不必遵循任何固定的思路。你明白吗？

作　家　当然不明白。（面对观众）你们明白他的意思吗？他是个演员，在萨迪餐馆②吃饭。

演　员　剧中人物没有固定的特征，可以自行选择角色。我就不必你写个奴隶，我就成了那个奴隶。我要做英雄。

作　家　那就没戏可演了。

---

① Hepatitis，肝炎，此处用作人名。
② Sardi's，纽约曼哈顿剧场区一家著名餐馆。

演　员　没戏了？好，我去萨迪餐馆了。

作　家　迪亚比蒂斯，你的主意是一团糟！

演　员　自由也是一团糟？

作　家　自由是一团糟吗？嗯……这可是个难题。（面对观众）自
　　　由是一团糟吗？底下有谁学过哲学？

（一女青年在观众席中回答）

女青年　我学过。

作　家　你是谁？

女青年　我实际主修体育，哲学是辅修。

作　家　你能上来吗？

演　员　你搞什么鬼？

女青年　我是从布鲁克林学院毕业的，没事吧？

作　家　布鲁克林学院？没事，我们什么都行。

（她上了舞台）

演　员　可把我气坏了！

作　家　有什么可气的？

演　员　我们正在演出。她是谁？

作　家　再有五分钟雅典戏剧节就开始了，可我的剧目还没有

结尾！

演　员　怎么了？

作　家　这里提出了严肃的哲学问题。我们是否存在？他们是否存在？（指观众）什么是真正的人的本性？

女青年　你好，我叫多丽丝·莱文。

作　家　我叫赫帕迪蒂斯，这是迪亚比蒂斯。我们是古希腊人。

多丽丝　我是格雷特内克人。

演　员　把她弄下去！

作　家　（很认真地上下打量她，她很可爱）她很性感。

演　员　那又有什么关系？

多丽丝　最基本的哲学问题是：如果森林里有一棵树倒了，周围没人听见，那我们怎么知道它会发出声响？

（每个人都环顾四周，迷惑不解）

演　员　我们管这干吗？我们现在是在五十四街上。

作　家　你要跟我上床吗？

演　员　你别碰她！

多丽丝　（对演员）别多管闲事。

作　家　（朝幕后喊）能不能把幕布放下来？五分钟就好……（面对观众）你们别动。速战速决。

演　员　这太不像话了！太荒唐了！（对多丽丝说）你有朋友吗？

多丽丝　有啊。（朝观众喊）黛安，你上来一下……我跟两个希腊
　　　人有点事。（无人回应）她有点腼腆。

演　员　我们要演戏。我要向作者报告这事。

作　家　我就是作者！

演　员　我是说原著作者。

作　家　（特意压低声音对演员）迪亚比蒂斯，我想我能应付她。

演　员　应付是什么意思？你是说性交，还让这些人看着？

作　家　我把幕布拉下来。有人就这样干。大概不太多。

演　员　你个白痴，你是个虚构的角色，她是个犹太人。你知道
　　　你们的孩子会是什么样吗？

作　家　没问题。也许能把她朋友也叫上来。

（演员走到舞台左侧，拿起电话）

　　　黛安？这可是同＿＿＿＿＿＿（用场上演员的真名）约会的好机
　　会。他是个大牌演员……有好多电视广告……

演　员　（打电话）给我接外线。

多丽丝　我不想惹麻烦。

作　家　哪有麻烦。我们只不过好像脱离了现实。

多丽丝　谁知道现实是什么呢？

作　家　你说得对，多丽丝。

多丽丝　（带哲学味道）人们常常以为抓住了现实，可实际上只是

"虚幻"。

作　家　我特别想要你，这肯定是真的。

多丽丝　性欲是真的吗？

作　家　即便不是真的，可也是人能做的最好的虚幻行为之一。

（他抓住她，她缩了回来）

多丽丝　不行，不能在这。

作　家　为什么？

多丽丝　不知道。我的台词就是这样。

作　家　你以前没跟虚构人物做过？

多丽丝　最接近的一次是跟个意大利人。

演　员　（在打电话。能听到电话另一端的声音）喂？

电话里　（女佣的声音）喂，这是艾伦先生的家。

演　员　喂，能请艾伦先生接电话吗？

女佣声音　请问哪一位？

演　员　我是他剧中的一个角色。

女佣声音　请稍等。艾伦先生，有个虚构人物给你打电话。

演　员　（对其他人）现在倒要看看你们这两个小情人怎么办。

伍迪声音　喂。

演　员　艾伦先生？

伍　迪　是。

演　员　我是迪亚比蒂斯。

伍　迪　你是谁？

演　员　迪亚比蒂斯。我是你创作的角色。

伍　迪　噢，对了……想起来了。你是个很差的角色……缺少
　　深度。

演　员　谢谢了。

伍　迪　嗨，不是正在演戏吗？

演　员　所以我给你打电话。舞台上有个谁也不认识的女孩，她
　　不想下去，赫帕迪蒂斯突然跟她热火起来了。

伍　迪　她长什么样？

演　员　挺漂亮的。可她不该在这。

伍　迪　金黄头发？

演　员　是浅褐色……长头发。

伍　迪　长腿？

演　员　是。

伍　迪　胸部丰满？

演　员　很丰满。

伍　迪　让她等着，我马上就到。

演　员　她是学哲学的。但她没有什么像样的答案……布鲁克林
　　学院咖啡馆的典型产物。

伍　迪　有意思，我在《呆头鹅》的戏中用过这句台词描述一个
　　女孩。

演　员　希望在那个戏里更能逗笑。

伍　迪　叫她来。

演　员　接电话?

伍　迪　是。

演　员　(对多丽丝)你的电话。

多丽丝　(小声说)我在电影里见过他。别理他。

演　员　是他写的剧本。

多丽丝　虚伪。

演　员　(对着电话)她不跟你讲话。她说你的剧本虚伪。

伍　迪　噢，天哪。好吧，回头再打过来，告诉我结尾如何。

演　员　好。

（他放下电话，过一会才恍然大悟，明白作者的

意思）

多丽丝　能在戏里给我个角色吗?

演　员　我不明白。你是个演员，还是个扮演演员的女孩?

多丽丝　我一直都想当演员。我妈想让我当护士。我爸觉得我应
　　　该通过结婚进入社会。

演　员　你靠什么维持生活呢?

多丽丝　我给一家公司干活，为中餐馆生产特别浅、可又看不出
　　　来的盘子。

（一个希腊人从侧面上场）

特里奇诺西斯　迪亚比蒂斯，赫帕迪蒂斯。是我。特里奇诺西斯①。（很随便地打招呼）我刚在雅典卫城同苏格拉底讨论完回来。他证明我根本不存在，所以我很烦乱。不过，听说你们的戏需要一个结尾。我正好有个结尾。

作　家　真的？

特里奇诺西斯　她是谁？

多丽丝　多丽丝·莱文。

特里奇诺西斯　格雷特内克人？

多丽丝　是格雷特内克人。

特里奇诺西斯　你认识拉帕波特？

多丽丝　迈伦·拉帕波特？

特里奇诺西斯　（点头）我俩都给自由党干过事。

多丽丝　真巧。

特里奇诺西斯　你和林赛市长有过一腿。

多丽丝　我想有，可他不肯。

作　家　结尾是什么？

特里奇诺西斯　你比我想象的还好看。

多丽丝　真的？

---

① Trichinosis，旋毛虫病，此处用作人名。

特里奇诺西斯　我现在就想和你睡。

多丽丝　今晚我真走运。（特里奇诺西斯热烈地拉住她手腕）噢，我还是处女。这是我的台词吗？

（提示台词的人从台侧伸出头，手里拿着书，身穿圆领衫）

提示员　"噢，我还是处女。"对了。

（下场）

作　家　他妈的结尾是什么？

特里奇诺西斯　啊？噢——（朝外喊）伙计们！

（几个希腊人推出一台大机器）

作　家　这是什么鬼东西？

特里奇诺西斯　你的戏的结尾。

演　员　我不明白。

特里奇诺西斯　这台机器，我花了六个月的时间在我妹夫商店里设计的，里面就有答案。

作　家　怎么有？

特里奇诺西斯　在最后一场，漆黑一片，谦卑的奴隶迪亚比蒂斯摆出最绝望的姿态——

演　员　嗯？

特里奇诺西斯　万神之父宙斯从上苍轰然而至，电闪雷鸣，拯救了一群充满感激却又无能的生命。

多丽丝　万能之神。

特里奇诺西斯　嗨，对这台机器来说可是个好名字。

多丽丝　我父亲在威斯汀豪斯电器公司工作。

作　家　我还是不明白。

特里奇诺西斯　等你看到这台机器动起来。它能让宙斯飞过来。我要靠这项创新发财了。索福克勒斯交钱订了一台，欧里庇得斯要两台。

作　家　但那就把这戏的意思改了。

特里奇诺西斯　看完演示你再讲话。波西蒂斯①，到飞行套里去。

波西蒂斯　我？

特里奇诺西斯　照我说的做。你都难以相信。

波西蒂斯　我怕那个东西。

特里奇诺西斯　他开玩笑……进去，你个白痴。我们马上就能卖出手了。他会进去的。哈哈……

———————

① Bursitis，滑囊炎，此处用作人名。

波西蒂斯 我恐高。

特里奇诺西斯 快进去！快点。好了！穿上宙斯的衣服！演示
开始。

(波西蒂斯抗争时特里奇诺西斯下场)

波西蒂斯 我要喊我的经纪人。

作 家 可你说最后上帝要来，一切皆大欢喜。

演 员 真是好！人们没有白花钱！

多丽丝 他说得对。就像好莱坞《圣经》题材的电影一样。

作 家 (稍微夸张地走到舞台中间)可要是上帝会拯救一切，人
对自己的行为就不负责任了。

演 员 你知道为什么没人请你参加聚会吗……

多丽丝 但要是没有上帝，宇宙就毫无意义。生命毫无意义。我
们都毫无意义。(死一般的沉寂)我突然有一种强大的冲动，要
找人做。

作 家 我现在不想。

多丽丝 真的？观众里有人要跟我做吗？

演 员 别说了！(面对观众)各位，她可不是当真的。

作 家 我很压抑。

演 员 有什么烦恼？

作 家 我不知道我是否信仰上帝。

多丽丝　（面对观众）我是当真的。

演　员　如果没有上帝，谁创造的宇宙？

作　家　我说不好。

演　员　你什么意思，说不好？你何时才能知道呢？

多丽丝　有人要跟我睡吗？

男　子　（从观众席中站起）要是没别人，我愿意跟她睡。

多丽丝　真的吗，先生？

男　子　大家都有毛病吗？那么漂亮的女孩？这里就没见一个有
　　　　血性的男子汉？你们全是一帮纽约左派犹太知识分子……

　　　　（洛伦佐·米勒从台侧上场。他身穿当今式样的
　　　　服装）

洛伦佐　坐下，你坐下。

男　子　好吧，好吧。

作　家　你是谁？

洛伦佐　洛伦佐·米勒。是我创作了这批观众。我是个作家。

作　家　什么意思？

洛伦佐　我写的是：从布鲁克林区、昆斯区、曼哈顿和长岛来的
　　　　一大批人，来到金色剧场看戏。就是这些人。

多丽丝　（指着观众）你是说他们也是虚构的？（洛伦佐点点头）他
　　　　们不能想干什么就干什么？

洛伦佐　他们以为能。但他们做的总是该做的事情。

女　子　（突然一名女子从观众中站起，相当愤怒）我不是虚
　　　　构的！

洛伦佐　对不起，女士，你是虚构的。

女　子　可我有个儿子在哈佛商学院上学。

洛伦佐　我创作了你儿子。他也是虚构的。不仅是虚构的，还是
　　　　同性恋。

男　子　我来告诉你我有多少是虚构的。我要退出剧场，把票钱
　　　　要回来。这场戏太蠢了。这根本不是场戏。我到剧场看戏，是
　　　　要看故事，有开头，有中间，有结尾。不是来看这种臭大粪。
　　　　晚安。

　　　　（怒冲冲出场）

洛伦佐　（对观众）真是个了不起的角色。我把他写得很愤怒的样
　　　　子。后来他觉得有愧，自杀了。（传来枪击声音）再过一会儿！

男　子　（拿着冒烟的手枪重新上场）真抱歉，我是不是做早了？

洛伦佐　给我出去！

男　子　我去萨迪餐馆。

　　　　（下场）

洛伦佐 （在观众当中，同实际观众互动）您叫什么名字先生？呃。（视观众反应，随意调整）你是哪里人？他真好玩。很好的角色。一定要提醒他们，给他着装突出一点。再往后，这个女人会抛弃丈夫跟这个人。难以置信？我知道。噢，看看这个人。过会儿他要强奸那位小姐。

作　家 做个虚构角色真可怕。我们都受限制。

洛伦佐 只受剧作家才能的限制。很不幸，你碰巧是由伍迪·艾伦创作的。想想要是莎士比亚创作的会怎样。

作　家 我不接受这个角色。我完全有自由，不需要上帝飞来拯救我的戏。我是个好作家。

多丽丝 你想在雅典戏剧节上拿大奖，是吧？

作　家 （突然激动起来）是的。我要永世不朽。我不想死后没人记着。我希望在身体消失之后，我的作品能长久留存。我要让世世代代的人知道我的存在！请不要让我成为一个毫无意义的圆点，在永恒中飘荡。女士们先生们，谢谢你们。我愿意接受这一托尼奖，感谢大卫·梅里克……

多丽丝 我不管别人怎么说，我是实实在在的。

洛伦佐 不一定。

多丽丝 我思故我在。或用更好的说法，我感觉——我来了高潮。

洛伦佐 是吗？

多丽丝 一直都来。

洛伦佐　真的？

多丽丝　经常来。

洛伦佐　噢？

多丽丝　大多数时候。

洛伦佐　噢？

多丽丝　至少一半时间。

洛伦佐　不会吧。

多丽丝　会的。跟某些男的⋯⋯

洛伦佐　难以置信。

多丽丝　不一定通过性交。通常是口交⋯⋯

洛伦佐　好嘛。

多丽丝　当然我也会假装来了。我不想羞辱别人。

洛伦佐　你曾经有过高潮？

多丽丝　没有过，没有。

洛伦佐　因为我们都不是真的。

作　家　但是我们如果不是真的，也就死不了。

洛伦佐　是死不了。除非剧作家决定把我们杀死。

作　家　他为什么要这样？

（布兰琪①从侧面上场）

———————

① Blanche Dubois，田纳西·威廉斯名剧《欲望号街车》中的女主人公。

布兰琪　亲爱的，因为它能满足他们叫做美感的东西。

作　家　（都转向她）你是谁？

布兰琪　布兰琪。布兰琪·杜波伊斯。"白树林"的意思。请不必起身。我只是路过。

多丽丝　你在这干吗？

布兰琪　避避风头。是的，在这座老戏院……我听到了你们的谈话。能给我一杯可乐加波旁酒吗？

演　员　（上场。我们没注意到他何时溜下场）七喜可以吗？

作　家　你跑哪儿去了？

演　员　我去洗手间了。

作　家　在演戏的时候？

演　员　什么戏？（对布兰琪）你给他解释一下，我们都是受约束的。

布兰琪　恐怕确实是这样。太确实了，太可怕了。所以我从我的戏里跑了出来。逃出来了。不是说田纳西·威廉斯不是个好作家，可他把我扔在一场噩梦当中。我只记得让两个陌生人给拉了出去，其中一个还拿着一件紧身衣。到了科瓦尔斯基家外面，我就跑掉了。我要到另一场戏中去，一场有上帝的戏……这样我才能最终得到休息。所以，你必须把我安排在你的戏中，让年轻英俊的宙斯带着他的电闪雷鸣，大获全胜。

作　家　你去了洗手间？

特里奇诺西斯　（上场）准备演示。

布兰琪　演示。真棒。

特里奇诺西斯　（朝台下）准备好了？好吧。这是戏的结尾。奴隶
　　对一切都绝望了。他已经陷入绝境。于是他祷告。开始吧。

演　员　噢，宙斯。伟大的神灵。我们混沌迷惑，无望无助。请你
　　发发慈悲，改变我们的生活。（没有动静）哦，伟大的宙斯……

特里奇诺西斯　快点，伙计们。看在基督的分上。

演　员　噢，伟大的上帝。

　　（突然，雷鸣电闪。效果极好。宙斯降临，威严地
　持着雷电权杖）

波西蒂斯　（扮演宙斯）我是宙斯，万神之神！奇迹创造者！宇宙
　　创造者！我拯救众生！

多丽丝　要是威斯汀豪斯看到这个多好啊！

特里奇诺西斯　赫帕迪蒂斯，你觉得怎样？

作　家　我喜欢！比我想的要好。很有戏剧效果，特别华丽。我
　　要赢得戏剧节大奖了！真有宗教味。你瞧，我都出冷汗了！多
　　丽丝！

　　（他抓住她）

多丽丝　现在不行。

（许多人下场。灯光变换……）

作　家　我必须马上重写。

特里奇诺西斯　我把我的上帝机器租给你，每小时二十六块五。

作　家　（对洛伦佐）你能不能介绍一下我的戏?

洛伦佐　没问题，请吧。（所有人都下场。台上只剩洛伦佐。他
面对观众。他讲话时，一支希腊合唱队上场，坐在圆形剧场后
面。合唱队自然身着白袍)晚上好，欢迎来到雅典戏剧节。（音
响：欢呼声)今晚，我们为各位准备了一出好戏。罗得岛的赫帕
迪蒂斯写的新戏，叫《奴隶》(音响：欢呼声)扮演奴隶的是迪
亚比蒂斯，波西蒂斯扮演宙斯，还有布兰琪，以及来自格雷特
内克的多丽丝·莱文。（欢呼声)这出戏的赞助商是格利高里·
兰多斯羊排餐馆，餐馆位于帕提侬神庙正对面。找吃饭的地方
时，请不要成为头发里都是蛇的美杜莎。请光临格利高里·兰
多斯羊排餐馆。记住，荷马喜欢这里——而且他双目失明。

（他下场。迪亚比蒂斯扮演叫菲迪皮德斯①的奴隶。

他同另一名希腊奴隶漫无目的地行走。合唱队歌声起)

合唱队　希腊人，聚会一堂，听一听菲迪皮德斯的故事。他那么

---

① Phiclipides，古希腊从马拉松跑到雅典宣布胜利消息的士兵名字。

聪明，热情奔放，闪耀着希腊的荣光。

迪亚比蒂斯 我的意思是，我们牵来这么一匹高头大马干什么？

朋　　友 他们要无偿送给我们。

迪亚比蒂斯 那又怎样？谁需要呢？这么大的一匹木马……到底拿它干什么？而且也不好看。记住我的话，克拉提努斯，作为希腊政治家，我绝不信任特洛伊人。你注意到没有，他们从来不休假？

朋　　友 你听说赛克洛普斯①的事了吗？他的独眼感染了。

台侧声音 菲迪皮德斯！那个奴隶在哪？

迪亚比蒂斯 来了，主人！

主　　人 （上场）菲迪皮德斯，你在这。该干活了。葡萄要摘了，我的马车要修理，还要到水井去打水。可你却在这闲聊。

迪亚比蒂斯 主人，我没在闲聊。我在讨论政治。

主　　人 一个奴隶讨论政治！哈哈！

合唱队 哈哈……含义丰富。

迪亚比蒂斯 对不起，主人。

主　　人 你和新来的犹太奴隶打扫房子。我有客人要来。打扫完就去干别的活。

迪亚比蒂斯 新来的犹太奴隶？

主　　人 多丽丝·莱文。

_____

① Cyclops，古希腊神话中独眼巨人。

多丽丝 你叫我?

主　人 打扫房子,干吧,快点。

合唱队 可怜的菲迪皮德斯。一个奴隶。像所有奴隶一样,他渴
望一件事情。

迪亚比蒂斯 长高一点。

合唱队 获得自由。

迪亚比蒂斯 我不要自由。

合唱队 不要自由?

迪亚比蒂斯 我喜欢这个样子。我知道要做什么。有人照看我。
我不必做任何选择。我生来就是奴隶,死了也是奴隶。我无忧
无虑。

合唱队 嘘……嘘……

迪亚比蒂斯 你们知道什么,合唱队的小子们。

(他亲吻多丽丝,多丽丝躲开)

多丽丝 别这样。

迪亚比蒂斯 为什么?多丽丝,你知道我心里充满爱意,就像你
们犹太人喜欢说的,我对你有意思。

多丽丝 这不会有结果的。

迪亚比蒂斯 为什么?

多丽丝 因为你喜欢做奴隶,可我不喜欢。我要自由。我要旅

行、写书、在巴黎生活，也许办一份女性杂志。

迪亚比蒂斯　自由有什么好处呢？它很危险。清楚知道自己的境
况，让人安心。多丽丝，你看不到吗？政府每个礼拜都换人，
政客相互谋杀，城市给毁掉了，人们备受折磨。要是打起仗
来，你知道谁会给杀死吗？是自由人。但是我们很安全，因为
不管谁掌权，他们都需要有人干大量清洁打扫的活。

（他抓住她）

多丽丝　不行。我要还是个奴隶，就享受不了性爱。

迪亚比蒂斯　你愿不愿意假装一次？

多丽丝　算了吧。

合唱队　忽一日，命运夫妇来帮忙。

（命运夫妇上场，打扮得像美国游客，穿夏威夷衬
衫。鲍伯胸前挂着照相机）

鲍　伯　嘿，我们是命运夫妇。鲍伯和温迪。我们需要有人给国
王带个急信。

迪亚比蒂斯　国王？

鲍　伯　你将为人类做件大好事。

迪亚比蒂斯　我？

温　迪　是的。但这也很危险。你虽然是个奴隶，也可以不去。

迪亚比蒂斯　不去。

鲍　伯　不过你会有机会看到辉煌的宫殿。

温　迪　你还将获得自由。

迪亚比蒂斯　自由？是，啊，我愿意帮你们，可我炉子里还烤着鸡。

多丽丝　让我去吧。

鲍　伯　这对女人太危险。

迪亚比蒂斯　她跑得特别快。

多丽丝　菲迪皮德斯，你怎么会拒绝呢？

迪亚比蒂斯　当你是个懦夫时，有些事情就变得容易多了。

温　迪　我们请求你了。

鲍　伯　人类的命运仍悬而未决。

温　迪　我们给你增加奖赏。你会获得自由，你选中的任何人也会获得自由。

鲍　伯　还加上入门级十六件银质套装餐具。

多丽丝　菲迪皮德斯，我们的机会来了。

合唱队　快去吧，你这个愣子。

迪亚比蒂斯　一件危险的任务，随后是个人自由？我有点头晕。

温　迪　（递给他一个信封）把这信带给国王。

迪亚比蒂斯　你为什么不能去给？

鲍　伯　再过几小时我们就要回纽约了。

多丽丝　菲迪皮德斯，你说你爱我……

迪亚比蒂斯　我爱你。

合唱队　去吧，菲迪皮德斯，这场戏卡在这了。

迪亚比蒂斯　果断一点，果断一点……（电话响了，他拿起电话）喂？

伍迪的声音　你就不能把他妈的信送给国王嘛！我们都想离开这个鬼地方。

迪亚比蒂斯　（挂上电话）我去送。但只是因为伍迪要我去送。

合唱队　（歌唱）可怜的希金斯教授……

迪亚比蒂斯　唱错了。你们这帮白痴！

多丽丝　祝你好运，菲迪皮德斯。

温　迪　你真的需要好运气。

迪亚比蒂斯　什么意思？

温　迪　鲍伯真的喜欢恶作剧。

多丽丝　我们自由之后就能上床了，也许我真的能享受性爱。

赫帕迪蒂斯　（跳上场）有时之前要吸点大麻……

演　员　你是作家！

赫帕迪蒂斯　我控制不住！

（下场）

多丽丝　快走！

迪亚比蒂斯 我走了！

合唱队 于是，菲迪皮德斯带着给俄狄浦斯王的重要信件，上了路。

迪亚比蒂斯 俄狄浦斯王？

合唱队 是的。

迪亚比蒂斯 我听说他和他母亲住在一起。

（音响：风声，闪电，奴隶艰难前行）

合唱队 翻过深深的山，越过高高的峡谷。

迪亚比蒂斯 是高高的山，深深的峡谷。从哪弄来的这个合唱队？

合唱队 任凭复仇女神的摆布。

迪亚比蒂斯 复仇女神们正跟命运夫妇吃饭呢。他们去了唐人街。宏发面馆。

赫帕迪蒂斯 （上场）三和面馆更好。

迪亚比蒂斯 三和面馆总是排队。

合唱队 可你找李就不需要。他会给你带座，但你要给小费。

（赫帕迪蒂斯下场）

迪亚比蒂斯 （自豪地）昨天，我还是个潦倒的奴隶，从来没出过主人的院子。今天，我要给国王送信。我看到了世界。我很快就要自由了。人的各种机会突然展现在我面前。正因为如此——我止不住要吐了。呃，好吧……

（风声）

合唱队　日复一日，月复一月，菲迪皮德斯仍在艰难前行。

迪亚比蒂斯　能不能把那个倒霉的刮风机器关了？

合唱队　可怜的菲迪皮德斯，一个凡人。

迪亚比蒂斯　我累了，我乏了，我病了。我走不动了。我的手在抖……（合唱队开始缓慢哼唱《迪克西》①）在我身边，人们纷纷死亡，战争和苦难，兄弟互相残杀；南方，有古老的传统；北方，以工业为主。林肯总统，派联邦军队摧毁了种植园。老式的田庄。棉花顺流而下……（赫帕迪蒂斯上场，紧盯着他）真差劲，差劲，艾娃小姐②过不去冰块。博雷加德将军和罗伯特·李将军……啊——（发现赫帕迪蒂斯盯着他）我——我……我走神了。

（赫帕迪蒂斯抓住他脖子，把他拉到一边）

---

① "Dixie"，美国南北战争时期在南方各州流行的战歌。
② Miss Eva，泰坦尼克号的一位幸存者。

赫帕迪蒂斯　你给我过来！你在这到底干什么？

迪亚比蒂斯　宫殿在哪儿？我走了好几天！这是什么戏啊？他妈
的宫殿在哪？在本森赫斯特①？

赫帕迪蒂斯　你要是别再捣乱，这里就是宫殿！侍卫！快过来，
看住这。

（一名壮硕的侍卫上场）

侍　卫　你是谁？

迪亚比蒂斯　菲迪皮德斯。

侍　卫　什么风把你吹到宫殿了？

迪亚比蒂斯　宫殿？这是宫殿？

侍　卫　是的。这就是王宫。全希腊最漂亮的建筑，大理石，富
丽堂皇，房租绝不上涨。

迪亚比蒂斯　我来给国王送信。

侍　卫　噢，对了，国王在等你。

迪亚比蒂斯　我喉咙冒火，好几天没吃东西了。

侍　卫　我来请国王。

迪亚比蒂斯　来个烤牛肉三明治怎么样？

侍　卫　我把国王和三明治都找来。要怎么做？

---

① Bensonhurst，纽约布鲁克林一个区域。

迪亚比蒂斯　要中等熟度的。

侍　卫　（拿出小本记下）一个中等熟度的。还有配菜。

迪亚比蒂斯　什么配菜？

侍　卫　我想想，今天……胡萝卜或是烤土豆。

迪亚比蒂斯　我要烤土豆。

侍　卫　咖啡？

迪亚比蒂斯　谢谢。你们要有，就来一份烤蝴蝶结，还有国王。

侍　卫　好。（一边下场一边说）我来份烤牛肉加咖啡。

　　　　（命运夫妇过场，拍照）

鲍　伯　你喜欢这王宫吗？

迪亚比蒂斯　我喜欢。

鲍　伯　（把照相机递给夫人）给我们俩照张相。

　　　　（她照相）

迪亚比蒂斯　我以为你们回纽约了。

温　迪　你知道命运是怎么回事。

鲍　伯　不可靠。别着急。

迪亚比蒂斯　（凑过去闻鲍伯翻领上的花）这花真好看。

（命运夫妇笑得眼泪都出来了）

鲍　伯　很抱歉，我止不住了。

　　　　（伸出手。迪亚比蒂斯与他握手。被手心里的欢乐
　　蜂鸣器震了一下）

迪亚比蒂斯　啊！

　　　　（命运夫妇大笑着下场）

温　迪　他喜欢跟人开玩笑。

迪亚比蒂斯　（对合唱队）你们知道他要取笑我。

合唱队　他是块笑料。

迪亚比蒂斯　你们为什么不提醒我？

合唱队　我们不想掺和。

迪亚比蒂斯　你们不想掺和？你们知道，一个妇女在布鲁克林-
　　曼哈顿交通线（BMT）上给捅死了，十六个人看着，没人帮她。

合唱队　我们在《每日新闻报》上看到了，是在跨区快速地铁线
　　（IRT）上。

迪亚比蒂斯　哪怕有一个人有勇气帮她，也许她今天就能到这
　　来了。

女　子　（胸口上还插着刀，上场）我来了。

迪亚比蒂斯　我得把嘴张开。

女　子　一个一辈子都在迪尔尔布大道生活的女子。我在看《邮报》，六个流氓——吸毒的——抓住我，把我推倒。

合唱队　不是六个，是三个。

女　子　三个也好，六个也好，他们有刀，找我要钱。

迪亚比蒂斯　你应该给他们。

女　子　我给了。可他们还是捅了我。

合唱队　纽约就是这样。你给他们钱，可他们还是捅你。

迪亚比蒂斯　纽约？到处都这样。我跟苏格拉底在雅典市中心走路，两个斯巴达青年从雅典卫城后面窜出来，要我们把钱都给他们。

女　子　后来怎么样？

迪亚比蒂斯　苏格拉底用简单的逻辑向他们证明，恶只是对真理的无知。

女　子　然后呢？

迪亚比蒂斯　他们把他鼻子打断了。

女　子　我只希望你给国王的信是个好消息。

迪亚比蒂斯　我也这样希望，是为了他好。

女　子　为了你好。

迪亚比蒂斯　是——为了我好，什么意思？

合唱队　（嘲讽地）哈哈哈！

（灯光变幻，预示不祥）

迪亚比蒂斯　灯光变了……怎么回事？要是坏消息怎么办？

女　子　在古时候，信使给国王带信来，如果是好消息，信使会得到奖赏。

合唱队　免费进勒夫八十六街剧场看戏。

女　子　可如果是坏消息……

迪亚比蒂斯　别跟我说。

女　子　国王就要把信使处死。

迪亚比蒂斯　我们是在古时候吗？

女　子　看你穿的衣服还看不出吗？

迪亚比蒂斯　我明白你的意思了。赫帕迪蒂斯！

女　子　有时要把信使的脑袋砍下来……如果国王心怀慈悲的话。

迪亚比蒂斯　心怀慈悲的话，他把你脑袋砍下来？

合唱队　但是，如果消息真的很坏……

女　子　就把信使活活烤死……

合唱队　文火慢烤。

迪亚比蒂斯　我上次被文火烤是太久之前了，都记不得是喜欢还是不喜欢。

合唱队　记住我们的话，你不会喜欢。

迪亚比蒂斯　多丽斯·莱文哪去了？我要是能抓住那个格雷特内

克的犹太奴隶……

女　子　她帮不了你。她远着呢。

迪亚比蒂斯　多丽丝！你到底在哪儿？

多丽丝　（在观众席上）干什么？

迪亚比蒂斯　你在那干什么？

多丽丝　我觉得这戏没意思。

迪亚比蒂斯　你觉得没意思，这是什么意思？上台来！就因为你，我碰上一屁股麻烦！

多丽丝　（上台）对不起，菲迪皮德斯，我怎么知道古代史上发生过什么事？我研究的是哲学。

迪亚比蒂斯　如果是坏消息，我就得死。

多丽丝　我听她说了。

迪亚比蒂斯　这就是你想要的自由？

多丽丝　有得就有失。

迪亚比蒂斯　有得就有失？你在布鲁克林学院学的就这些？

多丽丝　嘿，哥们，别老缠着我。

迪亚比蒂斯　如果是坏消息，我就完了。等一会儿！信！那封信！就在我这！（翻来翻去，从一个信封里取出信。念）最佳男配角，获奖者是——。（在此用扮演赫帕迪蒂斯的演员的名字）

赫帕迪蒂斯（跳上场）　我要接受这个托尼奖，要感谢大卫·梅里克……

演　员　躲开，我念错了！

（拿出真的信封）

女　子　快点，国王来了。

迪亚比蒂斯　看他是不是带了我的三明治。

多丽丝　快点，菲迪皮德斯。

迪亚比蒂斯　（念信）信上就一个字。

多丽丝　是吗？

迪亚比蒂斯　你怎么知道的？

多丽丝　知道什么？

迪亚比蒂斯　信里的字，就一个字"是"。

合唱队　好消息还是坏消息？

迪亚比蒂斯　是？好消息？不？坏消息？（试着念）是！

多丽丝　可要问题是，王后是否有淋病怎么办？

迪亚比蒂斯　我明白你的意思。

合唱队　国王陛下！

（嘹亮的喇叭声，国王隆重登场）

迪亚比蒂斯　陛下，王后是否有淋病？

国　王　谁点的烤牛肉？

迪亚比蒂斯　我点的，陛下。这是胡萝卜？我点的是烤土豆。

国　王　烤土豆没了。

迪亚比蒂斯　那就拿回去。我到街对面的餐馆去。

合唱队　那封信。(迪亚比蒂斯叫他们不要吱声)那封信。

国　王　谦卑的奴隶，你有信给我?

迪亚比蒂斯　谦卑的国王，呃……对，实际上……

国　王　好。

迪亚比蒂斯　你能把问题告诉我吗?

国　王　你先拿信。

迪亚比蒂斯　不，你先问。

国　王　先拿信。

迪亚比蒂斯　你先问。

国　王　拿信。

合唱队　菲迪皮德斯先。

国　王　他先?

合唱队　是的。

国　王　我要怎么做?

合唱队　笨蛋，你是国王。

国　王　当然，我是国王。信在哪儿?

(侍卫拔剑)

迪亚比蒂斯　信在这……是，不是——(念信之前不知所措)噢，
　对，也许，或许——

合唱队　他在说谎。

国　王　念信，你个奴隶。

（侍卫把剑横在迪亚比蒂斯脖子上）

迪亚比蒂斯　只一个字，陛下。

国　王　一个字？

迪亚比蒂斯　真怪了。写十四个字也是同样的钱。

国　王　一个字来回答我所有问题中最大的问题，是否有上帝？

迪亚比蒂斯　就是这问题？

国　王　这是唯一的问题。

迪亚比蒂斯　（看着多丽丝，松了一口气）我很自豪地念给你听。

　　信中写着：是。

国　王　是？

迪亚比蒂斯　是。

合唱队　是。

多丽丝　是。

迪亚比蒂斯　该你了。

女　子　（口齿不清）似。

（迪亚比蒂斯瞪了她一眼）

多丽丝　这太棒了！

迪亚比蒂斯　我知道你在想什么，给你忠实的信使来点奖赏——但是，奖励我们自由就足够了——不过，如果你非要表示谢意，钻石总不会有错。

国　王　(严肃地)如果是有上帝，人就不负责任了，我肯定要为自己的原罪受到审判。

迪亚比蒂斯　你是说？

国　王　为我的原罪、我的罪行受到审判。很残暴的罪行，我命运已定。你给我带来的信使我永远不得翻身。

迪亚比蒂斯　我说是了？我是说不是。

侍　卫　(抓过信封，读信)陛下，上面写着"是"。

国　王　这可是最坏的消息。

迪亚比蒂斯　(跪了下来)陛下，这不怨我。我只是个小小的信使，不是我写的信。我只是传递它，就像王后陛下传染上淋病。

国　王　你要受五马分尸的大刑。

迪亚比蒂斯　我知道你会理解的。

多丽丝　可他只是个信使。你不能把他五马分尸。你平常都是用文火烧烤。

国　王　那就便宜了这个贱货！

迪亚比蒂斯　气象员要是预报有雨，你也杀了他？

国　王　对。

迪亚比蒂斯　明白了。我在跟一个精神分裂症患者打交道。

国　王　抓住他。

（侍卫抓住他）

迪亚比蒂斯　等等陛下，让我辩解一句。

国　王　什么？

迪亚比蒂斯　这只是演戏。

国　王　他们都这么说。把剑给我。我要尝尝亲自杀人的快乐。

多丽丝　不，不行，我为什么把自己搅进来？

合唱队　别担心，你还年轻，还会找到别的人。

多丽丝　倒也是。

国　王　（举起剑）看剑！

迪亚比蒂斯　啊，宙斯——万神之神，带着你的雷鸣电闪救救
　我——（众人朝上看去，毫无动静，令人尴尬）啊，宙斯……
　啊，宙斯！！！

国　王　好吧，看剑！

迪亚比蒂斯　啊，宙斯——宙斯到底在哪儿！

赫帕迪蒂斯　（上场，朝上看）神啊，开动机器！把他降下来！

特里奇诺西斯　（从另一端上场）卡住了！

迪亚比蒂斯　（再做暗示）啊，伟大的宙斯！

合唱队　人的结局都毫无两致。

女　子　我不能站在这看着他被捅，就像我在 BMT 上一样！

国　王　抓住她。

（侍卫抓住她，捅她）

女　子　这礼拜这是第二次了！你个狗崽子。

迪亚比蒂斯　啊，伟大的宙斯！上帝，救救我！

（音响：闪电——宙斯被从顶上放下来，不大顺利。

他在半空中左右摇晃，身上的绳索把他缠住了。众人举

目往上看，惊呆了）

特里奇诺西斯　机器坏了！掉扣了。

合唱队　上帝终于降临！

（但他已经死了）

迪亚比蒂斯　上帝……上帝？上帝？上帝，你没事吧？这里有大

　夫吗？

大　夫　（观众席中）我是大夫。

特里奇诺西斯　机器出毛病了。

赫帕迪蒂斯　唉，下去。你把这出戏给毁了。

迪亚比蒂斯　上帝死了。

大　夫　他有医疗保险吗？

赫帕迪蒂斯　即兴演出。

迪亚比蒂斯　什么？

赫帕迪蒂斯　随便编个结局。

特里奇诺西斯　有人拉错了拉杆。

多丽丝　他的脖子断了。

国　王　（努力想继续演下去）呃……好吧，信使……看你干了
什么。

（挥舞着剑。迪亚比蒂斯夺剑）

迪亚比蒂斯　（抓住剑）我来拿着。

国　王　你搞什么鬼名堂？

迪亚比蒂斯　想杀我，呃？多丽丝，到这来。

国　王　菲迪皮德斯，你要干什么？

侍　卫　赫帕迪蒂斯，他把结尾给搅了。

合唱队　菲迪皮德斯，你要干什么？国王应该杀死你。

迪亚比蒂斯　谁说的？哪儿写着呢？不行，我要杀死国王。

（刺杀国王，但剑是假的）

国　　王　别碰我……他疯了……住手！痒！

大　　夫　（给上帝的尸体号脉）他肯定死了。我们把他搬走吧。

合唱队　我们不想参与此事。

（他们抬起上帝的尸体，开始下场）

迪亚比蒂斯　奴隶要做个英雄！

（捅侍卫，剑还是假的）

侍　　卫　你在干什么鬼事？

多丽丝　我爱你，菲迪皮德斯。（他亲吻她）请不要，我没情绪。

赫帕迪蒂斯　我的戏……我的戏呀！（对合唱队）你们去哪儿？

国　　王　我要打电话给威廉·莫里斯经纪公司，告诉我的经纪人
　　　　索尔·米什金。他知道怎么办。

赫帕迪蒂斯　这是一出很严肃的戏，要传递一个信息。如果演砸
　　　　了，观众就得不到信息了。

女　　子　剧场是娱乐场所。有句老话说，要想传递信息，请致电
　　　　西联公司。

西联电报员　（骑自行车上场）我有封电报给观众。是作者发
　　　　来的。

迪亚比蒂斯　他是谁？

电报员　（下车，唱起来）祝你生日快乐，祝你生日快乐……

赫帕迪蒂斯　错了，不是这个！

电报员　（念电报）对不起，在这。上帝死了。句号。全靠你们自己了。签名是——莫斯科维奇台球公司?

迪亚比蒂斯　当然了，什么事都有可能。现在我是英雄。

多丽丝　我刚知道我要出现高潮了。我就知道。

电报员　（还在念）多丽丝·莱文当然可以出现高潮。句号。如果她想要的话。句号。

（他抓住她）

多丽丝　住手。

（后面，一个粗鲁的男子上场）

斯坦利　斯黛拉！斯黛拉[①]!

赫帕迪蒂斯　现实不存在了！绝对不存在了。

（格劳乔·马克思追着布兰琪穿过舞台。观众席中一男子站起）

---

① Stella，田纳西·威廉斯名剧《欲望号街车》中的人物名。

男　子　如果什么事都有可能，我就回福里斯特希尔的家了！我厌烦在华尔街的工作。我讨厌长岛高速公路！

（抓住观众中一女子。扯开她上衣，在中间走道上追她。她也可以是个引座员）

赫帕迪蒂斯　我的戏……（戏中人物纷纷离开舞台，只剩下两个最初的人物：作者和演员，即赫帕迪蒂斯和迪亚比蒂斯）我的戏……

迪亚比蒂斯　是出好戏。只是需要一个结尾。

赫帕迪蒂斯　可这是什么意思呢？

迪亚比蒂斯　没什么……空的……

赫帕迪蒂斯　什么？

迪亚比蒂斯　没意思。都是空的。

赫帕迪蒂斯　是结尾。

迪亚比蒂斯　当然了。我们讨论的是什么？我们讨论的正是结尾。

赫帕迪蒂斯　我们总在讨论结尾。

迪亚比蒂斯　因为这根本没希望。

赫帕迪蒂斯　我承认这不尽人意。

迪亚比蒂斯　不尽人意？简直难以置信。（灯光开始变暗）写剧本的诀窍在于，从结尾开始写。把结尾写好，再往回写。

赫帕迪蒂斯　我试过。我写了一个没有开头的剧本。

迪亚比蒂斯　真荒唐。

赫帕迪蒂斯　荒唐？什么是荒唐？

（舞台转暗）

神话与灵兽

(我正在选编一套四卷本的世界文学最富想象力的
创作集，将由雷满德父子出版社出版，不过，先要看挪
威牧羊人罢工结果如何。下面是几个片段。)

神 鸟 奴 克

奴克是只小鸟，身长两寸，能言善辩，总以第三人称提到自
己，比如，"它是只了不起的小鸟，是不是?"

在波斯神话中，如果一只奴克鸟清早飞到窗棂上，一位亲戚
要么会得到钱，要么会在抽奖时摔断双腿。

据说，琐罗亚斯德①过生日时，曾得到过一只奴克鸟作为礼
物，尽管他实际需要的是灰裤子。巴比伦神话中也出现过奴克
鸟，不过，此鸟更喜欢冷嘲热讽，常常说："噢，算了吧。"

一些读者可能熟悉荷斯坦不大有名的歌剧《奥地利清炖牛

肉》。在这部歌剧中，一名哑女爱上了一只奴克鸟，吻了它，两个就一起在屋子里飞呀飞，直至落幕。

飞行的小精灵

这是一条蜥蜴，它有四百只眼睛，两百只用于望远，两百只用于阅读。传说，如果一个人直盯着它脸看，马上就失去了在新泽西开车的权利。

小精灵的墓地也是传奇。墓地在何处，连小精灵自己也不知。它要是突然死去，就必须留在原地，直到给人捡走。

在北欧神话中，洛基想找到小精灵的墓地，但偶然碰见了莱茵三少女在沐浴，结果得了旋毛虫病。

霍辛皇帝做了个梦，梦中看见一座宫殿，比他自己的更豪华，租金却只有一半。穿过建筑物的一扇扇大门时，他忽然发现自己的身体恢复了青春，可脑袋仍在六十五岁至七十岁之间。他打开一扇门，又一扇门，再一扇门，他很快意识到自己已走过了一百扇门，置身后院。

霍辛皇帝正要陷入绝望，一只夜莺落在他肩上，唱起他听过的最美妙的歌，唱完还啄他鼻子。

---

① Zoroaster，古伊朗语作 Zarathustra，译作查拉图斯特拉。伊朗宗教改革家、琐罗亚斯德教创始人。

受此惊吓，霍辛朝镜子里看去，不仅没看到自己，反而看到一个给沃瑟曼水暖公司干活的名叫门德尔·戈德布拉特的人。此人指称霍辛拿走了他的大衣。

霍辛由此懂得了生活的奥秘，那就是"绝不要又唱又叫"。

皇帝醒来后浑身冷汗，记不得是自己刚刚做了个梦，还是现在正处于他的保释担保人的梦里。

海 兽 弗 林

弗林是种海兽，身子如螃蟹，头部如注册会计师。

据说弗林有一副好嗓子，唱起歌来能把水手逼疯了，尤其是唱起科尔·波特①的歌时。

杀死弗林会遭厄运：赫伯特·菲格爵士的一首诗写道，一名水手杀死了一只弗林，结果他的船在风暴中沉没，船员们只得抓住船长，把他的假牙扔进海里，希望能浮起来。

神 兽 罗 伊

神兽罗伊的头，如一只狮子，身子也如一只狮子，不过不是同一只狮子。据说，罗伊会沉睡一千年，突然醒来，浑身火焰，打盹时更是往外冒烟。

据说，奥德修斯曾把一只沉睡了六百年的神兽唤醒，它无精

---

① Cole Porter（1891—1964），美国作曲家。

打采，满不高兴，恳求在床上只再睡两百年。

罗伊出现常被认为预兆不祥，常常预示饥荒或是鸡尾酒会的新闻。

印度一位贤者跟一位魔术师打赌，说魔术师无法糊弄他。结果，魔术师在贤者头上轻轻一拍，就将他变成了一只鸽子。鸽子飞出窗外，到了马达加斯加，行李也转了过去。

贤者的夫人目睹了此事，问魔术师能否把东西变成金子，而且如果可以，能否把她兄弟变成三美元现金，这样，一整天就不会都是亏本的事。

魔术师说，要学会这个窍门，必须遍访地球的东西南北四个角落，还要在淡季时出发，因为有三个角落通常都预订满了。

夫人想了想，便启程去麦加朝圣，出门前忘了关炉灶。在那里，她谒见了高僧，十七年后回来，立即拿上了福利救济。

（印度一系列的神话讲述了人们食用小麦的原因，以上便是其中一则。作者。）

白 鼠 威 尔

一只大白鼠，肚皮上印着《我是否忧伤》的歌词。

在啮齿动物中，白鼠威尔十分特殊，因为可以把它拿起来，当作手风琴来拉。同白鼠威尔类似的，是一只小松鼠，它会吹口哨，还跟底特律市市长有私交。

天文学家谈起无人居住的行星奎姆，这颗行星离地球如此遥远，人若想抵达，以光速飞行，将用六百万年的时间；虽然天文学家在计划一个新的快速通道，把旅程缩短两个小时。

奎姆行星上的温度为零下一千三百度，所以不允许洗澡，旅游设施不是关闭就是改为娱乐场所。

因为远离太阳系中心，那里不存在引力，要坐下来吃一顿大餐，需要大量的筹划。

所有这些障碍除外，奎姆行星上还没有氧气来维系我们所知的生命。在那上面生活的生物发现，不干两份差事就很难生存。

然而，人们传说，数亿万年前，那里的环境还不太坏——至少不比匹兹堡差——也曾有过人类存在。这些人在各个方面都与我们相似，或许只有其硕大的莴苣头不同，而且长在一般长鼻子的地方。他们清一色都是哲学家，特别看重逻辑；觉得如果生命存在，一定是有人促成的。所以，他们一直寻找一个黑头发、身上文着刺青、穿海军厚夹克的人。

因为没有任何结果，他们放弃了哲学，转入邮寄行业，可是邮费上涨，他们便消失了。

轻点……真的轻一点

　　问一个普通人，谁写的《哈姆雷特》、《罗密欧与朱丽叶》、《李尔王》和《奥赛罗》，他大都能自信地回答道："埃文河畔斯特拉特福镇不朽的吟游诗人。"问他莎士比亚十四行诗是谁写的，你也听不到任何不合逻辑的回复。好了，同样的问题，问一问近些年不时蹦出来的文学侦探，请不要吃惊，答案有弗兰西斯·培根、本·琼森、伊丽莎白女王，可能还有《宅地法》。

　　我刚读过的一本书中，就有一种最新的理论，力图言之凿凿地证明，莎士比亚作品的真正作者是克里斯托弗·马洛。书写得让人十分信服，读完后，我真说不好莎士比亚是马洛，还是马洛是莎士比亚，还是什么。但有一点我还知道，我不会为他们任何一个到银行兑换支票——以及我喜欢他们的作品。

　　为了客观看待这个理论，我的第一个问题是：莎士比亚的作品如果是马洛写的，那马洛的作品是谁写的？答案藏在莎士比亚娶了一位名叫安妮·哈瑟维的女子这个事实中。我们都知道这个属实。然而，根据新的理论，娶了安妮·哈瑟维的实际上是马洛，这种搭配令莎士比亚一生悲伤，因为两人不让他进屋。

命中注定的一天。马洛在面包店就谁手中的数字小与人大吵起来，结果给人杀了——或是给杀了，或是佯装给拐走了，以免受到异端邪说的指控。因为，这在当时是最大的罪行，惩罚手段要么是杀死，要么是拐走，要么两刑齐用。

就在此时，马洛年轻的妻子接过了笔，继续写作，写出了我们如今都熟悉也都不想碰的剧本和十四行诗。请容我解释。

我们都认识到，莎士比亚（马洛）剧中的情节借自古人（今人）；不过，到了需要把情节归还给古人时，他把情节都用光了，于是被迫离国，另取一名，叫威廉·吟游诗人（由此才有"不朽的吟游诗人"一说），免得给关进负债人监狱（由此才有"负债人监狱"一说）。至此，弗兰西斯·培根出现了。当时，培根是个发明家，正研究先进的制冷理论。传说他是在努力把一只鸡冷冻起来时死的。显然，是鸡先攻击他的。如果事实证明，马洛和莎士比亚实为一人，为了不让莎士比亚知晓马洛，培根虚构了一个名字，亚历山大·波普。而亚历山大·波普，实际上是罗马天主教教皇亚历山大。因作为最后一批游牧人的吟游诗人（他们留下了"不朽的吟游诗人"一说）侵入意大利，教皇流亡在外，数年前赶到了伦敦，而罗利正在伦敦塔内等待死期。

事情后来变得更加神秘，本·琼森为马洛安排了一次假葬礼，说服了一个不出名的诗人在葬礼上替代马洛。不要把本·琼森同塞缪尔·约翰逊混淆起来。他是塞缪尔·约翰逊，而塞缪尔·约翰逊不是他。塞缪尔·约翰逊是塞缪尔·佩皮斯。佩皮斯实际上是雷利，雷利从伦敦塔逃出，用约翰·弥尔顿这个名字写了《失乐园》。诗人弥尔顿因双目失明，碰巧逃进伦敦塔，顶着乔纳森·斯威夫特这个名字被绞死了。当我们清楚了乔治·艾略特是个女子时，这一切就都明白了。

由此可见，《李尔王》不是莎士比亚所写，而是乔叟写的一出讽刺活报剧，最初的剧名是《世上无完人》，里面暗示了是谁杀死了马洛。在伊丽莎白(伊丽莎白·巴雷特·勃朗宁)时代，这个人被称作老维克。后来，我们更熟悉老维克了，是因为写了《巴黎圣母院》的维克多·雨果。大多数学文学的人都觉得，《巴黎圣母院》只不过是《科利奥兰纳斯》做了几处明显的改动而已。(试试两个剧名都很快连着念。)

于是我们就想，路易斯·卡罗尔写《爱丽丝漫游奇境》时，是否在讽刺这整个事情？三月兔是莎士比亚，疯帽匠是马洛，小老鼠是培根。或者，疯帽匠是培根，三月兔是马洛，或卡罗尔、培根。小老鼠是马洛，或者爱丽丝是莎士比亚，或培根。或者，卡罗尔是疯帽匠。可怜的卡罗尔没活到今天，无法了断此事。培根，或是马洛，或是莎士比亚，都没活到今日。问题的关键是，你要是搬家，就得通知当地邮局。除非你不一点也不在乎你的后代。

印象派画家若是做了牙医

(关于人的性情移位的遐想)

亲爱的提奥,

　　生活对我就不能宽厚一点吗?我是彻底绝望了!我头痛得厉害!索尔施维默夫人要告我,因为我是按照我的感觉给她做的齿桥,而不是按照她那荒谬的嘴巴!这就对了,我不能像普通手艺人那样听病人指挥。我觉得她的齿桥应该巨大而起伏,狂野的牙齿应该朝各个方向爆开,好似野火一样!因为同她的口型不吻合,她很不高兴!她真庸俗,真愚蠢,我真想把她揍扁了!我想把一个假牙托使劲塞进去,可它却像个张牙舞爪的枝形吊灯呲出来。不过,我觉得挺好看的。她说她不能嚼东西了!她能不能嚼东西与我何干!提奥,我再也不能这样下去了!我问塞尚是否愿意跟我合用诊所,可他太老了,拿不住牙医器械,只得绑在手腕上,但他又对不准,一伸进嘴里,捅下来的牙比治好的牙都多。

怎么办？

文森特

亲爱的提奥，

这星期我拍了些 X 光片，觉得还不错。德加看了不大满意。他说，构图不好，所有的龋齿都集中在左下角。我跟他解释说，斯洛特金夫人嘴里就是这样，可他不听！他说，他不喜欢那个框子，红木也太重了。他走后，我把片子都撕了！这好像还不够，我又想给威尔玛·扎蒂斯夫人做点根管治疗，但刚做一半，我就没心情了。我突然想起来，我想做的不是根管治疗！我脸又红心又跳地跑出诊所，到外面呼吸点新鲜空气！我昏过去好几天，醒来时正躺在海边！等我回到诊所，她还在椅子上。我出于责任感把活儿做完，但打不起精神在手术证明上签字。

文森特

亲爱的提奥，

我还需要钱。我知道，这对你是个负担，可我又有谁可去求助呢？我需要钱买东西！我现在几乎全是靠牙线来治牙，即兴发挥，结果还很好！老天！我连买局部麻醉药的钱都没有了！今天，我拔了一颗牙，只好读德莱塞来麻醉病人。帮帮我吧。

文森特

亲爱的提奥，

　　我决定同高更一起合用诊所。他是个好牙医，擅长做齿桥，好像也喜欢我。他特别欣赏我给杰·格林格拉斯先生做的活。你记得吗，我补好了他下面七颗牙，可我讨厌那些补料，想再取出来。格林格拉斯先生坚决不肯，我俩就上了法庭。又出现了关于所有权的法律问题，根据律师的建议，我要了个聪明，要求拥有所有牙齿，协商后得到了补料。有人在我诊所的角落看到了，要拿到外面去展示！人们已经开始谈起举办回顾展了！

　　　　　　　　　　　　　　　　　　文森特

亲爱的提奥，

　　我和高更合用一间诊所是个错误，我想。他不大正常，拼命喝果味爽口水。我一说他，他就发火，从墙上扯下我的牙医证书。等他火气消了一点，我说服他到室外去补牙。我们在芳草地上工作，身边是绿色和金色。他给安吉拉·托娜多小姐包了牙，我给路易·考夫曼先生暂时补了牙。我们就在露天一起行医！太阳光下尽是一排排闪亮的白牙！忽然起了风，把考夫曼先生的假发吹进了树丛。他冲过去抢假发，把高更的器具撞倒了。高更说都怪我，胳膊挥了过来，却错打了考夫曼先生，把他推到高速牙钻上。考夫曼先生像支火箭从我身旁飞了上去，还带走了托娜多小姐。结果是，里夫金、里夫金、里夫金和梅泽事务所扣押了我的收入。赶快给我寄点什么过来吧。

文森特

亲爱的提奥，

土鲁斯-劳特累克是世界上最伤心的人。他最渴望成为一位伟大的牙医，而且也真正有才。可他太矮够不到病人的嘴，又过于自负，不愿在脚下垫东西。所以他只好高举起两只胳膊，胡乱摸索病人的嘴唇四周。昨天，他给菲特尔森夫人治牙，没把牙包好，却包了下巴。还有，我的老友莫奈只愿给特别大的口腔看病，别的一概拒绝。修拉情绪低沉，想出了一种办法，一次只洗一颗牙，直到建立起一个照他的说法是"完整新鲜的口腔"为止。它有了一种建筑的坚固性，但那是牙医干的活吗？

文森特

亲爱的提奥，

我谈恋爱了。克莱尔·梅姆灵上周来做口腔病预防。（我给她寄了张明信片，通知她说她上次洗牙后已过了六个月，虽然实际上只过了四天。）提奥，她把我搞疯了！欲火中烧！她的牙一咬合，我从未见过这样咬合的！她的上下两排牙严丝合缝！根本不像伊特金夫人的牙，她的下牙比上牙突出来一英寸，看上去像个狼人！不！克莱尔的牙正相反，十分齐整，完全吻合！看到这样的牙，你就知道准有个上帝！可她不是过分地完美，还不是无瑕

174

无疵到了枯燥无味的地步。她下排第九颗牙同第十一颗牙间有个空隙。第十颗牙在青少年时期掉了。突然间，毫无预兆地出现了一颗龋齿。拔除得也很容易(实际上是她说话时自己掉了下来)，也从未替换上。"什么也替换不了下排第十颗牙，"她告诉我，"那不只是颗牙，简直就是我的一段生命。"长大后她很少再谈起那颗牙。我觉得，她是因为信任我才只愿意跟我说起。提奥，我爱她。今天，我朝她口腔里看去，紧张得就像一个刚学牙科的年轻学生，把棉球、小镜子都掉进去了。后来，我伸出胳膊搂住她，给她演示正确的刷牙方法。这个甜甜的小傻瓜，以前刷牙是手握牙刷不动，脑袋左右摇晃。下周四我要给她用点气体麻醉剂，然后向她求婚。

文森特

亲爱的提奥，

高更和我又吵起来了。他去了塔希堤！他正在给病人拔牙，我突然闯了进去。他的膝盖顶着纳特·费尔德曼先生的胸，手拿钳子，正夹住上排右边的臼齿。和往常一样，病人在挣扎，我不巧正赶在此时进去，问高更看没看到我的毛毡帽子。高更一走神，没能夹住牙，费尔德曼先生乘机从椅子上跳起，夺路逃出诊所。高更发了疯！他把我的头按在 X 光机下整整十分钟，随后几个小时，我的两只眼睛都不能同时眨眼。现在我孤独极了。

文森特

亲爱的提奥，

　　都完了！今天我计划向克莱尔求婚，因此有点紧张。她美极了，身穿白色的蝉翼纱裙，头戴草帽，嘴里牙龈后缩。她坐在椅子上，我把导液钩放进她嘴里，心中跳得山响。我尽量显得浪漫些，把灯调低了一点，找欢快的话题说。我俩都吸了一点气体麻醉剂。恰到好处时，我直视着她的眼睛说："请漱口。"她大笑起来！是，提奥！她先朝我大笑，转而生起气来！"你以为我会为你这等人漱口？真是笑话！"我说："请冷静些，你不理解。"她说："我很理解！我只听有执照的正牙医师的话才漱口！我一想到在这里漱口就……离我远点！"说着，她哭着跑了出去。提奥，我不想活了！我在镜子里看到自己的脸，真想把镜子砸了！砸了！祝你一切都好。

文森特

亲爱的提奥，

　　是，是这么回事。弗莱希曼兄弟珍品店里卖的是我的耳朵。我估摸着这么做挺蠢的，可上周日我想给克莱尔送份生日礼物，偏偏每个地方都关门。好了，好了，有时我真希望自己听了父亲的话，做一名画家。虽然不太带劲，但总能过上正常的生活。

文森特

维恩斯坦

　　维恩斯坦盖着被子，无精打采地躺在床上盯着天花板发呆。外面，潮湿的空气从人行道上升腾起来，一浪接着一浪。此时，车水马龙的声响震耳欲聋。除此之外，他的床又着火了。瞧我这样子，他想。五十岁了，半个世纪。明年五十一，后年五十二。用这种办法，他能推算出今后五年他的年纪。他想，时间苦短而万事催促。其中一件事是，他想学开车。曾和他一起在拉什街上玩四面刻有希伯来字母的陀螺的阿德尔曼，在巴黎大学学的开车。他技术娴熟，已经自己驾车周游四方。维恩斯坦试过几次父亲的雪佛兰，但总是冲上边道。

　　他十分早熟，生就一个知识分子。十二岁时，他把托·斯·艾略特的诗译成英文，因为一帮破坏分子闯进图书馆，将诗翻成了法文。他的高智商令他孤独无友，好像这还不够似的，他还因自己的宗教信仰备受屈辱迫害，而且主要来自他父母。不错，老爹是犹太教教友，母亲也是，但两人一直不能接受自己的孩子是犹太人这个事实。"这是怎么回事？"他父亲迷惑不解地问。维恩斯坦每天早上刮脸时都想，我这脸长得是闪米特人的脸。好几次，有人把他认作是罗伯特·雷德福，不过这种人都是盲人。还有他孩提时代的朋友芬格拉斯：大学联谊会会员、工贼、工人活动的破坏分子，转信马克思主义成为共产鼓动家。因为被党出卖，他去了好莱坞，给一个著名的卡通老鼠配音。很讽刺。

维恩斯坦还一度跟共产主义者有过瓜葛。为了赢得拉特格斯大学一个女生的好感，他搬到莫斯科参加了红军。当他第二次约她时，她已经跟了别人。他在俄国步兵中的军士军衔到后来仍然碍事，使他通不过安全检查，得不到在龙翔餐馆进餐时白送的开胃菜。另外，在学校里，他还组织领导实验室小白鼠罢工，要求改善工作条件。实际上，让他着迷的不是政治，而是马克思主义理论的诗歌。他确信如果人人都学会《布拖把》的歌词，集体化就会成功。自从有一天，他叔叔的鼻子在第五大道的萨克斯百货消亡后，"国家逐渐消亡"这一说法就一直萦绕着他。他真想知道，能从社会革命的真正实质中了解些什么？无非是，绝不要吃了墨西哥食品后去革命。

大萧条毁了维恩斯坦的叔叔梅尔，因为他把所有积蓄都藏在床垫里。市场崩溃后，政府把所有床垫都收走了，梅尔一夜之间变得一贫如洗。他唯一能做的就是从楼上跳下去。可他没有胆量，坐在熨斗大厦的窗户边上，从一九三〇年一坐坐到一九三七年。

"那些又喝酒又乱性的孩子，"梅尔叔叔总喜欢说，"他们知道在窗户边上坐七年的滋味吗？坐在这能看到生活！当然，人人都像个蚂蚁。可特西——愿她安息——每年都在那边的壁架上制作逾越节家宴。一家人聚在这里过节。噢，侄子！当人们造出个炸弹，炸死的人比一瞅上马克斯·里夫金女儿就想死的人都多时，世界会成什么样子？"

维恩斯坦所谓的朋友们，都在众议院非美活动委员会面前屈服了。布洛尼克让自己的母亲告发了，沙泼斯坦让自己的电话录音告发了。维恩斯坦被委员会传唤去，他承认曾给俄罗斯战争救济基金捐款，还说："噢，对了，我还给斯大林买了一套餐厅家具。"他拒绝指名道姓，但表示，如果委员会坚持要他讲出人名，他可以讲开会时见到的人的身高。到了最后他慌了，本来该援引《第五修正案》，却援引了允许费城在周日出售啤酒的《第三修正案》。

维恩斯坦刮完脸，洗了个澡。他在身上擦好肥皂，热水顺着他宽大的后背飞溅而下。他想，此时此地，我在时间和空间的某个固定点，在洗澡。我，艾萨克·维恩斯坦，上帝的一个造物。忽然，他踩上肥皂，摔倒在地，脑袋撞上毛巾架。这一星期真不走运。前一天，他理发没理好，至今仍然忧心忡忡。一开始，理发师剪得很仔细，可过了不久，维恩斯坦就发现他剪得太过分了。"把头发放回去！"他蛮不讲理地喊叫起来。

"放不回去，"理发师说，"根本粘不上。"

"噢，那就拿给我，多米尼克！我想自己拿着！"

"头发一掉到地上就是我的了，维恩斯坦先生。"

"活见鬼！我要我的头发！"

他怒气冲冲大叫着，最后觉得理亏，走了。非犹太人，他想。不管怎样，他们总能整治你。

现在，他出了旅馆，走上第八大道。两个男子正在抢劫一位老太太。天哪，维恩斯坦想，这在以前一个人就够了。什么城市。到处都这么乱。康德说得对：思想硬性规定秩序。它还告诉你该给多少小费。能够具有意识，真是美妙！不知道新泽西的人们在干什么。

他去见哈里雅特，谈离婚赡养费的事。他们还是夫妻时，她就有计划地想要跟曼哈顿电话簿上名字第一个字母是 R 的所有人乱搞；即使这样，他也还爱她。他原谅了她。不过，当他最好的朋友同哈里雅特在缅因州找了一栋房子，一住就是三年，更没把行踪告诉他，他本应该有所怀疑。他不想正视，就这么回事。他同哈里雅特的性生活早就停止了。他们第一次见面时，他同她睡过一次。第一次登月那天晚上，他们睡过一次。还有一次是在他腰椎间盘突出后，想试一试他的后背怎样。"哈里雅特，跟你就是弄不好。"他常生气，"你太纯洁了。每次我对你有冲动，我都会将其升华，到以色列种上一棵树。你让我想起我妈妈。"（莫莉·维恩斯坦为他操劳，做得一手芝加哥最好的牛肉馅饼。里面加了一种秘密佐料，后来人们发现，她放的是印度大麻。愿她安息。）

做爱的话，维恩斯坦需要一个性情相反的人。比方说卢安，她把性当成艺术。唯一的问题是，她不脱鞋就数不到二十。一次，他想给她一本关于存在主义的书，可她把书吃了。在性生活方面，维恩斯坦总觉得不对劲。首先，他觉得自己太矮。他穿自己的袜子时，身高五英尺四；虽然穿上别人的袜子，可以达到五英尺六。他的心理分析师克莱因大夫跟他讲明，在一列行进的火车面前跳动，是自毁行为，更是敌对行为；但不管怎样，都会毁掉他的裤线。克莱因是他的第三个心理分析师。第一个是个荣格的信徒，曾建议他试试扶乩板。在此之前，他也曾参加过"集体治疗"，但轮到他讲话时，他头晕目眩，只背得出所有行星的名字。他的问题是女人，他知道。任何女人大学毕业时平均分数若高于 B-，他都兴奋不起来。同打字学校出来的女人在一起，他最踏实；虽然打字速度若超过每分钟六十个字，他也会手脚慌乱干不起来。

维恩斯坦按了哈里雅特家的门铃，她突然站在他面前。他想，跟以前一样，胀得很大把长颈鹿都弄脏了。这是一个很私密的笑话，他俩谁也不懂。

"你好，哈里雅特，"他说。

"噢，艾萨克，"她说，"你别这么自以为是。"

她说得对。说的话真不得体。为此他特别恨自己。

"孩子们怎么样，哈里雅特？"

"我们从来没有孩子，艾萨克。"

"所以我觉得每星期四百块的子女抚养费太多了。"

她咬着嘴唇，维恩斯坦咬着自己嘴唇。接着，他咬她的嘴唇。"哈里雅特，"他说，"我……我破产了。鸡蛋的期货价跌了。"

"明白了。你的异教女友不能帮帮忙？"

"对你来说，任何非犹太人的女孩都是异教女友。"

"我们就不能忘了这事？"她把他顶了回去。维恩斯坦突然想要亲吻她，或是别人也行。

"哈里雅特，我们哪儿出了毛病？"

"我们从未面对现实。"

"这不是我的错。你说是面对北面。"

"现实就是北面，艾萨克。"

"不对，哈里雅特。空想是在北面。现实在西面。自欺欺人是东面。路易斯安那州估计是在南面。"

她仍然能逗起他的欲火。他朝她伸出手，可她躲开了，他的手落进了酸奶里。

"所以你就跟心理分析师睡觉？"他的话终于蹦了出来。他一脸怒气。他觉得要晕倒了，可又记不起来该怎样倒下。

"那是心理治疗，"她冷冷地说，"弗洛伊德认为，性是通往无意识的康庄大道。"

"弗洛伊德说，梦是通往无意识的通途。"

"性，梦，你要找碴儿吗?"

"再见，哈里雅特。"

这没用。Rien à dire, rien à faire。① 维恩斯坦离去，走到联盟广场。突然，热泪喷涌而出，好似大坝决堤。热乎乎、咸乎乎的泪水压抑了多少年，现在都随着不加掩饰的情感奔泻而出。但问题是，这泪水是从耳朵里流出的。瞧这个，他想。我连哭都不成样子。他用舒洁擦了擦耳朵，回家去了。

---

① 法文，没什么可说，没什么可做。

美好时光：一段口述回忆

以下是即将出版的弗洛·吉尼斯回忆录的几段摘录。弗洛当然是禁酒时期最富有色彩的地下酒吧吧主，她的朋友都叫她大弗洛（许多敌人也这么叫，主要是图个方便）。这些录音采访栩栩显出一个生活欲望强烈的女人、一个壮志未酬的艺术家的形象。她曾立志做一名古典小提琴手，但发现这意味着要学小提琴时，她只得放弃这一夙愿。在此，大弗洛首次自我袒露。

起先，我在芝加哥宝石夜总会为小内德跳舞。内德是个精明的商人，他所有的钱都通过我们现在称为"偷窃"的方式赚来。当然，那时同现在不大一样。对了，内德很有魅力，当今已经看不到这样的了。你要是跟他不对劲，他会打断你的双腿。这方面他是出了名。他也确实这样，小子们。他打断的腿多了！可以说，平均每星期他要打断十五条或十六条腿。但是，内德对我很好，或许是因为我在他面前总是直截了当告诉他我的想法。有一次吃饭时我说："内德，你就是一个拐弯抹角的骗子，德行就像小巷子里的野猫。"他听了大笑，但那天晚上，我看到他在字典里查"拐弯抹角"的意思。反正，我说过，我是在小内德的宝石夜总会跳舞。我是他最好的舞女，小子们，那叫舞蹈演员。其他舞女只是跳跳而已，可我能跳出故事来。就像刚刚出浴的维纳斯，只不过是在百老汇和四十二街路口而已，到了夜总会，一直跳到凌晨，于是出现大面积冠状动脉硬化，脸的左半边肌肉失去了控制。小子们，真伤心。所以，我赢得了尊重。

一天，内德把我叫到他办公室，叫了声"弗洛"（他总是叫我弗洛，除非他真的对我发火，那他就叫我艾尔伯特·施奈德曼。我根本不知道他为什么这么叫。只当是人的内心不可猜测吧。）内德说："弗洛，我想让你嫁给我。"这下子，你拿根羽毛都能把我打倒。我哭了起来，像个孩子。"我是说真的，弗洛，"他说，"我深深地爱你。让我说这些事不大容易，可我想让你做我孩子的母亲。你要是不答应，我就打断你的双腿。"正好两天后，小内德和我结了婚。三天后，内德被一群人拿机枪打死了，因为他把葡萄干撒在艾尔·卡彭的帽子上了。

当然，事后我就富了。我先给爸爸妈妈买下了他们一直念叨的那个农场。他们说，他们从来没说起过农场，实际上是想买一辆车，买点皮草；不过，他们还是试一试。他们喜欢农村，虽然爸爸在北纬四十度给闪电击中了，此后六年当人问起他姓名时，只会说"舒洁"一词。至于我，三个月后，我破产了。是投资失败。我听朋友们劝告，投资了辛辛那提的一次鲸鱼捕捞。

我给大艾德·惠勒跳舞，他私酿的酒酒劲大极了，只能戴上防毒面具一口口呷。艾德每星期付我三百块钱，演出十场。在当时这可是一大笔钱。好家伙，要加上小费，我比胡佛总统赚得都多。他还要演出十二场。我是在九点和十一点出场，胡佛是在十点和两点出场。胡佛是个好总统，但他总是坐在更衣室哼来哼去的，弄得我烦死了。一天，顶峰夜总会老板看了我的演出，要我到他那里去，一星期五百块。我直截了当地跟大艾德说："艾德，比尔·哈洛汉的顶峰夜总会出五百块钱，要我去那。"

"弗洛，"他说，"你要一星期能赚五百，我不拦着你。"我跟他握握手，就去告诉比尔·哈洛汉这个好消息。可大艾德手下的几个人在我之前到了。等我看到比尔·哈洛汉时，他的体型已经变了，他变成了雪茄盒里传出的尖尖的声音。他说，他决定退出这个行业，离开芝加哥，到赤道附近去定居。我就继续为大艾德跳舞，直到卡彭一伙把他收了。小子们，我说"收了"，但实情是，疤瘌脸艾尔要给他一小笔钱，被他回绝了。当天，他在牛排馆里吃午饭时，脑袋突然喷火。谁也不知道是为什么。

我用攒下的钱盘下了"三平局"，一转眼就成了城里最火的娱乐场所。人们都来了：贝比·鲁斯①、杰克·邓普西②、艾尔·乔逊③、"战舰"④。"战舰"每晚都来。老天，那匹马喝起来真厉害！我记得，有一次，贝比·鲁斯迷上了一个叫凯莉·斯温的表演女郎。他迷得疯了，已不能专心打棒球，两次把身上涂上油，以为自己是穿越海峡的著名游泳健将。"弗洛，"他跟我说，"我对这个红头发的凯莉·斯温着魔了。可她不喜欢体育。我骗她说我是教维恩斯坦的。可我觉得她有点怀疑。"

"没她你就活不成了，贝比？"我问他。

"活不成了，弗洛。我精神集中不起来。昨天，我打出四个安打，偷了两次垒。可这是一月份，也没有比赛。我是在旅馆房间里打的。你能帮帮我吗？"

我答应去和凯莉说说。转天，我拐进她跳舞的金色角斗场。我说："凯莉，那个小宝贝对你着了魔。他知道你喜欢文化，他说，你要是跟了他，他就不打棒球了，他参加玛莎·格兰姆舞蹈团。"

凯莉直看着我眼睛说："告诉那个笨手笨脚的运动员，我老远从奇珀瓦福尔斯来此，不是为了跟一个脑满肠肥的右边场手。我有宏图大志。"两年后，她嫁了奥斯古德·韦林顿·塔特尔勋

---

① Babe Ruth (1895—1948)，美国扬基队棒球手，小乔治·赫曼鲁斯(George Herman Ruth, Jr.)的昵称。
② Jack Dempsey (1895—1983)，美国著名拳击手。
③ Al Jolson (1886—1950)，美国歌手、喜剧演员。
④ Man O'War (1917—1947)，历史上最伟大的纯种赛马。

爵，成了塔特尔夫人。她丈夫放弃了大使职位，在老虎棒球队打游击手位置，成了塔特尔跳手。他一直保留着第一局被球击中头部次数最多的纪录。

赌博吗？小子们，"希腊人"尼克赢得大名时，我正好在场。有一个小赌徒叫"希腊人"杰克。尼克给我打电话说："弗洛，我要做正宗的'希腊人'。"我说："对不起，尼克，你不是希腊人。纽约州赌博法也有禁令。"他说："我知道，弗洛，可我父母总想让我成为'希腊人'。你能不能帮我跟杰克安排一次饭局？"我说："没问题，可他要是知道其中的缘由就不会来。"尼克说："试试，弗洛。这对我可是事关重大。"

于是，这两个人就在蒙蒂牛排屋的烧烤间见了面。那里原本不让女人进，但蒙蒂是我好友，没把我看作男的，也没把我看作女的，照他的说法，是"未定性的原生质"。我们点了肋骨这道特色菜。蒙蒂有种特殊制作方法让它们吃起来像是人的手指头。吃到最后，尼克说："杰克，我想叫'希腊人'。"杰克脸色变白，说："尼克，你瞧，你要是为了这把我叫来——"好了，小子们，后面就乱了。两个人摩拳擦掌。尼克说："我跟你说吧，我要赢死你。出大牌的叫'希腊人'。"

"要是我赢了呢？"杰克说，"我已经叫'希腊人'了。"

"要是你赢，杰克，你可以拿一本电话簿，上面的名字你喜欢哪个，就挑哪个。以示我的敬意。"

"一言为定?"

"弗洛做证人。"

这下子，你能觉出屋里的紧张气氛。叫来了一副牌他俩抽。尼克抽了张 Q。杰克的手在发抖。他一抽，抽了张 A! 人们都欢呼起来。杰克翻开一本电话簿，挑了格罗弗·伦贝克这个名字。每个人都很高兴。从那天起，女人也能进蒙蒂牛排屋了，只要她们读得懂象形文字。

我记得，在冬令花园曾有一次盛大的音乐剧品鉴会，剧名叫《星条害虫》。乔逊主演，可他们要他唱《双人份荞麦粥》这首歌，他不喜欢，就辞演了。歌词中有一句是："爱情至上，就像马进了马房。"反正，最后是一个叫费利克斯·布朗普顿的无名青年唱的。他后来在一家旅店里被捕了，当时他屋里有一块剪下来的一英寸海伦·摩根①纸板画像。所有报纸都报道了。好了，一天晚上，乔逊来到三平局，还带着埃迪·坎托②。他对我说："弗洛，我听说乔治·拉夫特③上礼拜在这跳过踢踏舞。"我说："他从没来过这。"他还说："你要是让他跳踢踏舞，我就要唱歌。"我就说："艾尔，他从没来过这。"然后艾尔说："他是不是有钢琴伴奏?"我说："艾尔，你要是唱一个音符，我就亲手把你

---

① Helen Morgan (1900—1941)，美国歌手、演员。
② Eddie Cantor (1892—1964)，美国喜剧演员、广播电视明星。
③ George Raft (1901—1980)，美国电影演员。

扔出去。"结果,乔逊就单腿跪下,唱起"Toot-Toot Tootsie"。他没唱完,我就把那个地方卖了。等他唱完,那里已经成了文华洗衣房。乔逊一直计较这件事,也从来没原谅我。出去时,他让一堆衬衣给绊倒了。

俚语的来源

有多少人想过一些俚语究竟来自何方？比如，"她是小猫的睡衣"，或者"贴上羽毛，逃之夭夭"。我没想过。不过，我为对这类事情感兴趣的人编了一份短小指南，列举了几个有趣的来源。

真不幸，时间太短，来不及参考关于这一题目的任何皇皇大作。我只得从友人那里获取信息，或靠自己的常识来填补空白。

比方说，"吃块谦逊饼"。在肥仔路易统治时代，法国烹调艺术兴盛到了任何地方都无法比拟的地步。法兰西国王肥胖至极，要用吊车把他吊到王座上，再用一把大抹刀把他压进去。平常一顿正餐(按德罗切的说法)包括一份薄煎饼，一些香菜，一头牛，还有蛋奶糕。宫廷里吃得上了瘾，不许谈与吃无关的任何事情，否则就处以极刑。腐朽的贵族要吃掉大量食品，甚至还打扮成食品的样子。德罗切告诉我们，蒙尚先生装扮成一条肉肠出席加冕典礼。艾蒂安·蒂斯朗幸获教皇特许，同他最喜欢的鳕鱼结成连理。甜点越来越精致，馅饼越来越大，直到司法大臣吃一份七英尺大的"巨型派"时给噎死了。巨型派演变成了巨逊派，意思也转成了任何丢脸的行为。当西班牙水手听到"巨型派"一词时，就念成了"谦逊派"，虽然许多人宁可什么也不说，只是笑笑。

"谦逊派"一词源自法文，而"贴上羽毛，逃之夭夭"则来自英文。很多年前，在英国，"逃之夭夭"是种游戏，玩时需要一个骰子和一大管药膏。玩家轮流掷骰子，然后在屋里蹦来蹦去，直到蹦出血。如果有人掷出七点或以下，就要说"五点儿"，还要玩命地转圈。如果掷出七点以上，就得把自己的一部分羽毛分给别人，好好地给"逃之夭夭"一下。三次"逃之夭夭"之后玩家就给"退了"，或是给说成是道德败坏。慢慢地，任何带羽毛的游戏都叫作"逃之夭夭"了，羽毛也成了"逃之夭夭"。玩"逃之夭夭"就是指贴上羽毛，后来演变成"贴上羽毛，逃之夭夭"，虽然其中的转变还不大清楚。

碰巧，如两个玩家对游戏规则相争不下，可以说他们是"钻进了牛肉"。这种说法可追溯到文艺复兴时代。那时，男子追求女子常拿一块牛肉拍拍女子脑袋的一侧。女子若是躲开，就说明她已经名花有主。女子若不退避，反而帮着把牛肉贴在脸上，并在头上蹭来蹭去，就说明她愿意嫁给男子。这块牛肉交由新娘父母保管，在特殊场合当帽子戴。不过，丈夫若是另有新欢，妻子可以拿着这块牛肉，跑到镇子中心广场，喊："此为汝之牛肉，吾弃之也，呜呼！呜呼！"以此解除婚姻。如果说夫妻"钻进了牛肉"，表示他们吵了架。

还有一项婚姻习俗，产生了一种铿锵有力、色彩鲜明的蔑视旁人的说法，"鼻子朝天看人"。在波斯，一位女子若是鼻子硕长，就会被视作美貌。实际上，女子鼻子越长越好出嫁。但只到一定程度为限，超过限度就可笑了。男子向女子求婚时，单腿跪下，等待答复；而女子则"鼻子朝天地看着他"。如果她鼻孔扇动，就表明她接受。但如果她用磨石把鼻子削尖，啄他的脖子和肩膀，则说明她心中已经另有他人。

好了，我们都知道，谁要是穿得正正经经，人们就说他穿得好似"斯皮飞"。这个说法源自奥斯瓦尔德·斯皮飞爵士。他大概是英国维多利亚时代最出名的花花公子。他继承了大笔财富，但把钱都花在了服装上。据说，曾有一度，他拥有的手帕足够亚洲所有男女老少连续不断地擦鼻涕连擦七年。斯皮飞的衣着创新富有传奇色彩，他是把手套戴到头上的第一人。他的皮肤特别敏感，内衣要用最好的新斯科舍鲑鱼，请特定裁缝小心切片。他行为放荡，卷入好几起丑闻。他最后起诉政府，要求有权戴着耳套抚爱侏儒。他死在奇切斯特镇，死时身无分文，只剩下护膝和一顶宽边草帽。

于是，穿得好似"斯皮飞"是种赞许；而这样的人，多半会穿戴齐整去"敲打乐队"。这是世纪之交时的一种说法，起源于交响乐队演奏柏辽兹时指挥若是发笑、就挥棒乱打的一种风俗。

很快，"敲打乐队"成为一种人们喜闻乐见的晚间活动。人们穿上最好的衣服，手里提着棍棒。最后，在纽约的一场音乐会上，这个风俗才寿终正寝。当时，正演奏《幻想交响曲》，突然，整个弦乐部分停止了演奏，演员拔枪同前十排的听众交起火来。警察赶来结束了这场混乱，但 J. P. 摩根的一位亲戚已经伤了软腭。此后，至少在一段时间里，再没人穿戴整齐去"敲打乐队"。

你要是觉得以上这些词源有问题，可能会摊开双手说声"乱弹琴"①。这一奇妙的说法是许多年前从奥地利传来的。按照习俗，只要银行业中有人宣布，要同马戏团小笨人结婚，他的朋友们就会送他一个风箱和足够用三年的蜡制水果。传说里奥·罗斯柴尔德公布婚约时，人们错给他送来一盒提琴弓。当他打开盒子，发现里面并非传统礼物时，就大喊起来："这都是什么？我的风箱和水果呢？啊？我得到的只是提琴弓！"马上，"提琴弓"就在下层人的酒肆里成为笑柄，那里的人们都恨里奥·罗斯柴尔德，因为他梳完头总把梳子留在头发里。最终，"提琴弓"演变成"乱弹琴"，意指各种各样的蠢事。

行了，我希望你喜欢这些俚语的起源，它们促使你去自行发现一些。倘若你还想了解本研究开始时介绍的"小猫的睡衣"，这个说法可追溯到蔡斯和罗韦这两位德国蠢教授早先的滑稽戏里面的问答。比尔·罗韦穿着特大的燕尾服，偷了某个可怜家伙的

---

① Fiddlesticks，也含琴弓的意思。

睡衣。大卫·蔡斯身怀"听力困难"绝技，常常问道：

蔡　斯　呵，教授先生，你口袋里鼓鼓囊囊的是什么？

罗　韦　什么？那是我家小猫的睡衣。

蔡　斯　小猫的睡衣？噢，老天！

　　观众听到这巧妙的问答，大笑不止。这个组合被过早扼杀，否则，定要扬得大名。

天才们，请注意

Woody Allen

伍迪·艾伦
作品集

副作用

SIDE
EFFECTS

伍迪·艾伦 —— 著

李伯宏 —— 译

上海译文出版社

目录

怀念尼德尔曼

已经四个星期了，可我还很难相信桑多尔·尼德尔曼死了。他火化时我在场。应他儿子的要求，我带去了棉花糖。我们都很悲痛。

死前，尼德尔曼总是惦记着自己的葬礼。有一次他告诉我："我愿意火葬，不愿土葬。可要让我跟尼德尔曼夫人一起过周末，火葬土葬我都愿意。"最后，他选择火葬，把自己的骨灰捐给海德堡大学。海德堡大学把他的骨灰抛撒了，还拿了骨灰盒的押金。

我还记得他的样子，褶皱的西装，灰色的圆领衫。他总是想着深沉的问题，所以，穿外衣时，常常忘记把衣架拿下来。在普林斯顿的毕业典礼上，我提醒过他一次。他静静地笑了笑说："好，至少让那些拿我的理论说事的人觉得我的肩膀很宽。"两天后，他和斯特拉温斯基谈话时突然翻了个后空翻，被送进了贝尔维尤医院。

尼德尔曼这个人，不大容易让人理解。他沉默寡言，让人误以为冷漠无情。其实，他极富同情心。他曾目睹一次矿难，之后，吃饼干时就吃不下第二份了。他不大讲话，也令人敬而远之。但是，他觉得讲话是种很不健全的交流方式，所以连最私密的事情，他也宁愿用信号旗与人进行交流。

他同哥伦比亚大学校长德怀特·艾森豪威尔发生争执，被解除教职。当时，他拿着一把地毯掸子，等这位著名将军一出来，就朝他打去，艾森豪威尔扭头便跑，躲进了一家玩具店。（两人在大庭广众面前，为课堂铃声是表明下课还是提示上课争得不可开交。）

尼德尔曼一直希望能安静地死去。"就在我的书和文稿旁边，像我哥哥约翰一样。"（尼德尔曼哥哥在卷盖式书桌下面找音韵字典时，因窒息而死。）

谁能想到，午饭休息时，尼德尔曼去工地看拆楼房，脑袋会被大铁球砸中？这造成他严重休克，尼德尔曼停止呼吸时，还笑盈盈的。他最后一句话如同谜语一般："不了，谢谢，我已经有了一只企鹅。"

尼德尔曼平常总是同时做几件事，死时也是一样。当时，他正在创作一部关于伦理学的书，书中的理论基础是："公正的善行不仅更合乎道德，而且可通过电话来做到。"他的语义学新研究已经过半，他要证明（正如他拼命坚持的那样），句子结构属于先天性，抱怨牢骚则属于后天性。最后，还有一本关于纳粹大屠杀的著作。书中印有活动插图。尼德尔曼一直苦苦思索邪恶这个问题，相当雄辩地阐述说，只是在作恶者名叫布莱基或皮特时，才出现真正的邪恶。他也曾对国家社会主义动过心，在学术界酿成一出丑闻；不过，尽管他上体操课，学跳舞，样样都试了，可仍然连正步都走不好。

对他而言，纳粹主义只是一种反对学院哲学的行为。他总想让朋友们认同这一立场，然后扳过人家的脸，假作兴奋地说："哈，抓住你了。"起初，对于他认同希特勒的立场，批判起来并不难，不过必须考虑到他自己的哲学论述。他拒绝接受当代本体论，坚持认为人在无穷无尽之前，便已存在，虽然人的选择不多。他分清了小写的存在和大写的存在之间的区别，知道其中一个更可取，但从来就记不住是哪一个。尼德尔曼认为，人的自由包含对生活荒谬之处的认知。他喜欢说："上帝无言，我们人类也该闭嘴。"

尼德尔曼推论说，真正的存在唯在周末才能实现，即使如此，也还需要借一辆汽车。尼德尔曼认为，人，不是脱离自然的"事物"，而是被牵扯到"自然之中"。若不是先装出淡然无关的样子，再忙着跑到屋子的另一端，希望能瞥上自己一眼的话，就无法观察自身的存在。

他把人的一生称作是"焦虑的时间"。他讲到，人是一种命定要在"时间"中存在的造物，即使"时间"中毫无实质内容，也是如此。经过深思熟虑后，尼德尔曼健全的理智使其确信，他自己不存在，他的朋友不存在，唯一真实存在的，是他给银行打的六百万马克的欠条。由此，他迷上了国家社会主义的权力哲学。他这样说："我的眼睛一看到褐色衫就发亮。"后来尼德尔曼发现，国家社会主义正是他反对的那种威胁，他就逃离了柏林。他装扮成一株灌木，只横着移动，一次快走三步，就这样人不知鬼不觉地越过了边界。

在欧洲，尼德尔曼无论走到哪里，学生们和知识分子们都仰慕他的大名，给予他热切帮助。逃亡期间，他仍挤出时间出版了《时间、本质及现实：对虚无系统性的重估》，以及轻松愉快的专题论著《隐匿期间的最佳进餐地点》。哈伊姆·魏茨曼和马丁·布伯募集捐款，征集人们在请愿书上签名，准许尼德尔曼移民美国，但当时他选择的旅店客满了。德国士兵离他在布拉格的藏身之地只几分钟之遥，尼德尔曼决定无论如何也要前往美国。等到了机场，又出事了。他行李超重。阿尔伯特·爱因斯坦同乘一个航班，跟他解释说，只要把鞋楦从鞋里拿出来，所有行李就都能带上了。此后，两人经常通信。爱因斯坦一次写信说："你的工作和我的工作非常相似，虽然我仍不确定你做何工作。"

到美国后，尼德尔曼一直处于公众的争议之中。他出版了著名的《非存在：若突然出现，该如何应对》，还出版了关于语言哲学的经典之作——《非本质功能的语义学模式》，这本书被拍成了一部电影，很是叫座，片名叫"夜间飞行"。

因为同共产党的关系，他被迫从哈佛大学辞职，可算是个典型事例。他认为，只有在经济平等的制度下，才会有真正的自由，蚂蚁社会便是个范例。他可以几小时不间断地观察蚂蚁，还常沉思道："蚂蚁真是和谐。它们的女人要是再漂亮点，就更好了。"有意思的是，当众议院非美委员会传尼德尔曼作证时，他供出了人名，拿自己的哲学跟朋友们辩解说："政治行动不涉及道德，而且不属于真正的存在范畴之内。"这一次，学术界经受了磨练，直到几个星期后，普林斯顿的教员们才决定严惩尼德尔曼。碰巧，尼德尔曼用这同一个理论作为自己的自由爱情观的依据。但是，两名女学生不买他的账，其中一个十六岁的把他告发了。

尼德尔曼热衷于制止核试验，曾连同几名学生一起飞往洛斯阿拉莫斯，到了计划进行核爆炸的场地，拒绝离去。时间一分一秒地过去了，看来核试验将如期进行。只听尼德尔曼嘟囔一声"哎哟"，就颠儿了。报纸上没有报道的是，他整天都没吃饭。

追忆公众眼里的尼德尔曼并不很难。很杰出，很执着，又是《方式中的方法》一书的作者。但是，我总喜欢回忆私下里的尼德尔曼，头上永远戴着心爱帽子的桑多尔·尼德尔曼。他的的确确是戴着帽子火化的。我确信这是历史首创。还有诚心喜爱迪斯尼电影的尼德尔曼。尽管马克思·普朗克把动画片的原理给他讲得清清楚楚，可还是无法劝阻他给米妮鼠打电话。

尼德尔曼到我家做客时，我知道他喜欢特定牌子的金枪鱼罐头，便把这种罐头存在客人的厨房。他过于腼腆，不承认自己喜欢这种罐头。但是，一旦他觉得屋内无人时，就把每个罐头都打开，沉思道："你们都是我的孩子。"

在米兰，尼德尔曼与我和我女儿一起听歌剧。他从包厢探出身，掉进了乐池。他过于虚荣，不承认是自己失误。结果，连续一个月，他每晚都来听歌剧，重新掉进乐池。很快，他就得了轻度脑震荡。我跟他说，他的意思已经清楚了，别再往乐池里掉了。他说："不行。再来几次。真的不太坏。"

我还记得尼德尔曼七十岁生日。他夫人给他买了睡衣。尼德尔曼显然很失望，因为他暗示过想要辆新的奔驰。不过，他仍保持风度，回到书房，自己生闷气。后来，他又出现在众人面前，满脸笑容，并穿着睡衣参加了阿拉贝尔两出短剧的首演。

死刑犯

月光荧荧。布里索仰面睡着，肥大的肚子凸出来，嘴上显露着空洞的笑容。他像是某种无生命的物件，如一只大足球，或是两张戏票。少顷，他翻个身，月光好似换了个角度，照得他成了一套二十七件的银质餐具，配有沙拉碗和大汤盘。

"他在做梦，"克洛凯提着手枪，站在床边想，"他在做梦，而我，存在于现实中。"克洛凯憎恨现实，可又明白，只有在现实中才能吃到上好的牛排。此前，他从未了结过人命。他确实曾杀过一只疯狗，但也只是在一组精神分析医生确诊那是条疯狗之后才干的。（那条狗要咬掉克洛凯的鼻子，还大笑不止，所以被确诊为狂躁忧郁症。）

在梦里，布里索正在阳光灿烂的海滩上，欢欢喜喜地朝母亲伸开的双臂跑过去。就在他准备拥抱她时，这位满头灰发、满脸泪水的妇人变成了两勺香草冰激凌。布里索呻吟了一声。克洛凯把手枪又贴近些。他是从窗户进来的，在布里索床边站了两个多小时，一直无法扣动扳机。他甚至扳起了枪的击铁，把枪口插进布里索的左耳。但门外出现响动，克洛凯跳到衣橱后面，手枪就留在布里索的耳朵里。

布里索太太穿着花浴衣，进了屋，打开一盏小灯，看见手枪从他丈夫的脑袋里伸出来。她几乎像个慈母一般，轻叹一声，把枪取下来，放在枕头旁边。她又把被子掀开的一角塞好，关上灯，走了出去。

克洛凯已经昏了过去，一小时后醒来。醒来时，他一度惊慌失措，以为自己回到童年，回到了里维埃拉；可是，过了十五分钟，还是没见游客，他才清醒过来，明白自己仍在布里索家的衣橱后面。他回到床边，拾起手枪，再一次对准布里索的脑袋。但他还是无法开枪，结束这个可耻的法西斯奸细的性命。

加斯东·布里索出身富足的右翼家庭，早年就决定做专业奸细。年轻时，他上过讲演课，为的是告密时口齿更清晰。一次，他曾向克洛凯坦白："天哪，我真喜欢在人背后搬弄是非。"

"为什么？"克洛凯问。

"我不知道。给人找麻烦，告密。"

克洛凯想，布里索就是为了告密而告密，出卖朋友。不可饶恕的罪恶！克洛凯曾认识一个阿尔及利亚人，此人喜好冷不防拍人的后脑勺，然后满脸堆笑，不予承认。看起来，这个世界分成了好人和坏人。克洛凯想，好人睡得好，坏人则醒着的时候更多。

　　克洛凯和布里索是多年前认识的，当时的情形很奇特。一天夜里，布里索在双叟咖啡馆喝多了，跟跟跄跄地走向河边。他以为自己回到了家中，就脱了衣服上床，结果掉进了塞纳河。他想盖上被子，却弄得满身是水，就喊叫起来。克洛凯碰巧正在新桥上追赶自己的假发，听到冰冷的河里传来呼叫声。那是个月黑风高之夜，克洛凯立时就得决定，是否要冒生命危险去救一个陌生人。克洛凯不愿空着肚子做这么重大的决定，便去了一家餐馆吃饭。后来，他悔恨万分，买了些渔具，返回河边要把布里索钓出来。他先用假鱼饵试，可布里索聪明极了，就不咬钩，最后，克洛凯不得不哄骗说，要让他免费学跳舞，才把他哄上岸，再用渔网罩住。人们在给布里索量身长，称体重时，这两人成了好友。

　　现在，克洛凯又走近床边，举起手枪。在思量自己这一举动的后果时，他感到一阵恶心。这是一种存在型的恶心，肇因是他强烈地意识到生命的短促，吃普通的胃舒平也不管用。他需要一种"存在型"胃舒平，塞纳河左岸许多药店都出售这类药品。这药片很大，有汽车轮子盖那么大，放在水中溶化后，能够消除因对生命过多的觉悟而引起的恶心感。克洛凯还发现，吃完墨西哥食物后，这药也有用。

　　此时，克洛凯想，我要是杀了布里索，我就把自己定位成了杀人者。我将成为杀过人的克洛凯，而不是我现时的身份：在巴黎大学教家禽心理学的克洛凯。我选择自己的行动，也就为全人类做了选择。不过，若是世上所有人都像我这样来到这里，把布里索杀了，又怎么办？真是烦人！这还不包括门铃会整夜响个不停。当然，我们需要有专人代客停车。噢，天哪，想这些道德伦理的事情真费脑子！最好不去想太多。要多依靠身体，身体更值得信赖。参加会议的是身体，穿上休闲夹克还显得好看；要是去按摩，那就更方便，随叫随到。

克洛凯突然觉得，需要再次确认自己的存在。他朝布里索的衣橱镜子看去。（只要走过镜子，他总要看上一眼。一次，在健身俱乐部，他瞧游泳池里自己的倒影，瞧得时间太长了，管游泳池的不得不把池水放光。）没用。他下不了手。他扔下手枪，跑了。

到了街上，他决定去穹顶餐厅喝杯白兰地。他喜欢这个餐厅，是因为里面总是光线明亮，人潮涌动，一般还能有个座位，这可跟家里大不相同。他的家又黑又暗，他妈妈和他住一起，从来不让他坐下。可是，这个晚上，餐厅里坐满了人。克洛凯寻思着，哪来的这些脸？这些脸都模糊成一个抽象的概念："民众。"可是，他想，根本没有民众，只有个体。克洛凯觉得，这是个了不起的观点，在时尚的晚宴上可以借此炫耀一下。正因为他持有这类观点，自一九三一年以来，就没人请他参加过任何类型的社交聚会。

他决定去朱丽叶家。

"你把他干掉了？"当他进屋时，她问。

"干掉了，"克洛凯说。

"你肯定他死了?"

"像是死了。我模仿了莫里斯·谢瓦利埃。通常都是满堂喝彩。但这次没有。"

"好。他再也不能叛党了。"

朱丽叶是个马克思主义者，克洛凯提醒了自己一下。而且她是最有意思的那类马克思主义者，有着晒成棕褐色的修长双腿的那类。他认识的女子中，很少有人能在脑子里同时想到两个截然不同的概念，比如，黑格尔的辩证法和为什么一个人讲演时，你若把舌头伸进他耳朵，他讲得就有点像杰瑞·刘易斯了。朱丽叶就是其中之一。他面前的朱丽叶，一件紧身上衣和一条裙子，他想占有她，如同占有任何其他物品一样，比方说收音机，或是德国占领期间为扰乱纳粹戴的橡皮猪面具。

忽然，他和朱丽叶做起了爱，或者只是性交?他知道性与爱有区别，但也觉得，哪一种都很好，除非其中一方碰巧戴着围嘴。他思忖着，女人是一种柔软、缠绕的现实。存在，也是一种柔软、缠绕的现实，有时会完全把你缠绕进去。那你就永远也脱不出来，只有母亲生日以及担任陪审员等真正重要事情例外。克洛凯经常想，"存在"与"存在于世间"区别很大，无论他属于哪一类，另外一类肯定更好玩。

同往常一样，做爱之后，他睡得香极了。但是，第二天早上，他因暗杀加斯东·布里索被捕，令他一惊。

在警察局，克洛凯极力表示自己清白无辜。但警察告诉他，布里索房间里到处都是他的手印，在屋里发现的手枪上也是他的手印。克洛凯还犯了一个错误：他闯进布里索家时，在客人留言簿上签了名。没有希望了。此案有头有尾，十分明了。

随后几周进行审理，像是一场马戏团表演，虽然把大象带进法庭不大容易。最后，陪审团认定克洛凯有罪，判其上断头台。克洛凯的律师上诉请求宽大处理，但因被发现他提出上诉时戴着假胡须，上诉被驳回。

六个星期之后，在行刑前一天，克洛凯独自一人坐在牢房里，仍不能相信过去几个月发生的事情。尤其不相信大象进法庭那一段。第二天此时，他将死去。克洛凯总以为死亡是别人的事。"我注意到，胖人死的多，"他同自己的律师说。克洛凯自己则认为，死亡好像只是一种抽象概念。他想，人都会死，可克洛凯也会死？这个问题让他困惑。但是，一个狱卒只在牢房里划了几条简单的线，就把一切弄清了。躲是躲不过去了。很快，他就不再存在了。

我将离开人世，他忧伤地想着，可是，脸长得像海鲜馆菜单上某种食物的普洛特尼克太太却依然在世。克洛凯慌了神。他想逃走，或者最好变成什么经久牢固的东西，比如说，一把大椅子。他想，椅子没有烦恼，就放在那里，无人打扰。椅子不用付房租，也不用参与政治。椅子从来不会碰痛了脚趾，不会把耳罩放错地方。椅子不必笑，不必去理发。要是把它带到聚会上，也不必担心它突然咳嗽起来，当众出丑。人们只是坐在椅子上，这些人死了，又有其他人坐上去。克洛凯的逻辑使他颇为宽心。凌晨，狱卒来了，给他剃头，他装作一把椅子。当问到他最后一餐吃什么时，他说："你在问家具吃什么？为什么不给我换个新坐垫？"在狱卒们的盯看下，他服软了，说："来点俄式沙拉酱就行。"

克洛凯一贯不信神，但是伯纳德神父来到时，他问是否还可以皈依宗教。

伯纳德神父摇了摇头。"每年这个时候，主要宗教大都没有空位子了，"他说，"你这么急，大概我能想到的最好办法是介绍你信印度教。不过，我需要一张护照用的标准照片。"

没用了，克洛凯想。我只得独自去面对自己的命运。世上没有上帝，生活没有目的。根本没有永恒。当宇宙燃烧殆尽时，连伟大的莎士比亚的作品也将消失——当然，对于像《泰特斯·安特洛尼克斯》这样的剧本，这个想法倒也不坏，那其他剧本呢？莫怪有些人自杀了！为什么不结束这种荒诞？为什么还要演完这场称作生活的空洞的滑稽剧？为什么？除了我们内心某处有个声音在说："要活着。"在我们心内，总能听到一个声音在下令："活下去！"克洛凯听出来了，这是他保险公司推销员的声音。他想，当然了，菲什拜因不想支付保险费。

克洛凯渴望自由，渴望出狱，到大草坪上跑跑跳跳。（克洛凯高兴时，总喜欢跑跳。确实，这个习惯使他得以躲过兵役。）想到自由，他既激动，又恐慌。他想，我要是真的自由了，就可以尽可能做各种各样的事情。或许，我可以实现凤愿，做一名口技演员。或许，可以穿三角裤衩，戴上假鼻子假眼镜，参观卢浮宫。

在掂量这些选择时，他有点晕眩，几乎昏倒。正在此时，一个狱卒进了牢房，告诉他杀死布里索的真凶刚刚坦白。克洛凯自由了。克洛凯跪了下来，亲吻牢房的地面。他唱起了《马赛曲》。他泪流满面！他手舞足蹈！三天后，他被押回监狱，因为他穿着三角裤衩，戴着假鼻子假眼镜出现在卢浮宫。

命运多舛

(一部八百页长篇小说的手记——人们对此巨著正翘首以待)

背景——一八二三年,苏格兰:

某人因偷面包皮被抓。"我就喜欢面包皮,"他争辩说。人们还认出,就是他,近来滋扰几家小饭馆,只偷烤牛肉的边料小块。小偷所罗门·恩特威斯尔被带到法庭。严厉的法官判处他五年至十年(哪个先执行都行)强制劳动。恩特威斯尔被投入地牢。为表明监狱制度比较开明,早期的做法是把牢房钥匙扔掉。恩特威斯尔心灰意懒,但也坚定不移,他开始挖地道,要逃出监狱。他小心翼翼地用饭勺挖通了牢房,又一勺一勺地从格拉斯哥挖到伦敦。这中间,他曾在利物浦停下来,出来张望,结果发现自己更喜欢地道。到伦敦后,他躲在一艘开往新大陆的货轮上,梦想着开始新的生活。这一次,是做个青蛙。

到了波士顿,恩特威斯尔遇见了玛格丽特·菲格,一位新英格兰教师。她眉目清秀，擅长烤面包，烤好后放在自己头上。恩特威斯尔动了心，娶了菲格。两个人开了一家小店铺，出售毛皮和鲸油，收购工艺品。店铺当即红火起来，毫无意义的买卖越做越大。到一八五〇年，恩特威斯尔赚了钱，受了教育，得到尊重，并瞒着太太同一只巨大的负鼠搞上了。他和玛格丽特·菲格生有两个儿子。一个很正常，一个头脑简单；平常很难区分，除非给他们每人一个悠悠球。他的小货栈后来扩大为一间大型百货商店。八十五岁时，他患上天花，且头上挨了一斧头，因此死去。死时，他很幸福。

（备注：切记，要把恩特威斯尔写得招人喜爱。）

地点与观察，一九七六年：

沿着奥尔顿大道往东走，就会经过科斯特洛兄弟仓储库房、阿德尔曼修理行、肖内殡仪馆和希格比台球室。台球室的老板希格比是一个满头浓发的粗短汉子。他九岁时，从梯子上摔了下来，从此要提前两天提示，他才能停止发笑。从台球室朝北走，也即朝上城走(实际上，现在是在下城，真正的上城现在位于中城)，有一个绿绿的小公园。人们在此散步聊天；这个地方没有打劫和强奸，但常常碰见乞丐或是声称认识尤利乌斯·恺撒的人。目前，凉爽的秋风把夏季最后一批树叶吹下来(此地人称它为"桑塔娜"，每年都在同一时候吹来，把大多数老年人的鞋子都吹掉了)，堆成一堆。人们深深体会到一种漫无目的的存在感，尤其是在按摩房关门后。的确有一种形而上的"另类"感觉，却又解释不清，只能说这根本不像匹兹堡寻常发生的事情。这个镇子本身是个暗喻，但是，所喻为何？它不仅是个暗喻，也是个明喻。它是"此地"，是"此时"，也是"此时之后"。它是美国的典型镇子，也是不存在的镇子。这给邮差带来不少麻烦。而且，大百货商店是恩特威斯尔的。

布兰琪(以表妹蒂娜为原型)：

布兰琪·曼德尔斯塔姆胖胖的，甜甜的，眼镜厚厚的，手指头圆滚滚的，神经兮兮的。(她跟大夫说："我想成为奥林匹克游泳选手，可我在水里浮不起来。")钟表一响，她就醒了。

几年前，但不晚于更新世，人们还认为布兰琪挺好看的。不过，在她丈夫利昂眼里，她是"世界上最美的造物，除欧内斯特·博格宁①之外"。布兰琪和利昂是很久以前在高中舞会上结识的。(她的舞跳得极好，虽然跳探戈时，她常常要查看随身带的舞步图。)他们相谈甚欢，发现彼此有许多共同之处。比如，两人都喜欢睡在咸肉干上。布兰琪对利昂的衣着印象很深，她从没见过有人同时戴三顶帽子。这两人结了婚，不久，就有了第一次、也是唯一一次性经历。布兰琪回忆说："那真是一次升华，虽然我还记得利昂企图割开手腕。"

---

① Ernest Borgnine(1917—2012)，美国演员，曾获得奥斯卡最佳男主角奖。

布兰琪告诉新婚丈夫，虽然他以充当人体试验品赚的钱勉强能够维生，但她想留在恩特威斯尔百货商店售鞋部工作。利昂过于自尊，不愿由人养活，勉强同意，但坚持说，她到九十五岁时必须退休。这会儿，两人正进早餐。他的早餐是果汁、烤面包和咖啡。她的早餐通常是一杯热水、一个鸡翅膀、甜辣肉和烤肉卷。吃完后，她就去恩特威斯尔百货商店上班。

（备注：布兰琪应该一路走，一路唱歌，像表妹蒂娜那样，不过并非总是唱日本国歌。）

卡门（精神病理学研究，根据观察弗雷德·希姆东、他哥哥李及他们家猫斯帕基的性情后得出的结论）：

卡门·平丘克，矮胖、秃顶，从热腾腾的淋浴中走出，拿下浴帽。他所有头发都已经掉光，可他不喜欢把头顶弄湿。他跟朋友说："为什么要弄湿？那我的对手就会占我便宜。"有人表示，这种态度可能有些奇怪，他只是大笑，然后，他亲吻了坐垫，同时两眼在屋里四处打量，看是否有人在看他。平丘克是个很容易紧张的人，业余时间喜欢钓鱼，但自一九二三年以来，从未钓上一条鱼。"我猜多半是没鱼，"他哈哈大笑着。但是，当一个熟人指出，他把鱼线扔进了一罐奶油里时，他显得不安起来。

平丘克干过许多事情。高中时，他在课上哼哼，被开除学籍，此后做过牧羊人、心理治疗师和哑剧演员。现今，他在鱼类及野生动物管理局上班，据说在教松鼠讲西班牙语。喜欢他的人，称他是个"愚笨无用、独来独往、精神变态、满脸红润的人"。一个邻居说："他喜欢坐在自己屋里，跟无线电聊天。"另一个邻居说道："一次，门罗夫人在冰上摔倒了。出于同情，他也在冰上摔倒了。"他承认自己在政治上是个独立人士。上次总统选举投票时，他在候选人名单上写了西泽·罗梅罗。

现在，他戴上花格呢帽子，抱起一个牛皮纸包着的盒子，走出寄宿所。刚一上街，他就意识到，除了花格呢帽子，他什么也没穿。他回去穿上衣服，出发去了恩特威斯尔百货商店。

（备注：更详细地描写平丘克对帽子满怀憎恨。）

见面（初稿）：

十点整，百货商店开门了。星期一一般不忙，但因为受过辐射的金枪鱼减价出售，顾客还是把底层挤得满满的。卡门·平丘克把他的盒子递给布兰琪·曼德尔斯塔姆，说："我要退鞋，太小了。"这一下，售鞋部就如同给罩上防水油布那样，立时笼罩上世界末日的气氛。

"你有收据吗？"布兰琪反问道。她尽量保持镇静，虽然后来她承认，当时她快要崩溃了。（"出了事后，我就不能同人打交道了。"她跟朋友们说。半年前，在打网球时，她吞下了一只网球。此后，呼吸就一直不正常。）

"呃，没有，"平丘克回答时有些紧张，"我弄丢了。"（他生活中最根本的问题是，他总把东西放错地方。一次，他上床睡

19

觉，醒来时，床不见了。）现在，排在他身后的顾客不耐烦了，他出了一身冷汗。

"你得找部门经理批准，"布兰琪说。她要平丘克去找杜宾斯基先生。自万圣节以来，她同杜宾斯基一直保持婚外情关系。（洛乌·杜宾斯基是个天才，毕业于欧洲最好的打字学校，但因酗酒，他的打字速度降到每天一字，被迫改行到百货商店工作。）

"鞋穿过吗?"布兰琪接着问，忍着不让眼泪流下来。她不能想象平丘克穿着这双鞋的样子。"我父亲从前穿这样的鞋，"她说，"都穿在一只脚上。"

平丘克开始绕圈子了。"没穿过，"他说，"呃，我是说穿过。只穿了一会儿。只在洗澡时穿的。"

"要是太小，你还买干什么?"布兰琪问，自己也不知道，这正是人类根本的为难之处。

实际上，平丘克觉得鞋子不舒服，可他从来不会对售货员说个不字。"我想让人喜欢我，"他向布兰琪承认。"有一次，就是因为不能说不，我买了一只活羚羊。"（备注：克鲁姆戈尔德写过一篇杰出的文章，论述婆罗洲某些部落的语言中没有"不"这个字；如拒绝什么要求，就点头说："我回头找你。"这也印证了他早时的理论：为招人喜欢而不惜任何代价，这并非是从社会上学到的，而是遗传的，如同能把一场歌剧从头看到尾一样。）

到十一点十分，部门经理杜宾斯基点了头，平丘克换了一双大号的鞋。平丘克后来承认，这件事，还有他的鹦鹉结婚的消息，令他特别郁闷和眩晕。

百货公司的事情发生后不久，卡门·平丘克辞了职，到一家"松清粤菜馆"当跑堂。布兰琪精神崩溃，企图与迪齐·迪安①的照片一起私奔。(备注：经反复思索，或许最好把杜宾斯基写成一个木偶。)一月底，恩特威斯尔关门了，业主朱利·恩特威斯尔带上他深深爱着的家人搬到了布朗克斯动物园。

(最后一句读来十分了得，应保留不变。第一章备注完。)

---

① Dizzy Dean(1911—1974)，美国职业棒球投手，全国棒球联盟圣路易斯枢机队队员。

UFO 威胁

UFO(不明飞行物)在新闻报道中再度出现。此时,也是该认真探讨这一现象了。(实际上,此时是八点十分,不仅晚了几分钟,而且我也饿了。)直到如今,整个飞碟事件大都同怪人或是怪球有关。事实是,看到飞碟的人常常承认,自己既是怪人,也是怪球。不过,负责可靠的人们也总是看到飞碟,致使空军和科学界重新考虑先前持有的怀疑态度,现又拨出二百美元,用于全面研究这个现象。问题是:外面有生命吗?如果有,他们有激光枪吗?

不一定所有 UFO 都来自外层空间。不过,专家们同意,任何每秒钟垂直上升一万两千里、雪茄形状、发光的飞行物都需要用冥王星上才有的火花塞进行维修。如果这类物体的确来自其他星球,那么,设计出这类物体的文明一定比我们先进数百万年。要么,就是他们特别走运。利昂·斯佩西曼教授推测,外层空间的文明进程比我们的快大约十五分钟。他认为，同我们相比，他们占有很大优势，因为他们不必匆忙赴约。

布拉基什·孟席斯博士在威尔逊山天文台工作，或许是在威尔逊山精神医院接受观察(因字迹不清楚)，他声称，旅行者以接近光速旅行时，即使是从最近的星系出发，也需要好几百万年才能抵达那里；而且，按照百老汇的演出来判断，这样的旅行也不值得。(以超出光速的速度旅行，实无可能，也不可取，因为那样的话，人的帽子会给吹跑。)

有趣的是，现代天文学家认为，空间是有限的。这是一个让人踏实的说法，尤其对于那些丢三落四的人而言。然而，思索宇宙需考虑入内的关键因素是，它一直在膨胀，终有一日会分崩离析，消失无影。所以说，倘若楼厅那边办公室的女孩有可取之处，但还达不到你的要求，你最好降低一点标准。

关于 UFO，最常见的问题是：如果飞碟来自外层空间，为何其驾驶员不和我们联系，而是神秘兮兮地在荒凉之地盘旋？我自己的理论是：对来自其他星系的造物而言，"盘旋"可能是能够接受的社交方式，还可能是愉快的。我本人就曾围着一位十八岁的女演员盘旋了半年，度过了最美妙的时光。人们还记得，当谈到其他星球上的"生命"时，我们常常是指氨基酸。它们从来不合群，甚至在聚会上也不合群。

多数人以为，UFO 是现代才出现的问题。但是，对这一现象，人类是否已经注意了数世纪之久？(对于我们，一个世纪相当长。你要是持有一张欠款条，就更长。但依照天文标准，这只是一瞬间。因此，最好一直带着牙刷，准备随时启程。)学者们现在说，早在《圣经》的时代，就有人看到过UFO。比如，《利未记》就讲，"亚述军队上空出现一只硕大银球，巴比伦充斥着哀号诅咒，各位先知令众生力行克制，稳定情绪。"

这一现象是否同巴门尼德多年之后的描述相关："三个圆形物体突然在天上出现，在雅典中城上空旋转，在浴池上方盘旋，迫使几位最富智慧的哲人忙抓浴巾？"这些"圆形物体"是否又同近来发现的十二世纪撒克逊教会手稿中描述的物体一样："一声巨响咣当，一阵天光哐啷，一团火球轰隆。感谢各位女士先生？"

中古时代的牧师认为，这最后一句意味着世界末日将临，到了星期一，每个人都为不得不去上班而闷闷不乐。

最后，最令人信服的是，歌德本人在一八二二年记述了一次奇异的天文现象。他写道："从莱比锡焦虑节回家的路上，我正走过一片草坪，忽然，我抬头望见几个红色的火球出现在南方天际。火球迅速下降，追赶着我。我大喊'我是天才，所以跑不了多快'，但是，我的话没用。我火了，朝它们叫喊咒骂，把它们吓得飞走了。我将此事讲给贝多芬听，却没意识到他已经失聪。他笑着点点头说'对'。"

一般来讲，到现场仔细调查会发现，大多数"不明"飞行物都是相当普通的现象，比如气象气球、流星、卫星，其至还有一个叫刘易斯·曼德尔鲍姆的人，他把世界贸易中心的屋顶吹跑了。一九六一年六月五日，切斯特·拉姆斯博顿爵士曾在什罗普郡遭遇了一次典型的"有来龙去脉"的事件："凌晨两点，我正在路上，看见一个雪茄形状的物体在跟踪我的车。无论我开到哪里，它都跟着我，灵活地急转弯。这个物体红红的，发着光，我开足马力，左拐右拐，就是甩不掉它。我开始发慌，身上出汗，大叫一声，昏了过去。等我醒来时，已经身在医院，神奇的是，我毫发无损。"经专家调查认定，"雪茄形状的物体"是切斯特爵士的鼻子。自然，不管怎样躲闪，他都甩不掉鼻子，因为鼻子长在他的脸上。

另一件有来龙去脉的事件发生在一九七二年四月底，是安德鲁空军基地的柯蒂斯·梅姆林少将报告的："一天夜里，我走在田间，突然看见天空出现一只大银碟。它飞到我头上不足五十米高的地方，一再飞出任何正常的飞行器都无法完成的空气动力学的花样。它忽然加速，急速飞走。"

调查人员注意到，梅姆林将军讲述时咻咻发笑，便心生疑窦。后来，将军承认，他当时刚在电影院看完电影《星际大战》，"受了一通震撼"。可笑的是，一九七六年，梅姆林将军报告又一次看到 UFO，但人们很快发现，他也给粘到切斯特·拉姆斯博顿爵士的鼻子上了。此事令空军愤愤不已，最终把梅姆林将军送上了军事法庭。

如果大多数 UFO 都能解释出原因，那少数不能解释的又是怎么回事？以下是"尚未探明"的最神秘的几例事件。第一例是在一九六九年五月由波士顿一个人报告的："我和太太在海滩散步。她不是那么好看，又相当肥胖，我实际上是用一辆手推车拉着她。突然，我抬起头，看到一个巨大的白色飞碟快速下降。我慌了，扔下手推车的绳子就跑。飞碟直接掠过我头顶，我听见一个机器人般的怪异声音说：'给你的服务公司打电话。'等我回到家，打开电话答录机，听到一条留言说我兄弟搬家了，他所有的信件都要转寄到海王星。后来，我再也没见到他。因为这事，我太太精神垮了，现在，她非得借助布袋木偶才能交谈。"

　　一九七一年二月，佐治亚州阿森斯的阿克塞尔班克报告："我是一名经验丰富的飞行员，正驾驶我自己的赛斯纳小型飞机，从新墨西哥州飞往得克萨斯州的阿马里洛，轰炸那里宗教信仰与我不同的人。途中，我注意到一个物体在我近旁飞行。我一开始以为是另一架飞机，直到它发出绿光，迫使我的飞机在四秒钟内下降一万一千英尺，我的假发也掉了，给飞机顶部穿了个大洞。我通过无线电连续呼救，但不知为什么，只能搜到老节目《安东尼先生》。不明飞行物再次接近我的飞机，然后一眨眼就飞走了。此时，我已经失去方向了，只得在高速公路上紧急降落。我驾驶飞机在路面上继续前行，在过收费站时，机翼折断，出了问题。"

　　一九七五年八月，长岛蒙陶克角的一个人经历了一件奇遇。"我在海边的房子里，躺在床上，睡不着觉，因为我觉得冰箱里的炸鸡应该是我的。我等太太睡了，就蹑手蹑脚进了厨房。我记得看了一眼时间。正好是四点十五分。这我能肯定，因为我家厨房的钟停了二十一年，一直是这个时间。我还注意到，我们的狗犹大有点奇怪。它站了起来，唱着'当女孩子真开心'。忽然，满屋照进橘黄色的亮光。一开始，我还以为是我太太发现我偷吃东西，把房子给烧了。我往窗户外一看，大吃一惊，一个雪茄形状的巨型飞机在院子里的树梢上盘旋，发出橘黄色的光。我惊呆了，定定地立在那儿几个小时之久，虽然我们的钟仍然显示着四点十五分。所以，也说不清楚我到底站了多久。最后，飞机伸出一个大机器爪子，从我手里抓走两个鸡块，接着迅速缩了回去。然后，那台机器开始上升，迅猛加速，消失在夜空里。我把事情报告给空军，他们告诉我，我看到的是一群鸟。我不信，但昆西·巴斯科姆上校亲自向我保证，空军一定把那两块鸡还给我。到今天为止，我只收到一块鸡。"

最后是一九七七年一月，路易斯安那州两名工人的记述："罗伊和我两人正在泥塘钓鲇鱼。我和罗伊一样，都喜欢泥塘。我们没喝酒，光带了一桶氯代甲烷，加上点柠檬或是一个小洋葱，都合我俩胃口。言归正传，大概是在半夜，我们抬头看见一个又亮又黄的大球，降落到泥塘里。起先，罗伊以为是一只北美鹤，开了一枪。我说：'罗伊，那不是北美鹤，它没有长喙。'要认出一只鹤，看的就是长喙。罗伊的儿子长了长喙，自以为是只鹤。忽然间，门开了，出来几个活物。这些活物像小收音机，长着牙和短头发。它们还长着腿，只不过轮子代替了脚趾。它们要我走上前。我过去了，它们给我注射了一种液体，逗得我像小孩一样发笑。它们相互说着听不懂的话，听上去像开车轧过一个胖子发出的声音。它们把我带进飞行器，给我做了一个类似全套的身体检查。我两年没体检了，也就随它们便了。这时，它们已经学会了我的语言，但还犯简单的错误，比如说'释经'，其实是指'试探'。它们告诉我，它们来自另一个星系，到这里是要告诉地球，我们必须学会和平相处，否则，它们就带上特殊武器返回，把每一个头胎男婴都压成薄片。它们说，我的验血结果几天后出来。要是没什么问题，我就可以迎娶克莱尔了。"

辩护词

　　历史上所有名人中，我最愿意做苏格拉底。倒不是因为他是
个伟大的思想家，我自己也具有相当深刻的见解，虽然我的见解
总是围着瑞典空中小姐和手铐转。不，这位最具智慧的希腊人最
吸引我的地方是他面对死亡表现出的勇气。他宁愿放弃生命，也
不放弃原则。面对死亡，我自己就没有这种胆量，而且，在听到
汽车回火等吓人声音时，我会直接跳进和我讲话的人的怀里。苏
格拉底勇敢地赴死，使其生命获得了真正的意义。而我的存在完
全缺少这种意义，尽管对国税局而言，我还具有一点点意义。必
须承认，我曾多次把自己设想成这位伟大的哲人，可无论我想多
少次，总不免瞌睡过去，梦见以下场景。

　　（场景是在我的牢房。通常，我一人独处，思考一
　　些深刻的问题，比如：一个物件如可用来清扫炉灶，还

能否称为艺术品？当下，阿加顿和西米亚斯来探监。）

阿加顿　啊，好朋友，老贤哲。身陷囹圄，感受如何？

艾　伦　身陷囹圄，又能如何，阿加顿？肉体可以受到摧残，但精神却冲出牢笼，自由飞翔；因此，我实为发问，囹圄是否存在？

阿加顿　你若想出去散步，该如何？

艾　伦　问得好。我出不去。

（我们三人依古人的姿态坐在一起，如古建筑檐壁上画的那样。最后，阿加顿开口道。）

阿加顿　恐怕是个坏消息。判决已下，要处死你。

艾　伦　哦，参议院为此发生辩论，我很伤心。

阿加顿　没有辩论，是一致同意。

艾　伦　真的？

阿加顿　第一轮投票就通过了。

艾　伦　嗯。我曾指望多些支持。

西米亚斯　你主张建立乌托邦国家，参议院大为光火。

艾　伦　我想，我本不该提议让哲学家当国王。

西米亚斯　尤其是你还一边清嗓子，一边指着自己。

艾　伦　不过，我并不把行刑人视作恶魔。

阿加顿　我也这么想。

艾　伦　呃，噢……难道恶不就是过分的善吗？

阿加顿　何以如此？

艾　伦　你这样看。倘若有人唱支好听的歌，会很悦耳，如果他不停地唱，人们就头痛了。

阿加顿　是这样。

艾　伦　如果他唱个没完，你就想把袜子塞进他嘴里。

阿加顿　是，确实如此。

艾　伦　什么时候行刑？

阿加顿　现在几点？

艾　伦　今天?!

阿加顿　他们需要这间牢房。

艾　伦　那就悉听尊便吧！让他们夺走我的生命。不过，要记下来，我到死也没有抛弃真理和自由探索的原则，这一点将被载入史册。不必哭，阿加顿。

阿加顿　我没哭，我是过敏。

艾　伦　对思想者而言，死不是终点，而是起点。

西米亚斯　何以见得？

艾　伦　让我想想。

西米亚斯　不着急。

艾　伦　的确，西米亚斯，人在出生之前并不存在，对吗？

西米亚斯　对。

艾　伦　同样，人在死后也不存在。

西米亚斯　是的，我同意。

艾　伦　嗯。

西米亚斯　所以呢?

艾　伦　等一等，我有点迷惑。你知道，他们只让我吃羊肉，而且从来做不好。

西米亚斯　大多数人把死看作是终点，所以对此感到害怕。

艾　伦　死亡即是无，无即为不存在，因此，死亡并不存在。唯真理存在。真与美，各属本体，也可相互交换。噢，他们说要怎样处死我?

阿加顿　毒药。

艾　伦　(有些困惑)毒药?

阿加顿　你记得那种把大理石桌面腐蚀掉的黑液体吗?

艾　伦　真的?

阿加顿　只一杯。但你要是泼掉的话，他们也备有大杯子。

艾　伦　不知是否有痛苦?

阿加顿　他们希望你不要闹场。这会影响其他囚犯。

艾　伦　嗯……

阿加顿　我跟每个人都说了，你将勇敢赴死，绝不放弃原则。

艾　伦　对，对……呃，有人提到"流放"吗?

阿加顿　去年就不再把人流放了。手续太繁琐。

艾　伦　对……是……(有些心神不定，但努力保持镇定)我……

那……还有什么消息？

阿加顿 噢，我碰见了"等腰三角形"。关于新的三角形状他有了一个好主意。

艾　伦 对……对……(突然不再装得大义凛然)好吧，我要跟你说清楚。我不想走！我年纪还不大！

阿加顿 这可是你为真理献身的机会！

艾　伦 别误解我。我一生追求真理。可另一方面，下周我跟人约好在斯巴达吃午饭，我不想毁约。而且这次该我做东。你知道那些斯巴达人，他们很容易动怒。

西米亚斯 我们最有智慧的哲人难道是个懦夫？

艾　伦 我非懦夫，也非英雄，而是介于两者之间。

西米亚斯 一只小爬虫。

艾　伦 大致如此。

阿加顿 可证明死亡并不存在的是你啊。

艾　伦 嘿，你听着，我证明了许多事情。我提出些理论和观点，不时开点玩笑，偶尔讲句格言，我靠这个付房租。胜于采摘橄榄。不过，咱们不要忘乎所以。

阿加顿 但是，你多次证明灵魂不朽。

艾　伦 确是不朽！在书面上。你看，这正是哲学的精髓所在。一旦走出课堂，并非一切都很实用。

西米亚斯 可是永恒的"形态"呢？你说过每件事物都曾存在，也将永远存在。

艾　伦　我说的主要是重的物件，像雕塑什么的。说到人，则是
　　　　大为不同。

阿加顿　你还讲过，死亡就如同睡眠。

艾　伦　是这样。但问题是，你死后，当有人喊："天亮了，起
　　　　床啦，"你很难找到拖鞋。

　　　　（狱卒进来，带着一碗毒药。狱卒长得颇似爱尔兰
　　　喜剧演员斯派克·米利甘。）

狱　卒　好了，就在这。谁的毒药？

阿加顿　（指着我）他的。

艾　伦　这么一大碗。应该这样冒气吗？

狱　卒　没错。都喝下去，因为毒药常常在碗底。

艾　伦　（通常，我此时的举止与苏格拉底截然不同。人们告诉
　　　　我，我在睡梦中大喊大叫。）不喝，我不喝！我不想死！救命，
　　　　救命哪！

　　　　（就在我令人讨厌地大声求救时，狱卒把热腾腾的
　　　毒药给了我，一切都完了。然而，出于某种与生俱来的
　　　生存本能，梦做到此，总是峰回路转，柳暗花明。来了
　　　一位信使。）

信　使　且慢！参议院重新表决！控告取消。经过再度审理，决定授予你荣誉嘉奖。

艾　伦　好不容易，好不容易，他们明白过来了！我自由了！自由了！更获得嘉奖！阿加顿，西米亚斯，快点，把我的包拿来。我得走了，普拉克西特列斯想要早点开始雕塑我的半身像。不过，临走之前，我讲一个小寓言。

西米亚斯　好家伙，这可真是大逆转。不知道他们是否清楚自己在干什么。

艾　伦　一群人住在洞穴里，不知道外面太阳高照。他们知道的唯一光亮，是几根蜡烛发出的微弱火苗。

阿加顿　他们从哪儿得到的蜡烛？

艾　伦　这个，就当他们本来就有蜡烛。

阿加顿　他们住在洞穴里，点着蜡烛？听起来不对劲。

艾　伦　你就不能把它当作是真的吗？

阿加顿　好吧，好吧。说你的寓言吧。

艾　伦　一天，洞穴里的一个人溜达出来，看到了外面的世界。

西米亚斯　光亮的世界。

艾　伦　确确实实，光亮的世界。

阿加顿　他回去告诉其他人，可没人相信他。

艾　伦　不是。他没告诉其他人。

阿加顿　没告诉？

艾　伦　没有。他开了一家肉食店，娶了一个舞娘，四十四岁时，死于脑血栓。

（人们抓住我，硬把毒药给我灌了下去。通常，我在这个时候醒过来，满身是汗，非吃几个鸡蛋和一些熏鱼，才能平静下来。）

库格尔马斯的神奇经历

纽约市立学院人文学教授库格尔马斯已是二度结婚，但仍不美满。达芙妮·库格尔马斯是个呆子。教授同前妻芙洛生有两子，为支付赡养费和子女抚养费，他心力交瘁。

"我哪知道会是这种结局？"一天，库格尔马斯对他的精神分析医生抱怨说。"达芙妮过去充满希望。谁想到她自暴自弃，发成个大圆球？另外，她曾有几个钱，这本身就不是跟人结婚的正当理由，不过，有像我这样的本事，倒也无妨。你明白我的意思吗？"

库格尔马斯秃顶，满身是毛，但他内心有种追求。

"我需要新的女人，"他接着说，"我需要外遇。看上去可能不像，但我需要浪漫，需要柔情，需要调情。我不会再年轻了，所以，趁着如今还不晚，我想在威尼斯鸳鸯戏水，在'21'顶级餐厅妙语连珠——凑近烛光，品着红酒，传送秋波。你知道我的意思了吧?"

曼德尔医生在椅子上欠了欠身,说:"外遇解决不了什么问题。你太不现实了。你的问题会更麻烦的。"

"而且,这次外遇必须悄悄进行,"库格尔马斯继续说,"我可担负不起再次离婚。达芙妮肯定会把我揍扁了。"

"库格尔马斯先生——"

"但是,不能找市立学院里的人,因为达芙妮也在学院工作。倒不是学院教师中没有像样的,不过,有些学生……"

"库格尔马斯先生——"

"帮帮我。昨晚我做了一个梦。梦见我在大草坪上又蹦又跳,手里提着野餐草提篮,篮子上写着'各式选择'。然后,我见提篮里有个洞。"

"库格尔马斯先生,你最不该做的就是付诸行动。你必须在这里把内心感觉表述出来,我们一起来分析。你接受治疗已经很久了,应该知道没有一次就见效的疗法。我毕竟只是精神分析医生,不是魔术师。"

"兴许,我需要的就是一名魔术师,"库格尔马斯从椅子上站起来说。就此,他结束了心理治疗。

几周之后。一天夜里,库格尔马斯和达芙妮在屋里正打得不可开交时,电话铃响了。

"我来接,"库格尔马斯说,"喂。"

"库格尔马斯?"电话里问,"库格尔马斯,我是珀斯基。"

"谁?"

"珀斯基。或是说,了不起的珀斯基,听说过吗?"

"什么事?"

"我听说你到处寻找魔术师,想给生活来点刺激,是不是?"

"嘘,"库格尔马斯压低声音,"别挂断。你从哪打来的,珀斯基?"

第二天下午,库格尔马斯爬上布鲁克林区一栋破旧楼房的三层台阶。穿过漆黑的楼道,库格尔马斯来到他要找的房间,按响了门铃。我会后悔的,他心里想。

很快,一个又矮又瘦、气冲冲的男子迎了出来。

"你是大师珀斯基?"库格尔马斯问。

"是了不起的珀斯基。来杯茶吗?"

"不了。我要来点浪漫。我要音乐。我要爱情和美人。"

"不要茶,呃?有意思。好吧,坐。"

珀斯基去了后间屋子。库格尔马斯听到搬动盒子和家具的声音。珀斯基从屋里出来,推着一个嘎吱响的、有着像旱冰鞋轮子的大家伙。他把罩在上面的旧丝绸手帕拿开,吹了吹上面的灰尘。原来是个不值钱的中式柜橱,上面的漆已经脱落了。

"珀斯基,"库格尔马斯说,"这是什么把戏?"

"看着,"珀斯基说,"这个效果很神奇。是去年我为皮西厄斯骑士团聚会开发的,可惜没人预订。你进去吧。"

"什么?然后你就把刀剑捅进去?"

"你看见刀剑了?"

库格尔马斯做了个鬼脸,嘴里嘟囔着,钻进了柜橱。他免不了看到眼前原木木板上粘着几块难看的假金刚钻。"真是场玩笑,"他说。

"算是玩笑。好了,妙处就在这。我把你和任何一本小说关进柜橱,关好门,敲三下,你就能进到小说里。"

库格尔马斯不大相信。

"这可是神灵法宝,"珀斯基说,"上帝指引着我的手。不光是长篇小说,短篇小说、剧本、诗歌都行。你能见到任何由世界上最棒的作家创作出的女子。你心里想着谁,就能见到谁。你可以跟一个大美人尽情尽兴。等你觉得玩够了,就喊一声,一眨眼我就把你弄回来。"

"珀斯基,你不是有病吧?"

"我说的句句属实,"珀斯基说。

库格尔马斯仍有些疑惑。"你说的这些——这个胡乱钉起来的破柜子,能像你说的那样,带我走一趟?"

"你要付二十块钱。"

库格尔马斯拿出钱夹。"我得亲眼看见才信,"他说。

珀斯基把钞票塞进裤子口袋,转到书架前。"你想见到谁?嘉莉妹妹?海丝特·白兰?奥菲莉亚?或许索尔·贝娄的人物?坦普尔·德雷克怎么样?你这把年纪要应付她可够受的。"

"法国人。我想要个法国情人。"

"娜娜?"

"我不想为她花钱。"

"那就《战争与和平》里的娜塔莎?"

"我说过要法国人。我知道我要谁!爱玛·包法利怎么样?听起来挺好。"

"没问题,库格尔马斯。等你完事了,就喊一声。"珀斯基把一本简装的《包法利夫人》扔进柜橱。

珀斯基关门时,库格尔马斯还在问:"你肯定这没危险?"

"毫无危险。这疯狂的世界里有什么东西是安全的?"珀斯基在柜橱上敲了三下,然后打开了门。

库格尔马斯不见了。此时,他出现在永镇查理·包法利和爱玛·包法利家的卧室。他面前站着一位美貌女子,背朝他在整理床单。我简直不敢相信,库格尔马斯心想,紧盯着医生家倾国倾城的夫人。这太不可思议了。我到了这,真的是她。

爱玛转过身,吃了一惊。"啊,你吓我一跳,"她说,"你是谁?"她说的正是简装本中的英文译文。

这下糟了,他想。接着,他又想起来,她是在同他讲话,于是说:"抱歉,我叫悉尼·库格尔马斯,是市立学院的人文学教授。你知道纽约市立学院吗?在上城。哦,天哪!"

爱玛·包法利轻佻地笑着说:"你喝点什么?来杯酒,怎么样?"

她真漂亮,库格尔马斯想。与自己床上的那尊猿人相比,真是天差地别啊。他恨不得把这个尤物抱进怀中，告诉她，她正是他一生梦想的女人。

"好，来点酒，"他声音沙哑地说，"白葡萄酒。不，红葡萄酒。不，还是白葡萄酒。白的。"

"查理今天出去了，"爱玛说，听上去似另有他意。

酒后，他们在秀美的法国乡间散步。"我一直梦想着，一个神秘的陌生人出现，把我从这单调粗糙的乡下生活中解救出去，"爱玛拉住他的手说。他们经过一座小教堂。"我喜欢你这身衣装，"她轻声说。"我在这里从来没见别人穿过。看着这么……这么摩登。"

"这叫休闲服，"他的话音中充满浪漫。"是降价的时候买的。"忽然，他吻了她。接下来的一个小时里，他们坐在树下，悄声倾诉，深深的眸子里脉脉含情。随后，库格尔马斯站了起来。他突然想起他和达芙妮约在布鲁明戴尔百货公司见面。"我得走了，"他跟她说，"不过，别担心，我会回来的。"

"希望如此。"爱玛说。

他热情拥抱了她，两人走回屋子。他手捧爱玛的脸，再次吻她，接着喊道："好了，珀斯基！我得在三点半之前到布鲁明戴尔。"

只听砰的一声，库格尔马斯又回到了布鲁克林。

"怎么样？我没骗你吧？"珀斯基洋洋自得地问。

"珀斯基，我要到莱辛顿大道去等我家那娘们，已经晚了。

可我什么时候能再来？明天？"

"随时欢迎。带钱来就行。别告诉任何人。"

"是啊，我要告诉鲁珀特·默多克。"

库格尔马斯叫了一辆出租车，飞驰进城。他的心幸福地跳动。我恋爱了，他想。他心中藏着个奇妙的秘密。可他并不知道，正在此时，全国各个学校教室里的学生都在问老师："第一百页的这个人物是谁？怎么有个秃顶犹太人在吻包法利夫人？"南达科他州苏福尔斯市的一位教师叹了口气，心想，真要命，这些孩子们，抽烟吸毒，脑子里究竟在想什么！

库格尔马斯气喘吁吁地赶到时，达芙妮·库格尔马斯正在百货公司的洗浴用品部。"你上哪去了？"她厉声问，"已经四点半了。"

"路上堵车了。"库格尔马斯说。

第二天，库格尔马斯来到珀斯基的住所，几分钟后，便又神奇地到了永镇。爱玛见到他，掩饰不住自己的兴奋。两人情意缠绵，说笑不停，讲述各自的身世。库格尔马斯离开前，他们做爱了。"天哪，我在和爱玛·包法利做爱！"库格尔马斯低声自语。"我，连一年级英文都没通过的库格尔马斯。"

几个月里，库格尔马斯多次来找珀斯基，他同爱玛·包法利已是亲密无间了。一天，库格尔马斯告诉魔术师，"说好了，每次都要让我在第一百二十页之前进入书中。我要赶在她搞上那个鲁道夫之前。"

"为什么?"珀斯基问,"你争不过他?"

"争过他?他是家有田庄的乡绅。这些家伙别的不会,就会调情、骑马。在我眼里,他就是总在《女装日报》里露面的那种人。梳着赫尔穆特·贝尔热的发型。可是在她眼里,他可是魅力无穷。"

"她丈夫没察觉出什么来?"

"他没本事。一个毫无乐趣的小医师,把一生交给了一个不安于现状的人。他十点钟睡觉,而她却在穿跳舞鞋。好吧……回头见。"

库格尔马斯又进了柜橱,当即就到了永镇上的包法利庄园。"你好吗,亲爱的?"他对爱玛说。

"噢,库格尔马斯,"爱玛叹口气,"我真受不了。昨天晚宴上,老先生在上甜点时睡着了。我对马克西姆餐厅和芭蕾舞满心欢喜,可忽然间,我听到了鼾声。"

"没关系,亲爱的,我在这呢。"库格尔马斯说着,把她拥到怀里。这是我长久努力的回报,他一边想,一边闻着爱玛的法国香水,把鼻子埋进她的头发。我受的苦够多了,我付给精神分析医生的钱也够多了。我到处寻觅,直至精疲力竭。她年轻,刚刚成年。我正好在利昂之后,在鲁道夫之前。要是出现在适当的章节,我就能进入情景。

没错,爱玛和库格尔马斯一样高兴。她渴求刺激已久,他讲的百老汇夜生活、跑车、好莱坞还有电视明星，都令这位年轻的法国美人心驰神往。

一天晚上，爱玛和库格尔马斯散步经过布尔尼西安神父的教堂时，她鼓动着他："再给我讲讲 O. J. 辛普森的事。"

"怎么说呢？这个人真了不起。他创新了所有跑垒纪录。他的躲闪动作，谁也碰不到他。"

"还有学院奖？"爱玛满怀渴望地说，"要是能赢得学院奖，我愿意付出一切。"

"首先你要被提名。"

"我知道。你讲过。可我相信，我能演好戏。当然，我要上几堂课。也许上斯特拉斯伯格的课。那么，如果我有好的经纪人——"

"我们试试。我来和珀斯基讲。"

那天夜里，库格尔马斯安然返回珀斯基的住所，提起邀爱玛来城里一游的想法。

"让我想一想，"珀斯基说，"我或许能办到。比这更蹊跷的事情都发生过。"具体的例子他们自然谁也想不起来。

"这些天你到哪儿鬼混去了？"那天晚上，库格尔马斯很晚到家，达芙妮·库格尔马斯朝丈夫咆哮着，"是不是在什么地方藏着个贱货？"

"对，没错。我就是这种人，"库格尔马斯无精打采地答道，

"我跟伦纳德·波普金在一起。我们在谈论波兰的社会主义农业。你知道他这个人，他对这个话题有些怪想法。"

"可你最近非常怪，"达芙妮说，"感觉很疏远。别忘了我父亲的生日。是星期六吧？"

"噢，不会，不会。"库格尔马斯说着，进了卫生间。

"我们全家都去。我们能看见那对双胞胎。还有表哥哈米什。你对哈米什应该更礼貌点，他喜欢你。"

"对，双胞胎。"库格尔马斯说着，关上了门，把老婆的声音拒之门外。他靠在门上，深吸了口气。他对自己说，再过几小时就可以再回到永镇，回到心上人的身边。这一次，如果一切顺利，他要把爱玛带过来。

第二天，下午三点十五分，珀斯基又施魔法。库格尔马斯笑着出现在爱玛面前，情急意切。两人在镇上同比内一起消磨了几小时时光，然后乘上包法利的马车。按照珀斯基的指令，两人紧紧相拥，闭上眼，从一数到十。当他们睁开眼睛，马车正驶到广场饭店的侧门。当天早些时候，乐观的库格尔马斯在这里预订了一间套房。

"太美了！我梦想的一切都在这，"爱玛满心欢喜，在卧室里转着圈，从窗户上看着街景。"那是'舒尔茨玩具王国'，那是中央公园，哪个是'荷兰雪梨酒店'？噢，看见了，太美了。"

床上摆着候司顿和圣罗兰的服装礼盒。爱玛打开包装，拎起一条黑色天鹅绒裤子，在自己完美的身材上比试着。

"这套便装是拉尔夫·劳伦的，"库格尔马斯说，"你穿上阔气极了。来，亲爱的，亲一下。"

"我从来没感到这么幸福！"爱玛站在镜前，大声说，"咱们出去逛街吧。我想去看《歌舞线上》①、古根海姆美术馆，还有你总说起的杰克·尼科尔森。有他的电影上映吗？"

"我脑子糊涂了，"斯坦福大学一位教授说，"先是一个叫库格尔马斯的奇怪人物出现，现在她又从书中消失了。我猜想，经典小说的特征就是，即使你读上一千遍，也总会发现新的东西。"

两个情人度过了一个欣喜若狂的周末。库格尔马斯告诉达芙妮，他要去波士顿参加一场研讨会，星期一回来。他和爱玛利用了分分秒秒，看电影，到唐人街吃饭，在迪斯科舞厅跳了两个小时，上床后还在电视上看了一部电影。他们一直睡到星期天中午，接着去了索霍区，又到伊莱恩餐厅去看名人。星期天晚上，他们在套房里点了鱼子酱，品了香槟酒，一直谈到黎明。早上，在去珀斯基住处的出租车上，库格尔马斯想，这真有点狂乱，但却值得。我不能经常带她来，不过时不时来一次，可以和永镇的生活相映成趣。

到了珀斯基的住处，爱玛进了柜橱，把装新衣服的盒子整整齐齐地放在身边，深情地吻着库格尔马斯。"下次到我那去，"她

---

① *A Chorus Line*，1975 年 5 月 21 日开演的百老汇音乐剧。

眨了眨眼说。珀斯基在柜橱上轻叩三下。毫无动静。

"嗯?"珀斯基挠着头。他再敲三次,但仍无魔力。"一定是哪儿坏了,"他嘟囔着说。

"珀斯基,你别开玩笑!"库格尔马斯喊起来, "怎么能坏了?"

"别慌,别慌。爱玛,你在柜子里吗?"

"在。"

珀斯基又敲了敲,这一次敲得更用力。

"我还在这,珀斯基。"

"我知道,亲爱的。坐好了。"

"珀斯基,我们必须送她回去,"库格尔马斯悄声说,"我是有家室的人,三小时后还有课。我只想偶尔来次艳遇,别的不行。"

"我不明白,"珀斯基嘀咕着,"这个小魔法本来信得过。"

但是,他无能为力。"得需要一些时间,"他跟库格尔马斯说,"我要把它拆了。回头给你打电话。"

库格尔马斯把爱玛和一堆东西塞进出租车,又回到广场饭店。他差一点就误了课。一整天他都在打电话,一会儿打给珀斯基,一会儿打给他的情人。魔术师告诉他,可能要花几天时间才能找出问题。

"研讨会怎么样?"那天晚上,达芙妮问道。

"挺好,挺好。"他说,把火点在香烟的过滤嘴一头。

48

"怎么回事？你怎么这么紧张？"

"我？哈，开玩笑。我镇静得要命。我出去走一走。"他溜出门，叫上一辆出租车，直奔广场饭店。

"这可不好，"爱玛说，"查理会想我的。"

"亲爱的，忍一忍。"库格尔马斯说。他脸色发白，浑身冒汗。他吻了她，冲进电梯，在饭店大厅的电话上朝珀斯基大喊大叫，午夜之前赶回了家。

"波普金说，自一九七一年以来，克拉科夫的大麦价格从没这么稳定过。"他有气无力地笑笑，爬上床，对达芙妮说。

一个星期就这样过去了。

星期五晚上，库格尔马斯告诉达芙妮，他又要参加一场研讨会，这次是在锡拉丘兹。他匆匆赶回饭店，然而，第二个周末同第一个大不相同。"要么把我送回书里，要么就跟我结婚，"爱玛对库格尔马斯说，"我想找份工作或去上一门课，整天看电视太无聊了。"

"行啊。我们正好需要钱，"库格尔马斯说，"你花在客房服务上的钱多得有点离谱。"

"昨天，我在中央公园碰见一位外百老汇的剧院老板，他说我可能适合他的一个演出项目。"爱玛说。

"这个小丑是谁？"

"他不是小丑。他很细心、和善、风趣。他名叫杰夫什么的，他正准备报名托尼奖呢。"

那天下午，库格尔马斯醉醺醺地来到珀斯基的住处。

"别急，"珀斯基告诉他，"你会得心脏病的。"

"别急。你还让我别急。小说中的一个人物被困在饭店，而且我老婆雇了一个私人侦探跟踪我。"

"好吧，好吧。我们都知道出了事。"珀斯基爬到柜子底下，拿一把大钳子敲打什么。

"我就像头野兽，"库格尔马斯接着说，"在城里窜来窜去，爱玛和我都快受不了了。更别提饭店的账单，好像是国防经费单。"

"我该怎么办？这是魔术世界，"珀斯基说，"都只差那么一点点。"

"一点点。算了吧。我把特级香槟和高档商品都给了这个宝贝。再加上她被街区剧院附属学院录取了，突然间需要拍专业照片。还有，珀斯基，教当代文学的菲维什·波普金教授已经发现我不时出现在这本福楼拜的小说中，他一向都嫉妒我。他威胁我要告诉达芙妮。赡养费和监狱就在我眼前了。要是知道我跟包法利夫人通奸，我老婆非要把我剥光了撵出家门。"

"你要我说什么？我夜以继日地修它。至于你个人的焦虑，我帮不上忙。我是魔术师，不是精神分析师。"

到星期日中午，爱玛把自己锁进卫生间，根本不听库格尔马斯的恳求。库格尔马斯望出窗外，盯着中央公园滑冰场，想到了自杀。他想，这层楼太低了，否则我现在就跳。也许，我可以躲到欧洲去，重新开始生活……我可以到街上卖《国际先驱论坛报》，像以前的小报童那样。

电话响了。库格尔马斯机械地拿起听筒。

"把她带来吧，"珀斯基说，"我想我把毛病剔除了。"

库格尔马斯的心狂跳起来。"你当真的?"他说，"你修好了?"

"是传动器的事。你自己想想。"

"珀斯基，天才啊。我们一分钟就到。不到一分钟。"

两个情人再一次赶往珀斯基的住处，爱玛带着一个个盒子，又一次钻进柜子。这次，两人没有亲吻。珀斯基关上门，深吸了一口气，敲了三下。发出了令人宽心的砰砰声，珀斯基往里一瞧，柜子里空了。包法利夫人回到了小说中。库格尔马斯长长吁了一口气，握住魔术师的手。

"结束了，"他说，"我吸取了教训。我再也不出轨了。我发誓。"他再次握紧珀斯基的手，心里想着要送他一条领带。

三周之后，一个春光明媚的午后，珀斯基家的门铃响了。珀斯基打开门，只见库格尔马斯一脸腼腆。

"好吧，库格尔马斯，"魔术师问道，"这次去哪儿?"

"就这一次，"库格尔马斯说，"天气这么好，我也不再年轻。听我说，你读过《波特诺伊的抱怨》吗? 还记不记得那只猴子?"

"现在的收费是二十五元，因为生活费用上涨了。不过，想到以前我给你带来的麻烦，第一次不收钱。"

"你真是好心人，"库格尔马斯说，他梳了梳头顶上最后几根头发，爬进柜橱，"没问题吧？"

"但愿如此。自从上次之后，我就没怎么试过了。"

"性爱与浪漫，"库格尔马斯在柜子里说，"为了一张漂亮的脸蛋，我们历经艰辛。"

珀斯基把一本《波特诺伊的抱怨》扔进去，在柜子上敲了三下。可这次，没听见砰砰声，倒是发出低沉的爆炸声，继而是连续的劈啪声，火花四溅。珀斯基向后一跳，心脏病发作，倒地死去。柜子着火，把整栋楼房都烧塌了。

库格尔马斯虽不知这里发生火灾，但自己也遇到了问题。他没被弄进《波特诺伊的抱怨》，也没进入任何小说。他被弄进了一本老教科书《西班牙文补习教材》，正在贫瘠嶙峋的山路上逃生。紧追在他身后的，是一个伸着细长腿、全身长满毛发的不规则动词：tener(意思是："有")。

毕业典礼致辞

人类在历史上，从未遇到像现在这样的艰难抉择。一条路通向绝望和无望，另一条路通往彻底毁灭。让我们祈祷上天赐予我们智慧，能够选择正确道路。我毫无颓丧之意，在惊慌之中仍然坚信我们的存在绝对毫无意义。这很容易被误解为悲观主义。绝非如此。这只是对现代人所处困境的有益关注。(在此，现代人是指在尼采宣告"上帝死了"之后、在《我愿握着你的手》① 流行之前出生的人。)可用两种方式表现这一"困境"，虽然某些语言哲学家欲将其缩略为一个数学方程，这样既容易解答，又方便装进钱夹。

简而言之，这个问题是：鉴于我的腰围和服装尺码，又怎能在有限的世界上找到意义？当我们认识到科学对此未能提供答案

---

① "I Wanna Hold Your Hand"，英国披头士乐队于 1963 年 10 月录制的一支单曲。

时，这便成为一个大难题。的确，科学征服了许多疾病，破译了遗传密码，甚至把人类送上月球，然而，却解决不了以下问题：一位八十岁的老者与两位十八岁的酒吧女侍同处一室时，竟毫无行为。这是因为真正的问题从来没变。毕竟，人的灵魂能否放到显微镜下观察？或许可行，不过你得需要非常高端的双筒显微镜。我们知道，世界上最先进的计算机也不具备像蚂蚁那样复杂的大脑。没错，我们的许多亲戚也是如此，好在我们只需在婚礼或在特殊场合才同他们寒暄一下。我们无时无刻不依赖科学。我若是胸痛，就必须拍 X 光片。但是，倘若 X 光的辐射给我造成更大问题怎么办？我还没弄明白，就要进行手术。自然，在他们给我输氧时，一个实习生点着了一支烟。接下来，我就身着病号服，冲上了世界贸易中心。这叫科学？的确，科学教我们给奶酪灭菌。的确，男女搭配会很有意思。可是，氢弹呢？一枚氢弹碰巧从桌上掉下来，会是什么后果？而且，当人们思忖永恒的谜语时，科学又在何处？宇宙的起源如何？宇宙存在了多长时间？物质是从大爆炸开始，还是从上帝的神旨开始？假如是从上帝开始，难道他就不能提前两星期，好赶个暖和的天气？人们说人定有一死，其确切含义为何？显然，这并非恭维之词。

不幸的是，宗教也令人失望。乌纳穆诺曾轻快地书写"永恒不变的意识"，但这并非易事。尤其是在读萨克雷的时候。我常常想，早期的人类生活一定很舒适，因为人相信仁慈万能、关照一切的造物主。当男人看到自己妻子体重增加时，设想一下他会多么失望。当然，当代人的心绪无法平静，他们正历经信仰危机。这种现象被时髦地称为"被离间"。他们见识到了战争带来的灾难，明白了自然灾害的破坏力，也去过单身酒吧。我一位好友雅克·莫诺德常讲到宇宙的偶然性。他相信存在着的一切均属偶然而生，唯有他的早餐除外。对于早餐，他确信是家佣做的。诚然，相信神法有助于内心的平和。但是，这并没有解除我们作为人的责任。我应该照看我的弟弟吗？当然应该。有意思的是，我和展望公园动物园同享这一殊荣。我们不信上帝，可我们的所作所为又把技术奉为上帝。请问，当我的副手纳特·齐普斯基驾驶崭新的别克车冲上炸鸡店的窗户，吓得几百名顾客四散逃命时，技术何在？我买的烤面包机四年里从未正常过。我按照说明，把两片面包放进去，只几秒钟就蹦了出来。一次，把我深爱的女人的鼻子弄断了。我们能指望螺丝钉子和电力来解决问题吗？没错，电话是个好东西，还有冰箱、空调。但不是每一台空调。也不是我姐姐亨妮的空调。她的空调噪音极大，却不制冷。修理工修理之后要么更糟，要么就是告诉她需要买台新的。当她抱怨时，他说不要打扰他。此人真的被离间了。他不仅被离间，还笑个不停。

糟糕的是，我们的领导人没有让我们为机械化社会做好充足的准备。很不幸，政客们要么无能，要么腐败；有时，既无能，又腐败。政府对小人物的要求充耳不闻。你若身高不足一米六，国会议员根本不接你的电话。我并非否认，民主仍是最好的施政形式。在民主社会，公民自由至少得到维护。不会肆意监禁拷打任何公民，也不会强迫其全程观看某场百老汇演出。然而，苏联的情况却远非如此。在其极权制度下，有人仅仅因为吹口哨被判处三十年劳改。十五年后，若旧习不改，就格杀勿论。与这种残暴的法西斯主义相伴相随的，是恐怖主义。历史上，人们从未像现在这样恐慌，连牛排也不敢切，生怕爆炸。暴力助长更多的暴力。预计到一九九〇年，绑架将成为主要的社会交往方式。人口过剩将更加剧，接近爆发点。一些数字表明，地球上的人口已经超出搬动最重的钢琴所需的人数。若不呼吁遏止繁衍，到二〇〇〇年，人们连进餐的地方都没有了，除非把饭桌架在别人的头上。吃饭时，这些人一小时不能动弹。能源供应短缺也是必然会发生的，每个车主分到的汽油只够把车挪动几寸。

面对这些挑战，我们非但不去正视，反而沉溺于毒品和性事。我们生活在一个恣意放纵的社会。色情作品从未像今天这么猖獗，那些电影光线太暗！我们缺少既定的目标，我们从未学会关爱，我们缺乏领导者及协调一致的计划，我们没有精神支柱。我们在茫茫宇宙中独自漂流，因挫败和痛苦而暴力相向。幸运的是，我们尚未失去审时度势的意识。总之，未来充满机遇，也布满陷阱。关键是避开陷阱，抓住机遇，在六点之前赶回家中。

节食计划

　　一天，F平白无故地破了自己的节食计划。中午，他同上司施纳贝尔到一家咖啡馆共进午餐，讨论某些事情。到底是什么"事情"，施纳贝尔有些含糊。前天晚上，施纳贝尔给F打电话，提议一起吃午饭。"有不少问题，"电话上他说，"需要解决的一些问题……当然，可以等一等。或许换个时候。"可是，F心中焦急如焚，对施纳贝尔此番邀请的意图和语气琢磨个不停，非要当即会面。

　　"咱们今晚去吃午饭吧。"他说。

　　"现在都快午夜了。"施纳贝尔说。

　　"这没关系，"他说，"当然，我们得破门而入，闯进饭馆。"

　　"别胡说，不用急。"施纳贝尔呵斥他，挂了电话。

　　F已经喘上了粗气。我干什么了，他想。我在施纳贝尔面前失态了。到周一，整个公司都会知道的。这是我这个月第二次这么狼狈。

此前三周，人们发现 F 在复印室的做派活像个啄木鸟。办公室里，自然有人在他背后讥笑他。有时他急转身，会发现身后围着三四十名同事，朝他吐舌头。每天上班成了梦魇。还有，他的办公桌在后面，远离窗户，黑漆漆的办公室里即使进来一点新鲜空气，也是经其他人呼吸过后，才轮到 F 吸。每天走在过道里，一张张恶狠狠的脸从架子后面探出来，审视着他。有一次，一位小职员特劳布，冲他礼貌地点点头，当 F 点头回应时，该人朝他猛掷一个苹果。之前，该职员得到了本来要给 F 的升迁机会，还有了一把新椅子。可是，F 的椅子许多年前就被偷走了，因为没完没了的官僚扯皮，他从来就没申请到新椅子。因此，他每天都得站在办公桌旁低头打字，还知道别人在开他玩笑。事情一发生，F 就要求得到一张新座椅。

"抱歉，"施纳贝尔说，"这件事，你要跟经理去说。"

"是啊，是啊，当然。"F 表示同意。但是，该见经理的时候一到，预约又给推迟了。"经理今天见不了你，"一名助理说，"他突然冒出来一些莫名其妙的想法，谁也不想见。"几个星期过去了，F 一再要见经理，可毫无结果。

"我只要一张椅子，"他跟父亲说，"我倒也不太介意弯着腰工作，可我想放松一下，把脚搭在桌子上时，就仰面摔倒了。"

"废话，"他父亲一点也不同情，"他们要是想着你，你早就有椅子了。"

"你不明白！"F叫了起来，"我想见经理，可他总是在忙。我偷偷朝他窗户看时，他总在练习查尔斯顿舞。"

"经理永远不会见你，"他父亲说着，倒了一杯雪利酒，"他没时间见那些无能鼠辈。实际上，我听说里希特有两把椅子。一把是坐的，一把是哼着小曲时用来轻轻抚摸的。"

里希特！F想。那个肥仔，同市长太太勾搭多年，而这段关系一直持续到她本人发现为止！里希特曾在一家银行做事。后来发现，钱款不见了。人们先是指控他挪用款项，随后才了解到他是在吃钱。"都是粗纤维，对吗？"他天真无辜地问警察。他被银行开除了，来到F所在的公司。据说，他法语说得很流利，是掌管巴黎账户的理想人选。五年后，人们都知道了，原来他不会法语，只是噘起嘴唇模仿法语，胡乱发出些音节而已。虽然被降了级，但他又设法赢得了上司的赏识。这一次，他向老板献计说，只要不再紧锁前门，放顾客进来，公司的利润就可翻一番。

"好样的，这个里希特，"F的父亲说，"所以他在商业界总是走在前面。你呢，总像个令人恶心、拼命挣扎的小爬虫，只配给捏死。"

F对父亲看得这么远奉承了几句，但到了晚上，他无缘无故地感到压抑。他决心节食，让自己看上去更拿得出手。他倒也不是胖，而是镇上流传的一些微妙的影射使他确信，在一些圈子里，人们可能视他为"粗壮有余，前途有限"。F想，我父亲说得对。我就像是令人生厌的爬虫。莫怪了，当我要施纳贝尔给我长工钱时，他拿杀虫剂喷我！我是只可怜巴巴的虫子，人人讨厌。我只欠被踩死，让野兽撕扯成片。我应该躲在床底的尘土里，或是痛感耻辱，把自己眼睛挖出来。明天，我一定开始节食。

当晚，F做了个愉快的梦。他看到梦中的自己身材苗条，穿上唯颇有声望者才穿的时髦新裤子。他梦见自己打网球，动作优雅，又在时尚聚集处同模特起舞。梦到最后，F趾高气扬地慢慢走过股票交易所大厅，全身赤裸，在比才的《斗牛士之歌》的音乐声中，说了声："还不错吧?"

第二天早上，他满心欢喜地醒来，开始了几个星期的节食，体重减了十六磅。他不仅感觉好了，运气好像也变好了。

"经理要见你。"一天，有人告诉他。

F高兴极了，他被带到这位大人物面前，由其上下打量。

"听说你迷上了蛋白质。"经理说。

"只吃瘦肉，当然，还有沙拉，"F答道，"就是说，偶尔来块面包，但不抹黄油，并杜绝其他面食。"

"了不起。"经理说。

"我不仅更精神了，还大大减少了患心脏病或糖尿病的可能。"

"这我都知道。"经理不耐烦地说。

"或许，我现在能处理某些事情了，"F说，"前提是，如果我保持目前的体重的话。"

"回头再看，回头再看，"经理说，"咖啡呢?"他还是不大相信。"你喝咖啡放半脱脂牛奶吗?"

"噢，不放，"F告诉经理，"我只放全脱脂牛奶。我向你保证，我现在所有的饭食都完全没滋没味。"

"好，好。我们再谈。"

那天晚上，F解除了同施奈德女士的订婚。他给她写了封信，解释说，他的甘油三酸酯大幅降低，所以他俩先前制订的计划已无法实现。他求她给予理解，并说，若是他的胆固醇上升到一百九十以上，就再找她。

然后，就是同施纳贝尔的午餐。F仅仅点了酸奶干酪和一只桃。当F问施纳贝尔为何叫他出来共进午餐时，这位年长一些的人有些闪烁其辞。"只不过谈谈一些情况。"他说。

"哪些情况?"F问。就他所能想到的，没有什么大的问题，除非他记不起来了。

"噢，不知道。现在都有点模糊了，我也忘了这顿午饭是为了什么。"

"是啊，可我觉得你瞒着什么东西。"F说。

"没有的事。来点甜点吧。"施纳贝尔答道。

"不了，谢谢，施纳贝尔先生。我正在节食。"

"你多长时间没吃蛋奶糕或是巧克力奶油夹心松饼了?"

"噢，有几个月了。"F说。

"你不馋?"施纳贝尔问。

"可不。我当然喜欢饭后来些甜点,不过,还是需要自律……你知道。"

"真的?"施纳贝尔一边问,一边尝了一口巧克力点心,好让 F 感觉到这种享受。"真可惜,你这么死板。人生苦短。你就不来一点尝尝?"施纳贝尔狡黠地笑着,把一块点心放在叉子上,递给 F。

F 觉得有点眩晕。"那个,"他说,"我想,反正明天还可以继续节食。"

"当然,当然,"施纳贝尔说,"这太有道理了。"

F 本可以拒绝的,但他放弃了。"服务员,"他声音有点颤抖,"我也来个巧克力奶油夹心松饼。"

"好,好,"施纳贝尔说,"这就对了!像个男子汉。过去你要是再灵活点,有些事情早就解决了。但愿你知道我的意思。"

侍者端来了巧克力奶油夹心松饼,放在 F 面前。F 觉得,他看见侍者朝施纳贝尔眨了眨眼,可又不太确定。他开始吃这道甜腻的巧克力奶油夹心松饼,每一口都那么甘甜可口。

"不错吧?"施纳贝尔露出狡黠的假笑,"当然,都是卡路里。"

"是啊,"F 嘀咕着,又摇头,又瞪眼,"都直接长到我腰上。"

"长到你腰上,是不是?"施纳贝尔问。

F喘着粗气。忽然，他浑身上下都是悔恨。老天，瞧我干了什么！他想。我破了自己的节食计划！我吃了甜食，完全明白其中的后果！明天，我只好把西装租出去了！

"先生，您不舒服吗?"侍者问，同施纳贝尔一起笑着。

"怎么啦?"施纳贝尔问，"看你的样子，好像犯了什么罪。"

"请原谅，现在我不想讨论这个问题！我得透透气！这次你来买单吧，下次我买。"

"没问题，"施纳贝尔说，"办公室见。我听说经理要见你，谈一些控告的事。"

"什么？什么控告?"F问。

"噢，我不大知道。有一些传言。也不太确定。有几个问题上级要问清楚。当然，你要是还饿的话，可以等一等，胖墩。"

F迅速离开餐桌，跑到街上，一路跑回家。他见到父亲，趴在地上哭了。"爸爸，我破了自己的节食计划!"他哭着说，"我一时软弱，点了甜食。请原谅我！请你发发慈悲!"

他父亲平静地听着，说："我赐你去死。"

"我知道你会理解的。"F说。说完，两人拥抱，再次下定决心，要拿出更多的业余时间与他人共事。

狂人故事

　　疯狂是一种相对的状态。谁能说我们中的哪一个是真正的狂人？我身穿虫蛀的衣服，戴着外科医生的大口罩，高呼革命口号，歇斯底里地大笑着在中央公园里游荡。即便此时，我也不清楚自己的所作所为是否真属癫狂。亲爱的读者，我以前可不是人们俗称的"纽约街头浪荡子"，提着塑料袋，到垃圾桶里搜寻绳头瓶盖什么的。非也。我曾经是个功成名就的医生，家住上东区，身着拉尔夫·劳伦的各款时尚花呢服装，开着褐色的奔驰在城里兜风。我，奥斯普·帕基斯大夫，曾是戏剧首演、萨迪餐馆、林肯中心和汉普顿海滩的常客，谈吐机智，反手凌厉。可现在，有时却背着旅行包，戴着宽舌帽，胡子拉碴，脚蹬旱冰鞋，穿行在百老汇大道上。

　　促成这一灾难性转变的原因很简单。那时，我和一个女人住在一起，我很爱她，她生性开朗，头脑聪慧，文化修养高，幽默感丰富，和她在一起真是开心。但是(为此我诅咒命运)，在性事上，她却激不起我的兴致。于是，我在夜里偷偷穿过市区，去同一个叫蒂法妮·施米德雷尔的摄影模特相会。这位模特的智力令人胆寒，但与此相反，她身上每个汗毛孔都散发出热火般的浪荡。亲爱的读者，你肯定听说过"欲壑难填"这个说法。这么说吧，蒂法妮不仅仅欲壑难填，而且连腾出五分钟喝杯咖啡都不行。肌肤好似绸缎，或者应该说好像最嫩滑的鱼片，浓密粗犷的褐色头发，又细又长的双腿，凹凸有致的曲线，手滑过任何一个部位，都如同过山车般上下起伏。这并非是说，与我同房的奥利芙·乔姆斯基虽然有思想、有才气，但相貌不佳。绝非如此。事实上，她体态端庄，具有一位才华横溢的文化高手的一切秉性。或许是因为，当光线从某个角度照到奥利芙时，不知怎么，她看着有点像我姨妈丽芙卡。倒不是她真的长得像我母亲的姐姐。(丽芙卡长得像犹太人民间传说中的有生命的泥人。)只是眼睛周围有点说不清的相似，也只是在阴影恰好落在某处时才如此。兴许，是因为这种乱伦禁忌的约束；又或者，是因为像蒂法妮·施米德雷尔这样的面孔和身材几百万年才显现一次，预示冰河时期的到来或世界毁于大火。总之，问题的核心是：我需要两个女人各自最突出的一面。

我先遇到的是奥利芙，与她的相见是在一连串无止境的交往之后。每一段关系都免不了留下某些缺憾。我的第一任太太十分杰出，可却不懂幽默。马克斯兄弟①几人中，她非说泽波最有意思。我第二任太太漂亮，可缺乏激情。我记得一次我们在床上，我出现了一个奇怪的视错觉，刹那间，她像是在活动。我同莎伦·普夫卢格共同生活了三个月，她火气太大。惠特妮·魏斯格拉斯又太随和。离过婚的皮帕·蒙代尔很快活，却犯下大错，替劳莱和哈代②形状的蜡烛说好话。

朋友们出于好意为我当了无数次红娘，可女方清一色出自霍·菲·洛夫克拉夫特③的笔下。绝望之余，我回应了《纽约书评》中的征婚启事，也同样无果，启事中的"三十来岁女诗人"其实是六十多岁；"欣赏巴赫和贝奥武甫的女大学生"看上去好似格伦德尔④；还有"湾区女士，男女均可"的那位告诉我，我不符合她对任何性别的要求。不过，并不排除会时不时蹦出一位大美人，性感，睿智，精干，令人心醉。但是，依照《旧约》或是古埃及《亡灵书》中亘古已有的法则，她会把我否了。于是乎，我成了世上最悲惨的男人。表面上看，我生活优越，应享尽享；可内心深处，却拼了命地找寻美满的爱情。

夜间的孤独感令我思考完美的美学标准。除却我叔叔的愚蠢，大自然还有什么真正"完美"的事物？我要求完美，而我又

① Marx Brothers，一队知名美国喜剧演员，五人是亲生兄弟。
② Laurel and Hardy，好莱坞第一对著名的电影喜剧演员搭档。
③ H. P. Lovecraft(1890—1937)，美国恐怖、科幻与奇幻小说作家。
④ Grendel，《贝奥武甫》中的巨妖形象。

有何资格？我身上的缺点数不胜数。我把自己的缺点逐一列了下来，可列出第一项"有时忘戴帽子"之后，就再也想不出了。

我认识的人当中，谁拥有"富有意义的关系"？我父母共同生活了四十年，却互相怨恨。医院里另一位大夫格林格拉斯娶了一位颇似菲达干酪的女子，只"因为她心地善良"。艾丽斯·默尔曼在背后同周边任何登记投票的男人乱搞。哪有什么人的家庭关系可以真正称得上幸福。不久，我开始做噩梦。

我梦见自己进了一家单身酒吧，遭到一帮到处游荡的秘书们的攻击，她们挥着刀，强迫我赞美昆斯区。我找到精神分析医生，他建议我退让一步。我找到拉比，他说："成家，成家。像布利茨斯坦夫人的女子如何？她可能不算是美人，可谁也不如她，她能把食品和火器偷偷从贫民区运进运出。"我遇见一位女演员，她向我透露，她真正的志向是到咖啡馆当招待。看起来，她挺有前途，可一次在饭桌上，吃饭时间不长，无论我说什么，她的回答都千篇一律："咋地。"一天，医院里特别忙，晚上我想放松一下，就一人去听斯特拉文斯基音乐会。中场休息时，结识了奥利芙·乔姆斯基，从此，我的生活出现了变化。

奥利芙·乔姆斯基有学识，好讥讽，谈话中常引用艾略特，打网球，弹巴赫的《二部创意曲》。她从不说"噢，哇"，从不穿标着"璞琪"和"古驰"商标的服装，从不听乡村音乐或闲聊电台。碰巧，还总是不假思索地干些难以言传的事情，甚至主动去做。跟她在一起的几个月是何等快活，直到有一天，我的性欲

（我想，给列在了《吉尼斯世界纪录大全》）消退。音乐会、电影院、晚餐、周末、无止境地讨论从连环漫画到《梨俱吠陀》经文的一切话题，她说的话从未出过差，全是真知灼见，全是才智！当然，还有对一切值得抨击的对象进行恰如其分的抨击：政客、电视、整容、平价住房的建筑风格、穿休闲服装的男子、电影课程，还有一开口就是"基本上"的人们。

啊，诅咒那天，一缕游离的光线随意勾勒出她脸上不可言喻的线条，让我想起姨妈的面孔。也诅咒那天，在索霍区的晚会上，一个未必真叫蒂法妮·施米德雷尔的风情坏子，整了整彩格呢羊毛袜，模仿动画片中一只老鼠的声音对我说："你是什么星座？"我脸上的汗毛啪啪地竖立起来，如同传说中的人变成狼；我只得和她随意谈起占星术，这个话题就像修饰词、脑波以及小精灵寻找黄金之类的深刻问题一样，撩起了我的学术兴致。

几个小时后，我发现自己全身快要融化了，当三角裤静悄悄地从她腿上滑落到地上时，我竟唱起荷兰国歌。我们就此按照空中杂耍的方式行云雨之欢。于是，就这样开始了。

我一边寻找托辞瞒过奥利芙，一边继续同蒂法妮幽会。我把借口给了我爱的女人，把情欲倾注在别处。实际上，是倾注到一个小傻瓜身上，可她的亲抚和扭动令我飘飘欲仙，如上九霄。我放弃了对钟爱的女人的责任，沉湎于肉欲之中，与《蓝天使》中的埃米尔·扬宁斯的经历毫无两样。一次，蒂法妮非要我过去陪她一起看《这是你的生活》，"因为这期嘉宾是约翰尼·卡什"；我佯装不舒服，让奥利芙同她妈妈去听勃拉姆斯交响乐，我自己则去满足性欲女神蠢笨、怪异的要求。等我陪她看完，她把灯关了，用行动奖赏了我。还有一次，我装作不经意地对奥利芙说，要出去买份报纸。一出门，我就飞奔到七个街区以外蒂法妮的住所，冲上了电梯。没想到，可恶的电梯卡住了。我像只被囚的美洲狮，在楼层之间的电梯里踱来踱去，既不能平息欲火，也不能按时回家。最后，消防队把我救了出来，我脑子里飞快地编着故事，好讲给奥利芙听。故事中有我，有两个抢劫犯，还有尼斯湖水怪。

好在我运气不错，回家时，奥利芙已经睡了。她天性纯真，无法想象我会另搞女人。我们之间肌肤相亲的频率下降了，可我还能养精蓄锐，至少部分满足她的要求。因为常常深感内疚，我就编造加班疲劳等站不住脚的借口，而奥利芙又总是以天使般的纯真听信了。说实话，随着时间的推移，这件事变得愈发折磨人，我越来越像爱德华·蒙克的《呐喊》中的人物了。

亲爱的读者，可怜我吧！这样的窘境令人进退两难，逼得人发疯，指不定我们许多同时代的人都深陷其中。永远不要在一位异性身上寻找你需要的所有长处。一面是妥协退让的万丈深渊，一面是耗人心力、应受谴责的艳遇。法国人做得对吗？诀窍是否是娶一个太太，找一个情妇，两者各司其职，满足不同的需求？我知道，要是向奥利芙坦白这样的安排，我准会被她的英式雨伞刺穿。我开始心神不定，感到压抑，我想到了自杀。我举起手枪，对准脑袋，但到最后一刻失去了胆量，朝天花板开了枪。子弹穿过屋顶，吓得楼上的菲特尔森夫人蹦上了书架，整个节假期间都没下来。

忽一夜，全都清楚了。我该做什么，突然变得一目了然，如同吃了致幻药物一样的明朗。我带奥利芙到艺术电影院去看贝拉·卢戈西的一部旧片。影片中有一关键场景，一个叫卢戈西的疯狂科学家，在雷鸣电闪中给绑在手术台上的一个倒霉鬼和一只大猩猩做手术，把两者的大脑对调了。如果剧作家能虚构出这样的情节，像我这样医术高超的外科医生，在实际生活中肯定也能照搬无误。

好了，亲爱的读者，我不会拿那些外行人难以理解的技术细节让各位犯困。这么说吧，在一个风雨交加之夜，一个黑影偷偷把两个被蒙汗药弄昏的女人(其中一个的身材足以迷得驾车人把车开上人行道)运进第五大道医院里一间无人使用的手术室。在闪电撕破夜空的当口，他施行了先前只在银幕上出现、由一位匈牙利演员操刀、将其变成一种艺术的手术。

结果如何？蒂法妮·施米德雷尔的大脑现在在奥利芙·乔姆斯基平庸的身体里，她摆脱了性宝贝的禁锢，变得欢欣愉快。正如达尔文教导的那样，她的智力飞快地增长，虽然未必比得上汉娜·阿伦特，但足以使她认识到占星术的荒唐，并结下美满的姻缘。奥利芙·乔姆斯基突然拥有了傲视寰宇的体型，再配上她本有的优越天赋，嫁作我太太，我也成了众人羡慕的人。

　　美中不足的是，我同奥利芙一起度过《一千零一夜》故事般欢愉的几个月后，不知为何，我厌倦了这个梦中的女人，迷上了比利·琼·扎普鲁德。她是一个空姐，男性化的扁平身材和亚拉巴马口音令我心跳不已。也就是在这当口，我辞去了医院的工作，戴上宽舌帽，背上旅行包，脚蹬旱冰鞋，穿行在百老汇大道上。

忆旧地，怀故人

布鲁克林：绿树成荫的街道。布鲁克林大桥。到处都是教堂和墓地。还有糖果店。一个小男孩帮助一位长胡须的老者过马路，说："安息日好。"老者笑了笑，把烟斗里的烟灰都磕到了小孩的头上。孩子一路哭着，跑回了家……热浪笼罩着布鲁克林。晚饭后，居民们纷纷拿出折叠椅，到街上避暑聊天。突然间，下起雪来。人们迷惑不已。一个小贩沿街售卖热椒盐脆饼。一群狗把他撵上了树。真不幸，树上的狗更多。

"本尼！本尼！"一位母亲在喊儿子。本尼十六岁的时候已经有了案底。二十六岁时，他将坐上电椅。三十六岁时，他将走上绞刑架。五十岁时，他将拥有自己的干洗店。此时，他妈妈给他端来了早饭。因为家境贫穷，买不起新鲜面包，只好把果酱抹在报纸上。

埃贝茨棒球场：球迷们站在贝德福德大道上，希望在出现本垒打时，接到从球场围墙内飞出来的球。八局过去，比分仍是零比零，人群中忽然一阵喧哗。一只球飞出墙外，兴奋的球迷们上前争抢。不知怎么，飞来的是个橄榄球，谁也不明就里。那个赛季后期，布鲁克林道奇队老板将把队里的游击手卖给匹兹堡队，换回一名左边外场手；过后，他将把自己卖给波士顿队，换回勇士队的老板和他两个最小的孩子。

羊头湾：一个脸上饱经风霜的男子爽朗地大笑，抛出捕螃蟹网。一只硕大的螃蟹用蟹钳抓住他的鼻子，他不再笑了。他的朋友们从一边拉他，螃蟹的朋友们从另一边拉，都没有用。太阳西下，两边仍拉扯不休。

新奥尔良：雨中墓地，一支爵士乐队在吹奏哀伤的曲子，尸体正在入土。然后，乐队吹起欢快的进行曲，返回城里。路走了一半时，有人发现他们埋错了人。而且，错得最离谱的是，他们埋的人根本没死，甚至也没生病。实际上，当时他正在唱歌。一行人回到墓地，挖出那个可怜人，并保证会承担衣服的清洗费，可他还是威胁要将他们告上法庭。与此同时，谁也不知到底是谁死了。乐队继续演奏，同时，把看热闹的人轮流埋进墓穴，因为他们坚持一个理论——真正的死者最容易葬下去。结果，很快就清楚了，谁也没死。可此时已经太晚了，很难弄到一具死尸，因为现在正值假日的高峰期。

此时，正是狂欢节。满眼都是克里奥尔人的食品。街上挤满了穿着奇装异服的人们。一个穿成虾的人被扔进了冒热气的大锅里。他大声抗议，可没人相信他不是一只硬壳大虾。最后，他拿出驾照，才被放行。

博勒加德广场上人山人海。玛丽·拉沃曾在此表演过巫术。现今，一个海地老"魔术师"在出售洋娃娃和护身符。警察要他挪开，他同警察吵了起来。吵完之后，警察的身高只剩四寸了。警察大怒，仍要逮捕此人，可他的声调太高了，没人能听得懂。此时，一只猫穿过街道，警察被迫逃命。

巴黎：湿漉漉的人行道。到处灯火通明。在一间路边咖啡馆，我碰见了安德烈·马尔罗。奇怪的是，他以为我是安德烈·马尔罗。我解释说，他是马尔罗，我只是个学生。听罢，他放下了心，因为他很喜欢马尔罗夫人，想到她是我夫人就受不了。我们谈着严肃的事情。他告诉我，人可以自由选择自己的命运，只有真正认识到死亡是生命的一部分，才能真正懂得存在的意义。接着，他要卖给我一条兔子腿。多年之后，我俩在一次晚宴上再度相遇。他又非说我是马尔罗。这一次，我顺着他，把他的水果沙拉吃了。

秋天。巴黎因再度发生罢工而瘫痪。这次是杂技演员罢工。翻跟斗的不见了，城市陷于停顿。不久，杂耍演员，接着是哑剧演员，也加入了罢工行列。巴黎人视其为日常服务，许多学生开始诉诸暴力。人们抓住两名练倒立的阿尔及利亚人，把他们的头发剃光了。

　　一名十岁的小女孩，有着长长的褐色卷发和绿色的眼睛，把一枚塑料炸弹藏在内务部长的巧克力慕斯里。部长只吃了一口，就飞出了富凯酒店的屋顶，毫发无损地落到市中心市场。现在，巴黎大堂已经不存在了。

　　驾车穿越墨西哥：遍地赤贫。一簇簇阔边草帽让人想起奥罗兹科①的壁画。阴影下的气温已达到华氏一百多度。一个印第安穷人卖给我一个猪肉馅玉米卷饼。卷饼很可口，我边吃边喝了些冰水。我觉得有点反胃，接着，我说起了荷兰语。猛然间，腹部隐隐作痛，我就如同一本书，啪的一声合上了。六个月后，我在一所墨西哥医院醒来，头顶完全秃了，紧抱着一面耶鲁的锦旗。这是一段可怕的经历，人们告诉我，在我烧得胡言乱语、接近死亡大门时，我从香港定做了两套西装。

　　我在一间病房里养病，房间里住满了善良的农民，有几个后来成了我的好友。其中一个是阿方索，他母亲要他做斗牛士。一头牛用牛角把他顶伤了，后来，他妈妈又把他顶伤了。再就是胡安，一个简朴的养猪农民。他不会写自己的名字，却从国际电话和电报公司这家大财团骗取了六百万美元。还有老埃尔南德斯，

---

① José Clemente Orozco(1883—1949)，墨西哥画家，现代墨西哥壁画运动主要领导人之一。

他曾同萨帕塔并肩作战多年，却因总踢到这位伟大的革命家，最后被逮捕了。

雨。整整下了六天的雨。随后是雾。我和威廉·毛姆坐在伦敦一家酒馆。我深为苦恼，因为我的第一部小说《骄傲的催吐药》未得到好评。《泰晤士报》上原本正面的一篇书评，却因为最后一句话，把一切都抹杀了。它称这部小说是"西方文字中绝无仅有的一堆蠢话，臭气熏天"。

毛姆解释说，虽然这句话可以从多个角度来解读，但最好不要用在广告词中。我们沿着老布朗普顿路走着，雨又下了起来。我把我的雨伞递给毛姆，他接了过去，尽管他已经有一把了。毛姆撑着两把雨伞，我贴在他身边一路小跑。

"对于评论，千万不必太认真，"他跟我说，"我的第一篇短篇小说让某个评论家痛批一通。我百般思索，把此人挖苦了一番。后来有一天，我重读一遍那篇小说，发现评论得很正确。那个短篇是浅薄，结构很差。我从未忘记这件事。多年后，当纳粹空军轰炸伦敦时，我把这个评论家的房子照亮了。"

毛姆停下来，又买了一把伞并撑开。"要当一名作家，"他说下去，"就必须碰运气，别怕冒傻相。我写《刀锋》时，头上戴着纸帽子。在《雨》的第一稿中，萨迪·汤普森是只鹦鹉。我们摸索前行，承担风险。开始创作《人生的枷锁》时，我脑中只有一个连词'和'。我知道一个故事中有了'和'字，读起来就会使人愉快。其余的则逐渐成形。"

　　一阵风把毛姆吹离地面，他撞到一栋楼房上。他咯咯直笑。接着，毛姆提出了一个给予年轻作家最伟大的忠告："在问句的末尾要点上问号。你会惊讶于它产生的效果。"

作恶多端的时代

好吧，我承认。是我，举止温和、一度前程似锦的威拉德·波格列宾，朝美国总统开了枪。对所有有关方面而言，所幸的是路边旁观者中冲出一人，推开我手中的手枪，子弹从麦当劳的招牌上弹回来，落进希默尔斯坦香肠店里的德式香肠里。一阵轻微的扭打过后，几个特警把我的气管拧成了死结，将我制伏，扔上车送去观察。

我怎会走到这步境地？你问道。我从无明显政治立场，童年的志向是用大提琴演奏门德尔松，或是在世界各国首都跳芭蕾舞，为何会变成这样？这一切都是从两年前开始的。当时，我因病从陆军退役，病因是他们瞒着我，在我身上做科学实验。具体是这样的：军中开展了一项研究，要一组士兵专吃喂了麦角酸的烤鸡，看一个人要吸收多大剂量的致幻药物，才会产生飞越世界贸易中心的念头。研制秘密武器对五角大楼十分重要。前一周，我身上中了一枚镖针上涂了药物的飞镖，结果导致我的举止言谈都同萨尔瓦多·达利一模一样。副作用逐渐积累，损害了我的感知。当我再也分不清我哥哥莫里斯和两个煮熟的鸡蛋时，他们就让我离开了军队。

退伍军人医院里的电子振荡疗法管一点用，尽管电线和行为心理学实验室缠在一起，治疗后，我和几个黑猩猩用完美的英语表演了《樱桃园》。退役时，我身无分文，孤独一人。我记得沿着公路往西走，搭上了两个加利福尼亚人的车。这两人，一个是蓄着拉斯普京式胡子的潇洒小伙子，一个是蓄着斯文加利式胡子的漂亮姑娘。他们说，我就是他们要找的人，他们正在把喀巴拉①经籍誊写到羊皮纸上，血不够用了。我跟他们解释，我正要去好莱坞谋个正经的职业。可是，他俩迷迷瞪瞪的眼睛、手里如船桨般大的刀子让我明白他们是玩真的。我记得被拉到一处破败的农舍，几个神魂颠倒的年轻女子强行喂我健康有机食品，接着用一支烧红的烙铁在我脑门烙上一个五角星。后来，我目睹了一场装神弄鬼的弥撒，看到蒙着头套的少年侍僧用拉丁语唱起"啊，哇"。我还记得有人逼我吃仙人掌和可卡因，以及仙人掌煮过后留下的一种白色物质，致使我的头像雷达一样旋转不停。其他的细节我都忘记了，可我的脑子显然受了刺激。两个月后，我在贝弗利希尔斯要和一只牡蛎结婚，结果被捕。

———————

① Kabbalah，犹太教神秘主义体系。

从拘留所出来后，我渴望内心的宁静，以求保留仅剩下的一点清醒神志。我不止一次在街上被特别热心的传教者拦住，要我追随丁周博牧师，接受宗教的拯救。丁牧师扁平脸，魅力十足，既宣讲老子的教诲，也传授罗伯特·韦斯科①的智慧。他很讲究情趣，自己的财富中多于公民凯恩的那部分，他统统放弃。他说，他要实现两个不大的目标。一个是把祷告、斋戒和兄弟情谊灌输给所有教友；另一个是率领众教徒向北约国家发起宗教战争。听了几次讲道后，我注意到，丁牧师依仗的是信徒们机器人般的绝对忠诚，信徒忠信的狂热稍一减弱，就受到猜疑。当我提到，牧师的追随者好似受一个欺诈的夸大狂有系统的摆布，变成了一群行尸走肉的僵尸时，有人便认为这是在批评他们。很快，有人拽着我的下嘴唇进了一间祷告室。室内，几个相扑手似的信徒建议我用几周时间重新考虑自己的观点，而且不准吃喝，以免受这类小事情打扰。为了强调他们所有人对我的态度的失望程度，他们抡着攥满钢镚儿的拳头，有节奏地撞击我的牙床。可笑的是，唯一支撑着我、让我没有发疯的是不停地重复一种咒语。最后，我撑不下去了，开始出现幻觉。我记得看见了弗兰肯斯坦踩着滑雪板在科文特花园散步，手里还拿着一个汉堡包。

---

① Robert Vesco(1935—2007)，美国金融家，曾一度被认为是国际金融界的奇人，后成为远避美国和其他法律当局的逃亡者。

四个星期后，我在一家医院醒了过来，还算好，只是身上有些瘀伤，脑子里确信自己是伊戈尔·斯特拉文斯基。我听说一个十五岁的印度禅师把丁牧师告上法庭，要法庭裁定到底谁是真神，谁享有在洛氏影院免费看电影的权利。最后，问题在诈骗案侦缉队的帮助下得以解决，两位大师在跨越边界逃往墨西哥涅槃镇时被捕。

到此时，我虽然身体无恙，情绪的稳定状态却堪比卡利古拉①。我希望重整自己破碎的神经，便自愿参加佩勒米泰医生创建的"佩氏自我疗法"项目。佩勒米泰医生魅力十足，曾是个博普乐萨克斯手，晚年转习心理治疗，他的方法吸引了许多电影明星。这些明星都指天发誓说，此疗法比《时尚伊人》杂志上"星座"栏目更迅速、更深刻地改变了他们。

一群精神病人被带到一处欢快的田园温泉，他们中的大多数开始尝试更为传统的疗法。我觉得，我本应该从铁丝网和猎犬中看出点什么，可是佩勒米泰手下的人安慰我们说，里面传出的尖叫是原始情绪的释放。我们被迫直直地坐在硬背椅子上，一坐就是七十二小时，不得休息。我们的抵抗力逐渐削弱，很快，佩勒米泰就给我们念起《我的奋斗》。我们渐渐明白了，佩勒米泰完全是个精神病患者，其治疗方法只是偶尔训斥一声"打起精神来"。

---

① Caligula(12—41)，本名盖尤斯·凯撒，罗马皇帝，被认为是罗马帝国早期的典型暴君。

有几个人失望了，试图离去，但懊恼地发现，周围的篱笆都通了电。虽然佩勒米泰声称自己是心理医生，但我注意到，他不停地接到亚西尔·阿拉法特打来的电话。若非西蒙·维森塔尔[①]的侦缉人员赶在最后一刻搜查这里，谁也说不准会发生什么事情。

发生这些事情后，我很是紧张，自然也愤世嫉俗。我移居旧金山，在伯克利校园煽动学生，又向联邦调查局通风报信，这是我挣钱糊口的唯一办法。几个月里，我把情报一次次卖给联邦特工，内容主要是中央情报局计划在水库里投放氰化钾，测试纽约市居民的抗毒能力。我一边干这个，一边应聘担任一部凶杀色情片的对白教练，以此为生。一天晚上，就在我开门把垃圾袋拿出去时，两条汉子从黑影里跳过来，用盖家具的罩布蒙住我的头，把我推进一辆车的后备厢。我记得被打了一针，在我昏迷之前，我听见有人说，我好像比帕蒂重，比霍法轻。醒来后发现，我被关在一个漆黑的壁橱里，三个星期里，我被强行剥夺了一切感知。之后，几位专家和两个人唱起乡村音乐和西部歌曲来逗引我，直至我同意任由他们摆布。我不能担保后来发生的一切都是我被洗脑造成的后果，不过，我之后被带进一个房间。进去后，福特总统和我握手，问我是否愿意同他一起到全国各地走走，并

---

① Simon Wiesenthal(1908—2005)，犹太裔奥地利建筑工程师、犹太人大屠杀的幸存者，著名的纳粹猎人。

时不时朝他开一枪，但要小心，不得打中。他说，这样他就有机会显出大智大勇，也可以转移人们的注意力，不去关注他觉得自己无力处理的真正问题。我在神志虚弱的情况下同意了所有安排。两天之后，希默尔斯坦香肠店的事件发生了。

人类迈出的一大步

　　昨天午餐，我在中城我喜欢的一家饭馆吃怪味鸡。这是这家饭馆的招牌菜。饭桌上，我耐着性子听一位熟人剧作家为自己最新作品辩护，争辩的对象是几张读来好似《西藏度亡经》的公示。摩西·戈德沃姆非要把他自己的戏剧对白同索福克勒斯的扯在一起，他一边狼吞虎咽地吃菜，一边如卡瑞·纳辛①一样痛斥纽约的剧评家。当然，我也只能深表同情地听着，劝他说，像"毫无希望的剧作家"这句话可有不同的解释。接着，饭馆里的平静安谧刹那间变成了嘈杂混乱，这位没能出道的剧作家从椅子上欠起身，一时说不出话来。他一手抓住脖子，一手狂乱舞动，脸色发紫，那个样子必然让人联想到托马斯·庚斯博罗②。

　　"天哪，他怎么啦？"有人尖叫起来。只听餐具哗啦啦掉在地上，每张桌子上的人都转过头来张望。

　　"是冠心病犯了！"一位侍者喊。

"不是，是痉挛，"旁边餐桌上的一人说。

戈德沃姆仍在挣扎，挥舞手臂，但却越来越没了力气。出于好心却又歇斯底里的人们纷纷提出自己的主意，否决他人的建议，急得连声音都变了。此时，剧作家像一袋铁钉一样瘫倒下去，证实了侍者的诊断。戈德沃姆可怜地缩在地上，好像注定要在救护车到来前悄然离世。恰在此时，一个身高六尺的陌生人迈着宇航员那般沉着的步伐，走到人群中心，以抑扬顿挫的口气说："伙计们，看我的。我们不需要大夫，这不是心脏病。这位老兄抓住喉咙，说明他噎着了。全世界都知道这种信号。他的症状看上去同心脏病一样，但是，我敢担保用海姆利克急救法就能把他救过来。"

说罢，这位挺身而出的英雄从后面抱住我的饭友，把他拖立起来。接着，他把拳头顶在戈德沃姆的胸骨下方，猛然用力一挤，只见一块豆腐从戈德沃姆的气管里飞出来，弹到衣帽架上。戈德沃姆苏醒过来，感谢了这位救命恩人，此人则指给我们看墙上张贴的卫生局告示，那上面丝毫不差地描述了方才发生的那一幕。我们刚刚目睹的，确实是"通见的噎食迹象"，它描述了噎食人的三种症状：（1）无法讲话或呼吸，（2）脸色发紫，（3）瘫倒。告示上接着就明确指导了救生的程序：同样是猛然一搂，食

---

① Carry Nation(1846—1911)，美国主张禁酒者。曾使用短柄小斧捣毁酒吧间，由此闻名。
② Thomas Gainsborough(1727—1788)，英国肖像画及风景画家。

物从口中飞出，就如我们亲眼所见的一样，也省却了戈德沃姆永别后的各种麻烦手续。

　　几分钟后，我回家的路上经过第五大道，心想着，海姆利克医生发明了我刚刚见过的了不起的救生法，其大名如今家喻户晓；可他是否知道，他差一点被三个至今都毫无名气的科学家抢了先。这三位科学家连续研究了好几个月，为同一危险的噎食经历寻找解救法。我还在思忖，他是否知道这三名科学先驱中，有一无名成员保留了一本日记。这本日记在拍卖时竟然阴差阳错地被我买走，因为它的分量和颜色同带插图的《后宫性奴》极为相似，我出的价钱仅是我八个星期的薪水。以下是日记节选，我抄录在此，纯粹是为了科学的进步：

　　一月三日：今天，我第一次见到我的两位同事，发现他俩都魅力十足，虽然沃尔夫斯海姆完全不是我想象中的样子。比方说，他比照片里看上去更重（我想，他用的是旧照片）。他的胡子不长不短，但好似杂草一般杂乱无章。还有，他眉毛浓密，圆圆的眼睛跟微生物一样大，在厚如防弹玻璃的镜片后面滴溜溜乱转。再有是抽搐。此人积存了全套面部抽搐和眨眼的律动，唯有斯特拉文斯基的全套乐谱才能匹敌。然而，埃布尔·沃尔夫斯海姆是个才华横溢的科学家，他的餐桌噎食研究使其扬名四海，成为传奇人物。我熟读他关于"打嗝"的文章，他感到很是得意，向我透露说，我关于打嗝是天生的理论虽一度无人相信，但麻省理工学院现已普遍接受。

若是说沃尔夫斯海姆长得古怪，那我们三人行中的另一成员则恰恰符合我读其论著后得出的印象。舒拉密斯·阿诺菲尼通过研究复合脱氧核糖核酸造出了能唱《容我的百姓去》①的沙鼠。她极具英国特色，总穿粗花呢衣服，头发在脑后扎成圆髻，黑框眼镜耷拉在鹰钩鼻子上，此外，她讲话时有个毛病，常口沫横飞，当说"僻静的"一词时，就如遇上倾盆大雨。这两人我都喜欢，预计我们会有重大发现。

一月五日：事情进行得不像我希望的那样顺利，沃尔夫斯海姆和我对工作程序略有分歧。我建议初步实验在老鼠身上做，但他认为这过于胆小，毫无必要。他的想法是在囚犯身上做实验，每隔五秒钟就喂给他们大块的肉，指令他们不嚼就咽。他声言，只有这样，才能真实地观察问题的方方面面。出于道德方面的原因，我提出疑虑，沃尔夫斯海姆开始为自己辩护。我问其是否把科学置于道德之上，并反对他把人等同于仓鼠。我也不同意他出于主观情绪称我为"独一无二的白痴"。幸好，

---

① "Let My People Go"，一首黑人灵歌。

舒拉密斯站在我一方。

一月七日：今天，舒拉密斯和我颇有成果。我俩日夜不停，使一只老鼠出现了窒息。我们哄骗那只老鼠吃了一大块干奶酪，然后逗其大笑。果然，食物进错了地方，发生了噎食。我抓住老鼠尾巴，使劲一扯，干奶酪就出来了。对此，舒拉密斯和我做了大量笔记。若是能把这种扯尾巴的方法应用到人身上，说不定会有所斩获。但还为时尚早。

二月十五日：沃尔夫斯海姆想出一个理论，坚持要试验其成效，但是我认为他的理论过于简单。他的理论是：一个人如发生噎食，可以（用其原话）"喝杯水"来解救。开始，我以为他是开玩笑，但他举止紧张，目光强烈，表明他对自己的理论很执着。显然，数日来他一直在琢磨这个想法；他实验室里摆满了玻璃杯，每个杯子盛着不同容量的水。我对此表示怀疑，他责备我态度消极，开始像跳迪斯科舞一样扭来扭去。看得出他很恨我。

二月二十七日：今天休息。舒拉密斯和我决定开车到乡下去。到了大自然中，所有关于噎食的念头都被抛在了千里之外。舒拉密斯告诉我，她曾结过婚，丈夫是个科学家，是研究放射性同位素的先驱，但在参议院委员会作证时，整个人忽然消失无影了。我们谈起各自的爱好和兴趣，结果发现，我们都喜欢同一种细菌。我问舒拉密斯，我要是吻她，她觉得如何。她说："太棒了，"淋漓尽致地发挥了她讲话喷口水的毛病。我得出结论，认为她是个漂亮女人，尤其是通过防 X 光的屏幕去看的时候。

三月一日：现在我相信了，沃尔夫斯海姆是个疯子。他的"喝杯水"理论试验了十几次，但无一次证明有效。我告诉他，别再浪费宝贵的时间和资金了，他抄起一个培养皿扔过来，砸在我鼻子上又反弹出去。我不得不拿一盏本生灯逼他就范。同往常一样，工作一变难，不安的情绪就滋长。

三月三日：由于我们危险的实验得不到实验品，我们只得穿行在大小餐馆，希望碰上好运气能撞上噎食者，以便迅速抢救。在圣苏西熟食店，我抓住罗丝·莫斯科维茨夫人的脚踝，把她提起来摇晃几下，虽然我设法把一大块麦饼摇了出来，可她好像不大领情。沃尔夫斯海姆提议，我们不妨拍拍噎食者的后背；他还说，拍打后背这一重要概念还是三十年前费米在苏黎世一次探讨消化问题的研讨会上向他提出的。为深入探究这一概念提出的拨款申请被回绝了，政府决定先研究核能。刚巧，沃尔夫斯海姆原来是我的情敌，昨天在生物实验室里，他向舒拉密斯表达了爱意。他想吻她，可她用一只冻猴回敬了他。他成了一个复杂且伤心的人。

三月十八日：今天，在马尔切洛维拉餐馆，恰巧碰上一位圭多·贝尔托妮夫人噎住了。后来发现，让她噎住的是肉馅卷或乒乓球。正如我所预见的，拍她后背无济于事。沃尔夫斯海姆放不下他的旧理论，想递上一杯水，可水却是从邻桌抓来的，桌旁正坐着在水泥承包业中颇有地位的一位先生。结果，我们三人被送出了门口，一遍又一遍地被推到电线杆上。

四月二日：舒拉密斯今天想到了长镊子，就是说，用某种长镊子或长钳子，把掉进气管的食物夹出来。每位公民都随身携带这样一件家什，由红十字会宣传其使用方法。我们急于试用这一方法，驱车赶往贝尔纳普海鲜餐厅，去帮一位费丝·布里茨斯坦夫人，把卡在她食道里的一块蟹肉饼取出来。不幸的是，这位张着大嘴拼命喘气的夫人见我拿出吓人的镊子，一口咬住我手腕，我一松手，镊子就掉进了她喉咙。多亏她先生眼疾手快，抓着她头发，将她举离地面，像玩悠悠球一样上下来回颠，才免于惹出人命。

四月十一日：我们的研究项目结束了，但抱歉的是，实验没有成功。我们基金会理事会决定中断资金，他们认为余下的钱用于投资欢乐蜂鸣器可能更有赚头。我听到研究终止的消息后，得呼吸些新鲜空气，清醒一下。夜里，我沿着查尔斯河散步，不由得想到科学的局限。或许，人在吃东西时注定偶尔会被噎住。或许，这都是某种捉摸不透的宇宙大局中的一个环节。我们是否自负到以为科学研究能够控制一切了？人吞吃一块太大的牛排，结果噎着了。还有什么比这更简单明了？还需要别的证据来证明宇宙精妙的和谐吗？我们永远不会知晓所有的答案。

四月二十日：昨天是最后一天。下午，我在食堂碰上了舒拉密斯。她正一边翻看一本关于新疱疹疫苗的专题论文，一边大嚼腌鲱鱼，好坚持到晚饭时分。我从后面悄悄走近，无声地伸出胳膊搂抱她，想吓她一跳，感受一下只有情人才能体验到的极度欢欣。正在此时，她噎住了，一块鱼卡在了咽喉。我的胳膊仍搂着她，我的手也在她的胸骨下方握紧，天意如此。称其天生本能也好，称其科学运气也好，不知什么让我的手握成拳头，对她的胸部猛地一顶。刹那间，那块鱼出来了。不一会儿，这位可爱的女子就又安然如初了。当我将此告诉沃尔夫斯海姆时，他说："是啊，当然。这对鲱鱼有用，但对黑色金属管用吗？"

我不知道他是什么意思，也不想知道。研究项目结束了。或许我们确实失败了，但是，其他人还会踏着我们的足迹继续前进，最终取得成功。确实，我们都能预见到有一天，我们的子女，或是我们子女的子女，终将生活在一个任何人都不会因吃主菜而危及性命的世界上，无论这个人是什么种族、什么信仰、什么肤色。最后插一段个人事情，舒拉密斯和我要结婚了。而且，在经济略微好转之前，舒拉密斯、沃尔夫斯海姆和我决定开一家真正一流的纹身沙龙，提供大众亟需的服务。

最浅薄的人

我们坐在一家熟食店里讨论熟人中的浅薄之徒，科佩尔曼提起了伦尼·门德尔这个名字。科佩尔曼说，门德尔肯定是他所遇见的人中最浅薄的，无人能望其项背。接着，他讲述了以下的故事。

几年来，差不多同一群人每周都摆一次扑克牌局。几人在旅馆租一个房间，下一点赌注，为的是消遣解闷。几个人赌点钱，吹吹牛，吃吃喝喝，谈论女人、体育和商情。过了一段时间(谁也说不准具体是在哪个星期)，他们注意到其中一个叫迈耶·伊斯科维茨的人脸色不佳。可大家一说起来，他就一副没事人的样子。

"我没事，没事，"他说，"该谁了？"

但是，几个月之后，他的脸色越来越差。一次，他没来打牌。人们说，他患肝炎进了医院。每个人事先都觉得有点预兆不祥，所以，三周后，当正在录电视节目的伦尼·门德尔接到索尔·卡茨打来的电话时，他并没有特别吃惊。卡茨在电话上说："可怜的迈耶得了癌症。是淋巴癌。恶性的。已经全身扩散。他住进了纪念斯隆-凯特琳癌症中心。"

"太可怕了。"门德尔在电话另一端说。他有气无力地喝着酒，突然感到心情压抑。

"我们今天去看他了。他真可怜，没有家人，脸色难看。可他一直都很健壮。唉，什么世道。好吧，他住在纪念斯隆-凯特琳癌症中心，约克大街一千二百七十五号。探访时间是十二点到八点。"

卡茨挂了电话，伦尼·门德尔情绪十分低落。门德尔四十四岁，觉得自己还算健康。（忽然间，他的自我评估打了折扣，好避开霉运。）他比伊斯科维茨只小六岁。两个人之间的关系虽然不是特别密切，但五年来每星期都一起打牌，有说有笑。真可怜，门德尔想，我觉得应该送束花去。他叫全国广播公司的一位秘书多萝西给花店打个电话并安排妥当。那天下午，想到伊斯科维茨即将过世，他心情沉重；可更让他心神不定的是，他真真切切地认识到，自己要去医院探望这位牌友。

真是一件麻烦事，门德尔想。他想躲过这件事，并为有这个念头深感内疚，但他又不愿意在这种情况下看到伊斯科维茨。当然，门德尔知道，人必有一死。他甚至有些欣慰地记起，自己曾在某一本书中读到一句话，说死不是生的对立面，而是生的一个自然组成部分。可是，当切身想到自己也有百年之后时，他不免感到无尽的惊恐。他不信教，不是英雄，也不是禁欲者。在日常生活中，他不想一会儿是葬礼，一会儿是医院，一会儿是绝症病房。如果在街上看见一辆灵车，那情景可能几小时都挥之不去。现在，他想象伊斯科维茨枯槁的病体出现在自己面前，而他还要在尴尬之中开点玩笑，或是说些什么。他讨厌医院里毫无特色的瓷砖和千篇一律的灯光。还有人们压低嗓门讲话、静悄悄的气氛。里面总是过分的暖和，令人窒息。午餐盘子，病人用的便盆，穿病号服的老年人和拄拐杖的人在楼道里缓缓而行，沉闷的空气中飘满了稀奇古怪的细菌。如果说，关于癌症是种病毒的传闻都确切属实，那该怎么办？我和伊斯科维茨应该同在一个房间吗？谁知道这病是否传染？好好想想，人们对这种可怕的病症到底知道多少？一无所知。某一天，他们会发现，在形形色色的癌症中，有一种是经伊斯科维茨咳嗽传给我的。也许，是因我的手摸到他的胸部传染的。一想到伊斯科维茨将在他眼前咽气，他就吓坏了。他将看到先前精壮有力、如今形容枯槁的老熟人（忽然间，他变成了熟人，而非朋友）喘着最后一口气，把手伸向门德尔，说："我不想走，我不想走！"天哪，门德尔想着，额头上渗出豆粒大的汗珠。我没兴趣去探望迈耶。难道我就非去不可？我们从来没亲近过。说实话，我一星期才见他一次，只是为了打牌。我们说话从来不多。他仅仅是个牌友。五年来，我们从未在旅馆外见过面。现在，他快要死了，我突然有义务要去探望他了。忽一下子，我们成了哥们，还过从甚密。老天爷，他跟牌桌上任何人的关系都比跟我更近。说起来，我跟他是最一般的。让他们去看望他吧。说到底，一个病人需要多少人去看呢？反正他是要死的人了。他要的是安静，不是一个接一个地说些没用的安慰话。不管怎样，我今天有彩排，去不成了。他们以为我是谁，闲得无事的人？我刚晋升为副制片，脑子里千头万绪。此后的几天也没空，要制作圣诞节目，这里都乱成一锅粥了。所以，就下周吧。有什么了不起的？下个周末。谁知道他能不能活到下个周末？他要能，我就去。要是不能，那到底还有什么区别呢？如果这显得冷酷，那生活就这么冷酷。与此同时，开场独白还需要润色，需要更多针对时事的幽默。不要那么多千篇一律的笑话。

伦尼·门德尔一个借口接一个借口，拖了两个半星期也没去看伊斯科维茨。当他越来越觉得自己应该去看望病人时，就深感内疚，更让他内疚的是，他发现自己隐约期望听到伊斯科维茨已死、一了百了的消息，那样他就解脱了。他思忖着，反正得有一死，为什么不利落些呢？为何拖延下来受苦呢？我知道这话听上去好像没心肝，我知道我不大果断，但是处理这类事情，有些人就是比别人强。比如说看望病人这类事。这让人压抑。好像我要烦的事还不够多似的，他默默想着。

但是，没听到迈耶过世的消息传来。听见的，只是牌桌上几位朋友讲的话，令其心生愧意。

"你还没去看他？你真的应该去。去看的人很少，他心里很是感激。"

"他总盼着你去，伦尼。"

"是啊，他一直喜欢伦尼。"

"我知道你的节目一定特别忙，可你应该努力争取一下。说到底，他还能活多久呢?"

"我明天就去。"门德尔说。但是，到了该去的时候，他又推迟了。实际上，当他终于鼓足了勇气去医院待上十分钟时，可不是出于对伊斯科维茨的同情，而是出于维护自己的形象。门德尔知道，如果伊斯科维茨死了，而他因过于胆小或反感而没去看望，他可能会为自己的懦弱后悔不已，一切将无法挽回。他想，我会憎恨自己缺少勇气，别人也会了解我的本性——一个只顾自己的小人。另一方面，假若我去看望伊斯科维茨，表现得像个男子汉，我在自己眼里和世人眼里的形象都会高大起来。这里的关键是，促使门德尔去医院探望伊斯科维茨的原因并非是后者需要安慰和陪伴。

故事到此出现了转折，因为我们探讨的是浅薄，而伦尼·门德尔创纪录的浅薄的方方面面正在显露出来。一个寒冷的星期二，晚七点五十分(这样，即使他想多待一会儿，也不可能超过十分钟)，门德尔从医院保安手里接过了塑料通行证，前往一五〇一号病房。病房里，伊斯科维茨一人躺在床上，让人吃惊的是，虽然他的病情已经发展到此地步，但看上去气色还相当不错。

"怎么样，迈耶？"门德尔有气无力地问，力求与病床保持一段距离。

"是谁呀？门德尔？是你，伦尼？"

"我一直在忙。要不，早就来了。"

"噢，你太费心了。真高兴见到你。"

"你怎么样，迈耶？"

"我怎么样？我要战胜它。伦尼，记住我的话。我要战胜它。"

"你肯定能，迈耶，"伦尼·门德尔细声细气地说，透着紧张，"六个月之后，你就又在牌桌上耍赖了。哈哈，开玩笑的，你从来不耍赖。"话题要轻松，门德尔想，要多说些打趣话。不要把他当作垂死之人，门德尔想起从书上看到关于这类事情的忠告。在这间空气不流通的小屋里，门德尔想象着，伊斯科维茨身上发散出大量致命的癌细菌，在暖空气中繁殖，自己都吸了进去。"我给你买了份《邮报》。"伦尼说，并把报纸放在桌上。

"坐下，坐下。要赶着去哪？你才刚到。"迈耶热情地说。

"我哪也不去。只是探视规定时间不宜太长，为病人好。"

"有什么新鲜事？"迈耶问。

门德尔只好拉过椅子(离得不太近)，陪他聊到八点整，尽量说些打牌、体育、新闻和金融等事情，脑子里一直清醒地记着一个压倒一切的可怕事实：尽管伊斯科维茨表现得乐观，但他绝不会活着离开医院。门德尔出汗了，感到晕乎乎的。无形的压力，佯装欢笑，无处不在的疾病，以及对自己生命之脆弱的意识致使门德尔的脖子僵硬起来，口干舌燥。他想离开。时间已经是八点过五分了，可还没人催他走。探视规定执行得不够严。伊斯科维茨轻声细语地回忆着旧日时光，他却如坐针毡；又过了难熬的五分钟，门德尔觉得要昏过去了。正当他无法忍受之际，发生了一件大事：护士希尔小姐走了进来。她年方二十四，金发碧眼，长发飘逸，美貌动人，面带亲切迷人的微笑对伦尼·门德尔说："探访时间过了。你该离开了。"伦尼·门德尔一辈子没见过这么美妙的尤物，一下子坠入爱河。事情就这么简单。门德尔目瞪口呆，他终于看到了自己梦中的女人。他沉浸在最深切的渴望之中，心中隐隐作痛。天啊，这像是电影。毫无疑问，希尔小姐绝对招人喜爱。她身着白色护士服，妩媚丰满，眼睛又大又亮，嘴唇丰厚诱人。她有着漂亮的高颧骨和完美的胸型。她把床单拉好，用甜美的声音同迈耶·伊斯科维茨善意地逗笑，同时又满怀对患者的温情关怀。最后，她收起餐盘，离开之前朝伦尼·门德尔眨眨眼，轻声说："该走了。他需要休息。"

"这是你日常的护士？"她走后，门德尔问伊斯科维茨。

"希尔小姐？她是新来的。特别欢快。我喜欢她。不像这里有些人那么尖刻。他们来时还算友善，也满有幽默感。好了，你该走了。伦尼，看到你真高兴。"

"是啊，没错。看到你也很高兴。"

门德尔恍恍惚惚地站起身，来到走廊，希望在上电梯前碰上希尔小姐。可她踪影全无。门德尔来到街上，吸了夜间的冷空气，就想再见到希尔小姐。在坐出租车穿过中央公园回家的路上，他心想，天哪，我见过女演员，见过女模特，可这位年轻护士比那些人加在一起都更可爱。我为什么没跟她说话？我应该跟她说点什么的。不知她结婚了没有？噢，没有，没结婚，因为她叫希尔小姐。我应该问问迈耶。当然，如果她是新来的……他脑子里想到了所有的"应该怎样"，想着自己错失了大好时机；过后，他又安慰自己，他至少知道她在哪里工作，等他定下神来，可以再去找她。他又想到，或许最后他会发现她就如同在演艺界遇见的那么多漂亮女人一样，毫无才气，或是单调乏味。当然，她是护士，这意味着她可能更关心人，更有同情心，不那么高傲自大；要么意味着，等我更了解她之后，她也就是个负责端盆倒水的平凡人。不，生活不能如此残酷！他掂量着，是否要在医院外等她，但又一想，她可能要倒班，会等不到她。另外，他担心如果唐突地跟她搭讪，可能让她不悦。

第二天，他又来看望伊斯科维茨，还带来了一本《赛事集锦》，他觉得这会使人对他的探访少生猜疑。伊斯科维茨见了他又惊又喜，可是，希尔小姐当晚不值班，晃进晃出的是一位叫卡拉玛努利斯的悍妇。门德尔难掩失望之情，他费力听着伊斯科维茨说话，但听不进去。伊斯科维茨服了镇静药，一点没注意到门德尔心绪烦乱、急于离去。

第三天，门德尔又来了，这次，他发现梦中的天仙在看护伊斯科维茨。他结结巴巴地讲了几句话，离去时，设法在走廊里靠近了她，听到她同另一位护士的谈话。门德尔从谈话中得到的印象似乎是，她有男朋友，两人隔天晚上要看音乐剧。在等电梯时，门德尔一边装出若无其事的样子，一边全神贯注去听，想探听到她和男朋友的关系如何，但听不到所有的内容。他好像听到她订婚了，虽然她没戴戒指，可他觉得听见她提到"我的未婚夫"。他感到气馁，想象着她依傍着某位年轻医生，兴许是位杰出的外科大夫，两人志同道合。电梯门关上了，把他送往一楼，这一刻，他脑子里留下的最后印象是，希尔小姐走在楼道里，同另一位护士兴致勃勃地聊天，臀部扭得十分诱人，美妙的笑声穿透了病房的死寂。我一定要得到她，门德尔想，满心渴望，浑身激情。一定不能像过去那样，把那么多好机会给浪费了。我必须谨慎从事，不能像先前那样操之过急。不能仓促行动。必须更了解她。她是否如我想象的那么美好？倘若是，她对那个人有多么倾心？此人若不存在，我是否有机会？如果她是自由之身，我没有任何理由不去追求她，赢得她的芳心。甚至从那男人那里赢得她。不过，我需要时间。需要时间了解她，需要时间接触她，同她交谈，同她说笑，让她知道我的见识和幽默感。门德尔实际上像美第奇家族的王子一样搓着手掌，垂涎欲滴。最合理的做法是，在探望伊斯科维茨时顺便看她，慢慢地接近她，不必着急。我必须低调行事。过去穷追猛打、毫无顾忌的做法让我屡屡败北。我必须有所收敛。

主意已定，门德尔每天都来探望伊斯科维茨。病人简直不相信自己交了好运，有这么倾心相助的朋友。门德尔总带些实实在在、考虑周到，并能使他在希尔小姐眼里得分的礼物。如漂亮的鲜花、托尔斯泰的传记（他听到她提起过，她喜欢《安娜·卡列尼娜》）、华兹华斯诗集和鱼子酱。伊斯科维茨对门德尔带来的礼物感到诧异，他讨厌鱼子酱，也从没听说过华兹华斯。有一次，门德尔差一点给伊斯科维茨带来一对古董耳环，因为他看到这样的耳环时，就知道希尔小姐会很喜欢。

　　这位神魂颠倒的追求者不放过每次同伊斯科维茨的护士交谈的机会。是，她是订婚了，但他也了解到她有所顾虑。她未婚夫是个律师，可她却幻想着嫁给更有艺术修养的人。尽管如此，她的情郎诺曼，身材高大，皮肤黝黑，帅气迷人，使得身材长相都很普通的门德尔自惭形秽。门德尔总是吹嘘自己的成就和见解，声音大小正好能让希尔小姐听见。他觉得这也许能打动她。然而，每当他的行情看涨时，她就谈到今后同诺曼的计划。此人真乃走运，门德尔想。他同她共度欢乐时光，规划未来，把嘴唇贴上她的嘴唇，脱下她的护士服，也许不是全部脱光。天啊，门德尔仰望苍天，频频摇头，叹息道。

　　"你不知道，这些天你来探视，对伊斯科维茨先生意味着什么。"一天，希尔小姐和门德尔说。她欢快的笑容和大眼睛令他心中发狂。"他没有家人，他的其他朋友大都没有空余时间。当然，我猜想是因为大多数人没有同情心，或是没有勇气，不愿跟晚期病人待很长时间。人们把垂死的病人置之脑后，不愿再去费心。所以说，我觉得你的所作所为真了不起。"

门德尔盛情看望伊斯科维茨的事传开了。在每周一次的牌局上，牌友们交口称赞门德尔。

"你真是太好了，"菲尔·比恩鲍姆一边出牌，一边对门德尔说，"迈耶跟我说，谁也没有你去得那么勤。他说，你去看他时，甚至穿得还很正式。"此时，门德尔脑子里全是希尔小姐的臀部，怎么也摆脱不掉。

"他怎么样？挺坚强的？"索尔·卡茨问道。

"谁挺坚强的？"门德尔仍想入非非。

"谁？我们在说谁呢？可怜的迈耶。"

"噢，对。挺坚强。没错。"门德尔敷衍着，根本不知道自己一手好牌。

时光流逝，伊斯科维茨更显衰弱。一次，他虚弱地抬起头，看着门德尔，嚷嚷地说："伦尼，我爱你。真的。"门德尔握着迈耶伸出的手，说："谢谢，迈耶。我说，希尔小姐今天在吗？啊？你能大声点吗？我听不清楚。"伊斯科维茨无力地点点头。门德尔说："噢，你们说了些什么？提到我了吗？"

当然，门德尔发现自己处境尴尬，他根本不想让希尔小姐知道，自己频频来访竟然同看望迈耶·伊斯科维茨毫无关系，他不敢再进一步。

有时，人之将死，其言也透出哲思，类似于"我们生于世上，却不知为何。还未知晓命运，一切就已了结。关键在于及时行乐。活着，即是幸福。我还是相信上帝存在，当我环顾四周，看到阳光照进窗户，或是看到星星在夜空闪烁，我知道，上帝有其终极计划，这真好"。

"说得对，对，"门德尔回答说，"希尔小姐呢？她还和诺曼在一起吗？我问你的事，你弄清楚了吗？明天做检查时你要是看到她，一定要弄清楚。"

四月的一个阴雨天，伊斯科维茨死了。断气之前，他再次对门德尔说，他爱他，说门德尔这几个月对他的关怀令他最为感动，是他经历过的最深刻的体验。两周后，希尔小姐同诺曼分手了。门德尔开始和她约会。他们的情缘持续了一年，然后就各奔东西了。

"这故事有意思，"科佩尔曼讲完这个伦尼·门德尔肤浅的故事后，莫斯科维茨说，"就是说，有些人就是不安好心。"

"我可不这么想，"杰克·菲什拜因说，"根本不是这么回事。这故事是说，一个男人因为爱上一个女人，克服了对死亡的恐惧，哪怕只是一小段时间。"

"你说什么呢？"特罗曼插了进来，"这故事的寓意是，因为朋友突然喜欢上某个女人，一个将死的人从中受益。"

"可他们不是朋友，"卢波维茨争辩道，"门德尔去医院是尽义务，后来再去是谋私利。"

"这有什么区别呢？"特罗曼说，"伊斯科维茨体验到了人的亲近，死时得到了安慰，即使这都缘于门德尔对护士起了色心，又有什么关系？"

"色心？谁说是色心了？门德尔虽然肤浅，但那可能是他这辈子第一次萌生爱情。"

"这有什么区别呢？"布尔斯基说，"谁在乎这个故事有什么意义？就算它有点意义，也只不过是一段有趣的轶闻罢了。点菜。"

问询

（这是一场独幕剧，取材于林肯总统生活中的一件事。可能确有其事，也可能没有。关键是，我写得很累。）

第一场

（林肯像孩子般急急忙忙地招呼新闻秘书乔治·詹宁斯进屋。）

詹宁斯　林肯先生，您叫我？

林　肯　是，詹宁斯。进来，请坐。

詹宁斯　是，总统先生？

林　肯　（无法止住笑）我想讨论个想法。

詹宁斯　当然，先生。

林　肯　下次我们开记者招待会时……

詹宁斯　嗯……

林　肯　当我接受提问时……

詹宁斯　是，总统先生……

林　肯　你就举手，问我：总统先生，您认为一个人的腿应该有
　　多长？

詹宁斯　您说什么？

林　肯　你举手问我：您认为一个人的腿应该有多长？

詹宁斯　我能问为什么吗？

林　肯　为什么？因为我有个好答案。

詹宁斯　是吗？

林　肯　应该长到正好够着地面。

詹宁斯　我不太明白您的意思。

林　肯　长到正好够着地面。这就是答案！明白了？一个人的腿
　　应该有多长？长到正好够着地面。

詹宁斯　明白了。

林　肯　你不觉得这好笑？

詹宁斯　总统先生，我能直说吗？

林　肯　（有些恼火）可是，我今天逗得人们大笑。

詹宁斯　真的？

林　肯　绝对的。我跟内阁成员和几个朋友在一起，有个人问了
　　这个问题，我回敬了那个答案。整个屋子的人都哄堂大笑。

詹宁斯　总统先生，能不能问一下，他是在什么情况下问的这个问题？

林　肯　你是什么意思？

詹宁斯　你们是不是在讨论人体解剖？那个人是个医生，或是个雕塑家？

林　肯　这个，噢，这个，不是吧。不是。他是个普通农民，我肯定。

詹宁斯　好吧，那他为什么要问？

林　肯　这个，我不知道。我就知道，他急着要见我……

詹宁斯　（有些担忧）明白了。

林　肯　怎么了，詹宁斯？你脸色不好。

詹宁斯　那真是个怪问题。

林　肯　是，可我把人逗笑了。我答得很快。

詹宁斯　林肯先生，这一点无人否认。

林　肯　是一场大笑。整个内阁笑翻了天。

詹宁斯　然后，那个人又说了什么？

林　肯　他说谢谢，就走了。

詹宁斯　您从未问他为什么想知道？

林　肯　你要想知道的话，我告诉你。我对自己的回答太满意了。长到正好够着地面。我根本没犹豫，就这么快答出来了。

詹宁斯　我知道，我知道。可这整件事让我担心。

第二场

（午夜。林肯和玛丽·托德在卧室里。玛丽在床上，林肯在地上紧张地踱步。）

玛　丽　上床吧，阿贝。怎么了？

林　肯　今天那个人。那个问题。我怎么也放不下。詹宁斯净找麻烦。

玛　丽　别理他，阿贝。

林　肯　我要理，玛丽。天哪，你觉得我不要理会吗？可那两只恳求的眼睛总在面前晃来晃去。是什么动机呢？我得喝一杯。

玛　丽　不行，阿贝。

林　肯　我要喝。

玛　丽　我说了，不行！这些天你坐立不安。都是因为这场可恶的内战。

林　肯　不是内战。是我没有回应那个人。我只想着逗人发笑，结果错过了一个复杂的问题，仅仅是为了博得内阁成员一笑。他们肯定恨我。

玛　丽　他们热爱你，阿贝。

林　肯　我虚荣心太强。不过，我回答得确实挺快。

玛　丽　这我同意。你的回答很聪明。长到正好够着身子。

林　肯　是够着地面。

玛　丽　不对，你说的是够着身子。

林　肯　不是，那么说有什么好笑的？

玛　丽　我觉得更好笑。

林　肯　更好笑？

玛　丽　对。

林　肯　玛丽，你胡乱说些什么？

玛　丽　我是说人的腿长到身上……

林　肯　别说了！能不能别说了！酒在哪儿？

玛　丽　(抓住酒瓶)不行，阿贝。今晚不能喝！我不让你喝！

林　肯　玛丽，我们这是怎么了？我们以前很快活。

玛　丽　(温柔地)过来，阿贝。今晚是满月。像我们相遇的那个
　　　　晚上。

林　肯　玛丽，我们相遇的那个晚上是亏月。

玛　丽　满月。

林　肯　亏月。

玛　丽　满月。

林　肯　我去找年历。

玛　丽　噢，我的天，阿贝，算了吧！

林　肯　对不起。

玛　丽　还是那个问题？那个腿的问题？

林　肯　他是什么意思呢？

第三场

（威尔·海恩斯和太太的农舍。海恩斯长途跋涉之后回到家中。艾丽斯放下针线，跑上去。）

艾丽斯　哎，你问他了吗？他会赦免安德鲁吗？

威　尔　（不知所措）噢，艾丽斯，我真蠢。

艾丽斯　（心中忿忿）什么？可别说他不会赦免我们的儿子。

威　尔　我没问。

艾丽斯　你什么?! 你没问他？

威　尔　我不知道着了什么魔。我看到他，美利坚合众国总统，身边都是大人物。他的内阁，他的朋友。接着有人说，林肯先生，这个人走了一天的路来见你。他有件事要问。一路上，我脑子里一遍又一遍重复这个问题："林肯先生，我们的儿子安德鲁犯了错。我知道站岗时睡觉是很严重的错误。可是，就这么处死一个年轻人太残忍了。总统先生，能不能减轻对他的刑罚？"

艾丽斯　这么说很对。

威　尔　可是，不知怎么，所有人都看着我，总统说："你要问什么？"我说："林肯先生，您认为一个人的腿应该有多长？"

艾丽斯　什么？

威　尔　是啊，我就是这么问的。别问我为什么。我就是问了

"您认为一个人的腿应该有多长"。

艾丽斯　这是什么问题？

威　尔　我说了，我也不知道。

艾丽斯　他的腿？多长？

威　尔　艾丽斯，原谅我吧。

艾丽斯　一个人的腿应该有多长？这是我听过的最愚蠢的问题。

威　尔　我说不出话了，把起先的问题给忘了。我能听见钟表在走。我不想显出一副张口结舌的样子。

艾丽斯　林肯先生说什么了？他回答了吗？

威　尔　他说，应该长到正好够着地面。

艾丽斯　长到正好够着地面？这是什么鬼意思？

威　尔　谁知道呢？可他把人都逗笑了。当然，那些家伙都心甘情愿陪着笑。

艾丽斯　（突然转身）也许你不希望安德鲁被赦免。

威　尔　什么？

艾丽斯　或许你根本就不想给儿子争取减判。你也许是嫉妒他。

威　尔　你疯了。我，我，嫉妒他？

艾丽斯　可不是吗？他比你有力气。他农活干得比你好。他对土地的感情，谁也比不上。

威　尔　够了！够了！

艾丽斯　我直说了吧，威廉，你不是个好农人。

威　尔　（惊恐万状）对，我承认！我不喜欢干农活！庄稼种子在我眼里都一模一样！还有土地！我从来就分不清土地和泥地！
你，从东部来，上过那些花里胡哨的学校！嘲笑我，讥讽我。
我种萝卜，长出来的是玉米！你以为我听了心里好受？

艾丽斯　你要是把种子篓绑在一根棍上，就知道种的是什么了！

威　尔　我不想活了！一切都没意思！

（突然，传来敲门声。艾丽斯打开门，门前不是别
人，正是亚伯拉罕·林肯。他眼睛通红，十分憔悴。）

林　肯　海恩斯先生？

威　尔　林肯总统……

林　肯　那个问题——

威　尔　我知道，我知道……我真蠢！我什么也想不出，我太紧
张了。

（海恩斯跪下来，哭了。林肯也哭了。）

林　肯　那么，我是对的。你的问题毫无缘由。

威　尔　是啊，是啊……原谅我吧……

林　肯　（痛哭不止）我原谅你了，原谅你了。起来，起来。你的
儿子今天就会被赦免。所有犯错的孩子都会被原谅。

（伸开双臂，抱着海恩斯夫妇）

你的愚蠢问题让我重新审视了我的人生。我要感谢你，爱护你。

艾丽斯　我们也重新审视了人生，阿贝。我们能称呼您……

林　肯　可以，可以，为什么不可以？你们有什么吃的吗？有朋自远方来，至少给他点吃的吧。

（他们切开面包和奶酪。幕落。）

法布里齐奥餐厅：评论与反响

（德高望重的美食评论家法比安·普洛特尼克在一份思想性较强的刊物上发表文章，评论第二大道上的法布里齐奥维拉诺瓦餐厅，照例引发了一些颇有深度的反响。）

意式面条是意大利新现实主义美食的一种表现方式，法布里齐奥餐厅的厨师马里奥·斯皮内利深谙其道。斯皮内利揉面揉得很慢，馋得顾客们心神不定，口水直流。他做的宽面条尽管扭曲并淘气到了几近恶作剧的程度，但这种手法很大程度上归功于巴尔齐诺。众所周知，巴尔齐诺把宽面条用作社会变革的手段。两者之间的区别是，在巴尔齐诺餐厅，顾客期待吃到白色宽面条；在法布里齐奥餐厅，顾客吃到的是绿色宽面条。原因何在？一切好似毫无缘由。作为食客，我们对这种变革有点猝不及防。因此，绿色面条不大有吸引力，甚至令人不安，这一点厨师也未料到。另一方面，扁面条则味道甚好，没有一丁点说教的意思。确实，其中含有一种无处不在的马克思主义特性，但被调味汁掩盖住了。多年来，斯皮内利一直是位忠诚的意大利共产党员，他巧妙地将马克思主义揉进了意式饺子中，从而成功地拥护了共产主义。

我首先点了开胃菜。这菜一开始尝起来，好像没什么特别，待我专心品尝鱼肉时，其中的寓意就清楚了。斯皮内利是否在说，这道开胃菜代表着全部人生，其中黑橄榄令人难以承受地提示，人终有一死？若是如此，那芹菜呢？是否故意省略？雅各贝利餐厅的开胃菜中只有芹菜。可是，雅各贝利是个极端主义者。他是要我们注意到人生的荒谬。谁能忘了他做的虾？四只浸了蒜蓉的虾，其摆列的方式，比所有专题著作都更透彻地阐述了我们卷入越战的经历。当时是多么震撼！可如今，相较于(吉诺韦苏维奥餐厅)吉诺·菲诺奇的嫩牛排，它就显得很一般了。这家餐馆的小牛肉片长足有六尺，外配一块黑丝绸。(菲诺奇做小牛肉总是胜过做鱼或鸡，《时代》周刊在报导罗伯特·劳申伯格[1]的封面故事时未提及菲诺奇，此乃极大疏忽。)斯皮内利与这些先锋厨师不同，他极少一气呵成。比如做蜜饯冰激凌的时候，他就犹豫不定，等做好了，也就化了。斯皮内利的风格中一贯有种试探

---

[1] Robert Rouschenberg(1925—2008)，美国画家和版画艺术家。

成分，尤其是在蛤蜊面条的烹调中。（斯皮内利接受精神分析之前特别怕蛤蜊。他不敢打开蛤蜊，别人迫使他往里面看，他便昏了过去。他起先烹饪蛤蜊面条时，用的是"蛤蜊代用品"，像花生、橄榄，在最终崩溃之前，还用了小橡皮头。）

　　法布里齐奥餐厅的一道美味是斯皮内利做的帕尔马干酪去骨鸡。菜的名称含讽刺意味，因为他给鸡肉中加了不少骨头，好像是说人生不能吞咽得太快，或是说必须得小心谨慎。进餐时，要不停地从嘴里掏出骨头，放置盘中，让这顿饭生出一种奇怪的声响。这让人立即想起韦伯恩[①]，他在斯皮内利的烹调过程中不断地被提及。罗伯特·克拉夫特[②]在执笔论述斯特拉文斯基时，提出有趣的一处：勋伯格对斯皮内利的沙拉的影响以及斯皮内利对斯特拉文斯基《D大调弦乐协奏曲》的影响。事实上，意大利浓菜汤是无曲调性的极好例证。汤里放进大大小小、各种各样的菜，客人喝的时候嘴里不得不发出声响。这些声响此起彼伏，有节奏地重复。我第一次到法布里齐奥餐厅吃晚餐，看见两位食客——一个男孩和一个胖子——正在同时喝汤，那个场面真是热闹，餐馆里的人都起立鼓掌。餐后甜点是饼干果子冰激凌，令我想起莱布尼茨的名言："单子没有窗子。"多么恰如其分！一次，

[①] Webern(1883—1945)，奥地利作曲家，以所作管弦乐帕萨卡里亚、室内乐和各种歌曲(利德)最为著称。
[②] Robert Craft(1923—　)，美国指挥家和作家，以其与伊戈尔·斯特拉文斯基亲密的合作关系及友谊最为出名。

汉娜·阿伦特曾跟我说,法布里齐奥餐厅的价钱"定得合理,可历史上不是一向如此"。我同意。

读者来信:

　　法比安·普洛特尼克关于法布里齐奥维拉诺瓦餐厅的美食评论清晰明了,实为高论。他深刻分析中的唯一不足是,法布里齐奥是个家庭经营的餐厅,但又不属于典型的意大利核心家庭结构,而是依循产业革命前威尔士中产阶级矿工的家庭模式。法布里齐奥与妻子及儿子们之间是资本主义式关系,以合伙人相待。佣工对性的道德理念属典型的维多利亚时代特色,收银的女孩更是如此。工作条件也反映了英国工厂中的问题,侍者每天被迫要工作八至十小时,餐巾也不符合现行的卫生标准。

达夫·拉普金

读者来信:

　　法比安·普洛特尼克关于法布里齐奥维拉诺瓦餐厅的美食评论中,称其价钱"定得合理"。但他是否也称艾略特的《四个四重奏》"写得合理"?艾略特回返到理性教义的较原始阶段,反映出世上的本因,而鸡肉面条卖出八点五美元的价钱,哪怕从天主教的教义来看,也毫无道理。请普洛特尼克先生读一下《交锋》(一九五八年第二期)上的一篇文章《艾略特、转世说与海鲜汤》。

埃诺·施米德雷尔

读者来信：

普洛特尼克先生在谈及马里奥·斯皮内利的宽面条时，自然未考虑到分量，或者更直截了当地说，是面条的多少。显然，奇数面条和奇数面条加偶数面条一样多。(明显是个悖论。)从语言学上看，这不合逻辑，因此，普洛特尼克先生用"宽面条"一词毫无准性。宽面条成为一种代号，即，假设宽面条等于 x，那么 $a = x/b$（b 为一常量，相当于任何菜肴的一半）。依照该逻辑，人们会说：宽面条即是扁面条！真荒唐。这句话显然不能说成"宽面条很可口"，而必须说成"宽面条和扁面条都不是波纹贝壳状通心粉"。哥德尔曾一遍又一遍地宣布："一切食物在食用前，都必须转化为合理运算。"

麻省理工学院

沃德·巴布科克教授

读者来信：

我饶有兴致地读了法比安·普洛特尼克关于法布里齐奥维拉诺瓦餐厅的美食评论，认为此文只不过是历史修正主义又一当代例证，令人震惊。在斯大林大清洗的最黑暗时期，这家餐厅不仅照常营业，而且还扩展了后厅，好容纳更多顾客；对此，我们竟忘得一干二净！餐厅里没有一个人对苏联政治迫害说过一句话。事实上，当释放苏联持不同政见者委员会曾请法布里齐奥餐厅把意式汤团从菜谱上撤下，直至俄国人释放格列戈尔·

托姆辛斯基，但遭到拒绝。托洛茨基的追随者托姆辛斯基是著名的快手厨师，当时已经编纂了一万条菜谱，但均遭内务人民委员会没收。

苏联法院借口"造成一名次要官员的胃不舒服"，把托姆辛斯基送到劳改营。当时，法布里齐奥餐厅里的那些所谓知识分子都哪去了？当全苏联所有衣帽间的女服务员都从家中给带走，被迫为斯大林的走卒挂衣帽时，餐厅衣帽间的蒂娜从未吱过一声。还有，当苏联几十名物理学家被控食量过大，被关押起来时，许多餐厅关门表示抗议，但法布里齐奥餐厅依旧开门迎客，甚至实行了餐后送薄荷糖的策略！三十年代时，我本人也在法布里齐奥餐厅进餐，曾看到此处是死心塌地的斯大林分子的温床。无猜疑心的人们点了意式面条，他们却端上来俄式薄煎饼。要是说大多数顾客不知道厨房里在鼓捣什么，不免有些荒唐。有人点了海螺肉，送来的却是薄饼卷，这时，一切就显而易见了。实际情况是，知识分子们宁愿不去注意其中的不同。我曾同吉迪恩·切奥普斯教授在那里吃过饭，给教授端上来的是一整套俄罗斯风味：罗宋汤、基辅鸡和哈尔瓦①，可他却对我说："这面条太棒了！"

纽约大学

昆西·蒙德拉贡教授

---

① halvah，一种由碎芝麻和蜜糖等混合而成的甜食，原产于土耳其。

法比安·普洛特尼克回复：

施米德雷尔先生的来信显示出他对餐厅里的价格和艾略特的《四个四重奏》都一无所知。艾略特本人认为，花七点五美元买份好的脆皮鸡肉面"并不离谱"（引自《党派评论》中的访谈）。艾略特在《干燥的萨尔维吉斯》中借黑天神之口提出此观点，虽然具体用词略有出入。

我很感谢达夫·拉普金关于核心家庭的看法，也感谢巴布科克教授鞭辟入里的语言学分析，不过，我对其方程式存有疑问，特提出以下模式：

（1）面条中有一些是扁面条；

（2）并非所有扁面条都是细面条；

（3）细面条绝非面条，所以，所有细面条都是扁面条。

维特根斯坦曾用这一模式证明了上帝的存在。后来，特兰·罗素用该模式证明，上帝不仅存在，还发现维特根斯坦长得太矮。

最后，我答复蒙德拉贡教授。的确，二十世纪三十年代，斯皮内利曾在法布里齐奥餐厅的厨房工作，或许在那里工作的时间太长了。然而，无疑要归功于他的一点是，当臭名昭著的众议院非美活动委员会施加压力，迫使他把菜单上的"熏火腿与甜瓜"改为政治色彩较淡的"火腿与无花果"时，他把状子递到最高法院，迫使其做出了现已闻名遐迩的判决——"开胃菜应受到《宪法第一修正案》的全面保护。"

报应

初见康妮·蔡森，我就坠入了爱河，无法自拔。她对我也是一见钟情。这在中央公园西成了历史上无与伦比的一桩奇迹。在聚会上，康妮是众青年男子追逐的对象，她的光芒盖过了其他所有人。她身材高挑，高颧骨，金发碧眼，既是演员，又是学者，令人心仪，然生性冷漠难以接近；才智机敏，却充满敌意；浑身的曲线同样不让分毫，上上下下都透着淫荡的色欲。而我，哈罗德·科恩，瘦柴火棍儿，长鼻子，二十四岁，满腹牢骚，刚冒头的剧作家，竟然被她看上了，可说是八杆子打不着的事。不错，我经常谈笑风生，似乎谈吐不凡，可这位体态美妙的精灵这么快就全方位瞄准了我的这点本事，着实让我吃惊。

"你真可爱，"她对我说，我俩倚着书架，饮着意大利瓦尔波利切拉葡萄酒，吃着零食，热烈交谈了一个小时，"希望你会打电话给我。"

"打电话？我现在就想跟你回家。"

"太好了，"她笑得风情万种，"说真的，没想到我会给你留下印象。"

我装出一副不太在乎的样子，可身上的血却在沸腾，从血管里奔向预定目的地。我满脸通红，老习惯了。

"我觉得你太震撼了，"我说得她更心花怒放了。其实，这么快就说定了，我还没做好准备。我借酒意摆出高傲的姿态是想为今后做铺垫；比方说，在某次慎重的约会后，我提闺房之事，就不会显得那么突然，也不会违反某种可悲的柏拉图式交往。不过，我虽谨慎，满心内疚和担忧，但今夜属我所有。康妮和我相见甚欢，相互吸引；短短一小时后，我们就开始在床上鸳鸯戏水，全身心地投入到人类激情鼓弄出的荒唐可笑的杂技之中。对我来讲，这是最淫欲也最称心的夜晚。事后，她心满意足地躺在我怀里时，我思忖着，命运会如何跟我算这笔账。我很快要失明？或是下肢瘫痪？哈罗德·科恩要被迫付出多么沉重的代价，宇宙才能继续和谐地运行？不过，这都是以后的事了。

随后的四周里，平安无事。康妮和我相互探索对方，每有新发现，都很欣喜。我发现她麻利、机敏、劲头十足；她的想象力丰富，谈话时总能旁征博引。她熟悉诺瓦利斯①、《梨俱吠陀》，能背诵科尔·波特的每一首歌。在床上，她毫无禁忌，喜欢搞新

---

① Novalis(1772—1801)，德国浪漫主义诗人、作家、哲学家。

花样，真可谓未来的宠儿。至于她的不足，你非得使出鸡蛋里挑骨头的劲儿才能找到。她确实有点性情不定。到了饭馆，点完菜后，她从来都要改主意，还总是在点了之后许久才改。我告诉她，这对侍者和大厨都不公平，她一准要发火。还有，她三天两头改换饮食，一会儿全力推崇一种节食方法，再一会儿又去追捧新的减少体重的时髦方法。她的体重根本不超标，正相反，她的身材让《时尚》杂志的模特都羡慕。可她的自卑情结堪比弗朗茨·卡夫卡，时不时进行沉痛的自我批评。照她的说法，她是个愚蠢的无名之辈，根本不是演员的料子，更别提演契诃夫的剧目了。我不停地说些鼓励的话，虽然我觉得，如果我对她的才智和身材的迷恋不能使她安心，那说什么也没用。

我们的罗曼史持续了大约六个星期，她的不安全感就完全显露出来了。一天，她父母在康涅狄格州的家中举行烧烤聚会，我终于能见她的家人了。

"我爸爸很棒，"她很崇拜地说，"长得也帅。妈妈也漂亮。你父母呢?"

"我觉得不漂亮。"我坦白道。实际上，我记不大清楚我家人的容貌，还把我母亲家的亲戚比作培养皿里的某种东西。我对我的家人特别凶，我们常常互相挖苦，争吵，但我们很亲近。我这一辈子就没听见家里哪个人说过一句恭维话。我怀疑，自从上帝同亚伯拉罕立约后就没有过这事。

"我父母从不争吵，"她说，"他们也喝酒，但真心以礼相待。

丹尼人也很好，"丹尼是她弟弟，"我是说，他有点怪，但人不错。他是谱曲的。"

"我真想见见他们。"

"希望你别爱上我妹妹，林赛。"

"不会的。"

"她比我小两岁，聪明又性感。人见人爱。"

"真不错。"我说。康妮摸了摸我的脸。

"希望你喜欢她不要胜过喜欢我。"她半开玩笑地说，大气地表示了自己的担忧。

"别担心。"我给她打保票。

"不用担心？你保证？"

"你们俩互不相让？"

"不是。我们很爱彼此。可是，她的脸像天使一样纯洁，身材丰满性感。她长得像妈妈。她的智商又特别高，还很有幽默感。"

"你真美。"说完我吻了她。但我必须承认，整整一天，关于二十一岁的林赛·蔡森的幻想就一直在脑子里回旋。我的天，我想，她要真那么神奇可怎么办？要是真像康妮说的具有无法抗拒的魅力可怎么办？我会不会被迷住？虽说我胆小如鼠，可这位来自康涅狄格中上阶层的林赛——林赛，是她！——魅力袭人，玉体含香，笑如银铃，我难道就不会被她吸引住？虽然我未受誓言的约束，但难保我不会抛弃康妮，玩点新鲜花样。我认识康妮毕竟只有六个星期。同她在一起是很快活，但也没到爱她到痴狂的地步。不过，林赛非要有非比寻常的表现，才能给这六周笑声连连、春情荡荡的狂欢浩海吹起一泓微澜。

当晚，我和康妮行了云雨；可当我入睡后，闯进我梦乡的却是林赛。那位甜蜜的小林赛，可爱的优等生，有着如电影明星般的容颜和公主般的魅力。我辗转反侧，在半夜里醒来，莫名地感到兴奋并有了某种预感。

早上，我的奇异幻想退去了。早餐后，康妮和我带上葡萄酒和鲜花直奔康涅狄格州。我们开车经过秋天的乡村，听着调频电台上的维瓦尔第，谈论着当天报纸的"艺术与闲暇"版。快要开进蔡森在莱姆镇的府邸大门时，我又一次琢磨着是否会让这位魅力十足的妹妹给惊呆了。

"林赛的男朋友也在吧？"我试探地问，因心怀鬼胎，声音有点变。

"他们分手了，"康妮解释说，"林赛每个月都吹一个男朋友。她专伤人心。"嗯，我想，把这些都撇开，这位少女还是单身一人。她会不会真的比康妮还带劲？我觉得这不大可信，不过，我还是鼓起劲头，准备迎接任何可能性。当然，我唯独没想到发生在那个清爽的星期天下午的是那种可能性。

院子里聚会的人们欢声笑语，开怀畅饮，康妮和我也加入进来。康妮家的人分散在其时髦、风光的友人中间。我一一拜见了她的家人。林赛妹妹确如康妮描述的那样漂亮娇媚，谈兴十足，但我还是更喜欢康妮。在这两人中间，我仍觉得康妮要比这位二十一岁的瓦萨学院毕业生更迷人。不对，那天真正把我弄得失魂落魄的不是别人，而是康妮国色天香的母亲，艾米莉。

艾米莉·蔡森五十五岁，体态丰满，皮肤晒成古铜色，她的脸似西部拓荒者那般让人着迷，染霜的头发向后梳着，身上的曲线浑圆饱满，正如布朗库西①雕刻的人物那样。性感的艾米莉笑起来皓齿朱唇，满面春光，开怀大笑时，声声爽朗，散发出无法抵御的热情和诱惑。

我想，这家人多了不起的细胞！多了不起的基因！而且代代相传：艾米莉·蔡森同我在一起时，像她女儿一样那么放松自如。显然，她喜欢跟我谈话，从头至尾都和我在一起，根本不顾其他的宾客。我们谈到了摄影(她的爱好)和书籍。她正在饶有兴致地读约瑟夫·海勒的一本书。她给我倒酒时，笑声朗朗地说："上帝啊，你们犹太人这么有异国情调。"异国情调？她应该要认识格林布拉特，或是我父亲的朋友，米尔顿·沙普斯坦先生和夫人，或者是我表弟，托瓦。异国情调？他们人是很好，可为了怎样防治消化不良，或是看电视时应该离电视机多远没完没了地争吵，哪有一点异国情调。

艾米莉和我谈电影，谈了好几个小时。我们还谈到我对戏剧的期望、她新近对拼贴画的兴趣。显然，这个女人有许多创作和

① Brancusi(1876—1957)，罗马尼亚雕刻家。

知识上的需求，但出于某种原因，未能释放出来。不过，她和丈夫约翰·蔡森一起喝酒，卿卿我我的样子，明摆着是说，她对自己的生活毫无怨言。她丈夫一副英俊沉稳的飞行员模样，只是年纪略大一些。我家的老人不明不白地一起生活了四十年(似乎是出于怨恨结的婚)，比起来，艾米莉和约翰就好似伦特夫妇①。基本上我家两位老人连说到天气时都要吵架斗嘴，就差动枪了。

该动身回家了。我心存遗憾，满脑子都想着艾米莉。

"他们真是可人，是吧?"我们开车回曼哈顿的路上，康妮问道。

"是啊。"我表示同意。

"我爸潇洒吧? 他可有意思了。"

"嗯。"实际上，我同康妮老爹说的话不超过十句。

"妈妈今天气色特别好。好长时间没这样了。正好也得了流感。"

"她是了不起。"我说。

"她的摄影和拼贴好极了，"康妮说，"我真希望老爸多鼓励她，不要老这么保守。他就是对艺术创作没兴趣。从来就没有过。"

"这不好，"我说，"希望这些年来，对你母亲影响不大。"

---

① the Lunts, 阿尔弗雷德·伦特和莉莉·芳丹为美国夫妻演出队，曾在 20 多部戏剧中合作演出，在两人长达 55 年的婚姻期间，不论台上台下，几乎形影不离。

"有影响，"她说，"还有林赛，你爱上她了？"

"她很可爱，可是比不上你。至少我是这么看。"

"那我就放心了。"康妮笑了起来，飞快地在我脸上吻了一下。我虽是个彻头彻尾的坏蛋，但还是不能告诉她，我最想见的其实是她诱人的母亲。我一边开车，脑子里一边像电脑一样飞速运转，偷偷酝酿着计谋，想跟这位绝妙无比的女人再度时光。你要是问我打算以后如何发展，我也说不好。驱车穿行在凉爽的秋夜时，我只知道，弗洛伊德、索福克勒斯和尤金·奥尼尔正在某个地方大笑不止。

此后几个月，我想方设法多次见到艾米莉。通常是我和康妮在城里与她会合，带她去参观博物馆或听音乐会，三个人十分自然。有一两次，康妮忙别的事，我就和艾米莉单独在一起。这让康妮也很高兴：母亲和情人竟然是好朋友。还有一两次，我略施小计，"碰巧"遇见艾米莉，就随意和她散散步，或是喝上一杯。我兴致勃勃地听她讲自己的艺术追求，她说笑话时，我总是充满魅力地大笑；显然，她喜欢有我做伴。我们一同探讨音乐、文学和人生。我的观点总能撩起她的兴致。另外还看得出来，她把我视作一位新朋友，根本没往其他地方想。或者，如果她想了，也绝不会显露出来。不过，我还能指望什么？我和她女儿住在一起，在一个立有某些禁忌的文明社会堂堂正正地同居。说起来，我能把这位女人想象成什么样呢？德国电影里堕落的色魔，勾引自己孩子的情人？说真的，她要是向我吐露情感，或是行为有些出格，我肯定不再尊重她了。可是，我对她那么着迷，进而成为一种渴求；尽管还不乏理智，但我祈求能看出一点微弱的迹象，表明她的婚姻并非如表面上那样十全十美；或者是，她虽几经抗争，却仍发疯似的爱上了我。我曾一度冒出某种念头，想自己主动试探一下，但脑子里闪现出黄色小报上的大字标题，令我不敢贸然行动。

我苦恼极了，我的欲望那么强烈，以致想把我的苦恼向康妮和盘托出，请她帮我理顺这堆痛苦的乱麻。但是，我这样做定会引起天下大乱。实际上，我没拿出男子汉的坦诚，而是像一只鼬鼠拱前拱后的，想嗅出有关艾米莉对我的感觉的蛛丝马迹。

"我带你妈妈去了马蒂斯的画展。"一天，我对康妮说。

"我知道，"她说，"她说她很开心。"

"她真幸运。看着也很幸福。婚姻美满。"

"是。"停顿。

"呃，还有——她跟你说什么了？"

"她说，看完画展，你们俩谈得很投机。谈她的摄影。"

"是啊，"停顿，"还说什么了？关于我的？我是说，我觉得我可能有点傲慢。"

"噢，天哪，没的事。她特别喜欢你。"

"是吗？"

"丹尼跟老爸在一起的时间越来越长。所以，她有点把你看做自己的儿子了。"

"儿子?!"我说，顿时泄了气。

"我觉得，她是希望有个像你这样对她的作品感兴趣的儿子。一个真正的好友。比丹尼更懂学问。关心她的艺术需求。我觉得你正好适合这个角色。"

那天晚上，我情绪低落。和康妮在家里看电视时，我内心又涨起一股热望，想贴近这个女人温柔的身体，尽管她显然只把我当成她的儿子。她真是这么觉得吗？还是，这仅仅是康妮随意的猜测？艾米莉要是发现一个比她年轻许多的人，根本没想长辈晚辈什么的，而是觉得她貌美性感，渴望同她风流一番，就不会兴奋异常？这个年龄的女人，尤其是丈夫对其内心情感不大关心的女人，会不欢迎一个仰慕者的垂注？而我，因深陷于自身中产阶级的背景，是不是过于计较我同她女儿同居这件事了？毕竟，比这更离奇的事情都发生过。肯定在艺术感觉较强烈的人们中间发生过。我得下决心了断这段已经走火入魔的情感。这件事压得我太重了，我该付诸行动，或彻底打消念头。我决定出手了。

以往出师顺利时，我马上就知道该怎么做。我要不露声色地带她去"伟克商人"餐厅，那个灯光幽暗、安全可靠的波利尼西亚快乐巢穴。里面遍布黝黑、诱人的角落；开始还算柔和，但后劲很大的朗姆酒，会迅速挣脱最幽深处的禁忌。两杯夏威夷鸡尾酒过后，玩儿什么都行。一只手放上她的膝盖。猛然一个狂吻。两人手指交错。神奇的酒劲注定会产生奇迹。我在过去屡试不爽。即使对方毫无防范，抽回身，皱起眉，也可以从容地退身，将一切归咎于这海岛的佳酿。

"抱歉,"我可以这样辩解,"我喝醉了,真不知自己在干什么。"

对了,彬彬有礼的聊天阶段过去了,我这么想。我爱上了两个女人。这倒也不是什么大不了的怪事。正巧一个是母亲,一个是女儿?反而更刺激!我激动异常。可是,虽然当时我满怀信心,但也必须承认,情况没能按计划的那样发展。的确,二月里一个寒冷的下午,我们是去了"伟克商人"餐厅,也四目相视,充满诗意地感叹生活,并畅饮泛着泡沫的白色琼浆,杯中浮着凤梨块,上面插着精致的小阳伞——但是,事情到此为止。这是因为,尽管我已经有猥亵的冲动,但我觉得这会把康妮彻底毁了。最后,是我的负疚感,确切说,是我恢复了理智,才使我没把手放在艾米莉·蔡森的腿上,放纵幽深的欲望。我忽然认识到,这一切都来自于自己疯狂的幻想,而我实际爱着的仍是康妮,绝不会冒任何风险、以任何方式伤害她。这一点把我给挡住了。是的,哈罗德·科恩是个凡人,比他向我们标榜的还要凡俗。嘴上虽不承认,但却真心爱他的女友。这段对艾米莉·蔡森的迷恋必须封存起来,遗忘掉。虽然要控制住对康妮妈妈的冲动会痛苦不堪,但理智和理性将占据上风。

一个愉快的下午过去了。本来,这个下午的高潮应该是狂吻艾米莉那诱人的大嘴唇,但我付了账单,就此打住。我们欢笑着出了门,迎着街上零零飘落的雪花。我陪她走到她的车旁,看着她开车回家，自己也回去见她的女儿。这当会儿，对这个每晚和我一起同床共眠的女人，我又升起一种新的、更深的温存。生活真是一片混乱，我想。人的感情如此难以预料。怎么会有人维持了四十年的婚姻生活呢？这比分开红海更像个奇迹，虽然我父亲仍天真地认为，分开红海更了不起。我吻着康妮，倾述了我的爱意。她也回应了我。我们做了爱。

正如电影那样，画面淡出，转至几个月后。康妮再也不能跟我上床了。为什么？我如同希腊悲剧中的主人公，是自找苦吃。几周之前，我们的房事就开始急转直下。

"怎么了？"我问，"我做错什么了？"

"没有。不是你的错。噢，天哪。"

"怎么了？跟我说说。"

"我就是不想做，"她说，"我们非得每晚都做吗？"她说是每晚，其实仅仅是每周几次，很快就更少了。

"我不行，"我试着逗她上床，可她内疚地说，"你知道吗，我现在很苦恼。"

"什么苦恼？"我疑心重重地问，"你有别人了？"

"当然没有。"

"你爱我吗？"

"爱。我恨不得不爱你。"

"怎么啦？干吗扫兴？不是越来越好，反而越来越坏。"

"我不能跟你上床，"一天晚上，她坦白了，"你让我想起了我弟弟。"

"什么?"

"你让我想起丹尼。我也不知道为什么。"

"你弟弟?你开玩笑吧?"

"不是。"

"可他是个二十三岁、金发的中上阶层子弟,在你父亲律师所做事。我让你想起他?"

"就像是和我弟弟上床。"她哭着说。

"好吧,好吧。别哭。都会好的。我不舒服,得吃几片阿司匹林,躺一会儿。"我用手压住太阳穴,假装困惑不解;但原因很显然,我同她母亲相处无间,无形中使康妮把我看作了家人。这都是报应。我要像坦塔罗斯①一样接受惩罚。康妮·蔡森那晒得发亮的苗条胴体近在咫尺,却又摸碰不得,只要一碰,就招来一声"讨厌"。人的情绪波动时,时常胡乱指派角色,我忽然成了她的弟弟。

随后几个月,各种各样的烦恼都来了。首先,在床上遭到回绝令人痛苦;其次,还要自我安慰说,这只是暂时的。为此,我力求表现得有耐心,善解人意。记得上大学时,正是因为一个性感女生脑袋一侧,让我想起我的姨妈丽芙卡,事就没干成。那个女孩比我童年记忆中有松鼠相貌的姨妈要好看多了,可一想到同

---

① Tantalus,希腊传说中宙斯或特摩罗斯(吕底亚的一个首领)与普路托的儿子,在冥界受罚。

母亲的亲姐妹做爱，我就彻底没兴致了。我知道康妮现时的感受，可是，性压抑越来越重。过了一段时间，我的自我约束转成了讽刺挖苦，随后，又想一把火把房子烧掉。不过，我还是努力不鲁莽行事，平息这场毫无理性的暴风雨，用其他各种方式保持我同康妮之间的亲密关系。我建议她去看心理分析医生，她充耳不闻。对于从小在康涅狄格州长大的她，还有什么比这门来自维也纳的犹太学科更怪异的。

"去跟别的女人上床。除此之外，我还能说什么?"她对我说。

"我不想跟别的女人上床。我爱你。"

"我也爱你。你知道的。可我不能和你上床。"确实，我不是到处睡来睡去的那种人。尽管我对康妮母亲曾抱有幻想，却从未欺骗过康妮。平日里，我确实对其他女人做过白日梦，某个演员、某个空中小姐、某个大眼睛的女学生，但我绝不会背叛自己的情人。不是说我不能够。我接触过的一些女人相当主动，甚至如狼似虎，但我依然忠实于康妮;在她无能为力的这段艰难时光里，我更是忠贞不二。当然，我也曾想过再次试探艾米莉。我还和艾米莉见面，有时和康妮一起，有时我单独一人，但都是单纯的见面，别无他意。我觉得，要是把我费尽力气压下去的欲火再度煽起，对任何人都没好处。

这并不是说，康妮对我守信。实际情况令人伤心，她至少有好几次无法抵御外来的诱惑，偷偷地和演员或是作家上了床。

"你让我说什么？"一次，凌晨三点，当我抓住了她漏洞百出的借口时，她哭着说，"我只是想确认自己是不是反常，我是不是还有性能力。"

"你跟谁都行，就是跟我不行。"我火冒三丈，深感不公。

"就是。你让我想起我弟弟。"

"我不想再听这套胡言乱语。"

"我说过，你可以跟别的女人上床。"

"我不想这样，可现在看来，我非要这样不可了。"

"求你了。去吧。这是个报应。"她抽泣着说。

这真的是个报应。当两个人相互爱慕，却又因几近荒唐的心理异常而被迫分手时，这还能是什么？我同她母亲关系密切，纯属自找苦吃，这不可否认。也许，这正是对我先搞上女儿，又想勾引母亲上床的因果报应。

傲慢之罪，或许吧。我，哈罗德·科恩，犯了傲慢罪。一个从来都把自己看作不如鼠类的人，却自命不凡？这可难以接受。然而，我们确实分手了。痛苦中，我们各奔东西，但仍算是朋友。我俩住的地方，中间仅隔了十条街。我们每隔一天就通一次话，但我们的关系确实结束了。那一刻，只是在那一刻，我才意识到，我曾经是多么爱慕康妮。阵阵忧郁和苦闷不可避免地加重了我的普鲁斯特式的痛苦。我记起了我俩所有的美好时光，无与伦比的云雨之欢；在空荡荡的大房间里，我哭了。我试图出去约会，但还是那样，一切都不可避免地单调无味。那些追星族、小秘书从我卧室进进出出，让我觉得空虚，还不如一个人拿本好书消磨夜晚。这似乎真是个无益又乏味的世界，直到有一天传来令人震惊的消息：康妮的母亲离开了她丈夫，两人正在离婚。想想吧，听此消息，我的心多年来头一次加快跳动。我父母就像蒙太古与凯普莱特家族一样吵个不休，但却厮守一生；康妮的爹妈呷着马提尼酒，彬彬有礼地相拥相抱，可是，咔嚓一下，离婚了。

现在，我的行动路线清楚了。"伟克商人"餐厅。我们面前已经没有任何阻碍了。虽然我曾是康妮的情人，略有些尴尬，但过去的巨大难题已经荡然无存。我们俩目前是自由人。我对艾米莉·蔡森的情感一直处于休眠状态，现在又再次被点燃。或许说，命运的捉弄毁了我和康妮的关系，但是，什么也阻挡不了我征服她母亲。

趁着自傲正在膨胀的兴头上，我给艾米莉打了电话，约定了时间。三天后，两个人就挤坐在我中意的波利尼西亚餐厅的幽暗之中。三杯巴比阿鸡尾酒①过后，她敞开了心扉，讲起了她婚姻的失败。当她讲到正在寻找约束少些、创意多些的新生活时，我吻了她。是的，她吃了一惊，但没有喊叫。她表现出受惊的样子，我向她倾吐了我的情感后再次吻了她。她有些迷乱的样子，但没有发火，也没有从座位上跳开。待我第三次吻她时，我知道她会顺从的。她和我情感相通。我把她带到我的房间，我们做了

---

① Bahia，由金色朗姆酒、菠萝汁、椰汁配制出的鸡尾酒。

爱。第二天早上，当朗姆酒的酒劲退去后，她在我眼里仍是那样端庄漂亮，我们再次做爱。

"我要你嫁给我。"我说，眼里闪着爱慕之情。

"你不是认真的吧。"她说。

"非常认真，"我说，"差一点也不行。"我们接吻，吃早饭，在笑声中做着规划。那天，我向康妮宣告了这一消息，等着她一拳挥来，却没有等到。我把她所有的反应都想到了，以为她会嘲弄地大笑，或是怒不可遏；可实际上，康妮表现得优雅大方。她自己的社交生活很活跃，同好几个英俊男子交往，母亲离婚时，她很担忧其今后的生活。突然间，一位年轻骑士出现了，要照顾这位可爱的女士，这位骑士还与她的女儿康妮保持着美好的情谊。真乃造化作美。康妮不再因为把我折腾得死去活来而心感内疚了。艾米莉会很高兴，我也会很高兴。于是，康妮不负家中的教养，在随意之余、欢愉之间把这一切接受了。

我的父母正相反，直接走向位于十层楼的公寓窗户，争着往下跳。

"我从没听过这种事。"我母亲撕扯着睡袍，咬着牙，大声痛哭。

"他疯了。你个白痴。你疯了。"父亲如受了沉重打击，脸色苍白。

"五十五岁的非犹太女人?!"我姑妈罗丝尖声说道，举起裁纸刀，要捅自己的眼睛。

"我爱她。"我抗辩说。

"她年纪大你一倍还多。"我叔叔路易嚷着。

"又怎么样?"

"怎么样,就是不行。"我父亲嚷着,念起了托拉①。

"他要娶他女朋友的妈妈?"姨妈蒂莉大叫一声,昏倒在地上。

"五十五岁,还是个非犹太女人。"我母亲尖叫着,到处找专门为这类场合留着的氰化物胶囊。

"他们是什么人? 统一教教徒?"路易叔叔问,"给他施了魔法了吧?!"

"傻瓜! 白痴!"老爸扯着嗓子喊。姨妈蒂莉恢复了知觉,瞪着我,记起来是怎么回事,就又昏了过去。屋角里,姑妈罗丝在跪着念经。

"上帝会惩罚你的,哈罗德,"我父亲喊叫着,"上帝要砍下你的舌头,你的牛群都得死光,你十分之一的庄稼都要枯萎,你的……"

不过,我还是娶了艾米莉。没有人自杀。艾米莉的三个孩子以及十几个好友来了。仪式是在康妮的公寓里举行的,香槟横流。我的家人不能来,他们许诺要事先宰杀一只羊做祭品。我们

---

① the Torah,犹太教名词,广义泛指上帝启示给人类的教导或指引,狭义专指《圣经·旧约》的首五卷,又称《律法书》或《摩西五经》。

都在跳舞、说笑，整个晚上顺顺当当。曾有一小会儿，卧室里只有我和康妮两个人。我俩开着玩笑，回忆起过去高兴和低沉的时候，以及在房事上我多么迷恋她。

"这真受用。"她温情地说。

"是啊，我搞不成女儿，只好抢她母亲了。"话音未落，康妮的舌头已经伸进我嘴里了。"你这是干什么?"我往后一缩，"喝醉了?"

"你都不相信，你把我勾起来了。"她边说边把我往床上拽。

"你怎么了? 吃春药了?"我说着，爬了起来，可还是被她突然的挑逗弄得兴奋不已。

"我要跟你上床。即使现在不行，那也快了。"她说。

"我? 哈罗德·科恩? 曾经和你同居，爱过你的家伙? 只因为像丹尼就不能碰你的我? 你又迷上了你弟弟的翻版?"

"现在完全不同了，"她说着，又贴近了我，"你跟妈妈结婚，就成了我爸爸。"她再度吻我，在转身返回外面的欢声笑语之前说:"别担心，老爸，机会多着呢。"

我坐在床上，直愣愣地望向窗外无尽的空间。我想起我的父母，思忖着我也许应该放弃戏剧，重回希伯来语学校。从半开着的门看出去，康妮和艾米莉都在同宾客有说有笑;而我，依然弓着背，瘸着脚，只能跟自己咕哝我爷爷常说的一句老话:"哎呀呀。"

盗贼自白

（以下是行将出版的弗吉尔·艾夫斯回忆录的节选。
艾夫斯罪行累累，连判四期九十九年徒刑。现正服第一
期徒刑。他打算出来后，从事幼儿工作。）

没错，我是偷东西。为什么不偷？小时候，我要去偷才能吃
上东西；后来，要去偷才能给小费。好多人偷百分之十五。但我
总是偷百分之二十，这使我在服务员眼里成了大好人。每次盗窃
后，我都偷一件睡衣回家。或者，如果是炎热的夏夜，我就偷一
件内衣。这成了一种生活方式。你可能会说，我缺乏家教。我老
爹总在躲着警察，我二十岁之前，从没见过他换下过伪装。多年
来，我一直以为他矮个头，长着胡子，戴着墨镜，一瘸一拐的。
可实际上，他身材高大，满头金发，颇像林德伯格①。他是个抢
银行的里手。但是，六十五岁是强制退休年龄，所以他只好退

出。后来几年里，他进行邮政诈骗，可邮费上涨，他损失了全副身家。

我妈也是个通缉犯。当然，那时候和现在不一样，妇女不会要求平等权利和其他什么的。那时，女人要想犯罪，唯一的机会是敲诈勒索，偶尔还有纵火。在芝加哥，女人是负责开车的，就是作案后逃跑用的车，但也只是在一九二六年司机大罢工的时候。那次罢工真可怕，持续了六个星期。每当一个团伙抢了银行，带着钱跑出来时，他们只得撒腿逃跑或叫辆出租车。

我有一个姐姐，两个弟弟。珍妮没嫁给人而嫁给了钱，成堆的一美元钞票。我弟弟维克入了一个剽窃团伙。他正把自己名字签上《荒原》时，联邦警察包围了房子。他被判了十年。有些狂妄自大的富家子弟在庞德的《诗章》上签名，只判了缓刑。法律就是这么回事。我最小的弟弟查理给黑社会跑腿、销赃、放高利贷。他从来就不知自己是干什么的。他因到处游荡被抓了起来。他游荡了七年后才明白，这类犯罪得不到进项。

我偷的第一件东西是一片面包。我曾在里夫金面包店做活，负责把已经变味的甜面包圈上的果酱挖出来，抹到新烤的面包上。这件工作很费劲，用的是一根橡胶管和一把手术刀。手要是抖动，果酱就会落到地上，老里夫金就过来揪你头发。阿诺德·罗斯坦是我们大家仰慕的对象，一天，他走进来说要一条面包，

① Charles Lindbergh(1902—1974)，美国飞行员、作家、发明家、探险家与社会活动家。

142

但又坚决不肯付钱。他暗示这是聪明小伙搞点什么的好机会。我把这当作一种暗号，每天下班的时候就把一片燕麦面包塞进衣服里。三周后，我凑齐了一整条面包。在去罗斯坦办公室的路上，我开始后悔，因为我虽然恨里夫金，可他老婆曾经让我从一个面包卷上拿下两粒小渣带回家给我就要死去的叔叔。我尝试把面包还回去，可正当我在琢磨哪片面包应该放回哪一条上的时候，我被抓住了。等我回过神来，我已经进了埃尔迈拉感化院。

埃尔迈拉是个难对付的地方。我逃出去五次。一次，我钻进了洗衣店卡车的后面。警卫们起了疑心，其中一个用警棍捅了捅我，问我缩在装脏衣服的大筐子里干什么。我直盯着他的眼睛说："我是衬衣。"看得出来，他不大相信。他来回踱步，盯着我看。我估摸当时我有点慌乱。"我是衬衣，"我告诉他，"粗布工作服，蓝色的。"我还没说完，手和脚就被铐了起来，我又回到了里面。

我在埃尔迈拉学到了一切犯罪技巧：怎么扒口袋，怎么撬保险柜，怎么割玻璃——这个行当的所有窍门。比如，我了解到（可不是所有懂行的罪犯都知道），如果与警察发生枪战，前两枪总是让警察先开。就是这样的规矩。然后你再还击。如果警察喊道："我们把房子包围了，举起手，赶快出来。"你不要胡乱开枪，你要说"我不出来"或者"现在出来还不是时候"。做这些事都是有章法的，可是今天……唉，说这些干吗？

随后几年，我成了你遇见过的最佳盗手。人们常谈论拉弗尔斯，但拉弗尔斯有他的风格，我有我的风格。我曾跟拉弗尔斯的儿子吃过饭，人挺不错的。我们是在老林迪饭馆吃的饭。他偷了胡椒磨，我偷了银餐具和餐巾。接着，他拿了番茄酱瓶子。我拿了他的帽子。他拿走了我的雨伞和领带别针。我们离开时，绑架了一名服务员。那次收获真不小。拉弗尔斯一开始是偷猫贼。(我干不了那个，因为猫的胡须会让我打喷嚏。)他常穿上破旧的猫服，在屋檐上跳来跳去。最后，苏格兰场①的两个人穿上狗服，把他抓住了。我猜你们都听说过索吻的盗匪的故事吧？这个盗匪入室抢劫，如果受害者是个女的，他就强吻她。他最后受到了法办，但那方式有点让人伤心。他把两个富孀捆了起来，在她俩面前欢欣雀跃地唱着《来个吻吧，好吗?》，不曾想却踩翻了一个踏脚凳，把骨盆摔坏了。

　　这些小子们都成了新闻。可我的一些恶作剧，警察从来没弄明白过。有一次，我进了一幢豪宅，炸开了保险箱，拿走了六千元，而夫妇俩就在这间屋子里睡觉。炸药爆炸时，丈夫醒了；但我安慰他说，这件活儿的所有收入都归美国少年儿童俱乐部，他一听就又睡了。我要了点小聪明，留下了当时总统富兰克林·罗斯福的指纹。还有一次在一场重大外交酒会上，我和一位女子握手时，偷了她的项链。我用的是吸尘器——老式的"胡佛牌"。我弄到了她的项链和耳环。后来，我打开包，发现里面还有荷兰

---

① Scotland Yard，英国人对伦敦警察厅总部所在地一个转喻式的称呼。

大使的假牙。

我最漂亮的活儿，是曾潜入大英博物馆。我知道，稀世宝石展厅的整个地面都布满了电线，稍微一碰，就会触动警报。我从天窗进入，头朝下，脚朝上，顺着绳索下来，这样，就不会接触地面。可以说是干净利落。只一分钟，我就滑到著名的基特里奇钻石展台上方。我把玻璃刀拿出来时，一只小燕子从天窗飞入，落到地面。警铃大响，八辆警车赶到。我给判了十年。燕子判了二十年至无期。但六个月后，那只鸟就缓刑出来了。一年后，在沃斯堡，它把莫里斯·克卢格法因拉比啄得半昏半迷，又被逮了进去。

对于普通的房主们要防偷防盗，我能给予什么忠告呢？好吧，首先，你出门时，家里要亮着灯。至少是六十瓦的灯泡，低于六十瓦，盗贼就会看不起你，把屋子洗劫一空。另外一个好主意是，家中养条狗，但这不能保证万无一失。我偷盗时，只要人家里有狗，我就先把放了速可眠的狗食扔过去。这要是不起作用，我就把肉块和西奥多·德莱塞的小说剁碎，各取一半，扔过去。假若你要离开本市，家里也毫无防范，那可以用纸板剪成自己的人影，放在窗户上。任何人的人影都行。有一次，布朗克斯区的一个人用纸板剪出了蒙哥马利·克利夫特①的人影放在窗户上，然后自己去库切尔度假村过周末。碰巧，蒙哥马利·克利夫

---

① Montgomery Clift(1920—1966)，美国演员。

特从这里经过，看到了人影，心中大为忐忑。他想同屋里的人影搭话，可连续七个小时人影都没应答。克里夫特回到加利福尼亚跟朋友们说，纽约人真是势利眼。

如果撞见盗贼正在你家中偷盗，不要惊慌。切记，他同你一样害怕。有一个好办法：你去抢劫他。主动出手，拿下盗贼的手表和钱包。接下来，让他上你的床，你本人则逃之夭夭。曾有一次，我被这个防御术困住了，结果在得梅因市同另一个人的老婆和三个孩子一起生活了六年。后来侥幸撞见另一个盗贼，让他取代了我的位置后，我才得以逃脱。我和那个家庭一起度过了美好的六年。我常常深情地回想起那段时光，虽然在囚犯队里干活也有不少事情可讲。

天才们，请注意
Woody Allen
伍迪·艾伦
作品集

乱象丛生

MERE ANARCHY

伍迪·艾伦———著

李伯宏———译

上海译文出版社

目录

犯错是人之常情，升空是神之法力

　　气喘吁吁之中，我的生活，像书中的花边插图，连成惆怅的一串，从眼前闪过。几个月前，我发现，自己快给海啸般的垃圾邮件淹没了。每天早上，吃完熏鱼，这些信就从门上的信孔里倾泻而入。多亏我们的清洁女工、有瓦格纳歌剧味道的格伦黛，听到一大堆画展邀请函、慈善催命信，还有我赢的各类大奖通知底下传来低沉的嗓音，才借助我们的吸虫器，把我解救出来。我正在认认真真按照字母顺序，把新来的邮件送进碎纸机，忽见到，在兜售喂鸟笼子，每月订购干果蜜饯的林林总总商品目录中，有一本不请自到的小杂志，名字醒目，叫"魔力组合"，显然是面向新时代市场的。里面文章讲的，从水晶的法力，到全身心理疗，到通灵震颤法，五花八门，还介绍养蓄灵气的方法、爱情与压力的关系，以及前往何处，填写哪些表格，才能重获新生的详尽资料。这些广告，看上去措辞谨慎，并不像打假侦缉队抓获的骗子编造的那样不合情理，里边卖的有"充铁理疗器"、"水旋加能器"，另有一种产品叫"草药丰胸"，专门为了让富态妇人的两枚香瓜更加丰满。其中，还充斥了不少算命师的忠言，像"通灵"算命师，她颇有远见，可还要同称作"七星合一的天使群落"反复核实；或者赤裸全身、接受洗礼的女孩"莎琳娜"，她能够"理顺你的能量，唤醒你的 DNA，招财进宝"。当然，灵魂深处的探访之旅结束时，付上一小笔报酬，贴补邮票费用，或是，这些师傅在另一维度生命中可能支出的其他花销，也不为过。然而，这里最让人吃惊的人物，要算是哈氏地球人升天运动创始人和神圣领袖。这位自封的女神，众信徒叫她佳布丽·哈瑟，广告写手称她"以人的形体，显现神灵的全能"。这位偶像来自西岸，她告诉我们："因果报应正在加速实现……地球进入了精神上的冬季，将持续四十二万六千个地球年。"考虑到漫长的冬天有多么难挨，哈女士创办了一个运动，引导人们升上"更高的频率层次"，我估摸着，到了那个层次，人们可以多出出门，打打高尔夫球了。

"升到半空、瞬间易位、全知全能、隐形逍遥等，都会成为人们日常具备的能力"，这位生意人大夸海口，招揽说，"升上高频率层次，可望见低频率的人；而低频率的人，却瞧不见高层次的人。"

某位叫作"星月神女"的佳人，给予了热情推荐。不过，要是上手术台之前告诉我，我的大脑手术医生叫此姓名；或是登机之前告诉我，飞机驾驶员叫这个名字，我会惊愕得没完。若做哈女士运动的追随者，就必须经历"令人羞辱的过程"，这是每日化解自我、调高频率的活动中的一项。拿现金付费，令人不屑。不过，要是表现得谦卑忠孝，做点有益的活计，便可以赚得一张床位，一盘有机绿豆，与此同时，也增加些意识，或是失去些意识。

我之所以提到所有这些，是因为当天稍后，我在哈马歇尔·施勒默尔直销产品专门店里犹犹豫豫，浪费时光，不知是买鸭汁压榨机，还是买世界上最精致的手提式断头台；出来时，正像泰坦尼克号碰上老冰山一样，碰上了大学里认识的马克斯·恩多菲恩。他已经中年发福，眼睛如同鳕鱼，秃顶上的假发摆弄得中间鼓起，足能以假乱真，看似高背头式样。他使劲握着我的手，开始讲述最近遇到的好运气。

"怎么说呢？小伙子，我发了。我联系上了内心深处的精神自我。从此以后，我肥了。"

"愿闻其详，"我说道，第一次注意到他一身定做的漂亮行头，还有小拇指上像瘤子一样大的戒指。

"我想，我真不应该同一个低频率上的人唠叨，但既然我们老早时候就——"

"频率？"

"我是说层次。我们在高音阶上的人接受了训导，不要在你这等凡俗的类人猿身上浪费健康的离子——你别介意。不是说我

3

们不研究，不了解低等形态——这得多亏列文虎克①，你懂我的意思吗?"突然，恩多菲恩露出老鹰抓猎物般的本能，扭头盯上一位两腿修长、穿着超级超短裙、正满世界找出租车的金发美女。

"神灵显现，可却撅着小嘴，"他说，口水如泉涌。

"一准是个杂志中间插页上的美女，"我叫了起来，忽然有中暑的感觉，"看她那透明的衬衣。"

"看着，"恩多菲恩说着，深吸了一口气，开始上升，在哈马歇尔·施勒默尔店前，升离地面一尺。我和那位七月最佳小姐很是惊讶。这位甜甜的美眉一面四处找电线，一面把香躯凑了过来。

"嘿，你怎么升起来的?"她娇甜地问。

"拿着，这是我的地址。"恩多菲恩说，"今晚八点以后我在家。来串个门。我马上就能让你升离地面。"

"我带瓶红酒来。"她轻柔地说，把他们相会的资料塞进乳沟，摇摆身姿走开了。恩多菲恩也慢慢降回地面。

"怎么回事，"我说，"你成了乌丹尼②?"

"噢，"他叹口气，摆出一副好心肠，"既然我屈尊在跟一个小虫子说话，那就把实话告诉你吧。咱们先到大舞台食品店，消

---

① Leeuwenhoek (1632—1723)，荷兰显微镜学家，微生物学之父。
② Harry Houdini (1874—1926)，美国魔术家，以耸人听闻的遁术闻名。

灭些点心，我来接受你的觐见。"说着，他就呼的一声，不见了。我就像基什姐妹①一样，倒抽气，张大口，用手捂住嘴。过了几秒钟，他又出现了，有点悔悟。

"对不起，我忘了，你们低层人不会隐身，不会易位。是我不对。咱们走。"我不知是醒是梦，还在掐着自己时，恩多菲恩已经讲上了。

"好吧，"他说，"镜头回放到六个月前。恩多菲恩夫人的小子马克斯，因为一连串的艰辛磨难，情绪波动，要是再加上我把贝雷帽放错了地方，情况简直比约伯还要苦难深重。先说台湾来的那个好运饼干，我教其解剖水力学，他却为了个馅饼店的学徒抛弃了我。然后，我因为把我的捷豹倒进了基督教科学派②阅览室，就听着许多总统安葬时奏的曲子，吃上了官司。这还没完，我前次婚姻惨剧留下的一个儿子，放弃赚钱的法律行业，成了一名口技演员。所以，我心灰意冷，在城里窜来窜去，想找到活着的理由，找个精神支柱。这不，忽然间，不知从哪儿冒出来的，我在最新一期的《颤动画报》上看到一则广告。一个类似水疗馆的地方，能把你的晦气吸走，把你提升到高频率，让你终于能像浮士德一样，掌控大自然。通常，我都很精明老到，不会给这类

---

① 指美国多萝西(Dorothy Gish, 1898—1968)和莉莲·基什(Lillian Gish, 1893—1993)姐妹，两人都曾多次在格里菲思早期默片中担任主角。
② Christian Science，玛丽·贝克·艾娣(Mary Baker Eddy, 1821—1910)于1879年在美国创立的教派。其分支常在所在社区建立阅览室，供民众借阅和购买相关宗教书籍。

招数骗了。可我探明白了，那里的首席执政官，确实是个肉身显现的女神。我估摸着，这有什么不好呢？而且，还不收费。他们不要现钱。他们的做法基本是某种奴隶制的变体，但作为回报，你能得到这些水晶，能获得法力，还有，你能捎带上所有的圣约翰草①。噢，我还没说，她会羞辱你。可这是疗程的一部分。所以，她的奴仆们会把我的床弄乱，趁我不注意，把一条驴尾巴粘在我裤子后面。确实，有一段时间，我成了笑料。但是，跟你说吧，我的自我意识化解了。忽然间，我明白过来，我回到了前世。先是个简简单单的镇长，后是老卢卡斯·克拉纳赫②……噢，我忘了，也许是小卢卡斯。不管他，再往后，我醒来时，正躺在硬木板上，我的频率上了高层。我后脑勺上罩上了光环。我成了全知全能。我是说，我马上就在贝尔蒙赛马场连赢两次；没出一个星期，我在拉斯维加斯的贝拉吉奥大赌场一出现，就吸引一大堆人。要是拿不定哪匹赛马，或是打扑克牌吃不准是进牌还是持牌不动，就有那么一群天使给我出主意。我是说，并不是谁长了翅膀，由神秘物质组成，就不能赌马使诈。数数这一沓。"

恩多菲恩从每个口袋里都掏出好几沓千元面值的钞票。

"噢，噢，抱歉，"他说，忙着寻找他掏出大把绿票子时，从衣兜里掉出来的一些红宝石。

---

① Saint-John's-wort，又称金丝桃，一种据说治疗抑郁症的草药。
② Lucas Cranach the Elder（1472—1553），文艺复兴时期德国重要绘画和版画艺术家。下文小卢卡斯为其子，也是画家。

"这些服务，她不要任何报酬吗？"我问，心里就像老鹰长了翅膀。

"呵，你呀，尘世凡人都这么问。人家是大派头。"

那天夜里，尽管家中女人胡乱诅咒，还给施莱克父子律师所打电话，查询我们的婚前协议是否包括了突然患上早发型痴呆，但我还是朝着西边，飞往"庄严升天寺"，在那里，安居着一个圣灵，好莱坞弗雷德里克内衣专卖店里一个叫"热浪星系"的梦幻佳人。她把我迎进圣殿。这座圣殿占据了她好大的地方，周围是荒弃的农场，怪怪的，有点像曼森①一伙的斯班牧场。她放下磨指甲的小锉，坐到沙发上。

"歇一会儿，亲爱的，"她对我说。那口气，不大像玛莎·格雷厄姆②，倒像艾里斯·阿德里安③。"就是说，你想跟灵魂深处搭上线。"

"是。我想让我的频率调高点，能升高，易位，隐形，还想全知全能，足以事先测到纽约州毫无规律的彩票中奖号码。"

"你是做什么事的？"她询问。对她这样有君王之风的神明来说，这可问得无知无能，有点奇怪。

"在蜡像馆守夜，"我回答，"但不像说的那样有充实感。"

---

① Charles Manson (1934—2017)，美国罪犯，20 世纪 60 年代末领导着臭名昭著的犯罪团伙曼森家族，聚居在斯班牧场。
② Martha Graham (1894—1991)，美国现代舞先驱。
③ Iris Adrian (1912—1994)，好莱坞女演员，以演女匪徒著称。

她转向围在身边、手持棕榈叶蒲扇、给她扇凉的努比亚人①，朝其中一个说："你说呢，小伙子？看起来，他做个勤杂还不错。也许负责粪池吧。"

"谢谢，"我一边说，一边跪下来，脸贴着地面，十分谦卑。

"好啦，"她拍拍手。她的忠实奴仆们从帘子后面，排成队形，急匆匆走出来。"给他一个盛米饭的碗，把头剃了。要是没有空床，就让他跟鸡群睡在一起。"

"悉听尊命，"我细声细语地说，不敢直视，生怕看中暑小姐一眼，就会打扰她刚刚开始的填字游戏。就这样，我给人匆忙带走了，隐隐担心身上会不会给烙铁烙上印记。

随后的日子里，就我所见，大院里充斥了各色各样的落魄鬼：胆小如鼠的家伙、喜欢裸体的家伙、举手投足都要模仿某颗行星的女演员、肥胖的家伙、参与某种动物标本丑事的人、拒不认命的侏儒等等。这些人，都争着上升到高档次，同时整日劳作，好似大脑给切除了的样子，对高高在上的女神服帖极了。有时，能看到她在大院里跳舞，像是伊莎多拉·邓肯②，或抽着长长的烟袋，笑得像那匹赛马海洋饼干③。大院的萨满酋长曾做过保安，我觉得，在某部关于《梅甘法》④ 的纪录影片中看到过

---

① Nubian，居住在苏丹北部、埃及南部的黑人。
② Isadora Duncan (1877—1927)，美国现代舞蹈家。
③ Seabiscuit，美国历史上一匹著名的赛马。
④ Megan's Law，美国法律，要求执法部门将在本社区内曾犯有性侵犯罪的人的情况通知当地学校、幼儿园和住户。

他。为了得到他的恩准，喘上几口气，信徒们每天要干十二到十六个小时的活儿，收获水果和蔬菜，供工作人员享用；或是制作各种商品，如春宫扑克、挂在汽车后视镜上的塑胶小骰子，以及餐馆清理桌面的小刮板。我除了负责下水道之外，作为勤杂，还要捡拾地上扔弃的长条甜饼包装纸以及遍地的烟头。每天的饮食，主要是苜蓿菜籽、豆面和离子水，有点难于适应；但是，一个不大虔诚的僧人得了十元钱，他有个兄弟在附近开饭馆，所以，不时能吃点鱼肉泥。这里面，纪律松散，却期待人们要负起责任，虽然不守日常饮食规定，干活偷懒，可能招致鞭打，或是给绑到外面的电话柱子上。在消除自我的每日礼数中，一个羞辱接着一个羞辱。最后，传来了旨令，要我同一个酷似比尔·帕塞①的印度教女祭司上床。我于是决定，该颠儿了。漆黑的夜色中，我匍匐在地上，爬过铁丝网，招呼上了最后一班前往纽约上西城的 747 飞机。

"原来如此，"我太太说，摆出对早衰患者的雍容大度，"你是隐形易位回到这儿的？我看到你衣领上还吊着大陆航空公司的餐巾？"

"我待的时间不够长，"我搪塞过去，对她拐弯抹角的挖苦愤愤然，"不过，我付出了一定的辛苦，学得了这种绝技。"说着，我就升离地面六寸，在半空晃着，而她的嘴，张得就如同电影

---

① Bill Parcells（1941—　），美国橄榄球教练。

《大白鲨》中的鲨鱼嘴。

"你们这些低频率的万事通，根本不懂。"我冲她说，没有掩饰自己的得意，但也原谅了她。女人发出一声尖叫，好像是敌机要来空袭，让孩子们赶紧躲开这场噩梦般的巫术表演。此时，我才开始明白，我不会降下来。无论怎么费劲，就是不成。屋里如同《歌剧院之夜》中的那个大厅，成了一个魔窟，孩子们狂呼乱叫，邻居们以为是出了血案，跑过来救人。这当儿，我使尽力气要落下来，挤出笑容，四肢乱舞，颇似哑剧。最后，贤内助奋起行动，仅用普通物理学原理，就掌控了乱局：她从邻居那里拿了个滑雪板，朝我头顶使劲砸将下来，把我狠狠地打回地面。

后来听说，恩多菲恩隐遁了，再也没有重现。至于"热浪星系"和她的"庄严升天寺"，人们传闻，让财政部的警员给关了，都转世或是转进监狱了。至于我嘛，再也没能升离地面，或猜中赛马场上哪怕一匹跑进前五名的赛马的名字。

印度绑票

传奇式的匪徒维拉潘，身材消瘦，上唇长着卷曲、浓黑的胡子。他在印度南部的丛林里，驰骋了一代人的时间……维拉潘先生受控犯有一百四十一桩谋杀罪……星期天，他实施了被警察称为最大胆、最凶暴的计划……他绑架了一位受人爱戴的电影明星，七十二岁的拉伊库马尔。拉伊库马尔的表演生涯跨越半个世纪，扮演过印度各方神仙、古时的国王和各路英豪，因此具有一种神秘气质。

——二〇〇〇年八月三日，《纽约时报》

啊，狄斯比斯，我的缪斯，我的福星，我的诅咒！我和你一样，受神灵恩赐，身怀生动多彩的表演艺术天赋。生来就有英雄气度，有巴里摩尔①式的鹰钩鼻形象，有歌舞伎中昂首阔步者的狂歌劲舞，也有畏首畏尾者的唯唯诺诺。但我不仅仅满足于命运的宠爱，而是全身心投入古典戏剧、舞蹈和哑剧的艺术之中。人们说，论表演，我眉毛一扬，就胜过大多数演员动用整个身体。直到今天，街坊剧院的圈内人还在悄声议论，在夏季讲座上，我传授给帕森·曼德斯[2]的妙处所在。可表演生涯的缺陷是，如果进食不足，每天要想推迟饥肠辘辘的到来，我就需要一定的卡路里，就得在墨西哥餐厅跑堂。这是一个玉米馅饼食肆，像一株捕蝇耳一般懒洋洋地躺在沼泽大街上，毫不起眼。所以，当好莱坞最炙手可热的人才中心"职业大亨"里神通广大的庞修斯·佩里给我的电话答录机留言时，我觉得，终于轮到我来品尝成功的滋味了。佩里还告诉我，我可以使用票房价值最高的演员的专用电梯，不必再因配角在身边喘气，而伤了自己的肺。听到这，我就更确信我的感觉了。我预测，眼前的这件事，有可能是取材于最畅销小说《变形人竞渡》，电影演员工会中每一个男明星都渴望扮演书中的乔什·艾尔赫，而我，气质高贵和沉稳大度两者兼备，恰恰适合这个悲剧型的知识分子。"我想，我给你找个活干，小子。"佩里对我说。我就在他办公室里，屋里的装饰是好莱坞两位 très chic[3] 的设计师设计的，一方面超现代，一方面如西哥特人般古朴。

---

[1] John Barrymore (1882—1942)，美国男电影演员，被称为"伟大的形象"。
[2] Parson Manders，易卜生戏剧中的人物。
[3] 法文，特别时尚。

"如果是乔什这个角色，我想让导演知道，我要用人工造型。在我眼里，他长着吝啬鬼的驼背，因多年不得志而郁郁寡欢，也许，还长着层层垂肉。"

"实际上，他们正在同达斯汀谈这个角色。这是个全然不同的项目，是一部惊险片。里面讲某个酒鬼企图把佛祖，或是这类性质的某个偶像两眼之间像月亮宝石那样的石头给顺走。我只是马马虎虎看了一下剧本，在仁慈的梦神惠顾我之前，记下了大致的剧情。"

"知道了，那我是扮演一个雇佣兵。这样，我正好有机会，利用以前体操课上学的东西。舞台上的刀法剑术随时能发挥作用，显出硕果。"

"跟你说实话吧，小伙子，"佩里说着，从六尺宽的观景窗望出去，瞧着洛杉矶市民们放着实际空气不要，而偏偏喜好的昏黄雾气。"哈维·阿弗拉图担纲主角。"

"噢，他们要我演性格角色——主角最好的朋友，信得过的挚友，从暗中推动情节发展。"

"哦，不是这样。阿弗拉图需要一个照明替身。"

"什么？"

"摄影师给场景布置灯光，时间又长，又无聊。所以，在他要站的地方画了标记，这期间，要有个与阿弗拉图大致相像的人，站在标记上。这样，灯光阴影就不会太离谱。然后，到了最后一刻，人们准备开机拍摄时，这个僵尸——噢，替身——就颠儿了，大腕走过来，开始拍戏。"

"为什么要我?"我问，"他们真的需要一位天才演员来做这个?"

"因为你大致有点像阿弗拉图——噢，你的长相绝不是他那个水准，不过形体还凑合。"

"我得想想。"我说，"我正要给《万尼亚舅舅》的木偶戏中的华夫饼干配音。"

"你得快点，"佩里说，"飞往特里凡得琅①的飞机两小时后起飞。这可比在得克萨斯-墨西哥馅饼作坊里擦桌子，清理人吃剩的玉米饼渣要强。说不准，你会被慧眼挖掘出来呢。"

十小时之后，在跑道上耽搁了一会儿，机组乘务员为找一条不知蹿到何处的眼镜蛇，把整个飞机翻了个底朝天，完事后，我发现自己在朝印度飞去。电影制片人华尔·罗斯佩给我解释说，因为女主角最后一分钟才决定，要带上她的德国黑狗，包租飞机上没有我的座位了，所以，把我作为贱民，在相当于美国疯子爱迪公司②的印度班达航空公司订了座位。幸好，一班返回印度的航班还有空位，飞机上是一群乞丐，我对乌尔都语虽一窍不通，却对他们相互诉苦，把饭碗比来比去的，感到好奇。

---

① Thiruvananthapuram，印度西南部喀拉拉邦的首府。
② Crazy Eddie，1971 年在纽约成立的公司，联邦政府指控其欺诈，后倒闭。

一路平安无事，只有一些"小磕碰"，让乘客在舱内的两壁上，撞来撞去，像沸腾的原子。曙光初照时，我们在布巴内什瓦尔①简易机场下了飞机，然后，换乘蒸汽火车，驶向伊切尔格伦吉②，再坐双轮马车，前往奥姆卡雷什瓦③。最后，我们随着挑夫，抵达位于恰勒瓦尔④的目的地。摄制组热情欢迎我，告诉我，不要打开行李，而是直接站到画着标记的地方，这样，就能开始布置灯光。否则，就会拖延拍摄计划。作为一名尽职尽责的专业人员，我在正午热浪中，站到一座小山头上，认真苦干，只是在喝茶休息时，感到快要中暑了，才伸伸四肢。

拍摄的第一个星期过去了，情绪忽上忽下，尽在意料之中。导演却原来是个应声虫，阿弗拉图说什么，就是什么，而且还觉得阿弗拉图的每句话，都值得收入亚里士多德的著作。在我看来，阿弗拉图没有抓住主角的内涵，他生怕表现出上校缺乏自信的一面，惹得观众不满，结果把军人上校，演成那位饲养纯种良鸡的业主、肯德基上校。他在克什米尔山谷如何赢得的普里克赛事⑤，我弄不明白。作者显然也不知所措，人们把他的裤带和领带都拿走了。因为表演百分之九十靠的是嗓音，所以，我在此还得补充，阿弗拉图生就一副倒霉的嗓子，说起话来声音堵在喉咙

---

① Bhubaneshwar，印度东部奥里萨邦的首府。
② Ichalkaranji，印度中部马哈拉施特拉邦的一城市。
③ Omkareshwar，印度中央邦坎德瓦区一座小岛上的印度教寺庙。
④ Jhalawar，印度东南部拉贾斯坦邦一城市。
⑤ Preakness，美国一年一度的赛马比赛。

里，隔膜直打颤，就像粗糙的玩具笛子。休息时，我试着跟他说，他可以想点办法，把角色演得有血有肉。但是，这与他正读的书相差太远了。他曾誓言，在拍摄完成之前，这本书会让他弄懂蓝精灵的一切。晚上，我习惯独处，找个咖啡馆，吃点咖喱鸡，喝点印度茶。可到了第三个星期，我对崇拜夏奇拉的当地人的诚意判断失误，其中一人以地道的印度方式，张开她的双臂拥抱我，同时，另外四个胳膊翻遍了我的裤兜。

到了拍摄中期，正是一切出乱子的时候。人们脾气火爆，内讧四起，包括作者把华尔·罗斯佩的抗血栓药藏了起来，但这一阶段终于过去了。工作开始有了起色。有传言传了回来说，每天拍的片子不错，制片人夫人贝贝·罗斯佩声言，她看到的片子，比得上《公民凯恩》。阿弗拉图一阵狂喜，提示可以着手计划奥斯卡宣传活动，并游说为他聘一位写手，代写中奖发言。

记得同往常一样，我站在画着记号的地方，让摄影师调好灯光，我按着阿弗拉图的样子，脸高高上扬，下巴举起。突然，从左侧冲出一群乌合之众，如阿巴契人①一样，呼啸着冲进场地。他们拿着从孟买希尔顿酒店窃来的烟灰缸，打昏了导演，驱散了惊慌失措的摄制人员。接下来，一个口袋套在我头上，还灵巧地打了个结，就把我给扛走了。我曾学过武术，所以，我猛地跳到地上，伸展腿脚，亮出一记霹雳腿。绑架我的人命该走运，我踢

---

① Apache，北美印第安人的一支。

16

了个空，径直掉进等候一边的普利茅斯的后备厢里。厢门马上给锁上了。印度灼人的热浪，加上我的头撞在车厢里偷来的象牙上，使我终于失去了知觉。后来，我醒了过来，周围一片漆黑。车不停地颠簸，一定是行驶在崎岖的山路上，我运用在表演课堂学得的深呼吸动作，保持了至少八秒钟的镇静，然后，发出令人毛骨悚然的尖叫，终因气短，而昏死了过去。我迷迷糊糊记得，在山顶洞里，我头上的口袋给拿掉了。一个眼睛瞪得老大的土匪头子，长着卷曲、浓黑的胡子，透着电影《古庙战茄声》①里的艾德瓦多·乔纳里②那样的神经质。他挥舞一把月牙刀，显然是对三个痴痴傻笑的下属干的这么差的绑票活计火冒三丈。

"小爬虫，毒虫，臭虫！我派你们去抓个电影明星，结果就抓了个这个？"这位吸了大麻的大老总咆哮着，鼻孔像风帆鼓满了风。

"主人，求求你，"给人唤作阿布的那个贱民乞求着。

"临时替补，根本没用，还不如一个替身，"这个大人物怒吼着。

"可你看是不是有点像，主人？"一个浑身发抖的下属支吾地说。

"一群废物！你是说人们会把这个臭大粪误认为哈维·阿弗

---

① *Gunga Din*，美国 1939 年电影，讲述印度北部的故事。
② Eduardo Ciannelli（1889—1969），美国演员，以演匪徒著称。

拉图？这就好比金子与臭泥。"

"可是，高贵的主人，他们聘他，就是因为……"

"住嘴，要不，我把你们的舌头割下来。我这次是想赚个五十、一百大元的。可你们送来个傻瓜。我保证，他连个铜子儿都不值，要不，我就不叫维拉潘。"

噢，原来这就是他，我曾读到的那个传奇式的匪徒。他也许精通残暴手法，杀起人来手脚灵快，但对于欣赏人才，显然是个低能儿。

"大人，我肯定，能从他身上赚点什么。如果我们威胁摄制组，要肢解他们中的一个成员，他们不会就这么走人。的确，我们听说过，大的制片厂都不回电话，但如果我们一次给他们送一个器官——"

"够了，你们这些软骨头，"恶毒的匪首尖声反驳道，"阿弗拉图现在特别走红。他刚拍完两部大片，就是在小市场也着实卖座。可你们逮的这个废物，要是能把我们的豆子收回来，就万幸了。"

"对不起，尊贵大人，"维拉潘手下的糊涂走狗哭着，"灯光从一个角度照着他的时候，他的脸基本上就跟那个电影明星的轮廓一样。"

"你看不出来他根本没有那种魅力吗？阿弗拉图在博伊西①

---

① Boise，美国爱达荷州首府。

和尤马①这样的地方留下痕迹，有他的道理。这叫明星气派。这个呆瓜也就是开出租、接电话的主儿，等待什么好机会，可永远也等不来。"

"嘿，等会儿。"尽管嘴上贴着八寸厚的黑胶布，我还是扯着嗓子喊起来。可我还没转到正题，脑袋上就让水烟袋重重一击。我缄默无言，听着维拉潘完成他的长篇大论。所有笨蛋都要斩首，他大发慈悲地发布命令。至于我嘛，这伙人的账房先生建议降低赎金，等上几天，再看摄制组是否付钱。要是不付，他们就计划把我活剥了。我知道我为华尔·罗斯佩做了些什么，所以，完全相信公司已经通知美国使馆，当然会接受哪怕是最过分的要求，也不愿让公司的一位同事受到任何虐待。然而，五天过去了，杳无音信，维拉潘的探子禀报说，编剧改写了脚本，摄制组收拾摊子，搬到了奥克兰，我开始忐忑不安起来。有人传话说，罗斯佩不想提出要求，麻烦印度政府，而是誓言要尽一切可能，把我救出来，但是一分钱赎金也不付，否则，他认为就会立下很尴尬的先例。当我身陷囹圄的消息登在《后台新闻》最末几版的夹缝中时，一群政治上特别活跃的多余的人，觉得孰不可忍，发誓要在午夜为我守夜，但却挤不出钱，购买蜡烛。

可是，既然维拉潘设了期限，又极想把我生吞活咽，我又怎能在此讲述这些故事呢？这是因为，还剩三个小时就到限期，满

---

① Yuma，美国南部沙漠中的地名。

屋的疯子磨刀霍霍，正在纸上画着我的身体各个部位时，我浑身绑着绳索，突然被一双黝黑的眼睛弄醒了。这双眼睛透过缠头巾和长外套之间的空隙直盯着我。

"快点，小子，别喊，"闯进来的人低声说，那口音不像来自印度的博帕尔①，更像来自纽约绿点②。

"你是谁？"我问，因为只吃很少的土豆花菜加辣豆，感觉麻木。

"快点，扔了这身穿戴，跟我走，别出声。这个地方到处都是人渣。"

"绝对是，"我喊了一声，听出了这是我的经纪人庞修斯·佩里的声音。

"算了。明天我们在内特餐馆见面时再客套吧。"

于是，在我的职业经纪人娴熟的引导下，我摆脱了要被大恶棍维拉潘肢解的命运。

转天，在内特餐馆，佩里在富丽堂皇的皮桌皮椅中间解释说，他是在周先生餐厅的聚餐会上听到我身陷困境。

"这整个事情让我无法接受。后来，我记起来，小时候，我常常戴上便宜纸板做的小胡子，学校里所有同学都嘲笑我，说我同尊贵的海德拉巴土邦君王殿下相似得让人害怕，这个主意一旦

---

① Bhopal，印度中央邦首府。
② Greenpoint，纽约布鲁克林区地名。

20

闪现，其余的，就是小菜一碟了。当然，我讲话要很快，因为土邦君王已经灭绝多少年了，可我是个经纪人，讲话快是我的拿手好戏。"

"但是，你为什么舍命救我呢？"我问道，隐约察觉到他的话里有点不对劲。

"就是因为你不在的时候，我给你找了个大片里的主演角色，大显身手。这是一部缉毒影片。都在哥伦比亚丛林里拍摄。是打击麦德林贩毒集团的。我猜，一些敢死队发血誓，如果要在丛林里拍片，就要废几个演员，就是为了这个。但是，导演觉得这只不过是虚张声势。我都不敢相信，有多少演员放弃了。但这正好帮我把酬金拔高。嘿，你去哪儿？"

走出去，我如同一只猫，消失在雾气之中。我跑着去买了份报纸，查看招聘广告。也许，像维拉潘说的那样，会有出租车或接电话的职位空着。当然，庞修斯·佩里百分之十的佣金就少了许多，可至少他醒来时，不会在联邦快递的盒子里，发现我的耳朵。

老兄，你的裤子太香了

比如，一家称作"福斯特—米勒"的公司，最近设计了一种具有导电功能的纺织品：每一根丝线都可导电……这样，有朝一日，美国人就能在自己的衬衣上给手机充电……"技术功能服装"……开发了［一种坎肩，能够内藏］……"水利系统"，后身衣袋里装着一个水瓶，里面的吸管通过坎肩上的衣领，接到穿衣人的嘴边……

明年，杜邦公司将把一种能够暂时掩盖不良气味的面料投入市场。比方说，一件衬衣在烟熏火燎的酒吧度过了一夜，可早上五点到家时，闻上去，就好像在芳草地上过的夜。杜邦公司的科学家还开发了用不粘涂料处理过的面料，溅上去的东西，自己会掉下来。

韩国科龙公司也开发了"香味服装"，是用缓解焦虑情绪的香草处理过的。

——二〇〇二年十二月十五日，《纽约时报》

前一段时间，我在路上碰上了雷·米利皮。在过去玩玩闹闹的好时光里，雷是我的赌伴。那时，我在《唇枪舌剑》杂志任诗歌编辑。说句实话，我们俩在"好鞋成双"①，或在寇松大街的寇松侯爵俱乐部里，打纸牌，玩游戏，有失又有得。

"我时不时到你们城市来，"米利皮告诉我。我们正站在公园大道和七十四街拐角。"大部分是跑业务。我是怀特岛上最大的骨灰存放馆之一的副总裁，负责顾客公关。"

我大着胆提议，用半个多小时的时间叙叙旧。这期间，我禁不住注意到，这位伙伴不时把头偏向左下侧，似乎是从精心藏在上衣翻领里面的一个小水管里吸什么饮料。

"你没事吧?"我终于问了一句，心里猜想，多半会听到他细说自己遭遇了某次重大事故，最后躺在吊着输液瓶的滑轮床上。"你是在打点滴?"

"你是问这个?"米利皮指着自己上衣口袋说，"呵哈——你这个坏小子眼睛挺尖。这是裁缝开叉手艺的杰作。你一定特想知道，整个医疗行业为什么突然一个劲地让人多喝水。好像水能冲洗肾脏，还有数不清的其他好处。好啦，这套热带精纺毛纱衣服

---

① Pair of Shoes，伦敦一家赌场。

里，就缝进了饮水系统。裤子左腿有个储水罐，里边伸出一系列细管，围在腰间，然后，接到精心缝制在肩膀衬垫里的小龙头。我还让人在衣服的包缝里缝上了数码电脑，这样，我就能启动夹在皱褶里的水泵，通过光纤水管，把依云矿泉水压出来。因为裁剪手艺高超，我还能保持这么好的线条。相信你也同意，人的穿戴代表着人的教养。"

我查看米利皮的衣服，好似看到不明飞行物，满脸难以置信。我不得不承认，这实属奇迹。

"萨维尔街上，有一家极好的裁缝店，"他边说，边把裁缝店的地址塞进我手里，"'邦德纳-布舍曼'店，超现代布料。我保证，你会想要把整个衣柜里的东西都换成新的——因为，冲你穿的这身埃米特·凯利①式样的破烂，这个主意就不算坏。记住了，告诉他们，是我叫你去的，到那里找平吉·佩伦。他不会亏待你的钱包的。"

看在过去的情分上，我假装对他说到埃米特·凯利的诽谤没放在心上，可我真想把他钉在长矛上。他竟然把我的服装同小丑相比，真是讨厌，就像蝎子尾巴堵在胸口。我决心，一旦我的里程累积增多，足以到海外旅行一趟，就拿出资本，定做一身衣服。夏末时，我的梦想成真，终于来到萨维尔街，走进邦德纳-布舍曼高科技的大门，里面一个神似穿华达呢的螳螂的售货员打

---

① Emmett Kelly (1898—1979)，美国马戏团小丑演员，以扮演流浪汉"劳累的维利"出名。

量着我，好像我是在培养皿里培养出来的。

"他们又有一个逛进来了，"他朝一个同事喊，"我就是好心给你个铜子儿，"他就如同在法官席上说话，"我怎能相信你是买碗粥喝，而不是扔给啤酒馆呢？"

"我是顾客，"我大声说，脸有点红，"我是从美国过来的，想更换衣柜里的服装。我是雷的好友，他要我找平吉——"

"呵哈，"售货员说着，查看我的颈部的确切位置。"别找了，既然你提了起来，我也记起来了，米利皮确实警告过我们，某个你这类的人，可能顺路拜访。对，他说到过你——毫无眼光……次等神灵的造物……我都想起来了。"

"我的目标自然绝不是装扮成纨绔子弟。"我解释说，"我到这来，只是量一下尺寸，做一套得体的衣服。"

"你有特别感兴趣的香味吗？"佩伦边问，边拿出订货单，朝一个助理眨了眨眼。

"香味？不要。只要一套经典蓝色、三个扣眼的式样，按保守的方法裁剪。也许，再买几件衬衣。我设想的是长丝棉，如果价钱不太贵的话。可既然你提到香味，我确实闻到了微弱的乳香和药树香味。"

"是我的西装，"佩伦坦白说，"我们的新产品具备各种各样的香型。夜来香、玫瑰香、麦加香膏。拉博特，过来一下。"一个售货员像是候命已久一般闪了过来。"拉博特穿的是新出炉的面包——噢，是新出炉的面包味。"

我凑过去，闻了闻炉子里烘烤的面包的好闻香味。"非常可口的衣服。我是说，这马海毛挺招人喜爱，"我说。

"我们可以在你的衣服里加入任何香型，从广藿香，到回锅肉，应有尽有。好了，拉博特。"

"我只要简单的蓝色套装。虽然我也想过灰色法兰绒。"我顽皮地笑了。

"我们邦德纳-布舍曼，可不用简单的布料。"佩伦一边说，一边朝我凑过来，像是谋划什么事情。"求求你，别跟野蛮人混在一起。"佩伦把一件漂亮的条纹上衣从店里假模特身上拿下来，递给我。

"看这个，把它弄脏了，"他说。

"弄脏了？"我问。

"对。虽然只认识你这么一会儿，我肯定，你属于什么脏东西都存放在衣服上的那种人。比如说，黄油、爱尔默胶水、巧克力奶油、不值钱的红酒、西红柿酱。我说得对不对？"

"我猜想，我的衣服是脏，是干净，跟别人没两样。"我有些结巴。

"那得看别人有多邋遢，"佩伦像鸟一样啾啾地说，"我给你拿点东西试一试。"他递给我一个盘子，上面什么酱、什么油都有。每一种对衣料都是巨大威胁。

"你真想让我弄脏衣服？"

"对，对——抹点什么黑莓酱，或是顶好牌巧克力糖浆。"我鼓起勇气，撇开了多少年来受的社会教导，抹了一勺子润滑油，结果发现，衣服上既没粘上，也没留下任何痕迹。烟灰、西红柿酱、牙膏，还有黑墨水，都没用。

"我用同样的东西撒在你的衣服上，看到这里的区别了吧，"佩伦把第一品牌牛排酱慷慨撒在我裤子上，说道，"你看这衣料，实际上永远失去原色了。"

"是呵，是呵，我看到了，太令人发指了。"我说，心有余悸。

"好词儿，"佩伦哈哈大笑，"永远毁了。不过，再加上几百镑，你就再也不必想着围嘴，或在凡俗的洗衣店混进混出了。或者说，不必害怕小不点儿拿手在你驼毛休闲上衣上乱画了。"

"我不想要驼毛休闲上衣，"我解释说，"也不想要太贵的衣服，只想试一试带点化纤的衣服。"

"顺便说说，"佩伦点点头，"我们还有排斥任何气味的衣料。我是说，我没见过你太太是什么样子，可我能够想象出来。"

"她长得很好看，"我马上说。

"呵，你知道，这都是相对的。看到同一张脸，我看到的可能是鱼饵店里的什么活物。"

"停，"我抗议道。

"我只是假设。就是说，打个比方，你那里有一位前台接待员，那臀部总是吸引你的眼睛，两条长腿晒成了古铜色，乳沟深邃，而且还有一张冷若冰霜的脸——另外，她还总伸出舌头，舔着嘴唇。明白了吗，朋友？"

"也许，我很迟钝，"我小声小气地说。

"也许？那我就说得更明白点，朝圣的教徒。比如说，你跟这块奶油蛋糕在三州交界处的每一家汽车旅馆都折腾过了。"

"我绝不会——"

"放轻松。你的秘密在我这儿没问题。好吧，你回到家，家里的典狱长在你的塔特萨尔花格呢背心上，闻到了最微弱的 Quelques Fleurs① 香味，你有点顿悟了吧？接着发生的，或者是你拼死拼活地工作，免得被关进赡养费逃避者监狱，或者是亲爱的人儿怒气冲冲，结果你变成了维吉②式老照片上的样子，两眼之间，浓血喷涌。"

"对我来说，这不是事，"我说，"我只是想要件穿起来放松，在特殊场合又雅致的衣服。"

"是呵，你是想这样——但还要着眼未来。我们不仅裁制服装，我们是在后现代的环境中给顾客配装。你是什么职业，贵姓？"

"鸭沃斯，本诺·鸭沃斯。你也许读过我关于诗歌韵律的大部头。"

"说不上，"佩伦说，"但是，你给我的印象是属于飘忽不定

---

① 1912 年上市的一款法国产女用香水。
② Weegee，阿瑟·费利格（Arthur Fellig, 1899—1968）的化名，美国摄影师，以拍摄凶杀、血案照片著名。

的那种。情绪不稳。甚至可以说精神分裂。傻子才会抵赖。从我们在一起的这么短的时间里，我就能看出来，你的精神状态摇摆不定，一会儿和善，容易亲近，一会儿没精打采的，如果哪里碰错了，还可能有杀人倾向。"

"佩伦先生，我向你保证，我很正常。我的手现在虽然在发抖，但这是因为我要的只是一套蓝色的衣服，我不要什么环境。一套能表现成就感，但又不张扬的就行。"

"这正是你要的。精致的苏格兰羊毛。但是，里面织进了我们自己秘密调制的情绪兴奋剂，好让你一直有种幸福感。"

"毫无缘由的幸福，"我提高嗓门，开始带着嘲讽。

"缘由是这套衣服。这么说吧，你丢了钱包，里边有你所有的信用卡。你回到家，小不点儿把兰博基尼跑车全毁了。还发现一张纸条，上面索要等于你身价八倍的赎金，否则，就甭想再看到你的孩子。穿上这身衣装，你就永远情绪饱满，举止温良。事实上，你甚至还享受这种危难。"

"那孩子呢?"我惊恐地问，"孩子在哪? 在某处地下室，身上给绑着，嘴上给缠着胶布?"

"到时你就不会这么想了——有我们抗抑郁症的衣料轻抚着你，就不会这样。"

"是呵，"我拐着弯说，"等我脱了衣服，能不会出现自闭症?"

"呵，这个，有些柔弱的姐妹脱去衣服后，常常更加内向了。

怎么了？你想一了百了?"

"是呵，这个，"我边说，边朝防火出口退去，"说到一了百了，我得走了。我家里养了一只浣熊，该喂奶了。"我的手指在衣袋里紧扣辣椒喷雾筒，生怕任何人阻挡我出去。正在此时，我瞧上了一件令人震撼的海蓝色的样品。

"噢，这一件，"佩伦见我问起，给我讲，"丝线是同成千上万条导线编织在一起。衣服不仅有漂亮的皱褶，还能给你手机充电。通话前，只需把手机在衣袖上摩擦几下即可。"

"好，这就对了，"我说，想象衣服完成后，既时尚，又实用，还委婉地向我周围的人显示，我确实也是新潮一员。佩伦见马上要赚上一笔，掏出订货单，凑近了我，拿出菲利多尔①的杀手锏，要简单利落地做成交易。我取出支票簿，接过他的万宝龙金笔，眼见这桩服装大事要成，心中怦怦直跳。恰在此时，闯进一人。来人正是拉博特，他面无血色，从另一间房间冲进来。

"出事了，佩伦，"他压低声音说。

"你脸色怎么这样白，"佩伦说。

"我们的手机充电套装，"拉博特颤抖着，小声说道，"我们昨天卖的那套——记得吗？开司米和微型导线混织的。你知道，就是把手机一摩擦就能充电的那种。"

"现在不行，"佩伦咳嗽一声，"我这里有，你知道，"他说

---

① François-André Philidor（1726—1795），法国国际象棋大师，可用最少的棋子将死对手。

着，眼睛朝我这边翻了翻。

"呃?"拉博特嘀咕着。

"你知道，每分钟都生产一套。"佩伦回敬他一句。

"噢，是的，确实是，"这位紧张的下属应承着，"就是那个笨蛋，穿上充电套装走出商店，摸到他的车门把手，一下子从白金汉宫弹出去好远。他现在正在急救病房。"

"嗯，"佩伦默默地想，迅速算计着可能要担负的每一种责任，"也许没想到，这样的穿法一碰上金属会致命。好了，你通知他家人，我来照看法律方面。这个月，这是第四个买导电套装的顾客要靠生命维系系统活着了。瞧瞧，我刚说到哪了? 噢，是的，鸭酱? 鸭嘴? 你哪去了?"

让他找去吧。正是裤子里的高压电，把我直接送到巴尼百货店。我从衣架上买了一件三扣眼的降价货。这衣服，什么后现代的事情都做不了，除非把绒毛吸附功能也算进去。

笔墨出租

　　据说，陀思妥耶夫斯基写作是为了赚钱，好满足他在圣彼得堡赌场里的欲望。福克纳和菲兹杰拉德也把自己的天赋租赁给一些暴发户。这些暴发户召集了许多写手，把他们安置在真主花园①，恨不得一举实现在票房大赚一把的梦想。这不管可信不可信，天才们暂时出让自己持守的传说，有点让人宽慰，并在几个月前，也弄得我手痒痒的。当时，我在房间里踱来踱去，想从缪斯那里引逗出一个值得一写的主题，有朝一日写进我定要动笔的那部巨著中，正巧，电话响了。

　　"米尔虫?"电话里的声音咆哮着，发出这咆哮声的那张嘴上，显然叼着一支细长雪茄。

　　"是，我是佛兰德·米尔虫。你是哪位?"

　　"科利·大格斯。不知道这个名字?"

　　"呃，有点说不好——"

"没关系。我是电影制片人——大制片人。天哪,你不看《影视名人》杂志?我是几内亚比绍的头号制片人。"

"说实话,我更熟悉文学行业,"我坦诚地说。

"呵,我知道。我看了你的《霍克弗莱氏编年史》,所以我想和你坐下来谈谈。今天下午三点半卡莱尔酒店见。皇家套房。我入住的名字是奥兹曼迪亚斯·洪,为的是躲开这里想出名的人一窝蜂拿着剧本来见我。"

"你怎么找到我的电话号码?"我问道,"我的电话号码没登在电话簿上。"

"网上找的。是跟你的结肠镜 X 光片在一起的。你只要来此一趟,走运的小伙子,我俩很快就能赚个盆满钵满。"说完,他的话筒就使劲摔到电话机座上,震得我耳膜都快破了。

大格斯这个名字对我而言毫无意义,这很正常。我曾明确讲过,我的生活不像电影节、大明星那般星光闪耀,而是专心致志写作的清苦型。这些年,我写了好几本关于崇高哲学主题的小说,但都未付梓。最后,施洛克出版社出版了一本。我书中的人物,逆时光旅行,返回古代,藏起乔治国王的假发,从而加速了《印花税法》的颁布。这本书笔锋犀利,显然触犯了权势阶层。不过,我还是认为自己是崭露头角、刚直不阿的天才;在掂量着大格斯让我去卡莱尔的要求时我小心谨慎起来,免得把自己出卖

---

① Garden of Allah,洛杉矶日落大道上的著名公寓。

给好莱坞某个幻想借用我的灵感写出电影剧本的低俗鸭嘴兽。这件事，想起来，既让我反感，又挑起我的自我意识。毕竟，要是创造了《了不起的盖茨比》、《喧嚣与骚动》的先人，都应允西岸那些贪求名望者的请求，借以糊口的话，米尔虫夫人的小宝贝又为何不能呢？我对气氛和性格的鉴赏水准，将大放异彩，也反衬出摄影厂雇佣文人的陈腐麻木。对这一点，我信心十足。当然，我的壁炉台上要是有一尊小金人，而不是现今摆在那儿、不停地啄嘴的塑料小鸟，会更好。暂且告别严肃的创作，存上一些钱来补贴我的《战争与和平》或《包法利夫人》，未尝不合情合理。

于是，我穿上作家常穿的粗花呢上衣，两个臂肘带着补丁，戴上爱尔兰式呢帽，走进卡莱尔酒店皇家套房，去见自诩的大人物，科利·大格斯。

大格斯身材矮胖，头发只可能是打免费电话从假发商店订购的那种。他脸上混杂着簇簇斑点，形成毫无规则的点与线，像是莫尔斯电码。大格斯穿着睡衣，披着酒店里毛茸茸的睡袍，还有一位体形美如天成的金发美女相伴。她身兼秘书和按摩师，显然精通几招最普通不过的办法，可以帮他疏通常年堵塞的鼻孔。

"我开门见山，米尔虫，"他说着，朝卧室点点头。他身材丰满的门徒起了身，婀娜多姿地走向卧室，只花了两分钟，就系好了吊袜带。

"我知道，"我从维纳斯神殿回到人间，说道，"你读过我的书，对我的文笔充满视觉效果有印象，所以，你想要我创作电影剧本。当然，你清楚，即使我们数学都极好，我也要坚持在艺术上拥有全权。"

"没错，没错，"大格斯嘟囔着，没理会我的最后通牒。"你知道什么是编小说？"他弹出一片胃舒平，说。

"不大知道，"我回答。

"就是电影卖座的时候，制片人雇几个傻瓜，把电影编成一本书。懂了？宣传电影的平装本——完全是给没文化的人看的。机场或是购物中心书架上，就是这种废品。"

"呃，"我说，开始觉出一种致命的压力，以貌似温和的骗人方式，逼近我的腰部。

"但是，我生来显贵，不跟文字工匠做交易。我只和诚心诚意的人交往，所以，我在此告诉你，上星期在一家乡村小店，你的最新著作引起了我童稚般的好奇。我可是从未见过，降价处理的书，竟摆在商店卖引火物的柜台上卖的。书我没看完，但是，趁着瞌睡虫还没来，费力看了三页，我就知道了，面前这位作者是海明威老爹之后最不寻常的文字匠。"

"说实话，"我说，"我从未听过编小说。我的行业是严肃文学。乔伊斯、卡夫卡、普鲁斯特。至于我的第一本书，我会让你认识《理发师杂志》的文化编辑——"

"是呵，是呵，可每一位莎士比亚都要吃饭，要不，动笔写作之前，也会发牢骚。"

"呃，"我说，"能不能喝点水。我有点离不开这些佳静安定片了。"

"你放心，小伙子，"大格斯提高声调，抑扬顿挫地说，"所有得了诺贝尔奖的人都替我工作。这是他们的拿手好戏。"侧厅里，体态丰满的文秘伸出头来，像唱歌一样说，"科利，加西亚·马尔克斯打来电话，说他家里没粮草了。他问你能不能再让他多编点小说。"

"告诉老加，我一会儿给他打回去。小菜一碟，"这位制片人打了个响指。

"你要我把哪部电影编成小说？"我试探地问了一句，有点气短，"是爱情片？警匪片？还是动作片？我是出了名地擅长白描，尤其擅长屠格涅夫式的田园风格。"

"俄国佬又怎么样，"大格斯大叫着，"去年，我曾想把斯塔沃罗金①的忏悔改成歌舞剧，搬上百老汇。可是，所有赞助人都得了猪流感。这可是桩骗局，小子。我正巧拥有一部经典电影的版权，是'活宝三人组'②主演的。是几年前和雷·斯塔克③玩牌时赢的。对这三位最难管束的小丑来说，这可是个表现的机会。我已经从正片中挤出了所有油水——电影院、外国

---

① Stavrogin，陀思妥耶夫斯基的小说《群魔》中的人物，他的忏悔部分初版时因为审查不通过，被作者删去，后才又加入。
② Three Stooges，20世纪上半叶美国银幕上的滑稽人物。
③ Ray Stark（1915—2004），好莱坞最有权势的制片人之一。

电视、国内电视——但我怀疑，仍能从小说里再榨出点值钱的东西。"

"关于'活宝三人组'？"我不敢相信，问道，声音直接升到高八度。

"我不用管你是否喜欢他们。他们只是一门生意。"大格斯吹嘘道。

"当我八岁的时候，"我边说，边从椅子上站起身，拍了拍衣袋，找我应急的止痛药。

"等一等，等一等。你还没听到情节呢。全是在一个闹鬼的房子里过夜的事。"

"没关系，"我说，朝门口凑过去，"我有点晚了——有朋友正在建一座仓房——"

"我订了一间放映室，让你先看一遍，"大格斯说，不理会我的抵制。到了现在，我的抵制已经全然变成了惊恐。

"不了，谢谢。我可能已经江郎才尽了，"我结结巴巴地说，却被这位大人物打断了。

"来吧，小伙子。要是像我的长鼻子嗅到的那样有赚头，这三个实实在在的坏小子能拍无数个短片。一个电子邮件就可以得到将整个拍摄过程编成小说的版权。你将做我的主要写手。你可以在六个月内捞走足够的大钱，剩下一辈子都可以鼓捣艺术。只要给我几页小样，让我确认你的才能就行。说不准，经你的手，编小说最终将趋于成熟，成为一种艺术形式。"

那天夜里，我内心发生了激烈的冲突，要用卡蒂萨克①蒸馏厂出产的温柔琼浆，才能压下烦人的抑郁。不过，还得老老实实地承认，赚足了银两，以便不必饿着肚子创作下一部名著的想法，让我心动。不仅仅财神的低语在我耳边响起，大格斯的本能也有可能找对了方向。也许，我是个马赫迪②，受命把编小说这种文学垃圾的幼苗扶正，赋予深度，赋予尊严。

　　我突然一阵欢欣鼓舞，灌了大量黑咖啡，冲到电脑前。天明时分，我完成了任务，经受了挑战，急于交到我的新恩人面前。

　　真讨厌，他的"请勿打扰"的牌子直到中午才拿下来，我终于按了门铃，进了屋，见他正在大嚼早餐。

　　"三点再来，"他表示，"来时找莫瑞·张维尔。有人把我住店登记的名字传出去了。这里挤满了杂志中心插页上的大美女，争抢着要试镜头。"我很是可怜他的窘况，随后几个小时里，把几个句子推敲得尽善尽美。到了三点，我拿着在精致打印纸上重新打好的作品，又走进他华贵的住处。

　　"给我念念，"他咬下一支走私来的古巴雪茄烟的头，朝仿制的乌特里洛③的画作方向吐去，命令道。

　　"给你念念？"要向他口头呈交我的文稿，我吃了一惊，问，"你是不是自己读？这样能在脑子里读出微妙的词语的节奏。"

---

① Cutty Sark，英国格拉斯哥爱丁顿集团出产的系列混合苏格兰威士忌。
② Mahdi，伊斯兰教中救世的导师。
③ Maurice Utrillo（1883—1955），法国画家，擅长城市街景。

"不了，听你念我更能感觉。另外，昨晚我把花镜忘在了猫头鹰餐厅。开始吧。"大格斯把两只脚放在咖啡桌上，下了命令。

"堪萨斯的橡树村，位于广阔无垠的中部平原极为荒凉的地带。"我开始念，"田野上，曾星罗棋布着农场，农田里长着玉米和小麦，生机勃勃。现在，则是一片贫瘠的土地。农业补贴本来是要促进繁荣，可却适得其反。"

大格斯的眼睛开始发亮。那可恶的方头雪茄使他头上罩着一圈厚厚的烟雾。

"一辆破旧的福特车停在一栋空无一人的农舍前，"我接着念，"车上走出三个人。满头黑发的那个人很是平静，毫无任何理由地用右手抓住秃顶人的鼻子，慢慢拧着，逆时针转了一个大圈。大平原上，一声凄厉的嚎叫刺破了宁静。'我们受苦受难，'满头黑发的人说，'这该死的人类生存，纷乱的暴力。'"

"与此同时，第三个人拉瑞，晃进了屋，不知怎么，把自己的脑袋套进了一个陶瓷坛子。突然间，一切变得如此可怖，如此漆黑，拉瑞在屋里瞎乎乎地摸索。他很想知道生活当中，或是整个宇宙中的任何构想，有没有神灵，甚或有没有任何目的。正想着，黑发人进来了，抄起一个大木槌，要把坛子从这位伙伴头上砸下来。叫做莫伊的人，多年来对人的命运的空洞无物的荒诞不经一直忧心忡忡，憋足了怒火，打碎了陶罐。'我们至少能自己选择，'秃顶克利哭泣着，'命定要死，可又自由选择。'说着，莫伊的两个手指捅进了克利的双眼。'呵，呵，呵，'克利嚎叫着，'这世界根本毫无正义。'他把一根没剥皮的香蕉插进莫伊的嘴里，猛地推了进去。"

听到此，大格斯忽然从恍惚中回过神来。"停，别念了。"他说，直直地站着。"这可真棒。这是约翰·斯坦贝克，是卡波特，是萨特。我闻到了钱味，看到了荣誉。这是为敝人赢得名誉的高质量产品。回家去准备行装。你和我先住贝莱尔①，再等更合适的地方空出来——带游泳池，也许还带三个洞的高尔夫球球场的地方。噢，或许海夫②能让你在他的庄园住上一段时间，如果你更愿意的话。同时，我给我的律师打电话，锁定整个'活宝'系列作品的版权。这是古腾堡村历史上值得纪念的一天。"

不用说，那是我最后一次见到科里·大格斯顶着这样或那样的名字出现。我手里拎着旅行袋，返回卡莱尔酒店时，他早就走了；是去了意大利里维埃拉，或去了土库曼斯坦电影节，还是去了几内亚比绍查看利润如何，前台接待员不大清楚。在此要说的是，事实证明，追赶一位从不使用真名真姓的风云人物，是太难为一个叫米尔虫的舞文弄墨的可怜虫了；我绝对肯定，这对福克纳或菲兹杰拉德而言，也是一样。

---

① Bel Air，洛杉矶西面山区的一处高档社区，同比佛利山、霍姆比山形成洛杉矶的"铂金三角"。
② Hef，即 Hugh Hefner (1926—2017)，《花花公子》创办人兼发行人。

导演定本

　　每年夏天，我这个小仔，都给连哄带骗送到某个湖畔营地。这些营地都起着印第安名字，设有小头目，或者也可称为辅导员；我就是在他们幸灾乐祸的目光下，学的狗刨。最近，我注意到，《纽约时报杂志》最末几页有些广告，都是些富有人家的家长可能要找的破烂地方，好把他们的鼻涕虫打发掉，自己享受懒散的七八月天。但其中竟然也有篮球夏令营、魔术夏令营、电脑夏令营、爵士乐夏令营等如此时尚的现代场所，这里面，也许最风光的，是电影夏令营。

　　显然，在长着豚草、跳着蟋蟀的某个地方，某个热衷蒙太奇的十来岁的孩子，可以一边闲散地打发暑假，一边学习炮制能赢得奥斯卡大奖的对话、摄影、表演、剪辑、音响合成，而且据我所知，还有如何在贝莱尔购买一套配有专人停车服务的房屋。在那些毫无梦想的青少年忙着拣蘑菇的时候，若干冯·

施特曼海姆①的苗子却在自行制作电影；这种暑假工程，可比编织滑轮板的扣锁钥匙链更为时髦。

这个价格不菲的灵感，似乎离莫伊和艾尔希·瓦尼什克在谢德瑞克湖②开的美拉诺玛夏令营相去甚远。我在那里玩躲避球，让防晒防虫液工厂不停地生产，挨过了十四岁那年无精打采的夏日。很难设想瓦尼什克那样的老夫老妻经营的地方，会是个像电影夏令营那般时尚的场所；只是我在卡内基食品店解构熏鱼时闻到的味道，给了我足够的幻觉因子，编出了如下信函。

亲爱的瓦尼什克先生：

秋季来临，树叶变得红黄相间，色彩缤纷，光彩夺目。身处华尔街和威廉街，我必须暂时中断一日工作，向你致谢。感谢你在贵处传统而又创新的乡村胜地，让我的宝贝后代阿尔盖度过了丰富多彩的夏天。他讲述的徒步旅行和水上行舟，惊险程度可比埃德蒙·希拉里爵士③和托尔·海尔达尔④的篇章，这些经历给他学习各种电影制作技术时度过的紧张、勤奋的时光增色添彩。他耗时八周制作的电影非常出色，令人兴奋，米拉麦克斯影业公司甚至要付我们一千六百万美元国内版权费，这可是任何家长都

---

① Erich von Stroheim（1885—1957），默片时代奥地利出生的美国电影演员。
② Loch Sheldrake，纽约州苏利文郡一小村落。
③ Edmund Hillary（1919—2008），新西兰登山家、南极探险家。
④ Thor Heyerdahl（1914—2002），挪威探险家、人种学家。

梦寐以求的，虽然他母亲和我早就知晓，阿尔盖有神赐的艺术天赋。

然而，令我惊讶了那么一瞬间的是，你信中表示，这部电影的发行收入，有一半好像应该进入你的腰包。像你和瓦尼什克夫人这一对甜蜜夫妻，怎能冒出这种神经兮兮的幻觉，认为你们有权分享我儿子创作硕果散发出的最微弱的味道，真是匪夷所思。总之，我郑重向你宣告，尽管他的影视作品是在你破陋的小胡佛村①起步的，可你在宣传册子中却吹嘘其为"卡茨基尔山②的好莱坞"，但你绝对得不到我亲骨肉的这笔意外财富的一分一毫。我要尽力以一种委婉的方式向你说，那个贪得无厌、与你同床、把你弄进这桩粗暴敲诈、还正巧让我知道的蛇妖，还有你，都见鬼去吧。

真诚的

温斯顿·斯内尔

可爱的斯内尔先生：

谢谢你，这么快答复我的条子，还老实承认，你儿子的电影，从头到尾都归功于我们迷人的乡村别墅。我担保，迷人别墅的宣传册子，很快就会成为胡佛村的一号证据。说到艾尔希，顺

---

① Hooverville，美国大萧条时期无家可归者建的棚户区常用此名。
② Catskill Mountains，美国纽约州东南部风景区。

便告诉你，尽管你来访时对她身上青筋暴露，胡诌了些无聊笑话，连恨她恨得咬牙的打杂的也不觉好笑，可我从来就没见过比她更好的女人。你开口讲蛇妖笑话之前就该知道，我妻子是个一心扑在家里的人，她患美尼尔综合征，而且我还告诉你，她早上要是不跟衣柜撞上，就起不来床。你也该得这种病——那样，我肯定，你每个星期在运动俱乐部，和穿方格呢裤子、都等着给判罪的哥们打网球，就不会那么快了。我自己没有拿别人的养恤金进行投机，赚六位数字的钱。我经营的，是一个货真价实的电影夏令营。这是我妻子和我开糖果店一分一分攒出来的。那时，我们要多卖几块蜡糖，每星期才能吃得起鲤鱼。

你儿子的电影是在我们一流的工作人员监督下，其实应该说是同这些工作人员合作制成的。信瓦尼什克的话吧，任何大制片厂都应该有我们这样的工作人员，才不会鼓捣出那些给弱智少年看的废品。西·波普金，亲自给小讨厌鬼作辅导，他可是个还没得到好莱坞认可的大才子。要不是偏偏有一次，他在墨西哥给人家发现，在跟托洛茨基玩配对约会，他本可以赢得五十项学院奖。这件事当即把那些傻瓜蛋吓坏了，结果他再也找不到工作了。还有我们的戏剧辅导员，海德拉·韦克斯曼，她放弃了前途远大的电影生涯，献出自己的时间，教导那些十几岁的异种人，而且到目前还都是免费。这个女人——愿她安息，当然是死后的事儿了——她亲自指导你儿子电影里的业余演员，从那帮毫无才气的懒汉身上，诱导出一丁丁点的表演才能，而你儿子则坐在一边，大张着嘴，看她工作。

最后，华尔街先生大人，还有我们营地自己的阿贝·银鱼儿，他在坦噶尼喀和巴厘名气很大的电影节上，得过剪辑奖。他站在那——我要是说谎，让我妻子不得好死——他一直站在那，循循善诱地帮助笨手笨脚的阿尔盖。你要是听我的劝告，就时不时给这个孩子来点"利他宁"药片，让他别那么烦躁。银鱼儿亲自照看音像技术，把每一个剪辑细节都告诉他。正好也告诉你，你这孩子笨蛋一个，用了我们所有的器材，胡乱摆弄崭新的松下摄影机。现在，我一按按钮，就发出一种如同你慢慢转动锡铁乐盒上的木把手一样的声音，艾尔希把这种在游乐场合吵吵闹闹的东西叫"歌老咯"。这个我不会找你要钱，因为，我们将要成为新的合伙搭档了。

尊敬地，

门罗·瓦尼什克

亲爱的瓦尼什克先生：

无论你以何种方式表示，你处纠集的工作人员在人类演进的层次上高于游民，都纯属无稽之谈。新的合伙搭档？你是否得了隐形中风？首先，我要说明，阿尔盖的剧本是他自己构思，取材于我们家真实的生活经历：我们当地的殡葬承办人自以为得了诺贝尔奖。像波普金这等叛国分子，很可能在吃墨西哥卷饼时，就把原子机密传给了托洛茨基。关于他有可能为我家神童的剧本作了贡献，哪怕是贡献一个逗号的说法，都像尼斯湖水怪的传闻一样不可信。至于那位酒神小姐，互联网上说，她从未出现在用八毫米以上胶片拍摄的任何电影中，而且还都是以甜姐巴尔①为艺名出演。正巧，你是否知晓，你们的辅导员银鱼儿，在给好莱坞一部电影作剪辑时给人解雇？因为据说，他不断把亨利·方达剪得头脚倒置。阿尔盖还说，你提供的摄影机根本不是新的，而是时好时坏，因为一个十九岁的救生员拒绝了你的求爱，你就把摄影机朝她扔了过去。瓦尼什克夫人受得了你和女帮手调情？还有，我曾取笑尊夫人的静脉系统，对此，表示歉意；可我有时太敏锐了。鉴于数不清的蓝色川流遍布她身上的山谷平原，我禁不住评说几句，将其比作公路地图。

最后，愿此信能终结我们之间的联系。今后一切信函，均应直接寄往"厄普察克和厄普察克律师所"。

永别了，肉球。

温斯顿·斯内尔

我亲爱的斯内尔先生：

我只得感谢上帝给了我幽默感，还能听点笑话，不必马上跑到枪支店，顺手雇上几个枪手。我来帮你澄清几个事实。我活了四十岁，除了艾尔希之外，从没瞅过别的女人。说实话，这真不

---

① Candy Barr (1935—2005)，美国脱衣舞女演员，曾出演过一部色情电影。

容易。因为，我首先承认，艾尔希不是个漂亮姐，不像在杂志上摆出上帝才知道的什么姿势的身材丰满又有曲线的人。你在码头上等候哥本哈根渡船时，流着口水读的，就是这种杂志。

其次，我只是好奇——你怎么想得到，你那个小臭虫是个神童？只有你这种叼着雪茄，专会弄钱的行家里手才想得到。围在你身边的都是些点头哈腰的人，专拣你喜欢听的话说，可你一转身，就翻白眼。信我吧。艾尔希和我开糖果店时，店里有个笨家伙，帮着看管汽水，我对他妈妈发善心，才一直雇用他。他妈妈本来要做手术，换骨盆，结果换了个中国佬的肾。不管怎么说，这个可怜的怪物，智商刚到两位数，可跟你的阿尔盖比起来，简直就成了艾萨克·牛顿。

还有，这个夏天，艾尔希的侄子本诺赢了拼字比赛。这个孩子拼出了"记忆术"这个词，可他才八岁。这才叫聪明。而你那只金色的"米德威奇杜鹃"①，享受所有的优越条件，上私立学校，花大钱聘辅导老师，可要是不看衬衣上贴着的名字，就记不得自己姓什么，叫什么。

同时，我不想用法律诉讼来威胁你，而是告诉你那帮奸诈的律师，如果仔细查一下，就会发现，虽然你有一套胶片，能引得

---

① Midwich cuckoo，取自英国作家约翰·温德姆(John Wyndham, 1903—1969)的同名科幻小说。此种杜鹃会将自己的蛋下在其他鸟的巢里，希望其他鸟会把它当成自己的后代抚养长大。

温斯坦兄弟①像土地投机商似的用一千六百万给你铺路，但世上唯一一套底片，是在我们的平房里。我希望底片一切完好，但瓦尼什克夫人在片头已经弄上了鸡油，我可无能为力。

门罗·瓦尼什克

瓦尼什克：

前次来信，读来顿生怜悯，又感到恐惧，恰如亚里士多德式的悲剧。顿生怜悯，是因为你显然不知，持有我儿子影片的底片，是一种小小失误，称之为非法侵吞大笔财产；感到恐惧，是因为昨夜我偶得一梦，预见到你服刑期满后，身着囚服，在安哥拉被一名五大三粗的囚友用改锥刺中。

尽管可以用我手上的胶卷冲洗新的底片，虽然质量不会太好，但我强烈建议，你立即把原始底片寄送给敝人，免得底片薄薄的外层再遭鸡油或任何种类的可恶调味品的玷污。早饭桌上，你，还有同你怒目相视的那个青面獠牙，用的就是这种调味品，才能使她做的饭能够入口。我的耐心正在迅速消失。

温斯顿·斯内尔

你听着，斯内尔：

要进监狱的不是我，是你。罪名要不是出卖你自己并不拥有

---

① Weinstein brothers，指米拉麦克斯影业公司创始人哈维和鲍伯·温斯坦兄弟。

的电影，也至少是开空头支票；因为你的天才儿子说梦话，而艾尔希的爱好是录音。我在力求保护底片，可这太难了。首先，我侄子施罗姆下礼拜六岁了，真是可爱，他能用意第绪语和英语唱《破墩布》。但是，咱们得承认现实。这个年岁，正是疯玩的时候，他拿一块尖石头，在底片第二卷中间划了一个长道子。他喜欢把底片从铁盒中拉出来，用铅笔刀把感光胶刮下来。为什么？我怎么知道？我只知道他刮东西后得意洋洋。更不用提我姐姐罗斯了，她把润肤霜弄到了底片上。可怜的女人，她丈夫最近刚死于大面积心肌梗塞。但我事先警告过他——她洗完澡走出浴室时，不要直接看她。不管怎么说，你这么顽固，太可惜了。因为，你我本来可以从这电影中得到不少小钱的。不过，你是个有原则的人。顺便问一句，到底什么是空头支票？为什么是大罪？我得走了，狗把底片叼走了。

瓦尼什克

瓦尼什克：

你这个恶毒的小爬虫。我把阿尔盖电影发行费的百分之十给你。照你的话说，你不值一个铜子，只配被杀虫剂好好喷上一番。

我建议，在我恢复清醒、感到后悔之前，你赶紧接受这笔交易。这可是你躲过夏日里正值青春发育期的小导演的折腾、前往迈阿密或百慕大欢乐世界的好机会。也许，如果你把利润中的一部分送给一名医术好的整形大夫，给瓦尼什克夫人作次全面形体改装，她甚至可能得到准许，到公共海滩一游。

温斯顿·斯内尔

可爱的小伙子：

　　艾尔希恢复了知觉。她放老鼠夹的时候，凑得太近了，想闻一闻老鼠夹上的奶酪是否新鲜，结果出了事，昏迷过去。瞧瞧！不管怎样，她醒过来了，刚好在我耳边说了一句"要百分之二十"，就又像洋娃娃一样，头往后一仰，眼睛就闭上了。说到这，你只要在签名虚线上签个名——她还提到，要在公证人面前签名——就不仅能得到阿尔盖的底片，而且还能得到艾尔希做的好吃的肉馅菜包，我们送给你一点，不要钱，但记住把坛子寄回。祝你生活愉快。

你的新合伙人

门罗·瓦尼什克

至爱保姆

"人的内心潜藏着哪些恶毒,阴影一目了然。"①每个星期天,想起这句话,就感到恶魔在咯咯地笑,一股寒气顺脊梁骨冲了上来。那时,我正值恍恍惚惚的年岁,冬日的黄昏,在祖先留下的昏暗的房子里,缩在斯丛博格·卡尔森公司生产的老式电话机旁边。说实话,我根本不知道自己内心深处有何黑暗把戏在作怪,直到几周前,我在华尔街的伯克和黑尔②公司办公室,接到我贤内助的电话。她一贯持稳的话音,变得支离破碎。我听得出来,她又吸上瘾了。

"哈维,我们必须谈谈。"她对我说,话中透出不祥预兆。

"孩子们没事吧?"我劈头盖脸地问,觉得随时会听她念个什么条子,向我们索要赎金。

"没事,没事,但是我们的保姆——我们的保姆——那个笑呵呵,挺随和的犹大,维维塔·贝尔纳普小姐。"

“她怎么了？不会是这个傻人跑了，又打破一个老人形啤酒杯吧。”

“她在写一本关于我们的书，”电话那边的声音好似来自地下墓穴。

“关于我们？”

“关于她过去一年在公园大道做保姆的经历。”

“你怎么知道的？”我焦急地问，突然后悔当初没理会律师的建议，订立保密协议。

“她不在家，去还我在节前借的两盒 Tic Tacs 薄荷糖，我无意间看到一份手稿。我自然忍不住要看看。亲爱的，可比你想象的任何事情还要恶毒，还要羞人。特别是关于你的那部分。”

我脸上一阵抽搐，肌肉乱跳。汗水浸上眉毛，吧嗒吧嗒掉在地上。

“她一回家，我就把她辞了，”我家婵娟说，“这条毒蛇把你说成臭猪。”

“别，别辞她。这挡不住她写书，反而让她写得更恶毒。”

“那怎么办，小情郎？你知道她把事情抖出来，会在我们那些俊男倩女的朋友当中起什么作用？我们要是不遭人窃笑，不遭人讽刺挖苦，就甭想再迈进常常光顾的任何一家奢华酒吧。维维

---

① 引自二三十年代著名广播连续剧《阴影》(*The Shadow*)，奥森·威尔斯(Orson Welles，1915—1985)曾参演。

② Burke and Hare，19 世纪苏格兰的连环杀手，将受害者卖作解剖材料。

塔把你说成'无聊狗人，拿钱买通，让他那倒霉的后代上顶尖的幼儿园，可在闺房里却未尽其职'。"

"你按兵不动，等我回家，"我请求她，"我们得开个碰头会。"

"你最好快点，宝贝儿。她已经写到三百页了。"说完，我的生命之光就以光子速度把听筒砸进电话机座，震得我耳朵里嗡嗡响着多恩诗中那倒霉的钟声。我假装得了肠胃病，早早下了班，在街角的小酒店暂时停下来，缓缓神，回顾一下这场危机。

我们雇用保姆的经历，说轻了，是大起大落。第一个是瑞典人，长得像斯坦利·凯切尔①。她举止利落，能让臭孩子们循规蹈矩，吃饭时老老实实，但就是孩子身上有不明不白的外伤。后来，我们藏在暗处的摄影机拍到，她用摔跤手称为"阿根廷背摔"的动作，把我儿子从她后背一边，扔到另一边。我质问她的方式方法。

显然，她不习惯他人干扰，把我从地上举起来，足足离地面有三尺高，按在墙上。"你别乱管闲事，"她劝告说，"除非你愿意给拧成个麻花。"

我火了，当晚就让她卷铺盖走人，而且，只需要一支特别行动队的帮助。

接着，是一个十九岁的法国住家保姆，叫维洛尼克。她上下

---

① Stanley Ketchel (1886—1910)，美国著名中量级拳击手。

摇摆，说话轻声轻语，满头金发，一张嘴撅起来有艳情明星的风情，两腿修长，身架子几乎要搭脚手架才能立住。她远非凶猛好斗的类型。

不幸的是，她对我们孩子的看护，少了些深度，只是喜欢懒洋洋地半躺在躺椅上，一边大吃巧克力软糖，一边翻着《W》杂志。我比太太更灵活地适应了这位尤物的个人风格。我甚至还偶尔给她揉背，帮她放松；但是，当家里的大管事注意到，我开始用上了香水，还给这个小法国佬送床上早餐的时候，就在维洛尼克的酥胸山谷里加了一张粉红色的纸条，把她辞了，还把她的路易·威登包扔到了街上。

然后，就是维维塔。她年近三十，爽快，可不勤快，但也侍奉孩子，知道自己的位置所在。因为她眼睛有点斜视，我动了恻隐之心，没把她看成仆人，而是当成家庭一员。可就是这样，在她受到照顾、没事能坐到特别舒服的沙发上时，却在暗中大肆丑化她的恩主。

回到家，我躲在一边，仔细读了她的诽谤文字，目瞪口呆。

"此人刻薄，毫无用处，贪同事之功为己有，"这个女魔这样写道，"他语无伦次，精神分裂，一方面溺爱孩子，一方面孩子稍有不从，就用磨刮脸刀片的皮带抽孩子。"我翻看着这些恶毒的语言，给这一大堆文字咒骂得无地自容。

哈维·比德尼克是个没有才气的乡巴佬，满嘴脏话的小质子。他自以为很有趣，不停地讲短小的笑话，让来客感到索然无味，就是在五十年前的博尔希特①都不会让人觉得好笑。他模仿萨奇莫②，结果，胆子最大的人都惊恐尖叫着跑出屋子。比德尼克的老婆也不是好货。一个肥胖难对付的人，大腿极粗，脑子里除了伯拉尼克和普拉达以外，一窍不通。这一对经常吵架，有一次，她定做了一个魔术胸罩，价钱高达六位数字，比德尼克拒绝付款。她怒气冲天，从他头上抓下假发，扔在地上，抄起防盗用的手枪，连开几枪。比德尼克自己离不开伟哥，但他吃了药，就出现幻觉，把自己想象成老普林尼③。他老婆，衰老得如同香格里拉拔来的胡桐，身上每一寸肉都打过保妥适肉毒素，或经过手术刀的整治。他们喜好的话题是诋毁朋友。博翼夫妇是"身材肥胖，算计抠门的人，端上桌的羊肉都是小块，而且总是做不熟"。迪佛蒂卡林斯基大夫夫妇是"一对无能的兽医，在他们手下死了不止一条金鱼"。还有欧法尔一家，"那一对法国夫妇，十分堕落，竟同蜡像馆里的蜡人发生性接触"。

---

① Borscht Circuit，纽约卡茨基尔山区的度假村区域。
② Satchmo，美国爵士乐艺人 Louis Armstrong (1901—1971)的昵称。
③ Pliny the Elder (23—79)，古罗马自然学家、自然哲学家。

我放下维维塔毫无遮拦的长篇手稿，走到酒吧台，仰头灌了好几杯混合烈酒，当即决定，把她杀了。

　　"我们如果把她的手稿烧了，她还会复印，"我跟老婆唠叨说，可听上去，开始像杂耍戏班里的醉汉。"如果我们出钱，让她闭嘴，她会把这写进去；或是拿了钱，再出书。不行，不行。"我说，模仿从小常看的警匪片中总有的恶棍。"一定要让她失踪。自然要弄得像是一次事故。也许是一次开车撞人，逃离现场那样的事故。"

　　"你不开车，可爱的蓝眼珠，"我面前这个又果断，又调皮的女人提醒我，然后自己把一大杯苦艾酒一饮而尽。"还有我们的司机米利，开着你让他兜圈的白色加长林肯轿车，都碰不上房子的墙边。"

　　"那么，炸弹行么?"我嚷嚷道，"加上一个精确定时器，在她登上台阶健身机时引爆。"

　　"你开玩笑吧?"我家碧玉反驳我说，有点露出谷物酿造物的作用。"人们给你铄，你也造不出来原子弹。记得中国春节时，你点了爆竹，却掉进了裤子里吗?"小妇人大声笑着。"天哪，那是在克格①，你突然从地上跳起来，翻过车库屋顶。好一个场景!"她大叫着。

　　"那我就把她推下窗户。我们杜撰一个条子，或是用更好的

────────────

① Quogue，纽约长岛海滨度假地。

56

办法，把她弄迷糊了，找个机灵的借口，让她自己用复印纸写个条子。"

"你能把一个跟你挣扎的一百五十磅的保姆举到窗台上，使劲把她推下去？就你这样的块头？结果是你突发心肌梗塞，进雷诺克斯医院急诊室，比喀拉喀托火山爆发还紧急。"

"你以为我整治不了她？"我说道，同时，弱不禁风的形象迅速化出，阿尔弗雷德·希区柯克影片中的人物化入。"她可以自由行动，但要戴上锁链。她要一点点地病入膏肓。"我想象的是，电影《美人计》中的镜头变得迷糊不清，观众看出英格丽·褒曼中了克劳德·雷恩斯的毒药，视线越来越混浊。我站起身，跟跄着走向放药品的柜橱，可自己的视线也有点恍惚，伸手抓住碘药瓶。真巧了，屋门一开，维维塔进来了。

"嘿，比先生，你在家。给炒鱿鱼了？哈哈。"这个恶人说着粗蛮的俏皮话，自己先笑了。

"快进来，"我说，"正好喝杯咖啡。"

"你知道，我不喝咖啡，"她回敬我说。

"我是说喝茶，"我改口说，摇晃着走到厨房，放上水壶。

"你又打石膏了，比先生？"这个眼睛挺尖的小人问道。

"坐下，"我指点说，没理会她那粗俗的套近乎。此时，我夫人已经倒在地上，呼呼大睡起来。

"比夫人需要多睡一会儿，"这个自鸣得意的保姆眨着眼，责备我，"你们这些疲惫过度的大富豪，夜里都干什么?"我足智多谋，侧看一眼，见她没朝这边看，便把瓶子里所有剩余的碘都倒进了维维塔的杯子。我又在碟子里配上松软的小点心，递给了她。

"咦，"她说，"我们从来没在上午十一点半共度良辰。"

"快点喝，"我说，"都喝了，要不凉了。"

"黄菊茶是不是有点黑?"这个奸细有些疑问。

"胡说，"我给她解释，"这种茶叶很少见，是刚从拉什卡尔加①来的。都喝了。嗯，真有味，真提神。"

也许，是因为早上过于紧张，也许，是因为午前我连续吃了几粒信心增补片；反正我只记得，不知为何，我拿的正是放了药的茶杯。马上，我弯下腰，倒在地上，满地打滚，活像咬了钩的鱼。我躺在地毯上，紧揪着胸口，跟艾瑟·沃尔特②唱《暴风骤雨》时一样，呻吟着。惊慌中，我们的保姆唤来了救护车。

我还记得救护人员的面孔，还有心脏起搏器，但记得最清楚的是，当我完全清醒后，维维塔递上了辞职书。上面说，她做保姆做烦了，曾想过写一本书，但又放弃了这个想法，因为书中的主角太令人生厌了，任何智商正常的读者都不会感兴趣。

---

① Lashkar Gāh，阿富汗南部城市。
② Ethel Water (1986—1977)，美国女爵士歌手。

她辞职后，要和一个百万富翁结婚。这个人就是在维维塔经常带我们的孩子去玩的爱丽丝塑像旁边看上了她。比德尼克夫妇如何了？我们不打算再雇保姆了，除非机器人制造业出现巨大的技术突破。

夺命的味蕾

世上罕见的白松露，在势利人眼中的价值又创新高。星期天，一颗二点六磅重的白松露在拍卖会上，以十一万元卖给香港一位未透露姓名的买主。

——二〇〇五年十一月十五日，《纽约时报》

作为一名私人侦探，我愿意为顾客赴汤蹈火，但是，收费是每小时五百张百元大钞，再加上其他费用，通常是我能灌下去的所有尊尼获加威士忌。不过，当阿普里尔·弗来西珀特这个甜姐大放雌性激素，走进我办公室，要求我提供服务时，我可以瞬时改为无私奉献。

"我需要你帮个忙，"她坐在沙发上，轻快地说，穿着黑丝袜的两腿交叉起来，害死人不偿命。

"我洗耳恭听，"我相信，我音调变换中暗含的嘲讽没有白白浪费。

"我需要你到苏富比，替我出价，竞标一点东西。当然，钱我来付。但是，我要匿名。"我头一次能透视她一头金发，丰满嘴唇，还有快要把丝绸衬衣撑开的一对充气飞船。小弟弟吓坏了。

"我要竞标什么?"我问她，"你怎么不去?"

"一枚松露，"她说着，点了一支烟，"你出价最高可到一千万元。也许，如果竞标激烈，可以出到一千两百万。"

"哦，"我说，脸上闪现出给贝拉福医院①打电话之前常有的神色，朝她瞥了一眼。

"哎，别犯傻，"她反驳说，显然有点生气，"你会得到双份的报酬。但必须拿到，才能离开苏富比。"

"假如我说，为买一个蘑菇，花五百万元以上的价钱，有点令人生疑，"我激她一下。

"也许是。虽然邦迪尼松露卖了两千万，成了拍卖史上一颗白蘑菇卖出的最高价钱。当然，物主曾是阿迦汗，而且它洁白无瑕。不要让我失望。因为，最近，在拍卖鹅肝时，得克萨斯一个石油大亨出了八百万，盖过了我的七百万。为了那次拍卖，我卖了两幅夏加尔，用来筹款。"

"我记得在佳士得的拍卖品录上见过那鹅肝。一点开胃小菜

---

① Bellevue，美国最早的公立医院，设在纽约，以其精神病科著称。

大小的分量，卖了那么大的价钱。不过，只要石油大亨高兴就行。"

"就为了这，他被人杀了。"她说。

"不会吧。"

"是的。罗马尼亚一位伯爵把圣洁的鹅肝味道看得高过一切，他把一柄短剑刺进了大亨的咽喉，盗走了那块湿乎乎的小宝贝。"她说完，用第一支烟，又点燃了一支。

"运气不好，"我说，两眼盯着她。

"可让人嘲笑的是他，"她笑道，"原来，那块高胆固醇殇物是假的。知道吗？伯爵为了表示爱慕，把鹅肝放在爱沙尼亚大公夫人脚下，她打开一看，发现是肝泥香肠，他当场自尽。"

"那真的鹅肝呢？"我问道。

"再也没有找到。有人说，是好莱坞一个制片人在戛纳吞咽了。有人说，一个叫阿布·哈密德的埃及人，喜欢极了，把它压进针头，要直接注射到血管里。还有人说，它落到了弗拉特布①一个家庭妇女手里，她以为是猫食，就喂了她家的猫。"

阿普里尔打开她的支票簿，拿出一张支票，写下我的服务费。

"只问一件事，"我说，"为什么不让别人知道你要这颗松露？"

---

① Flatbush，纽约市布鲁克林区的一个社区，多为加勒比地区来的非洲移民。

"伊斯坦布尔的一帮美食家，非要在他们的罗马式宽面条上配上松露。他们已经潜入我国。他们要不计一切手段弄到这松露。任何一名单身女人得到这美食，都有性命危险。"

突然，我感到一股寒风袭来。此前，我唯一一次接手的涉及高价吃食的案子，相对简单，只是涉及一种淡褐色的蘑菇。曾有人指控，一位有政治抱负的人士，对这蘑菇行为不检点，但后来证明，指控毫无根据。这一次，我们谈妥，我要把松露带到华尔道夫酒店，1600 号套房。阿普里尔风情万种地说，她将身穿上帝为她专配，与皮肤同色的装束，在套房等我。等她摇摆着能夺标得奖的臀部，进了电梯后，我打了几个越洋国际电话，接通了福楠·梅森美食店和馥颂美食。这两家商店经理都欠我一点小人情，因为我曾经为他们追回被盗匪偷走的六条天价鳗鱼。我弄到关于阿普里尔·弗来西珀特的详细情况，就打车到了约克大道。

苏富比的竞标很是火爆。一道烤馅饼卖了三百万，一对相配的煮熟的鸡蛋，上了四百万，曾属于温莎公爵的肉末土豆饼，卖出六百万。松露摆上台面时，屋里一阵骚动。竞标起价是五百万元。当经受不住这紧张场面的竞标人都晕倒后，我发现，场上只剩下我和一位戴土耳其毡帽的胖子在对阵。到了一千二百万元，这个肥胖的富豪玩够了，退了出去，明显有点精神恍惚。我得到了这块二点六磅重的小玩意，把它存放在中央火车站的贮藏箱里，然后，直奔阿普里尔的套房。

"你把松露带来了？"她打开门问，身着缎子睡袍，里面什么也没穿，只是平滑匀称的肌肤。

"别担心，"我说，脸上挤出一点笑容，"但是，我们是不是应该先谈谈钱数？"我只记得，眼前变得漆黑一团之前，我的头顶撞上了好像是大量砖块似的东西。醒过来时，面前顶着一把破手枪，闪着微弱光亮，枪口直指我胸内帮助血液循环、长得情人节礼物形状的那个小血泵。在苏富比见到的那个戴土耳其毡帽的胖子，摆弄着枪栓，逗弄我。阿普里尔坐在沙发里，漂亮的脸蛋浸在"自由古巴"鸡尾酒中。

"好吧，先生，咱们谈谈正事，"胖子说，把一个烤熟了的土豆放在桌子上。

"什么正事？"我装出些笑容。

"好啦，先生，"他喘了口气，"你肯定知道，我们谈的不是普普通通的冬虫夏草。曼德勒松露在你这。我想要过来。"

"从未听说过这个东西，"我说，"噢，等会儿，是不是那个花花公子哈罗德·瓦涅斯库去年在他公园大道寓所给打死了，为的就是这个？"

"哈哈，先生，你真逗。我给你讲一讲曼德勒松露的历史吧。曼德勒的皇帝，娶了当地最胖、也最不漂亮的女子。一场猪瘟后，曼德勒所有的猪都死了。皇帝问他的皇后，愿意不愿意把松露拱出来。她只闻了一下，所有人马上就都知道了松露的价值。松露卖给了法国政府，摆在卢浮宫展览。一直到第二次世界大战，德国士兵把它抢走了。据说，戈林正要把它放进嘴里，传来了希特勒自杀的消息，倒了他的胃口。战争结束后，松露消失了，后来出现在国际黑市市场。一群商人买下了，带到了阿姆斯特丹的戴比尔斯公司，想把它切成小块，单独出售。"

"松露在中央火车站的一个贮藏箱里，"我说，"你要把我杀了，配你那个马铃薯的，顶多就是酸奶酪和细香葱。"

"你要多少钱吧，"他说，阿普里尔进了另一个房间，我听到她给丹吉尔斯①打电话。我好像听到她说"薄馅饼"。貌似，她筹到了购买一块大薄馅饼的第一笔款子，可在运往里斯本的途中，其中的馅给掉包了。

我出了价钱，十五分钟后，我秘书带来了一个重二点六磅的盒子，放在桌上。胖子两手颤抖，打开盒子，用文具刀切了一小薄片，尝了尝。突然，他狂怒起来，朝松露乱砍，开始抽泣。

"老天，先生！"他大叫道，"这是假货！这假货确实很精致，冒充松露的一些坚果口味，可恐怕我们面前这个，只不过是一个大面团。"说着，他旋即跑了出去，屋里只留下我，还有惊呆了的女神。阿普里尔摆脱了惊愕，水汪汪的眼睛，直直地冲我射过来。

"我很高兴，他走了，"她说，"现在，只有你和我了。我们把松露找回来，两人平分。它要是有催情作用的话，我一点也不吃惊。"她说着，让睡袍滑了下来，开敞得恰到好处。我热血奔

---

① Tangiers，摩洛哥北部城市，位于地中海西部入口。

涌，几乎要屈从天性，做出所有荒唐的形体动作，但是，我的生存本能提醒了我。

"抱歉，宝贝，"我缩了回来，说，"我不想像你上一任丈夫那样，被放在市殡仪馆里，大脚趾上给挂上个标签。"

"你说什么？"她脸色苍白。

"对了，亲爱的。是你杀了国际美食家哈罗德·瓦涅斯库。根本用不着动脑子，就能看出来。"她要冲出去，可我挡住了门口。

"好吧，"她无可奈何地说，"我猜我的气数已尽。是的，是我杀了瓦涅斯库。我们是在巴黎认识的。我在一家餐馆点了鱼子酱，在吐司的尖边上划伤了。他过来帮我。让我印象特别深的是，他对红鸡蛋表现出的居高临下的厌恶。开始时，一切都好。他给我买了大量礼物：卡地亚的白色芦笋，一瓶昂贵的香液，他知道我喜欢出去时搽在耳后。瓦涅斯库和我从大英博物馆偷走了曼德勒松露。我们身上系着绳索，倒吊下来，用钻石割开了玻璃罩。我想做个松露鸡蛋饼。但是瓦涅斯库另有想法。他要偷着卖了，用卖的钱在卡普里岛买栋别墅。一开始，什么事情都挺好。可后来，我注意到饼干上的鲟鱼鱼子酱越来越少。我问他，是不是在股票市场上遇到了麻烦，但他说不是。不久，我发现，他暗中把鲟鱼鱼子酱，换成比较便宜的一种。我责备他在薄面饼上抹鱼子酱，他生了气，不再答理我。随后发展下去，他变得很节俭，也在乎钱了。一天晚上，我出乎意料地回到家，撞见他正用肺鱼鱼子酱做冷盘。接着是一场大吵大闹。我说我要离婚。为了谁来保管松露，我们争来争去。我一股怒气冲上来，从壁炉台上抓起松露，朝他打去。他倒下时，头撞上了餐后薄荷糖。为了隐藏杀人工具，我打开窗户，把松露扔到正路过的一部卡车上。从那时起，我一直在找。好了，瓦涅斯库不在了，我本来确信，这次我终于能拿到了。现在，我们就能找到它，分享它；你和我分享它。"

我记得，她的身子靠着我的身子，让我两只耳朵直冒热气。我还记得，当我把她交给纽约警察时，她脸上的表情。她给戴上手铐，由穿警服的人带走，望着她标致的身材，我长叹一声。然后，我奔往卡内基食品店，点了燕麦面包加熏肉片，里面抹上芥末酱，再配上腌黄瓜——美梦中的美食。

吾主荣光，卖了！

互联网拍卖网站易趣最近涂上了宗教色彩：有人出售祈祷词，收取现金。爱尔兰基尔代尔郡有一人，自诩祈祷门人，他在网上卖五份祈祷词，每份竞拍起价是一英镑。买方若急需神助，五英镑可当即买下。

——二〇〇五年八月，《教堂通讯》

电视节目《欢歌曼舞督察员》的收视率下降到百分之负三十四，尼尔森公司里的人说，偶然转到这个节目的人，就像俄狄浦斯一样，把眼球抠了出来。结果，拖无可拖的工作人员集中到制片人哈维·奈克达的办公室；每个编剧面临两种选择：要么辞职，要么拿手枪到一间黑屋子去，把门一关。《影视名人》把这事比作"相当于陨石毁灭了恐龙那样的大灾难"。作为此事的参与者，我不会推卸自己的责任。但是，我要辩护说，我基本上只是在最后一刻才给招来，在拍摄医院烧伤病房的场地，专门做些滑稽动作，以活跃气氛。

前几季里，我在电视台的工作不大顺，出现我名字的许多系列节目，都是败笔，而且一个接一个，如同地毯式轰炸，没有间隙。我的代理人格纳·路易斯越来越不愿意给我回电话了。最后，当我在 Nobu 餐馆点了三文鱼片，直面问他时，他开诚布公地指出，对电视行业而言，节目末尾爬上屏幕的演职员表中，若出现哈米什·斯佩特这个名字，就等于含有剧毒。

我虽对事态的演变毫无所动，可又需要摄入最低水准的热量，好继续与活人为伍，所以，我仔细查阅了招聘广告，在《村声》上①，正碰到一则令人好奇的广告。上面说："招聘游吟诗人，撰写特殊文稿，报酬高，无神论者免谈。"

青少年时期，我曾怀疑一切，但最近，翻阅了维多利亚的秘密的商品目录后，开始相信最高神灵。我估摸着，这可能是赚点小钱的途径，就刮了脸，穿上最庄重的行头，一件三个扣眼的黑色上装，任何丧葬仪式中的抬棺人见了都会嫉妒。是雇私人汽车，还是乘坐公共交通，我算计了一下，然后，就直奔地铁站，晃到了布鲁克林，来到石狐狸球艺学院。这是一间游艺室，铺着绿色毡布的球桌边上，总是围着一帮让人生厌的家伙，手里摆弄着弹子球杆。楼上，就是"莫氏祈祷高手"全国总部。

---

① *The Village Voice*，纽约市内免费发放的一份周报。

我走进办公室，感觉到的，远非教堂的肃穆，而是《华盛顿邮报》办公室里的纷杂忙乱。到处都是小格子间，里面，写手们抓耳挠腮，一直不停地拼凑祈祷词，好满足人们明显的大量需求。

"进来，"一个肥硕的形体，一边向我打招呼，一边把一堆甜点心塞进嘴里，浪费殆尽。"莫伊·博顿费德，祈祷高手。要帮忙吗？"

"我看了你的广告，"我喘着粗气说，"在《村声》上。就在擅长男女按摩的瓦萨尔的广告下面。"

"对了，对了，"博顿费德舔着手指头说，"你是想作赞美诗文书。"

"赞美诗？"我问道，"就像《上帝是我的领路者》？"

"别这么刻薄，"博顿费德说，"这可是大买卖。你应该感到运气来了。有经验吗？"

"我写过一个电视剧试播集，叫作'修女之缘'，讲修道院里一些虔诚修女制造中子弹的故事。"

"祈祷词可不一样，"博顿费德对我说的不感兴趣，"祈祷词要充满敬畏，还要给人以希望，不过，有天赋的祈祷词作者，同你们这些写日常贺卡祝词的雇佣文人之间真正的区别在于，祈祷词的措辞要很谨慎，如果不能实现，那些呆人，哦，那些信徒，也不能起诉。你明白吗？"

"我想，我明白。你是尽量避免惹上花费大的官司，"我跟他开玩笑。

博顿费德眨了眨眼。他身穿专门定做的衣服，戴着劳力士手表，表明他满脑子生意经，堪比山姆·英萨尔[1]，或已故的威利·萨顿[2]。

"你信不信？开始时，我就像你一样，地位低贱，索然无味，"他说，开始讲述他的创业岁月。"先是拎着旅行包，和拉尔夫·劳伦到处卖领带。我们俩都赚大了。他是在时装业赚钱，我是从信徒身上赚钱。咱们得面对现实，大多数人都有紧迫的宗教需求。我是说，每个白痴都做祷告。我利用老式的四面刻着希伯来字母的游戏陀螺，在笔记本电脑上拼出了几篇充满哀怨的祈祷词。当时正跟我吊膀子的婆娘突发奇想，要在易趣网上拍卖。很快，人们的要求大量涌来，我只得雇些人手了。我们有祈求健康的祈祷词，有处理爱情问题的祈祷词，有希望提工资的祈祷词，买辆玛莎拉蒂的祈祷词，或者，如果你是个乡下人，那就求雨，当然还求几匹小马驹。消息传开了，我们最热门的祈祷词也传开了：'啊，天父，啊，天帝，愿我在荣耀的天国永驻，也愿我中彩票大奖。啊，只此一次，我主大奖。'就像我说的一样，祈祷词要写得巧妙，如果对上苍的祈求无效，我们也不至于吃传票。"

---

① Samuel Insull（1859—1938），英国出生的美国公用事业巨头。
② Willie Sutton（1901—1980），美国银行大盗。

此时，门开了，一张满是愁苦的脸探了进来。"嘿，老板，"一位作家惊慌地喊叫着，"阿克伦有人要一份祈祷词，好让他妻子给他生个儿子。我的思路堵死了，想不出新词。"

　　"噢，我忘记告诉你了，"博顿费德对我说，"最近，我增加了一项服务，根据顾客的要求，拟写祈祷词。我们编写文字，满足那些微不足道的人的要求，寄去符合个人喜好的祝愿。"说完，他转向他的下属，吼叫着，"你试试'祝愿下贱女人横卧在绿草丛中，大量产崽'。"

　　"真棒，老博，"作家说，"我就知道这是一句神圣的祈祷词——"

　　"等一下，"我突然插话说，"可以改为'祝愿她硕果累累'。"

　　"嘿，"博顿费德说，"你可以呀。这狗小子有一套。"我正沉浸在对我的赞美之中，电话响了。博顿费德抢过了话筒。

　　"圣人莫伊·博顿费德，祈祷高手，请讲。什么？很抱歉，女士，你得找我们的投诉部门。我们不能保证你求什么，上帝就赐给你什么。上帝只能尽其全能。但是，不要灰心丧气，亲爱的，你能找到你的猫。噢，我们不退钱。你可以看一看祈祷词确认合同上的小字，上面写了各方应负的责任，我们的，还有上帝的。不过，我们可以送你一次免费的祝福；还有，如果你去皇后大街上的龙虾洞餐厅，告诉他们是上帝叫你去的，你会免费得到一份鸡尾酒。"博顿费德挂了电话。"每个人都找我麻烦。上星期，有人起诉我，因为我们给一个女人寄错了信。她想让圣灵略施援手，祝福她整容手术成功。可我错把冀望中东和平的祈祷词寄给了她。结果，沙龙撤出了加沙，她下了手术台，却成了一个杰克·拉莫塔①。所以，你说怎么办？一笑了之，还是认真了结？"

道德持守是个相对概念，最好交由让-保罗·萨特或汉娜·阿伦特这样洞察细微的头脑来思考。而现实情况是，当寒风呼啸，唯一住得起的地方是第二大道路边的纸盒子时，崇高的原则和理想通常跟着马桶里的旋涡水流，消失无影；所以，我推迟了争取诺贝尔奖的计划，咬着牙，把自己的才思租赁给了莫伊·博顿费德。在此必须坦白，此后六个月里，你或是你家人可能购买、或在易趣网上竞标得到的各种各样向神灵发出的求告，都出自哈米什夫人从前的天才儿子斯佩特之手。我的得意之作有："至爱上帝，我年方三十，却已秃顶。请归复我的毛发，赐予灵丹妙药，覆盖稀疏头顶。"另一个经典之作是："吾主上帝，以色列之王，我欲甩掉体重二十磅，但却无能为力。请剔掉我的多余肥膘，让我远离淀粉糖分。呜呼，行走在致命诱惑的峡谷之中，请让我躲开肥脂和有害的合成脂肪。"

也许，网上拍卖拍出的最高价格祈祷词，是我那段感人的诉求："欢庆吧，以色列，股票市场再度上扬。主啊，纳斯达克是否也能上升？"

---

① Jake LaMotta (1922—2017)，世界中量级拳击冠军。

是的，百元大钞如天降甘露，进了我的账户；直到有一天，两个在西西里大笔投资水泥行业的黝黑大汉①进了办公室。当时，博顿费德出去了，我在办公桌前，就一符祈祷词是否合乎仁义道德进行争辩，因为，一些新房主祈求把他们的承包商给阉割了。我还没问来客有何贵干，其中一个叫契奇的汉子，就抓住我的后脖子，提将起来，把我举出窗外。下面是大西洋路。我双脚乱蹬，尖叫起来。

　　"一定是搞错了，"我叫喊着，紧盯着下面的人行道，担心着自家性命。

　　"我俩的姐姐上周赢了一符祈祷词，"他说，"她在易趣网上花了大价钱。"

　　"是的，是的，"我结结巴巴地说，"博顿费德先生六点钟回来。他负责——"

　　"听着，我们来这，是要跟你说一说。那个公寓楼管委会最好同意她买楼里的房子，"契奇解释说。

　　"我们听说，是你写的那符祈祷词，"手握尖锥的大汉接着说，"那让咱们听一遍，大声点。"

　　我可不想拒绝这个要求，让他们扫兴，就用琼·萨瑟兰②的嗓音，颤声颤气地唱起来。

---

① 暗指黑手党。
② Joan Sutherland（1926—2010），澳大利亚歌剧女高音歌唱家。

"我主万福。请以无边的智慧，赐给我公园大道和七十二街上的一套雅房，卧室两间，厨房宽敞。"

"她花了一千两百元买下这个祈祷词。所以，最好事情能成，"契奇说着，把我从窗外提了进来，挂在衣服架上，如同唐人街餐馆橱窗里挂着的烤鸭。

"要么能成；要么，我们把你的四肢分别寄到四个不同的地方。"说完，他们离开了祈祷高手莫伊·博顿费德的办公室。等确信他们已经走远后，我也远走高飞了。

不知道那幢公寓楼最后是否迎纳了特里莎·卡丽雷奇。但是，我可以说，尽管火地群岛上没有多少书写的工作，可我的四肢仍旧完好无缺。阿门。

当心，堕落的巨擘

我在《纽约时报》电影栏目里找来找去，心急火燎地想找几部胡打乱闹的片子，勉强熬过这夏日里让人们联想到约克纳帕塔伐县①的酷热和气压表读数。有意思的是，我小有运气，发现了一部另类影片，名字叫《少年有志》。这部怀旧式的纪录片，记叙了一个俊小伙从扮演斗牛士配角起步，成长为好莱坞制片厂大腕，后因一连串的盲目自信，婚姻破裂，以及官府未选良辰吉日就封闭了他藏匿毒品的住所，最后一蹶不振。我为这部欧里庇得斯式的悲剧深深触动，夜不能寐，赶出了一部剧本，主题便是芙蓉国里的傲慢自大。这部剧本，定将成为《天降神兵》②之后未曾出现过的艺术和商业盛事。其中几个场景如下。

淡入曼哈顿西边一个木瓜摊。贩卖法兰克福香肠和椰奶，对于五十来岁的他来说，是种谦卑的朝圣旅程。

他的脸饱经风霜，过于苍老，尽显出命运无情。他叫麦克·乌姆劳，一边榨菠萝汁，一边自悲自叹。他的上司埃克托比在一旁观看。

乌姆劳　圣灵保佑。我，麦克·乌姆劳，曾任一家梦幻制造厂老总，风光无限，利润滚滚，现在，却沦落在此，兜售热带饮料，才不至于忍饥挨饿。

埃克托比　乌姆劳，快一点。有人喊着要买玉米热狗。

乌姆劳　马上就来，老板。正在切木瓜，保留维生素，有利于健康(他给一个纠缠不休的八岁儿童拿玉米热狗，自言自语着)。真是哭笑不得，我开始时就贩运食品，到头来还是如此。

　　(镜头淡出，摇到乌姆劳第一份工作所在地，派拉蒙附近，大制作片《不毛之地》的拍摄场地。乌姆劳在照看食品。镜头移到摆着吃食的桌子，制片人哈里·埃比斯正挑选各类食物。)

埃比斯(冲着下属莫里邦德)　怎么办？拍摄计划是八个星期，可两年过去了，还没个完。男主角罗伊·罗雷弗拉克斯在 Gap 服

---

① Yoknapatanpha，美国作家福克纳作品中虚构的地名，位于密西西比河西北面。

② *Howard the Duck*，1986 年上映的美国科幻喜剧电影，曾获得包括"最差剧本"在内的四项金酸莓奖最差奖项。

装店里手淫乱交，给抓了。我的溃疡长成煎饼那么大，不奇怪了吧？哎，你，倒霉的服务员，来点黑咖啡和肉桂卷。

莫里邦德　那就先跳过他，老埃。至少等他假释出来再拍。这下我们的预算要多加几个零了。但是你跟他签合同时就知道，他不是个省油的灯。

乌姆劳　很抱歉，先生，恕我大胆。我听见了你们的这段小诗史。干吗不除掉他这个角色呢？

埃比斯　什么？谁说的？是我耳朵听错了，还是那个低俗的伙食员说的？

乌姆劳　先生，你想想。他演的角色虽然有趣，但并非关键。给编剧一点鞭策，就能巧妙地改写脚本，让你永远摆脱罗雷弗拉克斯。按照《影视名人》作的评断，你给那锅糊涂粥付的钱，超标太多了。

埃比斯　我打赌，他说的在理。这只小爬虫正好把我眼前的迷雾拨开了。你这个坏小子，脑子转得挺快，显然不光是吃货。

乌姆劳　顺便提一下，我要是有溃疡，就不喝黑咖啡，也不吃肉桂卷。黑咖啡里的咖啡因太多，肉桂卷里含大量香料。让我给你精心配置一份有利于健康的 Oeuf①。

埃比斯　这个多面手的才能是不是无穷无尽？前厅办公室里有你这样小脑瓜的位子，从今以后，你就负责鼠疫摄影厂摄制的所

──────────

① 法文，鸡蛋。

有影片。

（镜头淡入：中国戏院的电影首映式。"一年后"的
字样叠印在戏院大厅内光彩夺目的人群上。电影界的巨
擘，超级明星摩肩接踵，同代理人、导演和欢喜不禁的
年轻新秀相互说着客套话。镜头模仿希区柯克的风格，
从大吊灯摇下，转为特写：麦克·乌姆劳双手颤抖。他
正在同他的新代理人，贾斯珀·纳特米特窃声私语。）

纳特米特 放宽心，小伙子。从没见你这么紧张。

乌姆劳 你不会紧张吗，纳特米特？这是我担任制片人的第一部
　　　　影片。如果《苍白的内分泌学家》不成功，我就完了。从制片
　　　　厂金库里掠走了五千万元，结果，都永久性地给了汤马斯·克
　　　　拉普①。

纳特米特 你要跟着感觉走。你的本能说了，美国现在能够接受
　　　　关于各色人等大融合的影片了。

乌姆劳 我把我的前途都押上了。可又该怎样呢，纳特米特？我
　　　　是个梦想家。

---

① Thomas Crapper (1836—1910)，英国水暖工，虽然不是他发明了抽水马桶，但他对推广它
　的使用起了重要作用。

（一个柔和的声音打断了乌姆劳的幻想。）

宝拉　我愿意助你美梦成真。

（乌姆劳突然转身，画面切入：一位金发佳人，二十来岁，显然来自奥林匹斯神山，途经休·海夫纳的庄园。）

乌姆劳　哇？不期而至的碧玉容颜，你是哪位？

宝拉　宝拉·佩萨丽。我现在只是颗新星，但是，凭着年少好运，我可以俘虏整整一批人的心。

乌姆劳　我来帮你出场亮相。

宝拉（抚摸着他的脸颊）　我向你保证，我训练有素，深谙报答的艺术。

（乌姆劳礼服上的领结像风扇一样急速旋转。）

乌姆劳　我是说，我要娶你，让你成为天穹上，包括大犬座内，最璀璨的明星。

宝拉　麦克·乌姆劳要结婚？谁都知道，你这好莱坞影视城新兴的塔尔伯格①，每个夜晚都灯红酒绿，在一个个包厢里向一个

————————

① Irving Thalberg (1899—1936)，好莱坞早期著名制片人。

个嫩脸蛋献殷勤。

乌姆劳 到今晚为止。今晚,将山摇地动。

纳特米特(跑过来) 影评来了。影片大受欢迎。你再也不必回别人的电话了!

　　(镜头切到"鼠疫摄影厂"外景。切入内景:新的老总,麦克·乌姆劳坐在办公室,墙上挂着安迪·沃霍尔、斯特拉,偶尔也有弗拉·安吉利科①,说明他爱好广泛。他身边,满是点头哈腰的应声虫。现任副总裁纳特米特,也在场。在场的还有,制片厂两位无处不在的业务员,阿维·麦特和托比·格丁。化入两个镜头:乌姆劳朝满脸惊恐的秘书奥娜斯小姐大声叫喊,下着指令。)

乌姆劳 给我接通沃夫兰·菲克斯,告诉他,我送他一本《蠢鸡》。告诉他,读一下关于药剂师那部分。把我个人的海湾激流号准备好,西雅图会预先放映《不情愿的殡仪馆整容师》。让飞机沿着罗迪欧街滑行过来,午饭后在 Spago 餐厅门前接我。

格丁 老乌,周末的数字来了。《沙鼠与吉卜赛人》打破了音乐

---

① Fra Angelico (约1400—1455),意大利文艺复兴前期画家。

厅的每一项记录。

麦特　《残疾斗牛士》也一样。你简直是点石成金。

乌姆劳　小伙子，你们谁读过《吉尔伽美什》？

　　　（两人都使劲点头。）

纳特米特　巴比伦圣经？读过，读了好几次，怎么？

乌姆劳　我要跟你们说一个词：音乐剧。

纳特米特（崇拜地）　只有你才能，只有你才能……

　　　（宝拉·佩萨丽，现已是乌姆劳夫人，走了进来，
　　　紧身范思哲裙，凸显出她妖艳的曲线，好似薄饼粉包裹
　　　着薄肉排。）

宝拉　《呕吐》的预先通报来了。他们称我是这一代人的嘉宝，
　　称你是深思熟虑，握有实权的大主管。

　　　（乌姆劳从衣兜里拿出一件冕形头饰，给她戴上。
　　　两人亲吻。）

格丁　爱情真了不起。看看这富贵的一对。洪水和灾难笼罩着大
　　部分蓝色星球，这两人却一帆风顺，因互敬互爱和巨额财富，

82

而更加亲密。

（淡入：库纳巴拉布兰^①外景拍摄场地。导演利博·谢吉正在朝乌姆劳大发脾气。）

谢吉 你这个粗俗的市侩。这部影片本来应该是我的，我全权负责艺术监督！

乌姆劳 改动几句话，又怎样？

谢吉 几句话？音乐会上那位盲人提琴手，现在成了海军特种兵？

乌姆劳 这才更有看头。你知道，谢吉，我不是那种消极被动的人，只懂得忙着数钱。我富于创造性，干事喜欢亲自动手。还有，莫扎特就算了，我已经决定要用摇滚乐。我还聘请了催吐剂乐队来伴奏。

谢吉（用道具锄头朝乌姆劳打去） 我把你碎尸万段，你这个既无能又乱管闲事的家伙！

（警卫冲进来，把谢吉带走。）

纳特米特 别担心，老乌。马上就换一个更听话的，城里到处都

---

① Coonabarabran，澳大利亚新南威尔士州一个小镇。

是这种满脑子幻想的人。为什么用温顺的小猫咪？就是不要让
那个冒牌导演弄得你紧张兮兮。

乌姆劳　不是这事。是宝拉，我夫人。

纳特米特　哦，噢，怎么了，老乌？

乌姆劳　她跟男主角，阿迦门农·沃斯特有一腿。怎能责备她
呢？我是个工作狂，她和美国最叫座的明星去巴黎拍片，我竟
然熟视无睹。片子两年前就拍完了，可他们还在拍摄现场。傻
子都能明白这是怎么回事。

纳特米特　那个鸟人？你一个电话，就能把他的前途毁了。

乌姆劳　不行，我不走下三路。我祝愿他们花好月圆。真有意
思，我们曾经发誓，永远相爱。可现在，她连汽车钥匙藏在哪
儿都不告诉我。

（镜头切入：直升机降落，阿维·麦特兴奋地跑向
乌姆劳。）

麦特　瞧这些数字，了不起的数字。《爱情烩菜》一重拍，大为
叫座。老乌，你就是把洛杉矶电话簿拍成电影，也会成为
大片。

纳特米特　老乌，你眼睛里有种我从未见过的狂野，要是再加上
化身博士般的奸笑，我祝愿你别太过火。

（音乐声大起。镜头淡出，六个月后。乌姆劳位于霍姆比山庄的房子里。他的办公室墙上胡乱挂着劳申伯格①和约翰斯②的画，偶尔点缀着弗美尔③的画，把现代气氛冲淡一些。纳特米特正在安慰乌姆劳，旁边，好几个面无表情的搬运工，正在把画和屋里的一切搬走。）

纳特米特　我说过没有，不要心急？我教导过你没有，不要过于自负，讲得我上气不接下气，还举了伊卡洛斯④的例子？

乌姆劳　教导过，可是……

纳特米特　可是什么？阿维·麦特说，你可以把电话簿拍成大片，他只是在吹嘘。只有傻瓜或是自大狂才接下这样的挑战。尤其是电话黄页簿。

乌姆劳　我做了什么？

纳特米特　你做了什么？你花了创记录的两亿大钱，用水泥建造了一个土豆饼，有个屁用。我想，你不能责备寿司总汇的董事会把你开除。这家日本联合企业要卖掉多少鲥鱼，才能平账。

（乌姆劳的最后一件家具搬走了，地方执法官把他揪

---

① Robert Rauschenberg (1925—2008)，美国波普艺术家。
② Jasper Johns (1930—　)，美国当代画家。
③ Johannes Vermeer (1632—1675)，17 世纪荷兰绘画大师之一。
④ Icarus，希腊神话中人物，因飞得太高，羽翼被太阳融化，摔死。

起来，扔到偏僻破落的小街上，同时，一个贝都因人家在屋里支起了帐篷。镜头淡出，回到现在。乌姆劳正在忙着给六个不耐烦的建筑工人斟橘子蜜汁。一辆车停到路边。乌姆劳的律师，奈斯特·威克菲挥着一份文件出现。）

威克菲　乌姆劳，乌姆劳！你忠实的梭伦有消息了。

乌姆劳　如果是律师费的消息，我身无分文了。

威克菲　别胡说，都是好消息。我们起诉寿司总汇的事有些年头了，但我们赢了。

乌姆劳　你是说，制片厂不再拒付我的大额安置补偿费了？

威克菲　你说对了。根据你要求的条件，因解除你的合同，他们要支付六亿贝壳。小伙子，你完好无损！

乌姆劳（扯下围裙）　我有钱了！六亿啊！我能买下整个水果摊连锁店，炒了埃克托比。我能把我的房子，我的飞机，我的弗美尔画买回来！

威克菲　嘿，等一会儿。我们是赢了寿司总汇。可我说的是六亿蛤蜊，是海货。

（威克菲做手势，一辆冷藏车开始卸下给乌姆劳的补偿。乌姆劳手持撬蛤蜊的刀子扑向威克菲，镜头拉远，升高，摄入全景，让人回想起《飘》中受伤的南方联盟士兵的画面。然后，镜头淡出。）

拒之门外

　　鲍里斯·伊万诺维奇打开信，读了信中内容，他和妻子安娜的脸色，都变白了。信上说，曼哈顿顶尖的幼儿园不收他们三岁的儿子，米莎。

　　"不可能，"鲍里斯·伊万诺维奇慌乱无措地说。

　　"不对，不对，一定是哪里出错了，"他妻子也说，"他毕竟是个聪明的孩子，讨人喜欢，性格外向，语言技能良好，玩蜡笔和'大土豆'拼图也得心应手。"

　　鲍里斯·伊万诺维奇恍惚起来，陷入遐想。小米莎未能进入有声望的幼儿园，他怎么面对贝尔斯登公司的同事呢？他好像能听见西蒙诺夫的嘲笑："这些事，你不懂。人际关系很重要。必须要拿钱疏通。你真是个土包子，鲍里斯·伊万诺维奇。"

　　"不是，不是这么回事，"鲍里斯·伊万诺维奇好像听见自己争辩，"我打点了每一个人，从老师到清洁工，可这孩子还是不成。"

"他面试时表现好吗?"西蒙诺夫会问。

"很好,"鲍里斯会回答,"虽然他玩搭积木有点费事……"

"搭积木不熟练,"西蒙诺夫轻蔑地说,"这说明情感上有严重问题。谁会要一个不会搭城堡的痴呆?"

但是,我为什么要同西蒙诺夫讨论所有这一切呢?鲍里斯·伊万诺维奇心想。也许,他不会听到这事。

然而,周一上班时,鲍里斯·伊万诺维奇一走进办公室,就清楚了,所有人都知道了这事。他的办公桌上,放着一只死兔子①。西蒙诺夫进来,脸上阴云密布。"你知道,"他说,"这个孩子,永远也不会被任何一所好大学录取。肯定不会被常春藤学校录取。"

"就因为这件事,迪米特里·西蒙诺夫?幼儿园的事要影响到高等教育?"

"我不想说出名字,"西蒙诺夫说,"但是,许多年前,一个有名的投资银行家,没能把儿子送进一家相当出色的幼儿园。显然,有传闻说,他儿子用手涂抹绘画的能力有问题。不管怎样,他父母挑选的幼儿园,不接受这个孩子,他被迫……"

"怎么了?告诉我,迪米特里·西蒙诺夫。"

---

① 其寓意来自德国表演艺术家约瑟夫·贝夫(Joseph Beuys, 1921—1986)最有名的表演:他在艺术馆里,怀抱一只死兔,向其解说绘画。

"只说一句吧，当他五岁时，要被迫去上……公立学校。"

"这世界，简直就没有上帝，"鲍里斯·伊万诺维奇说。

"到了十八岁，他小时的同伴都上了耶鲁或是斯坦福，"西蒙诺夫接着说，"但这个可怜鬼，因为从来没有获得有相当地位的幼儿园的毕业证书，只被理发学院录取了。"

"被迫去修剪胡须，"鲍里斯·伊万诺维奇大叫道，想象着可怜的米莎身穿白制服，给有钱人刮脸。

"因为，在装点小蛋糕或玩沙盘游戏这方面不具备扎实的背景知识，这孩子对残酷的现实生活毫无准备，"西蒙诺夫继续说，"结果，干了一些体力活，最后开始在雇主那里小偷小摸，好有酒喝。他已经成了酒鬼，没救了。当然，小偷小摸演变成盗窃，最终导致杀死女房东，把尸体肢解了。在绞刑场上，这个孩子，把一切都归罪于没能上一个好的幼儿园。"

当天夜里，鲍里斯·伊万诺维奇无法安睡。他脑子里出现了那所遥不可及的上东区幼儿园里面欢欣明亮的教室。他想象三岁的米莎，身穿 Bonpoint 童装，在学剪纸，拼贴，然后休息，吃点零食：一杯果汁，一块"小金鱼"饼干或巧克力饼干。如果米莎得不到这些，那么，生活，甚或生存本身，都全无意义。他又想象自己的儿子长大成人，站在一个名声显赫的公司主管面前。这位主管认为，米莎应该深刻了解各种动物和形状，所以，正在考他关于这些事情的知识。

"为什么……呃，"米莎颤抖地说，"这是三角形，哦，不对，是八角形。啊，这是小兔，噢，对不起，是袋鼠。"

"会唱《你认不认识送货郎》① 吧?"主管问道，"花旗美邦的所有副总裁都会唱这首歌。"

"先生，说实话，我从来没正规学过这首歌，"年轻的米莎承认，而他的工作申请书就落进了废纸篓。

此后几天，安娜·伊万诺维奇变得焦躁不安起来。她和保姆吵架，责备她给米莎刷牙是左右横着刷，不是上下竖着刷。她不再定时吃饭，哭成了泪人。"我一定违背了上帝的意愿，才有此报应。"她哭嚷着，"我一定犯了数不尽的原罪——买太多普拉达的鞋子。"她想象着汉普顿巴士要把她碾死。当阿玛尼精品店毫无理由地取消她的记账账户时，她转向了卧室，开始偷情。这很难瞒过鲍里斯·伊万诺维奇，因为他在同一间卧室，几次问道，身旁的男子为何许人。

当一切到了最绝望的时候，一位律师朋友乌赤斯基打电话来，告诉鲍里斯·伊万诺维奇，仍有一线希望。他提议在马戏团餐馆见面并共进午餐。鲍里斯·伊万诺维奇变了装，因为，幼儿园的事传出来后，这家餐馆不再欢迎他。

"有一个人，叫弗奥多洛维奇，"乌赤斯基说，尝了一勺烤布

---

① "Do You Know the Muffin Man"，英国儿童歌曲。

蕾，"他可以为你儿子争取第二次面试，作为回报，你只需秘密地让他了解一些会影响某些公司股票突然上涨或急剧下降的内部信息。"

"这可是内线交易，"鲍里斯·伊万诺维奇说。

"你要非认联邦法律的死理的话，就是内线交易，"乌赤斯基点明了，"天哪，我们在谈进入一所高档幼儿园的事。当然，捐上一笔款，也有帮助。不要太张扬。我知道，他们正在找人，支付新建的配楼的费用。"

正说着，一名侍者认出了戴假鼻子和假发的鲍里斯·伊万诺维奇。服务生怒冲冲地扑过来，把他拉出门外。"好啊！"领班说，"你以为能骗过我们。出去！说到你儿子的未来，我们倒是总招跑堂的。别了，废物。"

晚上在家里，鲍里斯·伊万诺维奇告诉妻子，只有把在阿马甘塞特的房子卖了，好凑钱贿赂。

"什么？我们在乡下那幢可爱的房子？"安娜说，"我们姊妹几个就是在那房子里长大的。房子还附带一条通道，从邻居宅里穿过，到达海边。通道正从邻居餐桌中间穿过。我还记得，跟着家里人，从几碗麦片粥中穿过，去大海游泳。"

不过，命该如此，在米莎第二次面试的早上，他的热带鱼突然去世。事先没有任何先兆，也没生过病。实际上，那条鱼刚做了全面体检，大夫宣布一切良好。自然，孩子感到闷闷不乐。面试时，他碰也不碰乐高或拼图玩具。老师问他几岁了，他气呼呼地说，"谁知道呢，大胖子。"他再一次给刷掉了。

鲍里斯·伊万诺维奇和安娜现已一贫如洗，住进了无家可归者收容所。那里，他们遇见了许多其他家庭，也是孩子给高级幼儿园拒之门外。有时，他们和这些人交换食品，相互讲些私人飞机和冬天在佛罗里达棕榈滩度假的故事。鲍里斯·伊万诺维奇发现，有些人比他还不幸，都是些纯朴的人，因为家中财产不足，购房申请被楼房管委会回绝了。这些人苦难重重的脸庞后面，都有一颗虔诚的美好心灵。

一天，他和妻子说："现在，我相信某些事情了。我相信，生活有其意义，所有人，无论富人穷人，都将住进天堂，因为曼哈顿肯定是不适合居住了。"

维也纳蛋糕也歌唱

　　自从创立跳蚤博物馆①、让四十二街上的纯朴大众为之着迷的休伯特消失后，百老汇周围地区还未曾见过哪个奸诈之徒，能比得上举世无双的伪劣之人费边·旺奇。旺奇一头秃顶，口衔粗雪茄，如中国长城般冷漠无情；他属于老一派的出品人，身材不大像大卫·贝拉科②，而更似"坏小子"雷斯③。他屡次失败，惨不忍睹，可竟然还能为每一次新的戏剧败笔筹到款子，这同线性理论一样，仍令人迷惑不解。

　　一天，我在殖民区唱片店翻阅拉斯蒂·华伦④的唱片，一只穿着塞·西姆斯⑤服装的粗胳膊搭在我肩上，皮诺香水的丁香花味和陈腐廉价的白猫头鹰雪茄味道搅和在一起，呛得我头痛。我能感觉到，衣袋里的钱包，本能地缩了起来，如同受了惊吓的鲍鱼。

　　"好呵，好呵，"一个熟悉的粗嗓音响起，"想到谁，就碰到谁。"

这些年，我和那些按法律定义属于白痴的人一样，把钱投入旺奇好几出颇有把握的戏码中。最后一出是《天仙子情事》，是伦敦西区的进口货，写的是可调节式淋浴喷头的发明和制造过程。

"费边！"我佯装亲热，大叫一声，"自从你跟出席首演的剧评家们大吵大闹以后，我们就没见过面。我常常想，你朝他们喷催泪喷雾剂，是不是把事情弄得更糟了。"

"我不能在这说话，"这个看似猿人一样的戏剧出品人偷偷摸摸地说，"否则，一些讨厌鬼会闻到风声，听见我的某个想法，这想法，保证会把我们的身价提升到只有天文学家才懂得的数字。我知道上东区有一家小饭馆。你请我吃饭，也许我会赏你机会，合伙参加一项娱乐节目。这个节目，哪怕仅在跑乡村的小剧团上演，就能让你后代的后代，也富得流油。"

如果我是乌鱼，仅这篇开场白，就足以使我喷射出乌墨，可是，还没等呼叫防暴警察，我就给他一番甜言蜜语拉走了，一转

---

① Flea Museum，真正的名称为"休伯特的博物馆"；20世纪中叶至1965年开在时报广场附近，以接待当时最奇特、新潮、多样的演出而闻名，美国最后一支跳蚤戏团也曾在此长驻。

② David Belasco（1853—1931），美国知名剧作家、戏剧导演兼出品人。

③ "Kid Twist" Reles（1906—1941），曾是纽约黑帮最冷血的杀手，此人身材矮，胳膊长，手指粗。

④ Rusty Warren（1931—　　），美国当代戏剧家兼音乐家。

⑤ Sy Syms，纽约一家专卖质地较好、价钱较低服装的连锁商店，2011年破产。

眼到了一家不起眼的法式餐馆。里面，每人只花上二百五十元，就能吃得像伊凡·杰尼索维奇①一样。

"我把所有传世的音乐剧都分析了一遍，"旺奇边说，边点了一瓶五一年的木桐酒庄葡萄酒和当日推荐菜集锦。"他们都有哪些共同之处？看看你知道不知道。"

"音乐好，歌词好，"我试了试。

"当然了，笨蛋。这太容易了。我找了一个默默无闻的天才给我写精准合适的歌曲，就像日本人量产丰田车一样。现在，这孩子替人遛狗，借以糊口。但是，我参与了他的作品。他写的歌，都是欧文·柏林恨不得自己也能写出来的。错了，关键是要有一本好书。我就是在此出山。"

"我从不知道你还能拿笔在纸上写字，"听我说着，旺奇把一连串蜗牛吸食个干净。

"所以，我们的节目，"他接着说，"*Fun de Sièle*②——*notes bien*③，题目上玩了个小把戏，就因为此，整个维也纳轰动了。"

"当代维也纳?"我问。

"不是，老笨，是更老旧的时代。所有女子都乘马车，穿长裙，如同《窈窕淑女》或《吉吉》中的那个样子。更甭说许多古

---

① Ivan Denisovich, 苏联作家索尔仁尼琴小说《伊凡·杰尼索维奇的一天》的主人公，书中描写了他在苏联劳改营中的生活。
② 法文，世纪之乐，作者将 Fin de Sièle (世纪之末)只改动一个字母，保持原读音，便成为"世纪之乐"。
③ 法文，请注意。

里古怪的波希米亚人，在指环路满街哼唱'乐一通'。只有克林姆，只有席勒，只有斯蒂芬·茨威格。再加上叫作奥斯卡·考考斯卡①的俊俏浪荡鬼。"

"人物都很杰出，"我表示赞赏，旺奇的双颊泛起了红润，遥向法兰西的波尔多区域致意。

"所有这些大名人，都在为哪个狐狸精发狂？"他继续说，"是爱情那些子事儿？是当地一名性狂人，叫阿尔玛·马勒。你一定听过她的事。她把他们都耍了，马勒、格罗皮厄斯②、魏菲尔③。这些人，你说吧，他们都和她宽衣解带。"

"哦，这我不知道——"

"哦，我知道。我是说，当然了，我在小心翼翼地打破叙事的常规。否则的话，小伙子，我们会催人入眠。我还在使语言现代化。比如，布鲁诺·瓦尔特④碰到了威廉·富特文格勒⑤说，'嘿，富特文格勒，周六晚上你去里尔克家烧烤吗？'富特文格勒说，'烧烤？'那意思是，他根本没受到邀请。瓦尔特说，'噢，对不起，我想，我不应该张开大嘴巴乱说。'你瞧，对话有了当今城里的韵味。"

---

① Oskar Kokoschka (1886—1980)，同克林姆、席勒一样，为奥地利画家。
② Walter Gropius (1883—1969)，德国出生的美籍建筑师教育家，任包豪斯学校校长时，对现代建筑发展具有重大影响。
③ Franz Werfel (1890—1945)，奥地利小说家。
④ Bruno Walter (1876—1962)，德国作曲家、指挥家。
⑤ Wilhelm Furtwängler (1886—1954)，德国作曲家、指挥家。

旺奇吞咽他那份热乎乎的鹅肝时，我能感觉到，后背上几块脊椎骨开始有点发麻，我松开了领带，好喘口气。

"所以说，"他继续下去，"首先是序曲，必须轻松，吸引人，但要使用十二音体系，向勋伯格致意。"

"肯定还配上斯特劳斯所有可爱的圆舞曲——"我插了一句。

"别学伊格纳兹大夫①那样，"旺奇一挥手，把我的想法打发掉，"我们把圆舞曲保留到剧终，因为观众已经忍受了两个小时的枯燥无味，要缓口气了。"

"是呵，可是——"

"这时，大幕拉开，布景采用包豪斯风格。"

"包豪斯风格?"

"比如，'形式服从功能'。实际上，第一首歌是沃尔特·格罗皮厄斯、密斯·凡德罗②和阿道夫·洛斯③高唱'形式服从功能'。就如同《少男少女》④ 大幕一启，便是《赛马好运歌》一样。歌曲唱完，阿尔玛·马勒本人出场。她穿的是珍妮弗·洛佩兹斥之为小气的那款双排扣短大衣。随她出场的是她丈夫，作曲家古斯塔夫。'咱们走，嘟噜脸，'她说，'快走。'"

"'让我再吃一块馅糕，'身体虚弱的作曲匠说，'我需要让血

---

① Ignatz Leo Nascher (1863—1944)，奥地利医生，开创老年人病学。
② Mies van der Rohe (1886—1969)，德国现代派建筑师。
③ Adolf Loos (1870—1933)，奥地利建筑师。
④ *Guys and Dolls*，1950 年百老汇音乐剧。

糖高一点，才不至于陷入每天每日对生死问题的纠缠。'"

"这时，就在他们对话期间，"旺奇解释说，"格罗皮厄斯跟阿尔玛眉来眼去，把她挑逗起来。她唱道，'我就喜欢格罗皮厄斯的温存。'第一场结束，灯光变暗。第二场开始，灯光亮起时，她已经和格罗皮厄斯同居了，同时又背着他，跟考考斯卡偷情。"

"那她丈夫古斯塔夫呢?"我问道。

"你说呢? 他望着多瑙河，一边想着阿尔玛，一边摆弄他的小弟弟，准备纵身一跳，正巧阿班·贝尔格①骑自行车经过。"

"怎么会!"

"'干什么，马勒? 不是想做个胆小鬼一走了之吧?'他问。马勒把自己的婚姻烦恼都倾诉给他。贝尔格说，他也是一样，还告诉马勒，格尔格小街十九号有一个大胡子，一小时几个芬尼，就能把事情理顺。不过，不知什么原因，这位大师把一小时改成五十分钟了，什么原因别问我，他会有戒备心的。"

"格尔格小街十九号? 等一等，马勒可从未到弗洛伊德那里看过病，"我反驳他。

"没事。我把马勒写成冲动型结巴，让弗洛伊德很不爽快。这是孩儿时期留下的痛苦记忆。马勒曾目睹地方执法官在奶油里面淹死。如今，旧景重现。舞台中央，放下一个沙发。弗洛伊德唱一支了不起的喜剧曲子'你想什么就说什么'。当然，他是弗

---

① Alban Berg (1885—1935)，奥地利作曲家。

洛伊德，他说的都有双重含义。我们从维也纳的传统习惯中，剔除陈旧乏味的内容，为的是说明，马勒这样的伟大作曲家，也拜倒在石榴裙下，也贪杯中之物，还着迷早期爵士乐，尽管他的行当是写崇高的音乐。弗洛伊德解开了马勒的心结，让他又能创作了。因此，马勒战胜了自己对死亡的恐惧。"

"马勒怎样战胜对死亡的恐惧？"我问。

"以死亡战胜对死亡的恐惧。我琢磨出来了。这是唯一的办法。"

"费边，这里面有些漏洞。你没写马勒文思枯竭。你说因为失去阿尔玛，他都绝望了。"

"正是如此，"旺奇说，"所以他起诉弗洛伊德行医无术。"

"可他已经死了，怎么会起诉？"

"我可没说这个故事完美无缺，所以，才有波士顿和费城乐团来救驾。这时，阿尔玛已经和考考斯卡同居，又在哄骗格罗皮厄斯。你明白这里的荒唐了吗？她唱'和考考斯卡情投意合'，但曲中的小和弦告诉观众的是另外一回事。还有，我写了一个极好的场景：在一家咖啡馆，格罗皮厄斯斥责考考斯卡损坏他刚刚建成的办公楼。他说，'考考斯卡，是你往我最新的突破性建筑、丑垒大厦上泼脏水。'考考斯卡则说，'如果你把那堆枯燥的盒子叫建筑，对了，是我泼的。'格罗皮厄斯火了，把自己的那份煮牛肉朝考考斯卡扔过去，暂时让考考斯卡失明，还要求决斗。"

"等会儿，"我说，"这两个伟人从未有过决斗。"

"在我们赚钱的小剧目中也没有决斗，因为，在最后一刻，魏菲尔装扮成扫烟筒的上场。阿尔玛和他一起下场。这一对伤心的情郎唱起可能是百老汇历史上最感人的改编曲目：《我漂亮的小肉丸，你真坏》。第一幕结束。"

"我不明白。为什么魏菲尔装扮成扫烟筒的？我还要说，如果马勒死了，他和阿尔玛又怎么像他们实际生活中那样，破镜重圆？"

我满肚子疑问，最好现在就问，免得观众交了钱后不那么宽容，拿出用来切腹自杀的家伙。

"魏菲尔要隐藏身份，"旺奇解释说，"因为卡夫卡把他新写的短篇杰作唯一的手稿借给了魏菲尔，现在卡夫卡进了城，想要回手稿。可是，魏菲尔因在游行时手头没有花纸，只得把手稿切成碎片。至于阿尔玛和古斯塔夫重归于好，到了第二幕，她又欺骗魏菲尔，靠上了克林姆，随后又甩了克林姆，给席勒作裸体模特。"

"但是——"

"别跟我说这事没发生过。席勒画的所有那些穿吊袜带的女人中，为什么不能有阿尔玛·马勒呢？不过，这没关系，因为，你还没吃惊地喊'天哪'，她就偷瞥了席勒和克林姆一眼，到了第二幕中间，和她同居的不是别人，正是那位路德维希·维特根斯坦。两人二重唱'如果无法言说，则须沉默不语。'但是，这没起作用，因为阿尔玛对路德维希·维特根斯坦说'我爱你'，可他分析了这句话，对每个字的定义都不赞同。合唱队载歌载舞，欢庆语言哲学的诞生。阿尔玛虽受了打击，但她的性冲动分毫未损，呼喊道'波普尔，亲亲我'。卡尔·波普尔[①]出场。"

"停住！"我说，脑子里想象着，观众如同北美驯鹿迁徙般，大批逃出剧场。"你从来没对我说过，你从何时变成的作家？我知道，你一直愿意以出品人身份出现。"

"自从那次出事，"旺奇回答道，小心翼翼拿勺把最后一点冰激凌泡芙搜刮干净，"一次，家里贤妻和我在挂照片。她拿一把榔头往墙上钉钉子，可不巧把我砸昏了。我昏迷足足有十分钟。我醒来后，发现我写的每一个字，都如契诃夫或品特那样好。我刚给你讲了一遍的所有这些东西，是我刮脸时一下子想出来的。嘿，那刚进来的不是史蒂芬·桑坦[②]吗？你数到五十，我就回来。趁他躲开我之前，先给他出一个主意。可怜的人，老了。上次他给我他的电话号码，里面少了个数。你坐好，来一杯法国白兰地，我把剧情结尾详细讲给你听。"

说完，他就从饭桌中间穿行，去找一个像是《小夜曲》作者

---

① Karl Popper（1902—1994），奥地利著名哲学家和社会学家。
② Stephen Sondheim（1930—　），美国音乐剧及电影音乐词曲作家，曾获奥斯卡最佳原创歌曲奖、美国戏剧终生成就奖、普利策戏剧奖等。下文《小夜曲》（*A Little Night Music*）为他的著名作品之一。

那样的人。在我刺破手指，用 O 型血写下支票之时，最后想到的旺奇的样子是：他擅自钻进一个包厢，令包厢里的人十分窘迫，遭到狂怒的训斥。至于我赞助《世纪之乐》一事，剧院里有一种很老的讲究：任何剧目，只要弗朗茨·卡夫卡在台上撒沙子，跳起踢踏舞，那就风险极大。

装修承包商

　　夏日早上，纽约一家相当高雅时尚的健身俱乐部里，会员们正在晨练，忽听到通常地层断裂之前才有的隆隆巨响，急忙寻找藏身之处。不过，人们很快便不再担心是否发生了地震，而是发现，唯一的断裂来自我的肩膀。因为，我身旁有一位杏仁眼狐媚在做俯卧撑，为了引起她的注意，逗她欢欣，我想挺举起等于两架斯坦威钢琴重的杠铃，结果脊椎骨突然卷成了梅比斯环①的形状，而大部分软骨轰然断裂。我发出的叫声，就好像是给人从克莱斯勒大楼顶上扔了下来。我就这么卷曲着给抬走了，整个七月都在家养伤。无奈卧床休息期间，我从一些名著中寻找安慰。这是四十年来，我一直想要读的名著书单。我硬是撕开了修昔底德、卡拉马佐夫的小伙子、柏拉图对话录，还有普鲁斯特的玛德莱娜②，拿了一本但丁的《神曲》凑合，希望一饱眼福，饱览扎着乌黑发髻的原罪罪人，就好像直接从维多利亚的秘密商品目录中走出，半裸半遮，珠光宝气。很不幸，作者只知探究大问题，很快就让我从美艳的梦中醒来。我发现，自己在冥府漫游，身边是维吉尔，再也没有谁比他更适合描绘这里的风土人情了。我自己也算是诗人，真是敬佩但丁妙手构造的这个阴曹地府，聚集了懦夫、恶棍等形形色色的恶人，而且让每一位都适得其所，永受磨难。书读完后，我才发现，但丁没有具体写到装修承包商。此前几年，我装修房子时大受刺激，脑子里还在喤喤作响，现在，往事禁不住又再现眼前。

一切都是从购买曼哈顿上西城一座联栋独门的小褐石房子开始的。门格勒地产公司的威尔庞小姐向我们担保，这是我们一生买的最好的房子。房价适中，没超过一架隐形轰炸机的价钱，房子号称可以"随时入住"，也许，朱克一家③或是一车队的吉普赛人可以"随时入住"。

"一项挑战，"家中女人说，打破了女子室内轻描淡写的记录，"重新装修可有意思了。"我迈过几块松散的地板，努力保持乐观，把房子比作卡菲斯大教堂④。

"想想我们把这堵墙打掉，隔出一个加利福尼亚式厨房，"妻

---

① Möbius，一种拓扑学结构，只有一个表面和一个侧边。
② madeleines，《追忆似水年华》中的一种小点心。
③ Jukes family，19世纪末20世纪初，美国社会学家研究的一个家庭，为的是证明犯罪、痴呆等现象是代代遗传。
④ Carfax Abbey，爱尔兰作家布拉姆·斯托克(Bram Stoker, 1847—1912)的《德库拉》中吸血鬼在伦敦居住的地方。

子夸口说，"还可以有一间书房，每个孩子都有自己的房间。把水管略微动一动，就可以有各自的卫生间。我敢打赌，甚至可以隔出一间你一直想要的游戏室，在你思考哲学时，玩一玩弹珠台，轻松一下。"

贤妻关于装修的幻想膨胀得漫无边际，而我衣兜里的钱包，却开始像是鱼儿咬上了钩，扑通乱跳。想到这些年来，我辛勤劳作，为斯尼尔森兄弟殡仪馆编写悼词赚来的收入，都要挥霍殆尽，我就不得不用高声部争辩一番。"你真以为我们需要这个地方？"我说，祈求那买房的冲动，能像羊痫疯一样减轻些。

"这个地方我喜欢的是，它没有电梯，"贤内助温情地说，"你就想象不出，上下五层楼梯，对心脏有什么作用？"

除非贪污舞弊，否则，买这个新房子，真是超出了我的能力。我使出了演艺人的全部说唱本事，才从心存怀疑的银行家那里争取来贷款。起先，他们把我回绝了，但在发现反高利贷法中有些漏洞后，态度便和缓下来。下一步是物色合适的装修承包商。投标信一封封都寄来了，我不禁注意到，大多数投标价用于装修泰姬陵似乎都绰绰有余。最后，我选中一个又可疑又合理的估价。它来自马克斯·阿博加斯特，又称齐克·阿博加斯特，另叫斯配克·阿博加斯特的办公室。此人是个面色苍白的小瘦猴，两眼发光，如同西部保险公司里强行侵占他人土地的人。

我们在房子那儿见了面。很快，我心里就明白了，我面前这个人，的确是那种宁愿把银矿炸瘫，把无辜的苦力都埋在里面，也不愿意给工人发工资的主儿。我的内人被阿博加斯特油腔滑调的亲和力吸引住了，喜形于色，靠在我身边，醉心于他那番柯勒律治般的幻境描述，幻想着承包商颇具天分，能创造奇迹。他向我们保证，六个月内，我们的梦想便会实现。他还保证，如果预算超出预计水平，他将拿自己的长子祭天。在这等专家面前，我低声下气地询问，可否先装修卧室和卫生间，这样，我们就可以搬进来，离开暂时栖身的破落旅馆，躲开那个急不可待的放高利贷的家伙。

"这根本不是问题，"阿博加斯特说得干脆，从一个手袋里拿出一份合同书。那手袋里，从贩卖二手木材，到加盟哑剧戏团，各种合同，应有尽有。"在此签字，其他各类细节，可随后添加，"他说，并把一支笔塞在我手里，让我匆匆瞄过文件上的行行虚线，还有大量空白的地方。不过，我肯定，随后把文件凑近小火苗上，其中的内容就能显现出来。

接下来，是敝人忙不迭地签写支票，确定交易，拿到各种资料。"六万块钱买铆钉，好像太贵了，"我颤颤地说。

"是贵，但是，你可不想窝工，让我们到旧货店里翻箱倒柜去找。"

为确认我们亲密无间，我们握手后，拐过街角，到了一家大酒馆。阿博加斯特点了一大瓶香槟。打开瓶塞后，才发现，环球航空公司把他的行李放错了航班；就在我们举杯庆祝时，他的钱夹消失在了桑吉巴尔。

三个月之后，我第一次认识到，我们落入了粗俗拙劣的人手中。我们真正拥有这座正在装修的住房之后，没出几个小时，我想在淋浴间冲个澡。因为我们祈求进度快些，阿博加斯特的喽啰们把原来的卫生间砸得粉碎，又胡乱拼凑了一个，作临时之用。他们用泰坦尼克号船体上那长长的裂缝作装修样本，如果妻子或我想要使用，那整个卫生间就会变成海底王国。作为免费赠送，他们把热水管的口径测量得十分精心，让水压达到一定强度。结果是，任何倒霉鬼站到喷头下，都会给烫成龙虾酱。我大叫一声，冲出玻璃板隔门后，好几个操波罗的海沿岸口音的人向我保证，预计最新式的水暖零件抵达后，一切都会修好。零件来自丹吉尔斯，但只有在某个流放政治犯从卡斯巴赫①安全偷运出来时，才能运出。

　　卧室装修的进度正相反，没有按我们的要求提前完成，因为马丘比丘②爆发了登革热。看起来，在收到紫檀木和花梨木这批重要木材之前，我们睡房的装修工作是不可能真正开始了。可不知为什么，这批木材运给了拉普兰③和我们同姓的一对夫妇家里。幸好，我们的地板上摆放了一个粗木箱子，头顶正是快要掉下来的灰板。第一个夜晚，我们就饱尝石棉灰尘，听够了水流不停的马桶传来的台风巨响，最后，我终于昏昏沉沉像是睡了，但

① Casbah，阿尔及尔的一个要塞。
② Machu Picchu，秘鲁的前哥伦布时期印加帝国的遗迹。
③ Lapland，芬兰北部一个省。

天刚亮，就被一大群装修工挥舞板斧，敲砸壁柱，哼唱《凯斯·琼斯①》的声音给吵醒了。

我跟他们说，这项改装没有写在原初的计划里，但阿博加斯特正好走进来。他来此，是要瞧一瞧，前一天完工后，他手下没人在饮酒作乐的地方给绑走。他解释说，是他自行决定，要安装一整套报警系统。

"报警？"我问，头一次觉出来，住在联栋独门的褐石房子里，比在我们老式公寓楼房里，更容易受人宰割。在公寓楼里，满头白发的看门人收了大笔小费，可为楼里的住户赴汤蹈火。

"绝对需要，"他回答，大口咽下巴尼时鲜餐厅直接运自日内瓦带编号的保险柜的鲟鱼。"任何连环杀手都可能走进这个地方。也许，你愿意睡觉时让人把喉咙割断了？或是，你娇娘的脑袋让某个手拿铁锤，对社会心怀不满的流浪汉给敲碎了？而且，还是在占了她便宜之后下的手。"

"你真的以为——"

"不是我以为，朝圣者。这座城市到处都是精神狂乱的危险分子。"

说完，他在装修估价单上，又加上九万元。至此，估价单的

---

① Casey Jones（1864—1900），火车司机，由于谣曲《凯斯·琼斯》对他的死加以颂扬，使他成了民间英雄。

厚度直逼《法典塔木德》①，而且，其解释也同样五花八门。

我不想轻易让装修工给哄骗，坚决要求在新加任何费用之前，先仔细查看风险—收益比率的细微差别。我对这种比率的了解，就如同对量子力学的了解一样扎实。因为最近我投资的几种热门股票都消失到百慕大三角，毫无踪影；所以，我告诉工头，要装报警系统，我一分钱也拿不出。夜幕降临后，传来什么声音，我肯定，一定是个杀人狂在撬前门，就在床上连大气也不敢出，心跳得就像德累斯顿大轰炸一样响。我赶紧打通了阿博加斯特的电话，同意装一套十分昂贵的西藏高科技动态感应器。

数月已过，已经推迟好几次的完工日期，好似沙漠里的水，一再蒸发。各种借口罗织起来，比得上一千零一夜。几个泥水匠得了疯牛病；运载玉石和天青石的船，在奥克兰外海遭遇海啸，沉入海底；最后，把电视从床脚箱子里搬出来，需要一个关键的电动装置，可这个装置却原来是小精灵手工制作的，只有靠月光，才能运转。实际完成的零碎活计又很粗糙。一次，我和一位角逐诺贝尔奖的学人，才思奔涌，正在全新的书房交流思想，突然，地板翘了起来，敲掉了这位潜在的诺贝尔获奖人两颗牙齿，还给我赢得了支付创记录赔偿费的美名。

我向阿博加斯特当面表示，费用超支已经直逼二十世纪二十

---

① Talmud，犹太古法典，内容一共 20 卷，12 000 多页，超过 250 万字。

年代德国的通货膨胀率①，令我十分不满。而他将其归咎于我"疯子一样乱改订单"。

"你放心，小兄弟，"他说，"你要是不再主意变来变去的，阿博加斯特公司四周之内，就会倒闭。我向上帝发誓。"

"没这么便宜，"我火冒三丈，"我一秒钟也不能忍受这种来自远古时代的侵扰。根本就没有一丝一毫的私人空间。就说昨天，终于偷得了一点'生存空间'，我正要同我的红粉尽享神圣的爱情，突然，你的工人们把我举起来，挪开去，好让他们挂一个灯座。"

"看这个？"阿博加斯特说着，脸上闪出偷窃邮件的人通常才有的笑容。"这叫佳静安定，吃下去。不过，要是我，每天就不会超过三十粒。关于其副作用的研究，尚无定论。"

午夜时分，一阵轻微的声响，触发了楼下的动态感应器，惊得我直愣愣跳离床，像气垫船一样悬在半空。我确信，听到了一个变态的杀人狂跳上楼梯。我在一堆尚未打开的纸盒子里乱翻，急于找个能保卫家人的银色物件。慌乱中，我踩上了眼镜，脸朝下，撞在了阿博加斯特为装饰保姆的卫生间而进口的石英岩海豚上。这一下，我的中耳就像兰克公司②的标志一样，轰响不停。另外，我两眼还直冒金星，算是给我的奖赏。我想，就在那时，

---

① 1923 年，德国国内物价上涨幅度是：854 000 000 000%。
② Arthur Rank，英国电影公司，其标志是一人手持大锤，敲响一个大钹。

天花板塌了下来，砸在我妻子身上。显然，阿博加斯特为安装报警系统，拆下一根壁柱。而这壁柱，正是房子的一根顶梁柱。还有若干灰渣块，也选择这个时候，一起剥落下来。

早上，人们发现，我缩在地板上，哭得抑扬顿挫。我家娘子让一个身材魁梧，身穿制服，头戴男式宽檐帽的女人带走了，她一边走，一边不停地说什么她总是过分信任陌生人。最后，我们把房子卖了，买回一首歌曲。我记不得是《我很忧郁》，还是《兄弟，能否匀出一分钱》了。但我仍然记得房屋检查员的脸色，还有他们查点各处违反房屋建筑法时的幸灾乐祸。他们说，纠正这些违规行为的办法，可以是重新装修，也可以是接受死刑注射。我还恍惚记得，我给带到一位法官面前。这位法官两眼如炬，似格雷考①笔下的红衣主教，他判罚我交付巨额罚款，罚款数中排列了许多个零，使我的身价一下子消失得无影无踪。至于阿博加斯特，有传闻说，他企图从一个人家盗走一个名贵的乔治王朝式样的壁炉台，偷换上一个陶瓷赝品，但给卡在烟道里。他最后是不是让火苗吞噬了，我不清楚。我想在但丁《神曲·地狱篇》中寻找他，但是，我猜想，这些经典，是不增补新内容的。

---

① El Greco (1541—1614)，西班牙画家，著名作品中有两幅是红衣主教。

天才们，请注意：只收现金！

去年夏天，我参加了一项健身活动，要把我的预期寿命缩减到像十九世纪煤矿工人那样长。作为活动的一部分，我沿第五大道慢跑，跑到斯坦普饭店的室外咖啡馆，停了下来，叫了一杯冰镇的螺丝钻鸡尾酒①，振奋一下有气无力的呼吸系统。橘子汁是我身体锻炼必需的，因此，我痛饮几口。起身时，我作了一连串的手舞足蹈动作，好似小鹿斑比出生后迈出的头几步。

我的大脑，让斯米诺伏特加浸泡得太久了，恍惚记起，我说好了，要在回家路上买点山羊奶酪馅饼和荷兰面包干。可在路上，我昏沉沉地迈进了大都会博物馆，错把它认作是 Zabar's 食品店了。我踉踉跄跄穿过展厅，脑袋像个拨浪鼓转来转去。渐渐地，我恢复了一些神志，发现我正在欣赏"从塞尚至凡·高：加谢大夫个人收藏"。

从墙上的说明中，我了解到，加谢大夫是位外科医生，治疗像毕加索和凡·高之类的人。这些小伙子吞吃了半生的田鸡腿，或是灌了太多的艾酒，都晕乎乎的。他们尚未成名，身无分文，就拿一幅油画或彩笔画，支付加谢大夫看病开药的费用。加谢大夫愿意接受这些画，这证明他能洞察未来。我沉浸于集于一厅的雷诺阿和塞尚的作品，设想这些画都是从大夫候诊室墙上直接运来的，同时也情不自禁地想象着，自己身临类似的情境。

十一月一日：福星高照！我，斯基奇克斯·费博曼大夫，今天接到诺厄·昂特蒙奇推荐的病人。昂特蒙奇并非他人，正是心理分析学家中的天才，专门医治创造型人才的病症。他的诊所，云集了名声显赫的娱乐界客户，只有威廉·莫里斯艺人经纪所的"客户名单"能够与之媲美。

"小伙子佩普金是个作曲家，"昂特蒙奇大夫在电话上告诉我。他正在为见一见未来的患者打通关节。"他可是杰瑞·克恩②，或是科尔·波特③，但又有现代风格。问题是，这孩子满脑子自卑内疚感。让我猜？这跟母亲有关。你给他的头脑疏通一下，消除焦虑。你不会后悔的。我预见他能获得托尼奖、奥斯卡奖、格莱美奖，甚至还可能获得自由勋章。"

我问昂特蒙奇，他为何不自己医治佩普金。他爽快地说：

---

① Screwdriver，伏特加和橘子汁混合而成。
② Jerry Kern（1885—1945），美国音乐喜剧主要作曲家之一。
③ Cole Porter（1891—1964），美国著名作曲家兼作词家。

"手头满满的。而且都是精神分析类的急诊。有住在一个不许养狗的公寓楼的女演员，喜欢戏水的电视气象员，还有一个制片人，就是无法让麦克·艾斯纳①给他回电话。关于佩普金嘛，我把他列在有自杀倾向的监控名单上了。反正，尽你所能吧。治疗进展不必告诉我。你自己作最后决定。哈哈。"

十一月三日：今天，见了默里·佩普金。毫无疑问，此人全身上下，都是艺术家的气味。头发蓬松杂乱，两眼迷蒙，属于沉溺于工作，可又因吃饭、房租以及付给两个前妻赡养费等蝇头小事，受到各种拖累的类型，十分罕见。佩普金作为作曲家，似乎很有远见。他在皇后区弗莱彻兄弟殡仪馆的楼上，选了一个空余的房间，琢磨他的词曲。有时，他也在殡仪馆做化妆顾问。我问他，为何以为自己需要精神分析。他坦白说，现实虽然是，他写的每一个音符，每一行歌词，都闪着天才之光，但他觉得对自己过于严苛。他承认，他挑选女人锲而不舍，却都是自讨苦吃；最近，他刚同一位女演员结婚。但他们之间的关系，并非以西方传统的道德规范为准，更像是以《汉穆拉比法典》为依据。不久，他发现，她和他们的营养师同床共枕。两人吵了起来，她拿他的韵律字典敲了他的头，结果，他忘了《干骨头》②的歌词。

当我提到医疗费用时，佩普金腼腆地说，他当时手头很紧，

---

① Michael Eisner (1942—)，迪斯尼首席执行官。
② "Dry Bones"，一首著名的传统灵歌，教孩子们关于骨骼的知识。

最后一点积蓄买了一个鸭汁压榨机。他问，我们能否制订某种分期付款计划。我给他解释说，财务义务对医疗本身十分关键，于是，他提出个想法，拿他写的歌曲抵款。而且，他还指出，数年后，如果我独自拥有《跳起土风舞》或《来点小丑》的版权，报酬自会不少。往后，从他作的歌曲得到的收入，不仅能鼓起我个人的钱包，全世界还会称颂我，培育出一个蹒跚起步的音乐家，与戈什温、甲壳虫乐队或马文·汉利奇[1]齐名。我一直对自己独具慧眼，发现才能而自豪；而且回想起，某个叫作卡谢或卡歇的法国顺势疗法老医生，给凡·高开药方，换得一幅静物画，权作购买压舌板的费用。想到此，我接受了佩普金的提议。我还思忖了我自己担负的财政义务，发现它最近就像是给榔头砸过的大拇指一样，肿胀起来。我在公园大道有个套房，在汉普顿海滩有一栋房产，两辆法拉利跑车，还有一位狐狸精。这是某个晚上，我在单身酒吧游荡时吊上的一个昂贵的小尤物。她身着丁字泳裤，通体闪亮，让我笑得合不拢嘴。再加上我过于痴情，眼看就囊中羞涩。不过，脑子里某处发出的声音向我断言：冒险试一试面前这根绷得很紧，可又散乱的发条，不仅会大有收益，而且，如果忽一日，好莱坞要拍他的生平影片，斯基奇克斯·费博曼还可能拿个最佳配角奖。

---

[1] Marvin Hamlisch (1944—2012)，美国作曲家、指挥家，曾获艾美奖、格莱美奖、奥斯卡、托尼奖、普利策奖和金球奖。

五月二日：今天，从我开始为默里·佩普金看病，已有六个月之久。虽然，我依然坚信，他是个天才，但是，也必须说，我没料到要牵涉这么多的工作。上周，凌晨三点，他打来电话，给我讲，他做了一个很长的梦。梦中，罗杰斯①和哈特②成了鹦鹉，出现在他窗口，还给他的车上蜡。几天后，我正在看歌剧，他给我发短信，威胁说，如果我不马上开车到翁贝托海鲜屋见他，听他讲关于把杜威十进制分类法写成音乐剧的想法，他就自杀。无奈，考虑到他的天赋，我只好恭听。看来，他的天赋，只我一人承认。半年了，他给了我足有一公斤的歌曲，有的是在餐巾纸上草草创作的。虽然这些歌，都还没在出版社找到知音，但他确信，到时候，每一首歌都是一曲经典。其中一首小曲叫"在尤马，你做我的飞马；在纽约，我做你的鹳鸟"。这首歌，最好是低声哼唱，许多地方隐含多重含义，很是机灵。与此相反，《时间无形》则带着哀伤，好似爱尔兰的《丹尼小伙》。我同意佩普金的说法：只有一个天才的男高音，才能唱好这支歌曲。还有一首爱情歌曲，佩普金向我保证，最终将荣登榜首。歌的名字叫"今年，我的热吻将姗姗来迟"，歌词充满甜蜜，也透着苦涩，"拥抱我，羞辱我，但请不要忘了我"。在这堆欢快的杂乱曲目中，佩普金还赠我一支小曲，《心宽体胖的小耗子》。他向我担

---

① ②　Rodgers and Hart，指美国作曲家理查德·罗杰斯（Richard Rodgers, 1902—1979）和作词家洛伦兹（Lorenz Hart, 1895—1943）搭档，两人合作了28部音乐剧和超过500首歌曲。

保，这首歌，正是鼓舞士气的爱国歌曲，万一发生了全面核子大战，将给我带来大大的好运。不过，为我付出的巨大辛苦，付点现金，会使手头宽裕一些，因为，我已经同那个狐狸精订了婚，她发出暗示，冬天没有长及地面的貂皮服装，就将以武力相威胁。

六月十日：我面临一些职业上的问题。我发现，作为神经科医生，我属于"亲手诊断"类型的大夫，这本属正常。可是，背了这么繁重的包袱，是有点过分。一天夜里，我劳累了一天，给患者进行精神分析之后，正在酣睡。突然，佩普金妻子慌乱之中，打来电话。她一边讲话，一边用催泪喷雾剂镇住佩普金。显然，她对他新谱的感伤流行歌曲《请来一盘伤感的心》批评了一番，说这首歌最好的用途，是拿来试一试他们新买的碎纸机。我明白，如果我报警，各家小报就会大肆宣扬，收费昂贵的费博曼给这个正经的行业带来什么影响。所以，我还穿着内衣，就冲出楼房，愣愣遭遭地过了五十九街大桥，来到佩普金住的地方。我看见，丈夫和妻子正站在厨房餐桌各自一边对峙着，寻找下手的机会。玛达·佩普金手持一罐催泪喷雾剂，佩普金握着他从谢亚体育场①棒球日活动中得来的纪念品。

我确信，此时，话说得要十分坚定。于是，我站到两人中间，特意清了清嗓子。正要说，佩普金的球棒就朝他老婆挥了过

---

① Shea Stadium，纽约大都会棒球队原来的主场。

来。随着一声本垒打的清脆响声，球棒恰恰击中我脑袋。我踉踉跄跄，以为眼前是一片璀璨星空，便笑容满面，朝前扑去。我还记得，自己被送到附近的医院急救室，马上又转到"自生自灭室"。

一个同事称我是"希波克拉底①式的献身，痴呆般的行为"。而且，我这样做，回报无几，手头很窘，看不到任何钞票的影子，却累积了一百多首卖不动的歌曲。我拜访的音乐行家中，没有一个在音乐剧歌曲中看到一线希望，比如，《来些荷尔蒙》，或是高雅的叙事歌曲《早期失智》，也让我闪过一丝念头：也许，佩普金成不了下一个欧文·柏林。我拥有的一首《食品店里都新鲜》，也是赚不到一个铜子，但其中"油炸菜包和美好愿望，只给青年品尝"一句，却让我哭笑不得。

十一月四日：我已经得出结论：佩普金毫无才能，纯属白痴。口子越开越大，我还发现，我为增加个人收入而建造的一系列避税机关，开始让税务局盯上了，他们将其当成艾尔·卡彭②手段的翻版。财政部喜出望外，一一清算，夺走了等于我身价八倍的资产。我是收到传票时，才得知的这一消息，呼吸都变短了。所以，我给佩普金解释说，我再也不能为他免费治病了。我们讲话时，联邦执法官还正在往外搬出我的家具。佩普金被我付

---

① Hippocrates（约前440—前377），古希腊医者，被誉为西方"医学之父"。
② Al Capone（1889—1947），美国黑社会老大，曾以逃税罪名坐牢。

钱治病的要求深为触动，不再来看病，但听从他某位奸诈好友的怂恿，向法院告我行医不当。

我的小尤物在波道夫·古德曼商店停止让她赊账后，无法应付突如其来的节衣缩食的艰苦生活，便把我抛在一边，换了一个患厌食症的四眼狼。这个无赖才二十五岁，因发明电脑芯片专利，在《福布斯》编列的某种排名名单上，比文莱苏丹还高出七级。可我，只剩下一堆乐谱，其中有《托斯卡尼的地蚕》和《洞穴学家的舞会》等。我设法卖掉这些累赘东西，却毫无成效。我甚至问过废纸回收厂，如果整批卖给他们，会是什么价钱。但是，佩普金的致命一击尚未到来。待他一出手，就来了个沃尔夫·西尔弗格莱德。此人是只猎犬，幻想着他能把《利西翠姐》① 写成音乐剧，改称"现在不能，我患头痛"。他觉得，这件古董，正巧在公有领域，如加上一些轻快的现代歌曲，会让我们都成为大亨。他听到了传闻，知道我拥有大量未发表的歌曲，可以用来赚点快钱。最后，我放弃了版权，把一批能哼哼的小曲给了西尔弗格莱德，换得其中的一些股份，还有一台老式的黑白电视机。随后，他的作品投入制作，里面用的全是默里·佩普金的歌曲。其中，最好听的是一首感伤的流行歌曲，名叫"斜体字我后加"。歌词中，响亮地唱道"你真棒，像陈酿，我爱你(斜体

_____

① *Lysistrata*，古希腊戏剧家阿里斯托芬(Aristophanes，约前446—约前386)仅存的几部作品之一。

字我后加)"。

　　音乐剧上演后，评论好坏不一。《屠夫杂志》表示喜欢，《雪茄杂志》也说喜欢。各家日报，以及《时代》和《新闻周刊》，则看法一致，较有保留，一位评论家的话最有代表性，说得简明扼要："低能的产物。"西尔弗格莱德在所有评论中，找不到任何能成全他性命的看法，于是，干脆关门大吉，自己则以光子速度消失了，剩下我来面对雪崩般的控告抄袭的投诉信。

　　看来，经专家鉴定，艺术大师佩普金的最佳作品，也比一些不起眼的作品，如《灵与肉》①、《星尘》②，甚至以"从蒙特祖马殿堂"开头的老军歌略逊一筹。与此同时，我天天出庭，虽然我眼神游离，但我实际想的是，如果碰上美国作曲家、作家和发行商协会里无名的凡·高，我就从自己仅剩的几件物件中，拿出一把剃刀，把他*两个耳朵*都割下来(斜体字我后加)。

---

① "Body and Soul"，美国 20 世纪 30 年代流行爵士歌曲。
② "Stardust"，美国 20 世纪 20 年代流行歌曲。

线性理论

　　整个宇宙终于膨胀了，我大为释然。我开始这样想，宇宙就是我本人。原来，物理学也同烦人的亲戚一样，是万事通。每周二，《纽约时报》科技版都登载关于大爆炸、黑洞，还有原生汤的文章，因此，我对广义相对论和量子力学的了解，已达爱因斯坦的水平。不过，是达到爱因斯坦·穆吉，一个地毯商的水平。宇宙中，有些微小物质，只有"普朗克长度"，即一公分的十亿分之一的十亿分之一的十亿分之一的百万分之一，这些，我怎能一点不知？设想一下，你在漆黑一团的戏院里，掉了一个普朗克，找到它，要有多难。万有引力如何起作用？如果万有引力突然停止，某些餐馆是否仍然要求食客着正装？我对物理学的了解是，对一个站在海边的人而言，时间过得比在船上的人要快，尤其是如果船客的身旁还有太太。物理学最新的奇迹是线性理论，人称"万能理论"。它甚至能解释上周发生的事情，详情如下。

星期五，早上起来，因为宇宙正在膨胀，我花了更长的时间才找到睡袍。我上班也晚了，因为上与下的概念是相对的，我乘的电梯直接上了楼顶，可在楼顶，又很难叫到出租车。请记住，人乘坐宇宙飞船，接近光速时，就会准时上班，甚或提前上班，而且着装更得体。我终于到了办公室，去找老板马奇尼克先生，解释我迟到的原因。可离他越近，我的质量就越大。他把这看作是不服从的表现，气呼呼地说，要削减我的工资。其实，同光速比起来，我的工资可是太少了，要同仙女座星系中的原子数量相比，可说是相当的少。我想把这些告诉马奇尼克先生。可他说，我没有考虑到，时间和空间本是一回事。他发誓，如果这一现象能改变，他就给我涨工资。我向他指出，既然时间和空间是一回事，既然要用三个小时制作点东西，结果长度又不足六寸，那就卖不出五元以上的价钱。空间和时间是一回事，也有好处，如果你前往宇宙边缘，旅途要用三千地球年，当你回到地球时，朋友们早已过世，你就不再需要注射保妥适肉毒素了。

　　回到办公室，阳光透过窗户照射进来，我自忖着，如果我们金黄色的大星体突然爆炸，地球就将飞离轨道，穿过无尽的宇宙——所以，这也是身上总要带手机的一个原因。另一方面，如果某一天，我达到每秒三十万公里的速度，赶上数个世纪之前诞生的光，我是否就能回到远古时代，回到古埃及，或古罗马帝国？但是，我在古代又能做什么？我几乎举目无亲。正想着，我们新来的秘书，洛拉·凯丽小姐走了进来。现在，人们都在争论，事物是由粒子组成的，还是由波线组成的。凯丽小姐绝对是波线组成的。看得出来，她走到饮水罐时，浑身全是波线。这并非说，她没有好的粒子，但是，能让她从蒂芙尼商店得到各种饰物的，是她的波线。我老婆也是波线多于粒子，但她的波线却开始有些松垂。或许，原因是，我老婆的夸克太多。实情是，最近，她好像太接近黑洞的视界，有一部分，当然不是全部，给吸了进去。因此，她的体形变得可笑。我希望能通过冷聚变，来纠正她的体形。我一直向人们提出忠告：躲开黑洞。因为，一旦进入黑洞，就很难再爬出来，很难再欣赏音乐。如若你碰巧掉进黑洞，从另一端出来，你大概会得到重生，但是，会过分压缩，无法出门，找女孩约会。

于是，我接近凯丽小姐的引力场，感觉到我的线性在颤抖。我满脑子都想，用我的微量玻色子，拥抱她的胶子，再穿过一个虫洞，做些量子隧道掘进。正在此时，我被海森堡的不确定原理[1]弄得萎靡不振。要是不能确定她的确切位置和速度，我将如何行事？我若突然造成奇点[2]，打乱空间和时间，该如何是好？人们真是吵闹。每个人都会看过来，我在凯丽小姐面前，将无地自容。噢，她有大量暗能量。虽属假设，但是，暗能量总会把我激发起来，尤其是牙齿不齐的女人身上，更有激发力。我幻想

---

[1] Heisenberg's uncertainty principle，指在量子系统中，一个粒子的位置和它的动量不可同时确定。
[2] Singularity，"宇宙大爆炸"理论中的起始点。

着，要是把她弄进粒子加速器，加入一瓶拉菲酒庄的葡萄酒，哪怕只五分钟，我就能傍在她身边，我俩的量子接近光速，她的核子和我的核子就能相拥相抱。当然，恰到此时，我眼睛里，飞进一点反物质，只得用棉签除掉。在我几乎绝望之时，她转过身来，对我说。

"抱歉，"她说，"我正要去打电话买咖啡和小甜点，可是，我好像忘记了薛定谔方程，你说傻不傻？刚才还记得的。"

"概率波的演进，"我说，"你要去订购的话，我就来一个英式松饼，再来点介子和茶。"

"没问题，"她说，笑得风情万种，弯成卡丘流形。我能感觉到，随着我的嘴唇贴上她湿乎乎的中微子，我的耦合常数侵入她的弱场。显然，我达到了某种裂变，因为，接下来我还记得的，是我从地上爬起来，一个鼠标砸过来，把我眼睛弄成超新星那么大。

我想，物理学能解释一切事物，但就是解释不了温柔的女性。我告诉妻子，我得了这么个发光的脓包，是因为宇宙正在缩小，而非扩张，而且我根本就不去理会。

法律之上，床垫之下

　　威尔顿小溪镇，位于中部大平原的中心，牧羊人小树林以北，道博点的左手方向，形成普朗克常数的悬崖峭壁之上。这里，土地肥沃，大部分是在地面上。每年一度，从仁慈的上苍刮来旋风，掠过田野，把农人吹得只好放下活计，又把他们吹到几百里地以外的南方，安顿下来，开几家精品店。六月的一个星期二，灰蒙蒙的早上，沃什伯恩家的管家康福特·托拜厄斯，十七年如一日地来到沃什伯恩家。九年前，她已经给解雇了，但这并没有阻止她过来做活。沃什伯恩一家自从停了她的薪水以来，就更看重她了。托拜厄斯在给沃什伯恩家干活之前，曾在得克萨斯的一个牧场照看马匹。当一匹马对她耳边轻声讲话时，她的神经崩溃了。她回想起来："让我最震惊的是，这匹马知道我的社会保险号。"

　　那个星期二，康福特·托拜厄斯走进沃什伯恩家时，这家正在外度假。(他们躲进一艘驶往希腊诸岛的游船，三个星期里，一直藏在水桶里，水米未进，但是，凌晨三点时，他们溜出来，到甲板上玩推牌游戏。)托拜厄斯上楼，去换灯泡。

"沃什伯恩夫人喜欢每星期二和星期五换灯泡，无论是否需要，都要换，"她解释说，"她喜欢新灯泡。床单被单是一年洗一次。"

管家一进主卧室，就知道，有什么东西不见了。她马上就看到了，简直不能相信自己的眼睛。有人曾经上了床，还把床垫上的标签撕掉了。那标签上写着："撕掉标签属违法行为，只消费者除外。"托拜厄斯打了个冷战。她的双腿发软，难以支撑。有东西告诉她，去儿童卧室看看。确确实实，那里也是一样，床垫上的标签给撕走了。现在，她浑身的血液都凝固住了，看到墙上出现一个硕大的黑影横压过来。她的心跳个不停，几乎叫喊出来。正在此时，她看出来，这黑影是她自己的。于是，她下了决心要减肥，然后，给警察打了电话。

"我从来没见过这样的，"警察局长霍默·皮尤说，"这种事情，威尔顿小溪从来没有发生过。的确，以前有一次，一个人闯进这里的面包店，把甜甜圈里的果酱都吸走了。但是，等他第三次犯案时，我们的神枪手就从屋顶上把他打个正着。"

"为什么？为什么？"沃什伯恩家的邻居邦尼·比尔抽泣说，"真荒谬，真残酷，消费者以外的人剪掉了床垫标签，这是个什么世界？"

"在这之前，"当地学校老师莫德·菲金斯说，"我出门时，总是把床垫留在家里，可现在，我只要离开家，不管是去购物，还是下馆子，我把所有床垫都带上。"

当天半夜，在通往得克萨斯阿马里洛的公路上，两个人开着一辆红色福特，飞速行驶。车牌从远处看，像是真的；凑近一瞧，竟是用杏仁糖做的。开车人的右手臂上，刺着一行字："和平、爱情、庄重。"当他把左手臂上的袖子卷起来后，又显出一行字："刺印有误——右手臂不算。"

他身边是位金发女郎。如果她长得不那么酷似阿贝·维高达①的话，也算是漂亮。开车人叫博·斯塔布斯，刚从圣昆丁逃出来。他因到处乱扔东西而被监禁。具体地说，他在街上扔了一张巧克力糖包装纸，因而被定罪。法官表示，因此人无悔过之意，判其两个无期徒刑。

女人叫多克希·纳什，嫁了一个殡葬管理员，并与他一起工作。一天，斯塔布斯走进殡仪馆，想随便瞧瞧，却突然深有感触，想跟纳什打情骂俏，但她当时正忙着给尸体火化。不久，斯塔布斯和多克希·纳什就开始暗通款曲。虽然，她很快就发现了情况。她的殡葬管理员丈夫威尔伯很喜欢斯塔布斯，愿意免费给他下葬，如果他同意当天就办理的话。斯塔布斯把他打晕过去，

---

① Abe Vigoda (1921—)，美国电影电视演员，以饰演老黑道出名。

拐上威尔伯的老婆就跑了。但在跑之前，他留下一个充气的橡皮娃娃，充作威尔伯的老婆。三年过去了，威尔伯·纳什度过了一生中最幸福的时光。忽一日，他心生疑团，因为他要老婆再给他添一点鸡，但见她突然爆开，在屋里飞来穿去，越来越小，最后，落在地毯上。

霍默·皮尤只穿袜子时，身高五英尺八英寸。他的袜子，连同他的双脚，都放在一个大旅行包里。在他自己的记忆里，皮尤一直是个警察。他父亲是个有名的银行盗匪。皮尤如想要同父亲在一起，唯一的办法是逮住他。皮尤逮捕父亲总共九次。他珍惜父子之间的交谈，虽然许多次交谈是在两个人相互射击时进行的。

我问过皮尤，对此有何想法。

"要听我的理论？"皮尤说，"两个流浪汉，出门去见世面……"他唱起了《月亮河》。他妻子安把喝的端上来，给我的账单是五十六元。正在此时，电话响了。皮尤冲了过去。电话里的声音传遍屋子，带着深深的回声。

"霍默吗？"

"威拉德，"皮尤说。来电话的是威拉德·博格斯，阿马里洛的州警察。阿马里洛的州警察是一群离不开爆米花的人，他们不仅要体格健壮，还必须通过严格的书面考试。博格斯的书面考试两次未过。第一次是，阐述维特根斯坦不够准确，监考警官不满意。第二次是，翻译奥维德有误。因为博格斯全身心的投入，这才得到单独的辅导。他最后关于简·奥斯丁的论文，在阿马里洛高速公路摩托巡警中，一直是部经典。

"我们盯上了一对儿，"他告诉皮尤警长，"行迹十分可疑。"

"怎么可疑？"皮尤又点上一支烟，问道。皮尤知道，吸烟有害，所以只吸巧克力香烟。他点燃烟头时，巧克力就化到他裤子上，所以，他要从警察的薪水中，拿出一大笔钱来清洗服装。

"这一对儿进了这里一家高档餐馆，"博格斯继续说，"他们点了一大份烤肉，一瓶葡萄酒，还有所有配菜。账单贵得吓人，他们要用床垫标签付账。"

"捎上他们，"皮尤说，"把他们带过来，但罪名是什么，谁也别告诉。就说我们在找两个摆弄母鸡的人，他们长得很像这两人。"

州里法律禁止撕走不属于自己的床垫上的标签。这条法律，要追溯到二十世纪初。当时，阿萨·琼斯因为一头猪闯进邻居院子，同邻居吵了起来。两个人为抢这头猪，打了好几个小时。直到琼斯看清楚，那根本不是猪，而是他老婆。镇上的长者了断此事，判定琼斯妻子的面貌，足有猪相，所以不属误认。琼斯大为光火，夜里，冲进邻居家中，把床垫上的所有标签都撕了下来。他因此被捕，受到审判。法庭判决书认为，床垫若无标签，"是对床垫填充物完整无损状态的冒犯"。

起先，纳什和斯塔布斯还拒不认罪，称自己是口技和木偶演员。到凌晨两点，两个涉嫌人在皮尤凌厉的审讯攻势下，开始露馅。皮尤很机灵，他讲的是两个人不懂的法语，因此，他们就无法轻易撒谎。最后，斯塔布斯招供了。

"月光下，我们把车停在沃什伯恩家门前，"他说，"我们知道，前门总是开着，但是，我们还是破门而入，好使手艺不至于生疏。多克希把沃什伯恩家所有照片都翻过去，面朝墙，这样，就不会有任何证人了。我在监狱里，听韦德·马拉维说过沃什伯恩家的事。马拉维是个连环杀手，他杀完人，就把尸体肢解，吃掉。他曾在沃什伯恩家做过大厨，但后来给解雇了，因为人们在蛋奶酥里，发现了一个鼻子。我知道，撕掉他人的床垫标签，不仅犯法，而且也冒犯上帝。但我一直听到，有个声音在怂恿我。我要是没听错的话，这声音来自沃尔特·克朗凯特①。是我剪掉沃什伯恩的标签，多克希剪掉的是孩子们的床垫标签。我浑身是汗，屋子里很昏暗。我的童年从头到尾在眼前闪过。然后是另一个孩子的童年。最后，是海得拉巴的尼查姆②的童年。"

审判时，斯塔布斯决定自行辩护。但是，关于他的费用问题，产生了分歧，造成恶语相向。我访问了等待死刑的博·斯塔

---

① Walter Cronkite (1916—2009)，美国最负盛名的电视新闻节目主持人。
② Nizām，1713 年，莫卧儿皇帝将 "Nizām-ul-Mulk"（王国的统治者，又译整个帝国的代表）授予钦·基利奇·汉，并被他的后代——海得拉巴土邦的统治者们所继承，直至 20 世纪中叶。一个统治家族的首领一般称为"尼查姆"。

布斯。十年来，因多次上诉，他一直没有光顾绞架。他利用这段时间，学了一门手艺，成了一名技能高超的飞机驾驶员。死刑最后执行时，我正好在场。耐克公司给了他一大笔钱，买来电视转播权，把该公司的品牌标志放在他黑色头罩的前面。死刑是否能起遏止作用，目前仍有争论，虽然有研究也表明，在执行死刑之后，罪犯重新犯罪的几率，几乎下降了一半。

查拉图斯特拉如是吃

世上无事能像一位伟大思想家尚未面世之作给人发现那样，让知识界兴奋不已，让学术界奔走相告，就如同在显微镜下观察水滴时看到那些东西一样。我最近造访海德堡，采买一些现已罕见的十九世纪剑术格斗中留下的伤痕时，正巧碰上这样一件宝物。谁会想到，有《弗里德里希·尼采的健身饮食》存在？吹毛求疵者可能觉得，此书的真伪似乎略有存疑，但仔细读过此书的人大多认为，没有一位西方思想家，能像尼采那样，把柏拉图和普理蒂金①熔于一炉。下面是此书的节选。

脂肪本身是物质，或是物质本质，或是本质的形式。脂肪若在臀部累积起来，则问题颇大。在前苏格拉底学派中，芝诺②认为，体重只是一种幻觉，一个人进食无论多少，其肥胖程度，永是从不做俯卧撑者的一半。古代雅典人着迷于拥有理想的身材。

在埃斯库罗斯一部已经失传的剧本中，当克吕泰涅斯特拉发现自己穿不上泳衣时，就破了正餐之间不吃零食的誓言，把自己眼睛抠了出来。

只有亚里士多德，才能用科学术语解释重量问题，在《伦理学》开始部分，他表示，任何人的周长，都等于腰围乘以圆周率。这一理论一直流行到中世纪。当时，阿奎纳把若干菜单翻译成拉丁文，第一家真正好吃的龙虾屋开张营业。到外面下馆子，仍为教堂所不齿，代客泊车也还属于贪图钱财方面的原罪。

众所周知，多少世纪以来，罗马一直视"开放式火鸡热三明治"为淫荡之首。许多三明治只得合上，只是在宗教改革之后才再度摊开。十四世纪宗教画首次描绘了体重超重者给打下地狱，漂泊游荡，只能进食色拉和酸奶的情景。西班牙人尤其残酷，在宗教法庭期间，有人若在鳄梨里放蟹肉，便可处死。

任何哲学家都很难解决发胖与内疚问题，直到笛卡儿把大脑和身体一分为二，这样，身体在大吃大嚼时，头脑就在思考：管他呢，反正不是我。哲学面临的重大问题仍然是：如果生命没有意义，那字母面汤③怎么办？莱布尼茨第一个说，脂肪是由单子组成的。莱布尼茨注意饮食，锻炼身体，但从未摆脱掉自己的单子。至少没摆脱掉赘在大腿上的单子。另一方面，斯宾诺莎

---

① Nathan Pritikin (1915—1985)，美国营养学家，长寿研究先驱。
② Zeno of Elea (约前 495—前 430)，古希腊哲学家、数学家。
③ Alphabet Soup，放有罗马字母形通心粉的汤。

吃饭节俭，因为他相信，上帝存在于一切事物之中。如果你想着你正在把芥末舀到*万物初因*上，那么，大口吞食馅饼，就太可怕了。

健康饮食与创造型天才之间，是否有关联？只要看看理查德·瓦格纳，看看他吃些什么即可。炸薯条、煎奶酪、脆饼等等，天哪，他的胃口简直没有底，但是，他的音乐确实很崇高。他夫人科西玛，胃口也很好，但她每天跑步。在《尼伯龙根的指环》系列中，齐格弗里德决定和莱茵女郎到外面进餐，豪爽地吃掉一头牛、两打鸡、好几块轮形奶酪和十五桶啤酒。等账单来了，他却囊中羞涩。在此要说的是，生活中，人们有权享有一份配菜，或是凉拌卷心菜，或是土豆色拉。选菜时，一定很惊慌，谁都知道，不仅人在地球上的生命是有限的，而且大多数厨房在十点关门。

就叔本华而言，存在的灾难，不大是吃，而是嚼。叔本华反对一边漫不经心地嚼花生米或炸薯片，一边干别的事情。叔本华认为，一旦开始吃零食，人类就会一直吃下去，直至整个世界遍地碎屑。康德也同样误入歧途。他提议，买饭时，每个人应该都点同样的饭菜，这样，世界会美德当道，实现大同。可康德忽视了一个问题：如果每个人都点同样的饭菜，厨房里，人们就会为得到最后一份鱼，而争吵不休。康德曾如此建议："自己点菜时，就好似为地球上每个人点菜一样。"但是，如果身旁的人不吃鳄梨酱怎么办？当然，最终是不会有美德食物的，除非把煮得半熟的鸡蛋也算上。

总之：我本人的"善恶之彼岸煎饼"和"权力意志色拉酱"，属于真正改变了西方思想的伟大菜式，除此之外，黑格尔的"鸡肉烤饼"首先用了剩饭剩菜，蕴含着深刻的政治含义。斯宾诺莎的"虾仁炒菜"，无神论者和无知论者都喜欢，而霍布斯鲜为人知的"烤排骨"做法，则依然是个思维之谜。"尼采健身食谱"最了不起的是，赘肉一旦减掉，就不再上身，而康德的"淀粉论"则无此效应。

　　　早餐
　　　橘子汁
　　　两条培根
　　　泡芙
　　　烤蛤蜊
　　　烤面包
　　　草本茶

橘子的汁是橘子显现出的本质，也即橘子的真性；使橘子具有"橘子性质"，使其味道区别于水煮鲑鱼或玉米面粥。对虔诚者而言，除麦片粥之外，别的一切都让人心烦意乱。但是，上帝已死，一切毫无禁忌。泡芙和蛤蜊，甚至连辣鸡翅，都可以随意去吃。

午餐

一碗面条，番茄卤配香菜

精白面包

拌土豆泥

维也纳蛋糕

有权势者，吃的总是很丰富，腌制有方，配料充裕；而无权势者，总是啄些麦芽和豆腐，满以为今生受苦，是为了来世享福，天天烤羊肉。但是，我断言，来世是今生的重复，没有尽头；果真如此，那无权势者，只得永生永世吃些碳水化合物含量低的东西，还有不带皮的烤鸡。

晚餐

牛排或香肠

油炸薯饼

龙虾酱

冰激凌加松奶油，或多层蛋糕

这是超人的晚餐。让那些担心脂肪酸和不饱和脂肪酸的人们，只为取悦牧师或营养师而吃饭吧。只有超人才知道，鲜嫩的肉和油滋滋的奶酪，配上厚实的甜点，噢，还有多多的油炸食物，正是狄俄尼索斯①的最爱，如果不管其消化系统的话。

箴言

认识论，使得健身饮食无从定论。如果一切事物只存在于大脑，那么，我不仅能点任何吃食，而且，服务也会尽善尽美。

人是唯一一种对侍者板着面孔的造物。

---

① Dionysus，古希腊神话中的酒神。

迪士尼大案

　沃尔特·迪士尼公司股东因离任总裁麦克·奥维茨解职补偿金而起诉一案，今天突爆转折。法庭上，出现一位谁也没料到的证人作证，回答娱乐界巨擘迪士尼公司所雇律师的提问。

律师　证人请向法庭通报姓名。

证人　米老鼠。

律师　请向法庭通报职业。

证人　动画老鼠。

律师　你和麦可·艾斯纳是否过从甚密？

证人　不能说是过从甚密。我们一起吃过几次饭。一次，他和他
　　　夫人请米妮和我到他家去。

律师　你和他是否谈过业务？

证人　艾斯纳先生同罗伊·迪士尼、憨狗布鲁托和高飞狗共进早

餐时，我也在场。

律师　早餐是在哪里？

证人　在比佛利山酒店。

律师　是否还有其他证人？

证人　斯蒂芬·斯皮尔伯格走到桌前，打过招呼。噢，还有达菲老鸭。

律师　你认识达菲老鸭？

证人　几个月前，达菲老鸭和我在苏·曼洁斯①家里吃饭认识的，后来关系很好。

律师　我以为，艾斯纳先生不赞成你与达菲老鸭的这种关系，对吗？

证人　为此，我们曾争论过几次。

律师　最后怎样？

证人　达菲老鸭后来加入了山达基基督科学派②，我就不再和他来往了。

律师　请回到早饭一事。你是否记得谈了什么？

证人　艾斯纳先生说，他计划聘用艺术人才中心负责人麦克·奥维茨。

律师　你怎么看？

----

① Sue Mengers (1932—2011)，好莱坞许多著名制片人和演员的经纪人。
② Scientology，又称科学神教，1952 年美国人 L. 罗·哈巴得(L. Ron Hubbard, 1911—1986)创立的以知识为根据的教派，宣称能使信从者发挥人的最大能力。

证人 我感到吃惊。但憨狗布鲁托更吃不消。他好像很沮丧。

律师 为什么沮丧？

证人 我们担心的是，奥维茨先生同高飞狗更密切，所以，憨狗布鲁托觉得，他出镜时间可能减少。

律师 就是说，你知道奥维茨先生同高飞狗之间的"特殊关系"？

证人 奥维茨先生做经纪人时，曾经奉承过高飞狗，这我知道。我要是没记错，他们两人在阿斯彭共同拥有一栋房子。

律师 他们之间是否有更密切交往？

证人 高飞狗在马里布给逮着时，是奥维茨先生挺着他。

律师 高飞狗是不是吸毒？

证人 他服用伯可酮上瘾。

律师 他上瘾有多长时间了？

证人 有一次卡通片失败后，他就离不开止痛药了。他撑着一把伞从帝国大厦跳下来，摔伤了后背。

律师 然后呢？

证人 奥维茨先生让高飞狗进了贝蒂·福特中心①。

律师 你是否告诉过艾斯纳先生，你对他计划聘用奥维茨先生有点担忧。

证人 米妮和我谈过这事。我们知道他们合不来。

---

① Betty Ford Center，加利福尼亚吸毒酗酒康复中心。

律师　除了你夫人之外，你还跟谁说过此事？

证人　小飞象，小鹿斑比，记不清了。噢，还有小蟋蟀。是在芭芭拉·史翠珊家里。小蟋蟀在特朗卡①买了房子，史翠珊为他举办了一次聚会。

律师　有什么结果？

证人　小飞象认为，唐老鸭应该告诉艾斯纳先生，我们有点担忧，因为艾斯纳先生总是听唐老鸭的。他说过，唐老鸭"是他见过的最深沉的鸭子"。他俩在唐老鸭的池塘待了好长时间。

律师　他俩的关系是不是有来有往？

证人　是。老鸭和菊花鸭分居后，在艾斯纳先生家里住了六个月。老鸭同小肥猪的女朋友小猪妹偷情。可迪斯尼绝不允许旗下角色同其他制片厂的角色交往。但对于唐老鸭，艾斯纳先生假装不知情。这让股东很不满。

律师　这就是你在证词中提到的那件事？

证人　对。这件事我记不大清楚了。但我觉得，老鸭是在卡森伯格②家里结识的小猪妹。

律师　当时你也在场？

证人　在场。当时有我，有汤姆·克鲁斯、汤姆·汉克斯、杰

---

① Trancas, 洛杉矶西部马里布的一个地区。
② Jeffrey Katzenberg (1950—　　)，好莱坞电影制片人，梦工厂 CEO。

克·尼克尔森。我记得还有西恩·潘、小奸狼、飞毛腿……

律师 汤姆猫与杰米鼠？

证人 没有，那个周末，他们在剧团工作室剧场①。

律师 六个月后，卡森伯格先生和艾斯纳先生卷入一场诉讼。你记得详情吗？

证人 这同艾斯纳先生有关。他答应过兔八哥，如果来迪斯尼，就给他股票期权。

律师 兔八哥去了？

证人 没去。他有自己的主见。当时他想休假一年，写本小说。

律师 还说那次聚会，你记得后来怎样了？

证人 记得。唐老鸭喝醉了，开始跟妮可·基德曼调情。这太让人尴尬了，当时，她和汤姆·克鲁斯还是夫妻。我记得，老鸭很憎恨汤姆，觉得汤姆要什么角色，就得到什么角色。还记得艾斯纳先生也在场，他把老鸭叫了出去，好让他冷静下来。

律师 记得后来怎样了？

证人 在卡森伯格先生家的草坪上，老鸭见到小猪妹，觉得她长得美，能来电。我知道他们喜欢同样的音乐。唐老鸭的脾气总

---

① EST，全称为 The Ensemble Studio Theatre，1968 年于纽约成立的非营利剧场，致力于制作和发展原创的有启发性的真实剧作。

142

有问题。多少年来一直服用百忧解，因为他认为自己的职业生涯完了，很快会上广东菜的菜谱。尽管艾斯纳先生好言相劝，他还是偷偷地见小肥猪的女朋友。

律师 就你所知，这段情事持续多长时间？

证人 大约一年。小猪妹告诉老鸭，她不能再来见他了，因为她深深地爱上了沃伦·贝蒂①，而贝蒂也深爱上了她。你可能还记得，贝蒂带着她去参加过戛纳电影节。

律师 菊花鸭是否曾把老鸭赶出家门？

证人 是。艾斯纳先生让老鸭住在他家，直到老鸭和菊花鸭最后商定，两个将重归于好，但在性关系上不约束对方。

律师 就是说，根据你的回忆，是否曾有人告诉艾斯纳先生，聘用奥维茨先生可能不合适？

证人 在学院奖颁奖当晚，我同匹诺曹谈过。但他不想参与此事。

律师 你是说，匹诺曹或是任何其他人，都没提醒艾斯纳先生，他和奥维茨先生可能合不来。

证人 就我所知，是这样。

律师 结果这件事进展不顺，就提到了奥维茨先生一亿四千万元的解职补偿问题？奥维茨先生是否觉得这太过分了？

证人 我只知道，小蟋蟀常常落在奥维茨先生的肩上，告诫他，

---

① Warren Beatty（1937— ），好莱坞著名电影演员、编剧、制片人。

永远遵从自己的良知。

律师　结果呢?

证人　后来的一切，大家都知道了。

律师　谢谢证人。

牙医凶杀案

在纽约警察局凶杀科干上二十年，哥们，你就什么世面都见过了。比如，华尔街某掮客切着花色小蛋糕，还要争着拿遥控器。还有，失恋的犹太拉比悲观厌世，把炭疽菌撒在胡子上，吸了进去。所以，当有人报告，滨河小道夹八十三街拐角发现一具尸体，上面没有枪眼，没有刀痕，没有任何挣扎迹象，我根本没往犯罪电影那方面去想，而是将其归结于那位游吟诗人口中的肉体之百患之一，但不要问我是哪一种。

两天后，苏豪区又出现一具死尸，也没有任何犯罪迹象。随后，中央公园出现第三具死尸，我就拿了些右旋苯丙胺药片①，告诉家中娇娘，这段时间里我得加班。

"真的很惊人，"我的搭档迈克·斯威尼边说，边在犯罪现场周围拦上平常用的黄色塑料带。迈克长得虎背熊腰，很容易让人看成一头熊。实际上，动物园曾联系过他，想在真熊生病时，让他到动物园客串。"各家小报都说，这是个连环杀手。当然，连环杀手说这是歧视，只要有三个以上的人被同一种手段给杀死，人们就首先想到连环杀手。现在，他们要求把这个数字提高到六个。"

"迈克，跟你说实话吧，我从没见过这种情形。你知道，是我抓住了算命杀手。算命杀手是个恶魔，他作案手法是乘人唱山歌时，偷偷凑近，猛击人的头部。很难拘捕他，因为人们特别同情他。"

我告诉迈克，如果发现任何涉及性事的线索，就给我打电话，接着就奔往停尸房，去找我们的验尸官，山姆·道格斯特，了解有关毒药的事。山姆和我相识已经好久了，当时，他刚开始工作，还是个年轻的验尸官，在婚礼上和少女派对上给人验尸，赚点烟钱。

"起先我以为凶器可能是个极小的飞镖，所以，我在纽约全市查找拥有吹镖筒的人。这活可是很难干。谁也想不到，城里一半人都有这种六尺长的希瓦罗人玩意，而且大多数都持有许可证。"

我说可能是毒蝇菌，因为，这种蘑菇能致人死命，而且不留痕迹。但是，山姆打消了我这个想法。"只有一家保健食品商店卖过真正的毒蘑菇，但好几年前就关门了，因为人们发现，这些蘑菇不是用有机肥料培养的。"

---

① Dexedrine，一种提神兴奋药物。

我谢了山姆，打电话接通了罗·华生。他在犯罪现场收集了一些十分清晰的指纹，兴奋不已，马上就从另一个警局换来一套相当宝贵的恩里科·卡鲁索①的指纹。罗说，实验室查到一根头发，还有一块秃顶。真不幸，头发同一个八岁小孩的相配；秃顶可追寻到艳舞场上坐头排的九名男子头上。可这九人都有铁打的不在场证明。

回到总部，我和本·罗杰斯聊了起来。他常给我指点方向。是他破的"雅皮餐馆凶杀案"。在那宗案子里，受害人都遭枪击，尸体上薄薄撒了一层石灰和新鲜的薄荷。本耐心等待，直到凶手把新鲜薄荷用光，只好用碎核桃替代。可碎核桃通过序列号码就能追踪。

"跟我说说死者的情况，"我说，"他们有没有仇敌?"

"当然有，"本说，"但是，他们的仇敌都在棕榈滩的马拉戈②。那里在开'仇敌大会'，实际上，东岸的每个仇敌都参加了。"

我刚离开本，去弄一份三明治，就听说东边七十二街垃圾箱里又发现一具刚出炉的死尸。这一回，尸体丝毫无损，死者是里基·威姆斯，一名年轻演员。他擅长饰演心思敏感的反叛形象，是描写医疗行业的肥皂剧《黑痣变黑》中的明星。不过，这次案

---

① Enrico Caruso (1873—1921)，意大利男高音歌剧演唱家。
② Mar-A-Lago，佛罗里达棕榈滩的一栋庄园，经常举行国际红十字会的活动。

发时，一位无家可归的女士看了个满眼。万达·布什金每晚都睡在下东区的纸箱子里，但是最近搬到了公园大道的一个纸箱。起先，她担心可能得不到准许，但当她说明自己的身价已经超过四元三十分时，她就得到获准，住进了更好的箱子里。

事发当夜，布什金睡不着，看到有人驾驶一辆红色悍马，把一具尸体扔出来，开走了。一开始，她不想给卷进来，因为，她先前曾指认出一名罪犯，可这名罪犯把他俩之间的订婚给解除了。这次，她向警察局的素描画家霍华德·英奇凯普描绘了嫌疑人的相貌。可英奇凯普突然发起脾气，拒绝动笔，除非嫌疑人自己前来，坐到他面前。

我正在和英奇凯普讲道理，突然，脑子里蹦出了巫师 B. J. 斯格姆德。可怜的斯格姆德是个奥地利人，在一次划船事故中，把名字里所有元音都丢失了。一九九三年，我曾让斯格姆德寻找一只偷东西的猫。他简直神了，在将近一百只走失的猫里面，竟然找出了那只小偷猫。现在，我看着他在死者的遗物中捅来捅去，然后，就陷入一种恍惚沉思状态。他眼球扩大，开始讲话，但声音不是他的，而是三船敏郎的声音。他说，我要找的人，工作时使用麻醉剂，拿牙钻整治牙齿。他甚至能明确指出这个人的职业，但他需要一块通灵板①。

---

① Ouija，一种写有文字、数字和其他图像的木板，据说可与神灵沟通。第一块通灵版是公元前 1 000 年在中国发现，称"扶乩"。

我在电脑上迅速查找了一下，证明所有被害人都在同一名牙医处看病。我知道，这次是铁定了。我喝了一大杯尊尼获加，算是麻醉，又用瑞士军刀撬出下牙牙洞里的白银，转天早晨，就坐在保罗·平丘克医生面前，张着大嘴，等他治牙。

　　"很快就完，"他说，"你要是有时间，我应该把旁边那颗牙也补上。这牙没给你添麻烦，我都奇怪。反正，外面你也没什么事。这种天气，谁能相信？四月份已经打破了降雨记录。就是全球变暖弄的。因为使用空调的人太多了。我不需要空调。在我们家里，睡觉时窗户都开着，天气最热时也开着。这样，我的新陈代谢特别好，我夫人也是。我们俩的身体调整得很好，因为我们对吃的特别小心。没有肥嫩的肉，奶制品不多，而且我还锻炼。我愿意用跑步机，我夫人用台阶健身机。我们还都非常喜欢游泳。我们在萨加波纳有一栋房子。我们俩通常在汉普顿度周末，度春假。我们特别喜欢萨加波纳。你要想同人交往，那里有人，要想独处，也可以。我不是特别会社交的人。我们喜欢看书，基本上，她常玩叠纸。以前，我们在塔班有个地方。去塔班有好几条路，但我常走九十五号国道，半小时。不过，我们更喜欢海滩。我们刚换了新屋顶。我都不相信装修估价。天哪，那些承包商怎么着都能抓住你。这就和其他事情一样，花什么钱，买什么货。我跟我孩子说，生活里毫无讨价还价的余地。天上不会掉馅饼。我们有三个男孩。大孩子六月就十三岁了。"

　　随着平丘克的牙钻穿透我的牙齿，我开始感觉呼吸不畅，浑身挣扎，快要断气的样子。我感到生命的气数已尽。而且我知道，当整个一生从眼前闪过，当埃德娜夫人①扮演父亲形象时，我麻烦大了。

四天后，我在哥伦比亚——长老会教会医院急救病房苏醒过来。

"谢天谢地，你简直是铁打的，"迈克·斯威尼站在病床前，凑过来说。

"怎么回事?"我问他。

"你真走运，"迈克说，"正在你失去知觉时，一位叫费·诺斯沃西的女士看急诊，闯进平丘克的诊室。她的急症是：酒醉之后使用牙线。显然，她的临时牙桥脱落了，咽进肚里。你倒在平丘克诊室地上时，她尖叫起来。平丘克慌了，转身跑了。正巧，我们的特别行动队及时赶到。"

"平丘克跑了? 但看起来他和普通牙医一样。他给我治牙，还跟我聊天。"

"现在，你最好休息，"迈克说，脸上露出蒙娜丽莎式的微笑。不过，苏富比声称，这样的微笑是种仿冒。"你好了后，我都给你说清楚。"

如果你想知道这起小小凶杀案进展如何，那就常常看一眼报

---

① Dame Edna，澳大利亚男戏剧演员巴里·哈姆夫瑞斯(Barry Humphries, 1934—)创造和扮演的角色，她紫色的头发和猫眼形眼镜是特色。

纸最末几页上来自奥尔巴尼的消息。那里的立法机关将审议一项法案。法案通过后，将成为《平丘克法》，其中规定，任何牙医如讲话不停，或是未经法院事先准许、讲话超出"请张嘴"或"请漱口"范围，因此危及患者生命，均为重罪。